아메리칸 러스트

AMERICAN RUST
by Philipp Meyer

Copyright ⓒ Philipp Meyer, 2009
Korean Translation Copyright ⓒ MUNHAKDONGNE Publishing Corp., 2018

This Korean edition is published by arrangement with Rogers, Coleridge & White Ltd.
through EYA(Eric Yang Agency).
All rights reserved.

이 책의 한국어판 저작권은 EYA(Eric Yang Agency)를 통해
Rogers, Coleridge & White Ltd.와 독점 계약한 ㈜문학동네에 있습니다.
저작권법에 따라 한국 내에서 보호를 받는 저작물이므로
무단 전재 및 무단 복제를 금합니다.

이 도서의 국립중앙도서관 출판예정목록(CIP)은
서지정보유통지원시스템 홈페이지(http://seoji.nl.go.kr)와
국가자료공동목록시스템(http://www.nl.go.kr/kolisnet)에서 이용하실 수 있습니다.
(CIP제어번호: CIP2018021023)

AMERICAN RUST

아메리칸 러스트

Philipp Meyer

—

필립 마이어
장편소설

최용준 옮김

문학동네

일러두기

1. 주석은 모두 옮긴이주다.
2. 본문 중 고딕체는 원서에서 이탤릭체나 대문자로 강조한 부분이다.

내 가족을 위해

만약 인간에게 영원한 자각이 없다면…… 만약 모든 것의 뒤에 헤아릴 수 없으며 만족할 줄 모르는 공허가 숨어 있다면, 삶이란 절망 그 자체이지 않겠는가?

—쇠렌 키르케고르

……우리가 페스트 시대에서 배운 것은 인간에게는 멸시할 부분보다 존경해야 할 부분이 더 많다는 점이다.

—알베르 카뮈

차례

1부

1

아이작의 어머니는 오 년 전에 죽었지만, 아이작은 어머니를 잊지 못했다. 아이작은 노인네와 함께 살았고, 스무 살이었고, 나이에 비해 덩치가 작아서 사람들이 소년으로 착각하곤 했다. 늦은 아침, 아이작은 숲을 지나 빠르게 마을로 향하고 있었다―작고 마른 몸에 배낭을 메고 사람들 눈에 띄지 않으려 애쓰면서. 아이작은 노인네의 책상에서 4천 달러를 가져왔다. 훔쳤지, 아이작은 고쳐 생각했다. 정신병원을 탈출한 거야. 누구에게라도 들킨다면 실라* 같은 사람들이 나를 잡으려 개를 풀겠지.

곧 아이작은 전망이 좋은 곳에 도착했다. 굽이치는 녹색 언덕

---

* 실라는 사도 바울과 함께 감옥에 갇힌 초기 기독교 지도자다. 주인공이 사는 곳 같은 미국의 교외에는 성경에서 이름을 딴 사람들이 많다. 실라는 죄수인데 그런 이름을 가진 사람들이 개를 풀어 다른 죄인을 잡으려 한다는 문장으로 작가는 아이러니를 표시하려 했다.

들, 구불거리는 진흙빛 강, 뷰얼과 그곳의 제강소들을 제외하고는 끊임없이 펼쳐진 숲. 그 자체로 작은 도시 같아 보였던 제강소는 1987년에 문을 닫았고, 십 년 뒤에는 일부가 해체되었다. 이제 제강소는 고대의 폐허처럼 보였고, 건물은 웃자란 노박덩굴 줄기와 며느리배꼽, 가죽나무에 파묻혀 있었다. 땅에는 사슴과 코요테 발자국이 어지러이 나 있었고, 사람이라고는 이따금 보이는 불법 거주자들이 전부였다.

하지만 뷰얼은 예스러운 멋이 있는 마을이었다. 언덕 비탈을 감싸며 질서정연하게 줄지어 선 하얀 집들, 교회 뾰족탑들, 조약돌로 포장된 거리, 동방정교회의 높다란 은색 돔들. 최근까지도 뷰얼은 풍요로웠고, 중심가에는 유서 깊은 석조 건물들이 가득했다. 이제 그 건물들 대부분은 판자를 쳐 막아놓았다. 어떤 구역들은 여전히 쓰레기를 수거하는 시늉이라도 했지만, 완전히 버려둔 채 방치한 구역들도 있었다. 펜실베이니아주 페이엣 카운티의 뷰얼. 사람들은 종종 이곳을 페이엣남Fayette-nam이라고 불렀다.

비록 주변에 사람들이 많지는 않았지만, 아이작은 눈에 띄지 않기 위해 철길을 따라 걸었다. 아이작은 교대 시간마다 거리가 어땠었는지 생생하게 기억했다. 차들이 통행을 멈추고, 철가루를 뒤집어쓴 사람들이 압연 공장에서 우르르 몰려나와 눈부신 햇빛에 눈을 깜박이던 모습. 키가 큰 아버지가 철가루로 온몸을 반짝이며 손을 아래로 뻗어 자기를 들어올리던 장면. 모든 게 사고가 일어나기 전의 일이었다. 아버지가 노인네가 되기 전의 일이었다.

피츠버그까지는 64킬로미터였고, 그곳까지 가는 가장 좋은 방법은 강을 끼고 철길을 따라 가는 것이었다. 그러다 석탄 운반용 기차에 뛰어올라 원하는 만큼 타고 가면 되었다. 쉬웠다. 일단 피츠버그에 도착하면 다른 기차에 뛰어올라 캘리포니아로 갈 작정이었다. 아이작은 한 달에 걸쳐 이 계획을 짰다. 무르익을 대로 익은 계획이었다. 아이작은 생각했다. 포가 나와 함께 갈까? 아마 아닐 거야.

강 위로 짐배들과 예인선 한 척이 윙윙거리는 엔진소리를 내며 지나갔다. 예인선은 석탄을 운반하고 있었다. 예인선이 지나가자 주위가 조용해지며 흙탕물이 된 강물이 천천히 흘렀고, 숲은 강 가장자리까지 펼쳐졌다. 아마존, 혹은 〈내셔널 지오그래픽〉의 사진에 나올 법한, 어디라고 해도 될 법한 풍경이었다. 여울에서 블루길*이 뛰어올랐다. 여기서 잡히는 생선은 먹으면 안 되었지만 다들 상관하지 않고 먹었다. 수은과 피시비PCB 중독. 피시비가 무엇의 약자인지 기억할 수는 없었지만 어쨌든 독극물이었다.

고등학생일 때 아이작은 포에게 수학을 가르쳐주었다. 하지만 지금도 아이작은 포가 왜 자기와 친구가 되어주었는지 잘 이해할 수 없었다. 아이작 잉글리시와 아이작의 누나는 마을에서 가장 똑똑한 아이들이었다. 아마 밸리 전체에서 가장 똑똑했을 것이다. 아이작의 누나는 예일대에 갔다. 아이작은 밀물에 휩쓸려 바다 밖으로 빠져나가듯, 자신도 이곳을 떠날 수 있기를 바랐다. 아이작은 거의 언제나 누나를 우러러보며 살았지만, 그의 누나는 삶을 꾸릴 새로운 장소를 찾았고, 아이작과 그의 아버지가 한 번도 만나지 못한 남편과 함께 코네티컷에서 살았다. 난 혼자서도 잘하고 있어, 아이작이 생각했다. 아이는 좀 덜 괴로워하며 살 때도 됐어. 아이작은 곧 캘

---

* 검정우럭과의 민물고기.

리포니아, 겨울이 따뜻하고 사막이 있어 온기가 흐르는 곳에 도착할 것이다. 그곳에서 일 년을 산 뒤 주州 거주민 자격을 얻어 대학에 지원할 예정이었다. 천체물리학. 로렌스 리버모어 국립연구소, 켁 천문대, VLA 전파망원경. 잘 생각해봐. 그중 하나라도 내게 유효한 게 있을 것 같아?

마을을 벗어나니 다시 전원 풍경이 펼쳐졌고, 아이작은 계획했던 여행을 시작하는 대신 포의 집으로 가기로 결심했다. 꾸준히 오르막길을 올랐다. 아이작은 노회한 밀렵꾼처럼 숲속을 잘 알았고, 새와 다른 동물들을 그린 공책들을 가지고 있었다. 비록 대부분은 새였지만. 배낭 무게의 절반은 공책이 차지했다. 아이작은 야외에 나오는 게 좋았다. 야외에 사람이 없어서일까 생각하면서도 그게 이유가 아니길 바랐다. 이런 곳에서 자란다는 건 행운이었다. 왜냐하면 도시에서는, 이유는 몰랐지만, 그의 정신이 속도를 조절할 수 없는 폭주 기관차와 같았기 때문이다. 철저히 방향과 길을 정해주지 않으면 부서지고 마는 기차. 인간은 모든 것에 이름을 붙인다. 혈근초와 바위꽃과 쏙독새, 튤립과 비터너트와 팽나무 열매. 히커리와 핀오크. 메뚜기와 킹너트. 아이작이 딴생각을 할 틈이 없게 하는 것들이 많았다.

가만, 머리 위에는 얇고 푸른 하늘을 통해 우주까지 투명하게 보이는군. 우주는 최후의 거대한 수수께끼지. 여기서 피츠버그까지의 거리만큼 하늘로 몇 킬로미터를 올라가면 그 너머엔 영하 240도의 공간이 펼쳐져 있어. 대기는 아주 얇은 이불 조각에 지나지 않아. 순전한 운이야. 확률적으로는 내가 살아 있는 게 기적이지. 생각해보게, 왓슨. 이런 얘기를 공공연히 떠들고 다닐 수는 없어. 그랬다간 당장 구속복 차림으로 정신병원에 갇히고 말 테니까.

하지만 결국 운도 다하고 태양은 적색거성이 되고 지구는 완전히 불타버릴 거야. 줬다가 뺏는 거지. 인류는 그런 일이 일어나기 전에 다른 곳으로 이주해야 하고, 오직 물리학자들만이 그 방법을 알아낼 수 있어. 그들이 인류를 구원할 거야. 물론 그때쯤이면 그는 죽은 지 오래겠지만. 하지만 적어도 그가 공헌한 부분은 있을 것이다. 죽음은 살아 있는 자들에 대한 책임을 회피할 핑계가 되지 않는다. 아이작이 확신하는 게 있다면, 바로 그것이었다.

*

포는 오르막 흙길 끝에 놓인, 보통 것보다 폭이 두 배 넓은 트레일러에서 살았다. 마을 밖에 있는 많은 집들이 그러하듯 그 트레일러는 넓은 삼림지대에 자리해 있었다. 포가 사는 삼림지대는 32만 제곱미터로, 녹색 언덕과 계곡들 덕분에 개척자 또는 지구 최후의 인간이 된 듯한 기분을 느끼게 되는 곳이었다.

마당 한쪽에 진흙투성이의 사륜 바이크가 있었고, 그 근처에는 포의 낡은 차 카마로가 놓여 있었다. 도색에만 3천 달러가 들었는데 트랜스미션이 고장나 있었다. 금속판들은 제각기 다양한 정도로 낡고 녹슬었으며, 금속판 틈에는 사냥한 사슴 고기를 매달아놓는 데 쓰는 나무막대가 꽂혀 있었고, 거기에 데일 언하트 3번* 깃발이 달려 있었다. 포는 언덕 꼭대기에 접이식 의자를 놓고 앉아 강

---

* 미국의 카레이서 데일 언하트가 경주에서 쓰던 차번호.

물을 바라보고 있었다. 사람들이 하는 말처럼, 주택 융자금을 갚을 수만 있다면 이곳에서 사는 건 신의 뒤뜰에 사는 것과 다를 바 없었다.

마을 사람들은 포가 대학에 들어가 풋볼을 계속할 거라고 생각했다. 빅텐*까지는 아니어도 다른 대학에 갈 정도 실력은 된다고 생각했다. 하지만 졸업하고 겨우 이 년이 지난 지금, 포는 어머니의 트레일러에 살았고, 마당에 앉아 땔감을 쪼갤 생각인 듯한 표정을 짓고 있었다. 이번주 아니면 다음주에. 아이작보다 한 살 많은 포의 전성기는 이미 지났으며, 발치에는 빈 맥주 캔이 여남은 개 있었다. 포는 키가 컸고, 어깨가 떡 벌어졌고, 머리를 짧게 깎았고, 체중은 110킬로그램이었고, 아이작보다 덩치가 두 배는 컸다. 포는 아이작을 보고 이렇게 말했다.

"영원히 꺼져버리려는 거냐?"

"눈물은 넣어둬." 아이작이 포에게 말했다. 아이작은 주위를 둘러보았다. "네 가방은 어디 있어?" 포를 보니 주머니에 든 훔친 돈 생각이 덜 나서 마음이 한결 가벼웠다.

포는 씩 웃고 맥주를 홀짝였다. 그는 며칠 동안 샤워를 하지 않았다. 포는 마을 철물점이 운영 시간을 줄이면서 해고를 당했고, 그뒤 월마트에 지원하는 걸 최대한 미루고 있었다.

"너도 알다시피 난 이것들을 돌봐야 해서 같이 갈 수 없어." 포는 저멀리 굽이치는 언덕과 숲 쪽을 대충 손짓해 가리켰다. "너랑 놀아줄 만큼 한가하지 않다, 이 말씀이야."

---

* 미국 중서부의, 훌륭한 풋볼 팀을 지닌 열 개의 대학. 현재 열두 개로 늘어났다.

"넌 정말 겁쟁이야, 안 그래?"

"맙소사, 천재소년, 정말로 나랑 같이 가고 싶은 건 아니잖아."

"아무래도 상관없어." 아이작이 포에게 말했다.

"내 입장에서 말하자면, 나는 아직도 좆같은 보호관찰 기간이야. 차라리 주유소를 터는 게 더 낫다고."

"당연히 그렇겠지."

"네가 뭐래도 난 죄책감 따윈 안 느껴. 맥주나 마시고 잠깐 앉았다 가."

"시간이 없어." 아이작이 말했다.

포는 화가 난 듯이 마당을 휙 둘러보고 마침내 일어섰다. 그는 맥주를 마저 비우고 캔을 우그러뜨렸다. "좋아, 마을의 콘레일 야드까지 함께 가줄게. 하지만 거기까지만이야. 그다음부터는 너 혼자 가야 해."

*

덩치 차이 때문에, 두 사람은 멀리서 보면 아버지와 아들처럼 보였다. 포는 턱이 크고 눈이 작았고, 심지어 졸업한 지 이 년이 지난 지금도 앞면에는 자기 이름과 번호가, 등판에는 뷰얼 이글스가 찍힌 나일론 재질의 풋볼 재킷을 입었다. 작고 마른 아이작은 얼굴에 비해 눈이 너무 컸고 옷도 덩치에 비해 너무 컸다. 아이작의 낡은 배낭은 침낭, 갈아입을 옷, 공책들로 꽉 차 있었다. 둘은 좁은 흙길을 내려가 강으로 향했다. 주위는 대부분 숲과 초원이었고, 초봄이 뿌려놓은 녹색으로 아름다웠다. 그들은 낡은 집을 지나갔다. 집은 싱크홀을 향해 얼굴을 들이박다시피 기울어져 있었다. 미드몬밸리의 땅은 낡은 탄광투성이였고 어떤 곳은 제대로 폐쇄가 되었지만 어떤 곳은 그렇지 않았다. 아이작이 돌을 던져 지붕의 환기용 굴뚝을 맞혔다. 아이작은 늘 어깨 힘이 좋았는데, 포는 절대로 그 사실을 인정하지 않았지만, 심지어 포보다도 좋았다.

강에 닿기 직전 둘은 컬트랩 농장에 도착했다. 암소들이 햇살을 받으며 앉아 있었고, 돼지 한 마리가 헛간 한쪽에서 한참을 울어 댔다.

"저 소리를 안 들었으면 좋았을걸."

"헛소리 마." 포가 말했다. "컬트랩 농장 베이컨은 이 근처에서 최고로 맛있다고."

"하지만 뭔가가 죽어가고 있잖아."

"그런 식으로 분석하는 건 그만두는 게 어때."

"돼지 심장으로 사람 심장을 고친대. 판막이 기본적으로 같다더라."

"네가 읊어대는 그런 얘기들이 그리워서 어쩌냐."

"당연히 그립겠지."

"과장해서 말한 거야." 포가 말했다. "비꼰 거라고."

둘은 계속 걸었다.

"네가 함께 가준다면 내가 큰 빚을 지게 된다는 거, 알지?"

"나랑 잭 케루악* 주니어가 같이 간단 말이지? 자기 노인네한테서 4천 달러를 훔쳤는데, 그 돈이 원래 어디서 난 건지도 모르는 잭

---

* 젊은 시절을 파란과 방랑으로 보낸 미국 비트제너레이션의 대표적 작가.

케루악 주니어."

"노인네는 철공 노동자 연금으로 연명하면서 싸구려 인생을 살고 있어. 이제 우리 누나한테 돈을 보내지 않아서 돈이 잔뜩 있다고."

"그 누구는 돈이 필요할지도 모르는데."

"그 누구는 내가 여기 처박혀서 편협한 히틀러 뒤치다꺼리나 하는 동안 장학금을 열 개나 받으면서 예일대를 졸업했어."

포가 한숨을 쉬었다. "불쌍한 아이작, 화가 났군."

"화가 안 나면 그게 이상한 거 아니야?"

"우리 아버지에게서 물려받은 지혜에 따르면, 어디에 가든, 잠에서 깨어나 거울을 보면 똑같은 낯짝을 볼 뿐이야."

"마음에 새겨둬야 할 말이네."

"그 노인네가 좀 오래 살았거든."

"그 점에 대해서는 네가 맞아."

"어서 가자고, 천재소년."

둘은 강을 따라 피츠버그가 있는 북쪽으로 향했다. 남쪽에는 주 소유의 숲과 탄광들이 있었다. 제강소가 들어선 건 바로 그 석탄 때문이었다. 그들은 낡은 공장과 굴뚝을 또 하나 지났고, 거기엔 단순히 제강소만 있는 게 아니었다. 공구, 거푸집, 특수 코팅, 채광설비 등 제강소를 운영하는 데 필요하고 제강소 때문에 운영되던 수십 가지 소규모 산업들도 있었다. 모든 것이 서로 밀접한 관계에 있었고, 제강소가 문을 닫자 밸리 전체가 붕괴했다. 제강소는 심장이었다. 아이작은 모든 공장 기계가 녹슬어 쓸 수 없게 되고 밸리가 원시 상태로 돌아가기까지 얼마나 걸릴지 궁금했다. 오로지 돌만 남게 될 터였다.

백 년 동안 밸리는 미국 철 생산의, 아니 엄밀하게 말해서 전 세계 철 생산의 심장부였다. 하지만 포와 아이작이 태어난 뒤로 이 지역에서 십오만 명이 일자리를 잃었고, 마을 대부분은 더이상 기본적인 서비스도 제공하지 못했다. 경찰이 없는 곳도 많았다. 아이작은 누나가 대학에 있는 누군가에게 하는 말을 우연히 들은 적이 있었다. 이곳 주민 절반이 복지 수당을 받고, 나머지 반은 수렵 채집을 해. 과장이긴 했지만 아주 심한 과장은 아니었다.

기차가 온다는 신호는 없었고, 포가 한 걸음 앞서 걸었다. 강을 따라 부는 바람 소리와 발밑에서 자그락대는 자갈 소리만 들렸다. 아이작은 차량이 많은 기차가 오기를 바랐다. 그런 기차는 굽은 강을 따라 달릴 때 속력을 늦출 것이다. 차량이 적은 기차는 훨씬 더 빨랐고, 그런 기차에 뛰어오르는 것은 위험했다.

아이작은 강물을, 강물의 탁한 색깔을, 수면 아래에 묻혀 있는 것들을 바라보았다. 강바닥에 쌓인 여러 층의 퇴적물. 거기에는 온갖 쓰레기와 트랙터 부속을 비롯해 공룡뼈까지 묻혀 있었다. 나는 아주 밑바닥에 있는 건 아니지만 그렇다고 정확히 표면에 있지도 않아. 상황을 제대로 보기 어려운 시기지. 그래서 2월에 강에 뛰어든 거야. 그래서 노인네를 벗겨 먹은 거고. 집을 나온 지 며칠은 지난 느낌인데 기껏해야 두세 시간밖에 안 됐겠지. 원하면 아직 돌아갈 수 있어. 안 돼. 돌아가면 도둑질보다 더 나쁜 일들이 잔뜩 기다리고 있을 거야. 예를 들면 스스로에게 거짓말을 하는 짓. 누나랑 노인네가 그러는 데 선수잖아. 지구상에 살아 있는 마지막 영혼인 듯 구는 거.

반면에 난 어머니를 닮았어. 그곳에 머무른다면 결국 정신병원에 가고 말 거야. 아니면 시체 안치소 침대. 2월에 얼음 위를 걸으면 추위에 온몸이 얼어붙는 것 같아. 너무나 추워서 숨쉬기도 버겁지만 고통이 없어질 때까지 가만히 있는 거야. 어머니는 그렇게 강물로 들어간 거야. 잠깐 참고 있으면 몸이 따뜻해져. 삶의 교훈이야. 당장은 몸이 부풀지 않아. 하지만 4월이 되면 강이 따뜻해지고 몸안에서 온갖 것들이 활동을 시작하지. 조용히 내가 모르는 사이에 그것들 때문에 몸이 부풀어오르는 거야. 학교에서 배웠잖아. 겨울에 죽은 사슴은 뼈만 남은 것처럼 앙상하지만 여름에 죽으면 불룩하게 부풀어올라. 박테리아 때문에. 추위가 박테리아의 활동을 억제하지만 결국에는 박테리아가 이기게 되어 있어.

잘하고 있어, 아이작은 생각했다. 걱정하지 마.

하지만 물론 아이작은 포가 자기를 물에서 꺼내준 걸 기억했다. 아이작은 그때 포에게 그냥 어떤 느낌인지 알아보고 싶었던 것뿐이야, 라고 말했었다. 단순히 실험을 한 것뿐이라고. 그러고는 숲으로 들어갔다. 숲은 어두웠다. 아이작은 온몸이 진흙투성이인 채 달렸고, 쓰러진 나무에 부딪혔고, 양치류가 늘어선 지역을 지났다. 피가 귀로 몰리는 느낌이었다. 아이작은 누군가의 밭에 들어섰다. 낙엽들이 바스락거렸다. 그때 아이작은 너무 오래 추위에 떨어서 더는 춥다고 느끼지 않았다. 그는 자신이 한계에 다다랐음을 알았다. 하지만 포가 다시금 아이작을 따라잡았다.

"네 아버지에 대해 한 말, 사과할게." 이제 아이작이 포에게 말했다.

"신경 안 써." 포가 말했다.

"계속 이렇게 걸을 거야?"

"이렇게라니?"

"아무 말도 안 하고 걷는 거."

"그냥 내가 좀 슬픈가봐."

"좀 남자답게 굴어보는 게 어때." 아이작이 씩 웃어 보였지만 포는 여전히 굳은 표정이었다.

"어떤 사람은 앞길이 창창하지만 어떤 사람은……"

"넌 뭐든 원하는 대로 할 수 있어."

"그만둬." 포가 말했다.

아이작은 포가 앞서서 걷게 했다. 바람이 불어와 둘의 옷을 헤집었다.

"폭풍이 불어올 것 같은데 계속 가도 괜찮을까?"

"아니." 포가 말했다.

"이 숲을 빠져나가면 낡은 공장 건물이 있어. 거기에 폭풍이 지나갈 때까지 기다릴 만한 곳이 있을 거야."

강은 둘의 왼쪽으로 10여 미터 정도 떨어져 있었고, 저멀리 길 옆에는 다가오는 먹구름을 배경으로 밝은 녹색 잔디가 펼쳐진 기다란 범람원이 보였다. 평원 중간에서는 들장미 덤불이 일렬로 늘어선 유개화차를 집어삼켰다. 범람원 한쪽 끝에 아이작이 전에 들어가본 적 있는 스탠더드 스틸 자동차 공장이 있었다. 공장은 반쯤 무너졌고, 벽돌과 나무 들보는 낡은 풀무와 수압 프레스 위에 쌓인 채 구석구석까지 이끼와 덩굴로 덮여 있었다. 잡석들이 많기는 했지만 내부는 거대하고 탁 트인 곳이었다. 기념품이 될 만한 것들 천지였다. 아이작은 거대한 해머형 풀무에서 낡은 명판을 떼어내

녹을 제거하고 기름칠을 해서 리에게 주기도 했었다. 작은 파괴 행위. 아니, 이곳의 기계들을 자랑스러워하던 사람들을 생각해봐. 기계 몇 조각을 구하는 것으로 죽음 이후의 삶을 일부 구해낸 거야. 리는 내가 준 명판을 책상에 올려두었지. 뉴헤이븐에 갔을 때 봤어. 어느새 빗방울이 떨어지고 있었다. 흠뻑 젖어 추위에 떨게 될 참이었다. 여행을 시작하기 좋은 날씨라고는 할 수 없었다.

"맙소사." 빗방울이 떨어지기 시작하자 포가 말했다. "저 공장은 지붕도 없어. 하긴, 네가 얼마나 운이 없는지를 생각하면 진작에 알았어야 했는데."

아이작이 가리켰다. "저기 뒤에 건물이 하나 더 있는데 상태가 좀더 나아 보여."

"어서 가자."

아이작이 앞서 걸었다. 포는 기분이 좋지 않았고, 아이작은 어떻게 해야 포를 달랠 수 있을지 난감했다.

둘은 초원으로 이어지는 사슴길을 따라 걸었다. 공장 본채 뒤편에 작은 건물이 보였다. 나무들에 가려 반만 보이는 어둡고 그늘진 곳이었다. 저기라면 비를 피할 수 있을지도 몰라, 아이작이 생각했다. 벽돌 건물이었고 공장 본채보다 훨씬 작았다. 커다란 차고 정도 크기였다. 창문이 판자로 막혀 있었지만 지붕은 멀쩡했다. 건물 대부분이 덩굴에 덮였어도 건물까지 가는 길은 풀 사이로 또렷이 나 있었다. 빗방울이 굵어졌고, 둘은 뛰기 시작했다. 건물에 다다라 포가 어깨로 문을 밀었다. 문은 쉽게 활짝 열렸다.

안은 어두웠지만 기계를 팔던 곳이란 걸 알아볼 수 있었다. 선반旋盤과 절삭기가 여남은 개 있는 듯했다. 절단 도구들을 올려놓기 위한 작업대 하나와 분쇄기 받침대들이 보였는데, 분쇄기 자체는 사라지고 없었고 선반 역시 물림쇠와 가로이송대를 비롯해 사람이 옮길 수 있는 건 모두 사라지고 없었다. 도수 높은 와인 빈 병들이 여기저기 흩어져 있고, 맥주 캔들은 더 많이 보였다. 낡은 장작 난로 하나에는 최근에 불을 피운 흔적이 있었다.

"지독해. 부랑자 열 명이 이 아래에 묻혀 있는 것 같은 냄새가 나잖아."

"괜찮을 거야. 몸을 말릴 수 있게 불을 피울게." 아이작이 말했다.

"여길 좀 봐. 부랑자들에게는 하워드 존슨* 같겠어. 땔감이며 모든 게 다 있어."

"내 세계에 온 걸 환영해."

"웃기지 마." 포가 코웃음을 쳤다. "넌 그냥 빌어먹을 여행객일 뿐이야."

아이작은 그 말을 무시했다. 아이작은 난로 앞에 한쪽 무릎을 꿇고 정성스럽게 불 피울 준비를 했다. 부싯깃을 놓고 불쏘시개를 올린 다음 그 위에 쌓을 적당한 크기의 장작들을 찾았다. 최적의 장소라고 할 수는 없었지만 적어도 비는 막아주었다. 젖은 옷을 입은 채 밤을 지내는 것보다는 훨씬 나았다. 노숙을 하면 이런 법이야. 조그만 편의를 우선순위에 두는 것. 삶이 간단해지지. 자연으로 돌아가는 거야. 그런 삶이 지겨워지면 언제든 버스표를 살 수 있어. 하지만 그러면 아무 의미가 없지. 그냥 표를 하나 더 사서 돌아와도 돼. 아이는 겁나지 않아. 이런 식으로 다니면 더 많은 걸 볼 수

---

* 미국과 캐나다 전역에 있는 호텔, 모텔, 레스토랑 체인.

있어. 텍사스로 우회하면 맥도널드 천문대를 볼 수 있지. 데이비스 산의 맥도널드 천문대에 있는 구경 9미터짜리 망원경, 호비-에벌리. 그 망원경으로 별을 보는 상상을 해봐―진짜로 우주에 있는 거나 다름없을 거야. 우주비행사가 되는 것 다음으로 멋진 일이잖아. VLA 전파망원경도 보고. 그게 뉴멕시코에 있던가 애리조나에 있던가, 기억이 잘 안 나네. 다 보고 오는 거야. 서두를 필요도, 걱정할 필요도 없어.

"너무 기분좋은 표정 짓지 마." 포가 말했다.

"저절로 그렇게 되는걸." 아이작은 나뭇조각들을 더 찾아내 난로로 돌아갔고, 잭나이프로 나뭇조각을 깎아 불쏘시개를 만들었다.

"넌 뭐든 하려면 시간이 좆나게 걸린다는 거 알아?"

"단번에 불을 붙이고 싶어."

"네가 불을 붙일 즈음이면 이미 어두워지고 난 돌아가야 할 거야. 여기서 밤을 보내지 않을 거니까."

"내 침낭을 줄게."

"좆까지 마." 포가 말했다. "여기 있는 것만으로도 우린 벌써 폐렴에 걸렸을 거야."

"그렇지 않아."

"넌 쓸모없어." 포가 아이작에게 말했다.

"내가 떠나고 나면 뭘 할 생각이야?"

"기뻐서 춤이라도 추겠지."

"진지하게 묻는 거야."

"집어치워. 잔소리해줄 사람이 필요하면 우리 엄마한테 말할 테니까."

"네 어머니한테는 내가 말할게."

"그래, 그래. 뭐 먹을 거 가져왔어?"

"너트가 좀 있어."

"당연히 있겠지."*

"라이터 좀 줘봐."

"지금 빈센트에서 파는 파이가 있으면 딱 좋은데. 며칠 전에 거기 갔었는데, 하우스 스페셜이……"

"라이터."

"지금 하나 주문하고 싶은데 넥스텔**이 내 전화를 정지시켰어."

"알았어."

"농담이었어." 포가 말했다.

"아주 재미있었어. 라이터 줘."

포는 한숨을 쉰 후 라이터를 건넸다. 아이작은 불을 붙였다. 불은 금방 붙었다. 잘 타올랐다. 아이작이 난로 문을 발로 차 활짝 열고 물러나 앉아 만족스러운 표정으로 자기 작품을 감상했다.

"건물이 불에 타서 우리 위로 무너져도 넌 계속 싱글거리고 있겠지."

"남자 둘을 때려서 병원에 넣은 사람치고는……"

"그 이야긴 하지 마." 포가 말했다.

"안 할게."

"알겠지만, 난 네가 괜찮은 놈이라고 생각해, 천재소년. 혹시 네

---

* 너트(nut)에는 고환이라는 뜻도 있다.

** 미국 휴대전화 회사.

가 내 의견을 받아들일까 하고 한번 말해본 거야."

"넌 어느 풋볼 팀에도 갈 수 있을 거야. 대학은 엄청나게 많아. 〈베이워치〉* 같을 거라고."

"내가 아는 사람들이 다 여기 산다는 점을 빼면 말이지."

"뉴욕 스쿨의 그 코치에게 전화해봐."

포가 어깨를 으쓱해 보였다. "난 네가 갈 길을 찾아서 기뻐."그가 말했다. "넌 잘해낼 거야, 네 누나처럼 말이야. 부자가 되어서 결혼을 하겠지. 마음씨 좋은 노인이 될 거고 샌프란시스코에서 멋진 파티들을 할 거고……"

둘이 주변을 둘러보는 동안 적막이 흘렀다. 포는 일어나더니 마분지 조각을 찾아냈고, 그걸 깔고 누울 준비를 했다. "난 아직도 취해 있어. 감사할 일이군." 포는 마분지 위에 누워 눈을 감았다. "휴, 맙소사, 내 인생이란. 네가 이런 일을 하다니 믿기지가 않아."

"유개화차** 아이작, 내 새 이름이야."

"선원들이 좋아할 이름이네."

"부랑아계의 귀족이지."

포가 씩 웃었다. "만약 그게 네가 사과하는 방식이라면, 사과를 받아들이겠어." 포는 모로 누워 풋볼 재킷으로 몸을 감쌌다. "잠깐 눈 좀 붙여야겠어. 비가 그치자마자 날 깨워."

아이작이 포를 발로 찼다. "일어나."

"좀 자게 내버려둬."

---

* 매력적인 남녀 수상 안전 요원들의 삶을 그린 미국 드라마. 한국에서는 〈SOS 해상구조대〉라는 제목으로 방영되었다.

** Boxcar. 지붕이 있어 보호가 필요한 화물을 운반하는 화물차.

아이작은 다시 불을 살피기 시작했다. 연기가 빠져나가는 듯했다. 일산화탄소중독으로 죽을 염려는 없을 거야. 다시 차서 깨울까? 아니. 그냥 두자. 이미 잠들었을 거야. 하지만 포는 앉아서도 잘 자. 나와는 다르거든. 난 내 침대에서도 쉽게 잠들지 못하잖아. 이런 곳에서는 눈도 감지 못할 거야. 포가 같이 가주면 좋을 텐데. 아이작은 이리저리 고개를 돌리며 낡은 기계들, 오래된 서까래, 판자로 막은 창문 틈으로 들어오는 회색빛에 시선을 던졌다. 포는 사람들을 두려워하지 않아. 나와는 다르지. 자기 나름의 방식으로 두려워하는지는 몰라도. 어쨌든 육체적인 두려움은 없지. 반면에 내 꼴을 봐. 벌써부터 걱정에 빠져서, 노인네가 괜찮을까 걱정하잖아. 노인네가 괜찮을 거라는 걸 알면서. 리의 남편은 부자야. 원한다면 언제든 간병인을 구할 수 있다고. 내가 노인네와 함께 있을 때는 그럴 필요가 없었지. 하지만 이제 내가 없으니 간병인을 구할 거야. 이번에도 리는 빠져나갈 방법을 찾아낼 거야. 난 오 년을 함께 있었는데 리는 크리스마스 때 며칠씩 온 게 다야. 그런데도 리와 노인네는 마치 그게 운명인 것처럼 굴었지. 여전히—좀 봐—그렇게 지극정성이었는데도 결국 내가 나쁜 놈이 됐잖아. 아이는 도둑이 되어 아버지를 버리고, 아이의 누나는 다시 영웅이 되고 가장 사랑받는 자식이 되는 거야.

아이작은 긴장하지 않으려 애썼지만 마음대로 되지 않았다. 아이는 정량의 세 배에 해당하는 프로작을 복용하고 싶었다. 아니면 좀 더 약효가 센 것을. 아이작은 돈을 꺼내 다시 세어보았다. 4천 달러 좀 안 되는 액수였는데, 거액의 돈처럼 느껴졌다. 물론 그는 이 돈이 그리 큰 액수가 아님을 알았다. 일이 점점 꼬이고 있어. 내가 포를 이곳으로 데려왔고, 아직도 익숙한 지역을 벗어나지 못했어. 모든 것을 꼼꼼하게 계획했다고 생각했지. 공책이며 성적표를 비롯해 캘리포니아에서 새로운 삶을 시작할 때 필요한 모든 것을 챙겼다고 말이야. 계획상으로는 완벽해 보였지만, 당연히도 지금 보니 어리석은 생각이었어. 설사 노인네가 경찰에 전화를 하지 않는다고 해도 말이야. 난 지금 오로지 자존심 때문에 여기 있는 거야.

건물 한쪽 끝에서 소리가 들리자 포가 힘겹게 일어나 주위를 둘러보았다. 그들이 미처 보지 못했던 문이 있었다. 그 문을 통해 배낭을 멘 남자 셋이 물을 뚝뚝 흘리며 무거운 걸음으로 들어왔다. 셋은 어둠 속에 있었다. 둘은 키가 컸고, 한 명은 작았다.

"우리 자리를 차지하고 있군." 셋 가운데 가장 덩치 큰 남자가 말했다. 그 남자는 포보다 훨씬 컸고, 금발머리와 수염은 숱이 많았다. 세 사람은 기계들이 있는 곳을 빙 둘러 다가오더니 난롯불에서 몇 미터 떨어진 곳에 섰다.

아이작은 일어섰으나 포는 움직이지 않았다. "여기에 임자가 어디 있어?" 포가 말했다.

"있어, 여긴 우리 자리야." 남자가 말했다.

"당신들이 최근까지 여기 있다 나갔는지 몰라도," 남자들 때문에 물이 흥건하게 괸 바닥을 보며 포가 말했다. "우린 비키지 않을 거야."

"그냥 나가자." 아이작이 말했다. 아이작은 주머니에 든 돈을 떠올리고는 방금 들어온 사람들에게서 시선을 돌렸다. 금발의 거구가 뭔가 더 말을 할 거라 생각했지만 그 남자는 아무 말도 하지 않았다.

"그딴 게 뭔 상관이야." 다른 남자가 말했다. "어쨌든 쟤들이 불을 피워놨잖아." 그가 배낭을 내려놓았다. 그는 셋 가운데 덩치가 가장 작았고, 사십대 정도로 가장 나이들어 보였으며, 일주일 정도 면도를 안 한 듯했고, 갸름한 콧날은 심하게 휘어 있었다. 부러졌을 때 제대로 처치하지 않은 모양이었다. 아이작은 포가 헬멧을 쓰지 않고 연습을 하다가 상대방과 세게 부딪쳐 코뼈가 부러졌던 것이 기억났다. 하지만 포는 바로 그곳 경기장에서, 코를 움켜쥐고 제 힘으로 코뼈를 맞췄다.

남자 셋은 오랫동안 여행을 한 듯했다. 나이든 쪽은 비니를 벗어 난로 근처에 놓았다. 젖은 바지는 가느다란 다리에 달라붙어 있었다. 사내는 자기 이름을 머리라고 소개했다. 아이작과 포는 그 남자에게서 나는 냄새를 맡을 수 있었다.

"우리가 아는 사이던가?" 그 남자가 포에게 말했다.

"아마 아닐걸."

"그런데 왜 널 아는 것 같은 느낌이 들지?"

포는 어깨를 으쓱해 보였다.

"이 친구는 풋볼 선수였어. 뷰얼 이글스의 타이트 엔드*였어." 아이작이 말했다.

포가 아이작을 노려보았다.

남자는 난로 근처에 포의 풋볼 재킷이 떨어져 있는 걸 알아차렸다. "기억나네. 존스 셰비에서 오일 교환 일을 할 때 일이 끝나면 모두 모여 풋볼 경기를 봤지. 넌 여기를 떠날 줄 알았는데. 대학이

---

* 풋볼에서 공격 팀의 포지션 중 하나.

나 프로 팀에 갈 거라고 생각했어."

"아니야." 포가 말했다.

"참 잘했지. 그리 오래전도 아니고." 머리가 말했다.

포는 아무 말도 하지 않았다.

"괜찮아. 저기 있는 오토도 한때는 골든 글러브스*에 출전했었지. 프로로 갈 수도 있었지만……"

"난 군대에 있었어." 오토가 말했다. 오토는 키가 큰 스웨덴인이었다. 밸리에 있는 사람들 대부분이 이런저런 외국인이었다. 폴란드인, 스웨덴인, 세르비아인, 독일인, 아일랜드인. 스코틀랜드인인 아이작의 가족은 예외였고, 포 가족은 이곳에서 워낙 오래 살았기 때문에 원래 조상이 누군지 아무도 알지 못했다.

"오토는 국가보훈처에서 휴가중이야." 머리가 자기 머리를 톡톡 두드렸다.

"좆까, 머리." 오토가 말했다.

아이작이 힐끗 돌아보았지만 오토는 조용히 땅만 응시하고 있었다. 다른 한 명은 피부색이 검고 히스패닉처럼 보였고 포보다 덩치가 약간 작았다. 그 남자의 목에는 동글동글한 글씨체로 헤수스 JESÚS라는 문신이 새겨져 있었다. 세 사람 모두 아이작보다는 덩치가 훨씬 컸고, 스웨덴인은 이제 보니 2미터가 훌쩍 넘어 보였다.

"우리가 와서 다행인 줄 알라고." 히스패닉이 말했다. "이 근처에는 제대로 미친 놈들이 돌아다녀."

"헤수스, 좆같은 멕시코인 행세는 관둬." 머리가 말했다.

---

* Golden Gloves. 미국의 아마추어 복싱 대회.

"머리 너야말로 아가리 닥치는 게 좋을걸." 헤수스가 말했다.

스웨덴인 오토가 덧붙였다. "곧 사방에서 온갖 잡놈들이 여기로 모여들 거야."

"여기 둘은 아니야, 얘들은 이 동네 살아."

실내는 어둡고 좁아 보였다. 스웨덴인이 기다란 나뭇조각을 집어 요란스럽게 난로에 쑤셔넣었다. 아이작은 어떻게 하면 포와 같이 이곳을 빠져나갈 수 있을까 생각했다. 깜부기불이 튀어오르며 바닥을 가로질렀고, 벽에 드리운 그림자들 때문에 다섯 명 모두 유인원이 앉은 것처럼 보였다. 여기 있어봤자 좋을 게 하나도 없어, 아이작은 생각했다. 헤수스가 갑자기 주머니에서 뭔가를 끄집어내는 모습에 아이작이 흠칫 놀랐고, 헤수스는 웃음을 터뜨렸다. 위스키 병일 뿐이었다.

"오줌 누러 가야겠어." 아이작이 말했다. 오줌이 마려운 게 아니었다. 이곳을 떠나고 싶었다. 그가 포를 쳐다보았으나 포는 알아듣지 못했다.

"다녀와." 포가 말했다.

"쟤네 둘은 오줌을 같이 누러 다니나보군." 헤수스가 말했다.

아이작이 기다렸지만 포는 꼼짝도 하지 않고 헤수스와 스웨덴인을 물끄러미 바라보고 있었다. 아이작은 자기 배낭이 놓인 바닥 근처에 포의 재킷이 있는 걸 알아차렸다. 포는 자기가 천하무적이라고 철석같이 믿고 있었다. 아이작이 배낭을 집어들었다. 배낭 안에 든 그 어떤 것도 잃어버리면 안 되었다. 그가 배낭끈을 잡았고, 모두가 자기를 바라보는 걸 느꼈다. 아이작은 포가 외투를 가지고 나오게 하고 싶었으나 포에게 어떻게 이야기해야 할지 몰랐다. 마침내 아이작은 혼자 밖으로 나갔다.

밖은 거의 밤이 되어 어둑어둑했고, 잠시 폭풍이 사그라들었지만 더 많은 먹구름들이 몰려오고 있었다. 초원 저편 강가에 선 나무들이 흔들리는 게 보였다. 아이작은 어떻게 하면 포를 데리고 나올 수 있을지 다시 한번 생각했다. 아직 학교에 다닌다고 생각해보자. 아무 답도 떠오르지 않았다. 들판엔 고철이 가득했고, 거대한 엔진 부품, 바퀴, 구동축, 기어 따위의 기차 부품들이 쌓인 곳 주위로는 풀들이 높이 자라 있었다. 녹슨 강철 더미 위로 박쥐 몇 마리가 이리저리 날아다녔다.

핏빛 오렌지색 하늘에 구름 몇 조각이 높이 떠 있었고, 아이작은 해가 완전히 질 때까지 석양을 바라보았다. 다시 들어가서 포를 데리고 나와야 할지, 아니면 포가 알아서 나오길 기다려야 할지 알 수 없었다. 포는 언제나 이런 식으로 행동했다. 포는 도노라에서 온 아이를 때려서 감옥에 갈 뻔했고, 그 일로 아직도 보호관찰 아래 있었다. 포는 싸움을 절대로 마다하지 않아. 내가 결코 이해하지 못하는 영역이지. 아마 그건 포의 잘못이 아닐 거야. 포처럼 덩치가 크려면 그런 성향이 있어야 하는 건지도 모르지.

돌연 건물 안에서 새된 목소리가 들렸고, 이어서 고함소리와 뭔가가 부딪치는 소리가 들렸다. 아이작은 배낭끈을 조이고 들판을 가로지르는 도주로를 확보한 뒤 포가 달려나오기를 기다렸다. 하지만 포는 나타나지 않았다. 계속 기다려. 아이작이 스스로에게 말했다. 여기 가만히 있으라고. 고함소리와 소음이 멈췄다. 아이작은 잠시 더 기다렸다. 별일 없을 거야. 아냐, 뭔가 잘못됐어. 다시 들어가야 해.

아이작은 손이 떨렸지만 주머니에서 돈을 꺼내 배낭 깊숙이 찔러넣고 배낭은 금속판 아래에 숨겼다. 괜찮아. 아이는 지금 겁을 먹은 게 아니야. 빈손으로 들어가면 안 돼. 아이작 눈에 짧은 쇠파이프가 보였는데 가져가봤자 어차피 빼앗길 것이었다. 다른 고철 더미 밑을 찾아보았다. 녹슨 금속이 쌓인 곳에 아이작이 조심스레 손을 뻗었다. 공업용 볼 베어링 몇 개가 바닥에 흩어져 있었다. 아이작은 볼 베어링을 하나 집었다. 야구공만하거나 약간 더 큰 정도였다. 차갑고 아주 무거웠다. 어쩌면 너무 무거운지도 몰랐다. 아이작은 다른 걸 찾아볼까 잠깐 생각했다. 아니, 그럴 시간 없어. 어서 저기로 가야 해. 아까 나온 문으로 들어가지는 말고.

뒷문으로 조용히 들어간 아이작은 무슨 일이 벌어지고 있는지 알아차렸다. 머리라는 사람이 땅에 쓰러져 있었다. 멕시코인은 포 뒤에 서서 포의 목에 뭔가를 대고 있었고, 다른 한 손은 포의 사타구니에 두고 있었다. 포는 상대방에게 진정하라고 말하듯 두 손을 공중에 든 자세였다. 그들은 난로에서 새어나오는 불빛을 받으며 아이작을 등지고 있었다. 아이작은 어둠 속에 있어서 다른 사람들에게 보이지 않았다.

"오토," 멕시코인이 외쳤다. "씨발 하루종일 이러고 있어야 돼?"

"네 꼬마 친구는 밖에 없어." 어디선가 목소리가 들렸다. "이미 토꼈다고."

건물 반대편에서 스웨덴인이 나타났다. 불빛을 받아 번쩍이는 얼굴로, 포를 보게 되어 행복하다는 듯 이를 드러내며 씩 웃었다. 아이작은 손에 든 베어링의 무게를 가늠해봤다. 얼마나 나갈까. 2킬로그램? 3킬로그램? 아이작은 뒤쪽 다리로 중심을 잡고 몸을 버티며 있는 힘껏 베어링을 던졌다. 너무 세게 던져서 어깨 근육이 찢어지는 것만 같았다. 베어링이 어둠 속으로 사라졌고 스웨덴인의 머리 중앙, 코 바로 위쪽을 강타하면서 요란한 소리를 냈다. 스웨덴인은 그 자리에서 얼어붙은 듯하다가 이윽고 무릎이 풀리더니 건물이 무너지듯 똑바로 쓰러졌다.

포는 멕시코인으로부터 몸을 빼낸 뒤 문으로 달려갔다. 아이작은 잠깐 동안 꼼짝 않고 서서 베어링에 맞은 남자를 지켜보았다. 남자의 팔다리가 살짝 떨렸다. 도망쳐, 아이작은 생각했다. 머리는 여전히 땅에 쓰러져 있었지만 헤수스는 이제 스웨덴인 옆에 한쪽 무릎을 꿇고서 그의 얼굴을 만지며 뭐라 말하고 있었다. 하지만 아이작은 이미 그 결과를 알고 있었다. 베어링의 무게와 자기가 있는 힘껏 베어링을 던졌다는 사실로부터.

*

둘은 어둠 속에서 간신히 철로를 알아보았다. 다시 비가 오고 있었다. 아이작의 손과 얼굴이 진흙으로 미끌거렸고, 신발도 진흙이 달라붙어 무거웠다. 온몸이 흠뻑 젖었지만 땀 때문인지 비 때문인지는 알 수 없었다.

배낭을 되찾아야 해, 아이작은 생각했다. 안 돼, 거기로 돌아갈 수는 없어. 그 사람이 얼마나 심하게 다쳤을까? 베어링이 정말 무거웠는데, 내가 팔이 빠져라 던졌잖아. 얼굴을 맞히는 게 아니었는데.

저 앞쪽 위로, 뷰얼에서 나오는 불빛이 보였다. 둘은 마을에 점점 가까워지고 있었다. 포가 돌연 방향을 바꾸더니 잡목림을 헤치며 강 쪽으로 향했다.

"좀 씻어야겠어." 포가 아이작에게 말했다.

"집에 갈 때까지 기다려."

"놈이 내 맨살을 만졌단 말이야."

"집에 갈 때까지 기다려." 아이작이 되풀이해 말했다. 목소리가 어딘가 다른 데서 나오는 듯했다. "어차피 강물도 더럽잖아."

비가 진눈깨비로 바뀌고 있었고 포는 티셔츠만 입은 채였다. 포는 곧 저체온증이 올 거야, 아이작은 생각했다. 우리 둘 다 제정신이 아니야. 하지만 포의 상태가 더 나빠. 내 외투를 포에게 주자.

아이작은 외투를 벗어 포에게 건넸다. 포가 잠시 망설이다 외투를 받아 입었지만 너무 작았다. 포는 외투를 아이작에게 돌려주었다.

아이작이 중얼거리듯 말했다. "몸이 따뜻해지게 좀 뛰자."

둘은 잠시 달렸지만 길이 너무 미끄러웠다. 포가 진흙에 두 번 미끄러져 넘어지고 몸 상태도 좋지 않아 둘은 다시 걷기로 했다. 아이작은 그곳에 쓰러진 남자 생각을 멈출 수가 없었다. 그 남자 얼굴에서 피가 흘렀던 것처럼 보였지만 불빛이나 뭔가 다른 것일 수도 있었다. 난 단지 그 남자를 쓰러뜨렸을 뿐이야, 아이작은 스스로에게 말했다. 하지만 그게 사실이 아니라는 걸 잘 알고 있었다.

"전화 있는 곳으로 가서 911에 신고를 해야 해. 시츠역에 전화가 있어."

포는 아무 말도 하지 않았다.

"공중전화야. 우리가 건 줄 모를 거야." 아이작이 말했다.

"좋은 생각이 아니야." 포가 말했다.

"그 사람을 그냥 내버려둘 수는 없어."

"아이작. 그자 눈에서 피가 나왔고 움직인 것도 그냥 반사작용일 뿐이었어. 차에 치여 등뼈가 부러진 사슴이 그런다고."

"하지만 쓰러진 건 사람이지 사슴이 아니잖아."

"구급차를 부르면 경찰차가 바로 뒤따라올 거야."

아이작은 목이 조여드는 느낌이었다. 스웨텐인이 넘어지던 모습이 다시 떠올랐다. 그 사람은 자기 상태를 전혀 의식하지 못하는 듯 힘없이 쓰러졌고, 쓰러진 후에는 계속 팔다리를 떨었다. 사람은 기절을 하면 전혀 움직이지 않는다.

"그 사람들이 들어왔을 때 바로 거길 떠나야 했어."

"나도 알아." 포가 말했다.

"너희 어머니가 버드 해리스 친구잖아."

"하지만 네가 쓰러뜨린 사람은 아무 짓도 하지 않았어. 나를 붙잡고 있던 건 다른 놈이야."

"그것보다는 상황이 좀더 복잡했어." 아이작이 말했다.

"모르겠어. 지금은 머리가 제대로 돌아가지 않아." 포가 말했다.

아이작이 빠르게 걷기 시작했다.

"아이작." 포가 외쳤다. "멍청한 짓 하지 마."

"아무에게도 말 안 할 거야. 걱정할 필요 없어."

"잠깐만." 포가 아이작의 어깨를 꽉 잡았다. "넌 옳은 일을 한 거야. 우리 둘 다 그 사실을 알아."

아이작은 아무 말도 하지 않았다.

포는 길을 향해 고개를 까딱했다. "어쨌든 난 여기서 그만 집으로 돌아가야겠어."

"내가 바래다줄게."

"여기서 헤어지는 게 좋아."

아이작이 인상을 쓴 모양이었다. 포가 이렇게 말했기 때문이다.

"넌 너희 노인네 집으로 돌아가 하룻밤 더 자. 그런다고 큰일 안 나."

"그게 문제가 아니잖아."

"넌 옳은 일을 한 거야." 포가 반복했다. "아침이 되고 우리 정신이 맑아지면 어떻게 해야 할지도 생각날 거야."

"지금 당장 수습해야 해."

포가 고개를 저었다. "아침에 너희 집으로 갈게."

아이작은 포가 등을 돌리고 깜깜한 길을 따라 자기 어머니 집으로 가는 모습을 지켜보았다. 포는 한 번 걸음을 멈추고 손을 흔들었다. 포가 시야에서 사라지자 아이작은 어둠 속으로 난 오솔길을 계속 걸어갔다. 혼자서.

2. 포

　포는 어머니의 트레일러를 향해 진흙길을 올라갔다. 아이작 앞에서는 이성을 잃지 않으려 애를 썼다. 그가 미쳐 날뛰는 모습을 아이작에게 보이는 건 안 될 일이었다. 하지만 그랬을 가능성도 분명히 있었다. 그래도 주변은 어둡고 아늑하기까지 했으며, 포의 이런 모습을 볼 사람도 없었다. 포는 칼이 목에 닿던 느낌을, 사내의 손이 몸에 닿던 느낌을 떠올렸다. 다시 비가 내리기 시작하더니 진눈깨비로 바뀌었다가 눈보라가 되었다. 무척 추웠다. 포는 이름이 오토라는 덩치 큰 사내가 죽어 있는 기계 공장에 재킷을 두고 왔다. 너무나 추웠기 때문에 재킷이나 세상에서 제일 허접한 모자라도 하나 얻을 수 있다면 뭐든지 줄 수 있을 것 같았다. 털모자와 외투, 아니 심지어 비닐 쓰레기 봉지라도 얻을 수 있다면 피를 4리터라도 뽑아줄 수 있을 것 같았다. 몸을 덥히기 위해 달려야 한다고 생각했지만 포는 걷기도 버거운 지경이었다. 집까지는 갈 수 있을 것 같았다. 하지만 난로에 넣을 장작을 패두지 않았다는 사실이 떠올랐다. 언제나처럼 포는 장작 패기를 마지막 순간까지 미뤄두었고, 그러다가 아이작과 함께 집을 나섰으며, 장작이 없으니 이제 집은 얼어붙을 듯이 추울 터였다. 포의 어머니는 하루에 30달러가 드는 전기히터를 절대 켜는 법이 없었고, 류머티즘에 걸린 손으로 장작을 패지도 못했다.

포는 어머니가 자기 같은 망나니 아들을 둔 탓에 너무 춥지 않기를 바랐다. 관절염으로 손이 곱은 채 트레일러에 앉은 어머니. 어머니조차 따뜻하게 해드리지 못하다니, 난 망나니 중에서도 개망나니야. 빌어먹을 철물점 출근 시간도 제대로 못 지키는 나는 좆같이 미련한 멍청이야. 포는 아이작이 그 변태 새끼에게 던진 게 뭔지 궁금했다. 뭔가 묵직하고 커다란 돌멩이 같았고, 그게 포의 눈앞에서 변태 새끼의 얼굴을 박살냈다. 두개골이 함몰되고 이마가 움푹 들어갔다. 너무 자세히 생각하면 토할지도 몰라. 좆나게 커다란 돌멩이가 분명해. 아이작과 오토, 하늘이 정해준 호적수. 아이작의 어깨 힘이 그렇게 강해서 천만다행이야. 덕분에 목숨을 구했어. 부랑자들의 더러운 손에 좆을 잡힌 것도 모자라 바지에 오줌까지 싸긴 했지만 말이야.

그에게 온기가 필요한 오늘밤, 집은 얼어붙을 듯 추울 것이었다. 살인을 방조한 공범이 되었기 때문에 자신을 달래줄 온기가 필요했다. 정당방위라지만 결국은 살인이었다. 게다가 시체를 두고 그냥 나왔다. 하지만 만약 목에 칼이 닿아 있고 한 놈이 내 불알을 주물럭거리는 상황에서 빌어먹을 풋볼 경기장만한 얼굴에 웃음을 머금고 다가오는 오토를 봤다면, 그 자식이 무슨 생각을 하고 있었는지는 안 봐도 뻔한데, 그런 상황에서 경찰에 전화를 해야 한다고 주장한다면 그건 말이 안 되잖아. 그래, 낯선 사람이 손을 댔을 때 여자들이 느끼는 기분이 바로 이런 걸 거라고 그는 생각했다. 금방 사라지지 않고 남는 느낌.

오토가 거기 누운 채로 썩어가면서 코요테에게 얼굴을 게걸스럽게 뜯어먹히는 생각을 하니 한결 몸이 따뜻해졌다. 만약 오늘 아침에 누군가가 포에게 싫어하는 사람이 있느냐고 물었다면 지금까지 아무도 싫어한 적 없다고 답했을 텐데, 이제 포는 맹세코 죽은 그자가, 밀 그대로 불알이 잡힌 포를 바라보며 싱글거리던 오토가 싫었다. 그리고 그의 목을 칼로 벤, 포의 불알을 잡고 있던 턱수염 난 놈은 더 싫었다. 그리고 세번째 사내, 좀더 나이든 사내에 대해서는 유감이었다. 그렇게 세게 찰 생각은 없었다. 이름은 생각나지 않지만 냄새가 지독했던 것만은 기억나는 그 나이든 사람은 처음부터 싸움이 일어나지 않게 하려 애를 썼다. 포는 그 사내를 그렇게 세게 걷어찬 걸 후회했다. 그래, 그 사람은 착했어. 그런데 난 그 사람을 가장 세게 때렸지.

살인은 아니지만 둘이 한 짓은 모양새가 좋지 않았다. 포는 이번 일의 발단이 자신이라는 걸 알았다. 아이작이 오줌을 누러 나간다며 일어섰을 때 진짜로 오줌을 누러 가는 게 아니라는 걸 포는 알았다. 그저 빌리 포의 오래된 다혈질에 불이 붙은 거였다. 이런 식으로 곤경에 빠진 게 이번이 처음도 아니었다. 포는 그 자식들을 손봐주고 싶었다. 혼자서 놈들 셋을 감당할 수 있을 거라고, 셋 정도는 문제도 아니라고 생각했다. 하지만 하마터면 포는 놈들에게 죽을 뻔했고 조그만 아이작 잉글리시가 그를 구했다. 그 덩치 큰 스웨덴인을 다치게 한 정도가 아니라 문자 그대로 죽여버렸다. 성경에 나오는 것처럼, 칼이 아니라 돌로 말이다. 맙소사, 이게 알려지면, 씨발, 전기의자에 앉게 될 거야. 쓸데없는 생각 마. 두 놈 다 죽었으면 좋겠어. 오토라는 놈과 칼로 내 목을 베고 내 좆을 주물럭거리던 수염 난 멕시코 놈 둘 다. 포는 다리 사이의 자기 성기를 만져보았다. 아주 말랑말랑한데다 짜릿한 느낌이 배를 타고 올라오기까지 하는 바람에 포는 잠시 멈춰 서야만 했다. 비누로 씻고 싶었다. 비누와 따뜻한 물로. 뜨거운 물 목욕과 비누로. 좆나게 크고 맙소사 정말 위험해 보이는 칼이었어. 이제는 괜찮아. 저 앞 위쪽으로 트레일러에서 새어나오는 불빛이 보였다. 곧 집까지 갈 수 있을 것 같았다.

트레일러에 가까이 가니 어머니가 창가에서 자신을 기다리고 있는 모습이 보였다. 포는 무슨 일이 있었는지 어머니에게 설명해야 한다는 사실을 깨달았다. 왜 바지에서 오줌냄새가 나는지, 어쩌다 목에 칼자국이 났는지, 눈보라가 몰아치는데 티셔츠만 입고 거의 얼어죽기 직전까지 쏘다닌 이유가 무엇인지 이야기해야 했다. 포는 천천히 길을 벗어나 마당 가장자리의 숲으로 갔다. 그런 일들을 설명할 자신이 없었기 때문에 어머니가 잠들 때까지 기다릴 생각이었다. 어머니는 포의 아버지에게 말을 할 것이고, 설사 말하지 않는다 할지라도 망할 이렇게 작은 마을에서는 어쨌든 그의 아버지 귀에 들어갈 터였다. 포는 어머니가 결국 그 늙은 난봉꾼을 다시 받아들일 거라고 생각했다. 그자가 씨발 스물네 살짜리 수학 선생과 데이트하는 걸 본 적 있어. 그자가 내게 윙크를 했지. 어머니에게 그 얘길 하지 않았는데, 지금 생각해보면 말을 했어야 해. 어머니가 그자를 다시 받아들이려고 하잖아. 하지만 어머니는 요즘 힘들어하고, 어머니에게 필요한 건 그자야. 어머니가 다른 놈을 데려와봤자 특별히 더 좋을 것도 없고. 그 늙다리는 괜찮았지만 다른 놈들은 어머니가 요리를 하는 동안 왕이라도 된 듯 소파에 드러누워 텔레비전을 보았어. 어머니를 그런 식으로 대한 놈들을 도끼 자루로 패줬어야 하는 건데. 놈들 얼굴을 보면 자기들이 어머니보다 잘났다고 생각하는 것 같아. 혼다 오토바이를 몰고 다니던 그 뚱보 놈에게는 씨발, 여긴 너네 집이 아니야!라고 말했고 내가 자기 턱을 부숴버릴 수 있다는 걸 깨닫고 나더니 미소를 거두더군. 그렇게 했어야 했는데. 하지만 그 말을 들은 어머니의 표정은, 맙소사. 어머니는 며칠 동안 내게 한마디도 안 했어. 만약 마흔 살까지 살아남는다면, 어머니의 남자친구란 놈들이 어머니를 어떻게 대했는지 잊지 마. 아직 젊을 때 머저리 짓을 관둬야 해.

포는 나무 아래 앉았다. 그는 풀잎 위로 눈보라가 휘몰아치는 장면을 지켜보았고, 시간이 흐르고 있다는 사실을 어렴풋이 깨달았다. 솔송나무 아래 앉아 있는 동안 몸이 점점 따뜻해졌다. 자신을 구한 게 아이작이라는 사실이 아직도 믿기지 않았다. 아이작은 강해 보이는 인상이 아니었고, 손목과 손이 무척 가늘었다. 아이작을 보면 '섬세하다'는 단어가 떠올랐고, 뼈가 가늘었으며 얼굴 역시 어른 얼굴로는 보이지 않았다. 소년의 얼굴이었고, 툭 튀어나온 눈은 사람들의 놀림감이었다. 학교에서 아이작은 모두에게 만만한 대상이었지만 언제나 포가 아이작을 보호해줬다. 포 덕분에 아이작은 훨씬 쉽게 학교생활을 했다. 그 당시 포는 왕이었고 영광스러운 나날을 보냈다. 그로부터 이 년이 지났다. 이제 포를 무시하지 않는 이는 오로지 아이작뿐이었다. 사람들은 왕이 지상으로 추락한 모습을 보고 기뻐했다. 한때 포는 특별한 존재였지만 이제는 아니었다. 포는 모두가 좋아하는 이야깃거리가 되었다. 인간은 자신보다 잘난 이를 경멸했다. 슬픈 일이지만 모두가 그랬다. 포는 자신이 남보다 잘났다고 생각해본 적이 없었다. 그런 환상에 젖지 않았다. 포는 그 모든 게 영원히 지속되지 않으리라는 사실을 늘 알고 있었다. 아무도 친구로 삼지 않으려는 아이작을 포는 친구로 삼았다. 왜? 아이작을 좋아했기 때문이다. 밸리 전체, 아니 어쩌면 펜실베이니아주 전체에서 가장 똑똑한 아이가 아이작이었고 펜실베이니아주는 작은 곳이 아니었다. 그리고 포도 인정하는 바지만, 아이작과 어울려 다니면 리에게 점수를 딸 수 있다는 사실을 알았기 때문이기도 했다.

바람이 부네, 포는 생각했다. 바람을 피해야 하는데. 그러나 포는 계속 앉아 있었고, 점차 몸이 따뜻해지는 걸 느꼈다. 기분이 좋아졌고, 이제 정말로 따뜻해지는 게 확실하다고 생각했다. 몸이 따뜻해지고 있는 게 분명한데 어째서 아직도 눈송이가 현관 불빛 아래에서 춤을 추는 걸까? 포가 늘 아이작 편을 들기만 한 것은 아니었다. 사실이었다. 아이작은 전혀 몰랐지만, 포는 그런 적이 있었고, 그건 부인할 수 없는 사실이었다.

하지만 그 모든 순간을 깨끗이 속죄할 수 있는 일이 있었다. 두 달 전 강이 얼어붙어 옅은 얼음으로 뒤덮였을 때, 아이작은 포를 바라보며 "믿든지 말든지"라고 말하고는 바위에서 얼어붙은 강 위로 내려와 몇 걸음 걷다가 곧장 아래로 사라져버렸다. 포는 잠시 공황 상태에 빠져 얼마간 서 있다가 아이작이 빠진 곳으로 뛰어들어 얼음조각을 깨고 아이작을 강물에서 끄집어냈다. 둘은 흠뻑 젖었으며 거의 얼어죽을 뻔했다. 자기 어머니처럼 강에서 수영을 한 아이작. 그게 계시였을까? 포는 알지 못했다. 포가 아이작을 구했고 이제 아이작이 포를 구했다. 이는 세상 모든 일에는 다 이유가 있다는 뜻이었다.

포는 그들이 사는 트레일러를 바라보았다. 포의 어머니는 트레일러를 사고 싶어하지 않았지만, 넓은 땅이 매물로 나왔고 포의 아버지가 그 땅을 원했다. 결국 포의 아버지는 그 땅을 샀다. 그러나 그후 두 사람은 이혼했고 포의 어머니는 이 외진 곳에 트레일러와 함께 붙박이고 말았다. 대학을 몇 학기 다닌 적 있는 포의 어머니는 필라델피아로 이사를 갈 거라고 말했다. 침대에서 일어난 직후에도 아름다웠던 어머니는 이제 낡고 더러운 운동복 차림에 헝클어진 머리로 쇼핑을 갔다. 거기다 남편까지 떠나고 없었다. 내 상황도 어머니 마음을 불편하게 하는 데 한몫하고 있지. 어머니를 위해서라면 대학에 가야 했는데. 포는 다른 것을 생각하기로 마음먹었다. 내일이면 지금 이 축축함은 다 가시고 풀잎들이 생기를 되찾고 토끼들이 나오겠지. 사냥한 고기를 먹으면 몸이 나아질 거야. 점심으로 맥주를 곁들여 스튜를 먹자. 그는 냉동실에 작년에 잡은 사슴 고기가 남아 있을 거라고 생각했지만 갓 잡은 토끼보다 좋은 건 없었다. 뼈에서 살점이 다 떨어질 때까지 여섯 시간 정도 푹 고아 먹을 것이다. 아니면 두드려서 넓적하게 만든 다음 빵가루를 묻혀서 튀기거나. 그랬다, 사냥한 고기였다. 경기 전에 포는 사냥한 고기를 먹었고 이번에도 고기를 먹으면 몸이 좋아질 터였다. 그러니 일어나자. 그는 아주 멀리서 자기 자신을 보는 느낌이었다. 아이작은 놈들이 날 그렇게 잡았다는 걸 누구에게도 말하지 않을 거야. 어쨌든, 그애가 날 구했어. 이번 일로 난 빚을 졌어. 아이작이 뭘 시키든 나는 그대로 해야만 해. 자기 누나에게는 말할지도 몰라. 하지만 리는 마음 쓰지 않겠지. 포는 리에 대해 생각하고 싶지 않았다. 평소에도 리에 대해 생각하는 게 괴로웠지만 지금은 특히 더 그랬다. 리는 결혼을 하면서도 포에게 그것에 대해 아무 말도 하지 않았다. 그에게 단 한마디도 하지 않았다. 비록 둘의 관계가 단지 기분 전환용이라는 것을 포는 항상 알고 있었지만 말이다. 포는 불빛 속에 흩날리는 눈보라를 바라보았다. 나무 밑에 앉아서 눈이 내리는 모습을 보고 있으니 몸이 따뜻했다. 포는 뭔가가 잘못되었다고 생각했다. 그게 뭔지 꼭 집어 말할 수는 없었다. 모든 게 조용했다.

*

그레이스 포는 이제 거의 날마다 입는, 심지어 시내에 나갈 때조차 입는 펑퍼짐한 회색 운동복 차림으로 트레일러 안에 앉아 있었다. 시간 가는 줄 모르고 거기 앉아서 트레일러 안쪽의 갈색 벽널을 보고 있었다. 그레이스는 생각에 집중하기 위해 텔레비전을 껐다. 거의 한 시간 정도 되었을 것이다. 최근 들어 그레이스는 텔레비전을 보는 것보다 생각하는 걸 더 좋아하게 되었다. 그냥 가만히 앉아 생각을 했다. 터무니없는 생각들이었다. 그레이스는 성도聖都로 여행을 가는 상상을 했다. 하지만 결코 가지 못할 여행이라는 사실을 잘 알았다. 그레이스는 자신이 이탈리아의 가파른 바위 해변에 있는 모습을, 낡은 성들과 뜨거운 태양을, 뜨겁고 건조한 날씨를 상상했다. 뼈에 좀더 편안할 거야. 와인을 많이 마시고 모두들 보기 좋게 햇볕에 그을리겠지.

바깥은 평소와 달리 깜깜하지 않았다. 폭풍을 품은 먹구름에 시내의 불빛이 반사되었기 때문이다. 그레이스는 아들이 걸어오는 모습을 보았다고 생각했다. 어쩌면 그냥 상상인지도 몰랐다. 이제 난 노인이 되어가고 있어, 그녀는 생각했다. 머리가 살짝 어떻게 되어가고 있고. 비극적인 일일 수도 있고 웃기는 일일 수도 있었다. 그레이스는 웃기는 일이라고 결론지었다. 그녀는 아들에게 화가 나 있었다. 집에는 땔감이 떨어졌고, 그레이스는 담요 두 장으로 몸을 둘둘 감싸고 있었다. 그리 대단한 걸 요구한 것도 아니었다. 장작을 패서 집을 따뜻하게 하라는 것뿐이었다. 화가 날 만했다. 얼어죽을 정도는 아니었고, 벽에 전기 히터도 설치되어 있었지만 돈이 많이 들어서 켤 수는 없었다. 가장 좋은 방법은 프로판 히터나 오일 히터를 설치하는 것이었지만, 그레이스는 트레일러에서 사는 게 싫었고 오래전부터 그곳을 떠나고 싶었다. 진짜 난로를 사는 건, 트레일러에 돈을 쏟아붓는 건 떠나기를 포기하는 행동 같았다. 차라리 춥게 사는 게 나았다. 자리에서 일어나 창가로 가서 유리에 비친 자기 모습 너머를 바라보았지만 길과 벌판에선 아무것도 움직이지 않았고 언제나처럼 완벽한 공허만 있을 뿐이었다. 그레이스는 자신이 트레일러에서 살리라고는, 이런 시골구석에서 살리라고는 상상해본 적이 없었다.

그레이스는 창에 비친 자기 모습을 보았다. 그녀는 마흔한 살이었고 머리카락은 거의 회색빛이었다. 남편이 떠난 뒤로 염색을 하지 않았는데, 남편에게 화가 나서인지 자신에게 화가 나서인지 스스로도 알 수 없었다. 체중도 늘어서 턱밑에 주름이 잡혔다. 그레이스는 언제나 정상 체중보다 약간 더 나갔지만 예전에는 얼굴을 보아선 살이 쪘다는 걸 알 수 없었다. 그레이스가 보기에, 이제는 눈빛마저 낡은 전조등 불빛처럼 탁한 것 같았다. 얼마 안 가 누가 봐도 늙었다는 생각밖에 안 드는 전형적인 노인 얼굴이 될 터였다. 처량맞은 생각은 그만둬, 그레이스는 속으로 말했다. 몸 관리를 좀 더 잘할 수 있어. 그레이스는 역시 버질을 다시 받아들이는 게 좋겠다고 판단했다. 버질이 있었다면 난로가 텅 비게 놔두지 않았을 것이다.

버질에 대해 말하자면, 그레이스도 바라는 바가 있었지만 그건 갈수록 덜 중요해졌다. 그레이스 나이의 남자들 가운데 직장이 있는 남자들은 그레이스 곁에 몇 주, 길어야 몇 달 정도만 머물렀다. 그녀는 매번 희망을 품었지만 그 희망은 번번이 깨졌다. 남자들은 모두 떠받들려지길 원했고 자기 앞에 저녁식사가 차려지기를 원했다. 농담 같지만 진짜 그랬다. 그 가운데 절반은 심지어 섹스를 할 때조차 아무런 노력을 기울이지 않았다. 품위라는 것은 아예 찾으려야 찾을 수가 없었다. 그레이스는 도서관에서 인터넷 데이트 서비스를 신청했지만 그레이스 나이의 남자들은 훨씬 더 어린 여자를 찾았다. 술집에서도 오륙십대 남자들을 제외하면 그레이스를 찾는 남자는 없었다. 남자들은 딸뻘 되는 여자들과 섹스를 하고 싶어했다. 하지만 적어도 버질은 돌아오기는 했다. 그래, 그레이스는 생각했다. 그 사람은 이제 쥐죽은듯 조용한 내가 편한 거야.

눈발이 거세지기 시작했고, 그레이스는 마당 가장자리에서 누군가가 움직이는 걸 보며 생각했다. 난로에 땔감이 다 떨어졌는데, 밖에서는 주정뱅이가 어슬렁거리면서 오줌으로 눈밭에 자기 이름을 써대고 있나보군. 몇 년 전, 버질이 떠난 직후, 그레이스는 필라델피아의 일자리를 제안받은 적이 있었다. 거의 수락하려고 했으나 당시에 빌리가 학교에서 풋볼을 하며 무척 잘나가고 있었고, 그녀 역시 버질이 곧 돌아올 거라는 희망을 갖고 있었다. 그레이스는 그 제안을 받아들였다면 자신이 영화 같은―서른다섯 살, 대도시의 아파트, 야간대학, 싱글맘―삶을 살았으리라는 걸 알았다. 어쩌면 변호사와 결혼했을 수도 있었다. 학위도 마쳤을 것이다. 하지만 그러는 대신 그녀는 뷰얼의 트레일러에서 철부지 아이와 함께 살았다. 아이가 아니라 어른일지도 모르지만 그건 문제가 아니었다. 이제 그 아들은, 풋볼 장학금을 비롯해 한때 거의 모든 것을 가졌던 그 아들은, 어머니와 함께 살기로 결정했고 어머니가 저녁을 차려주지 않으면 굶는 쪽을 택했다. 그레이스는 왜 이렇게 불길한 느낌이 드는지 궁금했다. 어쩌면 뭔가 일이 벌어지고 있는지도 몰랐다.

그레이스는 현관으로 나가보기로 마음먹었다. 발이 시렸고 바닥이 축축했지만 밖은 아름다웠다. 사방이 흰색이었다. 나무며 풀, 이웃의 빈집, 모든 것이 꼭 그림 같았다. 봄이 된 지 한 달이 지나고 뒤늦게 온 눈이라서 눈 밑에 녹색빛이 보였다. 무척 평화로웠다. "빌리." 그레이스는 자기 목소리 때문에 풍경이 흐트러질까 겁이 나는 듯 조용히 말했다. 포가 마당 가장자리의 나무 아래 앉아 있었다. 뭔가 이상했다. 포의 머리에 눈이 쌓여 있고 외투도 입고 있지 않았다. 그레이스는 포치 난간 너머로 몸을 기울였다. 포는 고개를 들지 않았다.

"빌리," 그레이스가 외쳤다. "안으로 들어와."

포는 움직이지 않았다.

그레이스는 맨발로 마당으로 뛰어나갔다. 그레이스가 포에게 다가가자 포는 천천히 시선을 옮겨 그레이스에게 초점을 맞추는가 싶더니 곧 뭔가 다른 것을 보았다. 포의 얼굴은 창백했고 목에는 베인 상처가 있었고 상처에서 흘러나온 피로 셔츠가 젖어 있었다. 그레이스가 포를 흔들었다. "일어나." 그녀가 말했다.

포를 일으켜 세우려 했지만 포는 지독하게 무거웠다. 안 돼, 그레이스는 생각했다. 이건 불공평해. 그녀가 포의 겨드랑이 아래에 팔을 끼우고 일으키려 했으나 포는 일어나려는 의지가 전혀 없었다. 포는 너무 무거웠고 그레이스는 포를 일으켜 세울 수 없었으며, 그는 그레이스가 옆에 있다는 사실만 간신히 아는 듯했다. 포의 몸은 너무나 차가워서 통나무나 바윗덩어리 같았다. "일어나." 그레이스가 포에게 외쳤지만 눈보라에 목소리가 묻혔다. 포가 간신히 다리에 힘을 줬고, 이윽고 둘은 일어섰다. 그레이스는 포에게 이제 걸을 거라고, 걸어서 집으로 갈 거라고 말했다.

그레이스는 포를 욕실로 데려가 옷을 입은 채로 욕조에 누였다. 욕조에 따뜻한 물을 틀고 신발을 벗겼다.

"어떻게 된 거야" 하고 그레이스가 말했지만 포의 눈은 어딘가 다른 곳을 향해 있었다. 뜨거운 물이 욕조 안으로 쏟아져도 포는 멍하니 앞만 보았다. 포는 그레이스를 알아보지 못했다. 욕조에 쏟아진 물이 흙탕물이 되었다. 지독한 냄새가 났다. 마지막으로 샤워를 한 게 언제일까 싶었다. 포가 자기 몸을 제대로 돌보지 않는다는 걸, 철물점에서 해고된 뒤로 무척 풀이 죽어 지낸다는 것을 그레이스는 알았다. 포에게 좀더 잘해줄 걸 그랬다는 생각이 들었다. 그레이스는 포가 앞길을 스스로 개척하게 내버려둬야 한다고 판단했었다. 하지만 잘못된 판단이었다. 포의 피부가 창백하고 얼음장처럼 차가웠다. 그레이스는 포의 두 어깨를 눌러 물속으로 더 깊이 담갔다.

수증기가 욕실을 가득 채웠고 포의 목에 난 피딱지가 물렁해지면서 상처에서 피가 흘러 흙과 피로 물이 거의 시커메졌다. 그레이스는 무릎을 꿇고서 따뜻하고 더러운 물로 포의 얼굴을 씻겼다. 그의 몸 때문에 물이 식었고, 그레이스는 적당히 물을 빼내면서 뜨거운 물을 더 채웠다. 몇 분 뒤 어느 정도 온기를 회복한 포가 몸을 떨었다. 사람 몸을 이렇게 빨리 따뜻하게 해도 되는지 그레이스는 기억이 나지 않았다. 뭔가 해서는 안 될 일이 있다는 것은 알았다. 차가워진 몸을 너무 빨리 데우면 죽는다든지. 그레이스가 포를 일으켜 앉히고 목에 난 상처에 요오드를 바르자 갈색 얼룩이 셔츠로 흘러내렸다.

"자, 옷을 벗자." 그레이스는 오랫동안 사용하지 않은 어머니다운 부드러운 목소리로 말했다. 포는 그레이스가 셔츠를 벗기게 가만히 있었다. 그레이스가 포의 허리띠를 풀고 더러운 청바지 단추를 끄른 뒤 바지를 벗기려 하자 포가 두 손으로 바지를 움켜쥐었다. 포는 그녀가 바지를 벗기게 놔두지 않았다.

"빌리."

그는 아무 말도 하지 않았다.

"손 놓으렴." 그레이스가 말했다.

포는 그레이스의 말을 따랐다. 쉽지는 않지만 그레이스는 속옷까지 벗겨지지 않게 조심하며 바지를 벗겼다. 포의 목에 난 상처에서 다시 피가 흘렀고, 그레이스는 상처가 일직선으로 깊게, 고기를 썰듯 칼로 벤 것임을 알아차렸다. 상처에 부자연스러워 보이는 허연 부분이 있었고, 그녀는 그것이 힘줄이거나 어떤 다른 조직이라는 걸 알았다. 그레이스는 들어오면서 문을 잠갔는지 기억을 더듬었다. 버질이 두고 간 엽총이 있었지만 탄환이 어디에 있는지는 몰랐다.

"누가 널 뒤쫓고 있니?" 그레이스가 물었다. 그녀는 포를 흔들었다. "빌리. 빌리, 누가 널 쫓아서 여기로 오고 있어?"

"아니요." 포가 말했다. 정신이 돌아오고 있었다.

"날 보렴."

"아무도 안 와요." 포가 말했다.

그레이스의 눈앞에 여러 개의 반점이 보였다. 욕실이 너무 더워서 그래, 그녀가 혼잣말을 했다. 점점 머리가 어지러웠다. 다음에 다시 이런 상황에 처하면 이 아이는 절대 집까지 오지 못할 거야. 병원 지하실 시체 안치소의 침대에 누워 있을 거야. 그레이스는 포의 젖은 바지를 집어들고 개기 시작했다. 포는 놈들에게 목을 베였을 때 바지에 오줌을 쌌다. 이제 그는 정신을 차리고 상기된 얼굴로 욕조에 누워서 그레이스가 손에 든 바지를 보고 있었다.

포가 일어나 앉아 손을 뻗자 그레이스가 포를 부축하기 위해 욕조 안으로 몸을 숙였다. 포는 그레이스에게서 바지를 빼앗았다.

"제가 빨 수 있어요." 포가 말했다.

*

　그레이스가 욕실을 나가자 포는 속옷을 벗고 부랑자가 잡았던 곳을 문질러 씻기 시작했다. 목에 난 상처가 따끔거렸다. 그 순간 포는 아이작이 자신을 두고 갔다고 생각했었던 게 기억났고, 그때 그는 잠시 동안 아이작 그 개새끼가 자신을 거기 두고 나갔다는 생각밖에 할 수 없었고, 이어 목에 타는 듯한 통증이 느껴졌었다. 포는 부랑자에게 목을 베이던 때의 느낌을, 그리고 결국 저항을 포기하던 순간을 떠올렸다. 놈은 날 완전히 저밀 수도 있었어. 헤수스, 그 자식 이름은 헤수스였어. 그 좆같은 멕시코 놈, 헤수스. 어딘가에 아직도 살아 있겠지. 포는 잔인한 사람이 아니었지만 기도했다. 하느님 아버지, 제가 그 자식을 찾게 도와주소서. 그 자식을 찾으면 발목에 꼬챙이를 꿰어 들어올린 뒤 껍질을 벗겨버리겠습니다. 포는 그 멕시코인이 비명을 지르는 걸 상상했다. 산 채로 껍질을 벗기는 동안 늙다리 헤수스가 비명을 지르는 생각을 하니 거의 발기가 될 지경이었다. 아니면 먼저 배를 가르고 내장을 끄집어낸 다음 응급처치를 해서 죽지 않게 하고 내장이 길게 늘어진 자기 모습을 보여주는 게 더 나을지도 몰라. 맙소사, 그는 생각했다. 무슨 생각을 하는 거야. 난 지금 제정신이 아니야. 포는 얼굴에 물을 끼얹었다. 그 멕시코인이 포의 불알을 너무나 세게 움켜쥐어 포는 먹은 것이 거꾸로 올라오는 느낌이었다. 바로 그때 포는 바지에 오줌을 썼다. 농담하는 거 아니야. 헤수스는 이렇게 말했다. 빨리 집중하지 않으면 이걸 잘라버리겠단 말씀이야. 포는 놈이 숨을 들이마셨다가 내쉬는 것을 느꼈고, 여자 위에 올라탔을 때 여자 심장이 쿵쾅거리는

걸 느끼듯 자기 등뒤에서 놈의 심장이 뛰는 걸 느꼈다. 아주 구역
질나는 순간이었지만 포는 가만히 있을 수밖에 없었다. 포는 다시
물밑으로 들어가 영영 올라오지 않고 싶었다.

하지만 그 무시무시한 소리가 기억났다. 마치 총소리 같았다. 멕
시코인이 포를 놓았고, 풀려난 포는 문으로 향했다. 포는 오토를
보았다. 튀어나온 오토의 두 눈알에서는 피가 흘렀고, 입과 귀에서
도 피가 뿜어져나왔다. 아이작이 문에서 포를 기다리고 있었다. 포
는 좋은 사람이었고, 아이작은 그 부분에 한치의 의심도 품지 않
았다. 좆나게 믿음직한 남자라고 생각했다. 하지만 포는 진실의 순
간이 오면, 자신도 남을 위해 그렇게 해줄 수 있었을지는 모르겠다
고, 그렇게 말할 듯했다. 포는 그런 사람이 못 되었고, 그게 진실이
었다. 아이작과 달리, 포는 그렇게 하고 싶어했겠지만 그렇게 하지
는 못했을 것이다. 그쪽으로 발길을 돌리는 것조차 불가능했을 것
이다. 그는 늘 자신이 그렇지 않을까 의심해왔지만, 이제는 확신할
수 있었다. 물론 아이작을 위해 다시 공장으로 돌아가기는 했을 거
야, 포는 생각했다. 다른 사람이라면 몰라도 아이작을 위해서라면
그랬을 거야.

포는 오토가 아까 쓰러진 그 자리에 계속 있으리라는 걸 알았다.
놈들은 그자를 땅에 묻으려 하지 않았을 것이다. 시체를 묻다가 잡
히면 좆되는 거니까. 포는 남은 두 놈이 해리스에게 갔을지 궁금했
다. 해리스가 부랑자를 싫어하는 건 모두가 다 아는 사실이지만 그
둘은 그 사실을 모를 수도 있었다. 어쩌면 그들이 해리스에게 사실
을 말해서, 결국 해리스가 현장을 확인하러 가야 했을지도 몰랐다.
해리스는 포의 어머니와 한동안 데이트를 했다. 포는 어머니가 해

리스 서장과 그걸 했는지 궁금했다. 의문의 여지가 없었다. 버드 해리스는 폭행 사건으로 감옥에 갈 뻔한 포를 구해준 적이 있었다. 모두가 알았다. 포가 도노라에서 온 아이에게 한 짓에 대해 어떤 처벌도 받지 않았다는 걸. 이번에는 해리스도 포를 돕지 못할 것이었다.

얼마 후 포는 욕실에서 나와 옷을 입고 거실로 갔다. 너무 지쳐서 고개를 똑바로 드는 것조차 힘겨웠다. 집은 어두웠다. 그레이스가 거의 모든 조명을 꺼둔 것이었다. 하지만 집안은 따뜻했고, 먼지가 타는 듯한 냄새가 나는 걸로 보아 벽에 설치된 전기 히터를 켰다는 걸 알 수 있었다. 죄책감이 들었지만 한편으로는 긴장이 풀리기도 했다.

그레이스가 말했다. "다른 사람과 함께 있었니?"

"아이작 잉글리시요."

"그애는 괜찮고?"

"저보다는 나아요."

"아버지가 오고 계신다."

"얘기했어요?"

"아니. 그냥 네게 미리 알려줘야 할 것 같아서."

"완전히 돌아온다는 뜻인가요?"

"아직 모르겠구나." 그녀가 말했다. "두고 보면 알겠지."

포가 그레이스가 앉은 소파의 반대쪽 끝에 앉았고, 그레이스는 포를 끌어당겨 무릎 위에 포의 머리를 누였다. 포의 머리가 그레이스의 배를 살짝 눌렀다. 포는 눈을 감고 멕시코인에 대해 생각하기를 그만두었다. 그레이스가 배로 숨쉬는 소리를 들을 수 있었다.

모든 게 괜찮아질 거라는 생각을 하며 그는 곧바로 잠이 들었다.

포가 그렇게 삼십 분 정도 잠을 잤을 때 아버지의 트럭이 진입로에 들어서는 소리가 들렸다. 포가 일어섰고, 포의 어머니는 괴로운 눈으로 포를 바라보았다. 포는 어머니에게 어색하게 웃어 보였으나, 당장은 잠시라도 버질을 참아줄 수가 없을 것 같았다. 포는 자기 방으로 갔다.

포는 버질과 어머니가 대화하는 소리를 들었다. 곧 둘은 서로 고함치며 싸우거나 섹스를 할 것이다. 포는 곧 고함이 들릴 거라고 생각했다. 아버지를 충분히 봐왔기에 오늘 같은 상황에서 다음에 무슨 일이 일어날지는 훤했다. 하지만 이어서 포의 귀에 들린 건 도끼질소리였다. 포가 패기로 되어 있던 장작을 버질이 패고 있었다. 아, 젠장, 젠장, 젠장, 포는 생각했다. 나가서 그 일을 해야 할 사람은 포였는데 이제는 너무 늦었다. 그가 일을 망쳐버렸고, 이제 저 노인네가 점수를 따게 될 것이었다.

포는 다시 오토에 대해 생각했고, 해리스 서장에게 전화를 해야 한다고 생각했다. 서장은 지난번 곤경에서 그를 구해주었다. 하지만 이제 너무 늦었다. 이제 둘은 죄를 지은 것처럼 보일 터였다. 어쨌든 그렇게 간단하지는 않았다. 엄밀하게 말해서, 그 덩치 큰 스웨덴인은 아무 짓도 하지 않았다. 무슨 짓을 하기 직전이었고, 그건 확실했지만, 그자가 정말 한 짓이라고는 주먹질 두어 번이 전부였다. 포는 기계 공장 바닥에 머리가 깨진 채로 쓰러진 그 사람을 생각했고, 죄책감을 느꼈다. 원래대로라면 포는 지금 대학에 다니며 수업을 듣고 있어야 했다. 뷰얼고등학교 풋볼 팀 코치인 딕 캐네디, 이른바 올드 딕은 포를 위해 대학 세 군데에서 입학 허가를 받아냈고, 그 가운데 하나는 뉴욕주 북쪽의 콜게이트대학이었다. 멋져 보였지만 포는 준비가 안 되어 있었다. 아니, 사실 포는 충분히 준비가 되어 있었다. 만약 사람들이 포를 가만두었더라면 포는 그곳에 갔으리라. 하지만 모두가 당신에게 뭔가를 하라고 외쳐댄다면…… 포는 가운뎃손가락을 쳐들어 마을 전체에 엿을 먹이고, 대학에 입학하는 대신 터너스 에이스 철물점에 취직했다. 만약 포가 갑자기 사라져서 대학에 입학한다면 포는 다시 사람들을 엿먹이는 셈이었다. 콜게이트의 코치는 언제든지, 마음이 바뀌면 언제든지 연락해, 포, 하고 말했다. 좋아, 그는 생각했다. 이제 마음이 바뀌었어. 코치에게 전화를 할 거야.

머리가 맑아지면서 모든 게 괜찮을 거라는 생각이 들었다. 그때 포는 떠올렸다. 내 외투. 내 풋볼 재킷이 그 공장에 그대로 있어. 내 이름과 등번호가 찍힌 외투가 시체 바로 옆에 있어. 아마도 피에 흠뻑 젖은 채로 말이야. 시체가 발견되는 건 시간문제고, 사람들이 쫓는 건 아이작 잉글리시가 아니겠지. 범인은 빌리 포야, 한때 유명했던 개. 포는 도노라에서 온 아이를 죽일 뻔한 적이 있었고, 정당방위였지만 어느 누구도 그렇게 보지 않았다.

사람들이 포의 재킷과 시체를 함께 발견할 것이다. 시체를 강으로 끌고 가서 없애야 해, 그는 생각했다. 지금까지 숲에서 끌고 나온 사슴이 몇 마리인데. 별로 다를 것도 없을 것이다. 사실, 너무나 다르다는 걸 포도 알았다. 하지만 달리 방법이 없었다. 둘은 현장으로 돌아가야만 했다.

3. 아이작

아이작은 밤새 잠을 자지 않았고 아침이 되자 아래층에서 노인
네가 움직이는 소리를 들었다. 지난밤 아이작이 들어왔을 때, 아이
작과 노인네는 서로를 바라보며 고개를 끄덕였고 노인네는 아이작
이 훔친 돈에 대해 아무 말도 하지 않았다.

2층에 있는 아이작의 방 창문에서는 언덕의 눈이 이미 녹은 게
보였다. 아직 제강소가 운영되던 시절에 어둠 속에서 바로 이 창문
밖을 바라보던 기억이 났다. 당시 밤하늘에는 거대한 불길이 솟아
있었다. 어린 시절의 희미한 기억이었다. 올해 부랑자가 죽은 게
그 스웨덴인이 처음은 아니었다. 1월에도 그 낡은 건물에서 부랑자
시체가 발견됐다. 동사였다. 하지만 어제 그자는 죽은 게 아니라
살해당했다. 그게 달랐다. 이번에는 그냥 넘어가지 않을 것이다.

봄도 아니고 겨울도 아닌 이즈음은 한 해 중 기묘한 시기였다.
이미 새잎이 돋은 나무들이 있는가 하면 어떤 나무들은 여전히 벌

거벗고 있었다. 오늘은 따뜻할 것 같았다. 모든 언덕과 분지와 구석구석이 아늑해 보였다. 160킬로미터 내에 평지라고는 한 군데도 없었다. 어디로든 숨겨. 하지만 그래봤자 별로 도움은 안 될 거야. 그는 생각했다. 결국 그 스웨덴인은 발견될 거고 그러면 내 편을 들 사람은 아무도 없겠지. 죽은 사람을 보라고. 그자의 어머니, 아버지, 형제자매를 생각해봐. 내가 죽은 그 사람이라고 생각해봐. 죽은 사람을 발견하고도 그냥 넘어가는 경우는 없어. 개가 죽으면 그냥 썩게 두지. 사람일 땐 달라. 개들이 죽은 개를 보고 그 이유를 궁금해하는 거 봤어? 천만에, 눈길도 안 주고 지나가. 죽은 개를 그냥 받아들이는 게 개의 본성이거든.

아이작은 상황이 달라지는 걸 느낄 수 있었다. 이곳은 내 방이지만 곧 그렇지 않게 될 거야. 책상 위에 놓인, 젊고 아름다운 어머니가 수줍게 웃고 있는 사진. 중학교 1학년, 2학년, 3학년 때 과학 경진대회에서 받은 1등 상패 몇 개. 그뒤로는 받지 못했지. 사람들이 내 연구를 이해하지 못했거든. 사람들이 이해하지 못할 거라는 걸 알았지만 어쨌든 난 계속 연구했어. 쿼크, 렙톤, 끈이론. 그러면서 스스로 깨졌지. 사람들 절반은 지구의 나이가 사천 살이라고 생각해. 나머지 절반도 그리 다르지 않고. 보이드 대령은 수업 시간에 인간에게는 한때 아가미가 있었지만 쓰지 않게 되면서 없어진 거라고 말했어. 사실, 난 반론을 제기하려 했지. 그건 라마르크의 용불용설입니다. 사람들이 더는 그 이론을 믿지 않는다고 생각하는데요. 보이드 대령은 학생들 앞에서 망신을 줬다며 내게 C학점을 줬어. C를 받은 유일한 과목이었지. 당연히 보이드 대령은 누나를 사랑했어. 왜냐고? 누나는 사람들이 듣고 싶어하는 말을 해주거든. 반 친구들이 진실이 아닌 내용을 배우든 말든 누나는 아무 상관 안 했어.

아이작은 다시 창가로 가 밖을 보았다. 아이작은 사람들과 쉽게 어울리는 누나가 늘 존경스러웠고, 그 방식을 배워보려 했다. 이제야 그 대가가 무엇인지 알게 됐지. 누나는 나보다 더 쉽게 거짓말을 해. 노인네와 똑같아. 아니, 노인네는 달라. 노인네는 다른 사람을 이해하지도, 다른 사람에게 관심을 보이지도 않아. 오직 자기뿐이지. 하지만 내가 노인네 처지가 되었다면, 첫번째 요추가 부러져 진행성 신경장애에 걸렸다면 더 잘할 수 있었을지 생각해봐. 아니면 내가 스티븐 호킹이라고 생각해봐. 자기 아내를 버린, 내가 가장 좋아하는 장애인 천재 말이야. 이십육 년 동안 환자용 변기를 비워줬더니 하는 말이 이런 거지―미안해, 여보. 이제 새로운 모델로 교체해야 할 때가 된 듯해. 호킹과 노인네는 서로를 아주 잘 이해할 거야.

아이작은 시계를 보며 포가 언제 온다고 했는지 떠올리려 애썼다. 포가 시간을 정했던가? 기억나지 않았다. 평소와 달랐다. 포는 항상 약속 시간을 정했다.

진입로로 차가 들어오는 소리가 들리자 아이작은 벌떡 일어나 창가로 갔고 하얀 세단을 보았다. 경찰인가? 아니었다. 메르세데스. 리의 차였다. 지금 도착한 걸로 보아 코네티컷에서 한밤중에 출발한 게 분명했다. 아이작은 리가 집 옆에 주차하는 모습을 지켜보았다. 내가 돈을 훔친 걸 알고 온 거겠지. 맙소사. 기분이 더 우울해지기 시작했다. 상관없어, 아이작은 큰 소리로 말했다. 리는 더 심한 짓도 했잖아. 정말 그랬나? 정확히 리가 무슨 짓을 했는지 설명하는 건 어려웠다. 날 여기 두고 갔잖아, 아이작은 생각했다.

날 위해 돌아오겠다고 약속하고 돌아오지 않았어. 그건 그렇고 리가 모는 저 차는 이 집보다도 더 비싸.

리가 집으로 들어와 아래층에서 아버지에게 인사하는 소리가 들리더니 몇 분 뒤 아이작을 보러 계단을 올라오는 소리가 들렸다. 아이작은 조용히 이불을 덮고 잠든 척했다.

리는 문밖에서 망설이며 방안에서 소리가 나는지 한참 귀를 기울이다 문을 조용히, 아주 조금 열었다. 아이작은 공기가 들어오는 것을 느꼈다. 리가 거기 서서 아이작을 보고 있는 게 분명했다. 아이작은 눈을 뜨지 않았다. 숨이 막혀왔지만 고르게 내쉬려 애썼다. 아이작은 리의 얼굴을 떠올릴 수 있었다. 어머니와 거의 같은 얼굴. 까무잡잡한 피부에 짧은 머리, 높은 광대뼈. 리는 아주 예뻤다.

"아이작?" 리가 속삭였지만 아이작은 대답하지 않았다.

리는 일 분 정도 서 있다가 문을 닫고 아래층으로 내려갔다.

내가 너무했나? 아이작이 생각했다. 모르겠어. 얼마나 많은 약속을 깨뜨려야 더는 그 사람을 용서하지 않게 되는 걸까? 한때는, 아니 정확히 그의 인생 대부분은 지금과 아주 달랐다. 아이작과 아이작의 누나가 서로의 생각을 훤히 읽고 서로가 무슨 일을 하고 있는지 정확히 알던 때가 있었다. 학교든 보기 흉한 벽돌집에 있든, 장소는 상관없었다. 아이작은 힘든 하루를 보낸 날이면 누나의 방에 가서 누나가 책을 읽거나 숙제를 하는 동안 침대 발치에 앉아 있곤 했다. 그는 어머니에게 가기 전에 누나에게 먼저 갔다. 아이작, 리, 어머니, 이 셋은 가족 안의 가족 같았다. 그러다가 어머니가 자살을 했다. 그리고 리는 예일대로 가버렸다. 한번은 아이작이 예일대를 방문했고, 리는 캠퍼스와 아이비로 뒤덮인 높은 석조 건물들을 구경시켜주었다. 아이작은 리가 그곳 사람이 되었다는 사실을 깨달았다. 그리고 언젠가는 자신 역시 리의 뒤를 따를 거라고 생각했다. 하지만 스무 살이 된 아이작은 아직도 여기에, 뷰얼에 살았다. 그리고 이제, 아이작은 생각했다.

영구적인 것은 없어. 죽은 스웨덴인은 흙으로 돌아갈 테고, 피는 끈끈함을 잃고 부스러질 테고, 난 동물 먹이가 되어 땅으로 돌아갈 거야. 비옥하고 거무스름한 흙이 뭔가가 거기서 죽었다는 걸 말해주지. 추적할 수 있는 것들—피, 머리털, 지문, 신발자국—아이작은 그런 것들을 어떻게 피해갈 수 있을지 알지 못했다. 그리고 번들거리는 얼굴의 스웨덴인과 그 위로 떨어지던 핏빛 조명이 그의 마음속에서 떠나지 않았다. 아이작은 스웨덴인의 두 눈 사이에서 시선을 떼지 않았고, 심지어 베어링이 자기 손을 떠난 뒤에도 그랬다. 내가 던진 거야. 진심으로 그자에게 베어링을 던진 거야. 스웨덴인의 손에 무기가 들려 있었는지 생각해보았지만 무기는 기억나지 않았다. 그자는 손에 아무것도 들고 있지 않았다. 무장하지 않은 사람. 끔찍한 단어였다. 왜 그자에게 던졌을까? 그자의 얼굴에 떠오른 표정을 보았으니까. 멕시코인에게는 던질 수 없었으니까. 잘못하면 포가 맞을 수도 있었어. 포의 목에 칼을 들이대고 있었던 건 멕시코인인데 내가 죽인 건 그자가 아니야. 죽은 건 그곳에서 아무것도 하지 않고 서 있던 사람이었어.

모든 게 편견투성이야, 그는 생각했다. 낯선 사람보다는 아는 사람 편을 드는 거야. 포를 살리려고 스웨덴인을 죽였어. 스웨덴인이 열 명이든 백 명이든. 상대방이 적인 한은 말이야. 아무 군인이나 잡고 물어봐. 아무 목사나 잡고 물어봐. 성경에서 수백만 명이 죽는데, 하느님이 괜찮다고만 하면 아무 문제 없어. 심지어 아기들도. 바위에 아기들을 집어던져 죽이면서도 예수가 시켰다고 하지. 하느님 말씀과 인간 손의 결합. 행할 바를 했으니 이제 손을 씻어라.

*

이른 오후 아이작은 포가 200미터쯤 떨어진 빌판 가장자리에서 다가오는 모습을 보았다. 아이작은 재빨리 옷을 입고 신발을 신고 외투를 걸친 뒤 창을 통해 나가서, 땅에 몸이 닿기 전까지 손가락 끝으로 창문에 조심스럽게 매달렸다가 내려왔다. 그의 누나가 살펴보러 올라왔지만 아이작이 문을 잠근 후였다.

그는 집을 돌아보았다. 조지아 왕조풍의 저택으로, 원래는 제강소 공장장이 살려고 지은 집이었다. 휠체어에 앉은 채 뒤쪽 포치에 있는 노인네의 모습이 보였다. 넓은 등, 가느다란 팔, 하얀 머리칼. 노인네는 굽이치는 언덕과 드문드문 풀밭이 보이는 숲, 방금 땅을 간 진한 갈색 들판, 저멀리 개울을 따라 들쭉날쭉한 수목선을 바라보고 있었다. 평화로운 장면이었고, 아이작은 노인네가 잠들어 있는지 깨어 있는지 가늠할 수 없었다. 자기 농장을 바라보는 나이든 대농장주 같아 보였다. 이 집을 사기 위해 노인네는 얼마나 오래 초과근무를 해야 했던가. 노인네가 이 집을 얼마나 자랑스러워했는데. 지금의 저 모습을 봐. 내가 늘 죄책감을 느끼는 것도 당연해.

발을 높이 들어 길게 자란 풀을 밟으며 아이작은 집 부지에 속한 들판 가장자리의 나무가 자라고 샘이 솟는 곳으로 향했다. 아이작은 그곳을 잘 알았다. 은단풍나무, 백참나무, 히커리나무, 물푸레

나무와 낙엽송. 그곳에는 아이작과 그의 아버지가 심은 박태기나무가 있었고, 이제 꽃이 활짝 피어 있었다. 분홍색 꽃이 녹색인 다른 나무들과 대비를 이루었다. 유다나무*. 딱 맞는 이름이네. 포가 그 나무 그늘에 앉아 아이작을 기다리고 있었다.

"혹시 이상한 사람이 집에 찾아왔어?"

"아니." 아이작이 말했다.

"저 차는 누구 거야?"

"리. 신랑의 차일 거야."

"아." 포가 말했다. 잠시 포의 얼굴이 굳어졌다. "벤츠 E320이네, 맙소사." 포는 집을 바라보고 있었다.

두 사람은 작년 가을에 떨어진 뒤 썩어가고 있는 낙엽을 발로 차며 숲을 지나 길 쪽으로 갔다. 낙엽에서 달콤한 향이 났다.

"이건 멍청한 짓이야." 포가 말했다. 그는 아이작을 바라보았다. "내 말은, 달리 어떻게 해야 할지는 모르겠지만, 그렇다고 지금 하는 행동이 멍청하지 않은 건 아니라는 말이야."

아이작은 아무 말도 하지 않았다.

"맙소사," 포가 말했다. "고맙다."

둘은 길을 가로질러 오리나무숲을 통과하는 개울을 따라 걸었다. 약간 서늘하다는 점 말고는 어젯밤에 눈이 온 흔적을 찾아볼 수 없었다. 그들은 자갈 둑을 걸었고, 이끼가 짙게 낀 바위들을 넘기도 했다. 머리 위로 언뜻언뜻 보이는 하늘은 푸르렀고 협곡은 초

---

* 예수의 제자인 유다가 예수를 판 뒤 죄책감에 목을 매 자살한 나무라는 이유로 박태기나무를 유다나무(Judas tree)라고도 한다.

목이 무성했다. 인동덩굴과 벚나무가 보였고, 머리 위로는 늙은 사탕단풍나무 한 그루가 기울어져 있었으며 그 아래 땅은 침식되어 있었다.

그들은 문이 없고 반쯤 모래에 잠겨 있는 낡은 트레일러를 지나쳤다. 돌연 아이작은 자기에게 피가 묻어 있을지도 모른다는 생각이 들었다. 밤새 샤워를 하지도 않고 씻지도 않았던 것이다. 그렇게 멀리까지 뿜어나오지는 않았을 것이다. 7미터나 8미터쯤 떨어져 있었으니까. 그래도 혹시 몰라, 아이작은 생각했다. 씻을 생각을 하지 않다니 너무나 멍청했다.

둘은 사람들 눈에 띄지 않도록 숲을 통해 시내를 멀리 돌아갔다. 나무 사이로 스탠더드 공장 건물이 보였을 때는 늦은 오후였다.

"얼른 들어가서 끝내자." 포는 담배를 꺼내려 했지만 담뱃갑에서 한 개비를 더듬거리며 꺼내기까지는 꽤 시간이 걸렸고, 더운 날이 아닌데도 셔츠가 군데군데 땀에 젖어 있었다.

"해가 떨어질 무렵까지 기다려야 해. 그자를 강까지 끌고 가려면 삼십 분 정도 걸릴 거야."

"이건 미친 짓이야." 포가 말했다.

"어젯밤에 저 안에 있었던 게 미친 짓이지."

"너도 알다시피 여기서 가장 가까운 길도 800미터 정도는 떨어져 있어. 아마 몇 달 동안은 아무도 저곳에 들어가지 않을 거야. 몇 년이든가."

"네 외투가 아직 저기 있을 거야."

"외투 가지고 나오는 걸 잊다니. 내 목에 칼을 댄 그 자식 때문에 정신이 나갔었나봐."

"알아."

"다시 들어가려니까 겁나서 죽겠어."

"위대한 사냥꾼이시네. 사슴을 쏴서 내장을 쏟게 하면서 진짜 자기를 죽이려던 사람 시체를 보는 건 겁이 난다……?"

"그건 좆나게 다른 경우야." 포가 말했다.

"그런 걱정은 어제 했어야지."

"내가 이 빌어먹을 곳에 왔던 건 전부 너 때문이었어." 포가 아이작에게 말했다.

아이작이 몸을 돌려 강가의 숲으로 들어갔다. 그는 강 옆의 바위를 발견하고 그 위에 앉았다. 강은 폭이 수백 미터에 깊이는 겨우 3미터 정도로 다른 강들과 비슷했다. 3미터지만 10미터와 다를 바 없지. 내 어머니와 스웨덴인 둘 다를 가라앉히기에 충분히 깊으니까. 심장을 빼내고 살점을 없애지. 무슨 소리를 하는 거야, 아이작은 생각했다. 그냥 자수해버려. 사람들을 구하는 자가 될 거라고 생각했었잖아.

얼마 뒤 포가 와서 아이작을 찾았고 둘은 조용히 강물을 바라보았다. 나뭇잎이 속삭였고, 왜가리가 꽥꽥댔고, 멀리서 모터보트 소리가 들렸다.

"시체가 그냥 사라지지는 않는다는 건 너도 알겠지. 내일 점심 무렵이면 망할 제트스키를 즐기던 누군가가 시체를 치고 말 거야. 장담해. 강물에 넣는다고 해서 마술처럼 그냥 증발해버리진 않는다고."

"시체를 가라앉히는 건 별로 어렵지 않아." 아이작이 말했다.

"맙소사, 천재소년. 정신 차려."

"이미 저지른 짓이야." 아이작이 말했다. "그냥 피해갈 수 있다는 듯이 행동하는 건 상황을 악화시킬 뿐이고."

포는 고개를 설레설레 젓고 앉아서 먼 곳을 바라보았다.

강 저편의 언덕들 위로 해가 낮아지고 있었다. 이곳에 앉아 강물을 바라보면 마음이 상쾌하고 차분해지곤 했지만, 지금은 그런 느낌이 들지 않았다. 난 단지 이곳의 방문객에 지나지 않아, 아이작은 생각했다. 저 태양을 보면 내가 그것을 소유한 것 같지만 태양은 저 언덕들 너머로 만 오천 년 동안이나 지고 있었어―빙하시대 이후로 말이야. 빙하기가 옳은 표현이지, 아이작은 정정했다. 빙하시대 말고. 저 언덕들이 생겼을 때 이후로 말이야. 이 지역은 위스콘신 빙하 작용의 가장자리였어. 그리고 여기 내가 있지. 태양이 비치는 지구에 잠시 왔다가 가는 존재. 어머니가 영원히 여기 있을 거라고 생각했지만 어머니는 죽었어. 오 년이 지난 지금도 여전히 가라앉고 있지. 하루아침에 사라지고 나서 말이야. 나도 마찬가지일 거야. 내 눈에 보이는 모든 것이 나보다 오래 이곳에 남아 있을 거야―바위도 하늘도 태양도. 석양을 보면 그것을 소유한 듯한 기분이 들겠지만, 저 태양은 내가 존재하지 않았던 지난 천 년 동안에도 변함없이 떠올랐어. 아니, 그는 생각했다. 수십억 년이지. 내 머리로는 상상할 수도 없는 숫자야. 내가 존재하는 걸 아는 유일한 존재는 바로 나뿐이야. 지구의 심장이 뛰는 사이에 난 태어나고 죽어. 바로 그것 때문에 사람들이 신을 믿는 거야―혼자가 아니라고 생각하고 싶어서. 예전엔 믿었지, 그는 생각했다. 내가 믿게 만든 건 어머니였어. 믿지 못하게 만든 것도 어머니였고. 그만해. 여기 있는 것만으로도 행운이야. 나약한 생각은 하지 마.

그런 것들은 그냥 사실에 불과해. 내 유일한 재능은 그런 사실로부터 결론을 도출할 수 있다는 거야. 어머니는 몇 킬로그램이나 되는 돌을 주머니에 넣고 두 주 동안이나 가라앉아 있었어. 그로부터 배울 수 있는 교훈이 있지. 이번에도 다를 게 없어. 사람들은 수문에서 시체를 발견할 거고 장대로 건져낼 거야. 아니면 아무에게도 발견되지 않을 수도 있어. 미시시피강까지 먼 여행을 하는 거지. 메기들이 자기 할 일을 할 거야. 희생자는 아무것도 모를 거고. 강물을 지붕 삼아 뼈가 묻히는 거지. 심판의 날에 그자는 일어날 거야. 아니, 그런 일은 없어, 아이작은 생각했다. 설사 그날이 온다 해도 그건 불가능해. 일단 몸에서 수분이 빠지고 나면 체중의 대부분은 탄소일 뿐이야. 분자가 흩어지고, 재사용되고, 원자와 입자, 쿼크와 렙톤이 돼. 난 지구가 우주에서 빌려온 재료를 빌렸을 뿐이야. 기껏해야 단기 대여 정도지. 난 행성이 눈 깜빡하는 사이에 태어나고, 죽고, 뼈가 분해돼.

그들은 해가 질 때까지 기다렸다가 바위에서 일어났다. 사방이 보랏빛으로 멍들어 있었다. 박쥐 우는 소리에 그들이 고개를 들자 하늘에 가득한 박쥐가 보였다. 예년보다 몇 주 일렀다.

"지구온난화 때문이야." 아이작이 말했다.

"내가 미안해하는 거 알지?" 포가 말했다.

"그건 걱정하지 마." 아이작이 풀밭 사이를 걸어갔고, 포는 마지못해 뒤를 따랐다. 둘은 강가 숲의 어둠을 뚫고 기찻길을 따라 공터로 나갔고, 다시 숲속으로 들어갔다. 초원에 도달해 낡은 유개화차들과 긴 들장미 덤불 뒤로 몸을 숨겼다. 그들은 잘 숨었지만 아이작은 다리가 떨리는 것을 느꼈다. 한발 한발 앞으로 디디면 돼.

잠깐 아무 생각도 하지 마. 아직은 시체에서 아무 냄새도 안 날 거야. 하지만 얼굴은 보지 마. 꼭 봐야 하는 경우가 아니면 말이야. 얼굴을 보지 않고 시체를 옮길 수는 없겠지만.

아이작은 고개를 돌려 포가 따라오는지 확인했다. 포는 초조한 듯 씩 웃었는데 피부가 창백했고, 머리는 땀에 젖고 눌려서 납작했으며, 몸집을 작게 보이려 애쓰는 듯이 주머니에 두 손을 찔러넣고 있었다. 그들은 덤불 가장자리에 도착해 걸음을 멈추고 앞의 공터를 살펴보았다. 공기에서 고양이 오줌 냄새 같은 것이 났다. 냄새는 바뀌지 않았고, 아이작은 그 냄새가 자기에게서 나는 냄새라는 사실을 깨달았다. 내가 느끼는 공포의 냄새야. 아드레날린. 포가 알아차리지 못하면 좋을 텐데.

공장 주위의 모든 게 달라 보였다. 풀밭은 짓밟히고 짓이겨져 있었고, 땅은 타이어 자국으로 움푹 패어 있었다. 앞쪽의 언덕 기슭에 어젯밤에는 보이지 않던, 풀들이 웃자란 방화대*가 있는 게 눈에 들어왔다. 차들이 오갔는지 진흙범벅이었다. 언덕 꼭대기에 해리스의 검은색과 흰색이 섞인 포드 트럭이 있었다. 해리스가 트럭 안에서 그들을 지켜보고 있었다.

---

* 산불이 번지는 것을 막기 위해 초원에 만들어놓은 빈 지대.

4. 그레이스

뷰얼 남쪽의 주요 도로는 강으로부터 구부러지며 나와 가파르고 볕이 들지 않는 계곡을 가로질렀다. 폭이 좁은 도로였지만 목적지까지 빠르게 갈 수 있었고, 양쪽에는 나무들이 빽빽이 들어서 있었다. 그레이스는 작고 텅 빈 마을들, 버려진 주유소들, 폐탄광 한 곳을 지났다. 폐탄광 주변에는 폐석들이 거대한 벌판을 이루며 모래언덕처럼 끝없이 펼쳐져 있었고, 메마른 회색 땅은 잡초 한 포기 자라지 못할 것처럼 보였다. 그레이스의 낡은 플리머스가 먼지를 일으키고 도로에 파인 구멍에 덜컹거렸다. 버드 해리스가 떠올랐지만 그레이스는 버드에게 연락을 하는 게 빌리에게 좋을지 나쁠지 알 수가 없었다. 빌리가 누군가를 죽인 게 아닌가 하는 생각이 들었다.

그레이스는 최근에 자신의 할머니처럼 관절염이 생겨서 날씨가 조금만 바뀌어도 손이 아팠다. 관절염이 날카로운 발톱으로 손을 후벼파서 재봉틀 작업을 하루에 대여섯 시간밖에 할 수 없었다. 언젠가 노동조합 조직책이 공장에 온 적이 있었다. 그 남자는 문 닫는 시간에 공장문 밖에서 직원들을 기다렸다. 그는 그레이스의 증상이 반복적인 일의 스트레스 때문에 생긴 손상일 수 있다고 했다. 관절염이 아니라. 흔한 증상입니다, 그는 말했다. 당신 나이에 관절염은 흔하지 않고요. 불행히도 그 조직책은 그레이스가 일하는 공장을 포기했다. 공장에서 일하는 다른 여자들 가운데 그와 이야기하려는 사람이 아무도 없었기 때문이다. 사람들은 자칫하면 자신들 모두 즉시 해고되리라는 걸 잘 알았다. 그리고 사실, 스타이너는 그리 나쁜 고용주가 아니었다. 그레이스는 큰 회사였다면 자기처럼 이상한 시간에 일을 하면 금방 해고되리라는 사실을 알았다. 하지만 공장주인 스타이너는 그레이스가 원하는 시간에 일을 하도록 내버려뒀다. 유연근무제, 스타이너는 그렇게 말했다. 그레이스가 스타이너에게 돈을 벌게 해주는 한 근무시간은 문제가 안 되었다. 스타이너는 브라운즈빌의 최저임금을 지급하면서도 그렇게 만든 웨딩드레스를 필라델피아에서 제대로 값을 받고 팔았고, 뉴욕으로 사업을 확장중이었다. 그레이스의 유일한 의문은 자신이 이런 방식으로 계속 삶을 꾸려나갈 수 있는가 하는 점이었다—모든 게 점점 비싸져만 가고, 파트타임으로 일할 수 있는 곳은 패스트푸드점, 월마트, 로스Lowe's 건축자재점 정도뿐이었다. 그 모든 곳에서 손을 써서 일해야 했으며 최저임금만 지급받았다. 그런 자리라도 얻기 위해 기다려야 하는 건 말할 필요도 없었고, 일단 일을 구하면 사람들은 그 자리가 아무리 형편없어도 계속 붙어 있으려 했다. 그레이스는 작년에 일단 해보자는 심산으로 웬디스에서 일자리를 하나 더 얻었지만 일주일밖에 버티지 못했다.

그레이스는 모든 일을 있는 그대로 받아들이기로 했다. 그녀의 어머니는 쉰여섯 살에 동맥류에 걸리기 전까지 세 개의 직장을 다녔다. 그레이스는 어머니와 달리 약간의 품위를 지키며 살겠다고 결심했다. 그 삶에는 고약한 냄새가 나는 기계 기름에 절어서 집에 오거나 시간당 5달러 15센트를 받기 위해 십대 아이들에게 굽신거리는 건 포함되지 않았다. 약간의 품위가 있는 삶. 무리한 요구는 아니었다. 그레이스는 그것 말고는 크게 바라는 게 없었다.

그레이스는 강을 따라 브라운즈빌에 들어섰고, 오르막길을 따라서 다리를 지나 이윽고 중심가에 도착했다. 주차할 곳을 찾기는 쉬웠다. 브라운즈빌은 한때 번성하는 듯했으나 이제는 거의 버려진 곳이었다. 10층짜리 사무실 건물과 호텔은 모두 비어 있었고 벽돌과 돌은 검댕으로 시커멓게 얼룩져 있었다. 중심가는 유럽 분위기가 났다. 적어도 그레이스가 여행 채널에서 본 바에 따르면 그랬다. 조약돌이 깔린 좁고 구불구불한 내리막길이 건물들 사이로 빠르게 사라졌다. 그레이스는 그런 길이 좋았다. 낡은 창고로 가기 위해 가파른 언덕을 계속 내려가면서, 그레이스는 역사 표지석이 있는 플랫아이언 빌딩을 지났다. 뉴욕시에도 이와 똑같은 건물이 있다는 것을 알았지만 뉴욕에 있는 건물은 여기처럼 비어 있지 않을 것 같았다.

한시가 되자 손이 너무 아파서 그레이스는 작업을 멈출 수밖에 없었다. 맙소사, 그레이스는 생각했다. 오늘은 토요일이야. 이 시간에 이런 곳에 있으면 안 돼. 하지만 언제나처럼 그레이스는 죄책감을 느꼈고 일해야 하는 시간보다 약간 더 일하며 필라델피아에 있는 신부가 입을 드레스 양쪽의 기다란 솔기 작업을 마무리했다. 드레스는 4천 달러 정도에 팔릴 것이었고, 그것은 그레이스의 트레일러 융자금 일 년 치에 해당하는 돈이었다. 초조한 마음으로 그녀는 공장 안을 가로질러 스타이너에게 갔다. 언제나처럼 그레이스는 스타이너가 이제 그만 나오라고 말할 것 같다는 느낌을 받았다. 하지만 스타이너는, 골프 셔츠 차림에 계절에 안 맞게 살갗이 그을렸고 마른, 얼마 남지 않은 하얀 머리칼을 옆으로 넘겨 벗어진 머리를 가린 그는 책상에서 고개를 들더니 싱긋 웃으며 이렇게 말했다. "얼른 나아요, 그레이시. 와줘서 고마워요." 스타이너는 화나 있지 않았다. 잔업을 하기 위해 주말에 모두 나와서 기분이 좋은 상태였다. 계속 자기에게 돈을 벌어주니까, 그레이스는 생각했다.

다시 공장을 가로질러 걸으면서 그레이스는 벌써부터 집에 가서 뜨끈한 수건으로 손을 찜질할 생각에 잠겨 있었다. 얼마나 기분이 좋을까, 찜질을 할 생각만으로도 몸의 긴장이 풀리기 시작했다. 그때 이런 생각이 떠올랐다. 이게 바로 늙어간다는 거야. 쾌락을 고대하는 게 아니라 고통의 완화를 고대하게 되는 거지. 그레이스는 작업대에 있던 여남은 명 정도 되는 여자들에게 인사를 했다. 작업장은 낡고 넓었으며, 벽돌 벽은 깨끗하게 보이기 위해 흰색 칠을 해놓았다. 작업장이 필요 이상으로 크고 추워서 일하는 이들은 모두 작업대 아래에 히터를 켜고 있었다. 그들이 작업하는 재료는 비쌌다. 청바지 같은 걸 재봉질하는 게 아니었다. 제나 헤린과 비올라 그래프만 고개를 들어 인사했고 다른 이들은 고개를 끄덕이거나 새끼손가락을 들어 보일 뿐이었다. 그들 모두 드레스가 얼마에 팔리는지 알았지만 그런 이야기를 해봤자 좋을 게 없었다. 그들이 하는 일 대부분은 남미에서는 하루에 몇 달러만 주면 시킬 수 있는 일이었다. 질은 좀 떨어지겠지만 크게 차이가 나지는 않을 터였다. 다만 스타이너가 너무 늙고 게을러서 그쪽에 공장을 세우지 않았을 뿐이었다.

화물용 승강기를 타고 내려온 뒤, 그레이스는 높고 텅 빈 건물들이 드리운 그림자 때문에 늘 그늘져 있는 좁은 거리를 걸어서 마침내 햇빛으로 나왔다. 차를 세워둔 자갈 언덕 꼭대기에 이르자 숨이 찼다. 언덕 꼭대기는 경치가 좋았다. 계곡은 신록으로 가득했고, 가파른 절벽 사이를 흐르는 강과 골짜기가 한눈에 보였다. 그레이스는 좀더 서 있으면서 여남은 척 또는 열네 척쯤 되는 짐배가 하나로 길게 연결되어 골짜기를 잇는 두 개의 높다란 다리들 밑을 지나가는 모습을 지켜보았다. 살기에 아름다운 곳이었다. 하지만 아름다움이 그레이스의 주머니에 돈을 더 채워주는 건 아니었다. 그리고 스타이너가 내일 아침에 일어나서는 공장을 어딘가 다른 곳으로 옮길 수도 있었다.

작년에 그레이스는 강 건너 캘리포니아에 있는 대학을 방문해 상담원과 이야기를 나눴다. 상담원은 만약 야간에 학교를 다닌다면 학기당 두 과목을 듣고 사 년 뒤에 졸업할 수 있다고 했다. 하지만 그레이스는 그렇게 수업을 들을 수 있을지 자신이 없었다. 게다가 수업료는 어떻게 한단 말인가? 학기당 두 과목을 듣는 것으로는 학자금 대출 자격이 안 되었고, 지금도 이런저런 청구서가 쌓여 있었다. 기운 내자, 그레이스는 생각했다. 행복한 쪽으로 생각해.

그레이스는 차에 타고 재빨리 브라운즈빌을 빠져나와 뷰얼과 브라운즈빌을 갈라놓는 숲 사이로 구불구불하게 난 도로로 들어섰다

다. 산마루에 서서 길을 내려다보는 커다란 검은 곰을 지나쳤다. 봄을 맞은 곰의 털은 숱이 많고 윤기가 흘렀다. 곰은 그레이스가 지나는 모습을 나른하게 지켜보았다. 분명 곰이 돌아오고 있는 거야, 코요테와 사슴이 돌아온 것처럼. 이 지역에서 제대로 살아가는 건 이런 동물들뿐인 것 같았다.

뷰얼과 넓은 강둔치에 들어서자 낡은 제강소 건물 몇 개가 아직까지 우뚝 서 있는 모습이 보였다. 그레이스는 자신이 자란 집을 지났다. 이제는 아무도 살지 않았고, 창문은 부서지고 지붕에는 널이 사라지고 없었다. 그레이스는 그 집을 보지 않으려 애썼다. 사람들이 휘파람을 불고, 근무 교대 시간이 되어 거리가 남자들과 그 부인들과 다른 노동자들로 붐비던 때가 떠올랐다. 불과 이십 년 전만 해도 생기가 넘치던 뷰얼이 이렇게 빨리 붕괴되다니, 아무리 머리를 싸매고 생각해도 불가능한 일처럼 느껴졌다. 그레이스는 십대 시절을, 자신이 밸리를 떠나게 될 거라고 확신하던 때를 떠올렸다. 그레이스는 철강소를 다니는 남자의 아내가 될 마음이 없었다. 피츠버그 혹은 그보다 더 먼 곳으로 떠나고 싶었다. 어릴 때, 그레이스가 학교에 나오면 어떤 날은 매연이 너무 심해서 낮에도 가로등이 켜졌고, 자동차들도 모두 전조등을 켜고 달렸다. 어떤 날에는 집밖의 빨랫줄에 빨래를 널지 못할 정도로 매연이 심한 적도 있었다.

그레이스는 떠날 계획이었고, 언제나 그런 마음이었다. 하지만 열여덟 살 때 고등학교 졸업식을 마치고 집에 돌아왔더니, 진입로에 새 핀토가 주차되어 있고 집에는 월급 명세서가 있었다. 저건 누구 차예요, 그레이스가 아버지에게 물었다. 네 거다, 아버지는 말했다. 넌 월요일부터 펜 철강소에서 일할 거야. 졸업장을 가져가 거라.

그때나 지금이나, 그녀는 생각했다. 내 인생의 절반을 결정한 건 남자들이었어. 그레이스는 일 년 동안 압연 공정에서 일했고 거기서 버질을 만났다. 그러고 나서 임신을 했고, 버질과 결혼했다. 때때로 그레이스는 자기가 공장에서 빠져나오기 위해 임신을 한 건 아닐까 하는 의구심이 들었다. 그런 생각 할 필요 없어, 그레이스는 생각했다. 곧바로 그녀는 학교에 다니기 시작했다. 처음에는 임신을 한 상태로 다녔고 나중에는 아이를 데리고 다녔다. 사 년 과정 중 준학사를 딸 수 있는 이 년을 마쳐갈 무렵에 정리해고가 시작되었다. 처음에 버질은 술 여섯 잔 정도를 마시면 그 아픔을 달랠 수 있었지만 점차 양이 늘어갔다. 당시에 직장을 유지하기 위해서는 경력이 있어야 했다. 처음에는 십 년 경력을 요구했고, 그다음에는 십오 년이었다. 버질은 오 년의 경력이 있었다. 직장을 잃기 전까지 버질은 자기 직업을 아주 자랑스러워했고 가족 누구보다도 일을 잘했다. 버질의 가족은 산에 사는 사람들, 임시 탄광촌에 사는 사람들이었고, 버질의 아버지는 평생 단 하루도 일을 한 적이 없었다.

점점 상황이 나빠졌다. 그들은 공장들이 다시 문을 열기를 기다리고 또 기다렸다. 하지만 공장은 계속해서 사람들을 해고했고, 밸리의 모든 공장이 마찬가지였다. 이윽고 공장들이 폐업을 시작했을 때 그레이스에게는 어린아이가 있었고, 그걸로 그녀의 학업은 끝이었다. 남은 일자리가 하나도 없었다. 그리고 수중에는 땡전 한 푼 없었다. 한편 제강소에서 구 년 반 동안 근무하며 높은 급여를 받고 수영장이 딸린 멋진 집을 가지고 있던 버질의 사촌은 부인과 딸을 하루아침에 잃어버렸다. 은행이 집 자물쇠를 바꿨고, 그의 아내는 딸을 데리고 휴스턴으로 떠났으며, 그는 자물쇠를 부수고 자기집으로 들어가 부엌에서 총으로 자살했다. 밸리의 모든 사람들에게 그와 비슷한 사연이 있었다. 비참한 이야기였다. 그즈음부터 버질은 다시 자기 가족들과 연락을 하기 시작했다. 버질이 바뀌기 시작한 게 그때부터야, 그레이스는 생각했다. 자기가 다른 가족들보다 나을 게 없다고 생각하기 시작한 것도 그때부터였어.

암흑의 시절이었다. 지금까지 그렇게 어려웠던 시절은 없었다. 트레일러를 압류당했지만 점차 사람들은 압류품을 공매하는 곳으로 가서 피켓 시위를 하기 시작했고, 차 트렁크에 사슴 사냥용 라이플을 넣고 다녔다. 한 은행업자가 시내로 와 보안관에게 조치를 취해달라고 하자 사람들은 그의 캐딜락을 전복시키고 불을 질렀다. 폭동을 막기 위해 법원은 압류된 집들에 대해 대출금 상환 유예 판결을 내렸다. 결국 그 판결은 법이 되었다. 그래서 그레이스는 트레일러를 지킬 수 있었고, 식량 배급소의 음식과 버질이 밀렵한 사슴 고기로 연명했다. 바로 그 이유 때문에 그레이스는 사슴 고기라면 냄새만으로도 질색했다. 그들은 이 년 동안 오로지 그것만 먹고 살았다.

버질은 이 년 동안 직업훈련소에서 로보틱스를 배웠는데 그 기술은 아무 쓸모가 없었다. 그런 일자리가 실현되지 않았기 때문이다. 그다음에는 짐배 제조 공장에서 일했는데 그곳 역시 문을 닫고 말았다. 이제 짐배를 포함한 대부분의 선박은 모든 기업이 국영인 한국에서 만들어졌다.

그 트레일러를 가지고 있었던 게 저주였는지도 몰라, 그레이스는 생각했다. 적어도 우리는 그곳을 떠나 어딘가 다른 곳에서 시작해야 했어. 하지만 그 당시에 그런 예측을 하기란 어려웠고, 어디로 가야 할지 정하는 것 또한 쉽지 않았다. 남자들이 휴스턴, 뉴저지, 버지니아로 가서 모텔방 하나에 여섯 명이 살면서 가족에게 돈을 보내기도 했지만, 대부분은 결국 다시 돌아왔다. 아는 사람들이 있는 곳에서 가난하게 사는 게 아무래도 더 나았다.

실직자가 십오만 명이나 되다보니 도저히 다시 일어설 도리가 없었지만 그레이스와 버질 둘 다 다른 지역에 사는 친척이 없었다. 이사를 하려면 돈이 필요했고 돈을 벌려면 이사를 해야 했다. 제강소는 계속 닫혀 있었고, 쭉 그 상태로 있다가 결국엔 대부분 철거되었다. 그레이스는 마을 사람들이 모두 나와 거의 새것이나 다름없던 높이 60미터짜리 용광로들―도로시 5호, 도로시 6호라는 이름이 붙어 있었다―이 다이너마이트로 폭파되던 장면을 지켜보던 것을 기억했다. 테러리스트들이 세계무역센터를 폭파시킨 것은 그로부터 오래 지나지 않아서였다. 논리적이지는 않았지만 두 폭발 장면은 늘 서로 연관되어 함께 떠올랐다. 다른 장소나 다른 사람들보다 더 중요하게 여겨지는 장소와 사람들이 있기 마련이었다. 뷰얼을 재건하는 데는 돈이 단 한 푼도 쓰이지 않았다.

비포장도로가 끝나자 그레이스는 자기 트레일러 옆에 차를 댔다. 버질이 두시까지 집에 오겠다고 약속했지만 벌써 네시가 다 되어갔다. 벌써 약속을 어기고 있었다. 이럴 줄 알았잖아, 그레이스는 생각했다. 그녀는 샤를로이에 있는 여성 쉼터에 전화해 이번주에는 자원봉사를 하러 갈 수 없다고 말했다. 슬픔이 날카롭게 가슴을 찔렀다. 여성 쉼터 자원봉사는 그레이스가 세상과 소통하는 생명선이었다.

교사, 피츠버그에서 온 변호사 한 쌍과 금융상담가를 비롯한 다양한 사람들이 그곳에서 일했고, 모두 여자였다. 그들은 둘러앉아 뷰얼에서는 들을 수 없는 공영 라디오 방송에 귀를 기울였다. 그게 그레이스의 계획이었다. 학위를 딸 수만 있다면 카운슬러가 되고 싶었다.

못할 건 또 뭐야, 그레이스는 생각했다. 설령 육칠 년이 걸린다 해도 지금부터 시작할 수 있어. 그녀는 찜질용 수건을 준비하기 위해 부엌으로 가서 수건을 전자레인지에 넣고 스위치를 눌렀다. 기다리는 동안 신문 뭉치를 집어 난로에 불을 피우기 시작했다. 맨 위에 불쏘시개와 좀더 두꺼운 나뭇조각을 하나 쌓고 불을 붙였다. 전자레인지의 타이머가 울려 수건을 꺼냈다. 엄청나게 뜨거웠다. 삼십 초 정도 수건이 식기를 기다렸다가 소파에 앉아 수건으로 손을 감쌌다. 처음에는 아주 뜨거웠지만 몇 초 지나니 기분이 좋아졌다. 그레이스는 소파에 머리를 기대고 그 느낌에 집중했다. 거의 섹스를 하는 느낌이었다. 온몸이 나른해지며 기분이 좋아졌다. 졸음이 왔다. 지금 졸면 얼마 있다가 차갑고 축축해진 수건 때문에 다시 깨겠지만 그래도 이 졸음은 너무나 달콤했다. 그레이스는 버드 해리스를 생각했다. 버질이 돌아온 지금 그 사람 생각을 하자니 묘한 기분과 함께 죄책감이 들었다. 버드 해리스와 있을 땐 윤활제가 필요 없었고, 둘은 오랫동안 만났다 헤어지기를 반복했다. 사실 버드 해리스 때문에 버질과 헤어지려고 마음먹은 적도 두 번이나 있었지만, 결국은 그렇게 하지 못했다. 그는 너무 과묵하고 어색해서 함께 산다는 게 잘 상상이 되지 않았다. 그레이스는 자신이 버드 해리스를 이용한 건 아닐까 의문이 들었다. 불쌍한 버드. 하지만 그녀는 자신이 버드를 이용했다고 생각하지 않았다. 그는 십 년 전에 경찰서장이 되었다. 하지만 그가 늘 지적하듯, 진짜 제대로된 도시의 경찰서장과는 달랐다. 이곳에는 상근 경관이 여섯 명뿐이었고, 경제 위기 때문에 그나마 절반은 해고될 처지였다. 어쨌든 그레이스는 여기서, 여전히 버드 생각을 했다. 버질과 너무나 여러 번 헤어졌기 때문에 그동안 그레이스가 데이트한 남자도 여남은 명 정도 되었으나, 웬일인지 지금까지 생각나는 이는 늙고 마른 버드 해리스뿐이었다.

트럭이 길에 접어들어 진입로에서 멈추는 소리가 들렸다. 버질이 안으로 들어왔다. 그는 술에 취해 있었다. 어쩌면 약에 취한지도 몰랐다. 한눈에 알 수 있었다. 그레이스의 목적을 위해선 이쪽이 나았다. 그녀는 버질의 목에 키스했고, 그의 손을 잡아 가랑이 사이로 가져갔다.

"아주 즐거운 날이었어." 버질이 말했다.

"뭘 했는데?"

"피트 매컬리스터와 낚시를 했어."

그레이스가 수건을 옆으로 치우고 버질 옆에 누웠다. 그녀가 그의 다리를 어루만졌다.

"나가서 일자리를 좀 찾아본다고 하지 않았어?" 그레이스가 말했다.

"젠장, 오늘은 토요일이라고."

"하지만 당신 입으로 그렇게 말했잖아."

"그 말을 할 때는 오늘이 무슨 요일인지 몰랐어."

그레이스가 어깨를 으쓱했다. "다음달에 유에스 스틸 공장이 적성검사를 한대. 거기 지원해봐."

"거기까지 가는 데만 한 시간 반이 걸려."

그레이스는 버질에게서 풍기는 술냄새를 맡았다. "시내 가까이로 이사갈 수 있어. 진짜 제대로 된 집에서 사는 거야."

"우린 시내에서 더 멀리 떨어진 곳으로 이사를 가야 해. 세상에나가 출세하려고 애쓰는 척하는 대신 진짜 시골에서 살아야 한다고."

버질이 그레이스를 보았다. "왜 웃는 거야?" 그가 말했다.

그레이스는 고개를 저으며 얼굴에서 웃음을 지웠다. 둘은 한동안 서로를 바라보았다. 버질의 얼굴에 뭔가 이상한 기색이 있었다. 그레이스가 계속 버질을 보았다. 버질이 묘한 표정을 지었고, 이윽고 그레이스는 그게 무슨 뜻인지 깨달았다.

"왜." 버질이 말했다.

"버질." 그레이스가 말했다.

"왜?"

"주택 할부금 납부 마감일이 이번주고, 게다가 지금 4월인데 우린 아직 이 년 전 세금도 못 내고 있어.* 난 국세청과 세금 할부 납부 계획을 짜고 있다고."

"대니 홉스가 내게 300달러를 빚졌어. 우린 언제든 돈을 더 벌수 있어."

정적이 흘렀고, 그레이스는 계속 버질의 다리를 어루만졌다. "당신이 왜 돌아온 건지 다시 얘기해봐."

"당신도 나한테 돈이 있는 거 알잖아."

---

* 미국의 세금 신고 마감일은 매해 4월 15일이다.

"이번달 장애연금은 어떻게 됐어?"

"그걸 대니한테 빌려준 거야."

그레이스가 고개를 끄덕였다.

"정부에서 다른 보조금을 받는 건 어때?"

"우리는 자산 심사를 통과하지도 못해. 통과한다 해도 그놈들이 우리에게 허접쓰레기 같은 직장을 배정하기 때문에 진짜로 제대로 된 직장을 찾아다닐 시간이 없어져. 진짜 제대로 보수를 받는 직장을 소개해주는 게 아니라면 아무 쓸데 없다고."

"그래도 당신은 거기에 지원해야 해." 그레이스가 말했다. "당신 아들도 일을 하지 않고 있어."

"이미 살펴봤어. 우린 집도 있고 내 트럭도 있어서 자격 조건이 안 돼. 자산 심사에서 걸린다니까."

"당신 트럭은 육 년이나 됐고, 나는 시간당 겨우 9달러 50센트를 받는단 말이야."

"그건 좀 심하네." 버질이 말했다. "아직도 쉼터인가 뭔가 하는 곳에다 시간을 때려박고 있는 거야?"

그레이스가 버질을 보았다.

"한동안은 돈을 받을 수 있는 일을 하는 게 어때? 돈 문제가 그렇게 걱정이면 말이야."

그레이스는 눈을 감고 깊이 숨을 들이마셨다.

"그냥 그렇다는 말이야." 버질이 말했다. "열받지는 마."

"어떻게든 되겠지." 그레이스가 말했다. 눈은 여전히 감고 있었다.

버질이 몸을 숙여 그레이스에게 키스를 했다.

"그 생각은 한잔하면서 잊어버리는 게 어때?" 버질이 씩 웃더니 트럭으로 갔다.

그이에게 시간을 좀 주자, 그레이스는 생각했다. 좀더 너그러워져야 해. 버질이 반쯤 빈 켄터키 딜럭스 위스키 병을 흔들며 돌아와 깨끗한 잔을 두 개 찾아서 그레이스 몫으로 한 잔 자기 몫으로 한 잔을 따랐다. 그레이스는 어젯밤 빌리가 다친 채로 집에 돌아왔다고 그에게 말하고 싶었지만 무언가가 그녀를 가로막았다. 그녀가 자기 잔에 담긴 위스키를 비웠고, 버질도 그렇게 했다. 이윽고 버질이 그레이스에게 키스하기 시작했다.

그는 그레이스의 청바지 단추를 끄르고 바지를 내렸다.

"침실로 가지 않을래?" 그레이스가 말했다.

버질이 고개를 저었다. 그는 그레이스 안으로 미끄러져 들어갔고, 그레이스는 두 다리로 버질을 감쌌다. 곧 그녀는 그것이 커지는 것을 느꼈고 자신이 어디에 있는지를 잊었다. 버질을 더 안으로, 안으로 끌어들이고, 더 가까워지려 애썼다. 하지만 둘은 원하는 만큼 가까워질 수 없었다. 버질은 계속 그레이스 안으로 더 깊이 들어가려 했고, 그레이스는 이 느낌이 끝나지 않기를 바랐다. 그녀는 버질이 아주 단단해진 것을, 그의 몸 전체가 단단해진 것을 느꼈고, 자기 몸안에서 다시 커지는 것을 느꼈다. 하지만 버질은 이내 움직임을 멈췄다. 그레이스가 버질의 등을 어루만졌고, 버질은 그레이스를 보지 않았다. 아니, 아무것에도 초점을 두지 않았다. 그저 가만히 있을 뿐이었다. 그레이스는 다리가 편안하도록 자세를 바꾸었고, 그들은 그대로 한참을 있었다. 그레이스는 잠깐 졸면서 묘한 생각들을 했다. 만약 버질이 집에 돈을 좀 가져올 수 있다면 자기는 학교로 돌아갈 수 있을 것이라고, 버질이 여기 있다고. 그리고 이런 생각을 했다. 곧 토마토를 심어야겠다, 창가의 토마토를 정원으로 옮겨 심는 거야, 피망도. 그녀는 올해엔 돈을 몇 달러 절약해 허브를 좀더 심기로 결심했다. 버질이 그레이스 안에서 다시 움직이기 시작했다.

"침실로 가자." 그레이스가 말했다. "빌리가 집에 와서 우리가 이러고 있는 모습을 보는 거 싫어."

그레이스가 일어나서 침실로 걸어갔다. 버질이 위스키 병을 들고서 그녀를 따라갔다. 내일 일은 내일 걱정하자, 그녀는 속으로 다짐했다. 둘은 침대에 앉았고, 버질이 위스키를 병째 쭉 들이켜고 또 한번 들이켜더니 그레이스에게 병을 건넸다.

"꼭 훔친 걸 마시듯 하네."

버질이 뭐라고 웅얼대며 대답했다. 뭔가가 있었다. 그는 그녀를 보지 않았다. 그레이스가 그의 두 다리 사이에 다시 손을 댔지만 그는 흥미를 보이지 않았다. 그녀 역시 열의가 사라졌다.

"무슨 일이야?"

"그냥 생각중이었어."

"그건 알아."

"우리가 너무 서두르는 건 아닌가 해서." 버질이 말했다

그레이스도 그것에 대해 생각했다. 예전 같았으면 이런 말을 할 엄두를 내지 못했겠지만 이제는 할 수 있었다. "그러니까, 그냥 섹스나 하고 싶다는 말이구나."

"꼭 그런 식으로 표현할 필요는 없잖아."

"하지만 다른 사람에게는 그렇게 말하겠지, 안 그래? 오늘 낚시하러 갔을 때 피트에게 뭐라고 했어?"

"당신은 전혀 변하지 않았어, 그렇지?"

그레이스는 침대 시트로 다리 사이를 닦은 뒤 시트를 밀쳐두었다. 잠시 부아가 치밀었지만 곧 아무 감정도 느껴지지 않았다. 그녀는 그저 창밖만 내다보았다. 하루가 거의 끝나가고 있었다. 버질과는 괜히 시간만 낭비했다. 아직 토마토를 땅에 심을 시간이 있었다. 숨이 턱 막혔다.

"갈 거야?" 그레이스가 물었다.

"원래는 그럴 계획이 아니었어."

"가는 게 낫겠어."

"여긴 아직도 내 집이야."

"당신이 떠나고 나 혼자 다달이 융자금을 갚았어. 가끔씩 200달러 정도 주는 걸로는 아무 도움도 되지 않고."

"진정해." 버질이 몸을 굴려 그레이스 쪽으로 왔고, 그레이스는 그의 무게 때문에 침대 프레임이 기울어지는 걸 느꼈다. 두 사람은 제대로 된 침대를 살 여유가 있었던 적이 한 번도 없었다. 사는 곳도 가짜 나무 벽널을 댄 트레일러였다. 그레이스는 이곳에서 살고 싶었던 적이 단 한 번도 없었다. 하지만 이곳에 살기로 타협한 것도 그레이스 자신이었다.

"쉼터에 있는 변호사와 이야기를 했어."

버질이 반쯤 히죽거리는 얼굴로 그레이스를 바라보았다.

"변호사 말로는, 당신이 당신 몫을 낼 때까지 이 집은 법적으로 내 거래."

"헛소리 작작 해." 버질이 그레이스에게 말했다.

그가 옳았다. 그레이스는 변호사와 이야기한 적이 없었다. 하지만 자기가 한 거짓말에 스스로 얼마나 화가 나던지, 그레이스는 깜짝 놀랐다. 그녀는 자신의 말을 믿었다. 진실이 아닐 수는 있겠지만 진실이 되어야 마땅한 말이었다.

"가서 다른 사람에게 물어봐." 그레이스가 말했다. "직접 알아보라고."

"넌 좆나게 끔찍해, 그레이스."

"꺼져. 버드 해리스가 그러는데 당신이 아직 주지 않은 양육비가 엄청나고 그건 중범죄랬어."

"우리 애는 이제 어린애가 아니야."

"그렇다고 당신이 빚진 게 없어지진 않아. 법원은 그 돈을 주라고 명령했어."

"경찰을 끌어들일 셈이군, 그렇지?"

"그럴 거야. 꼭 그렇게 할 거야."

"그래, 알 만하군."

그레이스는 조용히 있었다.

"피트의 아내 말로는 당신의 경찰 남자친구께서 수소도 죽일 만큼의 많은 약물을 복용한다더군. 자낙스와 졸로프트*를 밥 먹듯이 한대. 페이엣 카운티에서 처방약을 가장 많이 먹는 사람이라지."

"남의 일을 함부로 떠벌리는 직원이 있다고 CVS**에 알려야겠네."

"다들 그 바니 파이프*** 개새끼가 호모라고 생각해."

---

* 신경안정제와 항우울제.

** 약국이 딸린 잡화상 체인점.

*** 미국 TV 드라마 〈앤디 그리피스 쇼〉에 나오는 멍청한 경찰관 캐릭터.

그레이스는 생각했다. 그 사람 거시기가 당신 것보다 커. 하지만 아무 말도 하지 않았다. 그레이스는 웃음이 새어나오려는 걸 간신히 참았다.

"왜?" 버질이 말했다.

"어젯밤에 당신이 가져온 거 다 챙겨 가." 그레이스는 버질이 옷을 입고 나가는 모습을 지켜보았다. 그는 내내 고개를 설레설레 흔들었다. 버질의 트럭이 떠나자 그레이스는 울 것 같다고 생각했지만 울지 않았다. 그레이스는 억지로 침대에서 일어났다. 그렇게 하지 않으면 침대에서 뒹굴거리며 영영 일어나지 못하리라는 걸 알았기 때문이다. 그레이스는 누구에게 전화하면 확실하게 알아볼 수 있을까 생각했지만 그건 중요하지 않았다. 그녀는 버질이 돈이 떨어진데다 아마도 사귀던 여자친구들 가운데 누군가에게 차였기 때문에 자신을 찾아왔으리라는 걸 알았다. 함께 일하는 여자들이 그레이스에게 그렇게 말했다. 버질이 계속 그러고 다니는 걸 내내 봐왔다고. 하지만 그레이스는 그런 말들을 믿고 싶지 않았다. 바로 그때 그녀는 울기 시작했다. 하지만 많이는 아니었다. 버질이 두고 간 위스키 병을 집어들고 뚜껑을 열었지만 버질의 입이 닿았던 병이라는 생각에 혐오감이 일었다. 쓰레기통에 버렸다.

해가 뉘엿뉘엿 지고 있었다. 그레이스는 빌리가 곧 집에 돌아오길 바랐다. 하지만 곧 돌아오지 않으면 어쩌지? 개를 한 마리 키워야 할지도 몰랐다. 아직 쉼터에 가기에 너무 늦은 시간은 아니었다. 그곳엔 늘 봉사자가 필요하니까. 해리스에게 전화를 할 수도 있었다.

돌연 그레이스는 버질이 얼마나 잔인한 사람인지 깨달았다. 버질은 빈 껍데기일 뿐, 평생을 반반한 외모로 근근이 버텨왔지만, 그레이스가 그랬듯이 그의 외모 역시 얼마 가지 못할 것이다. 그러고 나서 남는 것은 못된 성질뿐일 것이다. 그레이스가 빌리에 대해 걱정하는 부분도 바로 버질에게서 물려받은 발끈하는 성격이었다. 그레이스는 어째서 전에는 버질의 그런 성격을 전혀 몰랐는지 의아했는데, 이내 자신이 늘 알면서도 무시하기로 했었다는 사실을 깨달았다. 이제 그녀는 또다른 결정을 했는데, 혹은 저절로 그런 결정이 내려졌는데, 그 순간에는 버질을 사랑했었다는 것이 불가능한 일처럼 느껴졌다. 그냥 충격을 받아서 그런 걸 거야, 그레이스는 생각했다. 아니, 내 마음의 스위치가 꺼져버린 거야.

토마토는 창가에 있었다. 그레이스는 토마토를 밖으로 가져갔고 광에서 삽을 꺼냈다. 광에는 빌리가 하다 말고 버려둔 작업들, 차를 수리하기 위해 부속을 빼내 쓰려고 산 고장난 차, 잔디 깎는 기계, 사륜 바이크 따위가 있었다. 또다시 아이 걱정이 되었다. 어젯밤에 목을 칼로 베인 채 들어온 일이 떠올랐다. 하지만 그런 일은 예전에도 많았다. 이렇게 심한 적은 없었지만 어쨌든 그애에게는 말썽이 끊이지 않았다. 오래전에 그 아이를 데리고 이곳을 떠났어야 했다.

발로 삽을 꾹꾹 눌러가며 땅을 판 뒤 토마토 모종 여섯 개 전부와 피망을 심고, 격자 시렁을 설치한 다음 힘주어 밟아서 단단히 고정시켰다. 손에 흙을 묻히고 산들바람을 맞으며 서 있으니 기분이 좋았다. 식물과 방금 뒤집은 흙, 굽이치는 언덕들 위를 바라보았다. 멋진 경치였다. 마흔한 살은 그리 많은 나이가 아니었다. 대통령을 하기에는 너무 젊은 나이라고 말할 수 있을 정도였다. 그녀는 해리스에게 전화를 할 것이다. 해리스는 좋은 사람이고, 그레이스는 늘 그 사실을 알았다.

물론 계속 이런 식으로 혼자 살 수는 있었지만 그럴 이유가 없었다. 일주일 정도는 내가 강하다고 느끼겠지만 그다음에는 그냥 외로워질 거야. 그리고 버드 해리스는 좋은 사람이야. 좀 불편하기는 해도 그게 무슨 문제야? 오히려 앞에서 대하기 쉬웠던 사람들이 알고 보면 뒤에서 난잡하게 놀아먹었지. 그 교훈을 너무 늦게 깨쳤어. 하지만 아주 늦지는 않았어. 해리스, 그는 사람들에게 존경을 받았고, 그레이스가 해리스 때문에 버질을 떠날 뻔한 데에는 다 이유가 있었다. 그녀는 두 번이나 진지하게 고민했다. 그리고 버질. 버질을 존경하는 이는 아무도 없었고, 거기에도 역시 그럴 만한 이유가 있었다. 그레이스는 생각했다. 오늘밤에 난 버드와 잘 거고, 그러면 내 몸이 정화될 거야. 그 생각에 머리가 어찔했다. 버질은 더 나쁜 짓도 했다. 다른 여자 냄새를 풀풀 풍기면서 바로 그녀에게 왔다. 그레이스는 버질이 자신에게 무슨 병을 옮기지는 않았을까 걱정이 되었다. 대부분의 경우 그레이스는 버질에게 콘돔을 쓰게 했지만 그래도 그녀는 병원에서 검사를 받았다. 그레이스가 살면서 한 가장 현명한 행동 가운데 하나였다.

그레이스는 트레일러 안을 서성거렸다. 두 사람이 트레일러를 샀을 때, 버질은 이곳에서 사는 건 잠시일 뿐이며 곧 집을 지을 거라고 맹세했다. 그레이스는 그때 왜 그 말을 믿었을까 생각했다. 낡은 트레일러였고, 폭은 일반 트레일러보다 두 배 넓었으나 사방에서 외풍이 들었고, 1970년대에 만든 가짜 나무 널벽을 대고 살았다. 그레이스가 큰돈을 들여서 카펫을 바꿨지만 운동장에서 살다시피 하는 아들 때문에 카펫은 금세 다시 더러워졌다. 버질이 소파에 비닐을 씌워놓고 싶어했지만 그녀는 절대 허락하지 않았다. 그레이스는 소파에 앉았다. 몸이 붕 뜨는 느낌과 함께 이런저런 생각이 들었지만 다 쓸데없는 생각들이었다. 백일몽이나 꾸며 시간 낭비를 하는 대신 삶의 중심을 잡을 필요가 있었다. 적어도 정원 일은 마쳤다. 그것도 성취였다. 남은 한 해 동안 정원 일을 한 보람이 있을 터였다.

해리스의 휴대전화에 막 전화를 하려는 순간, 버질이 방금 떠난 걸 그가 알게 되면 그의 기분이 어떨까 싶었다. 해리스에게 미안한 일이었다. 해리스에게 다른 여자가 있을 수 있다는 것 역시 말할 필요도 없었다. 지금껏 두 번이나 해리스를 찼다는 것도. 그에게 부드럽게 부탁해야 할 것이다. 그가 자존심을 지킬 수 있게 해줘야 할 것이다. 그레이스가 부른다고 곧장 달려오지는 않을 것이었다. 그녀는 기다릴 수 있었다. 우선 자신을 추스르고 그녀 역시 자존심을 되찾기로 했다. 거울 앞으로 가서 머리를 포니테일로 단단히 묶었다. 그녀는 이런 식으로 단단하게 묶어 얼굴이 드러나는 머리가 잘 어울렸다. 머리를 자를 것이다. 이제는 긴 머리를 하고 다니는 사람이 없었다. 긴 머리는 지저분해 보였다. 그녀의 광대뼈는 여전히 예뻤다. 그녀는 언제나 골격이 예뻤다. 나이들어 보이는 건 내가 그렇게 행동하기 때문이야. 그녀는 그동안 계속 우울했었다. 확실히 그랬다. 우선 기본적인 것부터 시작할 것이다. 마스카라만 약간 해도 괜찮을 텐데, 몇 달 전에 다 써버렸지만 내일 더 사면 돼. 그레이스는 간단히 저녁을 차려서 혼자 먹었고, 포치에 나가서 해가 지는 모습을 지켜보았다. 달은 뜨지 않았고, 별들이 아주 밝게 떠올랐다. 그녀는 안으로 들어가 쉼터 소장이 준 낡고 지지직거리는 요가 테이프를 보았다. 그레이스는 스트레칭을 하는 게 좋았다. 독소가 몸밖으로 배출되는 느낌이었다. 스트레칭을 끝내고 그녀는 쉽게 잠이 들었다.

5. 해리스

해리스와 스티브 호는 검은색과 흰색이 섞인 포드 익스플로러에 세 시간 정도 앉아 있었다. 해리스가 그러자고 했다. 그냥 그에게 감이 왔다. 경찰, 검시관, 지방검사를 비롯한 모든 사람들은 오래전에 돌아갔다. 언덕 꼭대기에 있으니 초원과 반쯤 무너진 스탠더드 스틸 자동차 공장이 한눈에 보였다. 시체가 발견된 작은 기계 공장에는 덩굴이 자라 있었다. 벌판에 낡은 유개화차들이 있었고, 평화롭고 쾌적한 기운이 흘렀다. 자연은 인간이 만든 것들을 흡수했다. 그는 젊은 시절에 베트남에서 비슷한 풍경을 본 적이 있다. 정글 속에 버려진 사원寺院들.

해리스가 슬쩍 스티브 호를 보았다. 호는 비번이었고, 여기 있다고 해서 초과근무 수당을 받는 게 아닌데도, 이런 식으로 초과근무를 했다. 스티브 호는 편안해 보였다. 젊고 편안해 보였다. 땅딸막했고, 검은 머리칼이 무성했고, 불룩한 배 위에 두 손을 올리고 있었다. 무릎에는 M4 카빈이 있었다. 다른 많은 젊은 경관들처럼 그 또한 무장하는 것을 즐겼다. 호는 경찰학교를 졸업한 지 삼 년밖에 되지 않았는데도 해리스는 그가 이곳에서 일하는 게 무척 든든했다. 그는 함께 일하기 쉬운 사람이었고, 근무 시간이 아닐 때에도 자기 무전기를 켜두었다.

그와 반대로 해리스는 자신이 늙었다고 느꼈고 대머리였다. 어쨌든 해리스는 자신이 늙지 않았다고, 적어도 그렇게 심하게 늙은 건 아니라고 스스로를 일깨웠다. 쉰넷. 어쨌든 지금 이 기분은 늙어가는 것과 아무런 관련이 없었다. 그냥 오늘 일진이 아주 나쁜 쪽으로 흘러가서 드는 기분이었다. 그는 집에 있고 싶었고, 개와 함께 난로 앞에 앉아 스카치를 한잔하고 싶었고, 뒤쪽 덱에서 석양이 저무는 모습을 지켜보고 싶었다. 해리스는 두 계곡이 내려다보이는 높은 곳에 지은 작은 오두막, 스스로 수용소라고 칭한 그곳에 혼자 살았다. 어린 소년이라면 꼭 살아보고 싶을 만한 곳이었지만, 결국 아내와 아이들이라는 현실이 닥쳐오기 마련이었다. 해리스는 몇 해 전 스스로를 설득해 이 집을 샀다. 잘 지은 집이긴 했으나 외딴곳에 있었고, 난방은 나무를 때는 난로 두 개에 의존해야 했으며, 라디오나 텔레비전 전파가 잘 잡히지 않았고, 사륜구동 차가 아니라면 오기 어려웠다. 절대 여자가 살고 싶어할 만한 곳이 아니었다. 그게 또다른 변명거리였다. 혼자서도 잘 사는 척하는 겁쟁이가 평정심을 유지할 수 있는 방법이었다. 하지만 그가 키우는 맬러뮤트 '털북숭이'는 그 오두막을 좋아했다.

해리스가 가장 먼저 사건 현장에 도착했고—익명의 제보가 있었다—시체를 보고서 그는 안도감이 들었다. 틀림없이 떠돌이였다.

고통스러운 전화 통화도, 그가 좋아하는 사람들을 찾아가 소식을 전해야 하는 끔찍한 일도 없을 터였다. 그런 일들은 나이가 들수록 나아지는 게 아니라 더 힘들어졌다.

그가 여전히 시체 근처에 서서 상황을 파악하고 있을 때 낯익은 재킷이 눈에 띄었다. 그리고 그때 다른 자동차 소리가—주州 경찰이었다—낡은 진입로로 진입하는 소리가 들렸다. 해리스는 재킷을 집어들어 작업대 뒤에 쑤셔넣었다. 그러자마자 젊은 주 경찰이 안으로 들어왔고, 해리스는 그의 이름이 무엇인지 떠올리려 애썼다. 클랜시. 아니, 들랜시. 이름이 바로 생각나지 않았지만 아는 사람이었다. 하지만 들랜시는 방금 해리스가 뭘 했는지 알아차리지 못했다. 그는 고개를 끄덕여 알은체를 하고는 시체로 눈을 돌렸다. 덩치가 크네요, 안 그래요?

사람들이 하루종일 현장을 오갔지만 해리스가 숨긴 재킷을 발견한 사람은 아무도 없었다. 지금, 스티브 호 옆에 앉은 그는 무척이나 초조했다. 재킷을 숨겨서가 아니라 재킷 주인이 빌리 포라는 점 때문이었다. 해리스는 관자놀이를 문질렀다. 졸로프트는 몇 주 전에 떨어졌고, 지금 같은 상황에서는 전혀 도움이 안 되었다. 그는 마음속에서 그 문제들을 나중에 생각하려고 애썼다. 해리스에게 재킷을 숨기는 건 별문제가 아니었다. 아이들이 창문을 깼다고 모두 체포하지는 않았어. 술집 할인 시간에 버드와이저를 좀 많이 마시고 운전해서 집에 가는 시민들을 모두 다 체포하지도 않았고. 선량한 시민이라면 한 번은 눈감아주지. 아이들은 두 번. 두번째에는 수갑을 채워 익스플로러에 태울 수는 있지만. 이 지역사회엔 암묵적인 동의 아래 모두가 해야 하는 역할이라는 게 있어. 기본적으로 그건 올바르게 처신하자는 거야. 어떤 때 그건 차 번호판이 더럽다고 운전자를 세우는 걸 뜻하고, 또 어떤 때는 중범죄를 지은, 가령 맥주를 세 잔 마시고 차를 몬 사람을 그냥 놔주는 걸 뜻하지. 대놓고 말할 수는 없어도 그건 사실이야. 중요한 건 올바른 일을 하는 거지 법을 지키는 게 아니야. 문제는 그 올바른 일이 정확히 무엇인지 파악하는 거고.

무슨 소리를 하는 거야, 해리스는 생각했다. 문제를 회피하고 있잖아. 빌리 포를 보호해줄 것인지 아닌지 결정해. 이 트럭에서 내려 저기로 가서 그 재킷을 가져와. 난 진작에 빌리 포를 체포했어야 했어. 그러면 적어도 한 가지는 얻을 수 있었을 텐데. 마음의 평정. 그가 산꼭대기에 있는 오두막을 산 것도 마음의 평정을 위해서였다. 정신이 제대로 박힌 여자라면 거기서 살 생각을 하지 못할 테니까. 하지만 평정을 원할 때의 그는 겁쟁이였다. 그는 그냥 계속 앉아 있기로 마음먹었다. 계속 지켜보며 무슨 일이 일어나는지 볼 작정이었다. 어느 쪽이 옳은 결정일지 두고 볼 작정이었다.

*

해가 지려 할 무렵, 그들은 기찻길 근처 초원 저쪽 가장자리에서 움직임을 포착했다.

"저기 남들 눈에 띄지 않길 원하는 사람 둘이 보이는군요." 호가 말했다.

해리스는 훨씬 더 안 좋은 느낌이 들었다. 그는 자기 쌍안경을 들었다. 초원에 있는 두 사람의 얼굴을 알아볼 수는 없었지만 덩치

나 어색하게 성큼성큼 걷는 것으로 보아 그중 한 명이 누구인지는 알 수 있었다. 자기 재킷을 가지러 돌아오는 거로군. 가슴이 꽉 죄는 듯한 느낌이 점점 심해졌다. 거리가 가까워지자 해리스는 둘을 확실하게 알아보았다. 한 명은 빌리 포였고, 키가 작은 다른 한 명은 빌리 포의 친구로, 온갖 장학금을 휩쓴 누나를 둔 아이였다. 그는 그레이스를 생각했다. 뱃속이 울렁거렸다.

"괜찮으십니까?" 호가 말했다.

해리스가 고개를 끄덕였다.

호가 쌍안경을 들여다보고 있었다. 고급 차이스 모델이었다.

"제가 생각하는 그 아이일까요?"

"그런 것 같아."

"제가 가서 살펴볼까요?"

"그냥 여기 있어."

몇 초 정도 가만히 있다가 호가 말했다. "이 일로 피해를 입지 않도록 확실히 하시는 게 나을 겁니다. 서장님. 지난번에 저 아이를 감싸신 걸 마을 전체가 알고 있습니다. 그때 서장님이 직접 말씀하시길……"

"그냥 내 말대로 해주게."

"제 말뜻 아시잖습니까, 서장님. 지금은 분위기가 그때 같지 않아요."

해리스는 전조등을 몇 초 정도 깜박여 벌판에 있는 둘에게 올라오라는 신호를 보냈다. 벌판의 두 사람은 얼어붙었다.

"도망갈 겁니다."

"저 아이 누나가 하버드에 다녀. 도망 안 칠 거야."

해리스의 말대로, 벌판의 두 사람은 익스플로러가 있는 언덕으로 침울하게 걸어왔다.

"이 쌍안경으로 한번 보세요, 서장님. 저 녀석들 얼굴에 난 여드름까지 다 보입니다."

"나중에." 해리스가 말했다.

하지만 안 봐도 훤히 짐작이 갔다. 빌리 포와 친구들이 이곳에 술을 마시거나 약을 하러 왔었고, 일이 잘못된 것이리라. 그러니까 빌리 포가 누군가 한 명을 때려죽이고 겁에 질려 도망쳤다가 이제 자기가 저지른 일을 처리하러 돌아오고 있는 것이다. 가장 슬픈 일은, 빌리가 다른 친구를 이 일에 끌어들였다는 점이었다. 그는 빌리의 친구를 무죄 방면할 방법이 없을지 생각했다. 저애 같은 이들에겐 아직 기회가 있었다.

해리스가 진짜로 걱정하는 건 빌리 포가 아니었다. 그는 오래전부터 빌리 포가 이런 식으로 끝장나리라는 것을 알았다. 그리고 무슨 일이 벌어질지 잘 알면서도 빌리 포를 바로잡기 위해 최선의 노력을 다했고 자기 자신의 명성을 위태롭게 했다. 사람은 어떤 나이가 되면 자기 고유의 궤도를 갖게 되고, 그때 다른 사람이 해줄 수 있는 건 다른 궤도로 갈 수 있도록 슬쩍 밀어주는 정도가 전부였다. 하지만 대부분의 경우 그건 마천루에서 떨어지는 사람을 받으려고 시도하는 것과 비슷했다. 빌리 포의 궤도는 아주 일찍부터 뚜렷했다. 해리스가 걱정하는 건 빌리 포가 아니었다. 그가 걱정하는 건 그레이스였고, 이 일로 그레이스가 받을 충격이었다.

호가 말했다. "아시겠지만, 저는 세실 스몰 그 자식이 늘 싫었습니다. 하지만 새로운 지방검사와 일을 하기에는 시기가 좋지 않네요. 세실 스몰이라면 어떻게든 봐줬을 텐데요."

"나는 그런 말을 한 적이 전혀 없네만."

"저기 있는 조카를 걱정하시는 거 다 압니다."

"저 아이는 내 조카가 아니야."

호가 어깨를 으쓱해 보였다. 그들은 소년 둘이 언덕을 올라오는 모습을 지켜보았다. 청년이지, 해리스가 고쳐 생각했다. 빌리 포는 이제 스물한 살이었다. 하지만 어쩐지 말도 안 되는 것처럼 느껴졌다. 해리스가 처음 그레이스를 만났을 때 빌리 포는 다섯 살이었다.

"저기 오네요." 호가 말했다. "전 심술궂은 표정을 짓고 있겠습니다."

6. 아이작

아이작이 포와 함께 막 덤불숲을 헤치고 나와 벌판 가장자리에서 고개를 들었을 때, 해리스의 트럭이 보였다. 다시 숲으로 들어갈 수 있지 않을까 생각하는 순간, 트럭 꼭대기에서 빛이 번쩍였다. 포는 허리 높이까지 올라온 풀밭을 가로질러 해리스와 기계 공장이 있는 쪽으로 걸어가기 시작했다. 아이작은 멍한 상태로 그 뒤를 따랐다.

둘은 벌판을 가로질러 기계 공장 옆의 진흙자국이 어지러이 난 곳 근처에 도착했고 포는 아이작이 자기를 따라잡을 수 있게 걸음을 늦추었다. "우리는 괜찮아." 포가 조용히 말했다. "저 사람은 내가 어디 사는지 알고, 만약 내 재킷을 발견했다면 아직까지 여기에 있을 이유가 없어."

"여기서 우리를 만난 게 그냥 우연이라고 생각할 거라는 말이야?" 아이작이 말했다.

포가 고개를 끄덕였다.

아이작은 그 문제에 대해 좀더 의논하려 했지만 어쩌면 해리스가 저 위에서도 그들이 하는 대화를 들을지 모른다는 생각이 들었다. 스웨덴인이 누워 있는 건물을 지나자 포는 좀더 빠르게 걷기 시작했다. 더는 저 건물에 있지 않을 거야, 아이작은 생각했다. 스웨덴인은 없을 거야. 검시관이 이미 이곳에 왔을 거고, 검사를 포함해 모든 사람들이 왔을 거야. 타이어 자국을 보면 마을 사람 반은 왔다 간 것 같아. 검시관 딸 이름이 뭐였더라, 돈 워진스키. 가업을 이어받을 때가 다 되었지. 그 여자 아버지는 카운티 검시관이자 장의업자야. 아니, 그 여자를 안다는 게 날 도와주지는 못해. 지방검사가 새로 부임했어. 그 사람 이름이 뭐더라.

그나저나 포가 얼마나 빠르게 걷는지 봐. 자기가 저지른 짓을 보지 않아도 되어 마음이 편해진 거야. 자기 때문에 사람이 죽었는데도 그런 세세한 내용은 곧 잊어버릴 거야. 자기가 결백하다는 점만 기억하겠지. 내가 한 짓은 내가 선택한 일이라고만 기억할 거야. 하지만 싸우고 싶어한 건 포였어. 그 대가가 무엇일지는 전혀 개의치 않으면서. 그 대가를 치른 건 자기가 아니었으니까. 나와 스웨덴인이 대가를 치렀고, 포는 절대 나와 그걸 나눠 지려고 하지 않을 거야. 그런 점에 관해서라면 난 저애를 아주 잘 알지.

암회색 하늘 아래, 둘은 숲을 지나고 방화대를 가로질러 언덕을 올라갔다. 그들의 바짓단이 흠뻑 젖었고, 가시와 풀씨들이 달라붙었다. 포는 고개를 숙이고 자기 발 앞의 땅만 응시하면서 긴 다리를 이용해 성큼성큼 언덕을 올랐다. 아이작은 보조를 맞추기 위해 거의 뛰다시피 해야 했고, 그건 굴욕적인 일이어서, 그 점 역시 포에게 화가 났다. 짓이겨진 잡초와 지독한 옻나무 특유의 톡 쏘는 냄새와 함께 좀더 상쾌하고 축축한 흙냄새가 났다. 그들이 진흙 구덩이를 지나는데, 자동차가 빠졌던 모양인지 나무들 옆면에 진흙이 튀어 있었다. 아이작은 얼굴이 화끈거리는 걸 느끼고 진정하려 애썼다. 다른 이들을 위해 제단에 제물로 바쳐지는 아이작 잉글리시. 그의 잘못이었다. 포를 위해 희생시킨 건 스웨덴인이 아니라 나 자신이었어. 난 캘리포니아에 가지 못할 거야. 그 어디에도 가지 못할 거야.

두 사람이 언덕 꼭대기에 도착하자 해리스가 재빨리 차에서 내려 그들을 맞았다. 해리스는 특별히 위협적으로 보이지 않았다. 오십쯤 된 나이에 다리는 말랐고 머리는 거의 다 벗어졌으며 양옆과 뒤통수의 머리는 짧게 쳤다. 이어서 훨씬 더 젊은 경찰이 트럭에서 내렸다. 가슴이 두툼한 아시아인으로, 아이작보다 겨우 대여섯 살 정도 많아 보였다. 서서히 어둠이 깔리고 있었는데도 아시아인은 선글라스를 끼고 있었고, M4 카빈을 총구를 아래쪽으로 해서 들고 있었다. 아이작은 그 경찰이 누군지 기억이 날 듯 말 듯 했다. 마을 사람 모두가 아는 경찰은 아니었다.

"둘 다 가만히 있어." 두번째 경찰이 말했다.

해리스는 자기도 모르게 웃음이 나오는 모양이었다. 그가 신호를 보내자 젊은 경찰이 총을 내렸다.

"빌리 포인가?" 해리스가 말했다.

"네, 서장님."

"여기 자주 오나보지?"

"아닙니다. 처음입니다." 포가 말했다.

해리스가 포를 오랫동안 바라본 뒤, 이어서 아이작을 보았다.

"그렇군. 너희 둘 다 이곳이 처음이라는 거지." 해리스가 말했다.

다른 경찰이 능글맞게 웃으며 고개를 저었다. 그가 든 라이플은 총열이 무척 짧은 걸 보면 기관단총일지도 몰랐다. 조끼에는 총알이 잔뜩 꽂혀 있었고, 라이플용 여분의 탄창 몇 개와 경찰봉 하나, 그리고 아이작이 모르는 도구들이 달려 있었다. 이라크에서 돌아온 용병일 수도 있었다. 그에 비해 해리스는 권총 한 자루와 수갑, 그리고 작은 경찰용 회중전등 하나가 다였다.

"흥미로운 장소에서 밤을 보내려고 하는구나." 총을 든 경찰이 말했다.

"그래. 자, 빌리, 네게 뭔가 이상한 성향이 있는 건 아니겠지, 어두운 밤에 다른 젊은이와 이곳에 오다니 말이야."

"아닙니다, 서장님. 전혀 그렇지 않습니다."

"흠, 그렇다면 널 체포할 수 없겠군."

둘은 해리스를 바라보았다.

"농담이다."

"이 두 사람에 대해 조사해볼까요?" 다른 경찰이 물었다.

"별 문제 없어 보여." 해리스가 말했다. "조사해볼 필요는 없을 것 같군. 문제를 일으키지 않겠다고 약속한다면 둘을 집까지 태워다줄 수도 있어."

"걸어가겠습니다." 아이작이 말했다.

"차를 타고 가거라."

"그런데 무슨 일로 여기까지 오신 겁니까?" 포가 물었다.

"가자." 아이작이 말했다.

"너희는 착한 아이들이야." 해리스가 말했다. "호 경관, 그 멋진 야시경을 가지고 저기 덤불에 가 앉아 있는 게 어떤가? 또 누가 오는지 살펴봐."

"거긴 아직도 축축하게 젖어 있는데요, 서장님."

"아, 미안하네. 그럼 가서 그냥 마음에 드는 자세로 있게나." 해리스가 말했다.

호는 인상을 쓰더니 자기 물건을 챙기고 라이플을 어깨에 올리고는 방화대로 내려갔다. 해리스와 포와 아이작은 들판과 강을 바라보며 그가 멀어지는 모습을 지켜보았다. 멀리서 보니 언덕의 비탈면이 거의 검은색으로 보였지만, 마지막 남은 몇 조각의 빛이 비친 곳은 밝은 녹색으로 보였다. 세 사람은 조용히 서서 완전히 빛이 사라질 때까지 색이 바뀌는 모습을 지켜보았다.

해리스가 말했다. "꼭 교회 광고 같지? 이곳이 이렇게 아름다운 걸 사람들이 모른다는 게 이상하지 않니?"

"다들 불평분자들이기 때문이에요." 포가 말했다.

모두가 직업이 없기 때문이죠, 아이작은 생각했다. 하지만 흘끗 옆을 보자 경찰서장은 생각에 잠긴 듯했다. 이미 그런 관점 역시 고려해봤을 것 같았다.

일 분쯤 뒤 해리스는 둘에게 익스플로러 뒷좌석에 타라고 손짓했다. 시동을 걸고 차동기어를 잠근 다음 크게 유턴을 해 숲을 빠져나왔다. 이 트럭은 아까 그 진흙구덩이에 빠지지 않았을 거야, 아이작은 생각했다. 여기에 이 차 말고도 여러 대가 왔었어. 해리스는 방화대에서 잠시 내려 출입문을 열었고, 이윽고 차는 남쪽으로 돌아 대로에 들어섰다.

"둘 다 그곳에 오지 마라." 해리스가 말했다. "다시는 그곳에서 너희를 보고 싶지 않다."

그들과 해리스 사이에 플렉시글라스로 된 칸막이가 끼워져 있었기 때문에 해리스의 목소리가 뭉개져 들렸다. 해리스가 플렉시글라스를 내렸다.

"내 말 알아들었어?" 그가 말했다.

"네, 서장님." 아이작이 말했다.

뒷좌석은 어두워서 아이작은 주위를 제대로 볼 수 없었다. 그저 해리스의 벗어진 뒤통수와 앞좌석 사이의 컴퓨터에서 흘러나오는 불빛만 보일 뿐이었다. 해리스는 강변도로를 따라 아주 빠르게 차를 몰았다. 내 돈과 공책이 아직도 초원에 있어. 이미 누군가 찾아내지 않았다면 말이야. 그럴 가능성은 적어. 그곳은 쓰레기로 뒤덮여 있고, 경찰이 원했던 건 기계 공장 안의 눈에 잘 띄는 곳에 있었으니까.

"얘야, 네 이름은 기억나지 않는다만, 네 아버지를 안다. 스틸코 제강소에 불이 났을 때 인디애나에서 일하시던 분이지."

"전 아이작 잉글리시입니다. 제 아버지는 헨리 잉글리시고요."

해리스가 고개를 끄덕였다. "그 사고 소식을 들었을 때 난 무척 슬펐단다. 하버드에 간 게 네 누나 맞지?"

"맞습니다." 아이작이 말했다.

"예일이에요." 포가 말했다. "하버드가 아니라."

해리스가 겸연쩍은 듯 손짓을 했다. "미안하구나."

"괜찮습니다." 아이작이 말했다.

"가족 모두 아직 그 커다란 벽돌집에 사니?"

"아직 무너지지 않은 부분에서요."

그뒤로는 아무 대화 없이 조용했다. 앞쪽으로, 강이 굽어지는 곳에서 언덕을 따라 여기저기 흩뿌려진 불빛이 보였다. 뷰얼이었다. 아이작은 눈을 감고 어둠 속에서 타이어가 윙윙 도는 소리를 들었다. 인간은 자신이 무슨 생각을 하는지 확실히 몰라. 그때 내 판단엔 어떤 생각들이 얽혀 있었을까? 무의식적으로 어떤 생각들을 했던 걸까? 난 내 마음의 표면만 간신히 볼 수 있을 뿐이야. 그 아래에서는 내내 여러 층위의 생각이 흐르고 있고. 그냥 자고 싶군, 그는 생각했다. 하지만 그럴 수 없어. 반면 덩치 큰 오토는 영원히 잠들어 있겠지. 난 왜 그 베어링을 던졌을까? 기억이 나지 않았다. 당시에 무슨 생각을 했는지, 무슨 생각을 하기는 했는지 기억나지 않았다. 난 일급 살인죄로 기소될 거야. 난 고의로 쇳덩어리를 집어들고 안으로 들어갔어. 고의란 말이야. 독극물 주사. 아프지 않다고들 하지만 아이작은 그 말을 믿을 수 없었다. 그 주사가 무슨 의미인지 안다면 안 아플 리가 없다.

아이작은 손가락으로 관자놀이를 문질렀다. 아무에게도 말하면 안 돼, 아이작은 생각했다. 이 일은 내가 저지른 게 아니라고 나부터 설득해야 해. 그래봤자 소용없겠지만. 난 그럴 수 있는 사람이 아니야.

포가 옆구리를 쿡 찌르는 바람에 아이작은 눈을 떴다. 차는 새 경찰서 건물을 지나 중심가로 들어가고 있었다. 뒤편 어둠 속으로 사라지는 경찰서를 보기 위해 아이작은 고개를 조금 돌렸다. 차는 프랭크 자동차부품점, 새로 들어선 재활치료소 건물, 밸리 투석치료 전문병원, 밸리 고통완화치료 전문병원, 로스코 의료용품점을 지났다. 세를 내놓은 이발소, 음침한 건물 정면에 자리잡은, 한때 장난감 기차 가게였던 선탠가게. 그다음엔 블랙스 건 앤드 아웃도어, 문 닫은 몽고메리병원, 문 닫은 약국, 문 닫은 서퍼 클럽, 문 닫은 맥도널드, 슬라비아인 조합 지부, 프리메이슨 집회소.

그리고 창문을 모두 판자로 막아둔 더 많은 가게들. 무엇을 팔던 가게였는지 떠올리기 위해 열심히 기억을 더듬어야 했다. 정교한 돌림띠 장식과 아름다운 철제 창틀이 있는 석조 건물들은 모두 합판으로 막혀 있었고, 벽에는 캐시 파이브 복권 포스터들이 덕지덕지 붙어 있었다. 보도에는 여느 때와 달리 많은 사람들이 서 있었다. 토요일 밤이었다.

"복지국에서 자기들 돈이 어떤 식으로 쓰이는지 알아야 하는데." 해리스가 말했다. 그는 눈에 띄는 첫번째 술집 앞에 익스플로러를 세웠다. 사람들이 이미 걸어나오고 있었다.

"여기서 너희에게 선택권을 주지. 내가 집까지 태워다줄까 아니면 여기 내려서 아는 사람에게 연락을 할래?"

아이작은 어떻게 해야 할지 망설였으나 포가 재빨리 말했다. "연락할게요."

"알았다." 해리스가 어깨를 으쓱해 보였다. "그럼 내려라. 저기서 일하는 사람이 누구건 간에, 내가 전화를 쓰라고 했다고 말하고."

"여기서부터 걸어가면 돼요." 포가 말했다.

"차 타고 가." 해리스가 말했다. "전화를 걸어. 어슬렁거리다 나중에 나한테 다시 잡히지 말고."

둘은 고개를 끄덕였다.

"그런데," 해리스가 말했다. "목에 난 상처는 어쩌다 생긴 거냐?"

"무슨 상처요?"

"어물쩍 넘어가려고 하지 마라, 빌리."

"철조망에 넘어진 겁니다."

해리스가 고개를 저었다. "빌리." 그가 말했다. "오, 빌리." 그는 의자에서 몸을 완전히 돌리고 앉았다. "계속 그런 식이면 끝이 좋지 않을 거다. 알아듣겠냐?"

"네, 서장님."

"너도 마찬가지야." 해리스가 아이작에게 말했다. "앞으로 며칠 동안은 집안에 있거라. 어디 가지 말고 내가 찾을 수 있는 곳에 있도록 해."

둘은 술집으로 들어갔다. 벽의 나무널에 이름 첫글자들이 빽빽했고, 조명은 어두웠으며, 공간은 필요 이상으로 컸다. 유일한 조명은 맥주 네온사인이었다. 텔레비전 두 대에서 키노 게임이 나왔고, 세번째 텔레비전에서는 자동차경주 방송이 나왔다. 그 바깥 홀에는 판자를 못질해 앞을 막은 엘리베이터가 있었다.

"노인네들이나 오는 술집이잖아." 아이작이 조용히 말했다.

"호위스 같은 술집에 가서 모두의 눈에 띄고 싶은 거야?"

"우린 아예 이런 곳에 오면 안 돼."

"어머니에게 왜 해리스가 날 집까지 데려다줬는지 설명하라는 거야?"

"그런 건 지금 우리의 걱정거리 축에도 못 끼잖아." 아이작이 말했다.

바텐더가 그들에게 천천히 다가왔다. 그녀는 담배를 피우고 있었다. 젊고 아름다운 여자였고, 아이작은 그녀가 고등학교 몇 년 선배라는 걸 알아보았다.

마침내 바텐더가 말했다. "시간 낭비하지 말라고 말해주는데, 너희가 그 경찰관 차에서 내리는 걸 봤어."

"에밀리 시먼스." 포가 말했다. "네가 누군지 기억나."

"흠, 난 널 모르겠는데." 여자가 말했다.

그럴 리 없다는 생각이 들었지만 아이작은 아무 말도 하지 않았다. "해리스가 여기 전화를 쓰라고 했어." 아이작이 말했다.

"해리스가 원하는 건 뭐든지." 여자가 아이작 앞에 전화기를 놓고 아이작이 누나에게 전화하는 모습을 보며 서 있었다.

포가 말했다. "차를 기다리는 동안 아이언 시티 한 잔 줘."

"신분증은 당연히 안 가지고 왔겠지?"

"난 스물한 살이야."

"여기는 다른 곳과 다르다는 걸 모르나보네."

"알겠지만, 데이브 왓슨의 집 지하실에 있는 당구대에서 널 본 기억이 나. 난 빌리 포야. 너보다 이 년 아래야."

"널 모른다고 이미 말했잖아."

여자가 그들에게 소다를 따라주었다. 포가 자기 소다에서 체리를 빼내 바닥에 던졌다. 술집에 있는 손님들이 흥미로운 눈으로 두 사람을 지켜보았다. 대부분이 새틴으로 된 노동조합 점퍼나 사냥용 외투를 입은 나이든 남자들로, 너무 용광로 가까이에서 일했거나 바깥에서 일했거나 아니면 전혀 일을 안 한 탓에 얼굴이 거칠었다. 손님들 중 몇은 다시 자기들 대화로 돌아갔고, 몇은 특별히 할일이 없어서 계속 포와 아이작을 지켜보았다.

아이작은 자기 옆에 아버지의 제강소 시절 친구가 혼자 앉아 있는 걸 알아차렸다. D. P. 화이트하우스였다. 그는 월요일 저녁이면 아버지와 함께 풋볼을 보았고, 사고를 당한 아이작의 아버지가 인디애나에서 돌아온 뒤로는 아버지를 데리고 새 사냥을 다녔다. 하지만 아주 오래전 일이었다―D. P.는 몇 년 동안 아버지를 만나지 않았다. 이제 그는 아이작을 알아보지 못하거나 아니면 모르는 척하고 싶은 듯했다.

"아무래도 밖에서 기다리는 게 좋겠어." 아이작이 말했다.

"말도 안 되는 소리. 어디 맥주라도 마실 수 있는 데로 가자." 포가 바텐더를 노려보았으나 여자는 그의 시선을 무시했다.

바깥에는 서성거리는 사람들이 너무 많았고, 그래서 그들은 뒷골목에서 리를 기다리기로 했다. 눈이 어둠에 적응되자 남자 둘이 짙은색 픽업트럭에 앉아 뭔가를 기다리는 모습이 보였다. 운전사가 그들을 향해 뒷골목에서 떠나라고 손짓했고, 그들은 그 지시를 따라 다시 거리로 나와 어정쩡하게 서 있었다.

"그 사람들, 경찰일까?" 아이작이 말했다.

"미친, 아니야. 과대망상은 좀 버려."

"해리스는 알아. 곤란에 빠진 사람이 네가 아니라는 건 말할 필요도 없고."

"그만 좀 해." 포가 말했다.

"네 말이 맞아. 이깟 일이 뭐가 대수라고."

"만약 해리스가 알았다면, 우린 지금쯤 고무호스로 두들겨 맞고 있을걸. 해리스는 우리가 그저 어린애라고 생각해. 게다가 경찰은 지난주에 쓰레기통 옆에서 죽은 여자를 발견했어―경찰에게는 그게 더 큰 고민거리라고."

그들은 자동차들이 천천히 길 저쪽으로 가는 모습을, 그러다 잠시 뒤 돌아와 반대 방향으로 가는 것을 보았다.

"해리스는 네 재킷을 발견했어." 아이작이 말했다. "제대로 조사했다면 사방에서 우리 지문이랑 발자국이랑 네 핏자국을 발견했을 거고."

"넌 텔레비전을 너무 많이 봤어." 포가 말했다.

"거기 땅이 얼마나 엉망이 되었는지 못 본 거야? 해리스의 트럭만 왔다 간 게 아니라고."

"맥가이버 납셨네."

"왜 자꾸 그런 식으로 말해?"

"아마 해리스도 부랑자 몇 명을 손봐준 적이 있을걸. 이 사건도 떠벌리고 다니면서 자기가 공을 챙기려 들 거야. 그러고도 남을 인물이잖아. 게다가 다른 두 놈 가운데 하나가 내 재킷을 입고 달아났을 수도 있어. 그놈들 별로 따뜻하게 입고 있지 않았잖아."

"네가 말하는 그자들은 목격자들이야."

"부랑자들이지."

"나이든 자는 이 근처에 살아. 너를 알아봤어."

"그런 고민은 너 혼자 죽을 때까지 해, 아이작."

몇 분 뒤, 리의 메르세데스가 천천히 다가왔다. 리는 주차할 곳을 찾고 있었다. 그들은 리가 차를 후진시켜 좁은 공간에 능숙하게 주차하는 모습을 지켜보았다.

"누가 저 차를 긁어놓지 않으면 행운일걸." 아이작이 말했다.

"괜찮을 거야."

그들은 차 쪽으로 걸어가서 기다렸다. 리가 내리자 아이작이 말했다. "늦었네."

"미안." 리가 미안한 듯 웃어 보였다. "준비를 해야 했거든."

리는 잘 차려입고 있었다. 몸에 딱 맞는 긴 스커트에 목이 트인 하얀 블라우스 차림이었고, 아이작을 껴안자 목에서 향수 냄새가 났다. 리는 밸리에 사는 사람 같지 않았다. 아이작은 리가 화장을 한 것을 알아차렸다. 평소답지 않았다. 그리고 리가 포를 어떤 방식으로 안는지 보았다. 손이 포의 허리에 가볍게 올라가 있었다. 갑자기 혼란스러웠고 그 모습을 어떻게 해석해야 할지 알 수 없었다.

"이제 뭘 할 거야?" 리가 말했다.

"술 좀 마신다고 큰일이 나지는 않을 거야." 포가 말했다. 이제 포는 몸을 쭉 펴고 서서 수줍은 듯 얼굴을 붉히고 있었고, 리에게서 눈을 떼지 못했다. 이래서는 좋을 게 하나도 없어, 아이작은 생각했다. 아이작은 해리스에게 집까지 태워다달라고 하지 않은 걸 후회했다.

"우리는 정말 집에 가야 해." 아이작이 조용히 말했다.

"한 잔만 하면 되잖아." 포가 고집을 부렸다. "얼마 안 걸려."

"뭐가 문제야?" 리가 말했다.

"네 동생이 좀 피곤해하네."

포는 리에게 고개를 끄덕여 보이고는 앞장서 걸었고, 곧 걸음을 멈추고 담배를 피우며 리와 아이작의 대화가 끝나길 기다렸다.

"괜찮은 거야?" 리가 아이작에게 말했다.

"괜찮아." 아이작이 말했다. 그는 리와 눈을 마주치려 하지 않았다.

"이야기하고 싶어?"

아이작은 대답하지 않았다.

"우린 친구잖아." 리가 말했다.

"언제부터 우리가 '친구'가 되었어?"

잠시 가만히 서 있던 리가 결정을 내린 듯 몸을 돌리더니 포를 따라잡기 위해 빠르게 걷기 시작했다. 아이작은 천천히 둘의 뒤를 따랐다.

7. 포

리가 앞장서 걷자 포는 리를 따라잡은 뒤 옆에 가까이 붙어 걸었다. 아이작이 따라오든 말든 상관없었다. 리는 포가 어쩌다 몸을 스쳐와도 피하지 않았다. 아이작에 대해 말하자면, 아이작은 늘 이런 식이었다. 모든 걸 두려워했다. 학교에서 아이작이 받은 대우는 어찌 보면 당연했다. 학교에서 그는 랠프 네이더* 주니어이자 애늙은이였다. 해리스는 그들 두 사람을 가둘 수 있었지만 그러지 않았다. 그는 늘 모든 일을 해결했다. 늙다리 해리스는 정말로 다 해결했다. 그가 죽은 부랑자들에게 눈곱만큼도 관심이 없다는 건 모두가 아는 사실이었다. 그 낡은 집들을 몽땅 태워버리지 않았던가. 해리스는 부랑자들이 사는 집이 몰려 있는 구역을 통째로 태워버렸다. 세르비아 마을이라고 불리는 그곳을 그는 깡그리 태웠고, 불

---

* 미국의 시민운동가, 변호사.

은 밤새 꺼지지 않았다. 8등급 화재*였다. 그런 해리스는 공장에서 부랑자가 죽은 것 따위에는 털끝만큼도 관심이 없었다. 누구라도 그렇게 말할 것이었다.

리는 포를 만나기 위해 멋지게 차려입었다. 리가 그에게 전화를 하지 않은 지 여덟 달째였고, 그녀에게 포는 단지 즐거운 놀이 상대일 뿐이었으며, 이제 리는 결혼을 했다. 그에게 결혼한다는 말조차 하지 않아서 그는 그 소식을 아이작에게 들었다. 그런데 이제 리가 멋지게 차려입고 포 앞에 나타났다. 평소에는 화장을 잘 안하지만 오늘밤엔 화장을 했고 포에게 예쁘게 보이려고 정성을 들였다. 길을 가던 사람들은 고개를 돌려 그녀를 보고서 그녀가 자기들과는 다른 부류의 사람이라는 걸 알았고, 누구도 그녀가 리라는 걸 알아채지 못했다. 아찔한 느낌이 포를 압도했다. 포는 리를 잡고 싶었고, 꼭 껴안고 싶었고, 입에 리의 일부를 넣고 싶었다. 계속 이 감정을 느낄 수만 있다면 이 정도로 가까이 있는 것만으로도 충분했다.

셋은 호위스를 그냥 지나쳤다. 그곳에 들어갔을 때 포의 친구들이 리 앞에서 무슨 말을 할지는 하느님만 아셨다. 포는 호위스 대신 프랭크스 태번에 가기로 했다. 그곳 손님은 조금 더 나이가 있는 편이었지만 나이가 아주 많은 사람들은 아니었다. 술집 안은 어둡고 습했고 사람들이 춤을 추고 있었다. 여기저기에 빈 술잔들이 널려 있었다. 아이작은 둘의 뒤에서 부루퉁해 있었다. 작작 좀 해라, 포는 생각했다. 리의 손이 포의 손을 스쳤고 우연이 아니었다.

---

* 미국에서는 불을 끄는 데 필요한 소방대원의 숫자를 기준으로 화재등급을 매긴다.

포는 리의 손을 잡고 꼭 쥐었다. 술집 안이 붐볐기 때문에 아무도 포를 볼 수 없었다. 포는 리를 바라보았다. 리가 얼굴을 붉히며 삐딱하게 웃었다. 그녀는 웃음을 참을 수 없을 때만 그렇게 웃었다. 포는 오늘밤 아이작을 완전히 무시하기로 작정했다. 아니, 평생 동안 무시하기로 작정했다. 술집 안에서 젊은 남녀 한 쌍의 결혼 축하연이 벌어지고 있었다. 그는 꽤 많은 사람들을 알아보았고, 홀 건너편에 제임스 번이 있는 걸 본 다음엔 몸을 재빨리 돌렸다. 지미 번은 여자친구와 함께 경기를 보러 오곤 했었는데, 나중에는 그 여자 혼자 오기 시작했다. 그녀는 포를 집까지 태워다주면서 중간에 덤불 속에 차를 세우곤 했다. 지미가 그 사실을 알까? 확신할 수 없었다. 세상에는 스물한 살이 넘자마자 권총 허가증을 취득하는 부류가 있었고, 지미가 바로 그런 부류였다. 그는 파티에서 모두에게 허가증을 돌리며 자랑했다.

모두가 잘 차려입었다. 모든 여자들이 점잖은 옷을 입고, 남자들은 새 셔츠 차림이었다. 그리고 서로 몸을 비벼대며 짜릿함을 즐겼다. 누군가가 유모차에 남겨둔 아이는 혼자 앉아 주위에서 벌어지는 일들을 지켜보고 있었다.

"꼭 옛날로 다시 돌아간 것 같아." 리가 말했지만 포는 그게 좋다는 건지 나쁘다는 건지 알 수 없었다. 둘은 리가 술을 주문하는 게 낫겠다고 결론지었고, 포는 그녀가 바에 다가가는 모습을 지켜보았다. 바까지 가는 길은 사람들로 북적였다. 리는 팔짱을 끼고 있었고, 아주 작았고, 하나로 묶은 머리에서 검은 머리칼 몇 올이 빠져나와 있었다. 그녀는 뭐랄까, 어딘가 다른 곳에서 온 사람 같았다. 스페인, 스페인 술집에 있는 여인, 그림 속에서 나온 여인 같아 보였다. 하마터면 리의 뒤를 쫓아갈 뻔했지만 마음을 다잡고 제자리에 서 있었다. 포는 벽에 몸을 기대고, 두 손을 주머니에 넣었다가 다시 빼서 팔짱을 꼈다가 결국은 뒷짐을 졌다. 리가 귀 뒤로 머리를 쓸어넘기고 돌아서서 그를 보더니 싱긋 웃었다. 그 역시 리를 보고 싱긋 웃었고, 둘은 홀을 사이에 두고 한참 동안 서로를 바라보았다. 숨을 쉬고 쉬고 또 쉬어도 포는 계속 숨이 막히는 듯한 기분이 들었다. 목이 간질거렸고, 그는 그 기분이 사라지지 않기를 바랐다. 그때 주위가 소란스러워지더니 위층 어딘가의 비밀스러운 장소에서 신랑 신부가 계단을 내려왔다. 신부의 드레스가 흐트러져 있었다. 사람들이 환호를 했고, 신부가 고개를 숙였고, 신랑은 장군이라도 되는 듯이 번쩍 손을 치켜들었다. 참 큰일 하셨네, 포는 생각했다. 우리 모두 네가 저 여자랑 떡쳤다는 걸 알아. 리를 보자 그는 기분이 나빠졌다. 그녀 역시 얼마 전에 신부였다. 그는 아팠다. 잠깐이지만 문자 그대로 아팠다. 뱃속에서 뭔가가 치밀어올라왔다. 그래서 그걸 다시 넘기기 위해 누군가의 맥주를, 마침 손 닿는 곳에 누군가가 반쯤 마시다 만 맥주가 있길래 한 모금 마셨다. 네 꼴을 좀 봐. 포는 생각했다. 넌 지금 잘못 생각하고 있어. 리와 여기 있는 것 자체가 안 될 일이라고. 리는 술을 가지러 가다 말고 춤추는 사람들 틈에 끼었다. 포와 시선이 마주치자 와서 같이 춤추자며 손을 흔들었지만 이제 그는 혼란에 빠졌다. 어떻게 해야 할지 알 수 없었고, 그래서 그냥 가만히 서 있었다. 리는 그저 상냥하게 대하려는 것뿐이야.

아이작은 여전히 팔짱을 낀 채 구석에 서 있었다. 포가 아이작에게 다가가 어깨를 쳤다. "긴장 풀어." 하지만 포의 목소리는 스스로 듣기에도 불안정하고 긴장한 것처럼 들렸다. 아이작은 그를 보려고 하지 않았다. "맥주 마실래?" 여전히 그를 보려고 하지 않았다. 포는 리를 향해 몸을 돌렸다. 리는 춤을 추고 있었다. 헐렁한 정장을 입은 나이든 남자와 함께 춤을 추고 있었는데, 얼굴에서 땀을 비 오듯 쏟고 있는 그 남자는 이곳을 떠나 리하이에 살고 있는 프랭키 노턴의 아버지였다. 이어서 리는 열다섯 살쯤 되어 보이는 주근깨가 난 사내아이와 춤을 췄고, 그다음엔 푸른 해군 제복을 입은 사내와 춤을 췄다. 사내는 해군 제복이 그럭저럭 익숙해진 듯했다. 리는 한동안 해군 사내와 춤을 추었고, 포에게는 그 시간이 너무나 길게 느껴졌다. 해군 사내가 리를 빙그르 돌렸다. 포는 그 노래가 싫었다. 페이스 힐*. 그는 뉴 컨트리음악이 싫었다. 해군 사내가 리에게 자신의 하얀 모자를 씌우려 하며 장난을 쳤다. 잠시 후 프랭키 노턴의 아버지가 돌아와 리에게 맥주 두 잔을 건넸고, 그녀는 춤을 멈추고 포에게 다가왔다. 포는 홀 건너편의 해군 사내가 자기를 관찰하는 걸 느낄 수 있었다. 이윽고 해군 사내가 몸을 돌렸고, 포는 사내의 뒤통수에 흉터가 있는 걸 보았다. 그 부분에만 머리칼이 없었다. 수술자국이었다. 의사들이 그 사내의 머리 속을 어떻게 해놓은 것이다. 많은 사람들이 고등학교를 졸업한 후 입영 신청을 했고, 지난달에만 밸리에서 입대한 젊은이 세 명이 죽었다. 그 가운데 한 명은 포가 잠시 데리고 놀던 여자였다. 그 여자는 조금 이상했고, 사람들은 모두 그 여자가 레즈비언이라고 여겼다. 포는 그 여자와 몇 번 잤지만, 레즈비언이 아니라고 옹호해주지 않았다. 여자는 트럭

---

* 미국의 컨트리음악 가수.

을 운전하다 사제 폭탄을 밟았고, 그곳에서는 흔히 있는 일이었다. 여자가 한 일은 상비군에 입대한 게 다였다. 포는 폭탄을 설치한 아랍인들이 죽기를 바랐다. 어렸을 때부터 사슴 사냥용 라이플을 만지작거리며 자란 거칠고 시골뜨기인 저격수의 총에 맞기를 바랐고, 그 아랍인들이 자신들이 안전하다고 생각하는 동안 저격수가 탄도 편차를 판단한 뒤 방아쇠를 당기기를, 놈들이 자기 내장을 손에 쥐기를 바랐다. 맙소사, 포는 생각했다. 내가 지금 무슨 생각을 하는 거야. 방금 전까지 난 행복했는데.

리가 포에게 맥주를 건네며 말했다. "술값을 안 받으려고 하더라."

"넌 방금 누군가의 생활보조금으로 술을 가져온 거야. 아니면 복지원조금으로." 아이작이 리에게 말했다.

리가 인상을 썼다. 포는 아이작을 창밖으로 내던지고 싶었다. 리가 뭔가를 말하려고 입을 열었을 때 해군 사내가 리의 옆으로 다가왔다. 기껏해야 스무 살이나 스물한 살 정도 되어 보였고, 짧게 친 갈색 머리는 소년의 것처럼 부드러워 보였고, 목과 관자놀이에는 여드름이 나 있었다.

사내가 말했다. "여기서 계속 쉬고 있을 건 아니지?"

"나는 다 쳤어." 리가 사내에게 말했다.

"왜 이러시나."

"친구들을 만나러 온 거야."

해군 사내는 포를 살펴보더니 리의 손을 살짝 잡았다.

"아니, 고맙지만 사양할게." 리가 말했다.

포가 리의 앞으로 걸어나와 해군 사내 앞에 버티고 섰다.

"남편께서 구원에 나섰다 이건가?"

"맞아." 포가 말했다.

"네가 남편이 아니라는 사실을 빼면 말이지."

"맞아, 남편이야." 리가 말했다.

"남편은 무슨, 개뿔."

"네 친구들에게 돌아가." 포가 말했다.

"우린 나갈 거야." 리가 말했다.

해군 사내가 한 발 앞으로 나섰지만 포는 이미 뒤로 물러나고 있었다. 사내는 포를 쫓아 계속 걸어오다가 뭔가에 걸려서 세게 넘어졌다. 사내는 취해 있었다. 그가 바닥에서 뭐라고 소리치기 시작했다. 그냥 그렇게 누운 채로 소리만 쳤다. 포는 계속 뒷걸음질쳤다. 리와 아이작은 이미 문밖에 나가 있었다.

포는 해군 사내에게서 눈을 떼지 않고 뒤로 물러났고, 사람들이 주목하기 시작했다. 사내의 훈장들이 깔끔히 다림질한 파란 외투 위에서 어색하게 퍼덕였다. 포는 사내에게 미안한 기분이 들었다. 일어나, 그는 생각했다. 일어나란 말이야. 그러다 곧 이상한 점을 깨달았다. 해군 사내의 한쪽 다리가 비틀려 있었고 다른 쪽 다리보다 더 길었다. 다리 아래에서 반짝이는 것을 보고 포는 몸에서 온기가 모두 빠져나가는 느낌이었다. 그는 양말에 가려지지 않은 그 부분을 계속 쳐다보았다. 연갈색 플라스틱이 강철 볼트로 발목에 연결되어 있었고, 포는 눈을 뗄 수 없었다. 머리가 멍했다. 아마 넌 저 사람을 때렸을 거야, 포는 생각했다. 옛날이라면 때렸을 거야. 그리고 잠시 기절할 것 같다는 생각을 하는 사이 사람들 사이로 약간의 틈이 생겼고, 포는 그들을 옆으로 밀치며 문으로 향했다.

술집 밖에서 주 경찰관 한 명이 주차를 하고 있었다. 포는 벽에 몸을 기댔다. 하지만 누군가 이미 수갑을 차고서 차 뒷좌석에 앉아 있었고, 경찰은 뭔가를 적고 있었다. 맙소사, 포는 생각했다. 내 인생에서 무슨 일이 벌어지고 있어. 실수들이 쌓여가고 있다고. 포는 어째서 이제껏 그 사실을 알지 못했는지 의아했다. 이제는 기계 공장에서 부랑자들과 벌인 사건까지 있었다. 포는 이곳에서, 이 마을에서 벗어나야만 했다. 포는 이곳에 머물러도 괜찮을 거라고 생각했지만 그 반대였다. 사람들이 포에게 그 사실을 말해주려 애썼으나 포는 그 말들을 귀담아듣지 않았다. 그는 리가 어디에 주차를 했는지 기억할 수 없었다. 겨우 맥주 두 잔을 마셨을 뿐인데 머리가 빙빙 돌았다. 길 저쪽 끝에 구급차가 있고, 뒷문이 활짝 열려 있었으며, 밝은 구급차 안에서 두 사람이 치료를 받고 있었다. 포는 리와 아이작이 기다리는 모습을 보았다. 다가갔더니 둘은 차에 타 시동을 건 채 기다리고 있었다. 차에 올라탄 뒤 포는 대여섯 명이 술집에서 나와 자기를 찾고 있는 걸 보았다.

"즐거운 시간 보냈나 모르겠네." 아이작이 말했다.

"그 사람 한쪽 다리가 의족이었어."

"때린 건 아니지?" 리가 물었다.

"건들지도 않았어." 포가 말했다. "젠장."

"술 마시러 가길 참 잘했지." 아이작이 말했다.

"미안해." 리가 말했다. "그 사람과 그렇게 오랫동안 이야기하면 안 되는 거였는데."

"네 잘못이 아니야."

"씨발, 당연히 아니지." 아이작이 말했다.

그뒤로 아이작은 집에 도착할 때까지 조용히 있었다. 그러고는 리가 주차를 할 때 차에서 내려, 포와 리에게는 눈길도 주지 않고 안으로 들어갔다. 그들은 아이작이 들어가는 모습을 지켜보았고, 이윽고 서로를 바라보았으며, 포는 작별인사를 하기 위해 마음을 다잡았다. 포는 집까지 걸어갈 생각이었다. 머리를 맑게 할 필요가 있었다.

"들어와서 술이라도 한잔하지 않을래?" 리가 말했다.

포는 한참을 망설였다. "좋아."

리가 포의 팔을 가볍게 잡았다. "하지만 자고 갈 수는 없어."

"자고 안 가."

둘은 뒤쪽 포치에 놓인 소파에 앉아 담요를 덮었다. 얼굴은 차가웠지만 다른 부분은 따뜻했고, 개울이 계곡으로 흘러가는 소리가 들렸다. 계곡에서 개울은 다른 개울을 만나 강이 되었다. 그리고 거기에서, 포는 생각했다. 거기에서 오하이오강을 만나고 오하이오강은 미시시피강을 만나고 그다음엔 걸프만과 대서양으로 흘러가지. 모든 게 연결되어 있어. 모든 것이 연결되어 있는 거야, 그는 생각했다. 그 모든 것에 뭔가 의미가 있어. 포는 와인을 좀더 마셨다. 그는 그저 취한 상태였다.

담요 안은 따뜻했다. 둘은 손을 잡았고, 포는 눈을 감고 몸이 가라앉는 느낌을 즐겼다. 이웃집 마당이 시작하는 곳에 작고 거무스름한 부분이 보였다. 다시 보니 덤불이었다. 빈 이웃집은 수풀에 가려서 잘 보이지 않았다.

"내가 여길 떠날 땐 저 집에 사람이 살고 있었어." 리가 말했다. "패피 크로스가 살았지."

포는 와인 한 병을 비우고는 입술 위에 대고 마지막 한 방울까지 털어 마셨다. 초승달이 뜬 어두운 밤이었고, 무슨 일이든 일어날 수 있을 것만 같았다. 옛날 그 시절 같았다. 그냥 나만의 착각일까, 포는 생각했다.

"그 이야기를 하는 게 좋을 거 같네."

"네게 말하지 않아서 미안해." 리가 말했다.

"괜찮아."

리가 포의 어깨에 머리를 기댔다.

"예전 그 사람이지?"

"사이먼이야."

"다른 여자들과 어울려 다니던 그 사람?"

"미안해. 원한다면 몇 번이고 미안하다고 말할게."

"그 사람이 마음을 바꾸어서 모든 게 바뀌었다, 그런 이야기구나." 포는 자신이 왜 이런 말을 하는지 몰랐다. 둘은 꽤 좋은 시간을 보내고 있었고, 분위기를 볼 때 만약 그가 지금이 옛날과 같다는 듯이 행동한다면, 리를 용서한 척한다면, 리와 자게 될 확률이 꽤 높았다.

리가 긴장한 채 침묵을 지키다 한참 만에 입을 열었다. "우선, 내가 애초에 그이를 사귄 데는 이유가 있어. 너도 알겠지만 그이가 늘 나쁜 건 아니야. 어쨌든 이제 우리는 결혼했고, 그쪽 집안에서는 우리 아버지 돌보는 걸 도와주려고 해. 우리 가족 모두에게 도움이 될 거야."

"각서라도 받아놨길 바라."

"포." 리가 고개를 저었다. "포, 말은 쉽지만 넌 아무것도 몰라."

"네 동생에게 네 편을 들어줬었는데 지금 생각하니 그러지 말 걸 그랬어."

포는 여전히 자기가 왜 이렇게 다그치는지 그 이유를 몰랐지만, 리는 포의 그런 태도에 준비가 되어 있는 듯했다. 그녀는 온갖 종류의 감정에 늘 대비가 되어 있었다.

"아이작한테 우리에 대해 말하지 않았길 바라." 리가 말했다.

"안 했어. 하지만 이제는 아이작도 알 게 분명해. 오늘밤 이후로는."

그녀가 다시 고개를 흔들었다. 그녀는 그 사실이 마음에 들지 않았다.

"어느 정도는 아이작 잘못이지."

리가 포에게서 손을 뺐다.

"난 그 소식을 네 동생에게서 들었어." 포가 말했다. "네가 전화해서 내게 말해줄 수도 있었고, 그러면 난 다 이해했을 거야. 내게 직접 말해줄 수도 있었는데, 그러는 대신 난 네 동생을 통해서 그 소식을 들었다고. 만약 오늘밤 우리에게 차가 필요하지 않았다면 넌 이번에도 내게 연락도 하지 않고 이곳을 떠났겠지."

"왜냐하면 난 결혼했으니까."

"그래, 네가 행복하다니 기쁘네."

"혹시 이 말을 들으면 네 기분이 나아질까봐 하는 말인데, 그이와 난 한마디도 하지 않는 날들이 허다해. 마지막으로 섹스를 한 게 언제인지는 기억조차 나지 않아."

포는 리가 거짓말을 하는 건 아닐까 생각했지만, 상관없었다. 그는 그 말을 듣고 싶었다. 그 말을 듣자 물론 기분이 나아졌고, 리

역시 기분이 나아 보였다. 잠시 후 둘은 다시 서로를 껴안고 있었다. 포는 리가 침 삼키는 소리를 들었고 리의 심장이 쿵쾅거리는 걸 느꼈다. 더 들어가 그걸 하고 싶다고 생각했다. 리는 그가 키스해도 거부하지 않았다. 그가 리를 끌어안았고, 리는 저항하지 않았다. 그는 리의 따뜻한 숨냄새를 맡았다. 둘은 서로 머리를 기댔고, 포는 리의 냄새를 맡았다. 어떤 여자들에게서는 향수나 비누 냄새가 났지만 리에게서는 살냄새만 났다. 포는 어디에 있더라도 그 냄새를 구별할 수 있었다. 리가 밤새 자고 깬 아침이면 포는 리의 냄새를 맡곤 했다. 가슴 냄새를 맡았고, 머리칼이 시작되는 목덜미 윗부분의 냄새를 맡았다. 둘은 그런 자세로 한참 있으면서 서로의 머리칼 냄새를 맡았다. 이윽고 포는 리의 등과 다리를 애무하기 시작했다.

"이러면 안 돼." 리가 말했다.

"사랑해." 포가 리에게 말했다.

리가 한숨을 쉬더니 포에게 파고들었다.

"넌 그 말 할 필요 없어. 상관 안 해."

"나도 널 사랑해." 리가 말했다.

곧 리는 포의 명치 부분 살갗을 만지기 시작했다. 포가 리의 스커트에 손을 대자 리가 그 손 쪽으로 몸을 밀착했다. 포가 바지를 벗고 리에게 손을 뻗었고, 리는 저항하지 않았다. 리가 포 위로 올라탔고, 포는 재빨리 리의 속옷을 내리면서 안으로 약간 들어갔다. 모든 게 아주 빠르게 진행됐다. 리가 몸을 곧추세워 그것이 매끄럽게 들어오도록 했다. 둘은 한동안 가만히 있었다. 리는 포의 셔츠를 꽉 움켜쥐고, 재빨리 몸을 옆으로 돌려 누운 다음 속옷을 벗었다.

둘은 다시 시작했고, 잠시 후 리의 얼굴에 무언가 걱정하는 기운이 어렸다. 포가 리의 입을 자기 목에 대고 눌러서 그녀가 소리를 내지 못하게 했다. 결국 리의 몸에서 긴장이 사라졌고, 둘은 점차 느긋해졌다.

"네가 위로 올라가고 싶어?" 리가 말했다.

"난 끝났어."

"나도." 리가 말했다.

한동안 그렇게 있다가 둘은 옷을 모두 벗었다. 그저 서로를 느끼고 싶어서였다. 리가 등을 돌리고 눕자 포가 그녀를 두 팔로 감싸 안았다. 리는 어깻죽지에 볼록한 점이 있었고, 포는 그곳에 키스했다. 리의 남편은 그러지 않으리라는 걸 알았기 때문이다. 포는 리의 남편에게 리가 다른 의미의 존재라는 사실을 알았다. 그 남자에게 리는 포에게만큼 소중한 존재가 아니었다. 상관없었다. 이제 리는 더이상 그에게 예전의 그녀가 아니었지만 그건 상관없었다. 포는 그 점을 교훈 삼아 잊지 않도록 새겨둘 터였다. 닥쳐, 포는 스스로에게 말했다.

잠시 후 포는 리가 단지 호의를 베푸는 것일지도 모른다는 생각이 들었다. 그냥 호의를 베푸는 거야. 옛정을 생각해서 말이야. 다시는 못 만날 거야. 갑자기 서늘한 느낌이 들었다. 그는 모든 가능성을 생각했고, 곧 그런 게 아니라는 결론을 내렸다. 아니야, 동정해서 그런 게 아니야. 다른 여러 요인이 있어. 그 생각이 마음에 들었다. 하지만 이제 가봐야 할 시간이었다. 한 시간 정도 후면 포는 초조해하거나 화를 내고 있을 것이다. 리에게 그런 모습을 보이고 싶지 않았다. 포는 리의 뒤에서 몸을 일으키고 두리번거리며 옷이 어디에 떨어졌는지 찾은 다음, 일어나 옷을 입기 시작했다.

리가 추위에 잠에서 깨 눈을 떴다.

"어디 가려고?" 리가 물었다.

"모르겠어. 아마 집으로 가겠지."

"태워다줄게." 리가 옷을 벗은 채로 일어섰다. 리는 몸이 무척 작았다. "맙소사, 나 완전히 취했어. 널 유혹하고 싶었던 것도 이상할 게 없네." 리가 포를 향해 웃어 보였다.

포는 그 말이 무슨 뜻인지 알아듣고 마음이 조금 아팠지만, 어쨌든 웃어 보였고 머리가 다시 제대로 돌아가기 시작했다. 더는 바랄게 없었다. 옛친구 둘이 가끔 서로를 위로하는 정도면 되었다. 그이상을 바란다면 리는 포를 고통 속에 내버려둘 것이다. 포는 이 일이 일어나 기뻤다. 리와의 관계가 어떤 식으로 가야 하는지 확실히 상기할 수 있어서 좋았다. 이 관계에는 무언가 의미가 있어야 했다. 단순한 육체관계 이상이 되어야 했다. 인생은 길었고 포는 이런 식의 기분을 다시 느끼게 될 것이다. 다만 리가 아닌 다른 여자와. 그게 왜 그렇게 자연스럽게 느껴지는지 알 수 없었다. 그는 이 기분이 지속되기를 바랐고, 이 일을 이렇게 매듭지어야 한다는 걸 알았다. 그의 인생을 이루는 책 중 한 권이 이제 끝났고, 더는 그것에 대해 생각하고 싶지 않았다.

"널 다시 봐서 기뻐." 포가 말했다. 그는 목청을 가다듬고 리의 이마에 키스하기 위해 몸을 굽혔다. 리가 그를 다시 소파로 잡아당기려 했다.

"좀더 있다 가지 그래." 리가 말했다. "밤새 그걸 해도 돼."

"집에 가봐야 해."

"진심으로 한 말이야."

"알아." 포가 말했다. "진심이란 거 알아."

포가 집을 향해 가다가 리에게 손을 흔들기 위해 뒤돌아섰을 때 그는 아이작의 방 창문에서 뭔가가 움직이는 걸 보았다. 포는 계속 걸었다. 곧 그는 숲의 어둠 속으로 들어섰다.

8. 리

리는 소파에 누워 집을 둘러보았다. 자신이 자랐지만 지난 오 년 동안 마음속에서 지워버린 집이었다. 얼룩진 천장, 회벽에서 떨어져 돌돌 말린 벽지, 사방에 널린 아이작의 책들. 리가 떠난 뒤 집에는 책이 가득 들어찼다. 아이작이 중고 할인 매장에서 산 낡은 과학 교과서들, 〈내셔널 지오그래픽〉〈네이처〉〈파퓰러 사이언스〉 따위가 책장을 빼곡히 채우고 어머니의 업라이트 피아노 위에도 쌓여 있었고, 거실에는 책과 잡지 더미가 제멋대로 쌓여 있었다. 큰 거실이었지만 아버지의 휠체어가 간신히 통과할 만큼의 공간만 남아 있었다. 분명, 헨리는 이런 상태를 그냥 참기로 한 듯했다. 어쩌면 더는 상관하지 않는 것일 수도 있었다. 누군가 창문으로 집안을 본다면 반쯤 정신 나간 노파가 고양이를 스무 마리쯤 키우며 사는 집이라고 생각할 수도 있었다.

한편으로 리는 바로 그런 점, 그 호기심 때문에 동생을 좋아했다. 아이작은 언제나 스스로 뭔가를 공부했다. 그러나 리는 동생이 걱정되기 시작했다. 아이작은 점점 외톨이가, 괴짜가 되어갔다. 그래, 그녀는 생각했다. 아이작을 여기 처박히게 한 건 바로 나야. 리에게 별다른 선택이 없어 보이긴 했다. 리는 자신이 딱 적당한 시기에 탈출했다고 늘 생각해왔다. 또한 어린 시절 내내 시달리던 어떤 느낌으로부터 벗어났다고. 그것은 자신보다도 더 이상한 남동생을 제외하면, 자신이 기본적으로 외톨이라는 느낌이었다. 좋지 못한 사고방식이었다. 하지만 예일대에 입학하자 완전히 달라져서, 바로는 아니지만 꽤 빠르게 혼자라는 느낌, 이제 리가 존재적 고립감이라고 표현하는 그 느낌은 사라졌다. 밸리에서 보낸 어린 시절은 이제 너무 먼 과거처럼 느껴져서 마치 다른 사람의 삶 같았다. 리는 자신이 속할 곳을 찾았다. 그곳을 포기하고 여기로 돌아오는 것은 불가능한 일처럼 보였다.

위층에서 삐걱거리는 소리가 들렸다. 동생이 아직 깨어 있었다. 리는 죄책감이 들었다. 나도 노력중이야, 리는 혼잣말을 했다. 사이먼의 가족은 간병인 비용을 대는 데 동의했고, 리는 몇 군데에 전화를 했으며, 내일 간병인 후보들을 만나볼 예정이었다. 이보다 더 빠르게 일을 진행할 수는 없었다. 인명구조원이 교육을 받을 때와 마찬가지였다. 남을 구하기 전에 먼저 자신을 구해야 했다. 리가 바로 그렇게 하고 있었다. 자기 먼저 단단한 땅에 발을 디뎠고, 이제 가족을 위해 돌아오고 있었다. 너무 서두르면 안 돼, 리는 생각했다. 하지만 그건 사실이 아닐 수도 있었다. 리는 자책하고 있었다. 그녀는 특별히 뛰어난 인명구조원도 아니었다—몸이 크지도 않고 물에 잘 뜨지도 않았으며, 단지 기술만 뛰어났을 뿐이었다. 무거운 사람이라면 오히려 리가 물속으로 끌려들어갈 게 뻔했다.

리는 일어나서 계단을 돌아 집안의 작은 식사실을 통과한 뒤 부엌으로 들어갔다. 부엌을 지나자, 지금은 침실로 바뀐 서재에서 아버지의 코고는 소리가 들렸고, 숨쉬기를 멈추기라도 한 듯 가끔씩 긴 정적이 흘렀다. 아버지 때문이야, 리는 생각했다. 아버지가 문제야. 귀와 목이 화끈거렸고, 리는 싱크대에서 세수를 해야 했다. 그것은 끔찍한 일이 일어날 것 같다는, 그리고 너무 늦게야 그 일에 대해 알게 되리라는 익숙한 감정이었다. 이 집, 이 마을 전체와 결부된 감정이었다. 리는 집에 올 때마다 그 감정을 느꼈다. 곧 아무도 그런 감정을 느끼지 않게 되리라. 리는 몇 년 동안 준비해온 이야기를 할 생각이었다. 이제 아버지의 자식 둘이 집을 떠날 때가 되었다고. 아버지는 간병인과 이곳에 머물든 이사를 가든 원하는 대로 해도 되지만 이제 아이작이 이곳에 머무를 시기는 지났다고 말할 생각이었다.

리는 언제나 아버지에게 가장 사랑받는 아이였다. 둘의 아버지 헨리 잉글리시는 아이작을 양자처럼 대했다. 헨리 잉글리시는 덩치 큰 집안의 핏줄을 그대로 이어받은 덩치 큰 사람이지만 아이작은 그렇지 않았기 때문이었고, 아이작은 호기심이 많았지만 헨리 잉글리시는 그렇지 않았기 때문이었다. 아내와 딸 역시 덩치가 작고 호기심이 많고 섬세했지만 그건 받아들일 수 있었다. 하지만 그런 흠이 아들에게 나타났을 때는, 자신이 제공해야 했던 모든 것이, 자신에게서 가치 있다고 생각했던 모든 것이 아내의 특성에 덮여 안 보이게 된 것처럼 느꼈다. 두 아이가 물려받은, 멕시코인 아내의 진한 피부색을 포함해서. 사실 둘의 피부색은 그렇게 짙지 않고 단지 햇볕에 살짝 그을린 듯 보일 뿐이었다. 아이작은 산에 사는 사람으로 여겨지곤 했다. 하지만 리는 달랐다. 리는 좀더 외국인 같았다. 눈썹 숱이 많아서 그래, 리는 생각했다. 그러나 헨리 잉글리시는 얼굴이 희고 머리칼은 붉은색이었다. 적어도 옛날에는 그랬다.

둘의 어머니는 카네기 멜런에서 공부하기 위해 미국에 왔고, 리가 아는 한 다시는 고향으로 돌아가지 않았다. 아이들이 태어났을 무렵 어머니에게서는 외국인의 억양이 사라졌고, 리나 아이작은 어머니가 스페인어로 말하는 것을 한 번도 듣지 못했다. 그래, 리는 생각했다. 어차피 아버지가 스페인어를 허락했을 리가 없지. 대학 원서나 로스쿨 입학 원서에 내가 라틴아메리카인이라고 표시한 걸 알면 아버지는 기분 나빠했을 거야. 리는 그렇게 하는 것에 대해 여러 번 고민했지만, 막상 그런 순간이 오면 전혀 주저하지 않고 라틴아메리카인 칸에 표시를 했다. 그건 사실이자 사실이 아니었다. 원한다면 자신에게서 라틴아메리카인인 부분을 찾을 수 있었지만 그 나라 말을 하지는 못했다. 심지어 자장가 한 소절도 부르지 못했다. 리는 철강 노동자의 딸이자 노동조합원의 가족이었다. 그녀는 예일대에서 프랑스어를 배웠다. 대학과 로스쿨 준비를 할 때 원한다면 리는 스페인어를 배울 수도 있었다. 리는 대학입학자격시험에서 만점을 받았고 로스쿨 입학시험도 거의 만점이었기 때문에 합격에는 문제가 없었지만, 시험 준비를 하던 당시에는 좀더 확실한 점수를 받고 싶었다. 당연히 그때는 스페인어를 배워보면 어떨까 생각하는 것조차 사치였다.

리는 많이 마신 와인을 해독하려고 비타민을 한 움큼 입에 넣고

서 물을 한 잔 마신 뒤 거실로 갔다. 리는 아직도 이 집에 적응이 되지 않았다. 이 집은 리를 가르친 교수들의 집보다도 크고 호화로 웠다. 1901년에 어떤 사업가가 지은 집인데 정문 위의 돌에 그 날 짜가 새겨져 있었다. 좀 과시적인 집이기는 했지만 당시에는 이런 집이 유행이었다. 아버지는 스스로 인정하는 것보다 훨씬 더 이 집을 사랑했다. 헨리 잉글리시 가족은 1980년에 이 집을 샀다. 경기가 가라앉기 시작하면서 밸리의 사람들이 큰 집 사는 걸 전보다 조심스러워할 때였다. 훗날 제강소가 문을 닫자 헨리 잉글리시는 바로 이 집 때문에 인디애나주까지 일을 하러 가야 했고, 가족에게 송금을 하면서 오두막에서 살았다. 이제 와 생각해보면 바보 같았다. 하지만 아메리칸드림이었다. 맡은 일을 제대로 잘하면 해고당하지 않는 게 당연하게 여겨지던 때였다.

리는 위층으로 올라가 동생을 볼 자신이 없어서 소파에서 자기로 했다. 바람을 피우는 건 남자들이나 하는 짓이라고 늘 생각했는데. 리는 자기가 왜 포와 잤는지 생각했다. 아마 그건 리가 포에게 빚을 졌기 때문에, 포에게 한 무언의 약속을, 몸으로 한 약속을 깨버렸기 때문일지도 몰랐다. 결혼을 했기 때문이 아니라, 결혼할 거라는 말을 하지 않았기 때문에 약속을 깬 것이다. 어쩌면 이 결혼이 조금이라도 빨리 깨지길 바라는 마음에, 그 과정의 속도를 높이려고 그런 것일 수도 있었다. 아니, 그건 리가 원하는 게 아니었다. 그래도 스물세 살에 결혼하는 건 좀 우스꽝스러웠다. 그녀가 사이먼과 결혼한 건 자신이 그를 용서했다는 사실을 보여주기 위해서였고, 그건 어떤 이유보다 그럴싸한 이유였다. 아직까지도 사이먼은 침대에서 나오려 하지 않거나 리가 있는 줄도 모를 때가 종종 있었다. 사이먼은 힘든 시기를 보내고 있었지만 어쩌면 늘 그런 식이었는지도 몰랐다. 지금은 힘들어도 사이먼은 코네티컷의 대리엔에서 호사스럽게 자랐다. 그래서 조금은 응석받이가 된 것이다.

또한 리는 여전히 포를 사랑했다. 가망 없는 방식으로, 포가 아닌 다른 사람과는 절대 불가능했을 방식으로 포를 사랑했다. 결코 이루어질 수 없는 사랑이라는 것을 잘 알았기 때문이다. 포는 밸리 출신이었고, 밸리를 사랑했고, 고등학교를 졸업한 뒤로 책을 단 한 권도 읽지 않았다.

여전히 미안하다는 생각은 들지 않았다. 아마도 아직 몸안에 남은 엔도르핀의 효과 때문인 듯했다. 아니, 그렇지 않을지도 몰랐다. 사이먼이 바람을 얼마나 많이 피웠는데. 리가 아는 여자만 셋이었는데, 모르는 여자는 또 얼마나 될까? 리는 그런 일들에 대한 공소시효가 지났을지 생각했다. 사이먼을 어떻게 해야 할지도 생각했다. 사이먼은 이미 퉁명스러워지고 있었고, 리가 이곳에 온 지 이틀밖에 되지 않았는데 혼자 생활하는 걸 버거워하며 대리엔에 있는 부모님 집으로 지내러 갔다. 대리엔에서 뉴욕까지는 기차로 한 시간밖에 안 걸렸고, 뉴욕에 친구가 쉰 명은 있을 터였지만 사이먼은 그 집을 떠나고 싶어하지 않았다. 우울증 때문이기도 했지만 버릇이기도 했다. 그에게는 무기력하게 행동하는 버릇이 있었다. 사이먼이 약간 응석받이로 컸다고 말한다면, 그건 아주 얌전하게 표현한 것이었다. 만약 사이먼의 돈 공급원이 어찌어찌 말라버린다면…… 그는 버티지 못할 것이다. 리의 예일대 친구들 반 정도는 생활력이 있었다. 그들 대부분은 아주 열심히 일했지만, 가질 수 없는 것을 원한다는 게 어떤 건지 아는 사람은 아무도 없었다.

연인에 관해서라면 아마 알지도 모르지. 왜 이렇게 방어적이야, 리는 생각했다. 지금 이 삶은 내가 생각했던 것보다 훨씬 더 좋아. 난 내가 아는 누구보다도 행복해.

리에게는 여전히 신념이 있었다. 꼭 로스쿨에 가야 할 이유가 더는 없었지만 리는 여전히 로스쿨에 가려고 했다. 사이먼은 그런 리를 말리려 했고, 장기 여행을 하고 싶어했다—프로방스에 사이먼의 가족이 거의 쓰지 않는 별장이 있었다. 하지만 그건 너무 상투적이었다. 노동자계급의 여자가 부자와 결혼해 덕을 보는 것. 그런 생각을 하자 리는 속이 울렁거렸다. 리는 사이먼 가족의 돈을 쓸 생각이 없었다. 그 사람들이 날 기꺼이 가족으로 맞아들이기는 했지만, 어쨌거나 나는 그 안에서 굉장히 잘 적응할 거야. 그 생각을 하니 소름이 끼쳤다. 설사 리가 큰 법률 회사에 들어가 엄청난 연봉을 받게 된다 해도 사이먼의 가족은 리가 평생 벌 돈보다 더 많은 돈을 가지고 있었다. 물론 리는 법률 회사에 들어갈 마음이 없었고 인류에 보탬이 되는 일을, 법무부 같은 곳에서 시민법 쪽 일을 하고 싶었다. 다들 스스로에게 그렇게 말하지, 그녀는 생각했다. 나는 하버드 로스쿨에 가서 국선변호사가 될 거야. 하버드였나? 리는 스탠퍼드와 컬럼비아에서도 입학 허가를 받았다. 고르기만 하면 되었다. 사실 리는 자신이 어느 학교를 고를지 알았다. 당연히 하버드였다. 리는 절로 웃음이 나왔다. 맙소사, 난 참 속물이야. 괜찮아. 내가 속물이란 사실을 다른 사람들이 모르게만 한다면. 누가 물어보면 그냥 보스턴에 있는 학교에 갈 거라고 말해. 그리고 그 말을 들은 상대가 좀더 자세히 알고 싶어하면…… 어쨌든 절대로 직접적인 표현은 쓰지 말아야 해. 너무 건방지게 들리잖아—하버드. 예일과 같지만 더 건방지게 들려. 내 동생은? 리는 생각했다. 내 동생은 뭘 하려는 걸까?

리는 혹시 자기와 포가 시끄러웠던 건 아닐까 생각했다. 아이작이 아직 숫총각인지, 혹시 자기가 포와 섹스하는 소리를 들은 건 아닌지 생각했다. 그랬다면 끔찍했다. 이제 리는 자신이 아이작을 잘 안다는 확신이 들지 않았다. 한편으로는 아이작이 심각한 문제를 향해 가는 건 아닐까 걱정이 되었다. 잠이 오지 않았다. 눈을 뜨고 일어나 앉았다.

리는 마음속으로 집의 고쳐야 할 부분을 하나씩 되짚어보았다. 지붕, 페인트, 집안의 회벽과 창틀 주변의 장식은 썩었고, 벽돌도 줄눈을 새로 해 넣어야 했다—이 모든 것은 아버지가 말해준 것들이었다. 훌륭한 집이었지만, 지금 있는 그대로 팔아서 얻는 돈보다 그런 것들을 고치는 데 돈이 더 많이 들 것이었다.

어쨌든 집은 팔아야 했다. 아이작은 더는 이곳에 머무르지 않을 것이고, 리는 이 집에 다시는 오지 않을 작정이었으며, 헨리는 그 사실을 받아들여야 할 것이다. 헨리는 기꺼이 아이작을 희생시키려 했지만 리는 그럴 생각이 없었다. 하지만 정작 그런 건 나야, 리는 생각했다. 난 너무 오랫동안 보고만 있었어.

리는 집을 팔면 얼마나 받을지 궁금했다. 보스턴이나 그리니치에서는 이 정도 집이라면 2백만 달러는 받을 수 있었다. 하지만 남부 몬밸리에서는 4만 달러 정도일 것이다. 이웃집은 십이 년째 비어 있었고, 심지어 '팝니다'라고 쓰인 표지판마저 색이 바래고 썩어버렸다. 주정부에서 북쪽의 피츠버그로 통하는 고속도로를 새로 건설했지만, 그곳을 다니는 차는 한 대도 없었다. 다른 지역이었다면 차가 안 다녀서 거대한 고속도로가, 주요 간선도로가 텅 비는 일은 상상할 수도 없었다. 뉴욕이나 필라델피아 주변의 95번 주간 州間고속도로를 운전하는 사람들은 겨우 몇 시간 거리에 이렇게 텅 빈 도로가 있다는 것을 믿지 않으려 할 거야.

잠드는 데 도움이 될까 싶어 리는 난로 앞에서 책을 읽기로 했다. 난로를 열고 나무를 약간 쌓고 그 아래에 신문을 넣은 뒤 신문에 불을 붙였다. 하지만 종이가 다 타고 난 뒤에도 나무에선 연기만 날 뿐, 불이 붙거나 열을 내지 않았다. 연기 냄새가 집을 가득 채웠고, 리는 화재경보기가 울리지 않도록 창문을 열었다. 리는 정말로 멍청이였다. 이런 마을에서 자랐으면서 아직까지 그런 것도 못했다. 리는 난로에 불을 붙이는 법이나 총 쏘는 법 따위를 몰랐다. 펜실터키*에서 자랐으면서도 그런 일에 전혀 흥미가 없었다. 맙소사, 당혹스러운 일이었다. 어쩌면 떠나기 전에 아버지에게 부탁해서 뒤뜰 같은 곳에 깡통을 세워두고 총 쏘는 법을 가르쳐달라고 할 수도 있었다. 아버지가 기꺼이 해줄 만한 일이었다.

리는 자기가 가져온 책들을 살펴보다가 『율리시스』를 집어들었지만 어디까지 읽었는지 기억나지 않았다. 방금 전에 읽은 것도 전혀 기억나지 않는다면 과연 이 책이 명성만큼 훌륭한 책일까 의문이 들었다. 리는 블룸이 좋았지만 스티븐 디덜러스는 미치도록 지루했다. 그리고 몰리, 리는 그 부분을 넘기고 다음으로 넘어갔다. 거기서부터는 선정적인 내용으로, 자위 장면이 몇 쪽에 걸쳐 나왔다. 적어도 오늘밤에는 그걸 할 필요가 없었다. 안도감이 들었다.

---

* 필라델피아와 피츠버그 외곽의 전원 지역을 일컫는 속어.

사실 리는 자위가 무척 귀찮았다. 몸이 달아오른 젊은 여인이 여기 있는데 원하는 걸 해줄 사람은 아무도 없고, 의지할 것은 자신의 손뿐이라니. 리는 사이먼에게 그렇게 모질게 대하지 말았어야 했다, 정말로. 하지만 그렇게 한 건 사이먼을 걱정했기 때문이다. 사이먼은 그 여자를 다치게 했고, 심지어 그 차는 사이먼의 것도 아니고 존 볼턴의 차였다. 그러니 존 볼턴이 그 차를 몰았어야 했다. 존 볼턴은 거의 술에 취하지 않았지만 사이먼을 부추기는 것을, 그의 나쁜 부분을 부추기는 걸 좋아했다. 존 볼턴은 유일하게 사이먼이 어울리지 않았으면 하는 친구였다. 사실을 말하자면, 그런 친구들이 몇 명 더 있었다. 어쨌든 그 당시 길에는 얇은 얼음이 깔려 있었다. 조사관이 그렇게 결론지었다. 그 문제에 대해 생각해봤자 소용없었다. 리는 사이먼을 용서했다. 난 사람들을 용서하지 않다가 나중에 마음을 바꾸지. 사이먼은 자신을 용서하지 않았고, 그건 충분한 형벌이 된 듯 보였다. 리는 사이먼과 자신이 평범한 삶으로 돌아가기를 원했다. 눈을 희번덕거리거나 할 필요 없이 그냥 원래 방식으로 돌아가기를 원했다. 단지 포가 있다는 게, 너무나 따뜻해서 꼭 껴안고 싶고 보면 만지지 않고는 배길 수 없는 포가 있다는 게 문제였다. 포와 함께 있으면 행복할 수 없어, 리는 스스로에게 상기시켰다. 포는 툭하면 술집에서 싸움을 벌였다. 포는 절대로 밸리를 떠나지 않을 거야. 포를 생각하자 온몸의 피가 아래쪽으로 내려가는 듯했고, 모든 것이 너무나 민감해졌고, 리는 압력을 원했다. 심지어 생각만으로도 그랬다. 리가 두 다리를 꽉 조였다. 포, 포, 포. 리는 다리를 더 세게 조였고, 포의 단단한 배와 가슴 근육을 떠올렸다. 아버지가 계속 자고 있는 소리가 들렸고, 리는 치마

밑으로 손을 넣었다. 아니, 그녀는 생각했다. 이럴 필요 없어. 리는 손을 뺐다.

　그녀는 『율리시스』를 집었다. 손은 책장을 넘기라고 있는 거야, 리는 생각했다. 레오폴드 블룸이 점심식사를 하고 있었다. 리는 잠들고 싶었다. 리는 자신이 헨리 제임스 책을 가지고 있는지 생각했다. 협탁에 낡은 『존재와 무』가 있었다. 사르트르—앰비언*만큼 좋은 선택이었다. 뭘 읽어야 하지? 아주 어려운 결정이었고, 안 그래도 리의 삶은 어려운 결정투성이였다. 리는 계속 조이스를 읽기로 했다. 읽을 수 있는 데까지 읽어보리라. 몇 쪽 더 읽고 나서 리는 행복하게 졸기 시작했다.

---

* 불면증 치료제.

9. 아이작

아래층에서 들리는 소리에 아이작은 잠이 깼다. 아침이 되었기를 바랐으나 깜깜한 밤이었고 별이 밝았다. 텔레비전이 켜져 있나 보네, 하고 생각했지만 텔레비전에서 나는 소리가 아니었다. 포치에서 나는 소리였다. 포와 리가 이야기를 하고 있었다. 왜 그런지 알잖아. 잠시 후 포가 리에게 사랑한다고 말하고, 리가 그 말을 반복하는 소리가 들렸다. 이윽고 조용해졌다. 아이작은 술에 취했을 때처럼 목의 피부가 따끔거렸다. 둘 다 그랬어. 날 바로 앞에 두고 거짓말을 했어.

둘이 있는 포치는 집안으로 흙먼지를 들이지 않으려고 아버지가 작업복을 걸어두던 곳이었다. 어렸을 때 아버지의 다리를 잡던 기억이 떠올랐다. 하지만 더러운 내복 차림의 아버지는 옷을 입을 때까지 계속 아이작을 밀쳐냈다. 진짜 있었던 일일까? 아이작은 궁금했다. 아니면 일어났을지도 모른다고 생각하는 일인가?

아이작은 잠시 더 귀를 기울였고, 누나가 갑자기 훌쩍이는 소리를 들었다. 그래 인간이 다 그렇지 뭐. 우리 어머니도 물에 걸어들어가 빠졌잖아. 주머니에 돌을 잔뜩 넣고 말이야. 마지막으로 눈을 깜박이는 순간에 자기 생애를 다 보았겠지. 아이작은 그게 어머니의 기분을 좋게 했을지 아니면 나쁘게 했을지 궁금했다.

아이작은 목을 헹궈낼 뭔가가 필요했다. 이런 생각을 계속하면, 그는 생각했다. 이런 생각을 계속하면 결국 난 지난번처럼 또다시 강으로 뛰어들게 될 거야. 아이작은 일어나 열린 창문 근처에 서서 차가운 바람을 맞았다. 머리가 빙빙 돌면서 방이 거대하게 느껴졌다. 주위를 둘러보니 열병에 걸려 꿈을 꿀 때처럼 벽이 무한히 길게 늘어나 보였다. 아이작은 어머니가 차가운 수건을 자기 목에 대주던 일을 기억했다. 어머니는 4학년과 5학년을 가르쳤다. 나이가 더 많은 아이들은 감당할 수 없었기 때문이다. 노인네는 사람들에게 누군가가 어머니를 민 거라고 말했다. 위장한 거라고, 미결 살인 사건이라고. 자살을 하면 천국에 갈 수 없으니까.

심지어 어머니도, 어머니조차 자기만을 위해 살았다. 피곤해지니까 죽어버린 거였다. 아무 문제가 없을 때는 너그러워지기 쉬웠다. 하지만 힘든 결정을 내려야 하는 때가 오면 뭘 중요하게 여기는지가 드러났다. 쉬운 상황에서 바르게 행동하는 건 어려운 일이 아니다. 어머니, 포, 리, 노인네. 마치 자기들이 지구에 사는 유일한 사람인 것처럼 행동하지. 하지만 난 언제나 다른 걸 기대했어. 뭔가를 기대한 내 잘못이야.

어머니를 죽게 내버려둔 건 바로 나였어. 어머니가 진입로를 걸어가는 걸 봤고 그게 내가 본 어머니의 마지막 모습이었어. 어쩌면 내가 어머니를 본 마지막 인물일지도 몰라. 어쩌면 강까지 가는 동안 어머니가 누군가를 봤을지도 모르고. 그랬으면 좋겠고 그렇지 않았으면 좋겠어. 어머니가 그렇게 행복해하는 모습은 참으로 오랜만이었어. 내 방으로 올라와서 어머니가 걸어가는 모습을 지켜봤지. 좀 이상하다는 생각은 했지만 왜 그런지는 몰랐어. 화창한 날이라 산책을 가시나보다 했어. 난 다시 읽던 곳으로 눈을 돌렸어. 〈타임〉이었지. 어머니가 죽을 때 난 〈타임〉을 읽고 있었어. 만약 내가 어머니를 쫓아갔더라면, 그는 생각했다. 뭣하러 그랬겠어. 그럴 만한 이유가 없었는데. 산책하기 좋은 날이었으니까. 내가 어머니를 본 건 아무도 몰라. 난 몰랐어, 그는 생각했다. 그만, 그만, 그만. 이제 그 생각은 그만해.

아이작은 어둠 속에 서서 귀를 기울였다. 다시 목소리들이 들리기 시작했고, 킬킬거리는 소리와 포치 문이 열렸다 닫히는 소리가 들렸다. 아이작은 둘이 손을 잡고 진입로를 걸어가는 장면을, 작별 키스를 하는 장면을 지켜보았다. 단지 저 둘이 행복해 보여서 신경을 쓰는 것일지도 몰라, 아이작은 생각했다. 하지만 그는 그게 사실이라고 생각하지 않았다. 포가 어두운 풀밭을 가로질러 길이 나 있는 곳을 향해 언덕을 내려가고 있었다. 아이작은 발끝을 튕기는 포의 독특한 걸음걸이를 바라보았다. 포가 뒤를 돌아 리에게 손을 흔들었다. 난 쩨쩨한 거야, 그게 다야. 둘이 행복하니까 화가 나는 거야. 곧이어 그는 아니라고, 그것과는 아무 상관 없다고 생각했다. 내가 화가 나는 건 둘의 속을 들여다봤기 때문이야. 하지만 알고 보니 내가 셋 가운데 최악이었어.

아이작은 전등을 켜려고 스위치에 손을 뻗었으나 늦었다. 가슴이 철렁하는 기분이 들었고, 심장이 그 어느 때보다 빨리 뛰었다. 다리에 힘이 풀려서 그는 주저앉고 말았다. 오줌을 지린 것처럼 따뜻한 느낌이 들었다. 배선 결함. 아이작은 숨을 깊이 들이켰지만 심장이 너무 빨리 뛰고 너무 펄떡거려서 피를 펌프질할 수 없을 정도였다. 축구를 하다 죽은 그 아이 같잖아. 아직 참회를 하지 않았는데. 하느님, 제발. 아이작은 생각했다. 그는 벽에 기대앉았고, 제대로 숨을 쉴 수가 없었다. 다시 몸이 추워진다는 생각이, 온몸이 땀으로 젖어 있다는 생각이 어렴풋이 들었다. 누나를 부르려 했지만 목소리가 나오지 않았고, 곧 그 느낌이 사라지기 시작했다. 아이작은 당혹스러웠다.

여기서 빠져나가야 해. 생각이라기보다는 감각이었다. 아이작은 떨리는 다리로 일어나 불을 켜고 자신을, 마르고 벌거벗은 자신의 몸을 살폈다. 껍데기만 남았다는 느낌이었다. 여전히 몸이 떨렸고 주저앉고 싶었지만, 다시 다리에 힘이 생길 때까지 버티고 서 있었다. 땀으로 몸이 끈적거렸으나 그뿐이었다. 일어나서 움직여. 여기서, 나가. 아이작은 셔츠로 몸의 땀을 닦고 인상을 썼다. 내 꼴을 봐. 급해지니까 결국 하느님을 찾잖아. 고해성사를 하면 용서를 받을 거라고 생각하잖아. 맙소사. 아이작은 부끄러웠지만, 앞에는 부끄러운 모습을 보여줄 사람이 아무도 없었다. 세인트제임스성당에 가. 도덕의 인도자이자 소년 성가대원 광인 나이 많은 앤서니 신부님을 만나. 성모마리아 만세를 열 번 외친 다음 오럴섹스를 하고. 리와 동갑인 제리 어쩌고 하는 애는 신경쇠약증에 걸렸지. 하지만 마을 사람들 절반은 여전히 성당에 다녀. 제리가 거짓말쟁이라고 여기는 게 훨씬 더 속 편하거든. 우리 아이들을 만지작거릴 수는 있어도 우리의 신념을 흔들지는 못하지.

아이작은 누나의 경우 그의 비난이 사실이 아님을 알았다. 누나
는 나쁜 사람이 아니었다. 어머니의 죽음은 리를 이 마을에서 떠나
게 만들었다. 리는 어머니가 죽자 바로 대학으로 갔다. 아이작은
리가 완전히 다른 삶을 선택한 거라고는 생각하지 않았다. 다만 리
에게 다른 길이 생겼고 결국 그 길을 선택한 것이다. 어떻게 비난
할 수 있겠어? 뉴헤이븐에 한 번밖에 안 가봤지만 그곳이 누나에게
딱 맞는 곳이라는 사실을 알았잖아. 아마 내게도 맞는 곳일 거야.
하지만 그곳에 가기에는 이제 너무 늦었지. 아니야, 난 그저 자존
심을 세우고 있을 뿐이야, 그는 생각했다.

아이작에게 필요한 대부분의 것은 기계 공장을 떠날 때 두고 온
배낭에 들어 있었다. 배낭을 찾는 게 급선무였다. 물론 범죄 현장이
기는 했지만, 그게 뭐 어떻단 말인가. 자신과 포가 오늘 그토록 멍
청하게 굴었다는 게 믿기지 않았다. 그냥 벌판을 가로질러가다니.
그곳에 몸을 숨기고서 보는 이가 없는지 확인했다면 일은 무척 쉽
게 풀렸을 터였다. 때늦은 후회였다. 이제는 지난주와는 다른 룰에
따라 움직여야 해. 더는 멍청한 실수를 저지르면 안 돼. 아이작은
내복 한 벌을 찾아 입고, 두꺼운 카고 바지와 두꺼운 플란넬 셔츠,
모직 스웨터를 입었다. 낚시용 칼을 챙겨, 그게 필요할지도 몰라.

아이작은 칼집에 달린 고리를 구부려 허리춤 안으로 넣은 뒤 허
리띠에 고정했다. 그는 거울을 보았다. 허리띠에 달린 칼이 우스꽝
스럽게 느껴졌다. 내려가서 누나와 이야기를 해. 아니야, 그러기에
는 너무 늦었어. 멍청했지만 우회할 방법이 없어 보여. 난 홀로 쓸
쓸히 죽을 거야, 그는 생각했다. 이 일은 더이상 만만하지가 않아.

이런 식으로 떠날 필요는 없었어. 하지만 이제는 그렇게 하는 수밖에 없어. 언젠가 차를 운전해 샤를로이까지 간 다음에 70번 도로를 타고 서쪽으로 계속 간 적도 있지. 단지 그렇게 하면 어떤 기분일까 궁금해서 말이야. 휘발유가 거의 다 떨어졌고, 집에 돌아왔을 때는 이미 날이 어두웠어. 노인네가 날 기다리고 있었어. 포치에 앉아 어둠 속에서 날 기다리고 있었어. 이제 난 스무 살이야.

테리 하트와 약속이 있었는데 지키지 못했다.

왜 그분에게 데리러 와달라고 부탁하지 않으셨어요?

내가 그런 걸 좋아하지 않는 거 잘 알잖니.

네, 난 말했어. 죄송해요.

그건 내 차다, 그가 내게 말했지. 행선지와 돌아오는 시간을 말하기 전에는 다시는 빌려가지 마라.

노인네가 날 다그치고 있다는 걸 알았어. 그 차는 내 유일한 자유였으니까. 하지만 그게 노인네의 방식이야. 내게 차 살 돈을 빌려줄 수도 있었는데 그러지 않았지. 카네기도서관에서 일하게 됐을 때―버스로 편도 두 시간씩 걸렸어―노인네가 갑자기 앓아누웠어. 일주일에 네 번 의사에게 가야 했지. 노인네는 내가 집에 있기를 원하면서도 절대로 그걸 말하진 않았어. 그게 노인네가 말하는 방식이야. 결국 난 일을 포기했어. 그렇게 포기하며 나의 일부분은 행복해했고. 바로 그 일부분이 날 여기 붙잡아두고 이 년을 기다리게 한 거야.

방안의 공기가 갑자기 희박해진 기분이었고 아이작은 가능한 한 빨리 방을 빠져나가고 싶은 충동을 느꼈다. 하지만 그는 방을 나서기 전에 마지막으로 주위를 둘러보며 생각할 시간을 가졌다. 어머니가 준 세라믹 저금통. 전에는 그걸 부수고 싶은 적이 없었다. 학교 모양 저금통이었고 몇 년 동안 돈이 꽉 차 있었다. 아이작은 저금통을 서랍장 모서리에 쳐서 부순 뒤 지폐와 동전을 꺼내 얼마나 되는지 세었다. 32달러 50센트. 잔돈은 침대 위에 두었다. 책상을 뒤지며 사회보장카드라든가 기타 뭐든 가져가야 할 게 없는지 찾아보았지만 지난번에 아주 꼼꼼하게 짐을 꾸린 덕분에 더 챙겨야 할 건 아무것도 없었다. 모든 것이―돈과 일기를 비롯한 모든 것이―군용 배낭에 담긴 채 벌판의 고철더미 아래에 놓여 있었다. 누군가가 발견하지 않았다면 말이지. 그렇지는 않을 거야, 아이작은 그렇게 생각하기로 했다. 벌판을 수색할 이유가 전혀 없잖아. 그 사람들에게 필요한 건 전부 건물 안에 있었어. 아이작은 책상 위에 올려둔 어머니 사진을 잠시 바라보았으나 어떤 감정도 들지 않았다. 어머니가 죽는 바람에 리도 잃고 이제 포까지 잃게 되었잖아. 아니면 이미 예전에 잃었는지도 모르지. 어느 쪽이든 그 사실을 알고 있는 게 훨씬 더 나아.

아이작은 여벌로 있던 학생용 배낭에 만일의 경우를 대비해 담요와 양말을 몇 켤레 넣었다. 아무것도 없을 경우를 대비해서. 가방을 하나 더 챙겨야 해. 아이작은 필요한 물건들을 다 챙겼는지 마지막으로 점검한 뒤 조용히 계단을 내려갔다. 리가 소파에서 자고 있었다. 격자무늬 소파 커버의 구멍난 곳에 발을 끼운 채로. 아이작은 신발끈을 매며 리를 지켜보았다. 남편 몰래 바람을 피워놓고 저렇게 빨리 잠들다니. 대단한 양심이야. 양심이 지워진 채로 태어난 건가. 이건 그냥 혼잣말일 뿐이야, 아이작은 생각했다.

리는 간신히 눈을 떴으나 누가 서 있는 건지 몰랐다. 아이작은 리를 지나 문으로 향했다.

"아이작?" 리가 말했다. "어디 가는 거야?"

"아무 데도 안 가."

"그럼 잠깐만 기다려."

"누나와 포가 하는 말을 들었어."

리는 어리둥절한 표정을 짓더니 좀더 잠이 깼고, 다시 아이작의 배낭, 외투, 모자, 등산화를 보았다. 리는 이불을 젖히고 벌떡 일어섰다. "기다려." 그녀가 말했다. "네가 들은 건 사실과 달라. 아무 것도 아니야. 지난 일이고, 이젠 다 끝났어."

"포에게 사랑한다고 말했잖아, 리."

"아이작."

"누나를 믿어. 마음속에서는 두 가지 모두 사실일 수 있다는 걸 알아."

"내 말 좀 끝까지 들어봐."

리는 아이작에게 한 걸음 더 다가서다가 낡은 책 더미에 부딪혔다. 책더미가 우르르 무너졌고, 리는 깜짝 놀랐다. 순간 아이작은 리가 선명하게 보이는 듯했다. 리의 헝클어진 머리와 퀭한 눈. 이제 잡동사니로 가득한 낡고 커다란 거실은 어머니가 정리를 하던 때와는 너무나도 달랐다. 이 집은 문자 그대로 리 주변으로 무너져내리고 있었다. 리는 이것에 어떻게 대처해야 할지 전혀 몰랐다. 리가 아는 유일한 방법은 이곳을 떠나는 거였다.

"우리는 곧 이곳에서 벗어날 거야." 리가 말했다. "정말로 얼마 안 남았어."

"이제 더는 상관없어."

리가 어리둥절한 표정을 지었고, 그때 노인네가 침대에서 소리를 지르기 시작했다. 아이작은 그 소리를 무시했다.

"가서 봐야 하지 않을까?"

"잘 때는 늘 저래."

리가 고개를 끄덕였다. 누나는 손놓고 있어도 되겠지, 아이작은 생각했다. 그러자 다시 화가 났다.

"모든 걸 제대로 해놓겠다고 맹세할게."

"아쉽게도 하루 늦었어." 아이작이 말했다. 그는 리의 대답을 듣기 전에 현관문을 나서서 어둠 속으로 뻗은 길을 따라 나아갔다.

2부

1. 포

포는 리의 집에서 자기집까지 걸어가는 데 삼십 분 정도 걸린다는 걸 처음 알았다. 3킬로미터 정도였다. 포는 기다란 대로를 따라 마을을 가로질렀다. 평소보다 더 어두웠다. 프랭크스 태번을 빼면 어디에도 불빛은 없었다. 거기서 나온 지 영겁은 지난 느낌이었지만 사실 겨우 몇 시간 전 일이었다. 문 닫을 시간이 이미 한참 지났는데도 실내에서는 여전히 불빛이 흘러나왔다. 왜 그런지 모르는 사람은 없었다. 지나가면서 포는 가게 안을 들여다보지 않으려 조심했다. 안에 누가 있을지 모르는 일이었다. 그 술집은 밀린 세금 때문에 거의 폐업 직전이었는데 어느 날 프랭크 멜처가 돈을 잔뜩 가지고 나타났다. 그는 이모가 준 돈이라고 주장했지만 사람들은 프랭크가 비행기를 타고 플로리다에 가서 미니밴에 마약을 잔뜩 싣고 온 거라고 했다. 그런 일을 하면 1만 달러를 받았다. 전과가 없는 사람이라면 제대로 된 연락책에게 전화만 하면 되었다. 하지만 반드시 전과가 없어야 했다. 노새 역할 하기. 사람들은 그 일을 그렇게 불렀다. 그러나 그다음은 영화에서 보는 것과 같았다. 한번 발을 들이면 빠져나올 수 없었다. 포는 프랭크 멜처가 그쪽에 발을 들인 걸 후회하는지 궁금했다. 그런 곳이 또 있었다. 리틀 폴란드. 러시아 갱단이 샀다는 말이 떠도는 가게였는데 음식은 여전히 맛있었고, 사람들이 멀리서도 차를 몰고 와서 피에로기*와 킬바사**를 먹었다.

포는 꽤 빨리 가고 있었다. 그는 다리가 길었고 걸음이 빨랐다. 포는 여러 가지를 생각하고 있었다. 난 리를 따라갈 거야. 리를 따라 코네티컷으로 갈 거야. 거기엔 학교가 많으니까 내게 장학금을 줄 만한 곳이 있겠지. 아니, 젠장 대체 무슨 생각을 하는 것인가. 리는 남자친구와 함께 살았고 이제는 그 남자와 결혼했다. 포가 방금 한 생각들은 모두 백일몽이었다. 둘이 함께 자고 난 뒤 앉아서 울고 싶은 비참한 기분이 들지 않은 게 이번이 마지막은 아닐 것이다. 하지만 마지막에 가까울 것이다. 다음번에는 끔찍하리라. 섹스를 한 뒤 대여섯 시간 동안 고함을 치며 싸우고 서로를 부둥켜안은 뒤 완벽하게 비참한 기분에 빠지게 될 것이다. 그리고 포는 리를 다시는 보지 못할 것이다. 리가 다시 밸리로 돌아오지 않으리란 걸 포는 분명히 알았다. 사 년이 흘렀고, 모든 게 물거품이 되었다. 빌어먹을, 전혀 사 년의 세월이라 할 수 없었다. 결코 사 년이 아니었다. 그저 사 년 동안의 불장난이었을 뿐, 함께했다고 말할 수 없었

---

* 폴란드식 만두.
** 폴란드식 소시지.

다. 삼 년 전 크리스마스 연휴에 리가 일주일 동안 돌아왔던 때를 제외하고는 둘이 함께했다고 할 만한 기간이 없었다. 일주일 동안 둘은 손을 잡고 거리를 다니고, 보통 연인들처럼 키스를 하고 서로를 어루만졌다. 나머지 기간 동안은 그저 섹스를 위한 관계였다. 섹스 말고 달리 원하는 게 없는 예쁜 여자, 처음에는 그게 좋아 보였다. 그런 여자가 진짜 존재하리라고는 생각하지 못했다. 하지만 이제는 그게 전혀 좋아 보이지 않았다. 이제 리는 자신의 다른 삶으로 완전히 돌아갈 것이다. 그렇게 되기 마련이었다. 리에게는 두 가지 삶이 있었고, 이곳의 삶은, 그녀의 고향인 이곳에서의 삶은 리가 지워버리려 애쓰는 삶이었다. 그녀는 또다른 곳에서 완전히 다른 삶을 누렸고, 직접 본 적은 없어도 포는 리의 말을 통해 그곳이 어떤 곳일지 상상할 수 있었다. 완전히 새로운 세상, 대저택과 교양 있는 사람들, 집사가 있는 삶이었다. 의사나 변호사 같은 사람들조차 낄 수 없는, 완전히 다른 수준의 세상이었다. 집사가 있는 수준. 어쩌면 집사는 영화에서나 등장하는 것일지도 몰랐다. 집사는 이제 유행이 지났을 것이다, 아마도. 포는 이제 로봇이 그들의 일을 대신할 거라고 생각했다.

그리고 포의 지금 꼴을 보라. 그는 지금 터벅터벅 흙길을 걸어가고 있었다. 진짜 흙길을. 그는 리의 남편이 BMW나 뭐 그런 고급차를 몰고 그 길을 지나는 장면을 상상했다. 여보 이것 봐, 우리 진짜 흙길을 달리고 있어. 정말 예스럽지 않아? 음, 그러네. 포는 리의 남편 사진을 본 적이 있었다. 결혼하기 전, 아직 남자친구였을 때였다. 사진 속의 그자는 게이처럼 보였다. 리의 남자친구는 진짜 동성애자 같았다. 분홍색 옥스퍼드 셔츠를 입고 있었다. 어쩌면 코네티컷에서는 그런 차림이 게이 같은 게 아닐지도 몰랐지만 포는 사진 속의 분홍색 셔츠를 보고 굉장히 흡족한 마음이 들었다. 그러나 그는 지금 흙길을 걸어서 집으로 가고 있었고, 그건 그에게 제대로 움직이는 차가 없었기 때문이었다. 그리고 바로 앞에 보이는 그의 집은 저택이 아니라 트레일러였다. 바로 앞 포치에 등이 켜져 있는 게 보였다. 안으로 들어가기 전에 포는 덤불에 대고 오줌을 누었다. 화장실을 쓰다가 어머니를 깨우고 싶지 않았기 때문이다. 포는 조용히 하려 애썼다. 포의 어머니는 잠귀가 밝았고 세상에 삼 년 치 정도의 숙면이 필요한 사람이 있다면, 그건 바로 포의 어머니였다.

포는 조용히 집으로 들어가 자기 침대로 갔다. 잠에 빠져들면서 자신에게 나쁜 일들이 생겼다는 것을 상기했지만 그의 기분은 그렇지 않았다. 다 지나가겠지, 포는 생각했다.

포가 잠에서 깼을 때는 늦은 아침이었다. 지난 몇 주 가운데 머리가 가장 맑았다. 시간을 확인했다. 어머니는 이미 출근했을 시간이었다. 포는 창으로 들어오는 햇빛을 받으며 침대에 누워 다시 리에 대해 생각하고 있었다. 그의 방은 남쪽으로 창이 나 있었고, 포는 그게 싫었다. 일단 해가 뜨면 제대로 잠을 잘 수가 없잖아. 커튼 봉을 고쳐야 했다. 부러진 지 몇 주가 되었다. 그리고 낡은 포스터를 붙인 테이프가 떨어지고 있었다. 그룹 키스의 포스터였다. 애당초 왜 키스를 좋아했는지 기억이 나지 않았다. 레이지 어게인스트 더 머신 역시 마찬가지였다. 어떤 사람들은 그들이 공산주의자라고 했다. 커튼이 없어서 좋은 점은, 시야를 가리는 것 없이 멀리까지, 거의 강까지 볼 수 있다는 것이었다. 그리고 해에 대해 말하자면, 방은 이미 더웠다. 잠을 푹 자지는 못했지만 포는 햇빛 때문에 기분이 좋았다. 온기.

　포는 도서관에 가서 입학원서를 작성할 것이다. 이제 4월 10일, 또 하루가 시작되었고, 그가 죽을 때까지 멈추지 않을 거였다. 아니, 그가 죽더라도 멈추지 않을 것이다. 죽는 날 역시 다른 날과 다를 바 없을 것이다. 그는 그날이 아직 멀었기를 바랐다. 일어나서 사각팬티 차림으로 밖에 나갔다. 모든 것이 엉망이라 하더라도 단지 숨을 쉴 수 있다는 것만으로도 감사할 만큼 아름다운 날이었다. 난 숨을 쉬고 있어, 그는 생각했다. 그건 그 누구도 부정할 수 없어. 포는 자기 차를 보았다. 1973년형 카마로. 소형 범퍼를 단 마지막 모델이었다. 그뒤로는 정부가 5마일 범퍼를 달게 했기 때문에 차의 맵시가 망가져버렸다. 포는 1973년 이후에 나온 차는 절대로 가지지 않을 작정이었다. 난 바보야. 카마로는 한 달 전 견인차가 내려놓았던 바로 그 자리, 진입로 옆에 그대로 있었다. 그가 거금을 들여 도색 작업을 한 차체 위에 나뭇잎과 먼지가 덮여 있었다. 포는 더스틴 맥그리비가 새로 뽑은 스바루 WRX와 경주를 하다가 카마로의 트랜스미션을 날려먹었다. 더스틴은 밸브가 빠지고 엔진이 터지기 직전까지 속력을 높이고 높였다. 처음 경주에서는 포가 이겼지만 그는 두번째 경주에서 트랜스미션, 원래 장착된 터보 하이드라매틱 트랜스미션을 산산조각냈고, 도랑에 카마로를 내버려둔 채 더스틴의 차를 얻어 타고 집으로 와야만 했다. 미국의 제강업 짝이로군, 더스틴이 말했다. 그건 적어도 엄마 차는 아니지, 예수님 얼굴이 그려진 방향제를 손으로 튕기면서 포가 더스틴에게 말했다.

거기서 교훈을 얻었지, 그는 생각했다. 맥그리비의 차는 일제야. 그 차가 이긴 건 부서지지 않았기 때문이야. 일본인들은 일을 제대로 하거든. 아직도 그곳에서는 철이 많이 생산되지. 특수 합금 말이야. 난 미국을 믿고 싶었지만 요즘 독일인과 일본놈들이 미국만큼이나 철을 많이 만들어낸다는 걸 모르는 사람은 아무도 없어. 그리고 그 두 나라는 모두 펜실베이니아주만한 크기야. 포는 마지막 사실에 대해선 확신할 수 없었지만 맞을 거라고 추측했다. 펜실베이니아는 큰 주였다. 모든 비싼 차들이 거기서—해외에서—만들어지는 건 말할 필요도 없어. 렉서스, 메르세데스, 목록은 끝이 없지. 이제 이 나라의 영광스러운 시절은 끝난 거야, 포는 생각했다.

어쨌든 포는 카마로에 거의 8천 달러를 쏟아부었다. 출력을 증강한 350마력 엔진, 웰드사의 스포츠카용 휠, 새 도색. 포는 그 비용 상당 부분을 더이상 카드 값을 내지 않는 신용카드로 했다. 팔면 3, 4천 달러 정도를 받을 수 있을 터였다. 어쩌면 3500달러 정도일지도. 현실적으로 말해보자. 그건 녹슨 차였다. 좋은 투자가 아니었다. 찰스 슈워브 투자사에 돈을 투자하는 것과는 달랐다. 싸고 연비가 좋은 차를 사. 도요타 같은 거 말이야. 그럴까 생각해보았지만, 포는 그럴 수 없었다. 저 차를 가지고 여자를 더 꼬실 수 있었다거나 했던 건 아니었다. 개조자동차 판매점의 사람들은 포의 차를 깔치 낚시용이라고 불렀다. 하지만 그건 다 헛소리였다. 그따위 말을 하는 사람들은 신뢰할 수 없는 법이야. 하지만 그 차는 앞 범퍼부터 뒤 범퍼까지 완전히 실패였다. 어머니가 그럴 거라고 말했듯이 말이다.

포는 인터넷에 광고를 올려 그 차를 팔 생각이었다. 도서관에 가서 대학 입학 원서를 쓸 때 그렇게 할 계획이었다. 포가 치렀던 값을 그대로 내고 그 차를 살 멍청이가 있으리라. 그리고 시빅이나 터셀처럼 연비가 좋은 중고차를 살 생각이었다. 내가 무슨 생각을 하고 있는지 봐. 포는 생각했다. 정말로 소형차를 사려 하다니. 한 달 전이라면 생각도 못했을 일인데, 이제 나는 바뀌고 있어. 완전히 바뀌고 있어. 포는 호스와 양동이를 들고 와 차 위로 물을 뿌려서 나뭇잎과 먼지를 날려보내고, 집에서 자동차용 특수 비누를 가지고 나와 거품을 내서 닦았다. 차를 살 사람에게 좋은 인상을 주기 위해서였다. 그는 여전히 사각팬티 차림이었다. 햇빛 속에서 이런 차림으로, 거의 알몸이나 다름없는 상태로 나와 있으니 기분이 좋았다. 온몸으로 열기를 느낄 수 있었다.

그때 누군가가 길을 따라 올라오는 소리가 들렸다. 어머니가 모는 플리머스 소리 같았다. 어머니가 이렇게 빨리 돌아오리라고는 생각하지 않았지만 가능성이 없지는 않았다. 어머니의 손은 날마다 상태가 나빠졌다. 그게 포가 고려하지 않은 또하나의 사실이었다. 곧 어머니는 일을 하지 못하게 될 것이다. 적어도 많이는 못할 것이다. 포의 어머니에게 겨울은 지옥이었다. 어머니는 트레일러 옆에 주차했다. 교회에 가기 위해 깔끔히 차려입은 어머니와 달리 포는 오후 한시가 다 되어가는데 속옷 차림으로 진입로에 서 있었다. 어머니가 고개를 저었다. 다정한 분위기는 아니었다. 그런 차림으로 있는 포를 보니 기분이 좋지 않았던 것이다.

"이걸 팔려고요." 그런 차림을 들킨 것을 변명할 셈으로 포가 말했다.

그녀는 그저 포를 바라볼 뿐이었다.

"차요. 잘 굴러가는 차를 살 거예요. 대학에 갈 거예요. 9월에요, 가능하다면."

어머니는 아무 말도 하지 않았다.

"콜게이트대학 코치에게 전화를 하려고요." 포가 계속했다. "그 코치가 언제든 연락하라고 했어요. 거기 말고 다른 곳도 있을 거예요. 어디든 간에 올해 9월이면 전 대학생이 되어 있을 거예요. 펜실베이니아의 캘리포니아대학은 절대로 아니고요."

"알았다." 어머니가 포치로 올라갔다. 그녀는 포의 말을 믿지 않았다.

"전 진지해요." 포가 말했다.

어머니는 집으로 들어갔다.

포는 어머니를 따라 들어갔다. 그러고는, 마치 바지를 입으면 자기 말이 좀더 진지하게 들릴 거라는 듯이, 바지를 찾아 주위를 두리번거렸다.

"정말로 갈 생각이니?" 어머니가 말했다. "아니면 너에게 생활비를 내라고 할까봐 그냥 하는 소리야?"

"진짜로 갈 거예요. 입학원서를 가지러 도서관에 가려고요. 작성해서 되도록 빨리 우편으로 보낼 거예요."

"선생님들 추천서랑 네 성적표는?"

"맞아요, 그것도 준비해야죠." 포는 그 부분은 미처 생각하지 못했다.

"빌리."

"네."

"넌 착한 아이야." 어머니가 그를 안아주었지만, 그래도 포는 어머니가 자기를 믿지 않는다는 걸 알 수 있었다. 누가 그녀를 비난할 수 있단 말인가? 포는 배가 고파서 냉장고 문을 열어봤지만 마땅히 먹을 만한 게 없었다. 포치에 있는 상자형 냉동고도 열어보았지만 그곳 역시 거의 비어 있었다. 사슴 고기 좀 먹는다고 무슨 큰일이 나는 것도 아니잖아. 가서 사슴을 잡아올─밀렵을 할─생각이었다. 그들 가족에게 밀렵은 아주 자연스러웠다. 사슴은 이제 너무 많았고, 사냥 허가 기간을 늘렸음에도 사슴의 수를 따라잡기에는 충분치 않았다. 밀렵 몇 번 하는 건 큰 문제가 되지 않을 것이다. 사슴 고기 20킬로그램은 공짜 돈을 의미했다. 그의 어머니는 손도 대지 않을 테지만.

포는 옷을 챙겨 입고 시렁에서 자신의 30구경 라이플을 내렸다. 윈체스터가 엉망으로 무너지기 전에 산 윈체스터 94였다. 오십 년은 된 총이었다. 하느님이 원하시는 대로 상부 사출 방식이었고, 조준경 따위는 없었다─그건 총 쏠 줄 모르는 놈들이나 쓰는 거였다. 오리지널 라이먼 가늠자. 혹자는 이 총이 포의 아버지나 할아버지가 쓰던 거라고 생각할지도 몰랐다. 하지만 그 둘은 총에 대해 무지했고 이렇게 잘 관리하는 법도 몰랐다. 포는 돈을 모아 스스로 이 총을 샀다. 값이 절반밖에 안 되는, 플라스틱으로 만든 조악한 신형 모델은 눈길도 주지 않았다.

포는 주머니에 탄창을 몇 개 넣었다. 세 개면 될 듯했다. 벌판으로 나가자 이제 완연한 봄이었다. 짙은 신록의 향이 사방에 가득했다. 어디서 오는 냄새인지 궁금했다. 그는 자신이 만들어둔 작은 참호로 미끄러지듯 들어가 공기를 들이마셨다. 심지어 참호 안의 축축한 흙에서마저 그 냄새가 짙게 났다. 만물이 자라는 냄새였다.

사실, 삶의 냄새였다. 포는 끝이 뭉툭한 탄환 두 개를 탄창에 넣었다. 이 모든 게 하나의 순환이었다. 포가 죽고 난 뒤에도 계속되리라. 오늘은 좋은 날이 될 것이다. 벌써 오후였지만 포는 도서관이 닫히기 전에 서둘러 갈 생각이 없었다. 일요일이잖아, 그는 생각했다. 어차피 안 열었을 거야. 오늘밤에 원서를 써서 내일 우편으로 보낼 수도 있었지만, 이렇게 좋은 날을 도서관 같은 곳에서 낭비하면 안 된다는 생각이 들었다.

벌판은 일 년 정도 풀을 깎지 않아 풀이 높게 자랐고 미역취가 점령해가고 있었다. 그는 곧 풀을 베어내야 했다. 그것 역시 내일할 생각이었다. 풀을 베지 않으면 목초지는 얼마 안 가 엉망이 된다. 모든 걸 내일로 미루는 게으름뱅이 짓은 그만두어야 했다. 이제는 어른이 되어야 할 시간이고 더는 핑계를 댈 수 없었다. 포는 나름의 방식으로 여전히 마마보이였다. 이제 포는 그 점을 인정했다. 그는 어떤 것은 잘했지만 어떤 것은 잘하지 못했다. 포는 벌판을 바라보았다. 시선이 미치는 한 멀리까지 사방을 바라보았다. 사방에 산마루와 계곡들이 깊은 주름을 이루며 줄지어 있었다. 마치 하느님이 땅을 한아름 들어서 찌그러뜨린 것 같았다. 개의 얼굴 가죽을 가지고 놀 때처럼 온통 주름이었다. 생각은 해보았지만, 그는 다른 개를 키울 마음이 없었다. 그는 아직 베어를 애도하고 있었다. 하지만 베어는 이 년 전에 죽었다. 그뒤로 다른 개를 키우지 않은 건 베어를 애도하는 마음에서일까, 아니면 그냥 게을러서일까? 포는 다시 굽이치는 땅으로 시선을 돌렸다. 물론 이런 지형이 생긴게 하느님 때문이라는 건 말이 되지 않았다. 아이작은 왜 이런 지형이 생겼는지 알 것이다. 아마 지층 때문이겠지.

벌판은 냇가를 향해 완만하게 내려갔고, 그러다 다시 언덕이 되었다. 수백 종류의 녹색, 연녹색으로 새로 난 풀, 떡갈나무에 새로 돋은 싹, 솔잎의 짙은 녹색, 솔송나무. 봄이었다. 심지어 동물들도 봄을 사랑했다. 모두 뭉뚱그려 녹색이라 하는 건 옳지 않아. 수백 가지의 다른 색깔마다 각각의 단어들이 있어야 마땅해. 포는 언젠가 자기만의 단어를 만들어야겠다고 생각했다. 공기는 서늘했고 하늘은 아주 푸르렀다. 정말 화창한 날이었다. 오늘 같은 날이면 마치 모든 게 푸르고 아름다웠던 인디언 시절로 돌아간 것만 같았다. 포는 사람들이 왜 이 지역을 떠나고 싶어하는지 이해할 수 없었다. 아름다운 곳이었고, 그 표현이 전혀 과장이 아닌 곳이었다. 일자리가 없다는 게 문제였지만 그것 또한 바뀌는 중이었다. 밸리는 회복되고 있었다. 그러나 완벽히 예전처럼 돌아가지는 못할 터였고, 그게 문제였다. 사람들은 그 상황에 적응할 수 없었다. 한때 이곳은 부유한 지역이었다. 아니, 부유하지는 않더라도 잘살았다. 모든 철강 노동자가 시간당 30달러를 받았고, 돈이 풍족했다. 이제 다시는 그렇지 못할 것이다. 밸리는 오랫동안 몰락의 길을 걸었다. 이제는 최저임금만 주어도 모두들 잽싸게 제안을 받아들였다. 포는 몰락을 목격할 정도로 나이가 많지 않았기 때문에 그것이 아무렇지도 않았다. 포는 오로지 좋은 부분만을 보았다. 사물의 좋은 점만 본다는 건 재능이야, 포는 생각했다. 왜냐하면 우리는 이런 상황에서 자라난 첫 세대니까. 새로운 세대지. 우리 모두가 알아. 만물이 다른 방식으로 개선되고 있다는 걸. 포가 앉아 있는 바로 그 주변, 그가 어렸을 적에 웃자란 풀밭이었다고 기억하는 바로 그곳에는 조그만 숲이 있었다. 떡갈나무, 체리나무, 자작나무, 땅은 자연의 상태로 돌아가고 있었다.

포는 사냥하던 곳 주위를 둘러보았다. 벌판 가장자리에 기다랗게 자리잡은 나무들, 그 나무들은 좁고 가느다란 깔때기 모양의 지역을 따라 벌판 가장자리에서 개울까지 이어져 있었다. 이곳에는 어디서나 개울이 흘렀다. 이 지역의 독특한 점이었다. 이곳은 생명으로 가득했다. 단지 사람들이 알아차리지 못하고 지나칠 뿐이었다. 포 역시 가끔 그럴 때가 있었다. 사슴은 수목선 끝에서 개울이 흐르는 앞쪽의 작은 공터로 나올 것이다. 그는 가장 작은 사슴을 잡을 생각이었다. 바닥에 앉아 마음을 비웠다.

시간이 흘렀고, 포는 몽환 상태에 빠져 그냥 지켜보고만 있었다. 몸이 완전히 마비되었지만 그걸 느낄 수조차 없었다. 그는 한 시간 이상을 눈동자만 움직일 뿐 미동도 하지 않았다. 몸과 마음을 분리하는 것, 그것이 비결이었다. 그렇게 하는 것이 자연의 방식처럼 느껴졌고, 아버지가 가르쳐준 방법이었다. 자연을 지켜보면 모든 동물이 그렇게 했다. 그렇게 몸과 마음을 분리하지 않으면 오랜 시간 동안 주위와 완전히 조화를 이루며 꼼짝 않고 앉아 있는 건 불가능했다. 눈만 빼고 몸의 다른 모든 부분이 잠들게 해야 했다. 하지만 사람들은 이제 더는 그렇게 할 필요가 없었다. 주위의 일부가 되어야 할 필요가 없어졌다. 그냥 드라이브스루 매장에 가면 되었다. 포는 그건 어딘가 잘못된 일이라고 생각했다. 포는 맥도널드 햄버거를 먹을 수 없었다. 한입 베어 물면 화학조미료 맛이 느껴졌다. 포는 위가 민감했다. 사슴, 토끼, 메추라기를 비롯해서 숲에서 사는 건 뭐든지, 어디서 나왔는지 아는 것이라면 뭐든 먹을 수 있었다. 야생에서 잡은 고기는 몸에 무언가를 돌려주지. 하지만 맙소사, 맥도널드라니. 모든 패스트푸드점 가운데 맥도널드만 그렇다는 건 아니었다. 맥도널드에서 만든 게 특별히 더 나쁘다는 뜻은 아니었다. 버거킹, 웬디스의 음식도 똑같이 나빴다. 그는 버거킹이나 웬디스의 음식을 먹으면 설사를 했다. 화학조미료가 들어 있기 때문인 듯했다. 포는 다시 한번 손목시계를 보았다. 겨우 일 분이 지났을 뿐이었다. 생각을 하면 그런 법이지. 생각을 할 때 시간이 잘 흐르지 않아. 포는 다시 자신에게 집중했다. 사슴을 생각했다. 누군가 쫓아오는 사람이 있으면 바로 소리를 들을 수 있도록 여기 어느 나무 아래에서 낮잠을 자고 있겠지. 하지만 곧 배가 고플 거고, 차가운 개울에서 물 한 모금을 마시고 싶을 수도 있고, 그러면 넌 저 작은 공터를 가로질러가야만 해. 포는 코를 킁킁거리고 고개를 천천히 돌렸고, 바람의 방향을 확인하기 위해 다시 코를 킁킁거렸다. 바람은 아직 포의 편이었다. 바람은 수목선 쪽에서 포 쪽으로 불어오고 있었다. 사슴은 포의 냄새를 맡지 못할 것이다.

포는 사슴이 여기 개울에 차가운 물을 달게 마시러 올 때까지 기다렸다. 포는 리를 생각했다. 괜찮을 거야. 비록 결혼은 했어도 리는 여전히 날 사랑해. 포는 그날 밤 리를 볼 수 있을지 궁금했다. 둘의 결말이 그렇게 비극일 필요는 없었다. 둘은 서로를 사랑했지만 말하자면 하늘이 둘의 결합을 원치 않았다. 리는 최선을 다하고 있었다. 이윽고 포는 아이작을 생각했고 공장에서 죽은 사람을 생각했다. 포는 몸을 떨었다. 기분좋은 생각이 아니었기에 그 생각을 머리에서 떨쳐냈다. 어쨌든 해리스 서장이 알아서 다 처리했잖아. 좆나게 큰 문제였고, 포가 일으킨 문제였지만 해리스 서장이 알아서 다 처리했다.

다른 차가 길을 따라 올라와 진입로에 서는 소리가 들렸다. 어머니 친구인가보네. 포는 집으로 가봐야 하나 생각했다. 그러면 여기서 두 시간을 죽치고 앉아 숲이 내 존재를 잊어버리도록 한 게 헛수고가 되는 거지. 주위의 다람쥐들과 새들 모두 내가 여기 있는 걸 잊고 다시 먹이를 먹고 있어. 사슴들도 곧 경계를 풀 거고. 인디언처럼 여기 가만히 앉아서 놈들이 나오길 기다려. 아마 100미터 정도 떨어진 곳에서 자고 있을 거야.

이십 분쯤 뒤 초원 위쪽에서 뭔가가 움직였다. 포는 그쪽을 향해 천천히 몸을 움직였지만 라이플을 들어올리지는 않았다. 이윽고 포는 움직이는 게 사슴이 아니라는 것을 알았다. 사람―해리스―이 트레일러 옆 언덕 꼭대기에서 나타났다. 포는 해리스의 대머리에 반사되는 햇빛을 볼 수 있었다. 해리스가 두리번거리며 초원을 살폈다. 맙소사, 밀렵을 하다 현행범으로 들키게 될 것이다. 어제도 날 찾아내더니 오늘 또 찾아냈군. 갑자기 겨드랑이 사이로 땀이 흐르는 게 느껴졌다. 해리스가 초원을 훑는 모습이 보였다. 포는 해리스의 머릿속이 어떻게 굴러가는지 확실히 볼 수 있었다. 해리스는 개울을 향해 깔때기 모양으로 좁아지는 지역에 선 나무들을 보았다. 그리고 작은 덤불과 공터가 잘 보이는 곳에 있는 잡목림에 주목했다. 그곳은 주변에서 사냥하기에 가장 알맞은 지점이었고, 해리스는 언덕에서 그곳으로, 포가 있는 바로 그곳으로 걸어내려오기 시작했다. 포는 해리스가 덤불 안을 볼 수 없다는 걸 알았다. 해리스의 얼굴 정면으로 해가 비쳤다. 하지만 해리스는 여전히 포를 향해 곧장 다가왔다. 밀렵 때문이 아니었다. 밀렵꾼을 잡으려고 여기까지 올 이유는 없었다. 게다가 포가 밀렵을 하는 걸 알지도 못했다. 아이작이 옳았다. 해리스는 단지 때를 기다렸을 뿐이었다. 하지만 맙소사, 포는 몰랐다. 잠을 설쳐서 머리가 맑지 않았다. 해리스는 알고 있었어. 난 해리스를 속일 수 없었던 거야. 리는 절대로 곤경에 빠지면 안 되는 존재인 자기 동생이, 어머니처럼 강에 빠져 죽으려 했던 아이작 잉글리시가 포 때문에 이런 곤경에 처하게 된 걸 알게 된다면 다시는 포와 말을 하지 않을 것이다. 손에 묵직한 라이플이 느껴졌다. 해리스와의 거리는 약 200미터, 어쩌면 180미터 정도였다. 포가 생각할 수 있는 건 그게 전부였다. 주위에는 라이플을 받칠 만한 곳이 많았다. 이 정도 거리라면 아마 15센티미터 정도 위로 겨냥하면 될 듯했다. 다시 없을 기회였다. 해리스가 못된 불도저 같은 놈이라는 건 누구나 알잖아. 포는 해리스를 보며 오랫동안 그런 생각을 했다. 속이 메스거렸다. 공포였다. 포는 어서 끝내자고 생각했다. 포가 30구경 라이플을 내려놓았을 때, 해리스는 칠십 걸음 정도밖에 떨어져 있지 않았다. 맙소사. 난 좆나 미쳤어. 제대로 미친 거야. 어렸을 때부터 알고 지낸 경찰을 쏠 생각을 하다니. 그렇게 하면 문제가 사라지기라도 한다는 듯이.

포는 덤불 아래에 총을 밀어넣고 덤불 뒤편으로 약간 기어갔다. 해리스가 포를 볼 때 총에서 멀리 떨어져 있기 위해서였다.

해리스는 포가 일어나기를 기다렸다.

"빌리." 해리스가 말했다.

"안녕하세요, 해리스 서장님."

"라이플은 집에 가져다둬라. 거기 두면 녹슨다."

포는 해리스를 바라보았다.

"어서." 해리스가 말했다. "우리에겐 더 큰 골칫거리가 있으니."

2. 아이작

아이작은 개울을 따라가기로 했다. 초승달이라 밤이 아주 어둡네, 아이작은 생각했다. 곧 협곡이 좁아지며 하상河床이 되었고, 아이작은 도시 바로 남쪽의 제강소 부지에 들어섰다. 그는 북쪽으로 향하며 길고 텅 빈 건물들을 지났다. 건물들은 길이가 400미터 정도에 20층 정도 높이였다. 아이작은 남아 있는 용광로 네 개와 그곳에 전력을 대던 발전소들을 지났다. 용광로는 시커멓게 녹이 슬었지만 여전히 다른 건물들 위로 우뚝 솟아 있었고, 수백 개의 거대한 파이프들이 구불거리며 서로 복잡하게 얽혀 있었다. 광석 운반 화차 여남은 개도 아직 철로에 있었다. 아이작은 기중기 아래를 지나고, 아이I 빔과 티T 빔을 비롯한 건축자재가 잔뜩 쌓여 있는 곳을 지났다. 이곳을 해체하는 도중에 예산이 바닥났다. 낡은 제강소를 사려는 사람은 아무도 없었다. 너무 부담이 큰 일이었다.

어두웠고, 아이작은 마음이 편했다. 아이작은 선로를 따라 제강소를 벗어나 마을, 자신이 다닌 학교, 포의 집으로 통하는 길을 지났다. 모든 게 빠르게 시야에서 사라졌다. 철로가 깔린 바닥은 컴컴하고 폭이 좁았고, 굴곡을 이루면서 언덕 비탈로 향해 있었다. 철로 양쪽으로는 나무들이 빽빽이 들어서 있고, 아이작의 걸음소리가 멀리까지 전달되는 듯했다. 아이는 드디어 진짜로 여행을 시작하는 거야. 세상에 태어났을 때와 마찬가지로 아이는 이제 혼자야. 밤시간 중 가장 고요한 시간이었다. 낮의 생물들은 여전히 잠들어 있고 밤의 생물들은 이제 자러 가는 시간이었다. 아이는 걸었다. 캘리포니아로. 자신만의 사막의 온기를 향해.

숲속에는 철로를 따라 부랑자들의 캠프가 몇 개 있었다. 아이작은 모닥불이 보이는지 주의해 살폈다. 아이는 괜찮을 거야, 그는 생각했다. 뱀들의 왕, 부랑아계의 귀족. 저 높이, 무언가가 하늘을 재빨리 가로지르는 게 보였다. 인공위성. 아랍의 상인들과 우주비행사의 동지였다. 모두가 방랑자들이었다.

하늘은 점차 창백한 회색을 띠며 팽창했고, 해뜨기 몇 분 전에 아이작은 생각했다. 지금이야. 그리고 곧 새 한 마리가 지저귀는 소리가 들리더니, 곧 다른 새가 지저귀었고, 몇 초 후 덤불과 숲이 움직이는 소리로 와사삭거렸다. 새의 노랫소리와 퍼덕이는 날개 소리, 풍금조, 콩새, 꾀꼬리. 모두 같은 시계에 따라 움직였다. 같은 규칙에 따라 살아가고, 절대로 바뀌지 않는다. 아이와는 달라. 아이는 자신만의 태양을 만들어. 아이는 밤을 더 좋아하기로 결심한다.

강 건너편에서는 태양이 밝게 빛났고, 아이작이 있는 쪽의 그림자들은 더욱 어두워 보였다. 아이작 앞에 높다란 굴뚝과 화차 공장의 녹슨 급수탑이 보였다. 아이작은 초조해지기 시작했다. 아니,

아이는 시험이라면 뭐든 환영이야, 아이작은 생각했다. '시험에 들지 말게 할지니'라고 말하는 모든 이를 논파하려 들지. 아이가 배낭과 소지품을 되찾기로 결심한 것도 바로 시험에 들기 위해서야. 다만 이번에는 공장 뒤쪽으로 접근할 거야.

아이작은 철로를 벗어나서 작은 시내를 따라 언덕 위로 올라갔다. 오리나무 잎이 차양처럼 펼쳐져 있고, 흰 나무껍질은 사방의 녹색 속에서 두드러졌으며, 맑고 빠르게 흐르는 물속에서는 이끼가 춤을 추었다. 개화하는 식물들. 흰색은 양귀비였고, 보라색은 모르는 꽃이었다. 메이플라워―이제는 거의 멸종해가는 메이플라워―는 치명적일 만큼 예뻤다. 언덕 꼭대기에 이르자 시냇물이 흘러나오는 웅덩이가 있었다. 아이작은 축축한 이끼 위에 엎드려 배가 찰 때까지 그 시원한 물을 마셨다. 그런 다음 천천히 숲으로 들어갔고, 어젯밤 해리스가 트럭을 세웠던 공터가 보일 때까지 나무와 나무 사이를 미끄러지듯 이동했다. 공터는 비어 있었다. 그래도 아이작은 숲에서 나오지 않고, 초원과 기계 공장에 다다를 때까지 방화대와 평행하게 걸었다. 오래 걸렸고, 해가 높이 떴다. 아이작은 문이 열려 있는 어두컴컴한 공장 출입구를 바라보았다. 죄책감과 함께 다른 감정도 들었다. 승리감이었다. 자랑스러워하면 안 된다는 건 알지만 난 자랑스러워. 그런 생각을 하자 죄책감이 더 커졌고, 아이작은 배낭을 찾아 벌판으로 향했다.

좀더 심사숙고해보자. 아이작은 생각했다. 홧김에 사람을 때린 적이 한 번도 없는 사람이 얼마나 있겠어? 나 하나뿐이야. 어젯밤에 일어난 일을 포함해서 말이야.

어쨌든 여기 내 배낭이 있어. 내가 두었던 바로 그곳에…… 돈도 공책도 그대로 들어 있어. 약간 축축해지긴 했지만. 비닐봉지에 담은 건포도와 땅콩이 있네. 아침으로 제격이야. 그걸 보니 갑자기 이틀 동안 아무것도 먹지 않았다는 게 생각났다. 걱정할 필요 없어. 음식은 어디에나 있으니까. 필요한 물건들을 커다란 군인용 배낭에 합친 뒤, 아이작은 학생용 작은 배낭을 벌판에 남겨두고 건포도와 땅콩을 먹으며 철로를 향해 돌아갔다.

*

두 시간 뒤, 짧은 기차가 기다란 직선 선로를 달려 그를 지나쳐 갔다. 기차가 속력을 내며 지나가는 동안 아이작은 낙담하며 그냥 지켜볼 수밖에 없었다. 올라타기에는 너무 빨랐다. 게다가 피곤하고 배도 고팠다. 괜히 이런 상태에서 올라타려 했다가 기차에 깔릴 수도 있어. 그게 무슨 문제야? 자연스러운 과정을 좀 앞당기는 것뿐일 텐데. 우린 시간에 맞춰 죽음을 향해 가잖아. 그건 겁쟁이가 하는 짓이야, 그는 생각했다. 그게 문제지. 난 엄청나게 많은 정자와 난자 사이에서 경쟁을 뚫고 태어났고, 혼자 힘으로 움직이고 있어. 내가 존재할 확률을 계산해보자—11조분의 1? 아니 그보다 작아. 아보가드로수*분의 1이야. 6.022 곱하기 10^{23}분의 1. 그런데도 사람들은 자기 목숨을 버리곤 하지.

아이작은 그 문제에 대해 더 생각하지 않기로 했다. 주체할 수 없이 큰 슬픔이 몰려왔기 때문이다. 아이작은 자기가 걷는 속도와

---

*1몰에 해당하는 분자의 수.

현재의 위치를 계산해봤다. 평지에서 아이작은 한 시간에 5.5킬로미터를 움직였다. 지금처럼 자갈밭이면 그보다 약간 느렸다. 발목이 피곤했다. 게다가 철로는 구불구불한 강을 그대로 따라 이어졌다. 철로 대신 길을 따라갔다면 거리가 더 짧았을 것이다. 하지만 여기는 평지였고 강을 따라가면 그가 원하는 곳으로 갈 수 있었다. 아이는 길을 따라갔다가는 길을 잃었으리라는 걸 안다. 아이는 우주의 리듬에 자신을 맞춘다. 천천히 그러나 꾸준히 움직이도록.

벨 버넌은 강 하류에서 두번째로 큰 도시였다. 최근 개발되어 쇼핑몰과 로스 건축자재점, 스타벅스 같은 곳이 들어섰다. 오로지 걸어서 움직인 아이는 이제 아는 사람이 아무도 없는 지역으로 들어선다. 물질적인 편안함은 사라지고, 세상에 낯선 곳이란 없어지리라. 세상이 아이의 집이다. 아이는 이 교훈을 가르치고 다른 이들의 피부에 흡수되도록 에테르*를 통해 그 교훈을 전송한다. 아이가 태어나서 자신의 첫번째 단어를 말하고, 어머니는 딸을 임신한다. 인도의 한 노인이 임종의 자리에서 말한다—바로 저 아이야.

아이작은 급격하게 강이 굽은 곳에 다다랐다. 거기엔 언덕이 선로 위로 무너져내리지 않게 하는 옹벽이 서 있었다. 셔츠를 벗은 사내 둘이 벽 앞에 서 있어서 아이작은 깜짝 놀랐다. 외떨어진 곳이었고, 두 사내는 스프레이 페인트를 들고 있었다. 한 명은 머리를 빡빡 밀었고 가슴 전체에 날개를 펼친 독수리 문신이 있었다. 아이작은 돌아서서 왔던 방향으로 돌아가야 할지 아니면 계속 가야 할지 마음을 정할 수가 없었다. 그러다 곧 둘 가운데 한 명을 알

---

* 과거에 대기 중에 퍼져 있다고 여겨지던 가상의 매질.

아보았다—대릴 포스터. 대릴은 아이작보다 일 년 후배였지만 중간에 학교를 그만뒀다. 그는 샤를로이의 달러 스토어에서 일했다. 아이작은 약간 긴장이 풀렸다.

"아이작 잉글리시?"

"안녕, 대릴."

"그래. 오랜만이네, 그렇지?" 대릴은 웃고 있었다. 아이작을 봐서 정말로 반가운 듯했다.

"어떻게 지내?" 머리를 민 대릴의 친구가 물었다.

"잘 지내."

"니체야." 대릴이 스프레이를 뿌리고 있던 곳을 가리키며 말했다.

아이작이 고개를 끄덕였다. 벽에는 크고 깔끔한 블록체 글씨로 '삶이라는 군사학교에서, 나를 죽이지 못하는'*이라고 적혀 있었고 다음 단어를 쓰다가 멈춘 상태였다.

"그럼 이만, 친구." 대릴의 친구가 아이작에게 고개를 끄덕여 보였다.

"또 보자." 아이작이 말했다. 그는 대릴의 친구가 한 말의 뜻을 알아듣고 다시 걷기 시작했다.

"어이." 대릴이 외쳤다. "아직 아버지를 돌보며 지내는 거야? 이런, 난 네가 오래전에 여길 떴을 거라고 생각했어. 과학 실험 같은 걸 할 줄 알았지."

"지금 탈출중이야." 아이작이 뒤돌아 외쳤다. "만약 누가 나에 대해 물어보면……"

---

* 니체의 『우상의 황혼』에 나오는 구절.

"입도 벙긋 안 할게, 친구."

아이작은 손을 흔들고 계속 갔다. 그게 밸리의 좋은 점이었다. 모두 권위주의에 질색을 한다는 것. 밀고자는 살인자보다 더 나빴다. 저런 두 사람조차 지금 같은 상황에서는 아이의 동지야, 그는 생각했다. 그는 영웅과 살인자, 부자와 가난한 자를 똑같이 취급하지.

아이작은 계속 걸었다. 대릴에 대해 말하자면, 그는 백인우월주의자와 어울려 다녔고, 그건 드문 일이 아니었다. 폭풍전선, 그들은 스스로를 그렇게 불렀다. 그들은 제강소들이 문을 닫을 때 등장했고, 이제 펜실베이니아는 그런 사람들로 가득했다. 아이작이 읽은 바로는 다른 어느 주보다도 많다고 했다. 사방이 언덕이었기에 아무도 모르게 집회를 할 수 있었다. 하지만 그들을 심각하게 생각하는 이는 아무도 없었다. 그들이 누군가를 다치게 했다는 소문 역시 들리지 않았다. 물론 내가 백인이니까 그렇게 말하는 게 쉬운 거지.

얼마 지나지 않아 아이작은 강 반대편의 앨런포트를 지났다. 그곳의 휠링 피츠버그 제강소는 여전히 운영중이었다. 하지만 곧 문을 닫을 거라는 건 누구나 아는 사실이었다. 교대 근무를 하지도 않았고, 직원도 몇백 명밖에 없었다. 판금 롤을 실은 기다란 기차가 작업장에서 출발하고 있었다.

다음으로 아이작은 기다란 숲을 지났고, 다시 몇 킬로미터를 걸어 페이엣 시티 맞은편의 예인선 선착장을 지났다. 부두와 거대한 흰색 저장 탱크, 정박해 있는 예인선 몇 척, 굴뚝과 조타실과 뭉툭하고 넓적한 뱃머리, 건너편 둑에 정박된 텅 빈 짐배들이 보였다. 나무와 덤불, 녹색이 사방에 가득했다. 녹색은 흡사 폭동을 일으키

듯 힘을 떨쳤고, 아이작의 위로, 사방으로, 물위로 가득했다. 길에 깔린 자갈을 빼면 녹색이 없는 곳은 한 군데도 없었다. 덤불에 하얀 반점이 보였다. 스티로폼인가? 다리뼈였다. 살점이 하나도 없고 햇빛에 바랜. 헤매다 죽었든가 기차에 뛰어들어 자살한 사람의 뼈였다. 자연에 비료를 기부했군. 오래된 뼈가 새로 꽃을 피운다. 재생. 아이도 예전에 이곳에 있었어. 아이는 예전에 바이킹의 배를 탔고, 북극곰을 사냥했어. 동료를 구하기 위해 오마하 상륙작전에 참여했어. 넘어지고, 다시 일어섰지. 영예로운 삶. 그런 경우는 얼마 되지 않아. 사람들이 부끄러운 듯 아이로부터 도망치고, 아이는 홀로 일어서. 최고의 친구와 최악의 친구를 모두 받아들여. 혼자라는 상태를 받아들이지.

아이는 좀 쉬어야 해, 아이작은 생각했다. 아이는 일흔두 시간 동안 잠을 자지 않았어. 그는 강둑의 짙은 덤불 속에서 쉴 만한 장소를 찾아냈다. 침낭을 펴고 그 위에 누워서 곧장 잠이 들었다. 깨어났을 때는 어둑할 무렵이었고, 아이작은 일어나서 다시 걷기 시작했다. 여덟 시간을 잤어. 재충전이 되었지. 아이작이 페이엣에 들어갔을 때는 완전히 어두워진 다음이었다. 낮고 네모진 집들과 빈 가게들, 강 가장자리를 따라 난 철로, 자갈길에 버려진 여자 원피스가 보였다. 기찻길이 잘 손질된 잔디가 있는 작고 하얀 집들 사이를 통과했다. 그는 다시 배가 고팠다. 15킬로미터 정도 걸은 듯했다. 아이작은 음식을 구하기 위해 철로를 벗어나 번화가로 걸어갔다. 번화가는 텅 비어 있었다. 모든 가게가 마을 밖의 쇼핑몰로 옮긴 뒤였다. 괜찮아, 아이작은 생각했다. 굶어도 한 달은 버틸 수 있어. 오늘부터 갈 길이 멀어. 아이작은 다시 철로로 돌아왔다.

강은 시커멓고 별이 무척 초롱초롱했다. 누군가와 이야기를 한지 아주 오래된 느낌이야. 뱃속의 느낌은 무시해버려. 날카로운 고통에 이어 묵직한 고통이, 그리고 다시 날카로운 고통이 찾아왔다. 뭔가 다른 걸 생각해. 여기서 가장 가까운 별까지의 거리는 40조 킬로미터야. 별 이름이 프록시마 뭐였는데. 공룡이 나타나기 전부터 빛을 내며 타고 있었어. 지구에서 인간이 사라진 다음에도 여전히 타고 있을 거야. 다른 은하들에는 수조 개의 별들이 있어. 아무리 자신이 작고 미약하다고 생각해도, 그건 진실 근처에도 못 미쳐. 원자와 먼지 입자에 불과한 존재라고.

나약한 생각이야. 하지만 사실이기도 하지. 죽음에 대해 생각하면 우울해지는 것과 같은 이치지. 내 유일한 임무는 주어진 삶을 최대한 열심히 사는 거야. 유일한 진짜 죄는 삶의 가치를 알아차리지 못하는 거고. 그러고 보니 어느새 강 건너편에 샤를로이가 보이네. 꽤 많이 왔어. 저기 저 크레인들은 4번 수문이겠군. 정신 차려. 아이작은 자기 뺨을 때렸다. 이걸 느끼라고. 강 건너편에 샤를로이의 불빛이 담요처럼 언덕 비탈을 덮고 있는 게 보였다. 아이작은 크레인에 다가갔다―어머니를 발견한 곳이었다. 사람들은 수문의 수로 안에서 그의 어머니를 발견했다. 밝은 시멘트 벽 때문에 쉽게 눈에 띄었으니 망정이지 하마터면 발견하지 못할 뻔했어. 리는 내게 그렇게 말했지. 리가 그걸 어떻게 알았을까? 어머니가 어디에서 빠졌는지 아는 사람은 아무도 없었다. 단지 어디서 찾아냈는지만 알았다. 시체를 건졌다. 실종된 지 두 주 만이었다. 노인네는 어머니가 살해당했다고 확신했다. 스킨헤드를 만난 게 분명하다고. 하지만 부검 결과 폐에 물이 가득찬 게 확인되었다. 갈증이 나는군.

익사체로 발견되었고, 다른 외상은 없었지. 시체가 발견된 것 자체가 기적이었다. 외투 주머니에는 돌멩이가 가득했다. 5킬로그램이었어. 내 짐작이지만 아마 맞을 거야. 들판에서 돌멩이를 주워서 주머니를 가득 채운 다음 체중계에 올라가봤으니까. 5킬로그램이면 누구라도, 심지어 포라도 물에 가라앉힐 수 있어. 날 가라앉지 않게 하는 소중한 존재인 포마저. 노인네는 내가 주머니에 돌을 넣고 무게를 재는 모습을 봤어. 어머니가 강을 따라 걸으며 콧노래를 부르고 돌을 줍는 모습을 상상해봐. 어머니는 자신만의 고통이 있었어. 내면의 고통이자 최악의 고통이었어. 영원한 고통이었지. 어머니를 용서하자.

아이작은 더 빠르게 걷기 시작했다. 똑바로 앞을 보면서, 밤새 걸었다. 노인네가 있는 곳에서 조금이라도 더 멀어져야 해. 낮에 자면 돼. 아이작이 아마도 창고인 듯한 낡은 건물을 지나가는데 자동차 한 대가 철로를 따라 난 좁은 길로 들어섰다. 그는 왜 그러는지 이유도 모른 채 덤불 속으로 몸을 숨겼다. 이윽고 자동차에서 탐조등 불빛이 보였다―경찰이었다. 아이작은 순찰차가 지나갈 때까지 잡초 위에 쪼그리고 앉아 있었다. 탐조등이 아이작의 머리 바로 위 가지들을 비췄다. 집안에 있는 사람들이 신고한 걸 거야. 날 본 것만으로도 싫은 거지. 아이작은 경찰에게 가서 물을 한 잔 달라고 하면 어떨까 생각했지만, 순찰차가 사라지고 한참이 지날 때까지 일어서지 않았다.

아이작은 낡은 건물로 가기 위해 덤불을 밀쳤다. 이제 입안이 바짝 말라서 혀가 입천장에 달라붙은 느낌이었다. 난 지금 심리 게임에서 지고 있어. 다시 개울을 찾아. 하지만 개울은 없을 거야. 여기는 공장 지역이라고. 몇 분 뒤 아이작은 창고로 향하는 자갈길을 따라 걷고 있었다. 한쪽 옆에 낡은 로더가 보였다. 버려진 상태였고, 마구 자란 며느리배꼽으로 뒤덮여 있었다. 아이작은 덤불을 지나 로더로 갔다. 로더 버킷에 빗물이 가득차 있었다. 잎들을 밀쳐내고 손을 넣어 물을 떠 마셨다. 타닌과 금속 맛이 났지만 아이작은 아랑곳하지 않고 물을 삼켜 목을 축였고, 이윽고 다시 손으로 물을 떴다. 나중에 이 물을 마신 걸 후회할지도 몰라, 아이작은 생각했다.

건물에 아주 가까이 갔을 무렵 아이작은 갑자기 화장실에 가고 싶어졌고, 간신히 바지를 벗고 길가 도랑에 쪼그리고 앉았다. 닦을 게 없네. 깔끔한 시절이여, 안녕히. 그 물에 뭐가 들었나? 그래도 이건 너무 빠른데. 그냥 뱃속이 놀란 걸 거야. 내가 이렇게 더러웠던 적이 있었는지 기억도 안 나네.

아이작이 창고를 빙 돌며 문을 열어보았지만 하나 빼고는 모든 문이 잠겨 있었다. 만년필형 손전등으로 비춰보니 창고 바닥은 아주 더러웠고 쓰레기로 가득했다. 사람들이 구리 전선과 파이프를 떼어 간 모양이었다. 아이작이 들어온 문 바로 오른쪽으로 문이 하나 더 있었고, 그곳을 통과하니 작은 방이 나왔다. 사무실인 듯했다. 건물의 다른 부분들보다 깨끗했고 먼지도 적었다. 낡은 파일 캐비닛과 책상들이 있었다. 여기가 딱이야, 아이작은 생각했다. 오래된 오줌 냄새가 났다. 아이작은 침낭을 꺼내 책상 위에 펼쳤다. 작업대로 쓰였던 것 같았는데 확실하지는 않았다.

딱딱했지만 점차 따뜻해졌고, 그러자 몸이 편해지고 훈훈해졌다. 하지만 아무리 누워 있어도 잠이 오지 않았다. 정신이 말똥말

똥한 걸 어찌할 수 없어, 이럴 때면 쓰던 방법을 써보기로 했다. 아이작은 바지 안으로 손을 넣고 한동안 그걸 만지작거렸다. 그러나 아무 일도 일어나지 않았다. 너무 피곤한 거야. 아이작은 포와 누나를 생각했다. 누나가 소리를 죽이려 애쓰다가 참지 못하고 한 번 크게 소리를 낸 걸 떠올렸다. 잠시 그 생각을 하니 마침내 단단해졌다. 누나를 생각하면서 그렇게 된 게 메스껍기는 했지만 그냥 받아들이기로 했다. 지난 이 년 동안 진짜 섹스에 가장 근접한 경험이었다. 아이작은 어텀 도드슨의 졸업 파티 때 그녀와 섹스를 한 뒤로는 한 번도 섹스를 하지 않았다. 아이작은 아직도 어텀이 왜 자기와 섹스를 했는지 알지 못했다. 그러고 나서 어텀은 펜실베이니아주로 떠났다. 내가 학교 전체에서 유일하게 머리가 있는 존재였기 때문이지. 이유가 그것뿐인 건 아니야. 그때 역시 아이가 이끌었어. 아이가 일을 꾸몄지. 시대에 뒤떨어진 아이작 잉글리시는 말할 배짱이 없는 이야기를 해서 말이야. 그러자 난 어텀 도드슨의 방 소파에 눕게 됐고, 그앤 내가 자기 바지를 벗길 수 있게 예쁜 궁둥이를 들어올렸지. 내 눈앞에 벌거벗은 여자가 가랑이를 벌리고 있는 거야. 손가락을 그애 안으로 넣은 뒤 손가락이 들어갔다 나왔다 하는 모습을 한참 동안 지켜봤어. 그렇게 미끈거리다니 마치 기적을 보는 것 같았어. 아이작은 어둠 속에 누워 바지에 손을 넣은 채 그 생각을 했다. 오래된 기억이었지만 충분했다. 아이작은 목적을 이루고 곧바로 잠들었다.

얼마 뒤 아이작이 꿈을 꾸고 있는데, 갑자기 자동차 소리와 함께 여러 목소리가 들렸다. 쐐기로 문을 고정시켜 열리지 않게 할 수 있을까 생각하고 있는데 목소리들이 더 크게 들려왔고, 아이작은 자신이 꿈을 꾸는 게 아니라는 걸 깨달았다. 손전등을 든 사람들이 공장에 들어와 있었다.

"누군가 저 문을 열어놨어. 전에는 이렇지 않았다고."

"무슨 소리야, 힉스."

"네가 직접 보면 알아. 네가 있는 곳에서는 안 보여."

다른 목소리가 크게 말했다. "거기 어떤 부랑자 새끼든 있으면 지금 당장 나와. 괜히 우리가 찾게 하지 말고." 사람들이 소리 내어 웃었다. 누군가가 말했다. "넌 정말 멍청이야, 힉스."

아이작은 침낭에서 몸을 빼내기 시작했다. 아이작이 있는, 아마도 사무실인 듯한 방은 작았고, 거길 빠져나갈 수 있는 문은 딱 하나였다. 아이작이 침낭에서 미처 몸을 다 빼내지 못했을 때 문이 활짝 열리더니 불빛이 방을 훑었다. 아이작은 칼에 손을 가져갔으나 문을 연 사람들이 어리다는 걸 깨달았다. 고등학생들이었다. 그는 칼에서 손을 뗐다.

"잠깐 기다려." 아이작이 말했다. 하지만 그가 작업대에서 채 일어나기도 전에 아이들 중 하나가 아이작에게 곧장 걸어왔고, 자기 친구들이 주의깊게 보는지 확인이라도 하려는 듯 잠깐 친구들을 돌아보더니 아이작의 얼굴에 주먹을 날렸다.

"난 뷰얼 메모리얼 고등학교를 졸업했어." 아이작이 그렇게 말했지만, 나머지 녀석들이 아이작 위로 덮쳤고, 아이작은 바닥에 떨어졌다. 그는 머리를 보호하려 했으나 뭔가가 턱을 강타했고, 이어서 배 그리고 갈비뼈와 등을 후려쳤다. 아이작은 옆구리를 보호하려 했고, 그러다가 다시 입을 맞았다. 그는 머리를 감쌌고 그들은 계속 발길질을 했다. 숨이 막힐 정도로 맞았고, 호흡을 할 수 없었고, 질식할 것 같았다. 이윽고 불빛이 아이작의 얼굴을 비추더니 갑자기 발길질이 멈췄다.

"맙소사, 힉스. 젠장, 그냥 애잖아."

아이작은 몸을 감싸고 꼼짝도 하지 않았다.

"씨발 닥쳐," 힉스가 말했다. "너희 모두."

다른 누군가가 말했다. "씨발 너나 닥쳐, 힉스. 차가 떠나고 있어. 원한다면 집까지 걸어가든가."

힉스라고 불린 아이가 아이작 옆에 쪼그리고 앉아서 말했다. "괜찮을 거야, 친구. 다른 사람인 줄 착각했어. 맥주나 뭔가 마실 걸 좀 줄까?"

"만지지 마." 아이작이 말했다.

힉스는 어쩔 줄 몰라하며 아이작 옆에 잠시 더 쪼그리고 있었다. 곧이어 힉스가 일어나 빠르게 밖으로 걸어가는 소리가 들렸다. 자동차 문이 닫히는 소리, 그리고 차가 출발하는 소리가 들렸다. 아이작은 어디를 다쳤는지 알게 되는 게 겁이 나 차마 몸을 만져볼 수 없었다. 아이작은 일어나서 흙마당으로 나갔다. 마당은 비어 있었다. 이 모든 일이 일 분도 걸리지 않았다. 아직도 얼굴 대부분이 얼얼했다. 그는 안으로 들어가 짐을 꾸렸고 마침내 울렁거리던 속이 진정되었다. 아이작은 고무로 된 현관 매트를 발견하고, 깔고 잘 생각으로 밖으로 들고 나왔다. 아이작을 때린 아이들은 열여섯, 열일곱, 어쩌면 그보다 어린 듯했다. 좋아, 아이작은 큰 소리로 말했다. 이제라도 알았으니 다행이군. 아이작은 커다란 덤불을 통과해 아무도 찾을 수 없을 만한 곳이 나올 때까지 강 쪽으로 갔다. 그가 몸을 웅크렸을 때, 바람은 불지 않았다. 아직도 심장이 빠르게 뛰었고, 입에서는 피맛이 났다. 그러지 못하게 막을 수 있었잖아. 아이작은 생각했다. 한 명이라도 찔렀다면 나머지는 도망쳤을 거야. 아이작은 그러지 않길 잘했다고 생각했다. 바보짓은 한 번이면 족해. 아이작은 칼을 꺼내 머리맡에 두었다. 심장이 진정되고 잠들기까지는 오랜 시간이 걸렸다.

3. 포

포는 해리스의 픽업트럭 뒷좌석에 탔고, 그들은 경찰서 앞에 도
착했다. 포가 여기 온 건 처음이 아니었다. 사실 이곳은 제대로 된
경찰서도 아니었다. 정확히 말해서 뷰얼 지방정부 빌딩이었는데,
시장실과 시의회실을 비롯한 다른 사무실들도 함께 있기 때문이
었다. 신문 기사에 따르면, 시장이 아내에게 쫓겨나 자기 사무실에
서 잔다고 했다. 시장이 자기 사무실에서 산다는 이야기는 작은 스
캔들이었다. 지방정부 빌딩은 지붕이 납작한 3층짜리 흰색 콘크리
트 건물로, 도시의 행정을 책임지는 곳이 아니라 일종의 커다란 자
동차 정비소처럼 보였다. 건물 내부는 노란색으로 칠해져 있었다.
오래된 건물이 아니지만 오래되어 보였다. 원래의 시청 건물은 몇
년 전에 폐쇄되었고, 포는 몇 번 그곳에 몰래 들어가 어슬렁거린
적이 있었다. 빨간 벽돌로 지은 커다란 건물이 마치 성처럼 보였
고, 강철 창문이 달렸고, 나무 벽널을 댄 내부는 테두리가 덴틸 몰

딩*으로 장식되어 있었다. 부자의 저택 같아 보이는, 자부심이 생기게 하는 건물이었다. 하지만 시는 그 건물을 유지할 돈이 없었다.

새 건물 안에 들어선 포는 땅딸막한 중국인 경찰을 보았다. 그는 폭스 뉴스를 보고 있었고, 흡사 텔레비전과 대화를 하고 있는 것 같았다. 해리스가 포를 아래층에 있는 유치장으로 데려갔다. 포는 그곳에 와본 적이 있었다. 긴 복도를 따라 3미터 정도 간격으로 커다란 강철 방화문 같은 게 설치되어 있었다. 유치장에는 나무로 만든 침대가 있었고, 매트리스는 보이지 않았다. 밖의 조명이 깜박거렸고, 그 때문에 포는 졸도할 것 같았다. 지상 위쪽으로 난 창문 하나가 주차장을 향해 있었지만 플라스틱 창문이 뿌옇게 되어 있었다.

"곧 돌아오마." 해리스가 말했다. 누군가를 체포하려는 때가 아니라면 해리스는 태평한 표정에 모든 것을 용서할 듯한 눈빛이었고, 경찰이 아닌 다른 사람, 꼭 선생님처럼 보였다. 아마도 해리스는 자신의 그런 표정을 상쇄하려고 그토록 많은 사람들을 체포한 건지도 몰랐다.

"얼마나 오래 걸릴⋯⋯" 포가 말했지만 해리스는 대답 없이 밖으로 나가 문을 닫았다.

"편히 있거라." 해리스가 말하는 소리가 들렸다. 그뒤에 다른 문이 쾅 닫히는 소리가 들렸다.

포는 외투를 입지 않았고, 환기구에서 나오는 찬바람이 곧장 포를 향해 불어오는 듯했다. 변기에서 샌 물로 웅덩이가 생긴 건 말

---

* 건물의 테두리에 작은 정육면체 조각을 일정한 간격을 두고 치열 모양으로 배치하는 몰딩 방식.

184

할 필요도 없었다. 바닥 대부분이 물로 흥건했다. 여기에 왔네, 경찰이 나에게 이럴 수 있을 거라고는—유치장에 가둘 수 있을 거라고는—생각하지 않았는데. 하지만 그들은 할 수 있었다. 피할 방법이 없었다. 그게 인생의 비극이었다. 사실, 그건 포가 처음 이곳에 갇혔을 때 느낀 감정이었다. 피할 방법이 없다는 생각. 그러나 되돌아보면 그건 사실이 아니었다. 지금 역시 사실이 아니었다. 모든 것은 포의 선택이었다. 선택을 할 때는 선택이라는 생각이 전혀 들지 않았지만, 그래도 선택이었다. 다른 사람들의 음모라고 생각하면 마음은 편해도 그건 진실과 달랐다.

지난번에 포가 여기 갇혔었던 건 도노라에서 온 소년 때문이었다. 포만큼은 아니지만 덩치가 좋고 얼굴과 목에 잔뜩 난 여드름을 제외하면 아무런 문제도 없는 아이였다. 사람들은 그 아이를 '범생이'라고 불렀다. 하지만 포가 그를 만났을 때는 상황이 달랐다. 포는 그 아이를 바닥에 누르고 있었고, 둘 다 피를 흘렸고, 여자애들이 지켜보고 있었다. 둘은 한밤중에 흙이 깔린 주차장에 있었다. 주차장은 아주 조용했고, 모두 말없이 두 사람을 지켜보았다. 응원하는 사람들도 없고 들리는 소리는 오로지 둘의 거친 숨소리와 으르렁거리는 소리뿐이었다. 소년은 포에게 눌려 꼼짝도 못했고, 포는 소년이 일어서게 하면 안 된다는 걸 알았다. 가만히 있어, 포가 속삭였다. 하지만 포는 소년이 자기 말을 듣지 않으리라는 사실을 알았다. 포는 소년이 싸움에서 지고 싶어하지 않는다는 걸, 패배를 받아들일 수 없어한다는 걸 잘 알았다. 그게 둘 모두에게 덫이 되었다. 가만히 있어, 포가 소년의 귀에 대고 다시 조용히 말했지만 결국 포는 소년이 일어서게 해야 했다. 밤새 거기 누워 있을 수는 없는 노릇이었다. 포는 소년의 목이라도 졸랐어야 했다. 그게 그를 위하는 길이었다. 하지만 포가 그렇게 했다면 누군가 다른 사람이 끼어들었을 것이고, 어느 쪽의 승리도 아니었을 것이다. 결국 포는 무슨 일이 일어날지 알면서도 어쩔 수 없이 소년이 일어서게 내버려둬야 했다. 물론 무슨 일이 일어날지 정확히 안 건 아니었다. 단지 상황이 더 좋아지지 않으리라는 건 알았다.

소년이 자기 차로 갔다가 돌아왔고 모두들 뒤로 물러섰다. 소년은 칼을 들고 있었다. 총기 전시회에서 살 수 있는 군대용 총검이었다. 구경꾼들이 포가 도망칠 수 있게 길을 터주었으나 포는 그 자리에서 꼼짝 않고 서 있었다. 그냥 물러서는 게 쉬운 길이었다. 소년은 싸움에 져서 제정신이 아니었을 뿐 진짜로 총검을 쓸 생각은 아니었다. 그는 대학에 진학할 모범생 유형이었고, 그저 당황했을 뿐이었다.

하지만 포는 계속 그 자리에 서 있었다. 속에서 계속 싸우고 싶은 마음이 불타올랐기 때문이다. 이미 이겼는데 이제 와서 지고 싶지 않았기 때문이었다. 포는 거기 서 있었고, 모두 어쩔 줄 몰랐다. 포도, 소년도 어찌해야 할지 알지 못했다. 그때 빈센트 루이스가 포의 손에 야구방망이를 쥐여주었다. 어린이 야구단에서 쓰는 작은 방망이로, 가볍고 짧아서 무기로 안성맞춤이었다. 그런 다음에는 검투사 시대에서 튀어나온 듯한, 칼과 몽둥이의 싸움이었다. 두 사람 모두 정말 그렇게 싸우고 싶은 마음은 없었다. 주위 사람들 때문에 그렇게 된 것뿐이었다. 나이가 들면서 더 심각한 문제에 휘말리고 있어. 점점 더 아슬아슬해져. 처음에는 도노라에서 온 아이였고, 이제는 스웨덴인이야. 상황이 악화되고 있어. 포는 그다음엔 무슨 일이 벌어질지 궁금했다. 두 번 모두 좀더 제대로 처신했어야 했지만 포는 그러지 않았다. 다음에는 아마도 포가 사랑하는 이, 포의 어머니나 리가 될 터였다. 뭔가 상상할 수도 없는 일이 될 터였다.

도노라에서 온 소년의 경우, 포는 그의 소식을 몇 번에 걸쳐 물어보았다. 소년은 상태가 좋지 않았다. 심지어 계산대 일조차 할 수가 없었다. 포가 휘두른 야구방망이에 맞은 뒤로는 숫자를 제대로 셀 수 없었기 때문이다. 포가 그를 쳤고, 소년은 흙바닥에 쓰러졌다. 그런 뒤 포는 자기도 모르게 바닥에 쓰러진 소년의 머리를 방망이로 한번 더 쳤다. 소년이 여전히 총검을 쥐고 있었기 때문이다. 하지만 포는 그것 때문에, 그 두번째 가격 때문에 폭행죄로 기소되었다. 그리고 경찰은 포에게 따끔한 교훈을 주려고 했다. 하지만 난 아무것도 배우지 않았지, 포는 생각했다. 난 그 교훈에서 아무것도 배우지 않았어.

포는 늘 자신이 어디까지 갈 수 있는지 알기 위해 애를 써왔다. 사람들이 죽는 건 바로 그런 이유 때문이었다. 포는 늘 한계를 시험했다. 얼마나 밀어붙일 수 있는지 확인하려 했다. 그의 핏속에 그런 성향이 흐르는데 포는 왜 늘 자기가 그것을 피해갈 수 있다고 생각한 걸까? 빌어먹을 대체 왜? 포의 할아버지 하이럼 포는 밸리에서 가장 잘나가던 밀렵꾼이었고, 자기 총으로 목숨을 끊었는데 이유를 아는 사람은 아무도 없었다. 미치광이 늙은이였기 때문이라는 게 포 아버지의 설명이었다. 걱정 마, 넌 할아버지와 다르니까. 포의 아버지는 포에게 그렇게 말했다. 하지만 포는 할아버지가 왜 자살했는지 궁금하지도 않았다. 자기가 허풍선이 늙다리인 할

아버지와 비슷한 점이 하나라도 있으리라고는 상상조차 할 수 없었다. 하지만, 지금은. 이제 모든 것이 엉망이 되어가고 있었다.

포의 아버지는 상황이 자기에게 유리하게 돌아가게 하는 데 천부적인 재능이 있었다. 포가 어렸을 때 그는 예인선에서 일했다. 하지만 태풍이 불어온 어느 날 밤 짐배들을 제대로 묶어놓지 않아 석탄을 가득 채운 배들이 몬강까지 떠내려가 거의 가라앉을 뻔하게 만들었고, 그 일로 해고됐다. 하지만 그 교활한 늙은이, 약삭빠른 버질은 상황을 반전시켰다. 배에 타고 있던 버질의 등이 어딘가에 어찌어찌 끼어서 가벼운 장애를 입는 데 성공했고, 사실은 거의 멀쩡하면서 완치될 수 없을 정도로 다쳤다고 우긴 것이다. 결국 버질은 해고를 당했지만, 평생 장애연금을 받게 되었다. 버질은 정착하지 않고 늘 여기저기를 돌아다녔고, 가끔 섹스를 하러 마을로 돌아왔다. 대부분은 젊은 여인들을 상대했으나 종종 포의 어머니와도 잤다. 포는 자기 어머니가 그런 대상이라는 생각은 하고 싶지 않지만, 어쨌든 사실은 사실이었다. 트레일러에 살면서 다른 이유를 생각할 수는 없는 거야, 포는 생각했다. 버질은 가끔 이상한 짓을 했다. 술집에 앉아 책을 읽으며, 여자들이 자신을 위대한 사상가로, 권력에 도전하는 자로 착각하게 만들었다. 하지만 사실 버질은 남들에게 개뿔도 관심 없는 게을러빠진 놈팡이일 뿐이었다. 아마 책도 거꾸로 들고 있을 게 뻔했다. 리나 아이작과 비교하자면 발가락에 낀 때만큼도 아는 게 없었다.

포는 주위를 둘러보았다. 밖은 이미 어두워져 있었다. 포가 갇힌 곳은 유치장치고는 컸다. 가로가 3미터, 세로가 6미터 정도 되었다. 하지만 바닥은 젖어서 축축했다. 이제 밖에서 들어오는 불빛도 없어지니 더 어두웠다. 복도에 있는 조명은 제대로 역할을 하지 못했다. 이런 곳에서 뭔가를 읽으려면 금방 눈이 피곤해질 거야. 어차피 읽을 것도 없었다. 포는 죽음의 소용돌이와 같은 지루함이 찾아오지 않도록 계속 이런저런 것들을 떠올렸다. 할아버지를 집어삼킨 것. 생각할 것조차 없이 멍하니 앉아 있으면 결국 사람이 미치는 거야. 여기 이렇게 숨쉬고 있는 것도 잠시일 뿐이야. 그렇지 않은 것처럼 생각할 이유가 없어.

할아버지 하이럼은 자기 운명대로 살았고, 포는 그가 죽은 게 전혀 마음 아프지 않았다. 포가 일곱 살 때, 포와 그의 아버지, 그리고 늙은 하이럼이 사슴 사냥용 은신처에 앉아 있을 때였다. 포가 깜박 잠이 들었고, 잠에서 깼을 때 사슴이 은신처 앞을 지나고 있었다. 포가 말했다. 보세요, 사슴이에요. 그 말에 모두 깜짝 놀랐다. 뿔이 큰 사슴 역시 마찬가지였다. 그리고 하이럼의 총은 빗나갔다. 나중에 포는 아버지가 하이럼에게 하는 말을 들었다. 화난 거 아니죠? 어린애잖아요. 하지만 하이럼은 화를 냈다. 처음 사냥에 따라온 꼬마에게 말이다. 버질은 포를 때려눕힌 적이 여러 번 있었고, 버질이 없을 때 하이럼도 한 번 그런 적이 있었다. 사실 그것은 하이럼이나 버질의 잘못이 아니라 가족의 핏속에 흐르는 기질이었다. 잘못을 따지려면 훨씬 전 세대의 누군가에게까지 거슬러올라가야 했다. 어쩌면 하느님의 잘못일지도.

포는 일어나서 손이 아플 때까지 감방 문을 두드렸지만 아무도 오지 않으리라는 걸 잘 알았다. 문 두드리기가 지겨워진 포는 선 채로 창밖을 바라보았고, 무언가 움직이는 것을 보았지만 그게 뭔지는 알 수 없었다. 새일 수도, 트럭일 수도, 걸어가는 사람일 수도 있었다. 포는 그 어디에도 가지 않을 생각이었고, 어디로 가본 적도 없었다. 대학 원서를 내겠다는 말은 당찮은 헛소리였다. 포가 못하는 일이 하나 있다면, 살면서 지금껏 잘해본 적이 단 한 번도 없는 일이 있다면, 그건 책을 통해 배우는 일이었다. 손으로 하는 건 아무 문제 없었다. 카뷰레터를 고치고, 사슴 내장을 빼내는 일 따위는 잘했다. 하지만 의자와 책상이 가득한 방에 들어가면 머리가 하얘졌다. 어떤 부분이 중요한지 알 수가 없었다. 기억해야 할 것과 그렇지 않은 것을 구별할 수 없었고, 잘못된 것들을 기억했다. 늘 그런 식이었다.

하지만 공으로 경기를 할 때, 밖에서 남들과 경쟁을 할 때면 이야기가 완전히 달랐다. 마치 온갖 정보가 소방 호스를 통해 뿜어나오는 것 같았지만 포는 단 하나도 놓치지 않았고 문자 그대로 모든 사람들 위에 떠 있었으며, 사람들의 움직임에 대해 그들 자신보다 더 잘 알았다. 그는 사람들이 경기장의 어느 부분에 발을 내려놓을지 정확히 집어냈고, 수비진의 어느 부분이 뚫리고 어느 부분이 탄탄한지 한눈에 보았으며, 공중을 날아가는 공의 궤적을 단숨에 예측했다. 마치 미래를 보는 것 같았다. 그렇게밖에 표현할 수 없었다. 포는 정상적으로 움직이는데 다른 사람들은 모두 슬로모션으로 움직이는 영화 같았다. 포가 자신을 가장 좋아했던 때가 바로 그 시절이었다─진짜 자기 자신이 아니었던 시절. 포가 이해하지 못하고 다른 사람들이 알지 못하는 그의 어떤 부분이 그를 조종하던 시기였다.

그게 사실이었다. 그는 망가졌다. 결정적인 순간에, 인생이 걸린 결정을 내려야 할 때, 그의 불은 계속 타오르거나 혹은 그가 얼어붙었다. 그는 분통을 터뜨리거나 아니면 물속의 시체처럼 완전히 멈추었다. 그는 무언가에 대해 생각할 때면 그것들을 모든 각도에서 살펴보느라 시간을 너무 많이 써버렸다. 콜게이트대학의 경우, 대학측은 포에게 생각할 시간을 충분히 주지 않은 것 같았고, 사람들은 모두 포에게 아무 생각 말고 그곳에 가라고, 그냥 가라고 했다. 그리고 포는 얼어붙었다. 이 년이 지난 지금도 포는 여전히 생각중이었다. 그는 그냥 갔어야 했다. 그랬다면 아무 일도—도노라의 소년이 바보가 되거나 스웨덴인이 죽는 일도—일어나지 않았을 것이다. 그가 콜게이트에 진학했더라면 이 모든 일이 일어나는 건 물리적으로 불가능했다. 그건 실수였고, 그 실수를 한 건 포였다. 다만 정말 실수가 아닐 뿐이었다. 피할 수 없는 일이었다. 영웅으로 죽는 사람들도 있었지만 포는 그런 유형이 아니었다. 포는 언제나 그 사실을 알고 있었다.

4. 해리스

해리스는 빌리 포를 일부러 가장 더러운 방에 넣었고 하룻밤을
내버려두기로 했다. 그 녀석이 자신에게 닥칠 일을 깨닫게 하기 위
해서였다. 매트리스도 없는 나무판은 그런 생각을 하며 누워 있기
에 딱 좋았다. 지방검사가 뭔가 큰일을 꾸미고 있었고, 그게 무엇
인지 확실하지는 않았지만 어쨌든 빌리 포에게 이로운 일은 아닐
거라는 느낌이 들었다. 해리스는 사무실 문을 잠그고 야간 당직에
게 인사를 했다. 당직은 스티브 호였다.

"또 자넨가?"

"밀러가 못 온다고 전화했습니다."

해리스는 론 밀러가 그동안 몇 번이나 전화를 했는지 속으로 헤
아려보았다.

"서장님도 휴가가 필요해 보이십니다."

"그냥 좀 피곤한 것뿐이야."

호가 고개를 끄덕여 보였고, 해리스는 경찰서에서 나와 낡은 실버라도에 올라탔다. 멋진 저녁이었고, 집에 도착한 뒤에도 어두워지기까지는 아직 몇 시간이 남아 있을 터였다. 고마운 일이었다. 낮 근무만 할 수 있다는 것. 이것은 서장이 되어 누리는 특혜 가운데 하나였다.

남서쪽으로 차를 몰자 포장도로는 점차 여기저기 바퀏자국이 난 도로로 바뀌다 이윽고 자갈길로 바뀌었고, 마침내 흙길이 되었다. 해리스의 오두막은 산마루에 자리해 있었다. 주 소유 산림에 둘러싸인 30에이커짜리 사유지였다.

트럭에서 내려 집을 볼 때마다 해리스는 기분이 좋았다. 돌 굴뚝이 달린, 낮고 폭이 넓은 통나무 오두막이었고 65킬로미터 멀리까지 시야를 가로막는 게 없었다. 덱으로 나오면 세 개 주를 한꺼번에 볼 수 있었다. 해리스가 이곳에 사는 사 년 동안, 우연히라도 누군가 이곳으로 올라온 적은 한 번도 없었다.

해리스가 키우는 맬러뮤트 '털북숭이'가 안에서 그를 기다렸다. 그는 개가 뛰어나올 수 있게 옆으로 비켜섰으나, 녀석은 그저 가만히 서서 해리스가 쓰다듬어주기만을 기다렸다. 털북숭이는 엉덩이가 점차 뻣뻣해졌고, 등이 약간 굽었으며, 왕자처럼 관심 받고 싶어하는 걸 부끄러워하지 않았다. 해리스가 애정어린 손으로 털북숭이의 목을 쓰다듬으며 말했다. 야생에서라면 넌 벌써 곰 먹이가 되었을 거다. 털북숭이는 뼈대에 비해 몸이 너무 컸고, 해리스는 밤에 텔레비전 앞에서 위스키를 마시며 털북숭이의 엉덩이를 마사지해주곤 했다. 해리스가 마지막으로 털북숭이의 머리를 쓰다듬어주자, 개는 덱 옆에서 1.5미터 정도 되는 높이를 뛰어내리더니 숲을 향해 전력 질주했다. 어쩌면 녀석은 해리스가 생각한 것만큼 늙은 게 아닐지도 몰랐다. 저놈이 내 속을 빤히 들여다보고 있는지도 몰라.

해리스는 탄산수를 한 잔 따른 뒤 다시 덱으로 나와 난간 너머로 몸을 내밀고 경치를 감상했다. 산과 숲만 보였다— 데이비스산, 팩호스산, 와인딩 능선. 땅은 집에서 멀어지며 가파르게 내리막을 이루었고, 400미터 아래 계곡 바닥까지 계속 내리막이었다. 멋진 곳이었다. 해리스의 월도 호수. 평정심. 월도가 아니라 월든*이지, 해리스가 고쳐 생각했다. 그는 혼자서 씩 웃었다. 정착할 만한 곳은 다른 데도 많았다. 남동생이 사는 동네라든가. 컴퓨터 프로그래머인 동생은 플로리다에서 아이 넷과 함께 디즈니 축소판 같은 집에 살았다. 해리스는 그곳을 한 단어로 표현했다. 지옥. 동생은 일찍부터 유니백 같은 메인프레임 컴퓨터 쪽에 뛰어들었고, 해리스보다 돈을 여섯 배나 많이 벌었다. 하지만 늘 자신감이 부족했다—아마 가족 내력인 듯했다. 그는 빌 게이츠가 아니었다. 그의 동생은 늘 이렇게 말했다. 형, 난 빌 게이츠와 동갑이야. 해리스는 동생에게 이렇게 대답했다. 넌 굉장히 잘하고 있어. 해리스나 동생이나둘 다 대학에 가지 않았지만 동생은 이 년마다 새 메르세데스를 뽑았다. 동생이 말했다. 나는 그럭저럭 잘하고 있어. 하지만 인정할 건 하는 게 좋아. 난 빌 게이츠와 동갑이야. 해리스는 확신할 수 없었다. 그는 생각했다. 뭐든 원하는 이야기를 지어내는 건 쉽지. 모

---

* 자연주의 시인이자 철학자인 헨리 데이비드 소로의 에세이 『월든』의 배경이 된 호수. 소로는 이곳에서 이 년 동안 홀로 오두막을 짓고 생활했다.

든 선택에는 변명할 거리가 있는 법이니까. 숲속에 있는 이 집만 해도 그래. 내 정신 건강을 지켜주고 남은 일생을 홀로 보낼 수 있게 보장해주잖아. 그런 건 무엇과도 바꿀 수 없는 거야.

해리스는 그릴을 예열하고 냉장고에서 스테이크를 꺼냈지만 그보다 먼저 해야 할 일이 있다는 걸 알았다. 응답기에 메시지가 두 개 들어와 있었다. 모두 그레이스에게서 온 것이었다. 지금 해리스는 대화를 하고 싶지 않았다. 하지만 이 상황을 만든 건 나야, 해리스는 생각했다.

그레이스는 첫번째 벨이 울리자마자 전화를 받았다.

"나야." 해리스가 말했다.

"불안해." 그레이스가 말했다. "안부는 생략하고 본론부터 말해도 될까?"

"괜찮아. 나도 당신처럼 넷플릭스에서 빌린 DVD를 어서 봐야 하거든."

침묵이 흘렀다.

"농담이었어." 해리스가 말했다.

"내 아들에게 무슨 일이 생긴 거야, 버드?"

해리스는 그 질문에 어떻게 대답해야 할지 생각했다. 잠시 후 그가 말했다. "빌리는 가까이 가지 말았어야 하는 곳에 어슬렁거렸어." 언제나 그랬듯 말이야, 라고 덧붙일 뻔했으나 그 말을 하지는 않았다. 전화기를 통해 들려오는 그레이스의 숨소리는 평소와 달랐다. 어떻게 알게 된 건지는 몰랐지만 그레이스가 자기 아들이 무슨 짓을 했는지 정확히 안다는 느낌이 들었다. 아마도 그녀는 해리스보다 더 많은 것을 알고 있을 것이다. 해리스는 짜증이 났다.

"빌리는 아직 기소되지 않았어." 해리스가 계속했다. "하지만 기소될 거라는 느낌이 들어."

"당신 친구 퍼타키가 힘을 쓸 수는 없어?"

"그레이스." 해리스가 말했다.

"미안해." 그레이스가 말했다. "하지만 빌리는 내 아이야."

해리스는 짜증을 넘어 화가 나는 것을 느꼈지만 이내 평정심이 찾아왔고 이제 그냥 지겨워졌다. 매번 다를 바가 없었다. 그레이스는 늘 뭔가를 요구했다.

"빌리가 어제 낡은 공장에서 발견된 시체와 관련이 있는 것 같아." 해리스가 말했다. "어떤 관련이 있는지는 나도 몰라. 빌리가 입을 열지 않거든."

"변호사를 고용해야 할까?"

"응. 빌리를 알잖아. 변호사를 고용해야 할 거야."

"버디……"

"당신을 도우려는 거야." 그가 말했다. "할 수 있는 일은 다 할 거야."

해리스는 서둘러 전화를 끊었다. 왜 그녀를 도우려는 걸까? 그도 이유를 알 수 없었다. 큰 잔 가득히 술을 채우고 싶은 욕망을 억누르며 해리스는 덱 너머를 힐긋 보았다. 점점 색깔이 예뻐지고 있었고, 곧 멋진 일몰이 찾아올 터였다. 전자레인지에 감자를 넣어. 스테이크를 구워. 샐러드를 만들고. 그릴에 스테이크를 넣으며 해리스는 일상으로 돌아가는 느낌을 받았다. 털북숭이는 여느 때와 마찬가지로 흠잡을 때 없는 타이밍에 모험을 마치고 돌아왔다.

"너는 안 돼." 해리스가 개에게 말했다. 해리스는 스테이크를 넣은 그릴의 뚜껑을 닫고 나머지 식사 준비를 하러 갔다.

해리스에게는 빌리 포 말고도 걱정할 일이 산더미였다. 주 검사는 해리스와 친한 시의회 의원 돈 컨코를 조사중이었다. 조만간 검사는 스틸빌 토목회사가 돈의 집 지하실을 꾸미고 간이 바를 만드는 비용을 댔으며, 바로 그 회사가 뷰얼의 하수 시스템 재정비 사업권을 따냈다는 사실을 밝혀낼 터였다. 해리스는 컨코를 좋아했다. 어쩌면 해리스는 친구를 고르는 안목이 엉망인지도 몰랐다. 아니야, 해리스는 생각했다. 컨코는 선을 넘었어. 처음에는 돈을 받았고, 그다음엔 새로운 지하실에서 파티를 열었지. 하지만 해리스라고 올곧게 산 건 아니었다. 해리스도 조사를 하면 걸릴 만한 것이 많았다. 절대로 돈을 받지는 않았지만, 늘 여러 가지 다른 재량을 발휘했다. 마을의 특정 주민들을 외곽의 좀더 푸른 초원으로 이사하도록 부추길 때는 특히 그랬다. 그것이 뷰얼의 범죄율이 모네센과 브라운즈빌의 절반밖에 안 되는 이유였다. 누설할 수 있는 사람들은 많았다. 그들 중 누구도 믿음직한 사람은 아니었지만, 신빙성을 보장할 만큼 수가 많았다. 컨코에 대한 조사로 인해 해리스는 다시 한번 그 사실을 마음에 새겼다.

급박히 결정해야 할 일들도 있었다. 시의회는 얼마 전 새 예산안을 발표했다. 사회기반시설이 엉망이었고, 환경보호국에서는 뷰얼 시에 하수설비를 재정비하라고 명령했다. 폭풍우가 오자 하수가 몬강으로 넘쳐흘렀기 때문이다. 뷰얼경찰서 예산은 78만 5천 달러에서 54만 1천 달러로 깎였다—경찰서 역사상 가장 큰 삭감액이었다. 훈련 비용을 삭감하고 이미 낡을 대로 낡은 경찰 차량을 무기한으로 계속 쓰는 것에 더해, 해리스는 정직원 세 명을 해고해야만 했다. 세 명을 해고하는 건 거의 모두를 해고하는 것에 가까웠다.

　해리스는 뿔이 거대한 엘크 박제를 보면서 언제 와이오밍에 다시 갈 수 있을지 생각해봤다. 은퇴하기 전에는 안 될 것이다. 다음 달부터 경찰서엔 해리스, 스티브 호, 딕 낸스, 그리고 시간제 근무 요원 열두 명이 전부였다. 버트 해거턴은 확실히 해고될 것이다. 그를 아쉬워할 사람은 아무도 없었다. 하지만 아이들이 대학에 다니고 있는 론 밀러도 해고해야 했다. 해리스는 그를 이십 년간 알아왔다. 하지만 밀러는 게을렀고, 퇴근 시간만 기다렸고, 점심시간에 신고 전화를 받더라도 디저트를 주문할 인물이었다. 함께 해고하기로 마음먹은 예지 보르코프스키 역시 나을 바 없었다. 그들은 작은 마을을 담당하는 경찰이었지만 상황이 바뀌었으니 태도도 바뀌어야 했다. 메이베리* 시절은 지났다. 스티브 호를 해고하지 않아도 된다는 생각에 안도감이 밀려왔다. 시의회라면 호 대신 경찰서에서 가장 연장인 밀러가 남도록 조치했으리라. 보르코프스키와 밀러에게 해고 대상을 시의회가 직접 정했다고 거짓말을 할 수도 있었다. 하지만 이렇게 작은 마을에서는 금세 진실이 드러난다. 보르코프스키나 밀러 모두 다시는 해리스와 이야기를 하지 않을 것이다. 그리고 해리스는 그걸 받아들여야 할 것이다. 해거턴도 해리스와 이야기하지 않으려 들겠지만, 그건 상관없었다.

　스테이크, 해리스는 생각했다. 그는 그릴로 가서 스테이크를 뒤집었다. 모든 걸 다 잃은 건 아니군.

---

* 미국 시트콤 〈더 앤디 그리피스 쇼〉에 나오는 가상의 마을. 설정상 미국에서 범죄율이 가장 낮은 곳이다.

"저리 비켜." 그릴에 코를 들이밀려는 털북숭이에게 해리스가 말했다.

결국 모두가 알고 있듯이 경찰서 예산은 다시 삭감되고, 뷰얼경찰서는 사라질 것이다―벨 버넌의 남서 지구와 합병되리라. 삼 년 전에도 심각한 운영자금 문제가 있었다. 11월 말에 시 예산이 다 떨어져, 연말 마지막 사 주 동안 시의 전 직원이 몬밸리은행에 가서 월급을 담보로 대출을 받았다. 그리고 1월 1일에 모두 차용증을 가지고 시 회계실에 갔고, 시는 그 돈을 지불했다. 해리스는 다른 곳에서는 이런 일이 벌어지지 않으리라고 확신했다.

밸리의 인구는 다시 늘고 있었지만 수입은 여전히 줄어들었고, 예산은 계속 적어졌으며, 수십 년간 사회기반시설에는 전혀 투자를 하지 않았다. 예산은 소도시급이었지만 해결해야 하는 문제들은 대도시급이었다. 호의 말대로, 뷰얼은 티핑포인트*를 향해 가고 있었다. 샤를로이와 몬을 제외한 밸리의 다른 마을 대부분이 경계를 넘어 다시는 돌아오지 못할 지경에 이르렀다. 일주일 전, 모네센에서는 어떤 사내가 대낮에 얼굴에 총을 맞았다. 이런 사정은 강을 따라 위아래 마을이 모두 마찬가지였고, 많은 젊은이들이 자신들의 미래가 가망 없다는 걸 자연스럽게 받아들였다. 마치 한밤중에 불꽃이 사그라지는 모습을 지켜보는 느낌이었다. 사무직을 원하면 대학에 가야 했고 주변에는 그런 일자리가 많지 않았다. 컴퓨터 프로그래머 자리와 경영 컨설턴트 자리만 많았다. 그리고 철강 산업

---

* 어떤 경향이나 사회적 현상이 서서히 진행되다가 급격하고 돌이킬 수 없는 전환을 맞게 되는 임계점.

이 그랬듯, 이제는 그런 일자리 역시 해외로 넘어가고 있었다.

해리스는 장차 이 나라가 어떻게 살아남을 수 있을지 가늠이 되지 않았다. 안정된 사회가 되려면 안정된 일자리가 있어야 했다. 그보다 중요한 건 없었다. 경찰은 그런 문제를 해결할 수 없었다. 연금이 나오고 건강보험도 있는 시민들은 이웃을 약탈하거나 아내를 때리거나 헛간에서 필로폰을 제조하는 일 따위는 하지 않았다. 하지만 모두들 경찰에게 비난의 화살을 돌리고 싶어했다―마치 사회가 무너져내리는 걸 경찰이 막을 수 있다는 듯이. 사람들은 경찰이 좀더 적극적으로 행동해야 한다고 말했다. 자기 아이들이 차를 훔치다 경찰에게 잡혀 팔을 좀 심하게 비틀린다거나 하는 일 따위를 당하기 전까지는 말이다. 그런 일이 일어나면 경찰은 괴물이 된다. 시민권을 침범하는 자가 된다. 사람들은 쉬운 답을 원하지만 세상에 그런 건 없다. 아이들이 계속 학교에 붙어 있게 하란 말이야. 바이오메디컬 회사가 이 마을에 들어서길 기대하라고.

그리고, 즐길 수 있는 걸 즐기는 거다. 해리스는 식사를 차렸고, 털북숭이에게 사료 두 컵을 주었다. 털북숭이는 스테이크와 조미한 감자요리가 담긴 접시를 무릎에 올린 해리스를 간절한 눈으로 쳐다보았다. 해리스는 어깨를 으쓱해 보이고 먹기 시작했다.

이따가 벽난로 불을 피우고 즐길 시간이 있을 것이고, 책을 마저 읽을 수도 있을 것이다. 제임스 패터슨의 책. 빌리 포 일은 잊을 것이다.

"이리 올라와, 바보야."

털북숭이가 의자에 올라와 해리스 옆에 앉았다. 녀석은 이제 스테이크를 조금 먹게 될 거라는 사실을 알았다.

이튿날 아침 해리스가 사무실로 가보니 벌써 메시지가 몇 개 와 있었다. 검사가 남긴 메시지에는 중요한 내용이 담겨 있었다. 살인 현장에 있었다고 주장하는 목격자가 나타났다는 것이다. 목격자는 풋볼 선수를 지목하며 이름을 기억하지는 못하지만 얼굴을 보면 확실히 알 수 있을 거라고 말했다. 검사는 누군가 떠오르는 사람이 없느냐고 물었다.

검사에게 전화했지만 검사는 자리를 비우고 없었다. 해리스는 의자에 앉아 관자놀이를 문질렀다. 현장에서 재킷을 숨기는 작은 위험을 감수했지만 아무 쓸모가 없었다. 재킷은 여전히 거기 있을 것이지만, 이제 그런 건 아무 상관이 없었다. 머리 클라크—목격자의 이름이었다. 해리스는 컴퓨터에서 그의 기록을 찾아보았다. 1981년 음주운전, 1983년 또 음주운전, 1987년 풍기문란으로 체포. 그뒤로는 아무 기록이 없었다. 해리스는 뻣뻣한 목덜미를 주물렀다. 전과가 있지만 마음을 고쳐먹은 듯한 인물. 증인석에서 신뢰성을 문제삼기에는 부족했다. 해리스는 컴퓨터 모니터를 껐다. 더는 이 문제를 생각하고 싶지 않았다. 계속 생각하면 속이 뒤집어질 것 같았다.

사무실이 덥게 느껴졌다. 해리스는 창문을 모두 열고 커다란 가죽 의자에 앉아 다리를 흔들며 강을 바라보았다. 그는 시가를 피울 자격이 있었다. 머리가 맑아질 것이다. 담배 상자가 곁에 있었다. 환기가 잘되고 있었다. 담배를 피운다고 누군가 불편할 일은 없을 것이다. 해리스는 피우고 싶은 시가를 골라 불을 붙인 다음 의자에 더 깊숙이 기대앉아 음미했다. 위스키 한 잔을 곁들이면 딱 좋을 텐데. 너무 많은 걸 바라고 있군, 해리스는 생각했다.

해리스의 사무실은 괜찮았다. 거의 클럽 회원용 방 같은 느낌이었다. 모두가 새로 입주한 이 건물을 싫어했고, 해리스는 그 심정을 충분히 이해했다. 콘크리트 건물에 형광등 조명, 하지만 시에서 유지할 수 있는 건 이 정도 수준이었다. 예전 건물은 유지비만 일년에 수십만 달러가 들었다. 물론 그 건물이 예술작품이기는 했다. 탑, 박공, 나무 벽널, 높은 천장, 탁 트인 실내. 누군가 일을 하고 있다는 느낌이 드는 건물이었다. 모든 사람들이 이야기하듯, 이 새로운 건물은 꼭 차고 같았다.

해리스는 입안에서 담배 연기를 굴렸다. 그레이스를 생각하며 책상에 올린 자신의 가느다란 다리와 굽이 닳은 부츠를 바라보았고, 이어서 다시 한번 사무실을 둘러보았다. 해리스는 예전 건물에서 몇 가지 물건을 가져왔다. 커다란 떡갈나무 책상과 책상 위의 램프, 가죽 가구와 인상파 화가들의 작품 몇 점. 짐배를 삿대로 저어 몬강 상류로 가는 사람들이나 제강소 위로 오렌지빛이 이글거리는 밤하늘 따위의 옛날 밸리 모습을 그린 그림이었다. 사무실에는 그가 메인에서 잡은 사슴과 엘크와 무스의 머리도 있었다. 사슴 가운데 한 마리는 박제사가 박제하길 주저할 정도로 어린 놈이었다. 하지만 해리스는 그 사슴을 깊은 숲에서 끌고 왔다. 사냥 시즌의 마지막날에 6킬로미터를 걸어서 그 사슴을 잡았고, 놈을 들고 다시 6킬로미터를 걸어왔다. 벽에 있는 다른 박제품들에도 비슷한 이야기가 얽혀 있었다. 그것들 모두 트로피라 할 만한 것은 아니었지만, 해리스가 떠올리기 좋아하던 시절을, 그뒤의 상황에 비추어 너무 과하게 좋았던 시절로 밝혀진 그때를 생각나게 해주었다.

빌리 포에 대해 말하자면, 해리스는 이런 일을 백만 번쯤 겪었다. 작은 마을에서 경찰로 일한다는 것의 단점은 자기가 체포하는 사람들이 누구인지, 그들의 어머니가 누구인지 안다는 것이었다. 이번 경우엔, 체포한 자의 어머니와 같이 자기까지 했다. 물론 그보다 좀더 깊은 관계이기는 했지만 말이다. 언제나처럼 처리해야 할 서류 작업이 산더미였지만 해리스는 조금 더 강을 바라보기로 했다. 이십 분 정도 앉아서 하늘이 바뀌고 강이 흐르는 모습을 보았다. 그것은 인간이 바라보기 전부터 그곳에 있었고, 인간이 모두 사라지고 오랜 시간이 지난 뒤에도 여전히 있을 것이다. 머릿속을 정리하기에 좋은 방법이었다. 인간이 할 수 있는 건 아무것도 없어. 인간의 가장 추악한 면조차 뭔가 문제가 될 정도로 오래 존재하지 못할 거야. 산이나 강만 봐도 그걸 알 수 있지. 우리가 아무리 산과 강을 더럽히고 나무를 잘라내도 결국 산과 강은 스스로 치유해. 심지어 나무조차 인간보다 오래 살아. 돌은 지구의 최후까지 살아남을 거고. 난 가끔 그걸 잊어버리곤 해. 인간의 추함을 개인적인 것으로 받아들인단 말이야. 하지만 만물이 그러하듯 그것 역시 일시적인 거야.

시가를 피우기 시작한 지 몇 분밖에 지나지 않았지만, 해리스는 메모지에 적어둔 해야 할 일의 목록과 머릿속으로 생각해둔 목록 모두를 훑기 시작했다. 해리스는 빌리 포에 대해 완전히 잊었다. 그애 때문에 머리가 지끈거렸지만 이제는 더 떠올리지 않게 될 참이었다. 그레이스가 안됐다는 생각이 들었지만 단지 그뿐이었다.

그런데 왜 다시 머리가 아파오는 걸까? 십팔 개월 뒤면 해리스는 정년퇴직을 할 수 있었다. 늘 정년이 되면 퇴직을 할 거라고 생각해 왔으나 막상 그 시기가 가까워오자 자신이 정말로 무엇을 원하는지 알 수 없었다. 그는 매일 출근하는 것이 좋았다. 자신의 일이 좋았다. 일주일에 하루이틀 정도 더 쉬는 건 좋았지만 이레 내내 쉬는 건 지옥이었다. 그렇다고 모든 시간을 사냥으로 보낼 수도 없었다. 돌연 해리스는 오두막으로 이사한 게 얼마나 큰 실수였는지 깨달았다. 일단 은퇴하고 나면 그는 완벽히 혼자가 될 것이다. 스티브 호, 딕 낸스, 돌리 와그너, 그리고 시의회에서 일하는 수 피어슨, 돈 컨코, 심지어 밀러와 보르코프스키까지. 그들이 해리스에게는 가족처럼 가장 가까운 사람들이었다. 모든 것이, 이 모든 것이 실수 같았다. 그리고 그 실수를 저지른 이는 해리스 자신이었다.

해리스는 재빨리 일어나 가방이 놓인 곳으로 갔다. 자낙스 병을 흔들어 알약 하나를 꺼냈으나 먹지는 않았다. 그는 다시 알약을 병에 넣고 윗몸일으키기와 팔굽혀펴기를 각각 3세트씩 했다. 건강한 몸에 건강한 정신이라잖아. 해리스는 자기 관리를 잘하는 편이었다. 사실 그는 저축이 충분했기 때문에 은퇴하고 조 루이스 같은 꼴이 되지는 않을 터였다. 조 루이스는 모네센시의 경찰서장이었지만 은퇴한 뒤에는 학교 경비원으로 일해야 했다. 그리고 해리스가 스스로에게 끊임없이 주지시켰듯, 그는 일을 잘했다. 자기가 한 일에 자부심을 느껴도 되었다. 비록 가장 가난한 곳에 들기는 해도 뷰얼은 여전히 밸리에선 좀더 살기 좋은 마을 중 하나였다. 아이들이 스프레이로 벽에 낙서를 하는 경우도 그리 많지 않았고, 마약 거래도 공공연히 이루어지진 않았다. 하지만 시간문제일 뿐이었다. 몇 주 전 젊은 여자 시체가 발견되었는데 그린 카운티에 사는 여자였고 몸은 필로폰에 절어 있었다. 그녀가 뷰얼에서 뭘 하고 있었는지 아는 사람은 아무도 없었다. 올해 페이엣 카운티에서 발견된 시체는 여섯 구가 더 있었고, 그중 절반은 아무런 단서도 없었다. 신문에서 이 문제를 지적했고, 새로 부임한 지방검사는 수세에 몰렸다. 그리고 마지막 두 구는 내 관할에서 발견되었지, 해리스는 생각했다. 어서 이 문제를 해결해야 했다.

노크 소리에 해리스가 문을 열어보니 호가 불룩한 배를 내밀고 문 앞에 서 있었다. 호는 기묘할 정도로 손과 발이 작았다. 호의 부모는 홍콩 출신이었고, 벨 버넌 북쪽에서 '차이니스 뷔페'를 운영했다. 호가 해리스를 밀고 사무실로 들어와 코를 킁킁거리더니, 재떨이에서 시가를 찾아내 집어들고 열린 창문 밖으로 던졌다.

해리스가 인상을 썼다. 7달러짜리 시가였다.

"이제 겨우 아침 열시입니다." 호가 말했다.

"난 어른이야." 해리스가 말했다.

호는 어깨를 으쓱해 보였다. "민원이 들어올 겁니다. 지난밤 스패로스 포인트 아파트에서 소음 규제 위반 사항을 적발했고, 제 카빈총으로 해결을 봤습니다. 열두 발이었습니다."

해리스는 눈을 끔벅거리고 마침내 생각했다. 아니야, 만약 심각한 상황이었다면 벌써 보고가 들어왔을 거야. 어쨌든 해리스는 다른 생각을 할 수 있어서 기뻤다. 해리스의 관할에서 일어나는 사건의 상당수가 마을 가장자리, 주택도시개발부 소유의 아파트인 스패로스 포인트에서 일어났다.

"그냥 핏불이었습니다." 호가 계속했다. "키가 작고 얼굴 전체에 문신을 한 대머리 기억나시죠? 놈이 일부러 자기 개가 저를 쫓아오게 했습니다. 제가 깜짝 놀라서 자동차 위로 뛰어오르거나 뭐 그러리라고 기대한 모양입니다. 중국인이라고 얕잡아본 거죠."

"개 말고 또 쏜 게 있나?"

"천만에요. 하지만 거기 모인 놈들이 꼴값 떠는 걸 보셨어야 하는데 말입니다. 차 뒤를 쫓아오며 욕을 해대더라고요. 비디오로 녹화를 해놨어야 하는 건데."

"소음 규제 위반 신고에 왜 라이플을 들고 간 거지?"

"일고여덟 명 정도가 모여 있었습니다. 그럼 제가 빌어먹을 어떻게 했어야 하죠?"

"우리가 보험으로 얼마나 내는지 알잖나."

"보험 따위는 엿이나 먹으라죠." 호가 말했다. "충격과 공포 요법을 쓰라면서요? 그 새끼들은 뒤쪽 건물에서 필로폰을 제조해요. 빌어먹을 환경 파괴범들이란 말입니다."

"시민을 괴롭히지는 않아. 놈들이 만들지 않아도 살 사람은 다 사게 되어 있고."

"또 그 자유정치 이야기시군요."

"자유의지론이겠지."

"그게 그거죠." 호가 투덜거렸다.

"그 라이플을 계속 가지고 다니고 싶으면 입조심을 하는 게 좋을 거야."

"네, 서장님."

"아직 서류 작업은 안 했나?"

"그전에 먼저 여쭤보고 싶었습니다."

해리스는 관자놀이를 문질렀다. 어찌되었든 호가 자동소총으로 개를 줬다는 기록은 남지 않는 게 좋았다. 하지만 만약 민원이 접수된다면…… "생각을 좀 해보겠네. 그건 그렇고, 열한시 정도에 데어리 퀸에 가서 빌리 포가 먹을 만한 걸 좀 사다주겠나?"

"그 자식, 완전 좆됐더군요. 안 그렇습니까? 카르자노가 확보한 증인에 대해 들었습니다."

"두고 봐야지."

"죄송합니다. 서장님. 전에 말씀드렸던 것처럼, 세실 스몰이 여전히 지방검사였으면 좋았을 텐데 말입니다."

"됐네. 이제 일을 해야겠어." 해리스가 가볍게 손을 흔들었고, 호는 사무실에 해리스를 남겨두고 밖으로 나갔다.

호의 말이 맞았다. 세실 스몰은 해리스가 경찰 생활을 한 것보다 더 오랜 기간 동안 페이엣 카운티의 지방검사였고, 작년 선거 때 해리스에게 와서 도움을 청했다. 해리스는 돕지 않았고, 세실 스몰은 열네 표 차이로 선거에서 졌다. 세실 스몰이 지방검사였다면 이런 일은 덮어줄 수 있었다. 사실 빌리 포가 폭행죄로 기소되는 걸 막아주었던 것 역시 세실 스몰이었다. 하지만 해리스는 세실 스몰을 좋아한 적이 한 번도 없었다. 그는 자기가 하느님이라도 된 듯 행세하는 걸 좀 과하게 좋아했다. 일흔 살 먹은 노인이 사람들을 가둘 수 있다고 뻐기는 건 고상하지 못했다. 그는 재판에서 이길 때마다 사람들이 자기에게 술을 사길 기대했다. 마치 선과 악의 싸움에서 자신이 승패를 결정할 수 있다는 듯이. 세실 스몰은 삼십년 동안 페이엣 카운티의 황제로 군림했지만, 바로 그런 행동이 그의 발목을 잡았다. 유권자들이 그에게 질려버린 것이다. 새로운 지방검사는 겨우 스물여덟 살이었다. 해리스는 그에게 투표하고 세실 스몰을 위해 전화를 돌리지 않음으로써 그가 새로운 지방검사가 되는 데 한몫했다. 새 지방검사는 자기 능력을 입증할 필요가 있었고, 마침 그때 그의 발에 걸린 게 이번 사건이었다. 양심에 따라 투표한 결과였다.

해리스는 호가 이 일을, 자신이 그레이스의 아들을 감싸는 것을 어떻게 생각할지 궁금했다. 아마 당연하게 받아들일 확률이 컸다. 호는 아주 현실적인 인물이었다. 자신이 세상을 바꿀 수 있다고 생각하지 않았다. 그는 신세대였고, 어디를 가든 땅딸막한 라이플을 가지고 다녔고, 마치 전쟁터를 다니는 듯 챙겨 입었다. 반면 해리스는 방탄조끼를 입은 적이 거의 없었고, 와이오밍을 여행할 때 산 카우보이 부츠가 그의 '근무용 신발'이었다—누군가를 쫓아야 할 때를 생각한다면 좋은 선택이 아니었다. 호가 옳았다. 만약 뭔가 잘못된다면 주 경찰에서 지원이 나오기까지 적어도 삼십 분은 걸렸다. 이제 상황은 달라지고 있었다. 요즘 아이들은 다들 마약을 했고 자기들이 직접 약을 만들었으며 무슨 짓을 저지를지 짐작할 수 없었다. 아니야, 그런 생각을 하는 것 자체가 문제야. 해리스는 생각했다. 그런 말을 하기 전에 서로 처지를 바꿔놓고 생각해봐. 해리스는 고개를 저었다. 나이든 사람들이 젊은이들을 마음에 들어하지 않는 건 시대를 막론하고 같은 듯했다. 젊은이와 나이든 자의 본질. 자기 없이 세상이 바뀌는 걸 보는 게 고통스러운 것이다.

하지만 호가 그런 상황을 처리할 때 무장하기를 고집하는 걸 탓할 수는 없었다. 호가 아직 그만두지 않고 남아 있는 게 해리스가 이 일을 재미있게 만들어주고 호가 원하는 대로 하게 해주기 때문인 것은 말할 필요도 없었다. 정부는 군에서 낡은 M16을 모두 없애면서 그걸 경찰서에 넘겼다. 배송료만 부담하면 공짜로 받을 수 있었다. 해리스는 열 자루를 받았다. 쌍안경, 야간조준경, 폭동 진압용 방패와 낡은 방탄조끼도 받았고, 전부 공짜였다. 그들에게는 이제 경찰관의 수보다 더 많은 무기가 있었고, 해리스가 해군으로 베트남에서 복무했을 때보다 더 많은 장비들을 가지고 다녔다. 모든 게 호 때문이었다. 호는 개인 시간을 몇 주나 들여 서류 작업을 하고, 라이플을 개조해 25센티미터짜리 총신과 홀로그래픽 조준경을 다는 데 사비 수천 달러를 썼다. 당장은 자기 부모 집 지하실에서 부업으로 총을 개조하며 사는 것에 만족했지만, 언젠가는 새로운 길을 찾아갈 터였다. 해리스가 그를 지겹게 만든다면 그 시기는 좀더 빨리 올지도 몰랐다. 호가 그리울 것이다. 해리스는 또 너무 이른 걱정을 하고 있었다. 호는 아직 떠나지 않았다.

해리스는 자기가 뭘 하려고 했는지 기억하려 애썼고, 그러다 다시 빌리 포 생각이 났으며, 이 일이 그레이스에게 어떤 영향을 미칠까 하는 생각이 들었다. 해리스는 호가 말한 죽은 개의 주인이 누구인지 간신히 떠올렸다. 웨스트버지니아에서 얼마 전에 친척이 있는 이곳으로 이사온 별 볼 일 없는 약쟁이였다. 해리스는 그자를 찾아가봐야 하나 생각했다. 하지만 자기 개가 총에 맞아 죽는 걸 본 것으로 충분할 듯했다.

한 시간 정도 밀린 서류 작업을 한 해리스는 더는 참을 수 없다는 결론을 내렸다. 그는 독방으로 가서 빌리 포를 꺼내주었다. 빌리는 풀이 죽어 보였다. 좋은 신호였다.

"내 사무실로 가서 이야기하자." 해리스가 말했다.

빌리 포는 해리스를 따라 사무실로 갔고, 해리스가 의자에 앉으라고 손짓할 때까지 공손히 서 있었다. 그 모습을 본 해리스는 이 아이가 전에도 이런 상황에 많이 처해본 모양이라고, 교장실에 불려가 훈계를 들은 적이 많은 모양이라고 생각했다. 포는 바로 이 사무실에 불려와 훈계를 들은 적이 있었다. 해리스는 지난번에 무슨 말을 했었는지 떠올리려 애썼다. 했던 말을 또 하기는 싫었다. 듣는 쪽은 모든 걸 기억하고 있으니까.

"네가 경기하는 거 봤다." 해리스가 말했다.

빌리 포는 아무 말도 하지 않았다. 그저 바닥만 보고 있었다.

"특기생으로 대학에 갔어야지."

"학교가 싫었어요."

"현명한 생각이라는 말은 못하겠구나. 다른 사람들은 네게 듣기 좋은 말을 하거나 아예 아무 말도 하지 않았겠지. 하지만 나는 그러지 않을 거야. 학교에 가지 않은 건 네가 저지른 일 가운데 가장 멍청한 짓이야."

포는 고개를 저었다. "사람은 한곳에서 안정되게 자랄 수 있어야 하고, 열여덟이 넘었다고 자기가 자란 곳을 떠날 필요는 없다고 생각합니다."

해리스는 한발 물러서주었다. "동의할 수도, 안 할 수도 있는 주장이구나. 하지만 어느 쪽이든 간에 바뀌는 건 아무것도 없어."

"콜게이트의 코치에게 전화를 할 겁니다."

호가 노크를 했고 해리스가 들어오라고 말했다. 호는 데어리 퀸에서 산 음식이 담긴 상자를 들고 들어왔고, 해리스는 그걸 받아서 안에 든 햄버거와 프렌치프라이, 밀크셰이크를 포 앞에 차렸다. 음식에서 김이 모락모락 났다.

"바닐라 밀크셰이크 먹겠니?" 해리스가 말했다.

"아뇨, 괜찮습니다."

"괜찮으니 먹어라."

"먹을 수 없어요. 그걸 먹으면 배탈이 납니다."

해리스와 호는 서로를 쳐다본 뒤 빌리 포를 바라보았다.

"제가 어젯밤에 갖다준 음식도 먹지 않았더군요." 호가 말했다.

"이건 화학조미료예요. 신선하지 않아요."

"유치장에 갇힌 사람에게 무슨 음식을 줄 거라고 기대했어? 유기농 음식?" 호가 말했다.

해리스는 싱긋 웃어 보이고는 호에게 손짓해 나가라고 한 뒤, 책상을 사이에 두고 빌리 포와 마주앉았다. 해리스는 아이를 조금 더 밀어붙이기로 결심했다. "직장도 없지, 내세울 만한 기술도 없고 차도 없어, 고장나서 움직이지 않는 그 차를 빼면 말이다. 여자들을 곤경에 빠뜨리기 십상이지. 이미 그러지 않았다면 말이다. 그리고 넌 지금 살인 혐의로 기소되기 직전이야. 진짜로 기소되기 직전이다." 해리스가 엄지와 검지를 아주 살짝 떼어 보였다. "그러니 대학 풋볼 코치가 널 기억하는지 아닌지는 지금 상황에서 네가 걱정할 거리가 전혀 아니야."

포는 아무 말도 하지 않았다. 그는 프렌치프라이를 조금씩 먹기 시작했다.

"그 남자에 대해 말해봐." 해리스가 말했다.

"아무것도 몰라요."

"난 거기서 널 봤어, 윌리엄. 범죄 현장에 돌아오는 모습을……" 해리스는 하마터면 재킷에 대해 이야기할 뻔했으나 간신히 참았다. "내가 그때 바로 널 체포하지 않은 유일한 이유는 네 어머니 때문이었다. 너 같은 아이들 상당수가 마을을 떠나지만, 난 떠나지 않고 남은 아이들에게 무슨 일이 일어났는지 오랫동안 봐왔다."

"떠나는 게 그렇게 좋다면 왜 서장님은 여기 남아 계시는 거죠?"

"나는 늙었다. 내겐 보트와 보트 정박지가 있고 산꼭대기에 오두막이 있지."

"그럴싸한 핑계네요."

해리스는 넓은 떡갈나무 책상을 뒤져서 마닐라 봉투를 꺼내고, 거기서 디지털 사진 몇 장을 꺼냈다. 그는 포에게 사진을 건넸다. 포가 사진을 떨어뜨리는 동작에서, 해리스는 포가 사진 속의 인물을 안다는 걸 눈치챘다.

"오토 카슨, 그자의 이름이다. 네가 아는지 모르겠지만, 유니언타운의 지방검사는 갓 부임했어. 쓰레기통에서 발견된 여자 시체에 대한 단서가 하나도 없어서 곤란한 상황이었는데 네가 그자 무릎에 이 사건을 얹어준 셈이야. 주 경찰에서는 나보고 네 신발을 압수하라고 하고 있어."

포는 자기 운동화를 내려다보았다.

"근데 말이다, 빌리. 이제 고인이 된 카슨 씨께서는 사실 인간쓰레기였어. 온갖 범죄로 감옥에 들락거렸고, 정신병원에도 입원했었지. 폭력으로 영장이 두 번 발부되어 수배중이었고. 한 번은 볼티모어에서, 한 번은 필라델피아에서. 살아 있었다면 조만간 누군가를 죽였을 거야. 아니 이미 그랬을 확률이 크지."

"무슨 말씀을 하고 싶으신 거죠?" 포가 말했다.

"만약 네가 내게 왔다면, 바로 내게 왔다면, 정당방위라고 주장하기가 아주 수월했을 거야. 아니면 그냥 적당히 처리할 수도 있었을 거고. 하지만 넌 그러지 않았지. 대신 도망쳤어. 그리고 이제 그 기계 공장에서 네가 자기 친구를 죽였다고 주장하는 자가 나타났어."

해리스는 햇빛을 받으며 의자에 등을 기댔다. 평소에 해리스는 지금과 같은 상황에 처한 사람들 보는 것을 좋아했다. 죄책감에 빠진 얼굴에 나타나는 사소한 경련 같은 것. 하지만 지금은 빌리 포를 보고 싶지 않았다. "커피 마시겠니?" 해리스가 말했다.

포가 고개를 저었다.

해리스는 포가 무슨 말이나 행동을 하기를 기다렸지만, 포는 아무것도 하지 않았다. 해리스는 일어나서 창가로 걸어가 밸리를 바라보았다. "내 생각에 그 기계 공장에는 다섯 명이 있었다. 너, 네 친구, 아마도 아이작 잉글리시겠지, 그리고 카슨, 카슨의 동료 둘……"

"그럼 왜 아이작은 체포하지 않으셨죠?"

"아이작 잉글리시는 용의자가 아니야. 지방검사가 아이작을 모르니까. 하지만 만약 그가 아이작에 대해 더 알게 된다면 그건 오히려 네게 불리하게 작용할 거야."

"아까도 말했지만, 전 아무것도 몰라요." 포가 말했다.

해리스가 고개를 끄덕였다. 그는 착한 경찰 역을 하기로 마음먹었다. "넌 올바른 일을 했어, 빌리. 무슨 일이 있었는지, 그 공장에 너와 함께 있던 사람이 누구였는지 내게 말해야 해. 그래야 재판에서 정당방위로 몰고 갈 수 있다. 그러지 않고 배심원 눈에 단지 네가 살인을 저지른 다음 도망친 걸로 보인다면, 제아무리 착해빠진 배심원이라도 널 사형시키라고 할 거야."

"그자의 친구가 제 목에 칼을 댔고 죽은 자는 그 칼로 제 목을 그
으려고 다가오고 있었어요." 포가 말했다.

"좋아."

포가 해리스를 바라보았다.

"멈추지 말고 얘기해봐."

"어두웠어요. 다른 사람들 얼굴은 볼 수 없었어요."

"아닐 텐데."

"제가 죽이지 않았어요."

"빌리, 내가 다시 범죄 현장으로 가는 널 잡았다." 이번에도 해
리스는 재킷에 대해 말하고 싶은 것을 참았다. "사방에서 네 발자
국을 발견했어. 아디다스 14호. 이 지역에 그 신발을 신는 사람이
얼마나 될 거 같으냐?" 해리스는 책상 밑으로 포의 발을 힐긋 보고
계속 말했다. "아마 파란색 신발을 신고 있었을 거야, 그렇지?"

포는 어깨를 으쓱해 보였다.

"운이 좋으면 이번 사건으로 감옥에서 쉰 살까지 살게 될 거다.
운이 없다면 곧바로 사형실에서 독극물 주사를 맞게 될 거고."

"그러든가 말든가요."

"빌리, 너와 난 진실을, 가장 중요한 사실을 알아. 이 남자가 자
기 선택에 의해 죽음을 맞이했다는 사실 말이야. 모든 면에서 볼
때, 이 남자의 죽음에서 네가 담당한 부분은 무의미할 만큼 아주
사소하지. 하지만 이제 네가 날 도와야 해."

"전 그자들 얼굴을 보지 못했어요."

해리스는 고개를 젓고 포에게 일어서라고 손짓했다.

"이제 구속되나요?"

"네 어머니를 봐서 오늘밤엔 집에 돌려보내주마. 가서 잘 생각해보거라. 내일 주 경찰이 가기 전에 널 데리러 가마. 그 신발 없애는 거 잊지 말고. 신발 상자나 영수증을 아직 가지고 있다면 그것도 태우고. 그리고 딴마음 먹지 마라. 만약 도망친다면 감옥에 가게 될 테니."

"알겠어요. 집에 있을게요." 포가 말했다.

"그 증인이라는 자는 자기가 모든 걸 봤다고 주장해. 그자에 대해 좀 이야기해봐라."

"집에 가야 해요. 생각할 시간을 주세요."

"보내주면 도망갈 생각이냐?"

"아무데도 안 가요."

문제될 거 없지, 해리스는 생각했다. 그러나 곧 다시 생각했다. 이 일을 허술하게 다루면 안 돼. 하지만 어차피 검찰은 빌리 포를 잡아둘 근거가 없었다. 아니, 적어도 지방검사가 알고 있는 근거는 없었다.

"주 경찰에서 영장을 발부하기까지 하루, 어쩌면 이틀 정도 시간이 있을 거다. 내일 아침에 너희 집으로 가마. 어디 가지 말고 꼭 집에 있어라."

빌리 포가 고개를 끄덕였다.

그래, 해리스는 경찰서 문까지 빌리 포를 데려가며 생각했다. 방금 나는 내 인생을 정말 흥미진진하게 만든 거야.

5. 리

아이작이 집을 나간 지 이틀이 다 되어갔다. 그뒤 리가 계속해서 포의 휴대전화로 전화를 걸었지만 그때마다 서비스가 중단되어 사용할 수 없다는 음성만 들려왔다. 이번에도 전화 요금을 내지 못한 모양이었다. 포의 그런 행동들—청구서 제때 처리하지 않기, 다 부서져가는 낡은 차 몰기—이 한때는 반항적이고 멋지다고 생각했지만, 이제는 유치하고 실망스럽게 느껴졌다. 그녀는 동생을 찾아야 했다. 대체 어떤 인간이 전화 요금도 제때 안 낸단 말인가? 그러고 나서 리는 생각했다. 낼 돈이 없는 사람이 그러겠지. 어쨌든 그녀는 포에게 화가 났다. 자기 자신에게 화가 났다. 리는 식탁에 머리를 대고 천천히 열까지 셌다. 그리고 일어나서 아버지를 찾았다. 아버지는 샤를로이의 병원에서 열시에 진료 예약이 되어 있었고, 이제 나가야 할 시간이었다.

그들은 뷰얼에서 강을 따라 북쪽으로 향했다. 아버지는 핸드 컨트롤 장치*가 있는 포드 템포를 운전해 좁은 길을 너무 빠르게 달렸다. 하지만 리는 곧 밸리의 아름다움에 넋을 잃었다. 강에서 가파르게 솟아오르는 건너편 강둑에는 나무와 덩굴과 깎아지른 듯한 적갈색 바위들이 빽빽이 들어서 있었고, 모든 곳이 강렬한 녹색으로 가득한 가운데 강물 쪽으로 뻗어나온 나뭇가지들이 빛을 받아 반짝였으며, 나무 그늘 아래에는 작은 흰색 보트 하나가 묶여 있었다.

더 멀리 언덕 비탈을 따라 길게 뻗은 석탄 활송 장치가 리의 시야에 들어왔다. 금속 지지대에 받쳐진 활송 장치가 도로 위로 높이 지나갔고, 녹슬고 구멍난 바닥을 통해 하늘이 보였다. 그리고 금속 현수교가 강을 가로질렀다. 활송 장치 양쪽은 봉해져 있었고 구조물은 전체적으로 녹이 슬고 구멍이 뚫려서, 이제는 버려진 거대한 담청색 제강소 부속 공장에 발진이라도 난 것처럼 보였다. 공장 굴뚝은 모두 적갈색 줄무늬로 얼룩져 있었고, 문은 너무나 오랫동안 사슬에 감긴 채 닫혀 있었다. 리가 살아 있는 동안 단 한 번도 열린 적이 없었다. 결국 녹덩어리였다. 그게 바로 이곳을 정의하는 단어였다. 멋진 관찰이었다. 아마 그녀는 공장을 그렇게 여기는 극소수의 사람 중 한 명일 터였다.

리 옆에 앉은 아버지 헨리는 리가 기억하는 그 어느 때보다도 더 흡족해하고 있었다. 헨리는 리가 결혼했다는 사실이 기뻤다. 서른이 넘어서야 결혼을 한 리의 어머니, 자신을 만나기 전에 다른 남자와 약혼을 했던 리의 어머니와는 다르다는 사실에 위안을 받았다. 리는 헨리가 사이먼과 절대 친해질 수 없다는 것을 잘 알았다.

---

*손으로 자동차의 제동과 가속을 조절할 수 있게 해주는 장치.

사이먼 같은 사람을 이해하는 것조차 헨리에겐 불가능한 일이었다. 둘은 한 번도 만난 적이 없었다. 리는 늘 이런저런 핑계를 댔고, 결혼식도 시청에서 눈 깜짝할 사이에 치르고 끝냈다. 리는 사이먼이 그 이유를 이해할까 궁금했다. 물론 사이먼은 그 일로 불만을 표하지 않았다. 그러나 헨리는 리가 핑계를 댄다는 사실을 알았고, 왜 그런 핑계를 대는지도 알았지만, 그저 이렇게 말할 뿐이었다. 언젠가 만나게 되겠지. 헨리는 늘 리에게 일종의 경외심을 보였다. 그가 리의 어머니에게 보였던 바로 그 경외심이었다. 아이작에 대한 경멸에 균형을 맞추기 위해 그에게 필요한 감정이었다. 헨리는 그 정도 그릇밖에 안 되는 사람이었다.

리의 아버지는 아이작이 훔쳐간 돈에 대해 며칠 동안 아무 말도 하지 않았고, 아이작이 두번째로 집을 나간 것에 대해서도 곧 돌아올 거야, 라고만 했다. 그 말을 듣자 리는 어쩐지 아이작이 당분간, 혹은 영원히 돌아오지 않으리라는 예감이 들었다.

*

리는 햇살을 받으며 샤를로이 병원 밖에서 기다렸다. 해가 언덕 높이 떠서 마을을 내려다보았고, 강 건너에는 거대한 공동묘지가 언덕 비탈 전체를 차지한 채 리의 시선이 미치는 곳까지 뻗어 있었다. 공동묘지는 마을 전체보다 커 보였다. 리의 가슴속에 죄책감이 밀려왔다.

하지만 아이작은 자기 의지로 이곳에 남았던 거였다. 리가 생각할 수 있는 이유는 그것뿐이었다. 아이작이 뉴헤이븐에 있는 리를 찾아온 적이 한 번 있었는데 그곳에 있는 동안 아이작은 즐거워했고, 심지어 후원해줄 사람을 만나기도 했다. 리의 전 남자친구인 토드 휴스였다. 토드가 아이작에게 대학 입학 원서 쓰는 것을 도와주겠다고 제안했고, 그뒤로도 대여섯 번 정도 계속 제안했다. 하지만 아이작은 다시 뉴헤이븐에 오라는 리의 초청을 결코 받아들이지 않았고, 마침내 리는 더는 아이작을 부르지 않았다. 아마 그때 방문하면서 지나치게 압박감을 느낀 것 같았다. 리는 미리 대학을 방문한 적이 한 번도 없었다. 그 당시 리는 자기의 판단을 믿을 수 없었고, 자기 판단이 편협하다고 생각했다. 그리고 지금 돌이켜보면 그 생각이 맞았다. 미리 방문하지 않고 명성에 따라 대학을 결정하는 게 더 나았다. 열일곱 살에는 단지 학교 건물이 멋지다는 이유로, 아니면 어떤 교수가 자기에게 웃어줬다거나 그것도 아니면 자기와 가장 친한 친구가 그 학교에 간다는 이유로 대학을 결정하잖아. 감정적으로 결정하지. 그 감정이란 건 제멋대로이고 판단력을 흐리는데다 불안정해. 특히 그 나이 때는 더욱더.

하지만 리는 아이작이 뷰얼에 남기로 선택한 것을 여전히 이해할 수 없었다. 아이작은 아버지를 존경하지 않았다. 헨리가 아이작을 경멸하는 것만큼이나 아이작 역시 헨리를 경멸했다. 그러나 둘 사이엔 리가 이해하지 못하는 계약 관계 같은 것이 존재했고, 아이작은 그것을 깨고 싶지 않은 듯했다. 비록 헨리의 몸이 예전 같지는 않아도 여전히 혼자 장을 볼 수 있고, 핸드 컨트롤을 이용해 운전도 할 수 있고, 요리나 청소, 목욕도 할 수 있었다. 물론 불이 난다거나 하는 경우를 생각하면 헨리 혼자 사는 건 안전하지 않았다. 하지만 몬밸리는 노령화되어가는 마을이었고, 적은 비용으로 도우미를 구하는 것이 어렵지 않았다. 리가 보기에, 만약 아이작이 좋은 대학에 들어갔다면 헨리는 자부심에 겨워 아이작을 놓아줄 수밖에 없었을 것이다. 그러나 아이작은 그렇게 하지 않았다. 어쩌면 아이작은 자기 마음대로 떠나는 게 아니라 아버지가 놓아주기를 원했는지도 몰랐다. 아니면 떠나려는 자신의 의지를 헨리가 존중해줄 때까지 기다렸는지도, 몇 년 동안 헨리의 뒷바라지를 하면 그렇게 될 거라고 생각했는지도 몰랐다. 그랬다면 아이작은 자기 행동이 정반대의 효과를 가져오리라는 사실을 몰랐던 것이다. 남자, 특히 헨리 같은 남자가 자신의 무력감을 증폭시키는 사람을 존중하기란 어려운 법이었다. 결국 아이작은 그 사실을 깨달았고, 너무나 절박해졌기 때문에 헨리의 돈을 훔친 것이다. 헨리가 비상금이라 부른 그것은, 은행이 망하거나 나라가 망할지도 모른다는 걱정을 달래기 위해 감춰둔 돈이었다. 그리고 이제……

리는 보도 연석에 앉아 스커트 주름을 편 뒤 다시 밸리를 내려다보았다. 비록 아스팔트 포장이 된 주차장에 앉아 있었지만, 봄이 되어 그녀 주위의 모든 나무에서 새순이 돋고 있었고 경치가 아주 좋았다. 사실 밸리에서 경치가 좋지 않은 곳은 거의 없었다. 그건 언제나 사실이었다. 심지어 용광로가 가동될 때도 그랬다. 지형은 흥미로웠고, 아주 푸르렀으며, 사방에 있는 언덕 비탈에 테라스처럼 들어선 작은 집들과 강을 따라 몇 군데 펼쳐진 평지에 들어선 용광로들과 공장들은 교과서에 나오는 중세 마을의 그림 같았다. 여기가 사람들이 살고 일하던 곳이야. 경치 안에 모든 삶이 녹아 있었다.

리는 다시 일어섰다. 사실 리는 자기기만에 능했다. 이곳에 머물기로 한 아이작의 결정에 대해 분석하고 말 것도 없었다. 아이작은 리보다 옳고 그름에 대한 기준이 더 엄격했다. 실은 리가 아는 그 누구보다도 그랬다. 아이작이 이곳에 머물렀던 건 아버지를 혼자 두고 떠나는 게 잘못된 일이라고 생각했기 때문이다. 그리고 아이작이 그 생각을 바꾸기까지 오 년이 걸렸다. 오 년. 말이 쉬워 오 년이지. 만약 그 세월을 헨리와 살아야 한다면, 하루, 한 시간, 심지어 몇 분조차 고통이 될 수 있었다. 적어도 아이작에게는 그랬다. 리는 아버지를 떠난 것에 대해 거의 아무런 죄책감도 느끼지 못했다. 세상을 구하기 전에 자신부터 구해야 하는 법이니까. 그리고 아이작은 당시 겨우 열다섯 살이었다. 난 죄책감에 사로잡히지 않을 수 있도록 삶의 방향을 잡았어…… 제발 그만, 리는 생각했다. 마음의 평정을 찾아야 했다.

리는 사이먼에게 전화를 해야 했다. 당연히 이곳은 휴대전화 수신이 불가능한 지역이었다. 오늘밤 집에 가서 전화를 걸 것이다. 사이먼에게 집으로 전화를 걸어달라고 해야 할 터였다. 헨리는 장거리 전화 요금이 나온다고 투덜거리기 때문이다. 리는 지루해졌다. 헨리의 차를 뒤져보았으나 책을 비롯해 읽을 만한 것은 아무것도 없었다. 어쩌면 그게 정상인지도 몰랐다. 하지만 리는 자기 차 좌석 밑에 늘 책이나 잡지 몇 권을 넣어두었다. 차를 지저분하게 쓰는 것의 장점이라고 할 수 있었다. 〈유에스 위클리〉를 읽자고 병원으로 돌아갈 수는 없기에 리는 차 안에 앉아서 피츠버그 공영 라디오방송을 들었다. 얼마 후 장난기가 동해 라디오에 저장된 주파수를 하나씩 눌러보았다. 모두 에이엠 토크쇼였다. 왠지 아주 흡족한 기분이 들었다.

헨리가 진료를 마치고 나오자, 둘은 다시 남쪽을 향해 차를 몰았다. 그들은 뷰얼에 차를 세우고 몇 가지 볼일을 보았다. 은행원과 슈퍼마켓 계산원이 리를 알아보았다. 계산원은 리가 중학교와 고등학교 졸업 연설을 한 사실을 기억했다. 리가 예일대를 졸업한 것도 기억했고, 내셔널 메리트 장학금을 탄 것도 기억했다. 리는 죄책감이 들었다. 그 여자를 전혀 기억할 수 없었기 때문이다. 하지만 리는 싱긋 웃으며 계산원을 알은척했다. 리가 거의 본능적으로 자기 신용카드를 내밀면서 식료품 비용을 계산하려 하자, 헨리는 당황한 기색을 역력히 보이며 휠체어에서 손을 뻗어 리의 카드를 계산원으로부터 빼앗았다. "수표로 계산하지." 헨리가 말했다. 리는 사과를 해야 할지 말아야 할지 알 수 없었다. 가게를 나온 리는 뉴헤이븐에서는 자신에 대해 슈퍼마켓 계산원만큼 잘 아는 사람이 아마 손가락으로 헤아릴 만큼밖에 없을 거라고 생각했다.

　주차장에서 몇 명이 걸음을 멈추고 헨리와 이야기를 했지만 리는 그 가운데 상당수가 단지 자기에게 인사하기 위해 걸음을 멈췄다는 걸 알았다. 그녀는 은퇴한 사람들이 얼마나 많은지 깨달았다. 밸리의 인구는 점점 더, 아주 나이든 사람과 아주 어린 사람들로 양분되어가는 듯했다. 은퇴한 사람들 아니면 유모차를 밀고 가는 열다섯 살 여자아이들이 전부였고, 그 중간은 없었다. 리가 휠체어를 접어 트렁크에 넣는데, 귀청이 찢어질 듯 커다란 소리가 들리더니 석탄을 실은 기차가 우르릉거리며 천천히 슈퍼마켓 앞에 깔린 철로를 지나갔고, 이어서 반쯤 무너졌지만 아직 우뚝 솟아 있는 제강소를 지났다. 리의 아버지가 이십여 년을 일한 곳이었다. 리는 어머니와 함께 근무 교대 시간에 아버지를 마중나갔던 일을 떠올렸다. 경적이 울리고, 거리는 두툼한 모직 셔츠와 작업복 차림으로

도시락을 들고 일터로 가는 깨끗한 사람들과 대부분 더러운 차림으로 빈 도시락통을 들고 일터에서 나오는 사람들로 붐볐다. 어머니는 몸집이 작고 말이 없었는데도 사람들에게 외경심을 불러일으켰다. 리는 자신의 외모가 어머니와 닮았다는 사실만으로도 자부심을 느꼈고 단 한 번도 다른 사춘기 소녀들처럼 자신감을 잃어본적이 없었다. 그녀는 언제나 어머니와 똑같은 인상을 주었다. 다른 남자들은 공공장소에서 자기 아내를 여기저기 더듬곤 했지만 리의 아버지는 절대 그러는 법이 없었다. 그는 아내에게 정중히 키스를 하고 아내의 작은 손을 잡았다. 아버지는 키가 컸고 피부가 하얗고 코가 오뚝했으며 이마가 넓었다. 잘생기지는 않았지만 이목구비가 시원시원했고, 사람들 사이에 있으면 마을의 자그마한 건물들 사이에 우뚝 선 제강소처럼 당당해 보였다.

집에 도착해서 리는 아버지가 차에서 내리는 것을 도왔다. 하지만 헨리는 차에서 휠체어로 옮겨 앉다가 넘어졌고, 리는 헨리를 붙잡을 수 없었다. 비록 나이들고 몸이 말랐어도 헨리는 여전히 리보다 두 배는 무거웠다. 심각하게 넘어진 건 아니었지만, 집으로 연결된 경사로로 휠체어를 밀고 가면서 리는 자신이 포와 한 짓 때문에 자신에게 화가 났다. 그건 누구에게도 떳떳하지 못한 짓이었다.

*

그날 밤 밖에서 이상한 소리가 났다. 이윽고 두 번, 세 번 그 소리가 들렸고, 리는 그제야 누군가가 문을 두드린다는 사실을 깨달았다. 헨리는 방에서 텔레비전을 보고 있었다. 잠시 리는 그게 아이작일 거라고 생각했지만, 서둘러 문을 열어주러 나가며 아이작이라면 문을 두드릴 리가 없다는 것을 깨달았다. 밖은 어두웠고, 리는 밖을 살폈다. 포가 앞쪽 포치에 서 있었다.

포가 싱긋 웃었으나 리는 그저 희미하게 미소만 지었고, 포는 리가 어딘가 달라졌다는 걸 깨달았다.

리가 문을 열자 포가 처음으로 한 말은 이것이었다. "네 동생과 이야기를 해야 해."

"외투를 가져올게." 리가 포에게 말했다.

리가 밖으로 나와 둘이 함께 리의 아버지가 듣지 못할 거리만큼 진입로를 걸어갈 때까지 그들은 아무 말도 하지 않았다.

"아이작은 어제 아침에 집을 나갔어." 리가 말했다. "네가 떠나고 몇 시간 뒤에. 배낭을 꾸려서 갔어."

리는 포의 얼굴에 어리둥절함이 어렸다가 두려움이 서리고, 곧 지금껏 리가 한 번도 보지 못한 표정, 즉 아무런 감정도 없는 표정으로 바뀌는 것을 보았다.

"포?"

"얘기를 좀 해야겠어." 포가 조용히 말했다. "여기서는 할 수 없어."

리는 안으로 들어가 아버지를 확인했다. 텔레비전 소리가 시끄러웠다.

"파이리츠 대 파드리스 경기다." 아버지가 말했다. "알고 싶다면 말이야."

"포랑 차 타고 잠깐 나갔다 올게요." 리가 말했다.

헨리는 의심스러운 눈으로 리를 보았지만 곧 고개를 끄덕였다.

둘은 강가에 있는 공원으로 차를 몰았다. 마을 경계에 있는 곳이었다. 어두웠고, 모든 것이 웃자라 있었으며, 커다란 진흙밭들이 보였다. 리는 그곳이 잔디밭이었다고 기억했지만 자기 기억을 믿을 수가 없었다. 대학으로 떠나면서부터 리는 이 지역을, 마을의 곳곳이 어땠는지를 잊어버리기 시작했다. 강이 내려다보이는 곳에 벤치가 있었다. 여러 해에 걸쳐 덧칠한 페인트 때문에 울퉁불퉁했다. 둘은 그 벤치에 앉았다.

"아이작이 지난밤에 우리 소리를 들었어." 리가 포에게 말했다.

"뭘 들었는데?"

"전부 다."

포는 아무 말도 하지 않았고, 리는 강물을 바라보았다. 리는 이곳에 여러 번 온 적이 있었다. 전에는 훨씬 멋진 곳이었고, 학생들의 단골 데이트 장소였던 게 기억났다. 리는 첫번째 남자친구인 보비 오츠와 이곳에 와 알몸으로 수영을 했다. 그녀가 물에 둥둥 떠다니며 하늘을 바라보다가 주위를 둘러보니 보비가 사라지고 없었다. 미친듯이 주위를 살펴봐도 그는 보이지 않았다. 그곳에 역류가 있다는 건 모두가 아는 사실이었고, 리는 잠수해서 물밑을 보았으나 소용이 없었다. 너무 어두웠다. 그녀는 사람들이 자기 목소리를 듣는 것 따위는 아랑곳하지 않고 보비의 이름을 외치기 시작했다. 리가 울면서 도움을 요청하기 위해 둑으로 헤엄쳐나갈 때 보비가 물 밖으로 튀어나왔다. 숨을 참고 있었던 것이다. 그날 밤 리는 보비와 잤다. 보비는 열여덟, 리는 열여섯이었고, 리의 첫 경험이었다. 그랬지, 그녀는 생각했다. 하지만 난 그애와 헤어졌어. 적어도 그 일에 대해선 어느 정도 체면을 지켰어.

"내 말 듣고 있어?" 포가 말했다.

"아, 미안."

"나랑 아이작에게 문제가 생겼어. 오늘 경찰서에서 심문을 받았고, 경찰이 내일 나를 체포하러 올 거야."

리는 포를 바라보았다. 말이 안 되었다.

"우리에게 문제가 생겼어." 포가 되풀이했다. "나랑 아이작에게."

"무슨 문제?" 리가 말했다. 자기 목소리가 아니라 다른 누군가가 하는 말을 듣는 것 같았다.

"경찰이 낡은 유개화차 공장 근처에서 발견한 시체 말이야. 신문에 났잖아. 부랑자 시체를 발견했다고."

리는 속이 서늘해지는 느낌이었고, 눈을 감자 온몸이 마비되는 듯했다.

"내가 한 짓이 아니야."

"내 동생은 어디 있어?" 리가 말했다.

"몰라. 하지만 그앤 용의자가 아니야."

"그래도 관련되어 있잖아."

"그래. 그렇다고 할 수 있지."

리는 포를 다그치고 싶었지만 겁이 났다. 뷰얼 전화번호부에 등록된 의료 서비스업체 네 군데를 떠올렸다. 그중 한 곳에 전화해 아버지를 맡기면 내일 오후에는 대리엔으로 돌아갈 수 있었다. 리는 자신이 이곳의 모든 것들을 차단하고 있다고 느꼈다. 포를, 아버지를. 그녀는 사이먼의 집 뒤뜰에 앉아 있는 상상을, 연못 위를 날아다니는 반딧불이를 바라보는 상상을 했다. 그 장면을 배경으로 사이먼의 부모님이 손님들을 접대하고 있는 모습이 보였다. 리의 마음을 무겁게 할 만한 것이 아무것도 없는 곳이었다. "집에 가. 데려다줄게." 리가 포에게 말했다.

"내가 한 게 아니야."

"이건 내가 관여할 수 없는 문제야."

"리, 맹세하는데, 난 그 남자에게 손가락 하나 안 댔어."

"가자." 리가 말했다. "미안해."

"아이작이 한 짓이야."

리가 포를 오랫동안 바라보았다.

"아이작이 한 짓이야." 포가 되풀이했다.

"거짓말." 리가 말했다. 하지만 포의 얼굴은 진지해 보였다. 리는 포의 말을 믿었다. 침묵이 한참 계속되었다. 두피가 따끔거렸고 아주 춥다는 생각이 들기 시작했다. 리는 몸을 떨고 있었다. 기온이 낮아서 그런 건지도 몰랐다. 마치 온몸의 피가 밖으로 빠져나간 것만 같았다.

포는 몸을 앞으로 숙여 팔꿈치에 체중을 싣고서 리를 보지 않은 채 무슨 일이 있었는지 이야기하기 시작했다. 마치 자기 자신에게, 혹은 흐르는 강물에게 말하는 듯했다. 사소한 것들도 빠뜨리지 않았다. 얼마 후, 리가 그에게 몸을 기댔다. 위로받고 싶은 마음도 있었고, 춥기도 했다. 울어야 할 상황인 것 같았지만 리는 울지 않았다. 처음에 놀라면서 느낀 충격은 이미 지나갔다.

포는 그 일이 일어난 뒤 어머니 얼굴을 볼 수가 없어 자기집 마당에 앉아 있다가 거의 얼어죽을 뻔한 일을 이야기하고 있었다. 리는 그의 말을 들으면서도 속으로는 다른 생각을 하고 있었다. 두 사람 모두에게 변호사가 필요하겠지만 이제 둘은 같은 편이 아닐 것이다. 누군가를 선택해야 해. 간단하잖아. 아이작 대 포. 아이작과 아버지 대 포. 죄수의 딜레마야. 기초경제학개론 단골 주제잖아. 만약 모두가 협력해 입을 다문다면 아무 문제가 없어—내시 균형이지. 아니, 협력을 안 하는 게 내시 균형이던가? 그게 과제물의 핵심이었어—사람들은 협력을 하는 경우가 드물어. 포는 여전히 이야기를 하고 있었지만 리는 더이상 이야기에 주의를 기울일 수 없었다. 리의 핸드백에 수표책이 있었다. 리와 사이먼의 이름이 찍힌 것이었다. 간호사를 구하고 집을 고칠 때 결제할 목적으로 가져온 것이었으나, 포가 이 상황을 빠져나갈 수 있도록 좋은 변호사를 구해주는 데 쓸 수 있었다.

문제는, 포에게 좋은 변호사가 붙는다면 아이작에게 아무 도움이 되지 않는다는 점이었다. 오히려 그 반대로 작용할 터였다. 포는 아직도 말하고 있었고, 경찰서장과 만난 이야기를 하는 중이었지만, 이제 그건 중요하지 않았다. 그가 중요하다고 생각하는 일들은 더이상 중요하지 않았다. 포는 변호사를 선임할 능력이 없을 것이다. 그는 트레일러에 살았다. 만약 리가 포에게 변호사를 선임해준다면, 그리고 비록 가능성은 작지만 혹시라도 수표가 결제되지 않고 돌아와 사이먼이 그 내역을 보게 된다면, 리가 전 남자친구에게, 살인 혐의로 기소된 연인에게 변호사를 구해주기 위해 수표를 썼다는 걸 혹시라도 사이먼이나 사이먼의 아버지가 알게 된다면, 그걸로 모든 게 끝이었다. 너무나도 자명했다. 포가 말을 멈추었다. 그는 자기만의 생각에 빠져 강을 바라보고 있었다. 리는 이곳이 믿기지 않을 정도로 어둡다고 생각했다.

"네 동생을 배신하지는 않을 거야." 리의 침묵을 오해한 포가 말했다. "네가 그 점을 알아줬으면 좋겠어. 너나 아이작에게 절대로 그런 짓은 하지 않을 거야."

"내 걱정은 하지 마." 리가 포의 어깨를 문질렀다.

"내 생각에 아이작은 버클리로 간 거 같아. 늘 그곳 이야기를 했거든."

"버클리? 캘리포니아?"

"응, 거기 있는 대학." 포가 말했다.

리가 고개를 저었다. 어느 것 하나 말이 되는 게 없었다. 리는 포가 단순히 거짓말을 하고 있을 확률을 가늠해보았다. 거짓말일 리 없다는 걸 알았지만 이제는 모든 것이 달라져 있었다. 포의 말을 반도 믿어서는 안 될지 모른다.

"또 알 만한 사람은 없어?"

"아이작이 도서관에서 가끔 같이 이야기하던 노인이 있긴 한데, 그게 전부야."

"그러니까 지난밤에 일어난 일을 요약하자면, 아이작은 자신이 가장 신뢰해야 할 사람이 자기 누나랑 섹스를 하고 자기에게 거짓말을 했다는 걸 알게 된 거네."

"리."

"너희 둘이 거의 체포당할 뻔한 상황에서 어떻게 술을 마시러 갈 수 있었는지 난 정말 혼란스러워. 나한테 전화를 하고 싶었던 거라면 그냥 걸었으면 됐잖아."

"빌어먹을, 내가 어떻게 너한테 전화를 할 수 있었겠어? 네가 마을에 있었는지도 몰랐는데."

"우리는 그러면 안 되는 거였어. 너무 멍청한 짓이라 믿기지 않을 정도야. 우리는 아이작을 보호해야 하는 사람들이잖아."

포는 믿을 수 없다는 표정으로 리를 바라보았다. "넌 아이작에 대해 아무것도 몰라."

"그앤 내 동생이야."

"넌 오랫동안 이곳에 없었어, 리."

"하지만 이제는 돌아왔잖아." 리가 일어섰다. "집에 데려다줄게."

포는 움직이지 않았다. "두 달쯤 전에, 아이작은 강물에 빠져 죽으려고 했어. 아마 넌 몰랐겠지. 아이작은 절대 너한테 이야기하지 않았을 거고, 내가 그 일을 알리려고 너에게 전화했지만 연결이 안 됐고, 너는 내게 다시 전화를 걸지 않았으니까. 하지만 난 강으로 뛰어들어 아이작을 구했어. 영하 7도 정도였지. 우리가 어떻게 살아났는지 아직도 이해가 안 가."

리는 아무 말도 하지 않았다. 포에게서 메시지를 받았던 게 어렴풋이 기억났다. 물론 리는 포에게 전화를 하지 않았다. 포가 무슨 말을 하려고 전화했는지 몰랐으니까.

"어떻게 된 일인지 고민할 필요 없어, 리. 넌 그냥 문제를 직면할 준비가 되기 전까지 그런 일이 없는 척 외면해온 거야."

"제발 그만해."

"그 남자가 그렇게 된 건 나 때문이야. 그건 나도 알아. 하지만 내가 유일한 이유는 아니야."

포는 한참 리를 바라보다가 일어섰다.

"몇 년을 나랑 자놓고서 넌 다른 사람과 결혼했고, 나한테 그 말을 하지 않았지. 나는 내일 네 동생 대신 감옥에 갇힐 거고."

"네가 모든 사정을 다 안다고 생각하지는 않아."

"난 널 아주 잘 알아. 넌 다른 사람들과 조금도 다르지 않아."

리는 조용히 있었다. 생각이 멈춘 듯했다.

"네 동생이 옳았어. 너에 대해서 말이야. 내가 왜 다르게 생각했
었는지 알다가도 모르겠다."

포가 길을 향해 걷기 시작했다. 리는 포가 가는 모습을 지켜보다
가 일어나서 포를 향해 달려갔다.

"변호사는 있어?" 포를 따라잡으며 리가 말했다.

"해리스가 훌륭한 국선변호사를 안다더라."

"잠깐만. 제발 잠깐만 멈춰봐. 제발."

포가 멈췄다.

"차로 가자." 리가 말했다. 리가 포의 손을 잡았고, 포는 리를 바
라보았지만 손을 뿌리치지는 않았다. 차에 도착해서 리는 시동을
걸고 히터를 틀었으나 전조등은 켜지 않았다. 리가 포에게 키스했
고 포는 리를 밀어냈다. 그는 상처받은 듯했다. 하지만 포가 리에게
다시 키스했다. 리의 머릿속에서 사방팔방으로 생각이 뻗쳐나갔다.
확률, 기댓값이었다. 세 명이 있어. 한 가지 선택을 하면 그중 한 명
을 보호할 수 있고 다른 선택을 하면 나머지 두 명을 보호할 수 있
어. 마음 한구석에서는 포의 손이 자기 가랑이 사이로 들어오는 것
을 느꼈다. 리가 해야 할 선택은 명확했다. 그녀는 몸을 포 쪽으로
더 세게 밀었고, 머리가 텅 비는 느낌을 받았다. 그러다 갑자기 다
시 정신이 들었고, 생각했다. 포는 변호사가 필요해. 마치 단어가
홍수처럼 쏟아지는 듯했고, 리는 그것들을 다시 담을 필요가 있었

다. 이런 사건에 국선변호사를 쓸 수는 없어. 조니 코크런을 써야 해. 국선변호사는 재판정에서 잠이나 잘 게 뻔해. 국선변호사라는 존재는 정부가 피고에게 공정한 기회를 줬다고 주장하기 위해 만든 제도에 불과해. 결국은 평생 동안 감옥에 가둬둘 거야.

"왜 그래?" 포가 말했다.

"아무것도 아냐."

"그냥 여기 누워 있고 싶어?"

"아니." 리는 포의 손을 되돌려놓았다.

*

얼마 뒤 리는 포의 무릎을 베고 누워 포에게서 나는 자기 냄새를 맡으며 다리를 웅크렸다. 포는 손으로 리의 다리에서부터 엉덩이까지 더듬으며 올라갔다가 다시 내려왔다. 히터에서 나오는 뜨거운 공기가 리의 얼굴에 닿았다. 리는 잠깐 몸이 가벼워지면서 마치 다이빙 보드 위에서 순간적으로 중력의 영향을 받지 않을 때처럼 아무 무게도 없이 붕 뜬 느낌이 들었다. 리는 생각했다. 이 느낌을 위해서라면 뭐든 할 거야.

포는 잠들어 있었다. 따뜻한 공기가 둘에게 불어왔고, 계기판에서 희미한 불빛이 흘러나왔다. 리는 포의 다리를 쓰다듬으며 다리에 난 털을 어루만졌다. 그러고는 차창에 손을 댔다. 유리가 차가웠다. 밖은 아주 추웠다. 리는 이미 마음을 정한 상태였다. 그들은 로미오와 줄리엣이 아니었다. 몸이 붕 뜨는 듯한 느낌은 사라지고 추락하는 느낌만 남아서 리는 일어나 앉아야 했다. 차가운 감각을 느끼려고 유리창에 머리를 댔지만 생각할 수 있을 정도로 머리가 맑아지지는 않았다. 리는 사이먼에게 전화를 해야 했다. 리에게 사이먼은 마지막으로 기댈 곳이었다. 포가 몸을 약간 움직였고, 리는 반사적으로 포의 팔을 쓰다듬었다. 다시 속이 울렁거려서 그녀는 차에서 나와야 했다. 리는 재빨리 옷을 입었다. 옷은 안팎이 뒤집혀 있었다. 리는 핸드백을 들고 차에서 나와 조용히 문을 닫았다.

휴대전화를 보니 통화 가능 지역이었다. 리는 고개를 돌려 잠든 포가 있는 차를 바라보고는 다시 휴대전화로 시선을 돌렸다. 그리고 사이먼의 번호를 눌렀다. 유명한 글귀가 떠올랐다. 인정한다, 나는 정신병원에 입원해 있다.* 신호가 울리더니 사이먼이 전화를 받았다. 리는 차에서 꽤 떨어진 나무 밑으로 걸어갔다. 강물이 흐르는 소리가 들렸다.

"자기야," 사이먼이 말했다. "집에 오는 중이야?"

"아직 아니야."

"동생은 찾았어?"

"그런 셈이야. 그런데 다시 잃어버렸어."

"아, 곧 다시 찾길 바라. 당신이 없으니까 너무 괴로워."

"여기 좀더 있어야 해. 내일 간호사들 면접을 볼 거야."

"알아, 알아. 당신이랑 같이 가겠다고 할걸. 아기처럼 굴어서 미안해. 당신이랑 그곳에 같이 갔어야 했는데."

리는 숨이 막히는 것 같았다. 수화기 너머에서 사람들 소리가 들렸다. 그녀는 자기도 모르게 사이먼에게 모든 것을 털어놓으려 하

---

* 귄터 그라스의 소설 『양철북』의 첫 문장.

고 있었다.

"있잖아, 뉴욕에서 올라온 손님들이 많아. 오늘밤 늦게나 내일 내가 전화해도 될까?"

"그래."

"모두 안부를 전하네. 여러분, 인사하세요."

전화기 너머로 여러 사람들이 한꺼번에 말하는 소리가 들렸다. 리의 친구들 목소리였지만 멀고 의미없게 느껴졌다.

"우리 친구 볼턴 씨가 뵈브클리코* 한 상자를 가져왔어."

"사이먼, 잠깐만 내 얘기 좀 들어봐. 어쩌면 돈이 필요할 거 같아. 내 동생에게 변호사가 필요할지도 몰라서."

"심각한 거야?"

"잘 모르겠어." 리는 잠시 말을 멈추었다. "아직 확실하지 않아."

"리, 정말 미안해. 정말 미안해. 당신과 함께 갔어야 했는데."

"괜찮아. 당신이 전화를 받아서 다행이야. 여기서 좀 심란했거든."

"내일 비행기 타고 갈게."

리는 다시 꿀꺽 침을 삼켜야만 했다. "아니야, 그럴 필요 없어. 그냥 내가 좀 과민 반응을 보이는 것뿐이야."

"내일 갈 수 있어. 아니 내일까지 기다릴 필요도 없어. 볼턴에게 지금 당장 데려다달라고 할게. 새벽 세시면 도착할 거야."

"아니, 괜찮아. 그냥 당신 목소리가 듣고 싶었을 뿐이야. 벌써 기분이 아주 좋아졌는걸."

---

* 프랑스산 고급 샴페인.

"나중에 전화해. 아니면 내일 아침이든 언제든 원할 때 전화해. 수표책은 가지고 있어?"

"응." 리가 대답했다.

"그걸 써. 만약 일이 심각하면 아버지에게 도와줄 사람을 알아봐 달라고 부탁할게."

"아버님께는 부탁하지 마."

"아버지를 무서워할 필요는 없어."

"알아. 그냥 당신이 그런 부탁을 안 드렸으면 좋겠어."

"알았어." 사이먼이 말했다. "사랑해."

"나도 사랑해."

전화를 끊은 뒤 리는 추위 속에 잠시 서 있었다. 주위는 아주 어둡고 공기가 아주 맑았으며 머리 위 하늘에는 밝고 차가운 빛 얼룩이 점점이 떠 있었다. 리는 다시 차로 걸어가기 시작했다. 이 일은 영원히 비밀로 해야 했다. 영원히 누구와도 상의할 수 없는 일이었다. 그녀는 생각했다. 어쨌든, 적어도 훌륭한 변호사를 선임할 수 있다는 건 알고 있잖아.

6. 아이작

아이작이 잠에서 깼을 때는 아침이었고, 그는 창고 뒤편 길게 자란 풀밭에 누워 있었다. 강에서 모터보트 몇 척이 움직이는 소리가 들렸다. 왜 눈이 떠지지 않는 거지? 아이작은 눈을 만져보았다. 흙과 피딱지가 느껴졌다. 몸이 좀더 나아질 때까지 여기 있어야겠어, 아이작은 생각했다. 뿌리를 내리고 동면하는 거야. 날씨가 좋아지면 밖으로 나가는 거지. 주위가 좀더 우호적일 때 말이야. 아이작은 주위를 둘러보았다. 이제 괜찮아, 일어나.

따뜻하고 바람이 부는 날이었다. 머리 위 하늘은 건조하고 진한 푸른색이었다. 구름은 남쪽으로 흘러갔고, 거위들은 V자를 그리며 반대 방향으로 하늘을 가로질렀다. 원조 여행객들. 아이는 걱정하지 않았다. 베트남전쟁 특공대 시절에 비하면 이 정도는 아무것도 아니었다. 부활절에 다시 살아나는 기분이었다. 두들겨 맞은 갈비뼈에는 창이 꽂힌 느낌이고 뼈는 멍이 든 듯했지만, 걷기에 딱 좋은 날씨였다.

옆구리와 다리가 아파서 일어나는 데 삼십 초 정도가 걸렸다. 땅은 축축했고 침낭은 진흙범벅이었으며 옷은 더러웠다. 아이작은 창고로 돌아갔다. 키 큰 풀들이 바람에 날려 몸을 낮췄다가 다시 일어서기를 반복했다. 창고는 어두웠을 때 생각했던 것처럼 외진 곳이 아니었다. 큰길에서 200미터 정도 떨어져 있었다. 포장되지 않은 부지에 쓰레기와 맥주 캔이 널려 있었고 가끔 콘돔도 보였다. 친교의 징표. 스웨덴인 오토에게 빚진 피를 갚을 수 있기를 바라며, 아이는 이 지역 비행 청소년들의 은신처를 방문하고 구원을 위한 성스러운 그릇을 제공해. 아이의 고운 마음이 담긴 하얀 체액이 피처럼 흐르고, 아이는 저기를 자신의 교회로 삼고 스스로 세례를 받는 거야. 아이작은 벽돌로 지은 창고를 올려다보았다. 건물 정면은 흉터가 진 것처럼 손상되었고, 아치형 창이 높이 달려 있었다. 그냥 보기만 해—그의 손은 여전히 더러웠다—빚은 청산되지 않았어.

아이작은 자신이 지난밤에 싼 똥 무더기 앞으로 가서 그 위로 흙을 발로 차서 덮고, 아이는 자신을 예수와 비교하면 안 될 거라고 생각했다. 그리고 이어서 생각했다. 그건 지금 걱정할 거리가 아냐. 만약 지옥이 있다면 거긴 너무 붐벼서 나는 발 디딜 틈도 찾기 어려울 거야. 제일 아래엔 교회에 다니는 위선자들이 있을 거고. 교황들을 위한 특별 공간도 있겠지.

아이작은 절룩거리며 벌판을 가로질러 906번 도로 쪽으로 향했다. 오가는 차가 상당히 많았고 아이작은 그곳을 걸어가는 게 편하지 않을 것임을 알았다. 도로는 차들도 간신히 다닐 만큼 좁았다.

아이작은 아주 천천히 걸었다. 갈비뼈가 부러진 게 분명해. 숨을 들이마실 때마다 욱신거려. 팔, 다리, 등 모두 멍이 들어 있었다. 얼굴을 만져보니 피와 흙으로 떡이 졌고, 입술과 뺨과 눈두덩은 부어 있었다. 이가 부러지지 않은 게 기적 같았다. 나는 이런 일에 적합하지 않아. 아이작은 생각했다. 하지만 그 생각을 하자마자 스웨덴인이 거기 서서 뭔가를 보는 모습이 떠올랐다. 커다란 군용 외투에 거의 검댕처럼 검은 황갈색 카고 바지 차림이었다. 믿고 싶은 걸 믿을 수는 있지만 증거는 다른 현실을 보여주지. 경험적 데이터에 따르면 다른 가설이 더 믿을 만해. 아이는 꽤 능력이 있어. 실수를 하지만 빨리 배우지. 분명 상당한 잠재력을 가지고 있어. 다만 녹슬었을 뿐이야.

906번 도로는 모네센으로 이어지는 범람원의 가장자리에 있었다. 아이작 뒤편으로는 숲만 보이는 밸리가 오르막을 이루고 있었지만, 강변지대를 따라서는 낡은 건물들, 창고들, 공장들이 있었다. 교통량이 많았다. 모두 소형 미제 자동차와 낡은 픽업트럭이었다. 도로는 차가 다니는 곳만 겨우 포장되어 있었고, 잡초가 자랄 공간조차 별로 없었다. 심지어 덩치가 작은 차들이 지나갈 때도 공기가 흔들리는 게 느껴졌다. 대여섯 명 정도가 앞사람과 저마다 다른 간격을 두고 아이작과 같은 방향으로, 모네센으로 걸어가고 있었다. 한때 모네센은 밸리에서 가장 인구가 많은 도시였지만 이제는 가장 가난한 도시 가운데 하나였다. 아직 문을 닫지 않은 유에스 스틸 코크스 공장 일부가 파행 운영을 하면서 수백 명 정도를 고용하고 있었다. 고용되지 않은 많은 사람들은 정부 보조 주택에 살았다.

삼십 분 뒤 아이작은 모네센에 도착했다. 중심지는 뷰얼과 비슷해 보였다. 강변지대가 비탈을 오르며 가파른 언덕이 되었고, 집들은 계단 모양으로 언덕을 따라 자리해 있었고, 석조 교회들과 목조 교회들, 돔에 금박을 입힌 동방정교회 세 곳이 보였다. 사방이 나무였다. 멀리서 볼 때는 평화로운 풍경이었다. 하지만 가까이서 보면 버려진 도시 같았다. 건물 대부분이 완전히 파손되었고, 약탈당한 뒤 방치되었다. 아이작은 중심가를 지났다. 자동차 몇 대가 주차되어 있긴 했으나 건물 대부분은 텅 비어 있었다. 정면에 낡은 간판을 매단 낡은 상점들 대부분이 창문에 '임대'라는 오래된 안내판이 붙어 있었다. 사람이 사는 흔적은 강 근처의 코크스 공장에서만 볼 수 있었다. 벽에 세로로 골이 많이 파인 높은 건물들이었고, 커다란 굴뚝에서 타고 남은 가스가 뿜어나왔다. 코크스를 냉각하며 생기는 증기도 가끔씩 뿜어냈다. 대형 화물차를 들어올릴 수 있을 정도로 커다란 동력삽차가 짐배에서 석탄을 꺼내 공장 본채로 연결된 컨베이어벨트에 담고 있었다. 검은 코크스가 가득 담긴 유개화차로 철로가 붐볐지만 사람이라곤 아이작 말고는 아무도 보이지 않았다.

마을 중간쯤에서 아이작은 문을 연 레스토랑을 발견했다. 웨이트리스가 정면 창가 옆 테이블에 혼자 앉아 레스토랑 바깥쪽 먼 곳의 무언가를 응시하고 있다가, 아이작이 들어오는 모습을 보고 미소를 거두었다. 햇빛이 여자를 비추었고 여자는 일어서고 싶어하지 않았다. 여자는 쉰 살 정도 되어 보였고, 머리는 금발로 염색한 것 같았다.

"애야, 그런 모습으로 가게에 들일 수는 없어." 여자가 말했다.

"깨끗하게 씻을게요. 맞아서 그런 거예요." 아이작이 그렇게 말

하며 간이식당인지 레스토랑인지 모를 그곳을 둘러보았다. 손님은
한 명뿐이었다.

여자가 고개를 저었다. "다리 건너 샤를로이에 병원이 있단다."

"돈도 있어요." 아이작이 지갑을 열어 보였다. 식당에서 감자튀
김과 고기 같은 음식 냄새가 났고, 아이작은 아무데도 가지 않을
것이었다. 아이작은 여자에게 굽히지 않는 자신에게 놀랐다. 예전
같았다면 바로 발길을 돌려 다른 식당을 찾았을 것이다. "저 같은
상황이라면 어떨지 한번 생각해보세요." 그가 말했다.

아이작은 자신이 너무 말을 많이 한 게 아닌가 잠깐 생각했지만,
여자는 이윽고 한숨을 쉬더니 식당 안의 화장실을 가리켰다. 다른
손님, 점심 도시락을 앞에 둔 중년의 흑인 남자가 잡지 위로 눈을
들어 아이작을 슬쩍 보더니 다시 잡지로 시선을 돌렸다. 그는 커피
를 홀짝였고, 다시는 아이작에게 눈길을 주지 않았다.

남자 화장실에 가려면 종이타월과 식용유 상자를 쌓아둔 곳을
조심조심 지나가야 했다. 일단 화장실에 들어간 뒤 아이작은 문을
잠그고 거울 앞에 섰다. 강바닥에서 건져낸 오물투성이 시체 꼴이
었다. 공동묘지에서 튀어나온 것 같기도 했다. 바지와 외투는 진흙
과 풀로 범벅이었고, 얼굴은 회색빛 먼지로 더러웠다. 이런 몰골
로 식당에, 아니 그 어디에도 들어와서는 안 되었다. 한쪽 눈이 심
하게 붓고 입술은 갈라졌으며, 어디가 피가 말라붙은 곳이고 어디
가 흙이 묻은 곳인지 분간하기도 어려웠다. 용변을 본 뒤 아이작은
옷을 벗고 세면대 앞 거울에 섰다. 몸통은 더러운 얼굴에 어울리지
않게 창백했고, 갈비뼈를 따라 분홍색 찰과상이 있었다. 멍은 옅
은 보라색을 띠며 점차 진해지고 있었다. 아이작은 여기저기 흙탕

물을 튀기며 세면대에서 머리를 감고 세수를 하면서 인간이란 존재는 가장 깨지기 쉬운 창조물이라고, 자신은 그나마 다른 사람들보다 나은 편이라고 생각했다. 이제 종이타월에 차가운 물을 적셔서 몸을 씻었다. 시체를 닦을 때처럼. 시체의 마지막 목욕. 갈라진 틈은 특별히 주의를 기울여야 했다. 아마 요즘은 호스를 쓸 것이다. 대량 처리를 위해 자동 세척을 한 뒤 구김 없이 말리는 방법이 있을 것이었다. 죽은 다음에 누가 자기를 만질지 아는 사람이 어디 있겠는가? 아이작은 다시 종이타월을 잔뜩 끊어 물에 적신 뒤 몸을 닦기 시작했다. 벌써 몸이 떨렸다. 물은 금방 몸을 차갑게 했다. 따뜻한 자궁을 우리는 당연하게 받아들여. 그게 자궁의 성질이니까. 어머니는 혼자 목욕을 했어. 어머니가 죽고 나서 사람들이 어머니 몸을 깨끗하게 씻겼는지 궁금해. 보그맨을 씻긴 것처럼—토탄에 묻혀 그대로 보존된 시체 말이야. 스웨덴인 오토는 아니야. 그런 사람을 씻기는 데 세금을 쓸 리가 없지. 거지에게 무덤은 너무 비싸. 그에게 마지막 온기는 소각로였을 거야. 정신 차려, 아이작은 생각했다. 난 아직 죽지 않았어.

몸을 다 씻은 뒤 아이작은 칼을 꺼내서 날에 꼼꼼하게 비누칠을 해 물로 헹군 다음 말렸고, 마지막 남은 종이타월 뭉치로 몸을 닦았다. 종이타월 두 통을 전부 썼다. 아이작이 들어왔을 때 화장실이 아주 깨끗했기 때문에 그는 식당으로 나가기 전에 바닥과 세면대를 꼼꼼히 닦았다. 아이작은 거울로 자신을 살펴보았다. 허리 위쪽으로는 괜찮아 보였다. 외투 덕분에 셔츠와 스웨터에는 흙이 거의 묻지 않았다. 사람들이 보는 곳에서는 외투를 입으면 안 되겠어, 아이작은 생각했다. 우선 외투부터 벗는 거야.

아이작이 화장실에서 나오자 웨이트리스가 그를 기다리고 있었다. 그녀는 무릎이 안 좋은지 육중한 몸을 천천히 일으키더니 아이작에게 메뉴판과 커피 한 잔을 가져다주었다. 레스토랑 뒤편의 한쪽 귀퉁이 부스를 차지하고 앉아 있으니 따뜻하고 개운하고 보송했다. 편안한 기분이 들었다. 그는 크림과 설탕을 잔뜩 넣고 커피를 홀짝였고, 머리가 다시 맑아지는 듯했다. 이곳에서 느긋하게 시간을 보낼 생각이었다. 이 기분을 만끽할 작정이었다. 아이작은 프라이드 스테이크, 해시 브라운, 노른자를 살짝 익힌 달걀 프라이 세 개, 복숭아 파이 한 조각을 주문했다. 여자는 주문을 받은 뒤 커피를 더 따라주었고, 아이작은 취향에 맞게 커피에 설탕과 크림을 넣어서 거의 디저트처럼 만들어 마셨다. 아이작은 간이식당 안을 둘러보았다. 멋진 곳이었다. 거의 레스토랑 수준으로, 격자무늬 식탁보가 깔린 식탁이 몇십 개 정도 있었다. 이 공간이 다 차는 일은 절대로 없겠지만 그래도 아주 깨끗했고, 기분좋을 정도로 어둑했다. 옹이가 보이는 소나무 벽널이 붙어 있고 주석을 댄 높직한 천장은 잘 꾸며져 있었다. 벽은 모네센 그레이하운드 풋볼 팀, 내셔널 풋볼 리그의 밸리 출신 최고 스타인 댄 머리노와 조 몬태나의 사진들로 뒤덮이다시피 했고, 스페인 투우 포스터 액자도 몇 개 걸려 있었다. 이십 년 전에 누군가 기념품으로 사온 것인 듯했다. 웨이트리스가 아이작이 주문한 음식을 가지고 왔다.

"너도 때렸니?" 여자가 아이작의 얼굴을 가리키며 물었다.

"아뇨."

"그 정도로 불리했어?"

"상대가 많았어요."

"그냥 집으로 돌아가. 앞으로도 상황은 더 나아지지 않을 테니까."

"손님에게 늘 이렇게 상냥하세요?"

여자는 아이작을 향해 웃어 보였고, 아이작도 웃음으로 답했다. 그녀는 치아교정기를 하고 있었다.

"음식 나왔어. 그리고 이제 너와 잡담은 그만해야겠다." 여자는 음식이 담긴 접시 두 개를 아이작 앞에 놓고 천천히 자기가 앉아 있던 식탁으로 돌아갔다. "파이는 곧 가져다줄게."

아이작은 스테이크를 작게 잘랐다. 바깥쪽 튀김옷은 바삭거렸고 안쪽 고기는 육즙이 많고 풍부한 맛이 났다. 먹어본 것 가운데 최고로 맛있는 음식이었다. 아이작은 양파와 함께 잘 튀겨진 해시 브라운을 포크로 자른 뒤 달걀 하나와 섞었다. 조금씩 아껴 먹으며 영원히 그 맛을 음미하고 싶었으나 포크로 크게 떠먹지 않을 수 없었다. 여자가 파이를 가져왔고, 커피를 더 따라주었다. 커피의 쌉쌀함이 기름진 음식과 잘 어울렸다. 접시를 다 비운 뒤 아이작은 파이를 먹기 시작했다.

아이작은 잠들면 안 된다는 사실을 알면서도 의자에 등을 기대고 눈을 감았다. 괜찮은 삶이야, 그는 생각했다. 어딘가로 걸어들어가 음식을 먹는다는 건 괜찮은 삶이었다. 웨이트리스가 아이스크림이 담긴 그릇을 들고 다시 나타났다.

"이건 서비스야. 깨끗하게 치웠더구나."

잠시 앉아 있었더니 졸음이 쏟아졌다. 실내가 무척 따뜻했지만 아이작은 자기 운을 과신하지 않기로 했다. 그는 계산서를 보았다. 웨이트리스는 달걀과 커피 값인 2달러 8센트만 적어놓았다. 아이작이 고맙다는 인사를 하기 위해 주위를 둘러보았지만 여자는 벌써 자기 식탁으로 돌아가 생각에 잠겨 있었다.

아이작은 팁을 주기로 했다. 계속 여행을 하려면 돈이 필요했지만 여자에게 10달러를 남겼다. 가난한 이가 가난한 이에게. 어차피 쓸 돈이었으니까.

거리로 나오자 멍든 부위는 아까보다 덜 아팠고, 이렇게 좋은 기분은 아주 오랜만이었다. 햇빛을 받으며 누워서 낮잠을 자고 싶었다. 아이작은 마을을 지난 뒤 길에서 벗어나 벌판을 가로질러서 다시 철로가 있는 곳으로 갔고, 이윽고 외진 강둑에서 풀이 많은 곳을 발견했다. 날씨가 화창해서 아이작은 셔츠와 신발을 벗고 바지만 입은 채로 그곳에 앉았다. 계속 움직여야 해. 아이작은 고개를 저었다. 오늘밤에 죽을 수도 있어. 즐길 수 있을 때 즐겨.

아이작은 풀밭에 누워 몸 위로 쏟아지는 햇빛을 즐겼다. 우리가 원하는 건 단순한 즐거움이야. 백만 년 동안 진화한 끝에 화창한 날을 즐길 줄 알게 된 거라고.

난 시험에 들고 있어, 아이작은 생각했다. 스웨덴인 사건은 어떻게 될까? 지금은 그 일을 생각할 수 없어, 아이작은 결심했다. 난 버클리에 들어갈 거야. 그리고 어떻게 되는지 지켜볼 거야. 무슨 일이 일어난다 해도 일단은 버클리에 들어갈 거야. 결국 사람들은 내가 무슨 짓을 했는지 알게 되겠지. 포가 다 털어놓을 거야. 포는 원래 그런 아이니까. 어쩔 수가 없겠지. 그렇다 해도, 그는 생각했다. 포는 내가 아는 가장 훌륭한 아이인걸.

아이작은 눈을 감았다. 누나가 아직 뷰얼에 있는지 궁금했다. 만약 지금 누나가 차를 몰고 지나간다면? 그렇다면 나는 누나와 함께 가겠지. 필요한 건 지금 여기 다 있으니까. 아이작은 텔레파시를 보내려 해보았다. 리, 차에 타고 운전을 해. 906번 도로에서 만나자. 물론 말도 안 되었다. 리는 아이작의 생각을 들을 수 없었다.

아이작은 리의 졸업식 날 리의 옆에 앉아 있을 때 기분이 어땠는지 떠올렸다. 교장은 십 분 동안 리에 대해 이야기했다. 내셔널 메리트 장학금, 대학입학자격시험 만점, 예일대, 스탠퍼드대, 코넬대, 듀크대에서 입학 허가를 받은 내용 등등. 그때는 우리 가족 네 명이 모두 있었지. 모든 것이 완벽해 보이는 순간이었어. 그리고 얼마 후 내가 그곳에 서 있을 그 순간이 눈앞에 떠올랐지. 미래를 내다보는 느낌이었어. 마음속에 생생히 그릴 수 있었지. 리를 보면서 나 자신을 상상했어. 생생히 기억해. 그뒤에 어머니가 죽고 리가 떠났지. 물론 난 리가 여기 머물기를 바랐어. 하지만 새로운 삶이 기다리고 있는데 누가 그렇게 하겠어? 게다가 이곳을 빠져나가는 게 급선무였는데. 리를 비난할 수는 없어.

커다란 매가 보였다. 아니, 수리였다. 맹금이 돌아오고 있었다. 모든 것은 늘 변했다. 어떤 때는 좋게, 또 어떤 때는 나쁘게. 내가 해야 할 일은 삶이 멈추는 날까지 정신을 차리고 사는 것뿐이야. 아이작은 그렇게 할 것이다. 그의 누나는 그 일을 보다 손쉽게 해냈지만, 지금 그걸 걱정하는 건 아무 소용이 없었다. 그는 자기 방식대로 할 생각이었다. 북부 캘리포니아의 산에서 살 생각이었다. 이 부근의 언덕들보다 훨씬 더 푸르고 높은 곳. 진짜 산이었다. 근처에 천문대를 두는 거야. 집에 천문대를 두고 언제든 그곳에서 별을 보는 거지. 집에는 절벽 위로 돌출된 기다란 포치를 두고. 거기 있으면 우주에 둥둥 떠 있는 느낌이 들 거야. 리와 마찬가지로, 나

역시 완전히 혼자는 아닐 거야. 뉴헤이븐에 갔던 때를 떠올려봐. 모두 개성이 다르지만 결국은 누나나 나와 비슷한 사람들이었어. 상상하기 어렵지만, 그의 누나는 자신이 원하는 것을 했으면서도 대체로 자신이 무엇을 원하는지 잘 알지 못했다. 아이작은 늘 자신이 무엇을 원하는지 알았다. 물론 리의 대학입학자격시험 점수가 아이작의 점수보다 높았다. 40점. 통계 오차 범위 안쪽이었다. 사실 그건 아이작이 점수 이야기를 했을 때 리가 한 말이었다. 그건 오차 범위 안쪽인걸. 리는 그렇게 다른 사람의 감정을 잘 헤아리는 사람이었다. 포와 관련된 일만 빼면. 그리고 그 일이 모든 걸 망쳐버렸다. 그렇게 큰일은 아닐 것이다. 아이작은 밸리에서 리와 잔 사람을 모두 알았다. 포 말고 두 명이 더 있었다. 아이작은 그런 걸로 괴로워하지 않았다. 적어도, 크게 괴로워하지는 않았다. 하지만 리가 포와 그러는 건 어쩐지 뭔가 큰일에 대한 징조처럼 느껴졌다. 왜 그런지 알 수는 없지만, 그럴 거라는 확신이 들었다.

주제를 바꿔, 아이작은 생각했다. 저 태양을 느껴봐. 캘리포니아에서는 일 년 내내 이럴 거야. 자외선ultraviolet 복용하기. 타박상을 치료하고 박테리아를 죽이지. 울트라ultra는 '볼 수 없다'는 뜻이야. 아니, '아주'라는 뜻이지. 젠장 완전히 등신이 되었네. 아이작은 일어나 앉아서 주위를 둘러보았다. 사방이 풀과 나무였고, 강은 정면에 있었다. 남쪽으로는 커다란 통합 수송 터미널이 있었고, 그곳에는 석탄과 광재鑛滓, 기타 덩치 큰 화물들이 길게 줄지어 있었다. 바로 그 남쪽으로는 샤를로이로 연결된 커다란 다리 세 개가 있었고, 그 다리 너머로는 여전히 수문의 기중기들이 보였다. 목재를 가득 실은 짐배들이 갑실閘室을 통과하려고 기다리고 있었다.

나는 저 모든 것을 지났어, 아이작은 생각했다. 북쪽으로는 숲만 있지. 태양은 밝았고, 아이작은 피부로 햇빛을 느낄 수 있었다. 손가락으로 피부를 콕콕 쑤시는 듯한 느낌. 아이작은 잠들고 싶지 않았다. 기분이 너무 좋았다. 반대편 강둑에 네 사람이 앉아 낚시를 하고 있었다. 강을 사이에 두고 보는데도 낚시꾼들이 앉아 있는 모습에는 어떤 힘이 있어서 아이작은 꾸벅꾸벅 졸기 시작했다. 사람을 낚는 어부들. 아이작은 어스름 무렵에 잠에서 깼고 해는 강을 건너 서쪽 언덕에 낮게 걸려 있었으며, 낚시하던 이들은 가고 없었다. 두번째 날도 자면서 시간을 다 보냈군. 그냥 버스를 타도 되잖아, 그러면 이동하면서 잘 수 있으니까. 아이작은 생각했다. 맞아. 그렇게 흔적을 남기는 건 어디로 가는지 말하는 거나 다름없어. 그래도 조차장에선 어느 철로가 남쪽으로 가고 서쪽으로 가는지 누군가에게 물어야 했다. 그게 표를 사는 것보다는 나았다. 아이작은 지갑을 살펴보았다. 아직 22달러가 들어 있었다. 그리고 카고 바지 주머니에는 거의 4천 달러가 든 봉투가 있었다.

다시 걸어보니 자는 사이에 다리가 뻣뻣하게 굳어 있었다. 아이작은 천천히 나아갔다. 몬시티 다리를 지났을 때는 날이 어두워진 지 오래였다. 철로가 불이 환하게 켜진 창고들이 늘어서 있는 기다란 공업지대를 가로질렀고, 아이작은 최대한 불빛을 피해 숲에 붙어 걸으면서, 낡은 컨테이너 수십 개와 강물 속으로 꺼져가는 집 한 채, 그리고 바퀴 바람이 빠지고 페인트칠이 바랜 견인 트레일러들을 지났다. 강 건너의 몬시티와 뉴이글은 조명이 밝았고, 아이작은 자신이 강 건너편에 있지 않아 기뻤다. 아이작 앞으로 검은 철로가 높직한 숲을 가로지르며 길게 나 있었고, 매끄러운 철로가 얼마 안 되는 별빛을 반사해 희미하게 빛났다. 어둠에 들어서자마자 그는 다시 안전하다는 느낌을 받았다. 올빼미 몇 마리가 후후거렸으나, 그 소리를 빼면 아이작이 걷는 소리와 예인선이 짐배를 끌고 통통거리며 지나가는 소리뿐이었다. 갈증이 날 때가 되었다는 생각이 들었지만 무슨 이유에서인지 목이 마르지 않았다. 어쨌든 물을 담을 통 하나를 마련해야 할 터였다.

강 건너편에 있는 웨스트펜 발전소 굴뚝에서 거대한 연기와 증기구름이 피어올랐다. 발전소 굴뚝은 수십 미터 높이였고, 밤하늘을 배경으로 증기구름이 밝게 보였다. 그 옆에 시커먼 석탄이 쌓여 있었는데 거의 소형 피라미드 크기였고, 짐배 수십 척이 강을 통해 그 공장을 들락날락했다. 몇 킬로미터를 더 가자 다시 강 건너편에 엘라마 발전소가 보였다. 이 발전소는 아까 것보다 더 컸고 노란 나트륨등 조명이 환했다. 가장 큰 굴뚝은 아마도 150미터 정도였고, 증기구름이 물결치듯 뿜어나와 온 하늘을 덮어 하늘이 하얗고 깨끗해 보였다. 저 공장이 석탄을 태운다는 사실만 제외한다면 말이야, 아이작은 생각했다. 전혀 깨끗하지 않아. 아이작은 곧 조차장과 거대한 석탄 선별장이 있는 시커먼 탄광지대를 지나갔다. 땅은 석탄으로 시커멨으며 발아래로 석탄이 저벅저벅 밟혔다. 철로에는 석탄을 실은 화물차들이 끝도 없이 이어져 꼼짝하지 않고 있었고, 텅 빈 짐배들이 정박장에 묶여 있었다. 좀더 가자 조명이 환한 공장지역이 나왔고, 아이작은 눈에 띄지 않도록 강에서 멀리 떨어져 숲으로 들어간 뒤 강과 평행하게 뻗은 컴컴한 길까지 걸어갔다.

작고 어두운 마을 하나가 보였고, 밤이 되어 텅 비고 문이 닫힌 소방서가 있었다. 수영장이 딸린 집 몇 채와 여기저기에 불이 켜진 포치 조명이 보였으나 그것을 빼면 칠흑처럼 어두웠다. 길은 조용했고, 별이 또렷하게 보였다. 더 가자 어떤 집 옆 마당에 스무 명 남짓한 사람들이 모닥불을 피우고 둘러서서 술을 마시고 있었다. 마을 사람 반은 나와 있는 것 같았다. 누군가 막 수영장으로 뛰어들려던 찰나였고, 그들이 온통 하얗게만 보인다는 점에서 아이작은 그들이 이 추운 날씨에 옷을 전혀 입지 않았다는 사실을 깨달았다. 아이작은 고개를 숙이고 재빨리 그곳을 지나가려 했으나 사람들 눈에 띄었다.

"어이," 모닥불 근처에 있던 누군가가 외쳤다. "와서 맥주나 한잔해."

아이작은 그들을 무시했지만 사람들은 다시 그를 불렀다. 아이작은 손사래를 치고 고개를 숙였다. 어서 안 보이는 곳으로 사라지고 싶었다.

"그런데 저게 대체 누구야?" 누군가가 아이작을 향해 외치는 소리가 들렸다. "브라이언 푸트?"

아이작은 다시 손사래를 치고 계속 걸었다.

두 블록을 더 가 마을 가장자리에 다다랐을 때, 거리에서 병 깨지는 소리가 들려서 고개를 돌려보니 한 무리의 사람들이 그를 따라오고 있었다. 빛을 뒤에서 받아 윤곽만 보였다. 네 명이었다. 무슨 일이 일어날지 기다리는 대신 그는 즉시 달리기 시작했다. 배낭을 단단히 움켜쥐고서, 발목이 시큰거리는 것도, 허벅지의 타박상도, 찌르는 듯 아픈 갈비뼈의 고통도 무시하고 달렸다. 따라오던 사람들이 고함치는 소리가 들리고 발을 디딜 때마다 다리가 아프고 배낭이 덜렁거렸지만, 아이작은 속력을 늦추지 않았다.

커브길에 이르자 아이작은 숲으로 뛰어들었고, 사람들이 계속 쫓아오는지 칠흑 같은 어둠 속에서 지켜보았다. 아무도 오지 않았다. 여러 가지 설명이 가능했다. 사람들은 아이작을 파티에 참석하지 않고 도망친 누군가로 착각했을 수도 있고, 아니면 어젯밤에 그가 당했던 일을 또 하려고 했을 수도 있었다. 하지만…… 아이작은 긴장이 풀렸다. 악당들에게 쫓겼지만 아이는 견뎌냈어. 이번에는 아무 상처도 없이 말이야. 하지만 오늘밤 그들이 벌인 파티에서 아이작이 가장 흥미로운 부분이었다는 사실을 고려해볼 때, 그들은 차를 타고 아이작을 쫓아올 수도 있었고, 아이작은 그게 겁났다. 강에서 멀리 떨어진 곳에 밸리 옆쪽으로 이어지는 하수로가 있어 아이작은 그 하수로를 따라 걸었다. 물이 거세게 흘렀고, 아이작은 젖지 않은 땅을 딛기 위해 어둠 속을 살피느라 오랜 시간을 보내야 했다. 길이 가파른 언덕 사이로 구불구불 이어져 있어서 아이작은 금세 방향 감각을 잃었고, 공황 상태에 빠졌으나 다시 마음을 가라앉혔다. 방향은 아침에 알아내면 돼. 해가 뜨면 방향을 알 수 있어. 곧 아이작은 최근에 풀을 베어낸 커다란 공터에 도착했다. 시야가 미치는 범위 내에선 어느 쪽으로도 불빛이나 집이 보이지 않았다. 바닥이 아주 푹신해서 공터 가장자리, 나뭇가지들이 이슬을 막아줄 수 있는 곳에 드러누웠다.

침낭에 들어가 눈을 감자 형체를 알 수 없는 잔상이 나타났다. 걸어가는 사람들처럼 보였다. 그날 아침에 자신이 걸어온 길이 보였고, 그 길을 걷는 사람들도 보였다. 아이작은 눈을 떴다. 얼굴은 차가웠지만 몸의 다른 부분은 따뜻했다. 춥고 맑은 밤이었다. 다시금 스웨덴인이 눈앞에 어른거렸다. 그는 난로 옆에 서 있었고 이제 얼굴 반이 그늘에 묻혀 있었다. 이건 정상이야, 아이작은 생각했다. 그는 침낭 안에 누운 채로 손을 밖으로 뻗어 다시 부드러운 풀을 만졌다. 차갑고 축축하고 부드러웠다. 아이작은 별을 보며 스웨덴인에 대해 잊으려 애썼다.

밸리에 이렇게 오래 남아 있으면 안 되는 줄 알고 있었잖아. 나쁜 일이 생길 줄 알고 있었잖아. 때를 기다리는 거라고 나 자신을 속였지만 실은 그게 아닌 걸 알았어. 난 그냥 갈 곳이 없었던 거야. 리도 마찬가지였지. 하지만 리는 스스로 갈 곳을 만들었어. 페인터 씨는 나를 코넬대 교수인 자기 아버지에게 소개해주겠다고 말했어. 자기가 소개하면 확실할 거라고.

하지만 난 떠날 준비가 되어 있지 않았어, 아이작은 생각했다. 리와는 달라. 리는 사람들에게 쉽게 사랑을 받으니까. 어머니가 죽자 리는 이곳을 떠났고, 그렇게 상처를 지워버렸어. 리는 내게 예전의 집이 그립다고 말하지. 내가 그런 사치를 누려본 적이 없다는 생각은 해보지도 않고 말이야. 2학년이 되자 나는 돌연 노인네와 단둘이 집에 남게 됐어. 한편 리는 언제나 자기를 기다리는 가족이 있었지. 귀하신 몸이었으니까. 리가 공부를 할 때면 집안 전체가 숨을 죽였고, 리의 성적표는 중대 사건이었어. 나는 노인네가 볼 수 있도록 내 성적표를 꺼내두었지만 노인네는 내 성적표에 대해서는 한마디도 없었어.

만약 노인네가 내 처지였다면 노인네는 나를 요양소에 넣었을 거야. 내가 아버지처럼 다치면 어떻게 할 거냐고 노인네에게 물은 적이 있지. 대답하지 않더군. 그럼에도 난 머물렀어. 내가 원래 그런 사람이기 때문에, 심지어 노인네 같은 사람에게도 그렇게 행동하는 사람이기 때문에. 아니야, 아이작은 생각했다. 단지 그 이유 때문만은 아니야. 난 노인네의 인정을 받고 싶었어. 내가 필요하다고 노인네가 인정하길 바랐으니까. 아니, 내가 머물렀던 건 노인네만 홀로 두고 떠나는 게 옳지 않기 때문이었어. 하지만 결국난 떠났지. 오 년이 지난 뒤에 말이야. 이성적인 결정이 아니었어. 분별력이라고는 조금도 찾아볼 수 없는 결정이었지.

아이작은 눈을 감았다. 난 잘하고 있어. 어제보다 나아. 내일은 오늘보다 나을 거야. 어둡고 평화로웠고, 한동안 별을 보고 있자니 아는 별자리들이 눈에 들어왔고 아이작은 자다 깨다를 반복하며 잠이 들었다.

7. 그레이스

그날 그레이스는 스타이너의 공장에서 해리스에게 네 번이나 전화를 했지만 신호는 번번이 음성사서함으로 넘어갔다. 그녀는 억지로 집중하려 애쓰며 평소보다 더 빨리 일했다. 다른 생각이 떠오를 틈을 주면 안 됐다. 어느 순간 스타이너가 그녀의 작업대 옆으로 다가오더니 그레이스의 작업 상황을 적고 싱긋 웃어 보였다. 그레이스는 우울한 표정으로 끄덕여 보인 뒤 고개를 숙였다. 빌리가 누군가를 죽였다. 틀림없었다. 금요일에 빌리가 집에 들어왔을 때의 상태며, 해리스가 심문을 하려고 빌리를 데려가 밤새 붙잡아둔 걸로 미루어보면. 그레이스는 밤새 잠을 설쳤다. 해리스는 그레이스의 전화를 받지 않기로 결심한 듯했다. 해리스가 번호를 알지 못하는 사무실 전화를 쓸 수도 있었지만 그랬다가는 누군가 엿들을 수도 있었다. 그레이스는 집에 돌아갈 때까지 기다려야 했다.

얼마 뒤 누가 그레이스의 어깨에 손을 댔다. 이번에도 스타이너였다.

"문 닫을 시간이야." 스타이너가 말했다. "마치 딴 세상에 있는 사람 같군."

스타이너는 걱정을 하는 듯한 표정이었지만 그레이스는 스타이너를 볼 수 없었다. 상대는 스타이너였다. 내가 이런 생각을 할 줄은 몰랐는데. 그레이스는 스타이너가 바브, 그리고 린지 워너와 잔 사실을 아주 잘 알았다. 하지만 만약 빌리를 구할 수 있게 그가 변호사 비용을 빌려준다면 그레이스는 기꺼이 스타이너와 잘 생각이었다. 아들을 구할 수 있다면 품위 따위는 아무것도 아니었다. 돌연 그런 일들을 할 필요 없는 게 바로 사치라는 생각이 그레이스의 뇌리를 스쳤다.

"전 괜찮아요, 밀린 일을 하려고요." 그레이스가 스타이너를 보며 웃었다.

스타이너가 그레이스를 향해 다시 웃고 어깨를 잡은 손에 힘을 주자 그레이스는 거북했다. 자기 자신이 역겨워졌다.

"그럼 내일 봐요." 그레이스가 말했다.

소지품을 챙겨 화물용 승강기를 타고 내려와 차를 세워둔 언덕으로 올라가는 동안, 그레이스는 속이 메슥거렸다. 어쨌든 빌리가 그런 짓을 저질렀을 리 만무했다. 그리고 설령 그랬다 할지라도 그레이스는 정신을 차리고 계속 당당해야 했다. 일단 품위를 잃으면 끝장이야. 품위가 생명이야.

운전해 오는 길에 그레이스의 휴대전화가 울렸다. 해리스였다.

"방금 빌리를 풀어줬어."

"작년에 있던 그 일 때문은 아닌 거지?"

"정신 차려, 그레이스."

"집에 들를 거야?"

"좋은 생각이 아닌 것 같아."

"우리끼리만 있을 거야."

"그레이스." 해리스가 말했다. "그레이스 그레이스 그레이스."

"그런 의미가 아니었어."

"알았어." 그가 말했다.

그레이스는 차를 빨리 몰았다. 빌리가 도착하기 전에 샤워를 하고 싶었다. 어쩌면 그런 의미였을지도 몰랐다. 하지만 그럴 수 없었다. 지금 그러는 건 추잡했다. 그레이스는 눈물이 차오르는 걸 깨닫고 뿌연 시야를 닦아내려고 눈을 깜박거렸다. 정신 차려, 세상에 공평한 건 없어. 괜히 망치지 말라고. 목표에 집중해.

*

그레이스가 이십 분 뒤 집에 도착했으나 빌리는 보이지 않았다. 그녀는 샤워를 하기 위해 옷을 벗었고, 샤워기 물을 너무 뜨겁지도 너무 차갑지도 않게 조절하려고 애썼다. 철물점에서 이 년이나 일했지만 빌리는 수도꼭지 고치는 법 하나 배우지 못했고 배울 생각도 없었다. 지금은 빌리에게 화를 내지 말자고 그레이스는 생각했다. 하지만 화가 났다. 어쩔 수가 없었다. 그 아버지에 그 아들이야. 내가 예전에 저지른 실수들의 결과가 이제 나타나는 거야. 이렇게 될 줄 진작부터 알고 있었어.

그레이스는 건성으로 빠르게 비누칠을 하고 씻어냈다. 그녀는 자기 삶에, 모든 사소한 것에 감사했다. 남을 돕기 위해 최선을 다했다. 그녀가 해야 하는 건 그게 전부였어야 옳았다. 나머지는 신이 돌보는 게 마땅했다. 한때는 모든 게 제대로 돌아가는 것 같아 보였다. 빌리는 이곳을 떠나 대학에 가기 일보 직전이었고, 도저히 망치기 어려운 새로운 삶이 기다리는 듯했지만, 그 아이는 남기로 결정했다. 아마 그건 빌리가 이곳을 떠나기 일보 직전인 적이 없었다는 뜻인지도 몰랐다. 하지만 아무리 그렇다 해도 그레이스는 도무지 납득할 수가 없었다. 빌리는 풋볼 경기를 좋아했고 그걸 계속할 기회가 있었다. 빌리는 스타가 아니었으니까, 그레이스는 생각했다. 자기는 대형 스타가 될 수 없다는 걸 알았던 거야. 하지만 단순히 그런 이유 때문만은 아닐 터였다. 풋볼은 빌리에게 방향을 제시했고, 그레이스는 빌리의 그런 면을 처음 보았다. 풋볼 때문에 빌리는 의문이란 걸 품기 시작했고, 의욕적으로 변했다. 하지만 고등학교를 졸업하자마자 그는 어린 시절의 방식으로 돌아가는 것에 만족했다. 있는 그대로에 만족했고 다른 이들의 보살핌을 받는 것에 만족했다. 스무 살이 되어서도 열세 살 때와 똑같았다. 어쩌면 그레이스는 빌리가 그러리라는 사실을 진작부터 알고 있었는지도 몰랐다.

심지어 걸음마를 할 무렵에도 빌리는 아주 용감해서 다른 아이들과 다르다는 사실을 알 수 있었고, 열한 살인가 열두 살이 됐을 무렵에는 그 사실을 확실히 알았다. 그레이스는 어느 날 막 집에 도착해서 마침 빌리가 자전거를 타고 전속력으로 집 뒤에 있는 언덕을 내려가는 모습을 보았다. 아이는 점점 속력을 높이며 개울 옆 좁다란 평지를 향해 자전거를 몰았다. 처음에 그레이스는 빌리가 자전거를 통제하지 못해서 그러는 거라고 생각했지만 곧 일부러 전속력으로 자전거를 몰고 있다는 사실을 깨달았다. 빌리는 자전거를 멈추지 않았고, 자전거는 위로 높이, 믿기지 않을 정도로 높이 떠올라 개울을 넘었다. 그 장면에서 그레이스는 눈을 질끈 감았다. 그레이스가 눈을 떴을 때 빌리는 개울 반대편에 서서 찢어진 셔츠를 살펴보고 자전거를 일으켜 세우고 조심스럽게 핸들을 바로 잡고 있었다. 자전거를 들고 다시 개울을 건너오는 빌리는 즐거운 표정이었다. 하느님, 제발. 그렇게 기도하던 기억이 생생했다. 하느님, 제발 제 아들을 보살펴주세요. 하지만 버질은 빌리에게서 자전거를 빼앗으려는 시도조차 하지 않았다. 버질은 빌리가 자기를 좋아하길 원했다.

이제 그레이스는 간신히 치마로 갈아입고 머리를 올리고 화장을 약간 했다. 심호흡을 한 뒤 그녀는 자신의 모습을 주의깊게 살펴보았고, 침침한 조명 아래에서 보니 좀더 그녀다워 보인다는 결론을 내렸다. 정말로 조지 스타이너와 그럴 생각을 잠시나마 했단 말인가? 그레이스는 심호흡을 했다. 아직은 포기할 단계가 아니었다. 어쨌든 아들 문제에 관해서는 포기할 수 없었다.

*

해리스가 집 옆에 차를 세웠고, 그레이스는 그가 커다란 트럭에서 풀쩍 뛰어내리는 모습을 지켜보았다. 그는 쉰 살이 넘었는데도 훨씬 젊은 사람처럼 움직였고, 그를 보고 있으니 마음이 편안했다.

그레이스가 포치로 나갔다.

"어서 와." 그녀가 말했다.

그레이스는 해리스가 현관으로 올라와 키스해주길 바랐으나 그는 움직이지 않았다. 그는 계단 아래에 서 있었다. 뭔가 다른 생각에 빠진 듯했다.

"당신 걱정거리를 줄여주고 싶었어." 그가 말했다. "그래서 지방 검사가 빌리를 체포하기 전에 먼저 데려간 거야."

"그리고……?"

"나쁜 소식이야, 그레이스. 하지만 보아하니 당신은 이미 알고 있네."

"그애가 며칠 전 밤에 꽤 심하게 다친 채로 집에 돌아왔어."

해리스가 고개를 저었다. "상대방은 훨씬 지독하게 당했지."

"그 부랑자." 상대가 부랑자든 아니든 그건 중요하지 않았지만, 그레이스는 왠지 그 점이 중요하게 느껴졌다.

해리스는 고개를 끄덕이고 트레일러 너머 저멀리 뭔가를 바라보았다.

"난 늘 그 아이를 보호하려고 애써왔어. 당신도 그건 알 거야."

"내가 그랬다고 해도 돼. 그애 대신 날 잡아가게 해."

"그레이스, 가엾은 그레이스." 해리스는 계단을 올라오고 싶은 것 같았지만 그러지 않았다.

그레이스는 팔짱을 꼈다. 숨이 턱 막히는 느낌이 들었다. "진심으로 하는 말이야." 그녀가 말했다.

마침내 해리스가 포치로 올라왔다. 하지만 그레이스를 어떻게 달래야 할지 몰라 그냥 가만히 서 있었다. 잠시 후 해리스가 그레이스를 안기 위해 팔을 벌렸지만 그레이스는 그의 가슴을 밀쳤다.

갑자기 그레이스는 해리스에게, 그의 어색해하는 태도에 무척 화가 났다. 이유는 모르지만 화가 났다.

"난 내가 할 수 있는 일은 늘 했어." 해리스가 다시 말했다.

"아이작 잉글리시는? 그애도 빌리와 같이 거기에 있었어."

"그애는 용의자가 아니야. 그리고 지금은 지방검사가 그 아이에 대해 모르는 게 더 낫고. 내일 그 아이를 만나볼 생각이야."

"빌리가 기소되는 거야?"

"아직 빌리 이름은 몰라. 하지만 곧 알아낼 거야."

그레이스는 자신이 해리스 앞에서 사라져버리는 느낌이 들었다. 자기 자신은 몸속에서 소멸해버리고 낯선 이가 자신의 눈을 통해 밖을 내다보는 것처럼 느껴졌다.

"아까도 말했지만……"

"당신 때문에 그러는 게 아니야." 그레이스가 말했다.

"알았어, 그레이스."

그레이스는 점점 더 심장이 터질 것 같았다. 아무 말도 하지 말아야 한다고 생각하면서도 도저히 말을 하지 않고 그냥 넘어갈 수가 없었다. "예전에 당신 낚시 친구인 판사에게 말 몇 마디 해준 거 가지고 그렇게 생색낼 필요는……"

갑자기 해리스 역시 화가 났다. "그건 단순한 말 몇 마디 따위가 아니었어. 그 소년에게 한 짓만으로 빌리는 육 년, 팔 년은 감옥에 갇혔을 거야."

"그 아이는 총검을 가지고 있었어, 버드. M16에 장착하는 거였다고."

"그 아이는 무릎을 꿇고 있었지, 그레이스."

그레이스는 해리스를 노려보았지만, 자신이 정말로 화가 난 건지 아니면 단지 화난 것처럼 보이고 싶은 건지 스스로도 알 수 없었다. 어쨌든 해리스는 그레이스와 끝난 사이였다. 그는 스치듯 그레이스를 지나쳐 계단을 내려갔고 픽업트럭으로 갔다.

"기다려." 그레이스가 그의 뒤에서 외쳤다. "미안해."

해리스는 고개를 가로젓고 트럭에 올라탔다.

그가 문을 닫으려는데 그레이스가 그에게 달려내려갔다.

"미안해, 버드. 오늘 하루종일 너무 심란했어."

그는 그레이스의 말을 듣지 않는 것 같았다. 잠시 후 해리스가 말했다. "내가 왜 당신을 위해 이런 일들을 하는지 나조차 이해가 안 될 때가 있어."

"미안해."

"당신은 정말 아무것도 몰라."

"미안해, 그런 식으로 못되게 말할 생각은 아니었어."

"육칠 년 전에, 몇 번째인지도 모르겠지만 당신과 버질이 또다시 헤어졌을 때 난 버질이 빌리를 조수석에 태우고 차를 몰다가 신호 위반하는 걸 붙잡은 적이 있어. 차 바닥에는 직장에서 훔친 커다란 구리선 다발 두 개가 있었지. 방수천이나 뭐 그런 것 밑에 두지도 않고 그냥 훤히 드러내놨더군. 180킬로그램짜리 구리선 다발을. 모네센시에 공업단지를 조성할 때였지." 해리스가 고개를 저었다. "방수천을 덮어두지도 않았다고. 그러니 내가 얼마나 곤란했을지 상상이 가겠지."

"버드." 그레이스가 조용히 말했다.

"버질은 분명 그 일에 대해 당신에게 입도 벙긋 안 했을 거야, 그

260

렇지? 물론 시간이 지난 뒤에야 깨달은 거지만, 내가 빌리 눈앞에서 그자를 체포했더라면 빌리에게 더 도움이 됐을 거야."

"내가 실수한 거 알아."

"당신에게 다른 곳에 다른 일자리를 찾아주려고 여기저기 전화를 한 게 바로 그때였어." 해리스가 그레이스를 보며 말을 이었다. "필라델피아의 그 일자리. 내가 온 힘을 다해 당신과 빌리에게 기회를 만들어줬는데 당신은 내 면전에서 그 기회를 차버렸지."

"그런 게 아니야."

해리스는 뭔가 더 말하려는 듯했고, 그레이스는 팔로 몸을 감싼 채 가만히 서 있었다. 해리스는 말을 하는 대신 시동을 걸었다. "음." 그가 말했다. "오늘밤은 이 정도로 하지." 그레이스가 픽업트럭 발판을 밟고 올라가 열린 창문으로 팔을 넣어 해리스의 팔을 잡았다.

"이렇게 되는 걸 원하지 않았어." 그레이스가 말했다. "이러자고 당신에게 오라고 한 거 아니야."

"버질이 돌아온 걸 알아." 해리스는 얼어붙은 듯 앞유리 너머만 바라보았다.

"버질은 갔어. 아주 떠났고, 하루도 있지 않았어. 완전히 끝났다고."

해리스는 아무 말도 하지 않았다.

"우리 관계가 예전처럼 돌아갔으면 좋겠어."

"불가능해." 해리스가 말했다.

"다시 친구가 되어볼 수도 있어."

"그레이스."

"어떻게 보일지 알아. 하지만 상관없어."

"어떻게 보일지 정말 잘 아네."

"전화할게."

해리스는 고개를 젓고 그의 팔에서 그레이스의 손을 떼어냈다. 그레이스는 발판에서 내려왔다. 해리스가 트럭을 돌렸고, 그레이스는 그의 트럭이 천천히 멀어지는 모습을 지켜보았다.

8. 포

리가 포를 어머니의 트레일러 앞에 내려준 건 이튿날 새벽이었다. 둘은 작별인사를 했지만 포는 이미 마음이 딴 데 가 있었다. 그는 재빨리 방으로 들어가 작업용 장화로 갈아 신었다. 그리고 스웨덴인이 죽은 날 신었던 운동화와 그 운동화 상자, 가솔린이 담긴 깡통을 들고 벌판으로 갔다. 그는 신발과 상자에 가솔린을 흠뻑 적시고 불을 붙였다. 어딘가에 영수증이 있을지도 몰랐다. 아니, 포는 그런 걸 보관하는 사람이 아니었다. 그리고 만약 목격자를 확보했다면 어차피 그런 건 아무 의미도 없었다. 그는 목격자가 헤수스인지 아니면 다른 한 명인지 궁금했다. 하지만 그게 누구인지 고민할 필요는 없었다. 곧 알게 될 테니까.

포는 미역취가 허리까지 무성하게 자란 녹색 초원에서 주변을 둘러보았다. 저멀리 언덕에 무너져가는 잿빛 헛간이 보였다. 그 안으로 어떤 노인이 몇 번인가 들락날락하는 모습을 본 적이 있었다.

심지어 한번은 쌍안경으로 본 적도 있었지만 그는 결국 그 노인이 누구인지 알아내지 못했다. 포가 감옥에서 나올 즈음이면 그 노인은 아마 죽고 없을 것이고, 다시는 그 노인을 볼 수 없을 터였다. 누구인지도 모르는 노인이었지만 포는 자기 인생에서 무언가를 상실한 느낌이 들었다. 멀리 서 있는 저 헛간이나 굽이치는 언덕들도 다시는 볼 수 없을 것이다. 만약 포가 오랫동안 이곳을 떠나 있게 된다면 포의 어머니는 트레일러를 팔고 이사를 갈 게 분명했기 때문이다. 포의 눈앞에서 상황이 변하고 있었고, 포의 관점에서 그건 모든 게 존재하기를 멈추는 것과 마찬가지였다. 전에는 이런 식으로 생각해본 적이 한 번도 없었다. 최고 형량이 선고된다면 출소했을 때 그는 지금 그의 어머니보다 나이가 많을 것이고, 지금으로부터 이십오 년 뒤에 뭐가 어떻게 바뀌어 있을지, 달에 도시가 들어섰을지 아무도 모르는 일이었다. 그의 전성기는 다 지나 있을 것이다. 찌꺼기 같은 인생만 남을 것이고, 솔직히 이제껏 보아온 바에 따르면, 그런 인생이 좋을 리 없었다. 지금이나 그때나 인생의 반을 감옥에서 보낸 마흔여섯의 사내를 좋아할 사람은 아무도 없을 것이다. 포는 혼자가 될 것이다. 자신을 비롯한 그 누구에게도 쓸모없는 존재가 될 것이다. 요즘 세상이 얼마나 빨리 변하는지는 말할 필요도 없었다. 이십오 년이면 부활한 원시인이 나오는 영화에서처럼 시간 왜곡이 일어나는 것이나 마찬가지였다. 이해할 수 있는 게 전혀 없을 것이다. 그나마 그것도 사형선고를 받지 않는다는 가정에서였다. 약물 주사. 그는 알지 못했다. 생각을 정리할 필요가 있었다. 그 스웨덴인을 죽였다는 죄를 뒤집어쓰고 완전히 인생을 포기할 것인지. 그렇게 말하니까 완전히 다르게 들리는군, 그는 생각했다. 하지만 난 그게 무슨 뜻인지조차 이해할 수 없어—인생을 포기한다. 단어 말고 그것을 설명할 뭔가 다른 방법이 있을 거야. 마음속에 연결해서 감각으로 느끼게 만들어주는 장치라든가. 하지만 이건 너무 벅차. 이런 감정을 다룰 수 있는 사람은 아무도 없어. 시간을 두고 조금씩 다뤄야 해. 그러지 않으면 그게 무슨 뜻인지 제대로 이해할 수 없어.

난 내 인생을 포기하고 있어, 포는 큰 소리로 말했다. 하지만 그 단어들은 여전히 그의 마음에 무엇도, 그 어떤 설명도 떠오르게 하지 못했고 희미한 느낌만이 남았다. 마치 '우유 한 잔 마시고 싶어'라고 말한 것이나 다를 바 없게 느껴졌다.

포는 그 스웨덴인을 죽이지 않았다. 그리고 그 스웨덴인은 아무 짓도 하지 않고 그저 서 있었을 뿐이었다. 만약 아이작이 그 멕시코인을 죽였다면, 포는 그 보답으로 기꺼이 징역을 살 의향이 있었다. 하지만 그 스웨덴인은 그냥 그곳에 서 있었을 뿐이다. 하지만 그건 거짓말이다. 포는 자기에게 거짓말을 하고 있었다. 포는 감옥에 가지 않기 위해 자신에게 거짓말을 하고 있었다. 만약 아이작이 그 스웨덴인을 죽이지 않았다면 다른 자가, 헤수스라는 자가 자기 목을 땄을 거란 걸 포는 잘 알았다. 그 부랑자들의 이름을 기억하지 못하는 척해봤자 아무 소용이 없었다. 결국 그때는 포가 죽느냐 스웨덴인이 죽느냐의 상황이었다. 지금 썩어가는 시체는 빌리 포이거나 오토 카슨이었을 것이다. 오토 카슨의 죽음은 포가 계속 살아 있기 위한 필요조건이었다. 필요조건이야, 포는 생각했다. 아이작의 책임이 아니라는 뜻이었다. 납득하기 어려워 보이지만 사실은 그렇지 않았다. 꼭 집어 말할 수는 없어도 알았다. 말은 도움이 안 됐다. 생각을 하면 할수록, 스스로에게 말을 하면 할수록, 이 일에서 빠져나가기 위해 자기 자신을 정당화할 터였다. 진실, 지금 중요한 진실은, 포가 그 스웨덴인의 죽음에 책임이 있다는 거였다. 다른 진실들도 있었지만, 그것들도 엄연한 진실이었지만 포에게 중요한 진실은 그것이었다.

포는 잠시 앉아 벌판에서 보이는 풍경을 기억에 담고 싶었다. 이전까지는 주변 풍경을 이렇게 열심히 본 적이 없었다. 포는 아이작과 달랐고 이제 남은 시간이 얼마 없었다. 포는 집으로 돌아갔다. 그리고 어머니의 침실을 노크했다. 방에서 잠의 냄새와 위스키 냄새가 났다. 어머니는 잠옷 차림으로 침대에 누워 있었고, 두꺼운 두 다리를 약간 벌리고서 온몸에 이불을 둘둘 말고 있었다. 포는 이불을 잘 펴서 어머니의 몸을 좀더 덮어준 다음 옆에 앉았다.

"이리 오렴." 그레이스가 중얼거렸다. 포는 침대에 누워 어머니 쪽으로 등을 돌렸고, 그레이스는 그 자세 그대로 포를 껴안았다. 나는 어린애처럼 행동하고 있어, 포는 생각했다. 하지만 상관없었다. 포가 자기도 모르게 잠이 든 모양이었다. 뭔가를 두드리는 소리가 계속 들렸지만 무엇인지 확인하고 싶은 마음은 들지 않았다. 이윽고 누군가가 침실 문을 열었다. 포가 눈을 떠보니 버드 해리스가 들어와 있었다. 그가 침대를 굽어보며 포의 어깨로 손을 뻗었고, 포는 움찔하며 그의 손을 피했다.

"일어나라, 가야 할 시간이야." 해리스가 말했다.

포는 해리스가 어머니를 보고 있다는 걸 알아차렸고, 침대에서 벌떡 일어나 해리스 앞에 섰다. 해리스를 물러서게 해 어머니를 보지 못하게 가리려는 생각이었다.

"오 분이나 문을 두드렸다." 해리스가 말했다.

"알았어요, 나갈게요." 포가 말했다.

해리스가 밖으로 나가 현관문을 쾅 닫는 소리가 들렸고, 포는 침대에 걸터앉아 다시 장화를 신었다. 준비할 필요도 없다. 뭘 가져가든 압수당할 게 뻔하다. 샤워는 해야 할 것 같았다. 혼자 샤워할 수 있는 마지막 기회일 듯했다. 하지만 그의 몸엔 아직 리의 체취가 남아 있었고, 감옥에 갇힌 남자들에 대해 들은 이야기가 생각났다. 부인이 면회를 오면 손을 아래에 댔다가 남편에게 냄새를 맡게 한다는 이야기였다. 감옥에 갇힌 남편이 할 수 있는 건 그 정도뿐이었다. 포는 그 이야기가 과장일 거라고 생각해왔지만, 이제는 아주 생생히 그려볼 수 있었다.

"준비를 해야지." 그레이스가 말했다. 그녀는 특대 사이즈 티셔츠를 입고 앉아 있었다. "버드 해리스에게 잘 협조해야 한다."

"그럴게요."

포가 밖으로 나와보니 해리스가 익스플로러에 탄 채 기다리고 있었다.

"준비됐어요." 하지만 그들은 그의 어머니가 나와서 작별인사를 하기 전에는 떠날 수 없었다. 포는 당장 트럭을 타고 떠나 가능한 한 빨리 끝내고 싶었다. 조금이라도 더 이곳을 보고 싶지 않았다. 지체해봤자 상황만 나빠질 뿐이고, 금방이라도 울음이 터질 것 같았다. 그런 모습을 해리스에게 보이고 싶지 않았다. 포가 트럭에 타려고 하자 해리스가 말했다.

"어머니가 널 배웅하러 나올 때까지 기다리거라."

포는 거기 서서 눈을 꼭 감아보았지만 별 소용이 없었다. 마침내 어머니가 체육복에 외투를 걸치고 나와 다시 포를 안아주었고, 포는 눈물을 참기 위해 눈을 감았다.

"저분 말씀 잘 들어." 그레이스가 포에게 말했다. "뭐든 시키는 대로 하고."

포가 고개를 끄덕였다. 목이 꽉 메었다. 해리스는 둘의 그런 모습을 못 본 척하려고 차를 뒤지며 뭔가를 찾았다.

"저애를 잘 보살펴줘." 그의 어머니가 해리스에게 말했다.

"오늘밤에 전화해, 그레이스." 해리스가 말했다.

포는 어머니가 해리스를 보는 모습을 지켜보았다. 둘 사이에 뭔가가 오가는 느낌이었다.

그러고 나서 해리스는 포에게 앞좌석에 타라고 손짓했다. 대로에 들어서자 해리스가 트럭을 세웠다.

해리스가 말했다. "뒷좌석에 타야 해. 너의 그런 모습을 네 어머니에게 보이고 싶지 않았지만 경찰서에 도착하면 주 경찰이 기다리고 있을 거야. 그래서 너에게 수갑도 채워야 한다."

포는 고분고분 수갑을 차고 앞좌석과 칸막이로 나뉜 뒷좌석에 탔다. 어찌된 일인지 마음이 차분해지는 느낌이 들었다.

"상황이 얼마나 심각한지는 너도 잘 알겠지?"

"네."

"그 잉글리시라는 녀석도 이 일과 무슨 관련이 있는 거냐? 오늘 아침에 그 아이 집에 들렀더니 그애가 이틀 전에 집을 나갔고 그뒤로는 본 적이 없다고 그애 아버지가 그러시더구나."

"관련 없어요." 포가 말했다.

해리스가 고개를 저었다. "이번 사건을 담당할 지방검사는 널 산 채로 잡아먹으려고 할 거다. 무슨 말이든 입 밖으로 내놓기 전에 잘 생각해야 한다."

"전 바보가 아니에요."

"사실 넌 바보야. 일이 더 나빠지기 전에 그 사실을 명심해, 그게 가능하다면 말이야."

"명심할게요."

"넌 내게 바로 왔어야 했어. 그랬다면 이런 일은 벌어지지 않았을 거다."

포는 해리스가 화가 났다는 것을 알 수 있었다. 그러자 포는 해리스에게 화가 났다.

"네가 날 보고 있는 거 알아." 해리스가 말했다. "하지만 만약 그 목격자가 사람들 사이에서 널 지목한다면, 내 생각에는 그럴 것 같다만, 그럼 넌 완전히 끝장나는 거야. 운이 좋아야 이십오 년이지. 하지만 말했듯이 이번 지방검사는 승진을 위해 사형을 구형하려고 혈안이 되어 있고 그 목적으로 널 철저히 이용해먹을 거다. 그 사람이 성공할 거라는 말은 아니야. 배심원을 설득하기 쉽지 않을 거야. 하지만 그는 어떻게든 밀어붙일 거다. 한마디로 아주 똑똑한 자가 널 주사실로 보내기 위해 안달이 나 있단 말이다." 해리스는 잠시 말을 멈췄다가 다시 이었다. "너 말이야," 그가 다시 말했다. "다른 사람이 아니라 바로 너. 빌리 포."

"목격자가 뭐라고 하던가요?"

"키가 작은 사람, 내 생각에 아이자 잉글리시를 말하는 것 같나만, 여하튼 그 사람은 싸움이 벌어질 거 같은 분위기를 눈치채고 그곳을 떠났다고 했다. 곧 네가 집적거리며 싸움을 일으키더니 머리를 후려쳤고, 깨어나보니 네가 자기 친구인 오토 카슨의 머리도 후려친 뒤였다고 했어. 자기보다 훨씬 세게 말이야. 이제는 죽어버린 친구지."

"저에게 칼을 들이댄 세번째 사람에 대해서는 뭐라고 하던가요?"

"칼 이야기는 없었다. 세번째 사람이 있었다 해도 지금쯤 캔자스 정도로 도망쳤겠지. 이런 일에 얽히고 싶어하는 사람은 그리 많지 않으니까."

"그 사람 이름은 혜수스예요. 제가 말했듯이 그자가 제 목에 칼을 들이댔어요."

"목격자는 그 모습을 보지 못했어."

"목격자의 말이 사실과 다른데도 그 말이 받아들여지겠네요."

"네 어머니를 위해서라도 넌 내게 전부 다 말해야 해. 그게 우리가 기회를 잡을 수 있는 유일한 길이야."

포는 조용히 있었다. 그리고 생각했다. 해리스에게 하는 말은 전부 사실이어야 해. 그러다 포는 모든 게 사실은 아닐 거라고 고쳐 생각했다.

그들은 강변도로를 따라 달렸다. 눈이 부셔서 똑바로 볼 수 없을 정도로 강물이 반짝였고, 사방이 녹색 천지였다. 작은 배를 타고 저인망 어업으로 물고기를 잡는 사람이 한 명 보였다. 은퇴 후 편안한 삶을 보내고 있는 듯했다.

해리스가 계속 말했다. "내가 네 어머니에게 필라델피아에 직장을 구해줬던 건 너도 알 거다. 주 검사 사무실의 상임 비서직이었지. 지금 네 상황을 생각해보면 참 얄궂지. 어쨌든 그 직장에 갔다면 연봉 3만 4천 달러에 연금도 받을 수 있었어. 내가 네 어머니를 위해 그 직장을 잡아두었지만 그 당시 네가 풋볼을 잘하고 있었고, 네 어머니는 너를 네 아버지에게서 떼어놓을 마음의 준비가 되어 있지 않았어. 난 네 어머니를 이성적으로 설득해보려 했다. 넌 어디에서건 풋볼 선수로 뛸 수 있고, 또한 네 아버지라는 자는 평생 동안 양육비라는 걸 두 번밖에 주지 않았다고 말이야. 벌써 육 년 전 일이구나. 그때 넌 고등학교 1학년이었지. 네 어머니는 네가 대학에 들어가면 이곳을 떠나겠다고 했지만, 넌 계속 집에 남아 어머니에게 기생하고 있고 철물점 점원 일조차 제대로 하지 못했다."

"그 철물점 주인은 모두를 해고했어요." 포가 말했다. 그는 해리스의 잔소리가 지긋지긋했다. 둘은 마을에 들어섰다. 포는 지금 설교를 듣고 싶지 않았다. 주 경찰에게 뭐라고 해야 하는지나 이야기해줬으면 했다.

"네 어머니는 좋은 여자다. 어머니 때문에 네가 얼마나 많은 덕을 봤는지, 넌 상상도 못 할 거야."

"제 어머니는 결혼했어요."

"정신 차려. 네 아버지라는 자는 이 마을 여자 절반과 시시덕거렸어. 너에게 형제나 누이가 스무 명쯤 없는 게 기적이라고."

"서장님 정말 짜증나는 분인 거 아세요?"

둘은 경찰서 주차장에 차를 세웠지만 해리스는 차에서 내리려고 하지 않았다. 해리스가 말했다. "빌리, 네가 풋볼 동료들과 거리에서 술을 마시다가 체포되었던 그 일들 기억하냐?"

포가 코웃음을 쳤다. "그런 일로 체포된 적 없어요."

"글쎄, 과연 그럴까. 내 부하가 제한속도 시속 50킬로미터 지역에서 시속 110킬로미터로 운전한 너를 잡은 건 어떠냐? 그때 넌 너무 취해서 창밖으로 빈병을 던진 것조차 기억하지 못했어. 그리고, 내가 잘 기억하고 있는지 보자—넌 야구방망이로 사람을 때린 적도 있어. 이미 쓰러져서 너를 비롯한 그 누구에게도 해를 끼칠 수 없는 상황이었는데 말이야. 하지만 넌 보호관찰 형을 받고 풀려났지."

포는 아무 말도 하지 않았다.

"네가 그냥 운이 좋았던 거라고 생각했을 거야, 그렇지?"

"지금 제가 그 말을 들어야 할 필요는 없어요."

"넌 운이 좋은 게 아니었어. 넌 응석받이에다 멍청이고 난 지난 칠팔 년 동안 널 보호하려고 무진 애를 써왔다."

"그저 서장님 기분좋으려고 그러시는 거잖아."

"넌 네 아버지를 닮아도 너무 닮았다. 그리고 그건 우리 모두에게 안타까운 일이지. 특히 네 어머니에게."

"제가 뒤에 타서 운이 좋은 줄 아세요. 여기 좆같은 칸막이가 있는 걸 행운으로 생각하시라고요."

"그런 성질은 아꼈다가 감옥에 가서 써라. 분명 필요할 테니."

해리스가 트럭에서 내려 포가 내릴 수 있게 문을 열고 그를 데리고 건물 안으로 들어갔다. 뚱뚱한 경찰 호가 전과 같은 책상 앞에 앉아 있었다. 마치 지난 스물네 시간 동안 전혀 움직이지 않은 듯했다.

"주 경찰이 왔나?"

"아니요." 호가 대답했다. "책임자라는 멍청한 놈이 전화해서 우리더러 유니언타운까지 저 아이를 데려오랍니다."

"이 아이 사진을 찍고 지문을 채취해." 해리스가 포를 가리키며 말했다.

해리스가 사라지자 호는 포를 허리 높이의 선반이 있는 작고 하얀 방으로 데리고 갔다. 포는 땅딸막한 중국계 경찰이 거칠게 굴거라고 생각했지만 아니었다.

"네 손가락을 굴리면서 지문을 찍을 거니까 손에서 힘을 빼. 지문이 뭉개지면 다시 찍어야 하거든."

"조심할게요."

해리스가 방안으로 고개를 들이밀었다.

"이 자식 사진 찍기 전에 화장실에 가서 면도하고 세수하게 해. 검사 놈이 이 자식 사진으로 신문을 도배하다시피 할 테니까."

해리스가 포를 보았다. "이제부터 누가 네게 뭔가를 물으면 넌 '변호사'라고만 답하는 거다. 하늘이 파랗냐고 물으면 '네'가 아니라 변호사라고 대답해야 한다고. 현직 대통령이 누구냐고 물으면 뭐라고 대답해야 하지?"

"변호사."

포가 면도를 하는 동안 경찰은 화장실 밖에 서 있었고, 포가 나오자 해리스가 만족할 때까지 얼굴 사진을 네 번 찍었다. 얌전한 학생 같아 보이네, 해리스가 말했다. 그러고 나서 둘은 다시 해리스의 트럭을 타고 군청 소재지인 유니언타운으로 향했다. 적어도 이번에는 포에게 수갑을 채우지 않았다. 그들은 아무 말도 하지 않았다. 포는 해리스가 일부러 길을 멀리 돌아가는 것으로 포에게 호의를 베풀고 있다고 짐작했다. 그가 다시는 이 경치를 볼 수 없을 것이기 때문이었다. 브라운즈빌 남쪽으로 가면서 밸리는 약간 평탄해졌고, 프레더릭타운의 페리에 탔을 때는 강물이 갈색이 아니라 거의 투명했다. 몬강에서 그런 색을 보니 이상했다. 페리는 보통 최대 적재량인 자동차 여섯 대가 다 찰 때까지 출발하지 않았지만, 해리스가 차를 싣자 배 위에 다른 차가 한 대밖에 없는데도 곧바로 출발했다. 페리 운전사가 포를 샅샅이 훑어보았다. 열일곱 살 정도 되어 보이는 좆같은 촌놈 무지렁이가 자신을 훑어보는 것을 알아챈 포는 당장 차에서 내려 머리통을 패주고 싶었다. 하지만 다른 차에 탄 사람들 역시 그를 보고 있다는 걸 깨달았다. 아버지와 어린 아들인 것 같았는데, 장담하건대, 아버지가 아들에게 법을 따르지 않으면 어떻게 되는지 보라며 일장 설교를 하는 것 같았다. 포는 본보기였다. 포는 고개를 숙이고 트럭 바닥을 보았다. 바닥에는 청소하기 쉽도록 고무 깔개가 깔려 있었다. 페리가 강 건너편 둑에 닿자 충격이 전해졌고, 해리스는 다시 차를 몰았다.

"왜 이 길로 가는 거죠?" 포가 물었다. "유니언타운은 강 저쪽이 잖아요." 포는 그 말을 하면서 해리스가 자신이 도망칠 수 있게 도와주려는지도 모른다는 희미한 희망을 품었다. 웨스트버지니아 경계에서 놔줄지도 모른다고.

"경치 좋은 이쪽 길로 가야 이야기할 시간이 더 많을 거라고 생각했다. 네가 쉰 살이 되기 전에 이 경치를 볼 수 있는 마지막 기회일지도 모른다는 건 말할 것도 없고. 어쩌면 영원히 못 볼 수도 있지."

포는 가슴이 내려앉는 걸 느꼈다.

"전 이미 모든 걸 다 이야기했어요."

해리스가 어깨를 으쓱해 보였다.

몬에서 서쪽으로 향하는 동안 굽이치는 언덕이 이어졌고 낡은 헛간과 창고가 보였다. 이 지역은 공장이 아니라 농장지대였다. 그들은 유니언타운까지 멀리 돌아가는 경로를 택했기 때문에 다시 강을 건너야만 했다. 강에서 멀어지면서 빠르게 지형이 변했고, 낡은 석조 농가들이 눈에 들어왔다. 이곳에서 사람들이 이삼백 년은 살아왔다는 사실을 상기시켜줄 만큼 오래된 집들이었다. 포의 아버지는 밸리에 사람들이 그때부터, 삼백 년 전부터 살아왔다고 주장했다. 삼백 년간 대를 이어온 초기 정착민들. 그러나 포의 눈에는 그저 삼백 년간 대를 이어온 술주정꾼들처럼 보였다. 역사의 더러운 면을 살펴보면 늘 말도둑이 있었다. 바로 포의 조상들이었다. 포는 차라리 지름길로 갔으면 좋았을 거라고 생각했다. 그러다 문득 이런 생각이 들었다. 이게 내가 이곳을 볼 수 있는 진짜 마지막 기회야. 그만큼 심각한 상황인 거야.

문득 포가 풋볼 팀에 있었다는 걸 알아봤던 그 머리라는 이름의 부랑자가 목격자일 거라는 확신이 들었다. 어쩌면 그자는 나란히 선 용의자들 중에서 포를 뽑지 않을 수도 있지만, 맙소사 그럴 확률이 얼마나 되겠는가. 그는 우연히 만난 장소에서도 포를 알아봤는데 지금은 포가 자기 친구를 죽였다고 생각하고 있으니 당연히 단번에 알아볼 것이었다. 더구나 포는 그자의 엉덩이를 세게 걷어차기까지 했다. 복수보다 달콤한 것은 없는 법이다. 머리는 포에게 복수하고 싶은 게 분명했다. 그런 생각을 하자 포는 빨리 유니언타운에 가고 싶은 마음이 싹 가셨다. 해리스가 길을 돌아서 가주어 다행이었다. 포는 나무 한 그루 한 그루를 유심히 보며 모두 기억에 담아두려 애썼다. 보석금이 얼마나 될까 생각했다. 엄청날 거라고 포는 확신했다. 도저히 낼 수 없을 정도로 높은 액수를 책정해놓았을 것이다. 그들은 누군가가 트랙터를 모아놓은 마당을 지났다. 작은 집 앞 커다란 뜰에 트랙터가 사오십 대 정도 있었고, 포는 그 모습을 기억에 담아두었다. 이윽고 둘은 마을에 들어섰다. 포가 모르는 사이에 다시 강을 건넌 모양이었다. 트럭 뒷좌석에 얼마나 타고 있었던 걸까? 차는 이미 유니언타운에 들어와 있었고, 포의 마지막 드라이브가 끝나려 하고 있었다.

몇 명이 거리에서 포를 훑어봤지만 포가 노려보는 것을 눈치채고는 시선을 돌렸다. 미친 게 분명해 보이는 남자 하나가 존재하지 않는 친구에게 계속 중얼거리며 거리를 걷고 있는 게 보였다. 저 사람과 처지가 바뀌면 좋을 텐데. 저 사람에게는 하루 세끼 식사와 잘 곳이 생기는 거잖아. 나는 동물가죽을 걸치고 혼자 힘으로 살아가고 말이야. 그는 아이작이 어디 있을까 생각했다. 어디론가 가는 중이겠지. 포는 아이작이 잠시라도, 계속은 아닐지라도 단 몇 분만이라도 자신과 함께 있어야 하는 게 아닌가 생각했다. 어쩌면 둘은 비긴 것일지도 몰랐다. 포가 아이작을 구했고, 아이작이 포를 구했다. 포와 아이작은 비긴 걸까, 아닌 걸까? 해리스가 앞뒤 좌석 사이의 칸막이를 열더니 수갑을 건넸다.

"내가 채운 것처럼 보이게 단단히 차거라." 해리스가 말했다.

몇 분 뒤 해리스는 뷰얼의 옛 경찰서와 비슷하게 생긴 커다란 벽돌 건물 뒤에 차를 세웠다. 그런 다음 포를 데리고 안으로 들어갔다.

높은 책상 앞에 경찰 한 명이 앉아 있었고, 다른 경찰 몇 명은 양복을 입은 남자와 이야기를 하며 어슬렁거리고 있었다. 양복을 입은 남자는 숱이 많은 금발머리에 키가 작고 잘생긴 젊은이로, 정치가라도 되는 듯이 행동했다. 남자는 마치 포가 자동차이고 자기는 그 차를 사려는 사람인 것처럼 포를 매우 주의깊게 살폈다. 포가 고개를 끄덕였지만 남자는 그런 포의 행동을 보았는지 어쨌는지 아무 반응도 보이지 않았다.

포는 벤치 두 개가 놓여 있는 유치장에 갇혔다. 벤치 하나에는 중년의 사내가 누워 있었는데, 머리칼이 온통 헝클어져 있고 카키색 바지와 골프 셔츠 차림이었다. 그에게서는 오랫동안 술독에 빠져 있었던 것 같은 냄새가 났다. 눈 밑에 다크서클이 있었고 그리 오래되지 않은 듯한 토한 흔적이 있었으며 토사물냄새도 났다. 사내가 포를 힐긋 보더니 그가 위협적인 존재가 아니라고 결론을 내렸는지 다시 눈을 감았다. 포는 살짝 모욕감을 느꼈다.

얼마 후 경찰이 유치장에서 포를 데리고 나오더니 다른 방으로 데려갔다. 그 방에는 포 나이 또래에 키도 비슷한 사람 다섯 명이 벽을 등지고 서 있었다. 포와 함께 선 사람 중 한 명은 포가 경찰서에 들어섰을 때 로비에 있던 경찰이었다. 이제 그 경찰은 사복 차림이었다. 그들은 모두 거울 처리가 된 창문을 보고 섰다. 몇 분 뒤 포는 다시 유치장으로 안내되었다. 마침내 해리스가 유치장에 와 포가 고개를 들고 자기를 보도록 창살을 툭툭 두드렸다.

"어찌되었나요?" 포가 물었다.

해리스가 고개를 저었다. "금방 알아보더군."

"그럼 다 끝이겠군요, 이제." 포가 어깨를 으쓱해 보였다.

"여기엔 훌륭한 국선변호사가 있다. 그 여자가 네 사건을 맡게 하려고 애쓰는 중이야."

"고맙습니다."

"그럼 또 보러 오마."

"잠시만요, 저는 어디로 가게 되나요?"

"페이엣."

"페이엣이라고요?"

"보석금이 너무 높아서 평범한 교도소는 안 된다는구나. 적어도 상냥하신 우리 지방검사님께서는 그렇게 말하더군."

"끝내주네요."

"네 어머니에게는 네 상황이 어떤지 계속 전해주마."

포가 어깨를 으쓱했다.

"가능하면 문제 일으키지 않도록 해라." 해리스가 말했다. "만약 도저히 피할 수 없는 상황이 되거든 상대방을 확실히 손보고. 늘 첫날이 가장 힘든 법이니까."

해리스가 떠나자 골프 셔츠를 입은 사내가 일어나 앉아 포를 바라보았다.

"그런 특별 대우를 받으려면 누구에게 뇌물을 줘야 하지? 여기서 일하는 짭새들이 나한테는 빌어먹을 한마디도 안 하던데."

"별로 받고 싶은 대우는 아닐걸요." 포가 말했다.

"난 음주운전으로 두번째 잡혔어."

"이번에도 그냥 놔줄 테니 걱정 마세요."

"모르겠다. 경찰에게 좀 멍청한 말을 지껄였거든."

"아저씨가 한 일보다 더 큰 사건들이 있으니 괜찮아요."

남자는 도로 벤치에 앉았다.

"맙소사, 다음주에 종신 재직권 심사가 있는데."

"무슨 말이에요?"

남자는 포를 바라보았다. "난 교수야. 정확히는 시인이지."

"펜실베이니아 캘리포니아 대학이요?"

남자는 고개를 저었다.

"빌어먹을 상관없어요. 어차피 내가 거기 들어갈 것도 아니고."

"그런데 넌 어쩌다 여기 들어왔니?" 남자가 말했다.

"들어봤자 좋을 거 없어요."

"말해봐. 난 괜찮으니까."

"제가 누굴 죽였다네요." 포가 말했다. "전 안 죽였지만요."

"정말?"

"정말요."

"맙소사." 남자가 말했다. 하지만 포의 말을 듣고 나니 기분이 좋아진 모양이었다. 남자는 세면대로 가서 얼굴을 씻고 벤치에 누워 눈을 감았다.

포는 화가 났다. 누워 있는 남자의 얼굴을 한 방 갈기면 기분이 좋아질 것 같았다. 하지만 포는 이제 그런 식으로 행동하지 않았다. 아니, 그건 사실이 아니었다. 그가 가게 될 곳에서는 그렇게 행동해야 할 확률이 무척 컸다. 포는 교수라는 작자를 지켜보았다. 토사물냄새를 풍기면서도 그는 편히 누워 있었다.

마침내 경찰이 들어와 포를 데리고 차고로 갔고, 뒤쪽에 철창이 설치된 밴에 태웠다. 포는 곰이나 개처럼 크고 사나운 동물을 가두는 우리같이 생긴 철창에서 오래 기다렸다. 눈을 감았다. 이제 겨우 오후 두시가 지났다는 게 믿기지 않았다. 집을 나온 뒤로 오랜 시간이 흐른 것만 같았다. 밴에서 얼마나 있었는지 몰랐다. 운전석 문이 열렸다 닫히는 소리가 들렸고, 차고 문이 열렸고, 운전사가 차를 몰고 환한 밖으로 나갔다. 운전사는 한마디도 하지 않았고, 포 역시 생각에 잠긴 채 깨고 싶지 않았다. 포는 리를, 지난밤을 생각했다. 리를 이해하기 어려웠다. 둘은 모텔에 갔고 아침이 밝을 때까지 섹스를 했지만 그녀는 뭔가 다른 것에 정신이 팔려 있었다. 하긴 결혼한 여자인데, 뭘 기대한단 말인가? 포는 리의 모습을 생생히 떠올릴 수 있었다. 어둠 속에서 리의 얼굴이 그림처럼 선명하게 보였다. 이렇게 기억에 남겨두는 거야. 생각하고 또 생각하는 거지. 어느 순간부터는 잘못 기억하기 시작하겠지만 말이야. 좁고 경사가 심한 도로를 달리면서 포는 멀미가 나기 시작했다. 그가 탄 차는 낡은 밴이었다. 그는 자기가 어디로 가는지 알지 못했다. 숲과 벌판, 벌판과 숲이 끝없이 이어졌고, 시골길은 구불구불했고 오르락내리락을 반복했다. 포는 멀미로 토할 것만 같았다. 마침내 차가 멈춘 곳은 언덕 꼭대기의 낮은 건물 여러 동으로 이루어진 커다란 교도소 앞이었다. 새로 지은 것 같았고, 높이 10미터가 넘는 칼날 달린 철조망을 제외하면 학교처럼 보였다. 강이 훤히 내려다보였고, 총이 장착된 감시탑 네 개가 있었고, 담장 사이 공간으로 한 남자가 하얀색 픽업트럭을 몰며 순찰을 하고 있었다. 담장 안쪽은 죄수들의 운동장이 분명해 보였는데, 풀은 없고 흙만 보였다. 파란 셔츠에 황갈색 바지를 입은 죄수들이 그 안에서 어슬렁거렸다. 그곳에는 두 개의 분리된 공간이 있었고 역기용 벤치 같은 것들이 보였다.

건물은 얼마 전에 칠한 듯 밝은 흰색이었고, 담장 위의 강철 칼날이 햇빛을 반사했고 감시탑의 커다란 창문은 얼룩 하나 없이 깨끗했다. 누군가가 나와서 문을 열었다. 포는 문이 등뒤에서 닫힌 뒤 점차 멀어지는 모습을 지켜보았다. 어느 한 건물에 들어서서 그들은 포의 지갑과 시계가 든 마닐라 봉투를 받아 그가 보는 앞에서 돈을 다시 셌다. 그리고 포에게 옷을 다 벗으라고 지시했다. 포는 벌거벗은 채로 벽을 향해 섰다. 교도관 둘이 있었고 둘 다 지휘봉을 꺼내 들고 있었다. 이제 시작이구나, 포는 생각했다.

"입 벌리고 혀를 올려. 손가락으로 머리칼을 쓸어, 머리칼 전부, 당장. 돌아서서 귀를 앞으로 잡아당겨."

포는 명령대로 했다.

"몸을 최대한 숙이고 궁둥이를 벌려봐."

교도관 둘은 안전거리를 유지하고 있었다. 그는 교도관들이 시킨 대로 했다.

"장화에 뭔가 들어 있나?"

"어디에요?"

"신발 말이다. 꼬마야. 그 안에 뭔가 들었나?"

"아니요."

"그 안에 뭐가 들었는지 내가 그걸 잘라서 봐야 하는 거냐?"

"아니요. 그러지 마세요."

포가 돌아섰다. 교도관 한 명이 파란 고무장갑을 끼고 포의 신발 안쪽에 손을 넣어 뭐가 들었나 확인했다. 교도관 둘은 회색 유니폼 셔츠에 검은 바지 차림이었다. 싸구려 천이었고, 셔츠는 세탁을 여러 번 해 보풀이 일어나 있었다.

"돌아서." 키가 작은 교도관이 말했다. "난 두 번 말하지 않는다."

포는 그렇게 했다.

"자, 빠르게 몸을 세 번 구부려. 발가락까지 손이 닿게 구부려."

포는 그렇게 했다.

교도관 한 명이 지휘봉으로 벽을 툭툭 두드렸다.

"빠르게. 두 배 빠르게."

포는 그렇게 했다.

"잘하는군." 교도관 가운데 한 명이 말했다.

"이걸 왜 하는 거죠?"

"네 똥구멍에 칼을 넣어두었을 경우를 대비해서지. 칼을 거기 넣은 상태로 몸을 빠르게 구부리면 칼날이 내장을 뚫고 나오거든."

"아무것도 없습니다." 포가 말했다.

"그러니까 다음을 위해 잘 기억해둬. 수시로 검사할 테니까."

교도관들이 포의 신발을 돌려주고, 누군가의 땀냄새가 나는 오렌지색 점프 슈트를 던져주었다.

"속옷이랑 양말이 없는데요." 포가 말했다. 교도관들은 포의 말을 무시했다. 그들은 포를 데리고 다른 방으로 가 뚱뚱한 흑인 여자가 앉아 있는 커다란 책상 앞에 세웠다. 포가 여자에게 인사를 했지만 여자는 그를 무시했다. 그녀는 포의 이름을 확인했다.

"자살하고 싶은 기분이 드나?" 여자가 말했다.

"아니요."

"동성애자인가?"

"아니요."

"병이나 알레르기가 있나?"

"아니요."

"자해할 생각을 해본 적 있나?"

"방금 대답했는데요."

여자가 화난 표정으로 포를 보았다.

"어쨌든," 포가 말했다. "제 변호사는 연락이 없습니까?"

여자는 포의 말을 못 들은 척했다. 포는 앉아서 여자가 뭔가를

적는 모습을 지켜보았다. 속에서 화가 끓어오르는 걸 느꼈지만 냉
정을 유지했다. 여기서 화를 내봤자 아무런 도움이 되지 않았다.

여자는 파일을 옆으로 치우고 포와는 아무 상관도 없는 듯한 다
른 서류들을 살펴보기 시작했다. 그러고는 수첩에 뭔가를 적었다.
포는 뒷짐을 지고 책상 앞에 서 있었다. 오랫동안 서 있었다. 무게
중심을 이쪽 발에서 저쪽 발로 옮겼다. 다리가 저리기 시작했다.
마침내 여자가 교도관 한 명에게 신호를 보냈고, 교도관은 포를 데
리고 다른 방으로 갔다. 그 방에는 수감자 중에서 선별된 교도관
보조가 있었다. 육십대로 보이는 짧은 회색 머리의 흑인으로, 포에
게 침대 시트, 수건, 베개를 건네주더니 옷 사이즈를 물었다.

교도관들이 다른 방으로 돌아가자 보조가 말했다. "그 신발, 얼
마나 받고 싶나? 팀버랜드 거야?"

"레드 윙스."

"얼마 받고 싶은지 말해봐."

"안 팔아."

"내 인내심을 시험하지 말고, 씨방새야."

포는 아무 말도 하지 않았다. 남자는 방을 나갔다가 돌아와 포
에게 카키색 폴리에스테르 바지 한 벌과 양말 두 켤레, 속옷 두 벌,
파란색 데님 셔츠 한 벌을 던져주었다.

"사이즈가 하나도 안 맞아." 포가 말했다.

"너 정말 좆나게 멍청이라는 거, 알긴 아나?"

포는 덩치 작은 그 남자를 들어올려 머리를 으깨버릴 수도 있었
지만 무슨 이유에서인지 상대는 포를 전혀 두려워하지 않았다. 포
는 오렌지색 점프 슈트를 벗고 새로 받은 옷으로 갈아입었다. 교도

관 한 명이 돌아왔고, 포는 침대 시트 따위를 들고 교도관을 따라 길고 좁은 복도를 걸었다. 둘은 두께가 2.5센티미터 정도 되는 플 렉시글라스가 설치된 교도관실을 지나 강철 문 앞에서 버저를 눌 렀고, 안으로 들어서니 풋볼 경기장만큼이나 넓은 복도가 나타났 다. 복도에는 교도관 두 명과 밀걸레질을 하는 수감자 말고는 아무 도 없었다. 복도는 반들반들 윤이 났고 바닥 광택용 왁스와 솔벤트 냄새가 진동했다. 포는 교도관을 따라 문을 몇 개 지났다. 감방동 안쪽으로 남자들이 책상과 의자에 앉아 있는 모습이 보였고, 음악 소리에 귀가 쩌렁쩌렁 울렸다. 포는 자기가 어디로 가는지 교도관 이 설명해주리라 기대했지만 교도관은 아무 말도 하지 않았다.

마침내 둘은 어떤 문 앞에 도착했고, 교도관이 몸을 돌리고 문을 열었다. 둘은 감방동으로 들어갔다. 양쪽으로 감방이 2층으로 들어 서 있는 길고 넓은 공간으로 중앙에는 커다란 홀이 있었다. 텔레비 전 몇 대가 최대 볼륨으로 〈제리 스프링어 쇼〉와 랩 비디오를 토해 내고 있었다. 테이블 몇 개에서는 사람들이 체커인지 체스인지를 하고 있었고, 몇몇은 포가 입은 것과 같은 카키색 바지와 파란 데 님 셔츠 차림이었지만 대부분은 주에서 지급받은 게 아닌 것 같은 맨투맨 셔츠나 바지를 입고 있었다. 포가 들어서자 실내가 갑자기 조용해지며 사람들이 포를 이리저리 가늠했다.

"저 신발 맘에 드네." 누군가가 말했다.

"저 신참 새끼 싱싱한 궁둥이 좀 봐."

"브리트니 스피어스처럼 탱탱한 엉덩이야. 저걸 잡고……" 포의 시선 가장자리로 수감자 한 명이 과장되게 섹스 자세를 취하는 게 보였다.

"지랄하네 깜둥이 새끼." 다른 사람이 말했다. 그가 포를 불렀다. "넌 내가 보살펴줄게, 아가야. 다른 새끼들은 걱정하지 마. 넌 놈들한테 아까울 정도로 예쁘니까."

여기저기서 요란하게 웃음이 터졌고, 서로 포를 어떻게 하겠다고 경쟁하듯 외쳐댔다.

포는 사람들을 조용히 시키길 기대하며 교도관을 바라봤지만 교도관은 아무 말도 하지 않았다.

"걱정 마, 신참." 누군가 말했다. "그 교도관 새끼는 우리에게 찍소리도 안 할 거야. 여차하면 그 깜둥이 새끼도 조져버릴 거니까."

교도관은 똑바로 앞만 보고 있었다. 교도관이 계단을 가로막은 수감자들에게 손을 흔들었지만 수감자들은 막판에 가서야 길을 비켜줬다. 교도관은 포보다 그리 나이가 많지 않아 보였고 수감자 누구와도 눈을 마주치지 않았다.

그들이 지나온 감방 문들은 모두 열려 있었고, 마침내 포는 열려 있지 않은 감방 앞에 도착했다. 교도관이 열쇠꾸러미를 확인하더니 맞는 열쇠를 찾아 문을 땄다. 둘은 문 앞에 가만히 서 있었고, 포는 마침내 자기가 문을 열어야 한다는 사실을 깨달았다.

감방은 가로 2미터에 세로 3미터 정도 되었다. 강철로 된 이층침대가 벽에 고정되어 있었고, 폭의 반 정도를 차지했다. 문 반대편에는 시트가 없는 스테인리스스틸 변기와 버튼을 누르면 물이 나오는 세면대 하나가 있었다. 감방 안에는 오로지 한 명 서 있을 공간밖에 없었다.

"여기는 새로운 수감자를 옴짝달싹 못하게 하는 곳인가요?"

"뭘 기대했냐?" 교도관이 말했다.

"침대 두 개가 들어갈 공간이라면 좀더 넓을 거라고 생각했죠."

"여기가 나쁘다고 생각하는군. 신참들 대부분은 적응 과정에서 몇 주 정도 지하 독방에 갇힌다. 적어도 넌 그 과정은 건너뛴 거라 이 말이야. 게다가 너랑 방을 같이 쓰는 놈은 지금 그 지하 독방에 갇혀 있어. 그러니 며칠 정도 여길 혼자 쓰게 될 거야."

"어느 침대를 쓰죠?"

"아무것도 올려져 있지 않은 침대지, 쪼다 새끼야."

포는 위쪽 침대에 지급받은 물건들을 놓았다.

"오 분 뒤에 문이 닫힌다. 어디 가지 마." 교도관이 말했다.

"저녁식사는요?"

"식사 시간은 끝났어." 교도관이 말했다. 그리고 어깨를 으쓱하더니 사라졌다.

포는 침대 정리를 하고 뭔가 집중할 만한 것을 찾아보았다. 아무것도 없었다. 수도꼭지에서 물을 받아 마셨다. 침대에 누웠다. 머릿속이 터질 것만 같았다. 마치 모터가 너무 빨리 돌아 온몸을 잡아주는 볼트와 나사가 튕겨나가고 몸이 산산조각나기 직전인 것 같았다. 숨이 막혔다. 어쩔 방법이 없었다. 이건 실수야, 실수가 맞아. 그래. 실수야. 포는 여기에 오면 안 되었다. 포는 이런 곳에 갇힐 아무런 이유가 없었다.

9. 아이작

아이작은 희미한 새벽빛에 잠이 깼고 재빨리 눈을 떴다. 처음에는 자기 침대에 돌아와 있다고 생각했다. 아니었다. 잔디밭 가장자리의 침낭이었다. 아이작은 고개를 돌렸다. 시야가 막히는 곳이 없었다. 골프장의 페어웨이. 푹신한 침대 같군. 타박상에 좋을 거야. 아이작은 숨을 쉬어 온도를 확인해보았다. 하얀 김이 위로 올라가는 게 보였다. 추웠고 주위에서는 아무 소리도 들리지 않았다. 지구에 사는 유일한 생명체가 된 기분이었다. 전에는 이렇게 일찍 일어나는 걸 좋아했는데. 하지만 지금은 좀더 자두자.

아이작은 다시 눈을 감고 하늘이 더 밝아져 새들이 잠에서 깰 때까지 기다렸다. 드디어 한 마리가 지저귀기 시작했고 이윽고 사방에서 합창하듯 짹짹짹, 찌륵찌륵찌륵, 쫑쫑쫑 하는 소리가 들렸다. 뭔가가 아이작의 얼굴 바로 위를 퍼드덕 날아가며 회색과 흰색의 잔상을 남겼다. 킹버드. 꿀벌을 먹는 놈이었다. 아이작은 머리 뒤에 팔을 받치고 십 분 정도 더 누워서 새들의 노랫소리를 듣고, 해가 뜨면서 하늘의 색이 바뀌는 모습을 지켜보았다.

아이작은 재빨리 일어나 앉다가 통증에 깜짝 놀랐다—갈비뼈. 어제도 집단 구타를 당했던가? 아니지. 일요일의 후유증이야. 내상. 속이 뒤틀렸다. 팔이 부러지는 것보다는 낫잖아. 상황에 따라 다르지. 심각하지 않은 갈비뼈 골절이 심각한 팔 골절보다 나아. 다리가 부러지는 건 최악이야. 움직일 수가 없으니까. 게다가 넙다리뼈 하나당 혈액의 4분의 1을 잃게 되고. 그래서 십자가에서 다리를 부러뜨리는 거야. 자비에서 우러나온 행동이지.

배낭을 꾸리는 데 시간이 오래 걸렸다. 아프지 않게 움직일 방법이 없었다. 어제보다 더 심해, 아이작은 생각했다. 두들겨 맞은 다음날보다 그다음날이 더 심한 법이야. 위험에서 빠져나오기 전까지 몸은 아픈 걸 알리려 하지 않거든. 새로운 소식을 감당할 수 있을 때까지 기다리지. 정신 상태를 양호하게 유지하는 방법이야.

마침내 아이작은 햇빛이 곧장 뇌에, 뇌의 송과체松果體로 상쾌하게 떨어지는 느낌을 받으며 일어섰다. 그리고 위험하다는 느낌도 받았다. 다들 날 볼 수 있잖아. 내가 얼마나 아픈지 알아챌 거야. 낮에 자고 밤에 움직여야 해. 오래된 방법이지만 효과는 좋아. 동물들이 밤에 움직이는 데는 다 이유가 있어. 눈동자는 밤에 빛을 반사하지만 또한 흡수하기도 해. 잠시 그에 대해 생각해보라고, 왓슨.

배낭을 어깨에 메고 숲으로 돌아간 아이작은 하수로를 따라 돌투성이 언덕을 내려갔다. 어제보다 다리가 더 아팠다. 아이작은 몸을 웅크리고, 엄청나게 무거운 짐을 진 사람처럼 작은 보폭으로 걸었다. 배낭을 가볍게 하고 싶은 마음이 굴뚝같았지만 안에 든 것은 모두 꼭 필요한 물건들이었다. 냇가를 따라 밝고 묘한 색깔의 꽃들이 피어 있었다. 하지만 천천히 움직이는 것만도 온 정신을 집중해야 하는 일이었기에 꽃을 보지 않고 그냥 지나쳤다. 오늘의 메뉴는 뭘까? 부러진 등뼈 정도 되겠군. 노인네와 휠체어를 두고 싸우는 거지. 노인네가 이길 거야. 특별한 전술이 있으니까. 휠체어 전쟁이라. 노인네가 지금 나를 보면 뭐라고 할까? 배은망덕한 놈 같으니, 강해야 살아남는 법이다. 피곤한 자 가난한 자 배고픈 자 모두 보내시오*. 맷돌에 넣고 갈아 왕의 소시지를 만들리라. 저녁으로 먹을 게 흙뿐이로구나. 다음 마을까지는 얼마나 남았을까?

아이작은 산마루에 도달했고, 밸리를 흐르는 강을, 초록색으로 구불거리며 나무가 빽빽한 풍경을 굽어보았다. 반대쪽에는 엘라마 발전소가 하늘을 배경으로 우뚝 서 있었고, 직경이 1.5미터에 높이가 15미터 정도인 밝은 오렌지색 굴뚝에서 연기가 나와 1.5킬로미터 정도로 길게 뻗어 있었다. 엘리자베스까지는 겨우 오륙 킬로미터였다. 과연 겨우일까? 아이작은 생각했다. 이런 속도로 간다면 하루종일 걸릴 거야.

아이작은 가파른 언덕을 천천히 내려갔다. 지난밤 떠나왔던 길이 보였고 그 바로 너머에 철로와 강이 있었다. 언덕을 한 걸음 한 걸음 내려갈 때마다 다리가 욱신거렸다. 하지만 아이는 걱정하지 않아. 멀쩡한 두 다리로 여행하는 게 얼마나 쉬운지 알기 때문에 아이는 절뚝거리는 쪽을 선호해. 속이 비면 머리가 맑아지지. 걷는 게 지겨워지면 아가미를 키워서 상류로 헤엄쳐 가 중심가에 짠 하

---

* 에마 래저러스의 시 「새로운 거상The New Colossus」의 일부를 비틀어 썼다.

고 나타나는 거야. 그러면 사람들이 기절초풍하겠지. 인어들은 스웨덴인을 물리친 자를 존경할 거야.

*

아이작은 몇백 걸음을 걸을 때마다 멈추고 쉬어야 했다. 다시 배가 고팠다. 자그마한 주택단지 몇 곳을 지나고 선적장도 하나 지났다. 건물 밖에 자판기가 보였다. 아이작은 절룩거리며 담을 돌아 자판기로 가서, 1달러짜리 지폐를 찾아 넣고 닥터페퍼를 뽑았다. 자판기 앞에 서서 단숨에 들이켰다. 금세 기분이 좋아졌다. 아이작은 나중을 위해 닥터페퍼를 하나 더 뽑아두었다.

유니폼을 입은 사람이 주차장을 가로질러 다가오는 게 곁눈으로 보였다. 아이작은 재빨리 숲으로 돌아갔다. 그래, 계속 움직여. 좋아. 저 사람은 날 따라오는 게 아니야. 잠시 후 쫓는 사람이 없다는 확신이 들었다. 강으로 통하는 작은 냇가 옆에서 쉬어도 될 것 같았다. 주위에는 아무도 없었다. 아이작은 배낭에 기대어 잠시 졸았고, 얼마 후 일어나서 철로가 나올 때까지 계속 걸었다.

마침내 몬강 위로 난 다리가 보였고 엘리자베스에 가까워지고 있다는 걸 알 수 있었다. 아이는 잘하고 있어. 사람과 동물에게 쫓기면서, 자기 여행이 아무런 성취감도 없이 끝날까봐 걱정하지. 다리가 욱신거리지만 부러진 건 아니야. 타박상을 입었을 뿐. 아이는 자기 나라를 순례하고 있어. 이 시대의 폴 버니언*이야. 도덕적 황

---

* 미국 전설 속의 거대한 나무꾼. 커다란 파란색 황소와 미국 전역을 여행했다.

제一아이의 백성은 교황, 목사, 대통령을 거부해. 아이는 키가 163센티미터이지만 아직 자라는 중이야. 걸을 수 있을 때까지는 자기 발로 걸어다녀.

엘리자베스에 가까워질수록 지형이 험해지고 숲이 울창해졌지만, 기다란 강변지대에는 또다른 발전소가 있었다. 오렌지색과 흰색이 칠해진 높은 굴뚝이 있었고, 그 옆으로 석탄이 산더미처럼 쌓여 있었다. 석탄더미는 높이가 30미터는 되어 보였고, 짐배들이 그 옆에 정박해 석탄을 내리고 있었다. 아이작은 하류 쪽으로 갔고, 화학 정제소를 지나고 수문도 하나 더 지났다. 언덕 비탈을 따라 집들이 많이 보였다. 엘리자베스 다리에 도착하자 작은 부두가 보였고, 아이작 또래의 아이 둘이 앉아 있었다.

"담배 있어?" 남자아이가 소리쳤다.

아이작은 고개를 젓고 천천히 그들을 지나쳤다.

"정말 없어?" 여자아이가 물었다.

"담배 안 피워." 아이작이 외쳤다. 목소리가 생각보다 크게 나왔다.

"믿어주지." 씩 웃으며 남자아이가 말했다.

다리 근처에 편의점을 겸하는 주유소가 보였다. 아이는 운이 좋아. 혼자서도 잘하고 있어.

편의점 안으로 들어가자 점원이 아이작을 살폈다. 날 보고 우월감을 느끼네. 인도인이나 파키스탄인인 것 같아. 모든 호텔과 주유소가 저 나라 사람들 것이지. 왜일까? 아이작은 남자의 시선을 무시하고 바구니에 육포, 비엔나소시지 캔 몇 개, 우유 한 통, 초콜릿바 여섯 개, 생수 큰 병 두 개를 담았다. 음식을 손에 들고 있는 것만으로도 입안에 침이 고였다. 당장 포장지를 뜯고 싶은 마음이 굴뚝같았지만 간신히 참았다. 아이작이 물건을 계산대에 올리자 점원이 물건을 스캔했다. 지도책 판매대에서 지도를 본 아이작은 그것도 계산대에 올렸다.

"저 앞은 어디죠?" 아이작이 말했다.

점원이 아이작을 살펴보았다.

"무슨 마을이죠? 클레어턴?"

"클레어턴은 강 건너야. 이쪽 길을 따라 타운 하나를 지나면 글래스포트가 나와. 18달러 70센트야."

아이작은 점원에게 값을 치렀고, 이제 지갑에 1달러밖에 남지 않았다는 사실을 깨달았다. 물론 바지 주머니에는 충분한 돈이 있었다. 아이작은 음식과 지도를 배낭에 넣고, 갑자기 생각이 나서 핫도그 진열대 옆에 있는 냅킨 통으로 가 냅킨을 한 움큼 집었다. 점원이 아이작을 지켜보며 냅킨을 얼마나 가져가는지 확인했지만 아무 말도 하지 않았다.

이제까지 30킬로미터를 오면서 아이작은 30달러 조금 넘게 썼다. 차라리 기차를 타는 게 나았다. 가게를 나오자마자 아이작은 몸에 비타민을 공급하기 위해 우유를 마셨다. 1리터를 모두 마시고 나니 기분이 훨씬 좋아졌다. 사실 이것만 먹고도 살 수 있어, 아이작은 생각했다. 배고픔을 달랠 수 있는 유일한 액체지. 그걸 어디서 읽었더라? 아기 때의 기억인 모양이군.

엘리자베스는 밸리의 다른 지역과 마찬가지로 쇠락해 있었다. 언덕 비탈을 따라 점점이 들어선 집들은 페인트칠이 되어 있지 않았고, 강을 가로지르는 강철 다리가 놓여 있었다. 15킬로미터 안에는 이 다리뿐이었다. 바로 북쪽에 글래스포트가 있었다. 부유한 곳 중 하나였다. 아이작이 계속 그곳에 서 있으면 경찰이 올 게 분명했다. 그는 다리 쪽으로 돌아갔다. 교통 체증이 심했다. 피츠버그에 가까워지고 있는 모양이었다. 피츠버그 쪽으로 흐르는 하류에 클레어턴 코크스 공장용으로 세운 기다란 창고들이 보였다. 시야가 미치는 곳까지 건물들이 줄지어 서 있었고, 굴뚝도 여남은 개 보였다. 공장 자체가 몇 킬로미터나 되었다. 도시보다 컸다. 아이작은 첫번째 주차장과 신형 자동차들을 지나고 짙푸른 정비공 외투를 입고 선반 작업을 하는 사람들을 지났다. 좋은 직업이었다. 초임이 시간당 17달러였다. 강을 따라 짐배 사오십 척 정도가 짐을 내리고 있었고, 거대한 조차장도 보였다. 하지만 이 도시는 쇠락하고 있었고, 중심가에는 버려진 집들이 보였다. 국내 최대의 코크스 공장도 도시의 쇠락을 막지 못했다. 깜둥이 마을, 노인네는 이곳을 그렇게 불렀다. 노인네의 표현은 입에 담지도 마. 노인네처럼 되면 안 돼. 아이작은 풀이 무성한 언덕 비탈에서 쉬면서 강과 코크스 공장을 바라보았다. 이곳에서 밸리는 가팔랐고, 지면은 강을 중심으로 해서 양쪽으로 숨가쁘게 올라갔다. 두들겨 맞지 않게 조심해야 해. 클레어턴에선 헤로인이 많이 팔리지. 꼭 자장가같이 들리는 군. 아이작은 짐배들이 석탄을 부리는 모습을 지켜보았다. 우리는 어둠으로부터 빛을 끌어내지—검은 석유와 석탄을 태워서. 생명의 근원인 탄소를, 선조를 태우는 거야.

어느새 아이작은 잠이 들었고, 깨어나보니 자정 무렵이었다. 외투를 제대로 여미지 않고 자서 몹시 추웠다. 주위는 깜깜했다. 조명이라고는 코크스 공장의 보안등에서 흘러나오는 희미한 불빛이 전부였고, 시선이 미치는 곳에 있는 모든 건물과 굴뚝의 윤곽이 그 불빛을 받아 어렴풋이 보였다. 어둠 속에서 보니 마치 점을 이어 놓은 것 같았다. 그렇게 몇 킬로미터나 연결되어 있었다. 이곳들을 연결하기 위해서 파이프가 백만 개는 너끈히 쓰였을 듯했다. 건물이 수백 채였다. 코크스 오븐, 크레인, 컨베이어를 비롯해 도무지 무슨 용도인지 알 수 없는 건물들. 모든 파이프와 건물에서 김이 피어올랐다. 열기와 김과 석탄의 시커먼 색. 지하 세계 같았다.

어두운 거리를 걷던 아이작은 담요를 몸에 두르고 담장에 기대 앉은 남자를 지났다. 남자가 아이작을 보더니 곧 시선을 돌렸다. 아이작은 남자를 지나쳤다가 잠시 후 걸음을 멈추고 바지 주머니에 손을 넣어 봉투에 있는 지폐를 꺼내려고 손가락을 꼼지락거렸다. 한 장만 꺼내기가 무척 어려웠다. 그냥 봉투째 줘버려, 아이작은 생각했다. 그냥 다 줘버리면 집에 갈 수 있잖아. 아이작은 그 자리에 서서 생각에 잠겼다. 아니야. 계속 가야만 해.

아이작은 남자에게 돌아가 20달러짜리 지폐를 주고 그의 표정을 살폈다. 남자가 머뭇거리다가 지폐를 받았다. 자세히 보니 젊은이였다. 얼굴은 더러웠고, 아마도 약물중독자일 것이었다. "고맙습니다." 남자가 말했다.

"천만에요." 아이작이 말했다. 그는 계속 길을 갔다. 기차를 타고 대탈주를 할 시간이야. 아이작은 마음을 정하고 코크스 공장 쪽으로 향했다. 바람의 방향이 바뀌자 코를 쏘는 듯한 냄새가 났다. 기도의 도시. 표지판에는 그렇게 적혀 있었다. 한참 더 낡은 건물들은 입구와 창이 판자로 막혀 있었고, 길은 어두웠다. 퇴적물의 잔해 같았다. 무슨 농담이었더라? 남자가 여자친구랑 차에서 데이트를 하고 있는데 여자가 더이상 참을 수가 없는 거야. 그래서 여자가 속삭이지. 키스해, 냄새가 나는 곳에 키스해.* 그러자 남자는 클레어턴으로 차를 몰고 가지.

아이작 앞쪽으로 언덕 비탈을 따라서 웅성거리는 소리가 들렸다. 사람들이 모여 있는 소리일 거라고 짐작했다. 학교인 듯한 낡은 건물 뒤쪽에서 불빛이 흘러나왔다. 주위에 집은 한 채도 보이지 않았다. 아마도 이 근처에 사는 사람들은 아닌 모양이었다. 어쩌면 기차 시간을 알려줄 사람이 있을지도 몰랐다.

학교 뒤쪽으로 가보니 거대한 모닥불 두 개가 쓰레기통 속에서 타고 있었고, 스무 명이 넘는 사람들이 불 근처에서 여기저기 무리 지어 앉거나 벽에 기대서 있었고, 재활용한 합판과 쭈그러진 함석으로 만든 간이 오두막도 몇 채 보였다. 한쪽 벽에 기대앉은 레게머리를 한 십대 아이가 두 손에 막대기를 하나씩 들고 하얀 석고판 양동이 두 개를 두드렸다. 당김음 리듬. 아마추어가 아니라 학교 밴드에 있다가 그만둔 사람 같았다. 맛이 간 군악대장.

아이작은 웃자란 덤불 뒤에 숨어 그들을 지켜보았다. 절반은 근방의 술주정뱅이 같았고 나머지 절반은 좀더 젊은 십대와 이십대였다. 날이 추운데도 가슴이 큰 여자는 셔츠를 벗고 브라 차림으로 안뜰을 빙빙 돌며 춤을 추었고, 그 모습에 몇 명이 야단법석을 떨었다. 여자는 마침내 다시 제자리에 앉았다. 몇몇이 촛불 위로 무언가를 했고, 아이작은 그들이 마약 주사를 놓는 중이라는 걸 깨달

---

* 원문은 'Kiss me right where it stinks'로 '냄새가 나는 곳에서 키스하면 돼'라는 뜻도 된다.

왔다.

그냥 합류해, 아이작은 생각했다. 나도 저 사람들과 다를 게 없어. 하지만 아이작은 그곳으로 갈 수 없었다. 그때 돌연 싸움이 벌어졌다. 덩치가 큰 남자와 덩치가 작은 남자가 서로 거칠게 주먹을 휘둘렀다. 하지만 둘의 주먹이 서로에게 닿기 전에 사람들이 가서 둘을 말렸다. 머리를 박박 민 덩치 큰 남자가 더 젊었다. 그는 자기 무리에게 가서 섰다. 나이가 더 많은 덩치 작은 남자는 혼자 서 있었다. 몇 사람이 건물 모퉁이를 돌아 나타났고, 아이작은 그들이 아까 다리에서 본 남녀라는 것을 깨달았다. 남자아이는 두 손에 맥주 상자를 하나씩 들었고, 여자는 식료품 봉투를 들고 있었다.

아이작이 그들에게 합류하려고 용기를 내는 순간, 머리를 박박 민 남자와 나이든 남자가 다시 싸우기 시작했다. 하지만 이번에는 머리를 민 남자가 발을 헛디뎠고, 나이든 남자가 각목으로 그의 머리를 쳐서 쓰러뜨렸다. 나이든 남자는 땅 위에서 구르는 남자를 각목으로 몇 번 더 때렸다. 덩치가 작은 그 남자는 때리기를 멈춘 뒤 자기 배낭을 집어들고 즉시 선적장을 빠져나왔다. 사람들이 그런 그를 지켜보았고, 그는 아이작이 있는 쪽을 향해 거의 정면으로 걸어왔다.

"난 네 모습이 안 보여." 시커먼 덤불을 밀고 들어가며 남자가 말했다. "하지만 날 무서워할 필요는 없어." 그는 덩치가 아이작만 했고, 아이작은 조금 긴장이 풀렸다.

"여긴 좋은 장소가 아니야." 남자가 계속 말했다. "못된 놈들도 몇 명 있고 마약중독자도 있어. 그리고 내가 두들겨 팬 대머리 덩치가 어떤 상태인지 알게 되면 놈들이 꽤 심각해질 거야."

남자는 아래쪽에 침낭이 묶인 배낭을 멘 채로 철로가 있는 언덕 아래를 향해 갔다. 아이작은 망설이다가 마침내 결심을 하고 남자를 따라갔다.

100미터 정도 가자 남자는 아이작이 따라잡을 수 있도록 걸음을 늦췄다.

"우리도 싸우든가 말든가 해야 할 거야."

"난 안 싸워." 아이작이 말했다.

"잘됐네. 그럼 함께 걷지. 뒤에서 따라오니까 불안해."

남자는 다시 어두운 거리를 걷기 시작했고, 아이작은 그와 보조를 맞췄다.

"아까 거기엔 정말 골치 아픈 놈들이 있었어." 남자가 말했다. "가끔은 그런 식으로 끝이 나더군." 남자의 얼굴 한쪽에서 상당히 많은 피가 흐르고 있었다. 그는 아이작의 표정을 보았다. "맙소사, 놈이 제대로 쳤나봐. 그렇지?"

"그런 것 같아."

"나을 거야. 언젠가는 낫는 법이잖아. 이 근처를 좀 알아?"

"난 여기 살아."

"어디로 가는 중이었는데?"

"남쪽 어딘가로."

"완전히 거꾸로 가고 있잖아. 금방 여름이 올 거야. 가려면 북쪽으로 가야지."

"난 괜찮아."

"반항 정신인가?"

아이작이 어깨를 으쓱해 보였다.

"맘에 드네." 남자가 말했다.

둘은 코크스 공장 쪽으로 걸어갔다. 남자가 철로 중간에 오줌을 누기 위해 걸음을 멈췄을 때, 아이작은 자기 칼과 칼집을 바로잡았다. 아이작은 생각했다. 난 지금 과대망상증에 빠진 거야.

"진짜 목적지가 어디야?"

"캘리포니아."

"거기까지 어떻게 갈 건데?"

"몰라." 아이작은 말했고, 곧바로 남자가 왜 질문을 했는지 깨닫고는 대답한 것을 후회했다.

"아, 내가 길을 가르쳐줄게. 나도 한동안은 그쪽으로 갈 거니까."

아이작은 아무 말도 하지 않았다.

"네게 잘된 일이야. 주위에 조언자가 있다는 건 늘 좋은 일이지. 내가 기꺼이 그 역할을 맡을게."

"나 혼자서도 잘할 수 있어."

"꺼지라고 한마디만 하면 사라져줄게. 만약 네가 혼자 다니는 외톨이형이라면 나도 너랑 같이 있는 건 싫거든."

아이작은 고개를 저으며 씩 웃었다. "난 상관없어."

그들은 코크스 공장의 북쪽 끝에 도착했다. 아이작은 뷰얼의 제강소보다 더 큰 코크스 공장의 크기에 여전히 익숙해지지가 않았지만, 아이작과 함께 있는 남자는 그 사실을 알아차리지 못한 듯했고, 그들은 강이 굽은 곳의 덤불에 서서 조차장을 바라보았다. 거기에 적어도 여남은 개의 서로 다른 철로가 있었다. 코크스가 실린 기다란 기차도 있었다.

"알고 싶으면 가서 어느 철로가 어디로 가는지 물어봐."

"뭐라고 물어야 하지?" 아이작이 말했다.

"다른 사람들하고 똑같이."

아이작이 어깨를 으쓱했다.

"뭐라고 물어야 하는지조차 모르는 거야?"

짜증나는 놈이로군, 아이작은 생각했다. 그는 어둠 속에서 남자의 눈을 똑바로 보았다.

"좋아, 그럼 내가 하지. 여기 앉아서 기다려."

남자는 덤불을 걸어 나가다가 걸음을 멈췄다.

"아, 내 이름은 윈스턴이야. 하지만 보통 배런*이라고 불러."

아이작은 자기 이름을 말했다. 그리고 가명을 댈 걸 그랬나 생각했다. 아니야, 내가 원했던 게 바로 이런 거였잖아. 맘에 안 들면 언제든 헤어지면 돼. 하지만 당장은 도움이 필요해.

잠시 후 배런이 돌아왔다. "저기 네 량짜리 큰 기차래. 끝에 있는 건 상류로 조금 더 가는 거고, 커다란 건 디트로이트 근처까지 간다는군. 온갖 것들이 그곳에서부터 오고 가지. 뭔가를 찾기엔 거기가 좋을 거야."

"언제 출발한대?"

"금방 출발한대. 보통 그건 두 시간 정도 기다려야 한다는 뜻이고."

바로 그때 기차 정면에 삼각형 불빛이 들어왔고, 디젤 엔진에 시동이 걸리는 소리가 들리더니 공회전이 시작되었다.

남자가 이를 드러내고 씩 웃었다. "이런, 네가 내게 행운을 가져

---

* '남작'이라는 뜻.

왔네. 지난 사흘 동안 난 그 자식 머리를 후려갈기고 싶었거든. 이제 우리 택시가 오고 있고. 내가 하는 거 잘 봐."

"나도 기차 타는 법 정도는 알아." 아이작이 말했다.

"그럼 알아서 하셔, 터프가이 씨. 난 이 짓을 삼십칠 년 동안 해왔지만 터프가이 씨는 똑똑하셔서 배울 게 없으시겠지."

"주의깊게 볼게."

"그래야 착하지."

기차가 천천히 움직이기 시작했고, 전조등이 둘을 비추고 지나갔다. 둘은 잠시 앞이 보이지 않았지만 기차 엔진부가 지나가자마자 곧 기차와 나란한 위치가 될 때까지 다른 철로를 가로질러 달려갔다. 자갈 때문에 아이작은 빠르게 달릴 수가 없었다. 배런은 아이작보다 앞서 달려가 승강단에 배낭을 던지고는 사다리를 잡고 두 차량 틈 사이로 사라졌다. 아이작도 자기 배낭을 다른 차량의 뒤쪽 승강단에 던지고 사다리를 잡았다.

아이작은 뒤쪽 차량을 향해 난 작은 금속 계단에 앉았다. 여전히 어두웠지만, 손에 닿는 끈적끈적한 감촉으로 코크스를 실은 차량의 작은 계단이 더럽다는 사실을 알 수 있었다. 하지만 상관없었다. 움직이고 있지만 이젠 다리를 쓰지 않아도 돼. 너무 오랫동안 걸은 뒤라 꼭 기적 같아. 사람들이 기차로 먹고사는 이유를 알겠어.

아이작은 두 다리를 쭉 펴고 앉아 기차가 점차 속도를 내는 것을 느꼈다. 기차에서 나는 소리가 두 배로 커졌고, 다시 두 배로 커졌다.

아이작은 지나가는 경치와 강 반대편의 불빛을 보았다. 경치가 점차 빠르게 지나갔고, 바람 때문에 추워졌다. 밸리를 빠져나오고 철로가 강을 따라 굽지 않게 되자 더 추워졌다. 아이작은 침낭을 꺼내다 동작을 멈췄다. 여기서는 바람에 날려갈 거야. 이렇게 있다가는 꽁꽁 얼어버릴걸. 아냐, 저 구멍으로 기어들어가. 아이작은 두 손으로 주위를 더듬거렸고, 차량 뒤편에서 기다란 구멍을 찾았다. 일종의 통기구였다. 하지만 안쪽 공간이 얼마나 되는지는 가늠할 수 없었다. 어쨌든 좀더 안전하기는 할 거야. 아이작은 기다리기로 결정했다.

몇 분 뒤 피츠버그의 마천루와 섬 위의 발전소가 보였고, 곧 기차가 속도를 줄이더니 왼쪽으로, 서쪽으로 커브를 틀기 시작했다. 아이작은 한 손으로 난간을 잡고, 다른 한 손으로는 배낭이 바퀴로 떨어지지 않게 배낭끈을 잡았다. 이윽고 도시 또한 뒤로 멀어지고, 높은 건물과 다리와 강이 사라졌다.

3부

1. 그레이스

아침에 해리스가 빌리를 체포한 날, 그레이스가 퇴근해 돌아오니 트레일러는 불이 꺼진 채 그녀가 집을 나섰을 때 그대로였다. 빌리는 집에 없었다. 집에 오지 않을 것이다. 어쩌면 다시는 오지 않을지도 모른다. 그레이스는 밤에 추워질 경우를 대비해 불을 피워야 했지만 그럴 수가 없었다. 의자에서 일어날 수조차 없었다. 처음에는 빌리에게 아무 일도 없을 거라고 굳게 믿었다. 어머니의 맹목적인 믿음이었다. 진실을 대면할 수 있는 능력이 결여되어 있었다. 이제 그녀는 이 새로운 느낌에 익숙해져야 했다. 지금까지 내가 현실과 엄청나게 타협하며 살았다고 생각했지만 이제부터 겪어야 할 일에 비하면 아무것도 아니었어.

그레이스는 항상 이렇게 생각했다. 이유는 몰랐지만 살아오면서 늘, 언젠가는 누군가가 자기를 보살펴줄 거라고 생각했다. 자신이 다른 사람들, 자기 어머니, 버질, 빌리를 보살펴왔듯 누군가가 자신을 보살펴줄 거라고. 지금까지는 그런 일이 일어나지 않았다. 조만간 일어날 것 같지도 않았다. 마치 사랑 때문에 한 가지 잘못된 결정을 해서, 버질을 포기하려 하지 않아서, 그에게서 떠나 아들이 다른 사람이 될 수 있는 곳으로 가지 않아서, 그 결과 이제 아들을 잃게 된 것만 같았다.

모든 게 버질을 위해서였다. 빌리가 이렇게 된 건 그레이스가 버질을 위해 계속 나쁜 선택을 했기 때문이었다. 내가 대학을 3학기밖에 다니지 못한 것도—대체 난 언제까지 사람들에게 대학 다닌 이야기를 하고 다닐 생각일까? 학교를 그만둔 건 그 사람 때문이었어. 버질. 그자는 더이상 생활을 꾸릴 능력이 안 됐잖아. 내가 학교에 간다고 화를 냈고, 언제까지 학비를 내야 하느냐고 끊임없이 물어댔지. 그런 초기 징조마저 난 무시했지. 난 스물두 살이었어, 그녀는 생각했다. 어린아이가 딸려 있었고, 밸리는 침체기를 맞았어. 그 상황에서 이렇게나마 꾸려온 것 자체가 기적이지. 그레이스는 돌아보면 지금보다 그때 더 용감했다는 생각이 들었다. 그게 시간이 지나며 그녀가 잃어버린 또 한 가지였다. 인생에서 알아야 했던 모든 일들을 깨닫는 시점은 언제나 이미 결정을 내린 후였다. 좋든 나쁘든 인간은 주위 사람들에 의해 형성되는 거야. 버질은 야금야금 그레이스를 파먹었고, 강물이 둑 아랫부분을 깎아내듯 그녀를 점점 침식시켰다. 그는 그레이스를 설득해 결국 학교를 그만두게 만들고 마음에 들지 않는 직장에 다니게 했다. 아내를 조종해 편하게 살 수 있으리라는 걸 어느 순간 깨달았던 것이다. 그들의 형편을 고려해볼 때 편하게 산다는 건 작은 기적에 가까운 일이었지만, 버질은 자기 아내 그리고 이제 자기 아들을 대가로 치르고 그 기적을 이루어냈다. 그는 그레이스에게 일을 찾는 중이라고 거의 매일같이 거짓말을 했고, 실제로 일을 하는 동안에는 월급을 전부 집에 가져오는 대신 자기를 위해 썼다. 그레이스는 세금 정산 시기에 서류상으로 버질이 얼마나 많은 돈을 벌었는지 보고 경악했던 일을 늘 기억했다. 그레이스와 빌리는 그 돈을 거의 구경도 해보지 못했다.

그 생각은 이제 지긋지긋했다. 전적으로 그레이스의 잘못이었고, 그걸 버질의 탓으로 돌릴 수는 없었다. 버질이 그런 인물이라는 걸 진작에 알아봤어야 했다. 그레이스는 인간이 그런 식으로 다른 사람을 속일 수 있다는 생각은 전혀 하지 못했다.

그리고 해리스가 있었다. 해리스가 여러 번 청혼했지만 그레이스는 관심이 식었고, 이제 해리스가 관심을 보이지 않으니 그레이스가 다시 해리스에게 빠져 있었다. 인정하고 싶지 않았지만 그건 사실이었고, 인간 본성의 일부였ㅡ인간은 가질 수 없는 것을 가장 원한다. 언제나 버질은 그레이스에게 확신을 주지 않았고, 늘 언제 떠날지 모른다는 느낌을 주었으며, 항상 둘 가운데 매달리는 쪽은 그레이스였다. 하지만 버드 해리스는 자기 감정을 확실하게 보여주었다.

그런 생각을 하다보니 속이 메슥거렸다. 그레이스는 자신과 빌리를 이렇게 만들었다. 깊게 숨을 들이쉬었다. 물론 이건 공평하지 않아. 나는 평생 그 아이를 위해 살았어. 하지만 그레이스는 그렇게 늙지 않았다. 아직도 삼십 년, 삼십오 년은 더 살 수 있었다. 이건 내가 미래를 어떻게 보느냐의 문제야. 인생의 목표를 다시 세울 필요가 있었다. 다른 사람을 위해 사는 건 그만둘 때가 되었다. 빌리가 뷰얼에 남기로 결정한 이후 그레이스는 시간이 날 때마다 빌리 걱정을 하느라 바빴고, 지난 몇 년 동안 자신을 챙기는 걸 잊었다. 그것이 그레이스가 이토록 망가진 이유였다. 다른 어머니들도 아들이 있지만 잘들 꾸려나갔다. 어쩌면 그레이스는 빌리 때문에 롤러코스터를 타고 있는 건지도 몰랐다. 위로 아래로 그리고 다시 위로. 지금은 내려가는 시기였다. 하지만 빌리가 고의로 그런 건 아니었다. 단지 빌리가 그런 아이일 뿐이었다.

이제는 자신을 챙겨야 할 때였다. 계속 남을 위해 살 수는 없어. 맙소사, 그녀는 생각했다. 지금 이런 생각을 하면 안 돼. 하지만 선택의 여지가 없었다. 빌리는 이미 사고를 쳤고, 어떻게 해도 그 사실을 바꿀 수는 없었다. 그레이스는 계속 살아가야 했다.

오렌지주스와 보드카 한 병이 있었고, 그녀는 큰 스크루드라이버*를 만들었다. 그레이스에게는 변호사를 고용할 여유가 없었고, 특히 실력 있는 자는 불가능했다. 주택 할부금을 내지 않는다면 가능하긴 했지만 그런다 해도 돈을 모으려면 몇 달이 걸렸다. 그때는 너무 늦을 터였다. 해리스에 의지하는 수밖에 없었다. 국선변호사라니. 그레이스는 고개를 저었다. 어쨌든 그녀는 주택 할부금 내는 걸 포기할 것이다. 돈을 모아야 했다. 그러면 집을 잃겠지만 그렇다고 아들의 운명을 국선변호사 손에 맡길 수는 없었다. 그건 재판을 안 받겠다는 말과 다를 바가 없었다.

미리 앞질러 결정하지 마, 그레이스는 생각했다. 그레이스는 보드카 병과 오렌지주스를 들고 뒤쪽 포치로 나가 하늘이 어두워지

---

* 오렌지주스와 보드카를 섞어서 만드는 칵테일.

는 모습을 보며 스크루드라이버를 홀짝였다. 얼마나 오래되었을까? 삼 년이었다. 하지만 마치 어제 일인 듯했다. 당시 그레이스는 쉼터 소장인 해리엇에게 카운슬러가 되려면 어떻게 해야 하는지 물었다. 아니 사회복지사였던가? 확실히 기억이 나지 않았다. 둘은 함께 앉아 필요한 것들을 적어내려갔다. 우선 학교를 졸업해야 했다. 그게 넘어야 할 산이었다. 간단해요, 해리엇이 말했다. 뭔가 학위를 받아야 해요. 학사든 석사든요. 그전까지는 아무도 알아주지 않아요. 석사면 더 좋죠. 해리엇이 그레이스의 표정을 본 게 분명했다. 싱긋 웃으며 어깨를 으쓱해 보인 걸 보면 그랬다. 봐요, 이걸 하든 안 하든 어쨌든 우리는 나이를 먹어요. 어느 쪽을 택하든 늙는다고요.

　다시 잔을 채워야 했다. 하늘이 어둡고 별이 하나둘씩 뜨기 시작했다. 버질이 했던 말이 떠올랐다. 고등학교 3학년이던 빌리가 풋볼 경기에서 막 득점을 했을 때였다. 우리가 아들 하나는 잘 키웠지? 버질은 그렇게 말했다. 바로 그때가 그레이스가 눈을 뜬 순간이었다—빌리를 키우는 일에 '우리'라는 단어를 쓸 수 있던 때는 단 한 번도 없었다. 그레이스는 빌리가 태어나던 날부터 그날 풋볼 경기장에서의 순간까지 모든 짐을 혼자 졌고, 버질이 그걸 잘 알고 있을 거라 생각했다. 일주일에 한 시간 아들과 풋볼 던지기 놀이를 하는 것만으로 아들을 키웠다고 말할 수 없었다. 여하튼 그레이스가 버질에게 정이 떨어지기 시작한 건 그 순간 풋볼 경기장 관중석에서였다. 비록 완전히 정을 떼기까지는 삼 년이라는 세월이 더 걸렸지만. 이제 빌리가 자기 아버지를 미워하는 게 그레이스는 내심 좋았다. 가끔은 사람이 쩨쩨해질 때도 있는 법이지, 그레이스는 생각했다.

만약 버드 해리스가 구해준 직장에 갔다면 지금쯤 어떻게 되었을까? 건강보험과 연금이 있고 정년이 보장된 공무원으로 육 년을 일했다면? 빌리는 대도시에서 컸을 거고, 이런 일들은 일어나지 않았을 거야. 아니, 난 그럴 수 없었어. 불쑥 그런 제안을 받았을 때 선뜻 응할 수가 없었어.

난 희망을 너무 크게 가졌어. 나에 대해서가 아니라 빌리에 대해서. 빌리가 큰 인물이 될 거라고 생각했어. 물론 다 그런 식이지. 사랑에 눈이 멀어서 늘 진실을 보지 못하는 거야. 그리고 이제……

무슨 일이 일어나든 난 최선을 다할 거고, 그것뿐이야. 그레이스는 그대로 주저앉아 한동안 울었다. 이제 그만, 마침내 그레이스는 생각했다. 일어나. 더는 술을 마시지 말자. 그레이스는 포치 난간 너머로 보드카 병을 마당에 던졌다.

길을 따라 트럭이 올라왔다. 그레이스가 전조등 불빛을 보았고, 트럭은 곧 진입로에 들어섰다. 그녀는 누가 오는지 궁금해하며 비틀비틀 계단을 올라 집으로 들어갔다. 제복을 입은 해리스가 현관 앞에 서 있었다.

해리스는 그레이스가 운 것을 보고 팔을 벌렸고, 그레이스는 그에게 몸을 기댔다.

"안으로 들어갈래?"

"먼저 할 이야기가 있어."

그레이스는 눈을 감았고 나쁜 소식임을 직감했다.

"이런 사건에 해당하는 표준 절차이긴 한데, 주 경찰이 빌리를 페이엣으로 데려갔어. 그리고 그애 사진을 찍기 전에 면도를 하고 얼굴을 씻도록 했지만 어쨌든 내일 아침 신문에 그 아이 사진이 나올 확률이 커."

"어떨 것 같아?"

"우리에게 불리해. 무슨 일이 있었는지 빌리가 말하지 않으면 말이야."

"페이엣은 새로 세운 곳이잖아." 그레이스는 말을 하기 위해 목소리를 쥐어짜야 했다. "모든 교도관들이 칼에 찔렸던 곳."

"그앤 자기 몸 하나쯤은 돌볼 수 있어. 아무리 그런 곳이라 해도 빌리가 덩치가 크니 심하게 굴진 않을 거야."

"거기서 빼올 수 있어?"

"지방검사가 혐의를 고려해볼 때 그곳으로 보내야 한다고 확고하게 결정했어."

"세실 스몰에게 투표했어야 했는데."

"나도 그렇게 생각해." 해리스가 말했다.

"그 사람들에게는 그냥 큰 게임에 불과한 거지? 자기들이 사람들에게 무슨 짓을 하는지는 전혀 모르고."

"모르지. 아마 아무도 모를 거야."

그레이스가 포치 난간에 잔을 내려놓았다가 다시 집어들고 잔을 비웠다.

"당신 잘못이 아니야. 당신은 그 누구보다 잘했어."

그레이스는 어깨를 으쓱해 보였다. "잘못된 결정을 딱 하나 했지만, 그걸 날마다 반복했지."

"평생을 그렇게 사는 사람들도 있어."

"그럴 수도 있겠지."

"뭘 마시는 거야?"

"스크루드라이버."

잠시 정적이 흘렀다.

"한잔할래?"

"좀더 독한 거 없어?"

"없어."

"그럼 그걸로 한 잔 줘."

"병을 찾아야 해. 방금 마당에 던졌거든."

"내가 찾아올게." 해리스가 웃으며 말했다. 둘은 집으로 들어갔
고, 해리스가 손전등을 꺼내서 뒷문으로 나갔다가 잠시 후 병을 들
고 들어왔다. 그레이스가 음료를 만드는 동안 해리스는 뒤쪽 창밖
을 바라보며 서 있었다. 아니 어쩌면 단지 창에 비친 그들의 모습
을 본 것일지도 몰랐다.

"토마토는 심었어?"

그레이스가 고개를 끄덕였다.

"나도 곧 심으려고."

그레이스는 고개를 끄덕이며 해리스를 보았다. 해리스가 음료를
홀짝이고 그레이스를 보며 웃었다. 중간 키에 모든 것이 평균인 해
리스는 제복을 입고 부엌에 그렇게 서 있으니 작아 보였다. 하지만
다른 사람들에게는 그렇게 보이지 않았다. 사람들이 가득한 방에
서 사람들은 해리스에게서 멀리 떨어져 있으려 했다. 해리스는 그
렇게 보이도록 행동하라고 배웠다. 하지만 지금은, 권총대를 차고
있는데도 그냥 해리스 자체로 보였다. 해리스는 그런 사람이었다.
그는 기꺼이 가면을 벗었다. 그게 해리스와 버질의 차이였다. 버질
은 언제나 상대를 재거나 평가했고, 심지어 웃고 있으면서도 속으

로는 그렇게 했다. 그게 그레이스가 지금까지 깨닫지 못했던 버질의 또다른 면이었다.

"어제 내가 한 말들 때문에 꼭 멍청이가 된 것 같은 느낌이야." 그레이스가 말했다. "화가 난 상태였지만 그게 변명이 될 수 없다는 걸 알아."

"난 날마다 그런 기분인걸." 해리스가 씩 웃었다. "좀 앉자." 둘은 소파가 있는 거실로 갔다. 그레이스가 소파 한쪽 끝에 앉았고 해리스는 중간쯤에 앉았다.

"원하면 이쪽으로 와도 돼."

해리스는 그 말대로 했고, 그들은 잠시 조용히 앉아 있다가 손을 마주잡았다. 해리스는 권총대가 그레이스를 누르지 않게 위치를 조정한 다음, 눈을 감고 그레이스의 어깨에 머리를 기댔다. 마치 사랑을 나눈 것처럼 해리스의 몸이 나른해졌다. 어두웠지만 그들은 불을 켜지 않았다. 그레이스는 해리스를 보았다. 나름대로 잘생긴 얼굴이었고, 긴 얼굴에는 감정 변화가 쉽게 드러났다. 광대를 했다면 잘했을 것이다. 해리스는 그 정도로 표정을 과장되게 지을 수 있었다. 그는 재미있는 사람이었다. 그레이스는 손으로 매끄러운 해리스의 정수리를, 옆과 뒤쪽의 짧고 부드러운 머리칼을 쓰다듬었다. 해리스 또래의 남자들 상당수는 머리를 길게 기르고 빗질을 해 머리가 벗어진 부분을 감췄지만 그는 이발 기계로 일주일에 한 번 직접 머리를 손질했다. 전혀 감출 게 없다는 듯이. 언젠가 그레이스는 해리스에게 케이블 드라마에 나오는 경찰처럼 아예 머리를 미는 게 어떻겠냐고 제안했지만 해리스는 못 들은 척 무시했다.

어쩌면 그냥 몸이 시키는 걸 수도 있어. 누군가 날 돌봐줄 사람이 필요하다는 걸 알고 있으니까. 그저 몸이 현실적으로 움직이는 거지. 마음이 아니라. 하지만 그런 경우와는 느낌이 달랐다. 해리스의 숨결이 와닿자 그레이스의 목에 짜릿한 느낌이 들었고 그 느낌이 온몸을 휘감았다. 그녀가 해리스의 허리띠에 손을 댔지만 해리스는 손을 밀어냈다.

"근무 시간이라 그래?" 그레이스가 말했다.

"이때까지 한 번도 성공한 적이 없었는데 왜 이번에는 성공할 거라고 생각하는지, 그 이유를 알게 될 때까지 기다리는 거야."

"하지만 이렇게 왔잖아."

"내가 여기 와 있는 것 같기는 하네."

"우리 다시 노력해볼 수 있어."

그레이스는 두번째로 자기 손을 해리스의 무릎에 올려놓았다.

"가끔 난 당신이 공평하지 않다는 걸 당신도 아는지 궁금해."

"일부러 그러는 건 아니야."

"알아. 하지만 그렇다고 달라지는 건 없어."

해리스는 부드럽게 그레이스에게서 빠져나와 어두운 트레일러 안에서 일어섰다. 그레이스는 자기도 모르게 해리스의 바지를, 허리띠 바로 아래를 보았고, 해리스는 그런 그레이스의 시선을 눈치챘다.

"맙소사, 그레이스." 해리스가 소리 내어 웃기 시작했다.

"멈출 수가 없어."

"그럴지도 모르지." 해리스는 주위를 둘러보았지만 대부분은 창밖을 바라보았다. 그가 목청을 가다듬었다. "이삼일 정도 기다려보자고. 그동안은 속 태우지 말고 마음 편히 먹어."

"알았어."

"그럼 오늘은 이만 갈게." 해리스는 몸을 숙여 그레이스의 이마에 키스하고 밖으로 나갔다.

그레이스는 해리스가 나가는 소리를 들었다. 포치를 가로지르는 가벼운 발소리가 들렸고, 이윽고 차가 떠나는 소리가 들렸다. 불을 켜야 한다는 걸 알았지만 그러고 싶지 않았다. 어둠 속에 그렇게 누워 있는 게 좋았다. 방안에선 아직도 애프터셰이브 로션 냄새가 났고, 해리스가 만졌던 곳에는 느낌이 그대로 남아 있었다. 그레이스는 몇 주, 아니 몇 달 만에 처음으로 진정 희망을 느낀 듯했다.

2. 포

포의 감방은 아주 작았고, 좁고 긴 직사각형 구조에 앞이 트여 있었지만 창살이 설치되어 있었다. 개우리 같았다. 가로로 길게 난 구멍이 창 역할을 했지만 너무 작아서 머리를 내밀 수조차 없었다. 포는 자기가 어느 방향을 보고 있는지, 강을 기준으로, 어머니의 트레일러나, 리의 침대, 아니면 리의 집 포치에 있는 소파를 기준으로 어느 쪽을 향하고 있는지 가늠해보려 애썼다. 하지만 알 수 없었다. 더 우울해질 뿐이었다. 왜냐하면 그런 것들은 이제 더는 포의 인생에 존재하지 않았기 때문이다. 포는 리가 자기 재판에 올지 궁금했지만 그것조차 확신할 수 없었다. 그리고 맙소사, 이렇게 얇은 매트리스에서는 잠을 잘 수 없었다. 심지어 잡지 한 권도 없었다. 결국 포의 정신은 안으로 침잠할 것이다. 조수의 흐름처럼 피할 수 없는 과정일 것이다. 내면으로의 침잠. 결국 미쳐버릴 테고 패드를 댄 감방 안에 배설물을 온몸에 덕지덕지 묻힌 채로 갇혀 있을 것이다.

포는 바지에 찰 허리띠를 만들기로 했다. 그는 일어나 앉았고, 잠시 후 침대보에서 길게 천을 찢어내 허리춤의 구멍으로 넣었다. 쓸 만했다. 괜찮은 허리띠였다. 해적 같았다. 허리띠 작업이 끝나자 다시 아무것도 할 일이 없었다.

감방동은 시끄러웠다. 텔레비전은 꺼져 있었지만 사방에서 음악소리가 들렸다. 작은 라디오 소리, 죄수들이 금속을 두드리는 소리, 감방동을 가로질러 고함을 치며 대화하는 소리. 대화에 귀를 기울여보았으나 그들이 나누는 대화는 "어이, 뭐해?"라는 질문에 "잘 지내" 혹은 "끝내줘" 따위의 대답을 하는 식으로 들으나 마나 한 것들이었고, 굳이 말할 필요도 없는 것들이었다. 대화를 하기 위한 대화. 포는 늘 그런 대화가 싫었다. 때로는 정적이 금처럼 귀중할 때가 있는 법이었다. 아니, 정말로 포가 그렇게 느꼈을까? 알 수 없었다. 하지만 지금은 그런 대화가 싫었고 소음 때문에 귀가 아플 지경이었고, 아주 짜증이 났다. 하지만 집중할 거리가 있다는 점만은 좋았다. 짜증스럽지만 좋았다. 포는 소음을 막으려고 얇은 베개를 얼굴에 대고 눌렀다. 자기 일이 아닌 것에는 신경을 끄고 싶었다. 하지만 숨이 막혀 죽을 것 같았다. 그는 얼굴에서 베개를 치웠다. 그는 자기 일에만 신경쓰는 것을 첫번째 규칙으로 삼기로 했다. 누가 옆에서 사람을 죽인다 해도 아랑곳하지 않고 자기 일에만 신경을 쓰리라. 포는 덩치가 컸고, 다른 죄수들은 포를 건드리지 않을 터였다.

소음은 한밤중이 되어서야 줄어들었지만 포는 그 시각이 저녁 열시인지 아니면 새벽 세시인지 알 수 없었다. 손목시계를 압수당했기 때문이다. 마침내 아침햇살이 조금 들었고, 발소리와 열쇠 짤랑이는 소리가 들리더니 곧 그의 감방 문이 철컥하고 열렸다. 포가 보니 또다른 젊은 교도관이었다. 어린 얼굴에 콧수염이 성기게 나 있었다. 강해 보이려고 기른 듯했다.

"아침식사는 한 시간 동안만 제공된다." 교도관이 말했다. "먹고 싶으면 엉덩이를 떼고 움직이는 게 좋을 거야."

포는 밤새 배가 고팠다는 사실을 잊고 있었다. 그리고 어디서 아침식사를 받아야 하는지 모른다는 걸 깨달았다. 하지만 묻지 않는 편이 낫다는 걸 알았기에 직접 찾아보기로 했다. 포는 일어나서 재빨리 옷을 입었다. 어젯밤에 허리띠를 만들어놓길 잘했다는 생각이 들었다. 옆 감방에서 누군가가 요란하게 똥 누는 소리가 들렸다. 건강한 소리는 아니었다. 모두들 훤히 드러나는 곳에서 똥을 쌌고, 가릴 수 있는 작은 커튼이 있었으나 그게 전부였다.

아침 먹으러 가자, 포는 생각했다.

포의 감방은 2층에 있었고, 감방들을 따라 밑으로 내려가는 좁다란 시멘트 복도가 나 있었다. 그 끝에 계단이 있었는데 꽤 높아서 5, 6미터 정도 되었다. 굴러떨어지고 싶은 높이는 아니었다. 포는 왜 난간을 더 높게 설치하지 않았는지 궁금했다. 아마도 그런 식으로 죄수들을 없애면 도움이 되기 때문이리라. 모든 것은 숫자, 사용 가능한 공간과 관계가 있었다. 예를 들어 당국은 피츠버그 근처의 옛날 교도소를 다시 열었다. 이 교도소를 지은 뒤 폐쇄했던 곳이었다. 하지만 당국은 더 많은 사람을 가두기로 결정했고, 그래서 옛날 교도소를 열어 다시 쓰기 시작했다. 그 결과 이제는 교도소가 두 개가 되었다.

감방동 1층에 도착한 포는 다른 사람들을 따라갔다. 모두가 포를 보았지만 말을 건네는 이는 아무도 없었다. 어쩌면 무슨 말을 하기에는 너무 이른 시각이어서 그런 것 같았다. 넓은 복도에 이르자 다른 감방동에서도 사람들이 우르르 몰려왔고, 그 때문에 앞으로 가는 속도가 느려졌다. 포는 앞을 보았고, 환하게 빛나는 형광등을 올려다보았고, 반짝이는 리놀륨을 보았다. 그를 마주 바라보는 눈이 없는 곳이라면 어디로든 시선을 돌렸다. 음식냄새가 났지만 좋은 냄새는 아니었다. 학교 급식에서 날 법한 냄새, 아니 그보다 더 나빴다.

포는 폭동이라도 일어난 것처럼 소란스러운 식당에 도착했다. 아수라장이라는 표현이 딱 맞는 곳이었다. 모두가 고함을 치거나 최대한 큰 소리로 이야기했고, 수감자가 수백 명, 아니 어쩌면 수천 명은 되어 보였는데 교도관은 한 명도 보이지 않았다. 그러나 폭동은 없었다. 정상 운영중이었다. 있을 만한 곳이 못 되었다. 어떻게 해서든 벗어나고 싶은 곳이었다. 식사할 수 있는 다른 장소를 찾고 싶었지만 감옥에는 스테이크를 주문해 자기만의 공간에서 먹을 수 있는 레스토랑이 없었다.

공공 건물에서 쓰는 기다란 식탁들이 있었고, 무기로 쓰지 못하게 의자가 식탁에 붙어 있었다. 식당에는 사람들이 인종별로 모여 있었다. 한쪽에는 흑인, 다른 한쪽에는 히스패닉이 있었고, 젊은이들이 서로에게 고함을 치고 있었다. 한눈에 보아도 백인은 얼마 되지 않았고, 상대적으로 조용했으며 나이도 많아 보였다.

백인들이 모인 곳에는 세 사람이 따로 긴 식탁 끄트머리에 앉아 있었다. 그들이 우두머리인 게 확실했다. 덩치에 차이는 있었지만 모두 컸고, 모두 팔이 문신으로 덮여 있었다. 한 명은 머리를 밀었지만 어딘가 친근한 인상이었고, 다른 한 명은 눈 바로 위까지 검은 비니를 내려 썼다. 세번째 인물은 금발을 이마 위로 높이 빗어 올린 퐁파두르 헤어스타일을 하고 있었는데 머리를 하려고 아침에 일찍 일어난 게 분명해 보였다. 대충 살펴보니, 무리의 반이 좀 안되는 사람들은 건장해 보이는 반면, 나머지는 마르거나 뚱뚱하고, 머리칼이 지저분하고 안색이 안 좋고, 마약에 중독된 하층 쓰레기들이라는 사실을 알 수 있었다. 나이든 사람들도 상당수 있었는데, 그냥 평범한 사람들 같았고 정말 온갖 연령대가 다 있었다. 엄밀히 말하자면 포 역시 하층 쓰레기였다. 실제로는 그렇지 않았지만. 포는 자신이 힘이 세 보이는 그 절반에 별 무리 없이 속한다고 생각했다. 유일한 문제라면 문신이었다. 포에게 문신이라고는 가슴, 심장 쪽에 새긴 풋볼 문신, 그리고 종아리에 새긴 등번호뿐이었다. 포는 이제 그들에게 그게 어떻게 보일지 궁금했다. 문신을 할 때만 해도 포는 자기가 감옥에 가게 될 줄 몰랐다. 칼이나 연기가 피어오르는 총을 새겼다면 좋았을 텐데. 또는 우두머리들의 문신으로 미루어볼 때, 백인의 힘을 상징하는 무언가를 하면 좋았을 거라는 생각이 들었다. 독수리나 나치 문장이 가장 많이 눈에 띄었다. 아돌프 히틀러 얼굴을 새긴 사람도 한 명 있었으나 그저 콧수염 때문에 알아볼 수 있을 뿐, 콧수염이 없다면 누구의 얼굴이라도 될 수 있는, 포가 본 것 중 가장 멍청한 문신이었다. 그 사람은 그 문신을 평생 몸에 지니고 다녀야 할 터였다.

식판을 들고 줄을 서자 포는 편안한 기분이 들었다. 그가 식판을 내밀자, 식판에 흰빵 두 쪽과 난분卵粉으로 만든 달걀, 소시지, 녹색 젤로가 담겼다. 젤로가 담길 때 포는 식판을 옆쪽으로 치우려 했으나 배식원이 다른 음식들 위에 젤로를 올려버렸다. 포는 목이 메지 않게 오렌지 쿨에이드 한 잔을 집었다.

식판을 가져가면서 포는 누군가 발을 걸어 넘어뜨리지 않을까 걱정했지만, 아무도 그렇게 하지 않았다. 백인 구역에 빈자리가 보였다. 그는 식탁 끝에 혼자 앉았다. 마르고 털이 무성한 남자가 포를 보며 웃고 눈을 몇 번 마주쳤다. 마약중독자 중 하나였고, 치아가 반밖에 남아 있지 않았다. 포는 그자에게 아무 반응도 하지 않았다. 식탁의 다른 쪽 끝에 몇 명이 앉아 있었다. 그 가운데 가장 힘이 세 보이는 자에게 고개를 까닥했지만 포는 완전히 무시당했다.

포 또래의 흑인이 포 옆에 와 앉았다. 짧은 레게 머리 스타일에 운동복 바지와 찢어진 티셔츠를 입고 플립플롭을 신은 그는 금방 운동을 마치고 나온 듯한, 헬스장에서 볼 법한 평범한 사람처럼 보였다. 아무 걱정이 없어 보였다. 흑인은 백인 구역을 표시하는 보이지 않는 선을 넘어왔다. 아마도 예외로 취급받는 사람들이 있는 모양이었다. 백인 우두머리 셋은 그가 온 것을 알아차렸지만 전과 다름없이 계속 대화를 했다.

"어이." 흑인이 말했다.

"어이." 포가 말했다.

"첫날이라 엿같지?"

"괜찮아."

"난 디온이야." 흑인이 주먹을 내밀었고, 포는 자기 주먹으로 그 주먹을 살짝 친 뒤 자기소개를 했다.

"놈들이 네 계좌를 동결해서 오늘은 매점에서 물건을 살 수 없을 거야. 디오더런트나, 샴푸나, 치약 같은 거 말야."

그 순간 포는 그자가 자기를 귀찮게 할 거라는 걸 느꼈다. "그딴 거 필요 없어." 포가 말했다.

"땟국물이 흐르는 게 좋은 모양이지?"

포는 아무 말도 하지 않았다.

"좋아, 땟국물. 뭐든 필요하면 날 찾으라고." 디온이 싱긋 웃더니 다시 주먹을 들어 마주치려 했지만, 포는 자신이 모욕당했다는 사실을 알고 묵묵히 달걀을 먹었다. 식탁 저쪽 끝에 있던 백인들이 포가 뭔가 반응을 보이길 기대한다는 듯한 눈으로 쳐다보았고 흑인도 식탁에서 일어서며 다시 포를 보았지만 그는 아무 말도 하지 않았다. 포는 음식을 입에 퍼넣다시피 했다. 무슨 일이 벌어질 거라는 직감이 들었다. 포는 가능한 한 빨리 음식을 먹었다. 모두가 능글맞게 웃으며 하던 일로 돌아갔으나, 포는 방금 전 그 일로 자신이 아주 나쁜 상황에 처했다는 걸, 자신이 찍혔다는 사실을 깨달았다.

또다른 흑인이 보이지 않는 경계를 넘어왔다. 키가 크고 몸집이 우람했으며 코와 이마를 가로질러 아주 커다란 흉터가 분홍색 애벌레처럼 나 있었다. 팔에는 온통 문신이 새겨져 있었지만 짙은 피부색 때문에 어떤 모양인지 분간할 수 없었다.

"어이, 땟국물."

포는 아무 말도 하지 않았다. 여전히 식당에는 교도관이 없었다. 더 많은 사람들이 주의를 기울이기 시작했다.

"어이, 땟국물. 그 소시지 하나 줘."

포는 그자가 소시지에 손대지 못하게 식판을 옮겼다.

"좀 달라니까." 남자가 말했다.

그가 일어나 포의 식판에 손을 뻗었지만 포는 식판을 더 멀리 치웠다. 그러자 그는 얼굴을 포의 얼굴에 바짝 대고 웃음을 터뜨렸고, 그의 침이 포의 얼굴에 마구 튀었다.

"무슨 문제라도 있나, 꼴통? 깜둥이가 네 음식에 손대는 게 싫어?"

흑인은 식당 저쪽 끝에 있는 사람들에게까지 다 들리게 큰 소리로 말했다. 소음이 조금 줄었다.

"아무 문제 없어." 포가 말했다.

실내는 조금 전에 비해 확연히 조용해졌고 분위기가 완전히 바뀌었으며, 모든 사람들이 포에게 관심을 집중했다. 그는 뭔가를 해야만 했다. 용기가 나지 않았다.

"여기서 친구들은 좀 만났나 모르겠네."

포는 묵묵히 식판만 보았다.

"어라, 아는 사람이 없는 거야? 여기에 아는 사람이 한 새끼도 없어?"

그를 때려야 한다는 걸 알았지만 지금은 인종 문제가 끼어 있었다. 그를 때렸다가는 다른 흑인들이 포에게 달려들 것이고 그건 불을 보듯 뻔했다. 하지만 달리 선택의 여지가 없었다. 포는 싸우고 싶지 않았다. 너무나 겁이 났다. 지금처럼 싸우기 싫어보긴 평생 처음이었다.

"내가 보살펴준다니까." 남자가 그렇게 말하며 포의 팔을 부드럽게 쓰다듬었고, 실내에서는 폭소가 터졌다. 심지어 일부 백인들마저 껄껄거리거나 히죽거렸다. 그는 뻐기는 표정으로 자기 친구들을 보았고, 그 틈을 타 포는 그자에게 헤드록을 건 뒤 몸을 굴려 남자의 뒤통수가 둘의 체중을 그대로 싣고 시멘트 바닥에 부딪히게 했다.

남자가 늘어져 있는 사이 포는 한 팔로 헤드록을 하고 다른 한 손으로 남자의 머리를 연거푸 주먹질하기 시작했다. 포는 얼마나 여러 번 남자를 쳤는지 몰랐다. 제대로 팔을 휘두를 자세가 나오지 않았지만, 그래도 충분한 힘이 실려 있었다. 사람들이 소리치며 응원했다. 포가 아니라 싸움 자체를 응원하는 함성이었다. 포는 몸을 뒤로 젖히며 남자의 머리를 뒤로 꺾었다. 남자가 어색한 자세로 포의 얼굴에 주먹을 날렸지만 이미 너무 늦었다. 포가 그의 머리를 단단히 잡고 있었기 때문이다. 원한다면 목을 부러뜨릴 수도 있었다. 남자에게서 땀과 머릿기름 냄새가 났다. 포는 몸이 따뜻해지며 다시 힘이 돌아오는 느낌이 들었다. 남자는 완전히 늘어졌다. 아마 꽤 오랫동안 그 상태였던 것 같았다. 그리고 누군가 포의 갈비뼈를 발로 찼다.

백인 가운데 한 명이었다.

"일어나." 그자가 말했다.

포가 일어섰다. 주위에 사람들이 몰려와 서 있었다. 흑인도 있고 백인도 있었지만 흑인이 더 많았다. 흑인들이 달려들 거라고 생각했지만 그자들은 그럴 마음이 없었다.

"정당한 싸움이었어." 백인 우두머리 가운데 한 명이 말했다.

"저 씹새끼가 좆나게 팼다고." 흑인 무리 가운데 하나가 말했다. 포는 몸이 떨리기 시작했다. 아드레날린 때문이었다. 포는 다른 사람들이 눈치채지 못하게 주머니에 손을 찔러넣었다. 어색한 분위기 속에서 포는 한참을 그렇게 서 있었다. 그 부근에 있던 백인들은 모두 일어서 있었고, 마침내 우두머리 가운데 한 명이 결정을 내린 것 같았다. 그가 포를 향해 고개를 살짝 까딱였고, 포는 그 자를 따라가야 한다는 걸 알았다. 안도감이 밀려왔다. 따뜻한 물을 뒤집어쓴 느낌이었다. 이곳에 군림하는 백인 대여섯 명이 출구로 향했고, 포는 그 뒤를 따랐다. 그들은 감방동 사이의 넓은 복도로 갔고 복도 끝에 도착해 방향을 틀자 그들 앞에 금속 탐지기와 금속 문들이 나왔다. 포가 따라가던 사람들이 플렉시글라스 뒤편에 있던 교도관에게 손짓하자 문이 열렸고, 어느새 바깥이었다. 밝은 햇빛이 비치는 운동장이었다. 뒤에서 문이 쾅하고 닫히는 소리가 들렸다.

밖은 따뜻했다. 하늘이 아주 파랬고 눈이 아팠다. 발아래에서 흙이 느껴졌다. 포는 키 큰 스킨헤드를 따라 운동기구 근처로 걸어갔다. 식탁에 있던 다른 사람들이 그들을 따라왔다. 밖이 아주 밝아서 아직 눈이 빛에 적응하지 못했지만 담장 너머로 초록색 밸리가 굽이치는 게 보였다. 저멀리, 강 자체는 아니었지만, 비탈져 오르막이 되는 강둑이 보였다.

그들은 운동기구가 모여 있는 곳에서 멈춰 섰다.

"아주 잠깐이지만 네가 따먹힐 줄 알았어." 우두머리 가운데 한 명이 말했다. 머리를 짧게 깎은 얼굴이 넙데데한 자였다. 그가 포를 향해 윙크를 했다. 며칠 사이에 포가 받은 최초의 친근한 표현이었다.

무리의 우두머리인, 금발을 퐁파두르 스타일로 빗어 넘긴 자가 덧붙였다. "너도 있는 건 시간뿐이니 그 생각을 충분히 해봤겠지."

다른 이들이 웃음을 터뜨렸고, 포는 어떻게 반응해야 할지 알 수 없었다.

"넌 괜찮을 거야. 잘 처리했어." 금발이 말하며 씩 웃었다. "난 래리다. 블랙 래리라고도 하지. 블랙 래리든 래리든 원하는 대로 불러, 어느 쪽이든 상관없으니."

다른 둘도 자기소개를 했다. 머리를 민 친근한 인상의 남자는 드웨인이었고, 눈 위까지 모자를 눌러쓴 자는 클로비스였다. 클로비스는 포보다 훨씬 어깨가 넓었다. 140킬로그램은 나갈 듯했다.

포는 고개를 돌리고 누가 따라왔는지 살폈다. 건물 문들은 여전히 닫혀 있었고, 운동장에는 포 일행 말고는 아무도 없었다.

"그 흑인들이 이곳을 다스리는 건가?" 포가 물었다.

"클로비스, 지금 이 젊은 친구가 우리의 흑인 형제들이 여길 다스리느냐고 물은 거야?" 블랙 래리가 말했다.

클로비스가 비니를 섬세하게 고쳐 쓴 뒤 말했다. "아무래도 그런 것 같네."

블랙 래리가 크게 한숨을 쉬었다.

클로비스가 말했다. "우선, 그 쪼다 놈들이 여기 있어, 아니면 저 좆같은 문 뒤에 있어? 둘째, 그 따위 등신 같은 질문은 다신 하지 마."

"미안, 난 방금 들어왔거든." 포가 말했다.

"그건 우리도 알아." 클로비스가 말했다.

"난 아직 재판을 안 받았어."

"이놈 말하는 것 좀 보게." 클로비스가 말했다.

"그걸 떠벌리고 다니는 건 좋은 생각이 아니야." 드웨인이 말했다. "우리 말고 다른 사람한테는."

"미안." 포가 다시 말했다. 아무래도 뭔가 잘못하고 있다는 생각이 들었지만 무슨 말을 해야 할지 난감했다. 조용히 있는 게 나을 듯했다.

"괜찮아, 우리는 친구니까." 블랙 래리가 말했다.

"하지만 좀 세게 보여야 해." 클로비스가 말했다. "계속 그렇게 좆같이 울상을 짓고 있으면 다들 한 번씩은 찝쩍거릴 거야. 그렇게 촌뜨기 같은 표정을 짓고 다니면 아무리 싸움을 잘해도 소용없다고."

다른 둘이 고개를 끄덕였다.

"알았어, 명심하지." 포가 말했다.

"명심한대." 클로비스가 말했다.

"명심할 거야. 마음에 새겨둘게." 포가 씩 웃었고, 다른 이들도 함께 웃었다. 하지만 클로비스는 웃지 않고 고개를 저었다.

"저 친구랑 잠시 걷다 올게." 드웨인이 말했다. "손을 씻을 수 있게 말이야. 그 자식이 비밀무기를 가지고 있거든."

"꼬맹이가?" 블랙 래리가 말했다.

"확실해."

"꼬맹이가 누구야?"

"네가 때린 놈. 그 자식한텐 기생충이 있어."

포가 못 알아듣겠다는 표정을 지은 모양이었다.

"에이즈." 드웨인이 말했다. 그가 손을 내밀어보라는 몸짓을 하더니 부드럽게 포의 손을 잡고 들어올려 살펴보았다. 상처가 나고 피가 말라붙은 게 보였지만 누구 피인지 알 수는 없었다.

"비누 있어?" 드웨인이 말했다.

"아니."

"내 감방에 있는 걸 좀 나눠주지."

블랙 래리가 말했다. "당분간은 쥐죽은듯 지내게 해. 적어도 우리가 다시 블랙스*와 이 일을 마무리지을 때까지는."

드웨인이 고개를 끄덕였다. 드웨인이 걷기 시작했지만 포는 가만히 서 있었다. 그는 거대한 문신투성이 스킨헤드를 따라 감방에 갈 생각이 없었다. 모두들 웃음을 터뜨렸다.

"걱정 마." 드웨인이 말했다. "네 궁둥이에 뭔가를 찔러넣을 생각은 없으니까."

*

드웨인은 감방을 혼자 썼다. 바닥에는 양탄자 세 개가 깔려 있었고 창에는 성모마리아 무늬가 들어간 파란 커튼이 달려 있었다. 감방동 끝에 있는 방이라 창으로 햇빛이 들어왔고, 복도의 커다란 창으로도 햇빛이 들어왔다.

"호스피스에서 얻어 왔지." 커튼을 보며 드웨인이 말했다.

포가 손을 씻자 라벤더 향이 났다. 교도소 비누가 아니었다. 리가 쓸 법한 비누였고, 포는 한번 더 비누로 손을 씻었다. "이런 걸 어떻게 구하지?"

"방법이 백만 가지 정도 있지. 방문객, 교도관. 그자들이 적어도 하루에 한 번은 왔다가 가니까."

---

* D. C. Blacks. 미국 감옥에서 활동하는 흑인 갱단.

포의 표정을 보고 드웨인이 계속 설명했다.

"일 년에 1만 8천 달러를 버는 자들이야. 뭔가를 가져오는데 2천 달러 정도를 준다고 하면 거절하는 사람들이 많지 않지."

"하지만 그 사람들이 잡히면 네게 문제가 생기잖아."

"난 종신형을 세 번 받았어." 드웨인이 말했다. "그자들이 나한테 무슨 짓을 더 할 수 있겠어?"

*

그날 오후, 포는 자기 감방으로 돌아와 있었다. 블랙 래리 일행은 이튿날 아침에 올 테니 그때까지 감방 안에 있으라고 했다. 그래서 포는 안전을 위해 발은 창살 쪽에, 머리는 변기 쪽에 두고 잤다. 그러면 누군가 줄로 포의 목을 조를 수 없기 때문이었다. 감방 안으로 흐릿한 불이 흘러들어왔다. 경찰서에서 보았던 것과 같은 조악한 플라스틱으로 된 창문이 햇빛 때문에 노랗게 물들어 있었다. 아마도 경찰서의 창문을 설치한 시공업자가 같은 부품을 써서 만든 듯했다. 그렇게 돈을 남겼으니 벼락부자가 되었을 거라는 생각이 들었다. 누구는 철강으로 돈을 벌고, 누구는 감옥으로 돈을 벌었군.

감방동 1층 텔레비전에서 다시 〈제리 스프링어 쇼〉가 나왔다. 조카와 섹스한 이모 이야기, 뭐 그런 내용이었다. 정확히 그 내용은 아닐 수도 있지만 사람들이 그 프로그램을 보는 이유는 그런 이야기를 기대하기 때문이었다. 포 역시 본 적이 있지만 이제는 역겹다고 생각했다. 수감자들이 잘한다며 텔레비전을 향해 함성을 질렀다. 포는 자신이 소음에 익숙해지고 있음을 깨달았다. 배가 요동을 쳤다. 다시 배가 고파진 것일 수도 있지만, 아침에 조금 먹은 것만으로도 그의 몸은 격렬히 감옥 음식을 거부하고 있었다. 이럴 때 혼자인 게 다행이었다. 포는 음식을 먹을 때부터 이렇게 될 것을, 아파지리라는 것을, 토하거나 설사를 하리라는 것을 짐작했다. 하지만 선택의 여지가 없었다. 그는 먹어야 했다. 편하게만 살려고 했던 것, 그게 문제였다. 포는 살아오면서 늘 편한 길만 택했다. 그게 문제이자 몰락의 원인이었다. 선택의 기회가 있을 때 포는 늘 쉽고 편한 길을 택했다. 이제 음식에 까다롭게 구는 점조차 포에게 불리하게 작용했다. 그는 에너지가 필요했고, 먹어야 했다. 곧 샤워도 해야 했지만 샤워실은 기대도 하지 않았다. 그렇게 좋은 곳일 리는 없었다. 포에게서 아직 리의 냄새가 났지만 그것 역시 곧 씻겨나갈 터였다. 포는 그 냄새를 간직할 방법이 없을까 생각해보았지만 불가능한 일이었다. 냄새는 배었다 사라지니까 간직할 방법이 없어. 사진처럼 기억에 담아두었다 두고두고 떠올릴 수 없는 거야.

　드웨인은 매점에서 누군가가 음식을 가져다줄 거라고 했다. 포는 돈이 들 거라는 걸 알았다. 그들이 돈을 요구하지는 않았지만 포는 멍청이가 아니었다. 포에게 주는 것 가운데 공짜는 아무것도 없었다. 하지만 포에게는 선택의 여지가 없었다. 포가 아는 한, 감옥의 모든 패거리가 포를 노리고 있었다. 드웨인과 블랙 래리는 자기들이 그 일을 처리해주겠다고 했다. 평화 중재를 해줄 테니, 그들이 그렇게 하는 동안 어슬렁거리지만 말라는 것이다. 뒷구멍으로 합의를 보는 것인지 아닌지 알 수 없었으나, 포는 그자들을 믿을 수밖에 없었다. 카운티 감옥에서 일주일을 보낸 적이 있지만 그때와는 사정이 달랐다. 그들은 음주운전 따위의 사소한 범죄를 저지른 자들이었고 곧 일상으로 돌아갔지만 이곳 사람들은 아니었다. 이 사람들은 여기 살았고, 여기가 그들의 집이자 활동 무대였다.

하지만 그런 태도는 어떤 것에도 도움이 되지 않았다. 이곳에서는 게임이나 싸움에서 어떻게 이겼는지가, 무엇에서든 어떻게 이겼는지가 전혀 중요하지 않았다. 중요한 건 포의 사고방식이었다. 포는 그럭저럭 버티고 있었다. 사실은 잘해나가고 있었다. 모든 것이 잘 풀릴 것이고, 회의적일 필요가 전혀 없었다. 포가 영원히 여기 있을 것도 아니었다. 밖으로 나갈 것이다. 검찰은 자백을 받아내기 위해 포를 잠시 여기 가둔 것뿐이었다. 자신이 영원히 여기 있지는 않을 거라고 포는 확신했다. 이건 훗날 술집에서 자랑삼아 얘기할 만한 촌극일 터였다. 포는 여기 있는 다른 사람들과 달랐다. 곧 진실이 밝혀질 것이고, 달리 생각할 이유가 전혀 없었다.

3. 아이작

기차에 탄 뒤로 시간이 얼마나 흘렀는지 감이 안 왔다. 아이작은 송전선이 올라갔다 내려갔다 하는 모습을 속이 울렁거릴 때까지 지켜보았다. 기차는 몇 번 정도 짤막한 측로로 비켜서서 다른 기차들이 지나갈 때까지 기다렸다. 몇 시간이고 기다리는 것 같았다. 불안했고 지루했지만 이제 와서 내릴 수는 없었다. 기차를 타려고 며칠이나 노력했으니까.

이윽고 기차는 고속도로와 나란히 가며 빠르게 달렸고, 차들을 추월했다. 너무 여러 가지 소음이 섞여 있어서 각각의 소리를 구별할 수 없었다. 철로를 거세게 두드리는 소리, 차량 연결기가 철컹거리는 소리, 휘몰아치는 바람 소리, 그다음엔 브레이크를 잡아 쇠가 긁히는 소리, 고막을 찢을 듯한 소리가 들렸다. 아이작 뒤쪽에 있던 차량이 마치 아이작을 덮칠 것처럼 앞으로 쏠렸다. 이어서 모든 차량이 위아래로 흔들리며 덜컹거렸고, 그 충격에 아이작은 하마터면 승강단에서 바퀴 아래로 떨어질 뻔했다.

조심해야 해. 갈기갈기 찢길 뻔했잖아. 기차 여행은 쾌적하거나 비참하거나 둘 중 하나야. 아니, 대부분의 시간은 지루하지. 시야가 탁 트여서 멀리 언덕까지 보일 때는 좋지만, 다른 때는 그냥 숲을 가로지르거나 아니면 얼굴 앞에 녹색 벽만 보여서 폐소공포증에 걸릴 것만 같아. 터널은 최악이고.

포는 지금 뭘 하고 있을까? 아마 누나와 섹스를 하거나 어디선가 술에 취해 쓰러져 있겠지. 그래도 포는 날 구하러 강에 뛰어들었어. 그건 변함없는 사실이야. 내 작은 일탈에도 동참해줬고. 맞아, 그리고 그 싸움을 벌였지. 차라리 혼자 떠났더라면 좋았을 텐데.

아이작은 다시 자세를 바꿨다. 승강단은 아주 좁아서 다리를 뻗을 공간이 충분하지 않았다. 온몸 구석구석 저리거나 멍들지 않은 곳이 없는 것 같았다. 아이작은 사다리를 올라가 석탄무더기 위에 앉았다. 기차에서 가장 높은 곳이라 전망이 좋았다. 배런 역시 일고여덟 차량 앞의 석탄무더기 위에 앉아 경치를 즐기고 있었다. 기분이 좋았다. 하지만 추웠다. 여름이면 좋았을 텐데. 얼마 후 아이작은 사다리를 타고 내려가 차량 뒤편의 바람이 들지 않는 좁은 구멍으로 기어들어갔다. 석탄을 넣는 호퍼와 차량 외벽 사이에 있는 삼각형 모양의 작은 공간이었다. 더러웠고 사방이 잔모래로 버석거렸지만 거기 있으니 몸이 다시 따뜻해졌다. 아마 석탄 광부처럼 보일 거야. 침낭으로 몸을 감싸자. 잠자기 가장 안전한 곳이야. 움직이는 기차에 타고 있으면 날 잡을 수 없지. 마지막으로 정신이 맑았던 게 언제였지? 몇 달은 된 것 같아. 뭔가를 먹어야 해. 아이작은 비엔나 소시지 깡통을 따고, 손가락에 묻은 잔모래를 뱉어내며 소시지를 먹었다. 기분이 좋아지는 것 같기도 하고 아닌 것 같기도 했다. 아이작은 물을 더 마셨다.

얼마 후 아이작은 잠에서 깼다. 온몸이 쑤셨다. 몸을 쭉 펼 공간이 없었다. 어두워지고 있었고, 기차에 탄 지 벌써 하루가 지났다. 어딘지 짐작할 수 없었다. 숲만 이어질 뿐이었다. 잉글랜드, 프랑스, 아니면 독일. 여하튼 다른 곳으로 상상해봐…… 실제로는 아마 오하이오쯤일 거야. 벌써 미시간에 와 있는 게 아니라면 말이야. 도착하기 전까지는 알 방법이 없어. 보이는 게 전부 새로우니까. 즐길 수 있을 때 즐겨.

잠을 자든 깨어 있든 차이는 없었다. 아이작의 정신 상태는 그 사이의 회색 영역이었다. 통기구로 들어오는 흐릿한 푸른빛과 그의 뒤로 펼쳐진 기차의 풍경. 기차의 소음, 진동, 나 역시 덜컹거림의 일부야. 고기를 두드려 연하게 하는 것 같아. 우리의 일상적인 무름softness을 용서하소서. 다시 칠흑처럼 어두워졌다. 또 터널을 지나고 있었다. 귀청이 떨어질 것 같아. 귀를 막아. 어서 터널이 끝나길 기도해. 자욱한 연기. 터널이 너무 길면 숨이 막혀 죽을 거야. 제발 짧은 터널이기를. 연기가 점점 더 독해지고, 눈이 아리기 시작했다. 통기구 밖 승강단 쪽으로 머리를 내밀어봤지만 상황은 더 나빴다. 여기서 기절하면 깨어나지 못할 거야. 가스 자살이라니. 잠들 것에 대비해 바퀴에서 멀리 떨어져 있는지 확인해. 이 안이 더 안전해.

그때, 갑자기 안이 다시 밝고 조용해졌다. 밖으로 나가. 안 그러면 다시…… 아이작은 통기구로 고개를 내밀었다. 녹색 벽이 기차 옆을 지나갔다. 그는 깨끗한 공기를 들이마시고 구토했다. 뭘 토한 거야? 1달러 50센트짜리 소시지. 개 사료야. 하지만 일부러 먹었지.

아이작은 통기구 가장자리에 머리를 걸치고 몸을 웅크렸고, 바깥의 숲을 보기 위해 배낭 위에 앉았다. 이제 훨씬 더 어두웠고 십분만 지나면 밤이 될 터였다. 살던 대로 사는 삶이 좋은 거야. 대안이 좋을 리 없어. 스웨덴인 일행이 그 낡은 건물에서 우리를 발견하고 왜 그렇게 화를 냈을 거 같아? 우리가 그들의 소박한 즐거움을 망쳤기 때문이야.

맞아, 아이작은 생각했다. 그리고 더 죄책감이 들었다. 노인네를 교훈 삼아야 해. 자기가 틀렸을지도 모른다는 걸 절대로 인정하면 안 돼. 스스로에게 거짓말을 하고 진정한 행복을 발견해야 해. 리와 포 역시 그래. 사실 그 둘이 서로에게 정신없이 빠진 건 둘이 죽이 딱딱 맞기 때문이야. 아니야, 아이는 명심해야 할 점이 있어. 당장 손에 닿지는 않아도 저기 보이는 저 산에 금이 묻혀 있도다. 비즈니스 모델의 원조라 할 수 있지. 용서하는 것. 거짓말하고 속이고 훔치지만 아이는 너를 용서하노라. 아이의 교회에 온 것을 환영하노라. 아이의 지시를 따르고 영생을 얻으라. 처녀 열여섯 명과 하프시코드 한 대. 그대가 남자든 여자든 아이든 상관없이 그대의 죄는 사함을 받았노라. 믿음만을 요구한다. 신자들은 앞으로 나가 맹세하라. 반성 속에서 죄 사함을 발견하라. 반짝이는 헌금함에도 주목하라.

아이작은 다시 스웨덴인을 생각했다. 이제 난 그 일로 더는 걱정 안 해. 아이작은 혼잣말을 했다. 내게 물과 빛을 다오, 그러면 내가 성전을 무너뜨리리라. 예수였나? 틀렸어, 이 멍청아. 빛과 생명과 사랑이야. 노인네는 한 번도 내 이름을 좋아한 적이 없다고 했어. 너무 유대인 같다나. 내 이름을 고집한 사람은 어머니였어. 나는 진리요 빛이니라. 나는 칼에 담긴 진리로다. 던져진 물체가 지상을 가로지르며 그리는 궤적. 와이축으로 초 제곱당 9.8미터, 엑스축은 제로, 초속初速 초당 25미터, 발사 각도 15도. 공기저항은 없다고 가정. 인간의 머리가 궤적을 가로막지 않는다고 가정.

난 미쳐가고 있어, 아이작은 생각했다. 하느님이 남긴 공백을 과학으로 메우려 하다니. 어머니는 정반대의 문제가 있었어. 자신이 남긴 공백을 하느님으로 메우려고 했지…… 그 일을 자기만의 비밀로 간직했다는 게 달랐지만. 어머니는 이 세계 말고 다른 세계를 선택했어. 어머니 계획의 사소한 결함―지금 어머니는 어디 있지? 단지 암흑뿐이야. 존재하지 않는 것을 그렇게 표현할 수 있다면 말이야.

아이작은 꼼짝하지 않고 그렇게 한참 동안, 휙휙 지나가는 나무들을 바라보았다. 눈을 만지고 싶었지만 흙이 들어갈까봐 만질 수가 없었다. 계속 울어, 그렇게 눈을 씻어내. 아이작은 생각했다. 이제 밖은 완전히 어두워져 있었다.

4. 해리스

해리스는 점심시간에 글렌 퍼타키로부터 전화를 받았다. 버드, 나 글렌 퍼타키일세. 오랜만이군. 오늘 오후에 내 보트에서 한잔하면 어떻겠나?

글렌은 그 지역 치안판사로 해리스보다 스무 살이 많았고, 지난번에 빌리 포를 위해 힘을 써준 사람이었다. 해리스가 경사였을 때 글렌이 경찰서장이었고, 해리스가 뷰얼로 옮겨온 뒤 처음으로 만난 사람 중 하나였다. 팔구 개월 만에 처음으로 온 사적인 전화였다. 그냥 건 게 아니야, 해리스는 생각했다.

차를 몰고 가파른 언덕들을 오르내리고, 숲과 농장을 지나고, 갑작스레 나타나는 협곡과 계곡을 지나면 가장 높은 산책로에 도착할 수 있었다. 그러나 그곳에서 경치를 본다 해도 못 보고 놓치는 풍경이 절반은 되었다. 지형이 너무나 주름졌기 때문이었다. 사방이 녹색이었고, 저지대 여기저기에는 습지가 있었다.

호가 해리스의 책상에 조간신문을 가져다두었다. 1면에 빌리 포의 사진과 함께 신문사에서 마음대로 써낸 이야기가 있었다. 풋볼 스타가 살인범이 되었다는 식의, 독자들이 읽지 않고는 배길 수 없는 종류의 이야기였다. 해리스는 생각했다. 오늘밤이 되면 뷰얼에, 아니 몬밸리 전체에 이 일에 대해 모르는 사람이 별로 없겠군.

해리스는 긴 언덕을 내려오는 동안 브레이크가 과열되지 않도록 기어를 3단으로 내렸다. 연금을 받기까지 십 년이 남았던 게 바로 엊그제 같은데 어느새 십팔 개월밖에 남지 않았다. 인생의 종말을 향해 카운트다운을 하는 거야. 세월이 더 빠르게 지나갔으면 좋겠군. 해리스는 모두가 그런 식으로 생각하는지, 가령 의사들이나 변호사들도 같은 생각을 하는지 궁금했다. 그는 이제 쉰네 살이었고, 서장이 되었을 땐 마흔 살이었다. 뷰얼을 비롯해 밸리 역사상 가장 젊은 나이에 서장이 되었다. 해리스가 서장에 뽑힌 건 돈 컨코 덕분이었고, 글렌 퍼타키 같은 사람들의 전폭적인 지지도 큰 도움이 되었다. 당시 경찰서에는 전임 직원이 열네 명, 시간제 직원이 여섯 명인가 있었다. 이제는 그 수가 역전되었다.

해리스는 열아홉에 해병대에 입대해, 군사 특기로 헌병에 배정되었다. 그리고 삼십오 년이 지난 지금은 어린 시절에 내린 결정을 감당하며 살고 있었다. 난 내 삶을 즐기고 있어, 해리스는 생각했다. 행복해지려면 노력을 해야 해. 내게 그 사실을 가르쳐준 건 그 여자야. 어쩌면 행복해지려면 노력을 해야 한다는 사실 자체가 행복이 자연스러운 상태가 아니라는 걸 말하는 걸지도 몰라. 하지만 해리스는 투덜거릴 처지가 아니었다. 일정 수준의 편안함을 누리는 사람이라면, 내가 바로 그런데, 오늘 행복한 날로 보낼지 슬픈

날로 보낼지 아침마다 결정해야 해. 터무니없는 생각이로군. 내가
그런 걸 입 밖으로 꺼내 말한 상대는 털북숭이뿐이야.

해리스는 낮은 땅 높은 땅 헤매고 다니느라 늙었어도* 자신이 그
레이스를 쫓아다니는 모습을 떠올릴 수 있었다. 그래도 괜찮을 거
라고 생각했다. 거절당하거나 뭔가를 잃을 정도로 가까워지는 일
은 절대 없겠지. 그레이스를 언덕 저편에 두면 돼. 그녀에 대한 감
정 때문에 해리스는 다른 여자를 찾지 않을 수 있었다. 해리스에게
그레이스는 나름대로 평정심의 역할을 했다.

빌리 포 같은 아이를 자식으로 둔 게 그레이스의 잘못은 아니야.
사실 희생자라고 할 수 있지. 너무 동정적으로 굴지 말자, 해리스
는 생각했다. 하지만 그건 사실이야. 해리스는 털북숭이가 밖으로
나갔다가 너무 오랫동안 돌아오지 않으면 몹시 걱정되었다.

그는 계류장 표지를 본 다음 나무들이 하늘을 가리는 긴 녹색도
로를 따라 차를 몰았다. 여기서 얼마나 살았지? 이십삼 년이었다.
그전에는 필라델피아경찰서에서 육 년 일했고, 그전에는 해병대에
서 헌병으로 사 년을 보냈다. 전혀 계획에 없던 일들이었다. 해리
스는 자원입대했다. 징집되는 것보다 더 나았으며, 또한 자신의 생
일에 배정된 징집 순위를 볼 때 어차피 징집될 게 뻔했기 때문이었
다.** 누군가 해리스에게 말하길, 헌병으로 가면 미치광이 소위들에
의해 자살 특공대로 차출될 확률이 적다고 했다. 또한 제대할 때,
제대를 한다면 말이지만, 뭔가 진짜로 써먹을 수 있는 기술을 얻을

---

* 윌리엄 버틀러 예이츠의 시 「방황하는 엥거스의 노래」의 한 구절.
** 미국은 베트남전 수행에 필요한 군인을 확보하기 위해 일부를 징집했는데 그 선
발 방식은 생일이 담긴 파란 캡슐을 무작위로 뽑아 그 순서대로 정하는 것이었다.

거라고도 했다.

주차장에 도착해보니 글렌 퍼타키의 검은 링컨이 서 있었다. 치안판사용 차였고, 갓 왁스칠을 한 듯했다. 세상에는 차에 왁스칠을 하는 사람과 안 하는 사람이 있다. 그 아래에는 세차를 하는 사람과 하지 않는 사람이 있다. 해리스는 후자에 속했다.

글렌이 보트에서 기다리고 있었고, 그는 해리스가 강 근처 녹지에 나타나는 것을 보자마자 멀리서부터 손을 흔들었다. 454크루세이더 엔진이 두 개 달린 12미터짜리 카버로, 강에 뜨는 다른 배들에 비하면 호화로운 수준의 요트였다. 해리스도 보트가 있었지만, 6미터짜리 밸리언트였고 마지막으로 강에 띄운 건 삼 년 전이었다. 조만간 보트를 팔 생각이었다. 보트를 소유한다는 건 두번째 개를 소유하는 것과 같았다. 차이가 있다면 월급의 반을 쏟아부어도 보트는 주인을 사랑하지 않는다는 점이었다.

"정말 대단한 날이지 않나?" 글렌이 팔을 흔들며 주위를 가리켰다. "상류로 몇 킬로미터만 오면 완전히 다르다니까."

완전히 다른 세상이었다. 뷰얼처럼 숲이 많았지만, 몬밸리 남쪽 지역은 공장의 손길이 전혀 닿지 않았다. 오로지 나무들이었다. 물 위로 나뭇가지들이 낮게 드리우고, 진흙 때문에 뿌연 강물은 천천히 흘렀다. 조용했고, 보트 지나는 소리와 예인선에 끌려가는 짐배들 소리만 가끔씩 들렸다.

해리스가 보트에 올랐다. 글렌이 앉으라고 손짓을 했다.

"버드, 단도직입적으로 말해서 오늘 이곳에 자네를 오라고 한 건 〈밸리 인디펜던트〉 기자가 영장에 대해 자꾸 귀찮게 캐물어서야."

"무슨 영장 말입니까?"

"우리가 대외비 청구하는 걸 잊은 모든 것에 대해서. 그자는 개처럼 여기저기 쑤석이고 다니면서 빌리 포 살인 사건에 뭔가 더 끔찍한 게 없을지 캐고 다녀."

"더 찾아낼 건 아무것도 없습니다. 저를 이 먼 밀스보로까지 오라고 하신 게 단지 그것 때문이라면 말입니다."

"그냥 보고 싶었어. 진짜 이유가 그거라는 건 자네도 알잖아."

"압니다."

"그리고 최근에 내게 떠오른 생각은, 내가 이 자리에 그리 오래 있을 거 같지 않다는 거야. 그 일에 대해 자네와 의논하려고 생각했어."

해리스가 글렌을 보았다.

"난 건강해. 단지 이제 난 할 만큼 했고, 내가 은퇴하면 자네가 내 자리에 앉았으면 한다는 거야. 자네에게도 좋은 일이지."

"한 번도 생각해본 적이 없습니다."

"한 번도?"

"네."

"그게 자네의 좋은 점이야, 버드. 다른 사람들에게 내가 이런 제안을 했다면 열이면 열 지금 당장이라도 내 좆을 빨겠다고 달려들었을 걸세."

"저는 우선 한잔하고 싶군요."

"물론이지. 어디에 있는지는 자네도 알겠지."

해리스는 글렌 옆의 냉장고에 손을 뻗어 하이 라이프 한 병을 꺼냈다.

"전문가로서 조언을 하자면, 그리고 오랫동안 자네를 알고 지내

온 사람으로서 말하자면, 자네가 신문에 보도된 사건과 관련해 빌리 포와 얽히지 않는 게 좋겠다는 거야. 그리고 그 아이 어머니와도 얽히지 않는 게 좋아."

"제 걱정은 안 하셔도 됩니다."

"그나마 다행인 건 내가 듣기로 이번에는 그 아이의 혐의 사실이 완벽하다는 거야."

"전 그애 어머니를 위해 그런 일을 한 거지 그 아이를 위해서 한 게 아닙니다. 그 아이가 망나니라는 건 진작부터 알았어요."

퍼타키가 씩 웃었다. "알겠지만, 자네는 결혼을 하지 않아서 더 골치 아파진 거야. 사람들은 공무원이 정상적인 사람이길 원하거든. 그 어떤 결함도 없길 원한다고. 나처럼 말이야."

"무슨 말인지 알아들었습니다. 작년에 저를 위해 무리하신 것도 감사하고요. 그 일이 골칫거리가 돼서 유감입니다."

"아니야, 버드, 자네는 잘하고 있어. 내가 늙고 주정뱅이라 괜한 걱정만 느는 것 같군. 게다가 그 일 때문에 헉 크래머랑 마티니 모임을 했는데 아주 열받았거든."

헉 크래머는 뷰얼의 시장이었고, 돈 컨코와 마찬가지로 뷰얼 하수 시스템 입찰 비리에 연루되어 있었다. "크래머는 다른 일을 걱정해야 할 겁니다."

"자네 자리가 임명직이라는 것 명심하게, 버드. 자넨 결국 대니얼 분 카운티처럼 산 좋고 물 좋고 한적한 곳에서 연금을 쓰며 살겠지. 하지만 난 자네가 퇴직하고 일 년 안에 권총을 물고 자살을 한다는 데 걸겠어. 자네도 우리와 마찬가지로 사회적 동물이란 말이야."

해리스가 어깨를 으쓱해 보였다.

"난 자네가 부럽지 않아. 진심이야. 예산 문제가 지랄이라는 얘기 들었어. 그건 정직원 대신 시간제 직원들을 더 써야 한다는 뜻이라는 것도."

"정규직 복지 비용을 줄이기 위해서죠." 해리스가 말했다.

"이제 난 자네들에게 딱지를 끊으라고 할 수도 없어. 직원들 절반은 연속으로 스물네 시간 일을 하지. 샤를로이에서 근무하고 곧장 뷰얼로 가서 일한 다음 브라운스빌로 가지. 그런데 정작 사는 곳은 그린 카운티고. 자기들이 치안을 담당하는 지역에 대해 아무것도 몰라."

"직원들은 연속으로 열두 시간 이상 근무하지 못하게 되어 있습니다."

"솔직히 말해서, 난 그 사람들이 어떻게 하든 관심 없어. 딱지를 끊는 한은 말이야. 십 년 전만 해도 나는 일 년에 6천 건을 담당했어. 이제는 4300건이지. 내 사무실 운영 비용도 한때는 일 년에 80만 달러가 넘었지만 이제는 45만 달러야. 그리고 자네 부서의 경비 삭감도 있지. 맙소사, 한때 주차 위반 딱지로만 일 년에 10만 달러를 거두어들였는데 이제는 주차 위반 딱지를 발부하는 직원은 거의 밖에 나가는 일도 없어."

"그것들 모두 증상일 뿐 근본 원인은 아닙니다."

퍼타키가 고개를 끄덕이더니 시간을 확인했다. "주사 맞을 시간이 지났군. 잠시 실례해도 되겠나?" 퍼타키는 서류 가방을 열어 작은 주사기를 꺼냈고, 셔츠를 걷은 뒤 배의 창백한 피부 위로 주사를 놨다. 그는 살짝 멋쩍은 듯 해리스에게 웃어 보였다. "당뇨병에 이렇게 술을 마시면 안 된다고들 하지만……"

"사람이 사는 방법이 정해져 있답니까?"

"내 말이 그 말이야." 퍼타키는 다시 술을 홀짝이고 말을 이었다. "이랬으면 어땠을까 하고 줄곧 생각해왔던 시나리오가 있는데 말해주지. 만약 모든 집들이 압류되어 정부 보조 주택으로 바뀌기 전에 우리가 그걸 태워버렸다면 어땠을까? 1985년 무렵 이 도시의 빈집들에 사람들이 들어오기 전에 전부 다 부숴버렸다면? 생각해보게. 그랬다면 지금쯤 도시의 절반은 숲일 거야. 과세 표준은 똑같았는데 인구는 절반이 되었을 거고 새로운 문제는 전혀 일어나지 않았겠지."

"그 정부 보조 주택들 덕분에 대니 캐럴이 콜로라도와 마이애미에 콘도를 살 수 있었죠. 그자가 없었다면……" 해리스는 어깨를 으쓱해 보이며 말을 이었다. "이제 그건 판사님 문제입니다."

퍼타키가 고개를 끄덕였다. "분명 내가 떠올리고 싶어하지 않는 사실이지."

"그런 뜻이 아니었습니다."

"감정이 상한 건 아니야." 퍼타키가 손을 들어올렸다. "자네가 좋은 사람이란 건 모두가 알아, 버드. 대부분의 사람들은 존 디에츠처럼 일 처리를 하지. 그자는 비디오 포커 머신을 운영해 소득을 속이잖나. 하지만 자네는……"

"전 그런 데 관심 없습니다."

"자네는 그레이스 포에게 관심이 있지. 그게 자네의 약점이야."

"이번에는 아닙니다."

"아직도 그 여자를 만나나?"

해리스는 시선을 돌려 강 위를 바라보았다. 갑자기 빌리 포가 간혀 있는 페이엣 감옥이 강 바로 건너 라벨에 있다는 사실이 떠올랐다. 채 1.5킬로미터도 떨어져 있지 않았다.

"자네는 70년대에 여기서 근무했어야 했어, 버드. 그땐 코르벳엔진이 달린 순찰차를 삼 년마다 구입했지. 그리고 80년대가 되자우리가 잃어버린 건 단순히 일자리뿐이 아니게 되었어. 사람들이자기 재능을 보여줄 기회 자체가 아예 없어진 거야." 퍼타키는 어깨를 으쓱해 보이며 말을 계속했다. "있는 일거리라고는 기껏해야걸레질을 하거나 환자 요강을 비워주는 것뿐이지. 우리는 국가적으로 후퇴하고 있네. 아마도 역사상 처음일 거야. 그리고 그건 머리칼을 녹색으로 물들이고 코에 피어싱을 하는 아이들 때문이 아니야. 개인적으로는 그런 애들을 싫어하지만 그건 피할 수 없는 일이니까. 진짜 문제는 보통의 시민들이 자신이 잘할 수 있는 일을구할 수 없게 되는 거야. 일자리를 잃으면 나라를 잃는 거라고."

"혹시 사모님과 더는 대화를 안 하신다거나 그러는 겁니까?"

"나는 늙고 뚱뚱하네. 사색에 잠기고 공론을 늘어놓지."

"술을 더 드셔야 할 것 같네요. 아니면 인턴을 하나 구하시든지요."

"그렇게 한다네. 그래야 하고."

잠시 정적이 흘렀다. 다른 보트에서도 사람들이 퍼타키나 해리스처럼 앉아서 술을 마시며 조용한 경치, 해안선, 물위로 떠오르는태양을 감상하고 있었다. 대부분의 보트는 절대 선착장을 떠나지않았다. 연료비가 너무 비쌌다. 사람들은 계류장까지 차를 몰고 와보트에 앉아 술을 마시며 시간을 보낸 다음 엔진을 켜보지도 않고 집으로 돌아갔다.

"누가 잘리게 되나?"

"헤거턴입니다. 밀러와 보르코프스키도요."

"새로 온 친구는?"

"그 친구는 다른 사람들 전부를 합친 것보다 더 일을 많이 합니다."

"밀러와 보르코프스키가 부서장이라는 게 문제로군."

"밀러만 그렇죠. 보르코프스키는 승진시험에서 계속 떨어졌습니다. 새로 온 직원이 하는 일의 절반을 근무 외 시간에 한다는 건 말할 필요도 없고요."

"노동조합과 문제가 생길 거야."

"제가 알아서 하겠습니다."

"그 새로 온 친구가 중국계인가?"

해리스가 고개를 끄덕였다.

"그 친구를 좋아하는 게 보이는구먼. 잘됐어."

"그렇겠죠."

"마지막으로 하나만 더 들어줘, 버드."

"어떤 겁니까?"

"내가 이제껏 거쳤던 직업 중 멋있었던 직업에 대해 말하고 싶어."

"매지스테리얼 8번 구역에 계실 때일 거라는 확신이 드는군요."

"전혀 아니야. 실테스트 데어리에서 아이스크림을 만들 때였어. 1964년부터 1967년까지였지. 경찰이 되기 전이야. 아주 큰 건물이었어. 공장 같은 곳이라 출근 카드를 찍고 들어가 깨끗한 작업복으로 갈아입은 다음, 파란 불빛을 통과하고 나서야 뭔가를 만질 수 있었어. 더러운 상태로는 절대 들어갈 수 없었지. 피스타치오와 신선한 과일, 복숭아, 체리 따위의 상상할 수 있는 온갖 것들이 커다란 양동이에 담겨 있다가 기계에 섞여 들어갔어. 아마 자네는 아이스크림이 얼기 전의 상태를 본 적이 한 번도 없을 거야. 하지만 장담하는데, 세상에 그런 물건은 또 없어." 퍼타키는 술을 홀짝이고 말을 이었다. "그곳에 있는 것만으로도 천국 같았지. 아이스크림 재료를 섞고 나면 그 통을 냉동실로 가져가 쌓아둬. 그런데 가끔, 계속 냉동실 문을 열고 닫고 하느라 냉동실에 습기가 얼어서 눈이 내리곤 했지. 여름인데 아이스크림이 천장까지 쌓여 있고 눈이 내리는 거야. 아이스크림을 만들고 있는데 눈이 내리고 밖을 보면 섭씨 30도에 햇빛은 쨍쨍해. 만약 그곳에서 내게 다시 일자리를 제공한다면 당장 받아들일 거야. 정말로 천국 같은 곳이었거든."

퍼타키는 아이스박스에서 얼음을 한 줌 집어 잔을 채운 뒤 진을 더 따랐다. "거기 라임 못 봤나?"

"그런 곳이 있을 줄은 상상도 못했습니다." 해리스는 퍼타키에게 사등분한 라임 한 조각을 건넸다.

"내 말은, 자네가 내리막길을 가는 것 같아 걱정이라는 거야. 옛날로 돌아갈 수만 있다면 기꺼이 돌아가고 싶은 그런 처지가 된 게 아닐까 싶어서. 이미 내가 들은 것보다 훨씬 나쁜 상황인지는 모르겠지만."

"더 나쁘지 않습니다."

"그래?"

하지만 해리스는 알았다. 퍼타키는 해리스의 처지를 훤히 들여다보았다. 퍼타키는 고개를 끄덕였지만 단지 배려 차원에서 나온 행동일 뿐이었다.

"세상일은 늘 더 나빠지는 법이야, 친구. 선의의 행동에는 늘 대가가 뒤따르는 법이고."

5. 포

 사흘째 되는 날, 포는 드웨인을 따라 운동장으로 나갔다. 운동장
은 죄수들로 가득했다. 혼자 있는 이, 작게 또는 크게 무리 지어 있
는 이, 원을 그리며 걷는 이. 그들 모두 각자의 생각에 잠겨 어떻게
하면 더 편하게 살 수 있을까 궁리하고 있었다. 여기서 뭔가를 얻
는다는 건 다른 사람에게서 그걸 빼앗아온다는 뜻이었다. 디시 블
랙스는 오늘도 자기들끼리 무리 지어 있었지만, 포는 자신에게도
속할 무리가 있다는 게 기뻤다. 해가 높이 떴고 교도관들은 감시탑
에서 M16이나 그와 비슷한 종류의 라이플을 허리에 받치고 죄수
들을 내려다보고 있었다. 포는 어떤 라이플인지 확신할 수 없었다.
아니 M16이 맞을 거라고 생각했다. 교도관들이 원한다면 대량 학
살이 일어날 수도 있었다. 수도꼭지를 틀듯 방아쇠만 당기면 되었
다. 이중으로 된 12미터 높이의 담장과 칼날이 달린 철조망 너머로
는 여전히 녹색으로 뒤덮인 밸리가 보였지만 이제 포는 밸리에 대

해 어떻게 생각해야 할지 알지 못했다. 이제 그에게 밸리는 완전히 다른 세상이었다.

운동기구가 있는 곳엔 계급이 존재했다. 두목과 그 부관들이 근육을 불룩이며 쪼그렸다 일어서기를 하거나 평행봉에서 팔굽혀펴기를 하거나 담장에 기대 시간을 보내는 동안, 잡범과 마약중독자와 온갖 하층민들은 일정한 거리를 두고 떨어져 있으면서 심부름을 하고 가끔은 그곳에서 일어나는 일이 교도관들에게 보이지 않도록 무리를 지어 시야를 막곤 했다. 포는 블랙 래리 일당과 함께 안쪽 무리에 끼어 있었고, 그곳에는 일고여덟 명 정도가 더 있었다. 하지만 포의 위치는 보잘것없었고, 그는 그 자리가 일시적이라는 걸 잘 알았다. 그는 다른 사람들이 웃을 때 따라 웃을 수 있도록 주의를 기울였고, 다른 사람들이 화를 내면 자기도 화를 내려 애썼다. 가끔씩 무리의 일원이 아닌 자가 운동기구를 쓰기 위해 다가왔는데, 그럴 때면 부관 중 하나가 종이에 이름을 적었다.

"회원이 아니면 하루에 10달러를 내야 해." 클로비스가 말했다.

포가 그를 보았다.

"하지만 다른 방법도 있어. 저기⋯⋯" 클로비스는 다시 블랙스가 관리하는 운동기구들을 가리켰다. "누가 저기 근처에 가기만 해도 놈들은 그 사람에게 운동 도구를 던져. 몇 달 전에는 15킬로그램짜리 도구를 신참 관자놀이에 던져서 머리를 터뜨렸지."

"올림픽 정신이 충만한 놈들이네." 포가 말했다.

"저놈들은 그런 놈들이야." 클로비스가 말하며 자기 머리를 툭툭 쳤다.

그들은 하루종일 근력운동을 했다. 풋볼 선수 시절의 포보다 훨썬 더 많이 했다. 안쪽에 있는 자들은 포를 빼고는 모두들 몸이 문신으로 덮여 있었다. 양쪽 팔 가득 자잘한 문신이 있었고, 등과 가슴에는 좀더 큰 온갖 종류의 문신이 있었다. 독수리나 수리, 또는 포가 알지 못하는 상상의 새 따위였다. 클로비스의 삼두근 중 한쪽 팔에는 백인이, 다른 쪽 팔에는 힘이 쓰여 있었다. 드웨인에겐 그곳에 있는 많은 사람들과 마찬가지로 수리 문신이 있었다. 수리는 드웨인의 어깻죽지에서 날개를 활짝 펴고 있었다. 블랙 래리의 가슴에는 조커 두 개가 새겨져 있었고, 복부에는 뭔가 글씨가 잔뜩 있었지만 가까이 가서 그 내용을 확인하고 싶은 마음은 전혀 들지 않았다. 대부분은 여기저기 깊고 굵은 흉터가 있었다. 대개 포보다 열 살에서 열다섯 살 정도 나이가 많았지만 포는 나이를 묻지 않기로 했다. 이곳은 질문을 하면 상을 주는 곳이 아니었다.

잡범 한 명이 포에게 손으로 만 담배를 주었다. 포는 그것을 피워보았지만 맛이 끔찍했다. 피우다 버린 담배로 만든 거였다. 드웨인은 포가 그 담배를 피우는 것을 보고 고개를 설레설레 젓더니 자기 담뱃갑에서 담배를 꺼내 포에게 주었다. 포가 손으로 만 담배를 가난한 백인에게 돌려주었고, 그자는 조심스레 담배를 매만진 뒤 끝까지 피웠다. 아리안 브라더후드*와 동맹 관계를 맺은 듯한 라틴계 무리가 다가오자 다들 예의를 갖추었다. 그들의 우두머리와 블랙 래리가 그곳을 벗어나 둘이서만 오랫동안 이야기를 나눴다. 가끔은 누군가가 와서 땅에 몰래 뭔가를 떨어뜨리고 갔다. 그러면 잠시 후 일행 중 하나가 그것을 주웠다.

---

* Aryan Brotherhood. 네오나치들로 이루어진 감옥 갱단. 'AB'라고도 불린다.

블랙 래리가 포에게 다가왔다. 포는 방금 팔운동을 한번 더 끝내고 벤치에 앉아 초콜릿바와 소다수를 먹고 있었다.

"너를 주정부에서 지급한 바지에서 좀 벗어나게 해줘야겠군." 블랙 래리가 말했다. 그는 포의 덩치를 눈으로 어림짐작했다. "이 곱슬한 머리 좀 봐. 데이비드 하셀호프인가 하는 그 배우 새끼처럼 좆나 잘생기지 않았어?"

다른 사람들이 동의한다는 듯 고개를 끄덕였지만, 젊은 부관 몇은 그저 블랙 래리의 심기를 거스르기 싫어서 고개를 끄덕였을 뿐이었다. 그들은 포의 존재를 그리 달가워하지 않았다.

"저 녀석과 드웨인이 누가 더 여자를 꼴리게 할 수 있는지를 놓고 싸울 수 있을 거야."

드웨인이 씩 웃었다.

"드웨인은 영어 선생이랑 빠구리를 틀다가 잡혔어. 예쁘장한 대학생이었는데 말이야. 그 여잔 결국 학교로 돌아가지 못했어."

"하지만 아직도 나한테 편지를 보내지." 드웨인이 말했다.

"어쨌든 포, 넌 앞으로 배워야 할 게 많아. 하지만 우린 널 믿어."

오후에 포가 입을 새 디키즈 바지 한 벌이 도착했고, 포는 입던 바지를 잡범 중 하나에게 주었다. 날이 더웠고, 사람들은 벤치에 앉거나 벽에 기대앉아 땀을 흘리며 운동장을 바라보았다. 포는 다른 사람들과 마찬가지로 셔츠를 벗고 서 있었다. 그들은 괴물이나 슈퍼맨이 아니라, 점심시간을 즐기는 건설인부 혹은 소방수 같은 일반인처럼 보였다. 그곳은 다른 곳과 마찬가지였다. 바깥세상과 다를 바가 없었다. 포는 그 점에 집중하려 했다. 몇 시간 뒤 그들은 여전히 같은 곳에 있었다. 포는 더웠고 목이 말랐고 햇볕에 탔지만 다른 사람들은 그걸 모르는 듯했다. 그들은 저물어가는 햇빛을 받으며 그냥 앉아서 그렇게 피부를 태웠다. 아주 목이 말랐으나 그는 더이상 소다수를 마시고 싶지 않았다. 이미 그에게 배정된 양 이상을 마신 느낌이었다. 피곤했지만 눈을 뜨려고 애썼다. 부관 몇이 자리를 떴지만 포는 그럴 수 없었다. 그는 드웨인과 블랙 래리 근처에 머물러 있어야만 했다. 저녁식사 시간이 되었으나 아무도 포를 그 지저분한 식당으로 데려가려는 게 좋은 생각이라고 여기지 않았다.

"필요한 거 없어?" 블랙 래리가 말했다. "스키틀스, 담배? 프루노*?"

"제대로 된 음식이 있으면 좋겠지만 난 돈이 없어." 포가 말했다.

"매점에 훈제 연어가 있어. 그걸 좀 가져다주라고 하지. 프리토스 칩 몇 봉지하고 말이야."

*

드웨인은 감방까지 포와 동행했다. 포의 침대 위에 빨래 봉지가 있었는데, 그 안에 디오더런트, 초콜릿바, 진공 포장된 훈제 연어 네 봉지, 짭짤한 크래커 등 매점에서 보낸 물건들이 들어 있었다.

"괜찮은 거지?" 드웨인이 말했다. 둘은 서로 주먹을 가볍게 부딪쳤다.

"괜찮아." 포가 말했다.

---

* 감옥에서 만든 밀주.

"네 감방 동료가 오늘밤에 돌아올 거야. 육 개월 동안 비좁은 독방에 있었으니 돌아오면 사정을 좀 봐주도록 해."

"알았어."

"나쁘지 않은 녀석이야. 네 귀가 닳아 없어질 때까지 이야기를 하고 싶어할 거라는 것만 빼면."

*

혼자 있게 되자 포는 연어 두 봉지와 크래커를 먹었다. 이렇게 제대로 된 음식을 언제 마지막으로 먹어봤는지 기억도 나지 않았다. 며칠은 된 듯했다. 포는 침대에 누웠고, 포만감에 졸음이 왔다. 모든 게 잘될 것 같았다. 처음에는 자기도 모르게 싱글거렸지만 이윽고 기분이 이상해졌다. 그자들이 그냥 이렇게 잘해줄 리가 없었다. 뭔가 원하는 게 있을 터였다. 그건 괜찮았다. 시간을 보내며 조금씩 알아볼 것이다.

감방동 1층에서는 죄수들이 텔레비전으로 랩 비디오 음악을 들으며 흥겹게 따라 부르고 있었다. 포는 눈을 감았고, 잠시 침대에 누워 있었지만 잠을 잘 수가 없었다. 손이 아려서 보니 천천히 낫고 있었다. 분명히 포의 피는 그 사람, 그 꼬맹이라는 자의 피와 섞였다. 일어나서 다시 손을 씻었지만 소용없으리라는 것을 알았다. 어떻게 해야 할지는 모르지만 다음에는 좀더 조심해야겠다고 다짐했다. 주먹 대신 다른 걸 써야 할 듯했다. 양말에 자물쇠나 건전지를 넣는다든지. 하지만 포는 걱정하지 않기로 했다. 지금은 에이즈를 걱정할 때가 아니었다. 포가 죽는다면 식당에서 구운 치즈 샌

354

드위치를 먹다가 목에 칼이 찔려 죽을 확률이 더 컸다. 클로비스가 포에게 23센티미터짜리 칼을 보여준 적이 있는데 그는 그걸 '뼈 분쇄기'라고 불렀다. 클로비스에게 그런 게 있다면 상대편에게도 있을 게 뻔했다. 그러니 지금 에이즈 감염을 걱정한다는 건 혜성이 지구에 충돌할까봐 걱정하는 것과 다를 바 없었다. 포는 혹시 자기가 싸움에서 이미 완패했는데 어찌어찌해서 단지 서 있기만 하는 건 아닐까 궁금했다. 어렸을 때 아버지가 컴파운드 보*로 작은 수사슴을 잡던 것을 본 기억이 떠올랐다. 수사슴은 화살을 맞고 살짝 뛰어올랐다가 곧 아무 일 없었다는 듯 다시 호밀풀을 먹었다. 하지만 몇 초 뒤, 사슴은 쓰러졌다. 화살이 사슴의 대동맥을 끊고 몸통을 꿰뚫었지만 사슴은 치명상을 입고도 거의 느끼지 못했다. 그리고 이제 포는 뭔가 좋은 일이 일어난 것도 아닌데 자축을 하고 있었다. 포가 확실히 아는 유일한 사실은 상황이 점점 악화되어간다는 거였다. 포의 인생은 언제나 그랬다.

포가 원한 건 아니었다. 포는 폭풍우가 치던 그날 밤에 그 기계 공장에 가자고 하지 않았다. 그런 날 그런 곳은 불법 침입자들의 천국이나 다를 바 없었다. 포가 거기 간 건 아이작 때문이었다. 포치에서 벌판을 내려다보며 맥주나 마시는 대신 폭풍우가 내리던 날에 비 새는 건물에 앉아 있었던 건 순전히 아이작 때문이었다. 포는 그런 상황을 참을 수 없었지만 아이작은 개의치 않았다. 포는 아이작과 판단 기준이 달랐다. 생각하는 방식이 아예 달랐다. 그래서 부랑자들이 물을 뚝뚝 흘리며 들어와 자기를 모욕했을 때 그냥 얌전히

---

* 활 양쪽 끝에 도르래를 달아 기계적 힘으로 발사되는 활.

일어나 그곳을 나올 수가 없었다. 포에게는 자존심이, 인간으로서의 존엄이 있었다. 반면 아이작은 뭐라고 하든 그냥 일어나 밖으로 나가는 아이였다. 아이작은 자기가 그런 상황을 만들어놓고 일어나서 사라지고 싶어했다. 하지만 포는 달랐다. 그것은 자존심이라 부르는 것으로, 포에게는 있고 아이작에게는 없는 것이었다.

포는 일어나 앉았다. 아무것도 바뀌지 않았다. 그는 밖을 볼 수 없는 노란 창이 달린, 시멘트와 철창으로 된 감방에 있었고, 아래층에서는 텔레비전에서 자동차보험 광고가 요란스럽게 흘러나왔다. 자신들에게 아무 쓸모 없는 방송이었지만 죄수들은 텔레비전 소리를 줄이려고도 하지 않았다. 포는 세번째 연어의 포장을 찢고 먹었다. 기름지고 짭짤했다. 그는 손가락을 핥으며 맥주가 있으면 딱 좋겠다고 생각했다. 이곳에 있는 게 나쁘지 않았다. 감방에 있으면 안전했다. 하지만 밤낮없이 감방에만 있을 수는 없었다. 포가 목을 졸랐던 흑인은 지위가 높았다. 두목급이었다. 그자를 그런 식으로 때려눕히다니 운이 좋았다. 하지만 가장 덩치 큰 자를 때려눕히고 나면 아무도 건드리지 않게 되는 일은 영화에서나 가능했다. 현실에서는 그렇게 되지 않았다. 놈들은 보복을 할 것이고, 단순히 때리는 걸로 끝나지 않을 터였다. 포는 개인적 경험으로부터 보복은 더 큰 폭력을 의미한다는 사실을 알았다. 보복을 할 때는 당한 것보다 심하게 해야 하는 법이니까.

포는 자신이 거칠게 숨을 쉬고 있으며 온몸이 뻣뻣하게 굳어 있다는 걸 깨달았다. 긴장으로 목덜미가 뻐근해져 긴장을 풀어보려 했다. 괜찮을 거야, 포는 생각했다. 해결할 수 있어. 해결하는 건 좋은데, 문제는 내가 이곳에 올 짓을 아무것도 하지 않았다는 거야. 난 오토를 죽이지 않았어. 난 그저 불알을 잡힌 채 하마터면 머리와 몸이 분리될 뻔했을 뿐이야. 그랬는데 왜 여기 와 있는 거야, 포는 생각했다. 난 이곳에 있고 상황은 점점 더 악화되고 있어. 아마 내일 모퉁이를 도는 순간 쾅, 다섯 명이 달려들어 날 끝장내겠지. 하지만 아이작은 여전히 바깥세상에 있어. 자유롭게 걸어다니면서.

6. 아이작

그날 밤 내내 기차는 가다 서다를 반복했고, 옆 선로로 비켜서 다른 기차가 지나가기를 몇 시간이고 기다리기도 했다. 아이작은 승강단에 앉았다가, 통기구로 들어갔다가, 사다리를 타고 올라가 석탄무더기 위에 다리를 펴고 앉아서 별을 보았다. 새벽 두시 정도 된 듯했다. 성도星圖를 가져왔으면 시간을 알 수 있었을 텐데. 아니면 시계에 새 건전지를 넣었어도. 아이작은 코크스 층 쪽으로 다리 위치를 바꿨고, 호퍼 차의 차가운 금속 벽을 손으로 느껴보았다. 눈을 감고 지구가 도는 걸 느껴봐. 별은 늘 움직여. 매시간 위치를 바꿔. 북두칠성Big Dipper이 회전하고 있어―봄이야. 정확히는 큰곰자리지. 하지만 국자Dipper라고 부르는 게 더 맞는 거 같아.* 북극성, 하지만 다른 북극성들과 마찬가지로 잠시만 북극성이야. 예

---

* 북두칠성은 영어로 '큰 국자(Big Dipper)'다.

전에는 투반이 북극성이었고, 나중에는 알데라민이 북극성이 될 거야. 그리고 데네브가 그다음이지. 프톨레마이오스의 서기 150년 성도. 별들의 작명가—좋은 유산이지. 아무도 모른다 해도 말이야. 바빌로니아 사람들에게서 배운 것이지만 이제 그 기록은 모두 사라졌어. 알렉산드리아도서관 화재 때 말이야. 율리우스 카이사르가 범인이지. 상상할 수 있는 것 이상의 지식이 사라졌어.

아이작은 다른 쪽 하늘을 훑어보았다. 게자리, 사자자리. 아마 쌍둥이자리는 졌을 거야. 뭔가 읽을거리를 가져왔어야 했는데. 아니, 만년필형 손전등 건전지를 가져왔어야 해. 그런 걸 잊다니 멍청하기도 하지. 아이작은 아래쪽 땅을 내려다보았다. 내려가고 싶은 유혹이 강하게 들었다. 기차가 바로 출발할 것 같지는 않았다. 아니야. 이렇게 어두운데 내렸다가는 화차를 다시 찾을 수 없을 거야. 그러면 배낭을 잃어버리게 되지. 여기가 어딘지 모르는 건 말할 필요도 없고. 하지만 다음주면 난 버클리에 있을 거고, 그때가 되면 지금 일은 기억조차 못할 거야.

아이작은 사다리를 내려갔고 통기구 안으로 돌아가 침낭으로 들어갔다. 조그맣게 내다보이는 하늘을 보려고 머리는 침낭 밖으로 내놓았다. 그리고 잠을 청했다.

*

아침이 오고, 몇 시간이 흘렀다. 아이작은 승강단 위에서 도저히 추위를 참을 수 없을 때까지 신선한 공기를 최대한 들이마셨다. 옷이 너무 더러워. 얼굴도 마찬가지일 거야.

기차는 큰 강을 따라가고 있었다. 몬강보다 훨씬 넓었고, 저멀리 공장이 보였다. 아이작은 곧 그게 거대한 제강소라는 걸 알아보았다. 기다란 건물 여남은 채와 용광로들이 보였고, 사방에서 증기가 피어올랐다. 현대적인 모습을 갖춘 곳이었고 건물들은 수리중이었다. 간판에는 유에스 스틸, 그레이트 레이크 공장이라고 적혀 있었다. 미시간이군, 아이작은 생각했다. 미시간에서 아직 닫지 않은 제강소 가운데 하나였다. 한때 뷰얼이 그랬던 것처럼 차들이 많이 세워져 있었고, 제강소 뒤로는 마을이 있었다. 이렇게 평평한 지역은 처음이었다.

기차가 요란한 브레이크 소리와 함께 거대한 조차장에 들어서며 기적을 울렸다. 귀를 막아, 내릴 시간이야. 기차가 여기에 코크스를 내려놓을 거고, 그러면 난 들키고 말 거야. 짐을 챙겨. 아이작은 배낭에 물건들을 다시 쑤셔넣고 승강단으로 돌아와서, 기차가 완전히 멈출 때까지 기다려서는 안 된다고 생각하며 몸을 웅크렸다. 기차는 거의 조차장 끝에 있었고, 천천히 움직였다. 아이작은 화차 밖으로 고개를 내밀었다. 배런이 몇 개 차량 앞쪽에서 내리는 모습이 보였다. 아이작이 기차에서 뛰어내렸고, 배런이 그를 따라왔다.

배런을 낮에 보는 건 처음이었다. 그의 얼굴은 붉었고, 부어 있었고, 깊은 주름이 잡힌데다 피부는 거칠고 단단해 보였으며, 코는 휘었고 한쪽 눈이 다른 쪽 눈에 비해 아주 많이 처져 있었다. 코뼈가 부러졌을 때 제대로 맞추지 않은 모양이었다. 얼굴 골격이 전체적으로 비뚤어져 있고, 석탄가루에 덮여 시커멨다. 배런은 불에서 막 꺼낸 물건 같은 인상을 풍겼다.

"맙소사." 배런이 아이작과 똑같은 눈길로 아이작을 보며 말했다. "누군가에게 된통 당한 모양이군, 안 그래?"

아이작은 말없이 배런을 보기만 했다.

"내 말은, 네 얼굴 완전히 엉망이라고. 양쪽 눈두덩에 아주 시퍼렇게 멍이 들어 있어."

"네 멍이었어." 아이작이 말했다.

둘은 마을로 향하는 다른 철로들을 가로지르기 시작했고, 그들을 향해 다가오는 파란색 기관차를 재빨리 피했다.

"정신 똑바로 차려야 해." 배런이 말했다. "기차가 얼마나 조용히 다가오는지 넌 모를 거야. 나랑 동행하던 친구 몸이 두 동강난 적이 있어. 그런 일이 일어나면 방법이 없다고."

둘은 철로를 몇 개 더 가로질렀고, 배수구로 내려갔다가 올라왔다. 이윽고 둘은 작은 길 위에 서 있었다.

"제대로 온 거야?"

"그럼." 배런이 말했다. "여긴 에커스라는 곳이야. 저기 코크스를 부리는 곳이 있어."

"디트로이트에 도착할 거라고 하지 않았어?"

"까다롭게 굴지 마. 여기서 15킬로미터 정도만 가면 되니까."

그들이 걷는 동안 공장 건물들이 점차 마을에 자리를 내주기 시작했고, 그들은 주변의 잔디가 깔끔하게 깎인 높고 하얀 저장 탱크들이 있는 곳을 지났다. 둘은 곧 주택단지에 난 길로 접어들었다. 이코스라고 적힌 커다란 표지판이 보였다. 배런 말로는 에커스였지만. 그게 이 마을 이름이었다. 이곳의 집들은 크기 면에선 뷰얼의 일반적인 제분소보다도 더 컸지만, 낡았다는 면에선 대부분 똑같았다. 진척이 있어, 아이작은 생각했다. 이제 캘리포니아에 1천 킬로미터 정도 가까워졌어. 가는 내내 꽃을 밟고 갈 수는 없는 거야.

"마땅한 장소를 찾아내면 저녁을 사겠어?" 배런이 말했다.

우선 이자를 떨어내야 해. 아이작은 생각했지만 속내를 털어놓지는 않았다. "물론이지. 하지만 난 곧 남쪽으로 가야 해."

"걱정 마. 우린 아까 조차장을 하나 더 지나왔어. 그냥 저 철로를 따라서 아까 간선에서 갈라진 곳으로 돌아가기만 하면 돼. 그러면 네가 타고 싶은 기차를 찾을 수 있어."

둘은 계속 걸었고, 집들은 상태가 좋아졌다가 나빠졌다가 다시 좋아졌다. 포치에서 흑인 한 무리가 두툼한 다운재킷을 입고 주사위놀이를 하고 있었다. 그들은 배런과 아이작이 지나가는 모습을 지켜보았다.

"좀 씻고 다녀라." 무리 가운데 한 명이 말했고, 다른 사람들은 웃음을 터뜨렸다. 아이작은 달릴 준비를 했지만 사람들은 다시 주사위놀이를 시작했다.

"우선 빨래방을 찾아야 해." 배런이 말했다. "배낭을 안전한 곳에 두고 씻으면 돼. 그냥 식당에서 씻어도 되고."

"난 어서 그 조차장을 찾고 싶어."

"서둘러서 좋을 것 하나 없어. 먹고 씻고 잠잘 곳을 찾아보자고. 딱 봐도 피곤해 보이는데. 멍한 정신으로 조차장을 어슬렁거렸다간 깔려죽기 십상이야. 그런 일이 일어난 것도 봤어. 눈 깜짝할 사이에 기차가 깔고 지나가. 개미를 밟는 것처럼 말이야."

그 말은 이미 했어, 아이작은 생각했지만 아무 말도 하지 않았다. 조금 더 걸으니 프라이드치킨 가게가 나왔다. 둘은 차례로 화장실에 가서 씻었다. 배런이 먼저 들어가서 영원히 안 나올 것처럼 오래 있다가 나왔고, 다음으로 아이작이 들어가보니 화장실은 배설물냄새에 절어 있고 세면대에는 사방에 시커먼 석탄가루가 튀어 있었다. 아이작은 용변을 보고 얼굴을 씻었다. 얼굴과 손과 외투가 지독하게 더러웠다. 아이작이 나왔을 때는 들어가기 전보다 사람 꼴을 갖추었으나 여전히 더러웠다. 지금 입은 옷은 버려야 할 듯했다.

카운터로 가보니 배런이 프라이드치킨 한 통과 사이드 메뉴 몇 개를 주문해두었고, 아이작은 곧바로 그곳에 들어온 걸 후회했다. 금액은 20달러가 넘었다. 돈을 내려고 지갑을 꺼냈지만 지갑 안에는 1달러짜리 한 장뿐이었다. 배런이 아이작을 보고 있었다.

"이거 낼 돈 있어, 없어?" 배런이 물었다.

카운터에 있는 사람들이 둘을 보며 기다렸다. 아이작이 몸을 돌려 돈이 든 주머니의 지퍼를 열고 봉투에서 지폐 한 장을 꺼내기 위해 꼼지락거렸으나 지폐는 나오지 않았다. 불편한 자세로 봉투를 뒤지다가, 결국 아이작은 봉투를 주머니에서 살짝 꺼내야 했다. 그 모습을 배런이 보았고 곧바로 시선을 돌렸다. 아이작이 점원에게 준 돈은 50달러짜리 지폐였고, 점원이 불빛에 그걸 비춰보고는 사인펜을 그어 진짜 돈인지 확인했다.

"돈이 더 있어서 다행이네." 배런이 말했다. 아이작이 주머니 지퍼를 잠그는 사이 배런이 음식을 가져갔다.

"우리가 디트로이트 근처에 있다고 말했지? 디트로이트 사람들은 프라이드치킨을 무척 좋아해." 배런이 말했다.

둘은 길가 연석에 걸터앉아 음식을 먹었다. 아이작은 닭다리를 집었다. 튀김옷이 바삭하고 얇은데다 소금과 후추가 뿌려져 있었고, 육즙이 흘러 땅에 떨어졌다. 아이작은 허겁지겁 먹었다. 바삭한 껍질과 그 밑의 부드러운 고기가 아이작의 입안을 가득 채웠다. 지금까지 먹어본 음식 가운데 최고로 맛있었다. 치킨이 한 통이나 있어. 아이작은 모든 것에 느긋해지기 시작했다. 이제는 뭔가를 먹으면 꼭 이런 느낌이 드네. 아이는 참 단순한 동물이야. 세상에서 가장 맛있는 프라이드치킨. 아이작은 광고 문구에 백 퍼센트 동감했다. 디디 커틴스 치킨. 저 가게를 기억해둘 것이다.

둘은 더는 음식이 넘어가지 않을 때까지 먹었고, 남은 건 냅킨에 싸서 각자의 배낭에 넣었다. 아이작은 보도에 누워 주위를 둘러보았다. 잠시 동안은 그들을 귀찮게 할 사람이 없을 듯했다. 아이작은 눈을 감았다. 지난 며칠 사이에 처음으로, 엉덩이와 어깨의 타박상, 그리고 단단한 곳에서 잔 탓에 생긴 통증이 느껴지지 않았다.

"여기 이렇게 누워 있으면 문제가 생길 거야." 배런이 말했다. "모텔을 잡아서 제대로 된 침대에서 자고 빨래를 해야 해. 영화를 보면 더 좋고."

"싫어." 아이작이 눈을 감은 채로 말했다. 그리고 다시 생각이 났다. 이자를 쉽게 떼어낼 수 있어. 다음번에 따로 화장실을 쓰거나 할 때 헤어지는 거야. 이자를 그냥 두고 갈 생각이었다. 그 생각을 하니 기분이 더 좋아졌다.

"난 살면서 줄곧 기차에 뛰어올랐어. 할 수 있을 때 약간의 사치는 누리는 게 좋아. 그래야 멀쩡한 정신을 유지할 수 있어. 돈은 언제든 벌 수 있다고."

"그럼 그쪽이 돈을 내든가."

"적어도 뭔가 마시는 건 어때? 그 정도 돈은 쓸 수 있지?"

"좋아. 여기서 조금만 더 쉬고."

아이작은 프라이드치킨 가게의 창문으로 누군가가 둘을 지켜본다는 사실을 깨달았고, 그들은 일어나서 걷기 시작했다. 집이 나오고 가게들이 나오고 다시 집이 나왔으며, 길은 넓은 수로 위를 지나고 고속도로 밑을 지나고 대로로 이어졌다. 사방이 너무 평평해. 내가 어디에서 와서 어디로 가고 있는지 알 방법이 없어. 아이작은 집들이 끝나고 숲이 나오길 기대했지만 집은 계속 이어졌고, 마을은 끝이 없었다. 하루종일 잿빛이었고 둘은 오랫동안 강을 보지 못했다. 사방에 비슷한 모양의 낮은 건물들이 있었고, 아이작은 그들이 어디로 향하고 있는지 전혀 알 수 없었다. 아이작은 제강소에서 3킬로미터 정도 왔다고 짐작했다. 사람들에게 물어보면 여기가 어딘지 알 수 있어. 길 건너편에 빨래방이 보였고, 손으로 쓴 간판에는 뜨거운 물 쓸 수 있음이라고 적혀 있었지만 문이 닫혀 있었다. "재수가 없군." 배런이 말했다. "하지만 저길 봐."

빨래방 조금 지나서 술을 파는 가게가 보였다. "술을 살 정도의 나이는 됐지?" 배런이 말했다.

"아니."

"그럼 10달러를 줘. 내가 알아서 사올게."

아이작은 잠깐 생각한 다음 배런에게 지폐를 줬다. "20달러야. 천천히 골라 와."

배런이 가게로 들어가자마자 아이작은 거리를 걷기 시작했지만 배런은 얼마 뒤 아이작을 따라잡았다. 그는 위스키 병을 들고 있었다.

"계속 가." 배런이 말했다. "점원이 뒤에 있어."

"뭐?"

"가, 가, 가라고."

둘은 더 빨리 걷기 시작했다. 안전한 곳까지 오자 배런은 노획품을 들어올렸다. "잭 대니얼 만세. 우린 방금 34달러를 벌었어."

아이작이 고개를 끄덕였다.

"어디 밤새 쟁박혀 있을 곳을 찾자." 배런이 계속 말했다. "생각해봤는데 기차에서 좀더 일찍 내리거나 좀더 늦게 내릴 걸 그랬나 싶기도 해. 여기는 아무것도 없으니 말이야."

"난 아까 당신이 말한 조차장으로 가고 싶을 뿐이야."

"계속 생각했는데, 60이나 70달러 정도 있으면 난 캐나다에 있는 누나를 보러 갈 수 있어. 거기엔 공짜 병원도 있고."

"이미 20달러 있잖아."

"다음 식사는 내가 살게." 배런이 말했다. "돈을 달라고 한 건 어쩔 수 없었어. 난 돈 모으는 데 젬병이거든. 그 점에선 널 존경해."

"별거 아냐."

"여러 가지 면에서, 내 마음만은 백만 달러짜리야. 기본적으로는 유전遺傳이라고 할 수 있지. 아버지는 자기 사업을 했어. 하지만 난 아버지를 비롯해 다른 여러 사람들이 어떻게 되는지를 봤지." 배런이 두 팔을 흔들어 주위를 가리켰다. "그자들은 모두 이 망할 세상에 갇혀 있어. 우리라고 별다를 바 없고. 우리가 모두 죽더라도 이 세상은 계속될 거야—그게 무슨 의미일까? 우리는 스스로를 가둘 감옥을 짓고 있다는 거야. 우리가 뭘 소유하는 게 아니라 그것들이 우릴 소유한다는 거지."

아이작이 고개를 끄덕였다. 둘은 계속 걸었다.

그들이 공원 옆 작은 수로에 도착했을 때, 아이작은 목적지에 가까워졌을 거라고 짐작했다. 나무들이 있었고 잔디는 잘 손질되어 있었다. 수로 한쪽에 고급 트레일러 파크와 작은 사무실 단지가 있었고, 다른 한쪽에는 부유한 동네가 있었다. 담장을 두른 마당이 딸린 단독주택들이 보였다.

"저기서 자면 돼." 배런이 말했다. "그럼 땡전 한푼 안 써도 되지."

수로 가장자리를 따라 걷다보니 덤불과 나무가 적당히 있는 곳이 보였고, 둘은 그 중앙을 향해 갔다. 100미터 정도 떨어진 도로에서 차들이 지나는 소리가 들렸고, 그 소리에 아이작은 마음이 편해졌다. 내일 남쪽으로 가는 기차를 타는 거야, 저자보다 먼저 일어나서.

아이작은 인생의 전환점에 와 있었다. 내일 아침에 남쪽으로 가는 거야. 아이작은 펜실베이니아주에서 발부된 영장이 미시간 주에서도 효력이 있는지, 아니면 아직 영장이 발부되지 않은 건지 궁금했다. 그리고 그 생각을 하니 마음이 축 가라앉았다. 아예 그 일은 생각하지 않는 게 나아, 아이작은 결심했다.

둘은 작은 공터에서 각자 침낭을 폈다. 트레일러 파크에서 음악 소리와 사람들의 웃음소리가 들렸다. 끔찍하게 피곤했지만 아이작은 잠들고 싶지 않았다.

"그럼, 잘 자라고." 배런이 말했다.

"잘 자."

아이작은 침낭 지퍼를 올리려고 했지만 고장이 났는지 제대로 잠기지 않고 사이가 벌어졌다. 하지만 고치기에는 너무 어두웠다. 그냥 이대로 두는 게 낫겠어, 아이작은 생각했다. 부츠를 신고 자자. 아이작은 이불 덮듯 침낭을 몸에 감고 자다가 언제라도 칼을 잡을 수 있도록 자세를 잡았다. 그러자 밤새 이슬이 내릴 거라는 생각이 들었고, 그는 어둠 속에서 일어나 쓰러진 나무 밑으로 반쯤 기어갔다. 칼집에서 칼을 꺼내두었다.

몇 시간 뒤 아이작은 잠에서 깼다. 배런이 5미터 정도 떨어진 곳에서 자는 모습이 보였다. 처음에 잠든 바로 그 지점이었다. 일어나서 가야 해, 아이작은 생각했다. 하지만 너무 피곤해서 발을 움직일 수가 없었다. 얼마 뒤 아이작은 다시 잠에서 깼고, 나뭇잎이 바스락거리는 소리를 들었다. 아이작은 어둠 속을 한참 동안 물끄러미 바라보았고, 마침내 동물이 내는 소리에 불과하다고 결론지었다. 배런은 여전히 처음 그 장소에서 자고 있었다.

아이작은 일어나야 한다는 사실을 알았지만 그럴 수가 없었다. 영원히라도 잘 수 있을 것 같았다.

7. 리

리는 아버지를 위해 점심을 만들었다. 인살라타 카프레세*와 모네센의 키스톤 빵집에서 사온 바게트를 곁들인 리소토였다. 뉴헤이븐의 집에선 요리할 기회가 별로 없었다. 사이먼이 외식을 더 좋아했기 때문이다. 그건 괜찮았다. 아버지 집에 오는 것을 즐길 수 있는 또다른 이유가 됐으니까. 식사를 마친 뒤 두 사람은 식탁에 앉아 조용히 커피를 마셨다. 헨리가 신문을 읽는 동안 리는 손으로 턱을 받치고 앉아 경사지고 기다란 잔디밭과 마당을 둘러싼 낮은 벽돌담을 내다보았다. 담은 순전히 장식용으로, 지금으로선 굉장한 사치였다. 담에는 커다란 집을 하나 짓고도 남을 정도의 벽돌이 들어갔다. 하지만 다른 모든 것처럼, 벽돌담도 부서지고 있었다.

아버지는 〈포스트가제트〉를 읽고 있었고, 창으로 강한 햇살이

---

* 토마토 모차렐라 치즈 샐러드.

들어왔다. 리는 멍하니 생각에 빠져들었고, 그날 오후 간호사들과의 면접을 취소하기로 마음먹었다. 리는 포가 모든 이야기를 꾸며낸 것일지도 모른다고 생각했다. 꾸며낼 이유야 빤했다. 믿기 쉬운 일이었다. 하지만 리는 포가 진실을 얘기했다고 확신했다. 이유는 모르겠지만, 그래도 그녀는 알았다.

〈밸리 인디펜던트〉1면에 '풋볼 스타 살인죄로 기소되다'라는 표제와 함께 포의 사진이 실려 있었다. 리는 아버지가 보기 전에 신문을 숨겼다. 사실 그건 문제가 아니었다. 어젯밤 경찰서장이 와서 아이작을 찾았다. 그는 마르고 머리가 벗어진 상냥한 얼굴의 남자로, 사려 깊어 보였다. 리는 한눈에 경찰서장이 마음에 들었고, 그가 어떻게 생각하는지 듣고 싶었지만 그는 리의 아버지하고만 이야기하길 원했다. 리는 그가 가족에게 예의를 차리려고 그랬다는 것은 알았지만 그래도 아쉬웠다. 리는 무슨 내용이 오갔는지 골자는 알아낼 수 있었다. 포가 공장에서 그 남자를 죽인 혐의로 기소되었고, 아이작은 증인으로 불려가겠지만 현시점에서 용의자는 아니라는 이야기였다.

오늘 아침 아버지는 수척해 보였다. 상태가 악화되고 있었다. 사실 리가 여기 온 뒤로 내내 더 나빠지기만 했다. 얼마나 됐지? 리는 계산해보았다. 토요일부터 목요일인 오늘까지, 엿새였다. 느낌으로는 엿새보다 훨씬 더 오래 있었던 것 같았다. 아버지는 이틀 동안 면도를 하지 않았고, 하얗게 센 머리는 엉켜서 두피에 달라붙어 있었으며, 어깨 위에 비듬이 수북했다. 심각한 주정뱅이 같아 보였다. 모세혈관이 터져서 뺨과 코가 얼룩덜룩했다. 술은 거의 입에 대지도 않았는데. 눈에는 물기가 어려 있었다. 생명이 다하고 있었다.

리와 아버지는 식사실에서 점심을 먹었다. 낡은 호두나무 가구와 고풍스러운 찬장과 접시 장식장이 있었고, 창문 주위의 벽지에는 물 얼룩이 져 있었다. 천장이 높고 유리 샹들리에가 달린 커다란 방이었다. 어쩌면 아버지가 이 집을 산 건 어머니 때문이었을지도 모른다는, 어머니를 감동시키고 싶어서 그런 것일지도 모른다는 생각이 문득 들었다. 알기 힘든 일이었다.

리와 아버지는 경찰이 찾아온 일에 대해 아직 대화를 나누지 않았다. 갈등을 피하려는 두 사람의 욕구에는 좀 남다른 면이 있었다. 하지만 결국에는 이야기해야 할 일이었다. 리는 일어나 설거지를 하자고 마음먹었다.

"다 마치셨어요?" 리가 아버지에게 물었다.

"아직 몇 년은 더 살 수 있다."

리는 살짝 웃음을 머금었지만 소리 내 웃을 마음까지는 나지 않았다. 리는 아버지의 접시를 들고 부엌으로 가 물을 틀었고, 뜨거운 물이 나오기 시작하자 고무장갑을 끼고 접시를 닦았다. 설거지를 마친 후에는 레인지와 조리대를 닦았다. 사실 아침에도 이미 청소를 해서 전혀 더럽지 않았다. 물론 뉴헤이븐의 아파트에는 식기세척기가 있었고, 일주일에 한 번씩 도우미를 불러 청소도 시켰다. 처음에 리는 불만을 제기했지만 사이먼은 제정신이냐는 눈으로 리를 보았다. 정상적인 사람들이라면 도우미를 쓰는 게 당연하다는 것이었다.

갑자기 외롭다는 느낌이 온몸을 감쌌다. 여긴 리의 집이 아니었고, 뉴헤이븐의 집도 리의 집이 아니었다. 리는 뜨거운 물을 손에 받으며 서 있다가 갑자기 생각했다. 내가 왜 혼자 낙심하고 있어야 해? 가서 아버지와 얘기하자.

그러나 리는 아버지와 이야기하는 대신 다른 청소할 거리를 찾았다. 뒷마당의 포치를 쓸기로 했다. 오후 한시였고, 사슴이 오래된 사과나무들 사이에서 풀을 뜯으러 왔다. 포치는 더러웠고, 리는 포와 잤던 소파에서 얼룩을 보았다. 포치를 쓸었다. 사슴과 나무와 저멀리 언덕들이 보이는 기분좋고 화창하고 녹음이 우거진 풍경이었다. 하지만 그뿐이었다. 이곳이 제공할 수 있는 것은 그게 다였다. 리는 어머니가 왜 여기로 왔는지 이해할 수 없었다. 왜 헨리 잉글리시와 결혼했는지 이해할 수 없었다.

물론 리 역시 타협을 하고 있었지만 어머니와 같은 식은 아니었다. 어린 나이에 부자와 결혼했다. 그런 식으로 생각하니 배에 한방 얻어맞은 느낌이 들었다. 리는 로스쿨에도 가고 싶지 않았다. 어쩌면 미대가 더 어울릴 것이고, 비교문학 쪽이 더 어울릴 것이다. 하지만 리는 그쪽 분야의 사람들과 어울려본 적이 없었고, 집안 형편상 불가능했다. 정해진 길을 가는 대신 평화봉사단에 들어가 바람이 이끄는 대로 몸을 맡겨보는 것도 좋았을 것이다. 싯다르타처럼. 물속에 떨어진 돌처럼 곧바로 문제를 향해 뛰어드는 것이 아니라. 몇 년 안에 법학 학위를 딸 것이고 그건 일종의 보험이었다—사이먼과 사이가 틀어지더라도 아버지와 아이작을 돌볼 수 있게 해줄 것이었다. 리는 괜찮은 계획을 세웠고 또 괜찮은 대비책이 있었다. 세상의 그 무엇도 완벽할 수는 없지만 리는 행복한 마음으로 잠자리에 들 수 있었다.

그런 것들을 고려했을 때, 그녀가 삶을 꾸려온 방식을 생각했을 때 어머니에게 일어난 일은 너무나 당황스러웠다. 무슨 이유에서인지 어머니는 헨리 잉글리시를 선택하는 게 최선이라고 결정했다. 그런 식으로 생각하다니 난 나쁜 년이야, 리는 생각했다. 정말 끔찍한 인간이야. 그래도 사실은 사실이었다. 어머니에게는 훨씬 힘들었을 거라고 리는 생각했다. 서른한 살에, 미혼이고, 국내에 가족이 없는 여자. 그때 헨리 잉글리시가 싸구려 술집에서 어머니 옆에 앉는 거지. 안정적이고 예측 가능하고 정직한 남자. 아내를 자랑스럽게 여기고, 절대로 아내를 떠나지 않을 것이고 자신에게 아내가 과분하다는 것을 아는 남자. 그러나 곧 밸리의 모든 것이 무너져내리고, 그는 직장을 잃고, 안정성에 문제가 생겨. 그리고 무엇보다 아이가 둘 있지. 아버지는 이 년간 무직이었다가 인디애나주로 가 삼 년 동안 일을 하며 집에 돈을 부쳐. 그러다 사고를 당하지.

그런 다음 내가 대학에 입학하고 상황이 변하기 시작해. 어머니의 기분 변화가 심해져. 좋을 땐 너무 좋고 처질 땐 너무 처지지. 졸업식 후 일요일, 다 같이 교회에 갔고 어머니는 그날 오후에 실종되지. 난 두 달 뒤 뉴헤이븐으로 떠나고.

아버지를 만나기 전에 어머니가 다른 남자와 약혼한 적이 있었다는 걸 리는 알고 있었다. 카네기 멜론 음대에 다니는 학생이었다. 마지막 순간에 그 남자는 약혼을 깼다. 어머니는 이미 한참 전에 멕시코에 사는 가족과 절연했고, 가족이 부자였지만 돌아가기에는 자존심이 허락하지 않았다. 그녀는 가족에게 이십오 년이나 연락을 끊고 지내다 죽었다. 리는 가끔 외가에 대해 궁금할 때가 있었지만 호기심을 행동에 옮길 생각은 없었다. 그들을 만난다고 해서 알고 싶던 비밀을 알게 되지는 않을 터였다. 기분만 우울해질 거라는 생각이 들었다.

　결국 진실을 아는 건 불가능했다. 헨리 잉글리시와 결혼했기 때문에, 어머니는 좌절감과 외로움과 세월의 무게를 느꼈을 게 분명했다. 작곡으로 석사학위를 받은 아름다운 여성. 하지만 서른한 살이었고, 모국이 아닌 곳에 살고 있었고, 이야기할 가족도 없었고, 의지할 곳이 거의 없었다. 그때 절대 그녀를 버리지 않을 남자가 나타났다. 괜찮은 직장이 있고 그녀를 돌봐주고 싶어하는 남자였다. 그녀는 부자와 결혼한다면 자기 처지가 더 나빠질 수 있다는 걸 알았다. 어쩌면 메리 잉글리시, 즉 마리아 살리나스는 리가 예일대에서 사귄 마르크스주의자 친구와 같은 생각을 했던 건지도 몰랐다—연대 의식, 노동자의 숭고함, 임박한 혁명 같은 것들. 리의 어머니는 친정에 대한 최후의 거부로서 노동자와 결혼하길 원했다. 밸리에는 확실히 그런 사람들이 있었다. 리에게 대학 입학 추천서를 써줬던 뷰얼고등학교의 역사 교사 페인터 씨가 리에게 말하길, 자기는 제강소에 사회주의를 전파하기 위해 밸리로 이사온 거라고 했다. 그는 십 년간 제강소에서 일하다가 실직한 뒤 교사가 되었다. 코넬대를 졸업한 철강 노동자였다. 세상엔 우리 같은 사람들이 많단다. 페인터 씨는 말했다. 빨갱이들이 꼰대 보수주의자들 바로 옆에서 일하고 있지. 하지만 혁명 따위는 일어난 적이 없었다. 그 비슷한 일조차 없었다. 15만 명의 사람들이 일자리를 잃었지만 다들 조용히 떠났다. 분명 실직 사태에 책임이 있는 사람들이 존재했고, 밸리 주민 전체를 실직자로 만드는 결정을 내린 자들이 살아 숨쉬고 있었다. 그런 사람들은 아스펜에 별장을 가지고 있었고, 아이들을 예일대에 보냈고, 제강소가 문을 닫자 재산이 더 늘어났다.

하지만 상류계급이 다니는 교회로 숨어들어가 부유한 목사들에게 스컹크 기름을 뿌린 것으로 유명해진 몇몇 목사들 외에는 아무도 손을 들어 항의하지 않았다. 참으로 미국적인 현상이었다. 운이 나빴다고 자신을 탓하는 것. 사회적 힘이 자기 삶에 영향을 미쳤다고는 생각하지 않으려는 태도. 큰 문제들을 개인의 행동 탓으로 돌리는 경향. 아메리칸드림의 추악한 이면이었다. 프랑스에서였다면 나라 전체가 폐업에 들어갔을 거라고 리는 생각했다. 어떻게든 제강소가 문을 닫지 못하게 막았을 것이다. 그러나 물론 남들 앞에서 할 수 있는 말은 아니었다. 아버지에게는 더더욱.

포치 청소가 끝났다. 더이상 미루는 건 아무 의미가 없었다. 리는 다시 집으로 들어가 부엌을 지나 식사실로 갔다. 아버지는 아직도 식탁 앞에 앉아 있었다.

"아버지?" 리가 말했다.

"그래." 헨리는 마지못해 고개를 들었다. 무슨 얘기가 나올지 이미 알고 있었다.

"경찰서장이 뭐래요?"

"아이작의 친구 빌리 말이다. 사람을 죽인 혐의로 감옥에 갇혔다는구나."

헨리는 다시 신문을 읽기 시작했고, 리는 아버지가 이 주제를 껄끄러워한다는 걸 느꼈다. 리는 아버지가 얼마나 알고 있을까 생각했다. 갑자기 방이 몹시 더워지는 것 같았다.

"전 빌리가 사람을 죽였다고 생각하지 않아요."

"네 말이 맞을지도 모르지. 하지만 우리가 머리를 싸매고 생각해야 할 만한 일은 아니다. 진실은 법정에서 밝혀질 거야."

"저는 빌리가 범인이 아니라고 꽤나 확신하고 있어요."

"네가 그 녀석을 잘못 보는 건지도 모르지."

잠시 침묵이 흘렀다. 리의 얼굴이 화끈 달아올랐다. 헨리는 대화를 그만하고 싶어했고, 리도 그랬지만 그녀는 억지로 말을 이어나갔다. "빌리는 그 남자를 죽인 게 아이작이라고 했어요."

"리." 헨리가 눈 하나 깜짝하지 않으며 말했다. "빌리 포는 작년에도 사람을 죽일 뻔했어. 야구방망이로 머리를 두들겨 팼지. 그애가 감옥에 가지 않은 건 오로지 버드 해리스, 그러니까 어제 우리 집에 왔던 그 경찰서장이 빌리 어머니의 친구였기 때문이었어. 친구, 무슨 뜻인지는 너도 알겠지. 지난번 일도 있고 하니 이번엔 그냥 넘어갈 수 없을 게다."

"저도 다 알아요." 리가 말했다. 그러나 사실 리는 모르고 있었다. 그녀가 들었던 이야기와는 좀 달랐다.

"널 닦아세울 생각은 아니었다. 버드 해리스는 아이작도 거기 있었던 것 같지만, 아이작은 모르는 척하고 있는 게 더 좋을 거라고 했어. 꼭 필요한 경우가 아니라면 아이작이 이번 일에 엮일 필요가 없다고 생각하는 거지. 내 생각도 똑같다."

"재판이 열리면 아이작도 결국 연루될 거예요."

"안다. 이 근처에 내가 아는 변호사가 없나 밤새 그 생각만 했다."

"아이작이 그 사건을 목격했다는 건 마음에 안 걸리세요?"

"죄책감을 느끼지. 네가 말하려는 게 그거라면."

"제가 하려던 말은 그게 아니에요." 하지만 리는 확신이 없었다. 어쩌면 그게 자기가 하려던 말인지도 몰랐다. 리가 아버지 옆으로 가서 섰고, 그는 손을 뻗어 리의 손을 꽉 쥐었다.

"이미 사이먼과 얘기했어요. 가족 수표책을 써도 된대요."

"우리 힘만으로도 할 수 있을 거다." 헨리가 말했다. 그리고 다시 딸의 손을 꽉 쥐었다. "하지만 잘했구나. 좋은 생각이었어."

리는 얼마나 바보 같은 일이 일어나고 있는지에 대해 충격을 받았다. 방금 우린 서로에게 숨기는 게 있다는 걸 인정했어. 그 경찰 서장은 아이작이 살인을 목격했다고 생각하고, 포는 아이작이 살인을 했다고 생각하는데 우리는 계속 아무 문제 없는 척하겠지.

"그 외엔 뭘 해야 할까요?"

헨리는 어깨를 으쓱했다. "이미 네가 알아서 잘하고 있는 것 같구나. 어쨌거나 빌리 포가 네게 한 말은 믿지 않는 게 좋겠어." 헨리는 잠시 신문에서 눈을 떼고 딸을 보았다. "네가 이미 결혼했다는 건 더 말할 필요도 없겠고."

리는 얼굴이 더 뜨겁게 달아오르는 걸 느꼈다. 리는 식사실을 둘러보았다. 입을 열면 울음이 터질 것 같았다. 헨리는 신문을 바스락거리더니 목청을 가다듬고 뭔가에 관심이 생긴 척했다.

"네 친구 힐러리 클린턴은 요즘 연설을 더 자주 하더구나."

리는 고개를 끄덕였다. 아버지가 화제를 돌리게 둘 생각이었다. 리는 창밖을 보았고, 이윽고 아버지가 다시 자기 손을 잡는 것을 느꼈다.

"넌 착한 아이야." 아버지가 말했다.

"글쎄요."

"진심이야. 넌 착한 아이고, 난 네가 무척 자랑스럽단다."

리는 고개를 끄덕이고 다시 목청을 가다듬고 아버지를 향해 웃어 보였다. 헨리도 리를 보며 따뜻하게 웃었다.

"바람 좀 쐬고 올게요."

"그러렴."

밖으로 나온 리는 잔디밭을 둘러싼 벽돌담에 기대앉았다. 잔디밭인지 벌판인지는 계곡으로 쭉 이어진 뒤 텅 빈 숲과 언덕이 되었고, 저멀리 길고 높은 산등성이가 되었다. 노인네는 리와 포에 대해 알고 있었고, 그건 별로 놀랄 일이 아니었다. 헨리가 리를 용서했다는 것—리는 그 점에 놀랐다, 정말로 놀랐다. 어머니는 아버지에게서 바로 그런 점들을 알아봤던 건지도 몰랐다.

리는 아버지가 사이먼에 대해, 자신의 새로운 삶에 대해, 그리고 자기가 절대 집에 오지 않았던 것에 대해 정말 어떻게 생각하는지 궁금했다. 아버지는 단순한 사람이 아니었다. 그저 편리할 때에만 그런 척 행동할 뿐이었다. 아버지는 어떤 희생을 치르더라도 리와 평화롭게 지내기를 원했다. 단지 포에 대해 오해했을 뿐이었다. 리는 그 부분에 대해 생각했다. 사이먼의 사고에 대해, 계속 마음에 걸리던 그 느낌에 대해 생각했다. 사이먼이 차에 갇히지 않았더라면 어떻게 됐을까? 차에서 걸어나올 수 있었다면, 차 안에서 꼼짝 못하게 된 그 여자를 놔두고 가버릴 수 있었다면 어떻게 됐을까?

사이먼과 다른 사람들에게서 주목할 점이 그거였다. 겉으로는 참 유쾌하고 언제나 무슨 말을 해야 할지 알았지만, 깊숙이 들어가면 좀 달랐다. 그들은 자기를 희생하는 부류의 사람들이 아니었다. 그러면 잃을 게 너무 많다고 배우며 자란 사람들이었다. 사람들을 마음대로 판단하는 건 그만두자, 리는 스스로에게 말했다. 하지만 코카인을 잔뜩 지니고 있다가 맨해튼에서 체포된 존 볼턴 말이야.

결국 기소는 취하됐지. 나중에 볼턴이 체포될 때 다른 사람이 함께 있었다는 게 밝혀졌지만 아무도 그 사람이 어떻게 됐느냐고 물을 만큼 멍청하지 않았어. 반면 포는 자기가 하지도 않은 일 때문에 감옥에 가. 내 동생을 위해서.

리는 아이작이 지금 어디 있을까 생각했다. 캘리포니아. 포가 그렇게 말했었다. 말이 안 됐다. 사설탐정을 고용하거나 해서 아이작을 찾게 할 수도 있었다. 흔적을 남겼을 것이다. 비행기표나 버스표 따위. 4천 달러를 가져갔다고 아버지는 말했다. 그 돈이면 여비로 쓰고도 정착금이 꽤 많이 남았다. 아이작은 '마카로니 앤드 치즈'만 먹고도 행복하게 살 수 있는 아이였다. 그애가 어쩌다 이렇게까지 좌절하게 됐을까? 하지만 리는 알았다. 사실은 간단했다. 이해하기 전혀 어렵지 않았다. 난 그냥 이해하기 싫었던 거야. 실은 언제나 알았잖아, 그 아이 인생이 험난할 거라는 거. 아이작은 사람들과 어울리는 법을 몰랐어. 잡담할 줄도 몰랐고, 언제나 솔직하게 말해야 한다고 생각했지. 남들도 솔직할 거라고 믿었고. 아이작은 단 한 번도 상대가 나를 어떻게 생각할까?를 고려해서 말을 해본 적이 없었다. 그 때문에 리는 이 세상 누구보다도 아이작에게 감탄했고 동시에 슬퍼했다. 리가 볼 때 그건 인간 사이의 가장 소극적인 의사소통 방법이었다.

아이작과 비슷한 정신을 지닌 사람이라면 모두 그럴 터였다. 리는 동생이 자기보다 세상에 훨씬 크게 기여할 것임을 알고 있었다—아이작은 자기 삶보다 훨씬 더 큰 것에만 관심을 가졌다. 새로운 생각, 진실, 사물의 이치. 마치 자신이, 자신의 존재 자체가 우연이라는 듯이. 리의 예일대 친구들은 아이작을 즉각적으로 받아들였다. 그곳에서 아이작의 성격은 익숙한 것이었다. 하지만 여기서는 아니었다.

그런데 아이작이 그 남자를 죽였다. 리는 이마를 꾹 눌렀다. 그녀는 아이작이 범인이라는 걸 알았다. 아이작은 친구를 구하러 돌아갔고, 주저하지 않았다. 그런 일에 재능이라곤 털끝만큼도 없으면서도 돌아갔고, 자기가 할 수 있는 유일한 일을 했다. 포를 제압할 만큼 힘센 남자들이었다면 아이작은 정말로 엄청난 위험을 무릅써야 했던 것이고 겁이 났을 것이다. 어쨌거나 아이작은 그곳으로 돌아갔다. 그래야 옳았고, 아이작은 그렇게 했다.

나는? 온몸에 힘이 빠지는 것을 느끼며 리는 키 큰 풀 속에 좀더 깊숙이 앉았다. 태양과 바람이 리를 뚫고 지나가며 아무것도 남지 않을 때까지 그녀를 마멸시킬 것이고, 그러면 리는 땅속으로 가라앉으리라. 죄책감 느낄 필요 없어, 리는 생각했다. 난 자부심을 가져도 돼. 그러나 그렇게 생각하는 것만으로도 믿을 수 없이 큰 고독이 밀려왔다. 늘 느끼던 의심이 다시 찾아왔다. 자신이 어디에도 속하지 않으며, 자기가 아는 누구보다도 오래 살아서 결국엔 어머니처럼 혼자가 될 거라는 의심이었다. 어머니는 완전히 딴사람이 되려고 노력했고, 그래서 죽었다. 리는 자기가 비난에서 벗어날 가능성이 얼마나 될지 다시 헤아려보았다. 아버지의 사고와 어머니의 죽음, 그리고 이번 사건까지. 물론 리의 생각에는 논리가 없었다. 하지만 가장 중요한 증거가 있었다. 여전히 온전하게 남아 있는 건 나뿐이라는 사실. 그게 바로 증거야.

리는 아이작을 찾아야 했다. 더는 기다릴 수 없었다. 변호사와 사설탐정을 고용해. 기다린다고 저절로 풀릴 일이 아니야. 리는 일어나 몸에 붙은 풀을 털어내고 나무들과 굴곡진 들판을 바라보았다. 아이작과 함께 놀던 계곡이 보였다. 따뜻한 바위에 등을 대고 누워 머리 위로 길고 가늘게 보이는 하늘을 바라보던 계곡이었다. 아이작은 새들을 보았다. 그애는 새와 매를 사랑했고, 사물의 이름을 아는 걸 좋아했다. 리는 그저 보는 것에 만족했다. 어릴 적 행복했던 기억의 대부분은 아이작과 둘이 있던 때였다. 그 외의 시간에 리는 그저 어서 나이가 들기만을 기다렸다.

변호사와 사설탐정. 사이먼에게 모든 이야기를 해야 할 것이다. 사이먼의 부모님도 모두 알아야 할 것이다. 아이작을 옹호하는 건 쉬웠다. 대학입학자격시험에서 1560점을 받았으니 사람들을 설득하기엔 충분했다. 하지만 그런 말을 해야 한다는 게 마음에 들지 않았다. 사이먼과 그의 부모님은 아이작이 리의 동생이기 때문에 그를 도와야 한다고 결정할 터였다. 아니, 도울 수도 있고 돕지 않을 수도 있었다. 어느 쪽으로 결론이 나든 알게 될 것이다. 좋아, 리는 생각했다. 아는 게 나아. 신용카드는 많이 있으니까 사이먼의 가족이 도와주든 말든 무슨 수가 날 거야. 일단 사이먼에게 전화해서 변호사를 알아봐달라고 하자. 그 사람은 할일이 생겼다고 좋아할 거야.

8. 해리스

　일이 끝나자 해리스는 뒷정리를 한 뒤 재빨리 샤워를 하고 개를
집안으로 불러들였다. 털북숭이는 천천히, 마지못해 돌아왔다. 왜
부르는지 알기 때문이었다. 털북숭이가 해리스에게로 와 다리에
몸을 기댔다.

　"미안하다, 이 녀석아. 호출이 왔어." 해리스가 말했다.

　털북숭이를 밖에서 뛰놀게 놔둘까도 생각했지만, 코요테들이 점
점 커지고 있었다. 이십 년 전에 비해 몸집이 거의 두 배로 커졌고
수도 훨씬 늘었다. 많은 이웃들이 코요테에게 무차별 사격을 날렸
고, 해리스도 사정거리가 400미터는 되는 22구경 레밍턴을 가지고
있었지만 코요테를 쏠 생각은 없었다. 고상한 동물이라는 게 그 이
유였다. 코요테에게는 의지가 있었다. 다른 동물들이 자신들을 무
시하지 못하게 만들었다. 퓨마와 늑대도 마찬가지였다. 정말로 확
실한 동기가 없는 한 그런 동물을 죽일 수는 없었다.

"네가 골라. 집에 있을래 아니면 네 몸은 네가 지켜볼래?"

물론 털북숭이에게 정말로 선택권을 줄 생각은 아니었다. 모순된 말이지만, 그래도 선택하게 할 수는 없었다. 해리스는 털북숭이를 부드럽게 쿡쿡 찔러 집으로 들여보낸 다음 문에서 멀리 떨어뜨려놓고 문을 닫았다.

십 분 뒤 해리스는 포장도로를 달려 그레이스의 집으로 향하고 있었다. 왜 그레이스에게 가는지는 자신도 잘 몰랐다. 옷을 입고 거울을 보면서 다음에 옷을 벗을 땐 그레이스와 함께 있을 거야 하고 생각하긴 했지만, 그레이스의 집으로 가는 지금은 정말 그럴지 확신이 없었다. 그레이스의 아들을 체포하자마자 그레이스에게 전화를 받다니 놀라운 우연의 일치야. 해리스는 고개를 저었다. 괜찮아. 해리스는 사람들이 으레 그러리라 생각하고, 좋아하는 사람들은 미리 용서했다. 그레이스는 용서받았다. 하지만 그레이스의 아들은 어느 정도 나이를 먹고 나서부터 계속 문제를 일으켰다. 해리스는 할 수 있는 모든 일을 다 해주었다. 글렌 퍼타키와 세실 스몰을 설득해서 너그러운 유죄 합의*를 받아냈다. 해리스가 세실 스몰을 잘 구슬려 가벼운 경고만 받게 해주었더니 빌리는 나가서 사람을 죽였다.

보호. 그레이스는 해리스가 마법을 부려주길 바랐지만, 이젠 너무 늦었다. 일은 벌어졌고, 빌리는 붙잡혔다. 속에서 화가 치밀어 해리스는 부서져라 브레이크를 밟고 트럭을 돌릴 뻔했다. 그는 열

---

* 유죄를 인정하는 대신 피고에게 교도소에 구치된 기간에 상당하는 형을 선고하기로 검찰, 변호사, 법원 사이의 거래.

심히 노력해 이 자리까지 왔다. 지금의 위치는 이제까지 한 고생의 대가였다. 그렇게 만들어낸 삶이 지금 무너지려 하고 있었다. 해리스는 계속 억지로 차를 몰았고, 분노는 빠르게 가라앉았다. 난 어지간한 감정은 금방 진정되는 사람이니까. 알 게 뭐야, 해리스는 운전대에 대고 말했다. 난 지루하다고.

그러자 버질에 관한 일이 생각났다. 다시 분노가 일었다. 분노하고 상처받았다. 하지만 부끄럽지는 않았다. 세상일은 다 그런 법이니까. 버질 포는 걸핏하면 직장에서 쫓겨났고, 선천적으로 비열하고 멍청했으며, 타고난 거짓말쟁이였다. 그런데도 그레이스는 이십 년 가까이 버질을 쫓아다녔다. 해리스는 수렵감시관이 버질의 아버지를 체포하는 걸 두 번이나 도왔다. 버질네 집안의 가족력이었다. 그러다 구리선 도난 사건이 일어났다. 모두가 버질이 어떤 인물인지 알았다. 그레이스만 빼고. 하지만 이제껏 내가 누구 아들을 보호했는지 보라고. 그래, 그자가 이겼어. 왜 그냥 잡아넣지 않았을까? 한번은 컴퓨터로 버질을 검색해본 적이 있었다. 영장이 두 개나 걸려 있었고, 전화 한 통화면 끝이었다. 하지만 버드 해리스는 그런 사람이 아니었다.

마을을 가로질러 옛 경찰서 건물과 새 경찰서 건물을 지나자 폭포와 문 닫힌 철강소와 이주 센터가 차례로 나왔다. 이주는 개뿔. 수천 명의 사람들이 텍사스로 떠났다. 어쩌면 수만 명일 수도 있었다. 석유 굴착 일을 얻길 바라며 떠났으나 그렇게 많은 일자리가 있을 리 없었다. 사람들은 떠나기 전보다 더 가난해졌다. 아는 사람 하나 없는 곳에서 알거지가 되었고 직장도 없었다. 나머지 사람들은 그냥 사라졌다. 그 사람들이 어떻게 됐는지는 알 도리가 없었다. 해리스는 시간당 30달러를 벌던 사람이 시간당 4달러 15센트짜리 직장에 만족해야 하는 걸 보았고, 몸집 큰 철강소 노동자가 무표정하게 굳은 얼굴로 식료품을 봉투에 담는 모습을 보았다. 어느 누구도 새로운 상황에 쉽게 적응하지 못했다. 해리스가 여기로 이사온 건 좀더 편하게 살아보기 위해서였다. 남의 머리를 깨부숴야 하는 살벌한 필라델피아 경찰 대신 작은 마을의 경찰이 되고 싶었다. 하지만 일단 제강소가 문을 닫자 상황이 급변했다. 또다시 머리를 깨부수는 날들이었다. 천성적으로 맞는 일이 아니었지만, 해리스는 배우고 익혀서 숙련된 기술로 만들었으며, 그러면서 상대의 얼굴을 똑바로 보는 법을 습득했다. 버질에게 자비를 베푼 건 실수였다. 해리스는 오만한 마음에서 그런 거였다.

이번에는 그레이스와 좀 다르게 풀릴 것 같았다. 이유는 알 수 없었지만 정말로, 이번에는 그 꼴 보기 싫은 버질이 걸리적거리지 않을 것 같았다. 대타의 시절이 온 거야. 그리고 그 대타가 바로 나야. 하지만 해리스는 그 어느 것도 확신할 수 없었다. 외롭게 죽을 운명을 타고난 사람들이 있었고, 아마 그도 그런 사람 중 하나일 것이다. 너무 앞서가는 것 같군, 해리스는 생각했다.

해리스는 그레이스의 트레일러로 이어지는 진흙길로 올라갔다. 아직 차를 돌릴 수 있었다. 맑고 추운 밤일 듯했고, 해리스에게는 가득찬 시가 상자와 질 좋은 스카치 한 병, 돌아가면 반겨줄 개가 있었다. 야외용 접이식 의자를 밖에 내놓았으니 거기 앉아 밤을 새울 수도 있었다. 해리스는 지난 크리스마스에 오래된 침낭을 버리고 콜로라도의 한 회사에서 만든 값비싼 오리털 침낭을 사는 사치를 부렸다. 겨울 내내 밤에 밖에 앉아 산을 바라보았다. 날이 아무리 추워도 상관없었다. 눈보라가 지나간 뒤에도 밖에 앉아 있었다. 사방 몇 킬로미터 안에 움직이는 것은 아무것도 없었고, 추위에 얼음 깨지는 소리를 빼면 완전한 정적이었고, 침낭 속은 따뜻했다. 이 지구상에 오직 자기뿐이란 느낌. 조만간 망원경을 장만할 생각이었다. 아마도 다음 크리스마스에.

앞쪽에서 길이 끝나고 흙둑이 나왔다. 해리스는 그레이스의 트레일러 옆에 차를 세웠다. 그녀는 이미 포치에 나와서 해리스를 기다리고 있었다. 해리스가 가져온 와인병을 그녀에게 건네고 입술에 가볍게 키스했다. 그레이스는 화장을 했고, 어렴풋이 향수 냄새가 났다.

그레이스를 따라 트레일러 안으로 들어가는데, 해리스는 저 위에서 스스로를 내려다보는 느낌이 들었다. 자신의 서로 다른 두 부분이 몸밖으로 나와 대결을 벌이고 있는 듯했고, 그는 결국 누가 이길지 두고 보기로 결심했다. 평정심이 이길 것이냐, 발정난 늙은 경찰이 이길 것이냐. 따뜻했고, 갓 요리한 생선과 기름에 볶은 마늘과 빵의 냄새가 났다. 해리스는 음식에 대해 이야기하는 대신 이렇게 말했다.

"빌리 일에 대해서는 더 아는 게 없어." 왜 이런 말을 하는지 자기도 알 수 없었다. 자기 보존 본능. 평정심이었다.

그레이스가 얼굴을 찡그렸다. "그 얘기는 할 필요 없다고 생각했는데."

"글쎄, 당신 마음속엔 온통 그 생각뿐일 것 같아서."

"그래, 하지만……" 그레이스는 해리스를 보며 용서한다는 듯 웃었다. "와인 마실래?"

부엌에서 해리스는 그레이스가 이리저리 움직이는 모습을 지켜보았다. 그레이스는 데워두었던 이탈리아식 빵을 꺼내고 버터를 발랐다. 겉은 바삭하고 안은 부드러운 빵을 씹으며 해리스는 의자에 앉아 행복한 기분에 젖었다. 긴장이 풀어졌다. 그때 다시 평정심이 끼어들었다.

"어젯밤에 아이작 잉글리시를 만나러 갔었어. 그애가 빌리와 함께 있었다는 걸 혹시라도 지방검사가 알아낼 때를 대비해서 말이야. 하지만 아이작은 사라졌더군."

그레이스가 해리스를 보고 고개를 옆으로 살짝 기울였다. 그녀는 뭐라고 대꾸해야 할지 고민하고 있었고, 정말로 그 이야기를 하고 싶지 않은 것처럼 보였다.

"아이작은 일요일 아침에 떠났고, 가족은 그뒤로 아무 소식도 못 들었대."

"버드." 그레이스가 말했다. "제발 그만하면 안 될까?"

"알았어. 미안해."

"빵 좀 더 먹어."

해리스는 빵을 하나 더 집었고, 그레이스를 떠본 것에 죄책감을 느꼈다. 날 위해서 그런 거지 그레이스를 위해서 그런 게 아니었어, 해리스는 생각했다. 마음 한편에서 반박하는 말이 들렸다. 아니, 그레이스야말로 날 떠보고 있어. 하지만 해리스는 그 말을 무시했다. 그녀가 코르크 마개 따개를 찾느라 몸을 돌렸고, 해리스는 그레이스의 뒷모습을 바라보았다. 균형 잡힌 몸매였다. 살이 좀 붙었지만 흉해 보이진 않았다. 주근깨와 고운 피부와 회색빛 도는 금발. 나이보다 젊어 보인다고 생각했다.

"따개를 못 찾겠네. 버번 마실래?" 그레이스가 말했다.

해리스는 고개를 끄덕인 다음 작은 탁자 앞에 앉았고, 그레이스는 버번을 잔에 손가락 두 개 높이만큼씩 따랐다. 꽝. 평정심이 어뢰를 맞는다.

"천천히 마시자고." 해리스가 말했다.

그레이스는 한입에 들이켰다. "왜 그렇게 물러진 거야, 버드 해리스?"

"아직 취하지도 않았는데 벌써 대담해진 여자분이 계시네."

"그래 맞아." 하지만 그녀는 그렇게 말한 뒤 앉은 채로 빈 잔만 바라보았고, 해리스는 자기가 분위기를 망쳤다는 걸 알았다. 육분. 예상을 벗어나지 않는군, 해리스는 생각했다.

"누구야?" 그레이스가 말했다.

"누구냐니?"

"그애가 체포되게 만든 게 누구냐고."

말한다고 상황이 좋아질 건 하나도 없었다. 해리스는 모른다고 대답할까 생각했다. 어쩌면 나중에 이야기해도 될지 몰랐다. 그런 뒤 해리스는 마음을 바꿨다. 아냐, 지금 말하는 게 나아. 집에 가서 불 피우고 개나 껴안고 있으면 돼.

"별 볼 일 없는 자야. 직장 없는 자동차 정비공이지. 감옥에 들락거리는 놈. 브라운즈빌에 있는 주소 두 개를 적었더군."

그레이스는 양손에 얼굴을 파묻었다. "맙소사, 버드. 이유는 모르겠지만, 그런 게 굉장히 중요하게 느껴져."

"미안."

"한 잔 더 마실래. 좀더 많이 부어줘."

해리스는 병을 멀리 치워버렸다.

"그놈들이 빌리 목을 그었어, 버드. 그놈들이 빌리를 죽이려고 했고, 빌리는 정당방위를 한 거야."

"빌리는 입을 다물고 있어, 그레이스. 그게 문제야."

"아이작 잉글리시가 한 짓이야." 그레이스가 말했다. "빌리가 아무 말도 안 하려는 이유는 그것뿐이야."

"평생 빌리는 싸움에서 물러나본 적이 없어. 아이작이라는 애는 몸무게가 겨우 50킬로그램이고. 죽은 남자는 키가 2미터였어."

"사람들이 다 그렇게 생각하는 거지. 응?"

"사람들은 이곳이 이상하게 변해간다고 걱정해. 여기가 도노라나 리퍼블릭처럼 망가질까봐 걱정하지." 해리스는 잠시 멈췄다가 다시 말했다. "어쨌거나 빌리가 변호사에게 말하기 전까지는 모든 게 추측일 뿐이야. 그런 건 그때 가서 걱정해도 돼."

잠시 침묵이 흘렀다. 해리스는 오븐 알람 소리를 들었고, 생선이 타는 게 아닌지, 그가 결국 생선을 조금이라도 먹게 되는지 궁금했다. 그레이스는 해리스가 거기 있는 것조차 잊어버린 듯 포마이카 탁자만 쏘아보고 있었다.

"기본적으로 이미 그애가 잡혀갔으니 걱정해봤자 소용없다, 걱정 자체가 아무 의미 없다, 그런 거지? 당신 말이 그런 뜻이지?"

"아니, 전혀 그런 뜻이 아니야." 해리스가 말했다.

그레이스는 울기 시작했다. 해리스가 그레이스에게 손을 얹었지만 그레이스는 아무 반응도 보이지 않고 그저 앉아서 울기만 했다. 해리스는 탁자 너머로 한참 동안 그레이스를 바라봤고, 양손을 어째야 할지 알 수 없었다. 마음속에 갇힌 뭔가가 꿈틀대는가 싶더니 잠시 후 귀가 먹먹해지기 시작했고, 불안해졌다. 마음속의 두 자아 중 하나가 또다른 자아에게 일어나 이 집에서 나가라고 종용했다. 그러나 해리스는 손을 뻗어 양손으로 그레이스의 얼굴을 감쌌다.

"미안. 울음을 참을 수가 없었어." 그레이스가 말했다.

"싸움은 이제 시작이야."

"이러다 미쳐버릴 것 같아."

"아직은 그런 생각 하면 안 돼. 빌리는 아직 변호사랑 이야기도 하지 않았어."

"제발 그만해."

"괜히 희망만 키워주려고 하는 말 아니야."

"우리 사이도 이미 너무 늦었어, 난 알아."

해리스가 그레이스에게 키스했고, 그레이스는 잠시 몸을 뒤로 뺐다.

"내 기분 풀어주려고 이러는 거면 그러지 마."

"그런 거 아니야." 해리스가 말했다.

그레이스는 그가 다시 키스하도록 내버려두었다.

"며칠만 참고 기다려봐. 변호사를 만나면 모든 게 달라질 거야."

"알았어." 그레이스가 말했다.

그레이스는 탁자 너머로 해리스의 손을 잡은 뒤 옆으로 다가와 해리스의 무릎에 앉아서 그의 허리를 껴안고 목에 키스했다. 해리스는 움직이지 않고 가만히 앉아서 느꼈다. 그레이스는 해리스에게 더 많이 키스했다. 그가 그레이스의 머리카락을 만졌다. 그는 그레이스의 심장박동이 점점 빨라지는 걸 느꼈는데, 어쩌면 자기 심장이 그러는 건지도 몰랐다. 해리스의 목에 따끔따끔한 느낌이 밀려오더니 온몸에 퍼졌다.

"화장실에 좀 다녀와야겠어." 그레이스가 말했다.

그레이스가 화장실로 들어갔고, 해리스는 꼼짝 않고 기다렸다. 화장실에서 나온 그녀는 다시 해리스의 무릎에 앉아 마치 아이가 아버지를 잡듯 해리스 바지의 허리띠 끼우는 고리를 잡고 그의 가슴에 몸을 딱 붙였다. 그가 그레이스의 정수리에 키스했고, 둘은 그렇게 앉아 있었다. 마침내 고개를 들었을 때 그레이스는 해리스를 보며 활짝 웃고 있었다.

"미안해. 당신이 여기 있을 땐 빌리 생각 안 하기로 나 스스로 약속했는데 말이야." 그레이스가 말했다.

그녀는 웃으며 해리스의 무릎에서 일부러 몸을 꿈틀거렸다.

"맙소사, 꼭 십대로 돌아간 기분이야. 달아올랐다가 울고 또다시 달아오르고."

"내 생각에 당신은 먼저 내게 멋진 저녁식사부터 차려줘야 할 거 같은데. 그래야 내가 남창 같다는 생각이 안 들지." 그러고는 곧 다시 말했다. "농담이었어."

"하하."

"하."

해리스는 의자에서 일어나 허리 뒤쪽에서 권총과 권총집을 꺼낸 다음 냉장고 위에 올렸다.

"무슨 이유가 있어서 총을 가져온 거야?"

"내가 혼자 살아서 그런 것 같은데."

"전에는 차에 두고 다녔잖아."

해리스가 어깨를 으쓱했다. "시대가 바뀌고 있으니까. 저녁은 뭐야?"

"송어."

"강에서 잡았어?"

"내가 비록 트레일러에서 살고 있을지 몰라도……"

"그렇게 생각한 건 아니야."

"앉아."

"와인은 내가 한번 열어볼게." 일 분 동안 끙끙거린 뒤 해리스는 나이프와 펜치로 코르크 마개를 뽑는 데 성공했다. 해리스는 내친 김에 다른 병마개도 뽑기로 했다.

둘은 식사를 시작했다. 생선은 부드럽고 껍질은 짭짤하고 바삭했다. 그레이스는 달콤한 프랑스식 크림소스를 곁들여 냈다. 해리스는 남은 소스를 빵으로 싹싹 닦아 먹었고, 생선도 뼈만 남을 때까지 모두 발라먹었다. 호가 했던 대로 머릿살도 발라먹을까 생각했지만 그건 남겨두기로 했다.

"내가 먹어본 생선 중에 최고로 맛있는 것 같아."

"푸드 네트워크 채널." 그레이스가 말했다. "신이 인간에게 주신 선물이지, 간접적으로."

소스를 다 닦아 먹고 두번째 와인 병을 내려놓은 뒤 그레이스가 말했다. "하나 더 물어봐도 돼?"

해리스가 고개를 끄덕였다.

"당신이 말한 그 국선변호사는 어떤 사람이야?"

"능력 있는 사람이야. 멍청이들 대신 그 여자가 사건을 맡게 할수 있을 것 같아. 아마 어딘가에서 출세에 도움이 되는 사건을 맡을 수도 있었겠지만, 지금은 시간을 내서 지역사회에 봉사하고 있어. 평생 이 분야를 맡아온 변호사들이 보고 배웠으면 좋겠어."

"여자구나."

해리스는 고개를 끄덕였다.

"마음에 들어." 그레이스가 말했다.

"그럴 거라고 생각했어."

둘은 한참 동안 서로를 바라보았다.

"이런 얘기 꺼내서 미안해."

"당신은 그애 엄마잖아. 원하면 얼마든지 이야기해도 돼."

"세번째 병도 딸까?"

"그만 마셔야 할 것 같은데." 해리스가 말했다. 하지만 그는 병을 땄다.

*

해리스와 그레이스는 침대 가장자리에 앉아 다시 키스하면서 서로의 몸 구석구석을 만지고 있었다. 해리스는 몸이 날아갈 듯 가벼웠고, 다리 사이에서 묵직함이 느껴졌다. 아무 문제도 없었다. 깜짝 놀랄 일까지는 아니었지만, 그래도 조금 놀라긴 했다. 해리스는 가끔 정말 약이 효과가 있는 건지 의심했었다. 그는 약 따위는 끊으리라고 생각하고 씩 웃었다.

"행복해?" 그레이스가 물었다.

그가 고개를 끄덕였다.

"나도 그래."

그레이스가 해리스 앞에 무릎을 꿇고 앉았고, 해리스는 그레이스의 머리를 쓰다듬으며 생각했다. 이 노인네야. 네 모습 좀 봐. 네 인생도 그리 나쁘지 않아. 해리스가 몸을 굴려 그레이스 위로 올라가 빠르게 속도를 냈다. 둘은 아직도 서로의 타이밍을 알고 있었다. 그레이스가 내는 소리—나도 머릿속에서 같은 소리를 내고 있어. 그레이스는 그 소리를 나처럼 혼자서 속으로만 간직하지 않고 밖으로 소리 내서 들려줘. 그래서 내가 얼마나 자기를 기분좋게 하는지 알려주지.

한 시간 뒤 둘은 이불 위에 누웠고, 그레이스가 손톱으로 해리스의 등을 쓰다듬었다. 그녀는 일어나 다시 와인 잔을 채웠고, 그들은 침대 머리판에 등을 대고 나란히 앉았다. 해리스는 자기 모습을 내려다보았다. 몸이 더 야위고 머리는 하얗게 셌지만, 여전히 가슴과 배에 근육이 있었다. 몇 년 전에 맥주 때문에 배가 나왔으나 얼른 뱃살을 뺐다. 왜 그랬을까. 그때는 몰랐다. 하지만 지금은 그 이유를 알았다.

"다른 사람과도 사귄 적 있어?" 그레이스가 물었다.

"물론이지." 해리스는 어깨를 으쓱하며 대답했다. 하지만 사실 그는 사귄 적이 없었다.

*

밤중에 해리스는 잠에서 깼고, 그레이스가 그를 바라보고 있었다. 그녀는 손으로 해리스의 옆머리에 난 부드러운 머리칼을 쓰다듬었다.

"쉬이이이잇." 그레이스가 말했다.

해리스가 완전히 눈을 떴다.

"난 당신을 보고 있는 게 좋아."

"나도 당신을 보고 있는 게 좋아."

그레이스가 이불을 내렸다. 그녀는 어깨와 쇄골이 아름다웠고, 피부는 적당히 부드러웠다. 아름다운 여자였다. 해리스는 간신히 용기를 내 그레이스를 만졌다. 가슴이 벅차고 행복했다. 자신의 피부로 이 모든 걸 느낀다는 게 놀랍게 여겨졌다. 이런 느낌은 평생 처음인 것만 같았다. 아냐, 해리스는 생각했다. 그건 단지 이 느낌이 영원히 간직할 수 없는 것이기 때문이야. 그 순간만 느낄 수 있는 거라서.

그렇게 얼마나 더 오래 그레이스를 바라보며 손끝으로 그녀를 만졌는지 몰랐다. 그레이스의 피부가 점점 더 따뜻해졌다. 그녀가 다리를 벌렸다. 해리스가 손가락을 집어넣었고, 그레이스는 다리를 더 크게 벌리고 해리스를 보았다.

"아까는 와인 때문인지도 모른다고 생각했어."

그레이스는 고개를 저었다. 그리고 웃으며 말했다. "그러니까, 의도적으로 내게 술을 먹였다 이거지?"

"틀린 말은 아니지."

"다음번엔 좀더 헤프게 굴어주겠어."

둘은 옆으로 돌아누웠고, 그레이스가 한 다리로 해리스의 몸을 감았다. 둘은 서로 눈을 맞춘 채 아주 천천히 움직였다. 사람들이 섹스에 대해 한 말이 맞았다. 섹스는 하면 할수록 나아졌다. 다 낡아빠진 줄 알았던 해리스의 몸에도 적용되는 말이었다. 해리스는 하마터면 포기할 뻔했다. 몸이 가벼웠고, 침대에 누워 있다는 것도 느낄 수 없었다. 다른 어디에 있다고 해도 믿을 수 있을 것 같았다. 평소에는 모든 게 빠르게 그를 스쳐간다고, 사라진다고 느꼈다. 왜 그렇게 느꼈을까? 지금 이 순간은 분명하게 느껴져. 그레이스를 만지고 있다는 걸 느낄 수 있어. 이윽고 해리스의 생각은 다른 곳으로, 전혀 말도 안 되는 식으로 흘러가기 시작했다.

9. 아이작

꿈속에서 아이작은 어머니와 누나와 함께 뒤뜰에서 집 뒤쪽 멀리 보이는 언덕들을 보고 있었다. 다 함께 아버지를 기다리는 중이었다. 아버지는 부활절을 맞아 인디애나에서부터 차를 몰아 집으로 오고 있었다. 꿈에서 뭔가 잘못됐다는 느낌이 들었다. 아이작과 누나가 너무 나이들어 있었다―고등학생 나이였다. 고등학교 때면 아버지는 이미 사고를 당한 뒤였다. 어머니와 누나는 포치의 흔들의자에 앉아 발을 차면서 뭔가에 대해 깔깔 웃고 있고, 아이작은 정원에서 구멍을 파고 있었다. 아이작, 장미에 가까이 가지 마. 어머니가 말했다. 하지만 누나는 아이작 편을 들어주었다. 그다음엔 아이작과 누나와 어머니가 부엌에 있었다. 어머니는 저녁식사를 다시 냉장고에 넣고 있었다. 아버지가 아직도 도착하지 않았던 것이다. 아이작은 배가 고팠고 모두 우울했지만, 리는 계속 아이작의 목을 쿡쿡 찌르며 장난을 쳤다. 그러고는 그의 옷을 가지고 농담을 했고, 셔츠를 끌어당겨 바지에서 빼냈다. 진짜 웃겨, 아이작이 말했다.

뭔가가 잘못됐다. 일어나. 여기가 어디지? 공터야. 아침이고. 지금 저 사람이 뭘 하는 거지? 배런이 쭈그리고 앉아 아이작 위로 몸을 숙이고 있었다. 그는 아이작의 바지 주머니에서 손을 빼는 중이었다. 아주 부드럽게. 그의 손에 아이작의 돈봉투가 들려 있었다.

아이작은 한 손에 칼을 쥐고 있었다. 밤새 그렇게 칼을 쥐고 잤고, 이제 손에 힘이 들어가며 칼을 쓸 준비가 되었다. 안 돼, 아이작은 생각했다. 절대로 안 돼. 아이작은 칼을 놓고 양손으로 배런의 외투를 움켜잡고서 배런 위에 올라타려고 했다. 그러나 그는 아이작을 쉽게 떨쳐내고 일어나 도망갔다.

아이작은 잠깐 몸이 붕 뜨는가 싶다가 어느새 일어섰고, 곧 그역시 뛰고 있었다. 배런이 얼마나 빨리 달리는지 믿을 수가 없었다. 배런의 손에서 하얀 봉투가 번쩍였다. 아이작은 있는 힘껏 달렸고, 나무들이 희미하게 보였다. 왼손에 든 칼을 오른손에 옮겨 쥐었다. 저자를 잡아야 해, 아이작은 생각했다. 숲이 끝나고, 둘은 이제 트레일러 파크를 지나 공터에 나와 있었다. 주차장이었다. 아이작과 배런은 차가 양방향으로 다니는 4차선 도로에 도착했다.

배런이 인도로 올라가 계속 뛰었고 멈춰 선 차들을, 놀란 표정의 사람들을 지나쳤다. 한 블록을 지나 아이작은 배런을 따라잡기 시작했다. 저놈을 잡은 다음엔 어쩌지? 칼을 써. 배런이 나보다 힘이 세니까 칼을 써야 해. 난 그렇게 못해, 아이작은 생각했다. 어쨌거나 저놈을 잡기부터 해. 배런은 지쳤을 거고, 내게 기회가 올지도 몰라. 이제 아이작은 배런과 겨우 몇 걸음 떨어져 있었다. 둘 다 탁 트인 곳에서 완전히 노출되어 있었고, 모두가 배런과 자기를 보고 있는 기분이었다. 둘은 수십 대의 차를 지났다. 눈앞에 얼룩이 보이고 폐가 뜨겁게 타올랐지만 상관없었다. 평생 이렇게 빨리 달려보긴 처음이었다. 언제까지라도 달릴 수 있었다. 둘이 달리고 있는 인도의 왼쪽에는 높은 철조망이 있었고, 오른쪽으로는 도로가 있었다. 배런에게 달려들 땐 칼을 버려. 내가 내 몸을 벨 수도 있어. 하얀 차가 반대 방향으로 지나갔고, 아이작의 시야 언저리로 그 차가 유턴을 하면서 파란 불을 번쩍이는 게 보였다. 아이작이 배런을 잡을 만큼 가까워졌을 때 사이렌이 울리고 다시 파란 불이 번쩍였다. 안 돼, 아이작은 생각했다. 배런의 손에 들린 봉투가 위로 올라갔다 내려갔다 하는 게 보였다. 이제 거의 다 잡았어. 그 순간 경찰차가 갑자기 차선을 세 개나 넘어와 그들 10미터 앞 연석으로 뛰어올랐다. 경찰은 재빨리 차에서 나와 문 뒤에 몸을 숨겼다. 경찰의 손은 보이지 않았지만 아이작은 알았다. 총을 꺼내는 것이다.

멈춰, 멈춰, 멈춰. 아이작은 경찰이 외치는 소리를 들었다. 칼 때문이야, 아이작은 생각했다. 칼을 버려. 그의 왼쪽으로 높은 철조망이 있었고, 아이작은 생각도 해보기 전에 이미 뛰어올라 철조망을 넘고 있었다. 꼭대기에서 가슴을 축으로 삼고 돌았다. 외투가 찢어져 풀렸고, 아이작은 양손과 무릎을 땅에 대며 착지했다. 엎드려, 그대로 엎드려. 경찰이 외치고 있었다. 칼은 이미 흙 위 어디론가 날아가 떨어진 뒤였다. 이제 모든 게 슬로모션으로 움직였다. 아이작은 일어나고 싶었지만, 경찰이 총을 겨누고 있었다. 내가 칼 떨어뜨리는 걸 경찰이 봤나? 일어나자. 일어나, 일어나, 일어나. 경찰이 날 쏠지도 몰라. 아냐, 일어나. 다리에 정신을 집중해. 아이작은 다시 달리고 있었다. 쏘지 마세요. 혹시 경찰이 총을 쏘면, 총소리를 듣기도 전에 몸이 먼저 느낄 거야. 아무 느낌도 안 들걸. 아이작은 힐끗 다시 뒤를 돌아 재빨리 경찰을 살폈다. 나이든 흑인 남자로, 옷깃의 무선기에 대고 뭔가를 말하고 있었다. 배런이 달리기를 멈춘 게 분명했다. 경찰이 총을 아이작 쪽이 아니라 다른 방향으로 겨누고 있었던 것이다.

시야가 온통 흐려졌지만, 아이작은 억지로 계속 달렸다. 조그만 사무실 건물 두 개 사이의 주차장을 가로지른 뒤, 한 줄로 늘어선 수풀을 뚫고 나갔다. 왔던 방향으로 돌아가고 있었다.

10. 포

이튿날 아침, 포는 감방에서 몇 시간 동안 자기를 데리고 운동장에 가줄 사람을 기다렸다. 감방 동료는 아직 돌아오지 않았다. 교도관이 들러서 내일 변호사가 올 거라고 말해주었지만 포는 변호사에 대해 생각하고 싶지 않았다. 마침내 클로비스가 창살을 두들겼다.

"드웨인은 바빠?" 포가 말했다.

클로비스는 대답하지 않았고, 그래서 포는 클로비스를 따라갔다. 그 층 끝까지 간 다음 계단을 내려가 감방동을 통과했다. 창에서 들어오는 빛 속에 먼지가 떠다니는 게 보였다. 눈을 감고 그냥 보통 탈의실이라고 생각해. 양말과 변기 냄새, 곰팡이 낀 시멘트 냄새, 사람들은 너무 큰 소리로 떠들고, 모두 멍청한 헛소리만 해. 포는 클로비스를 따라 주복도로 들어간 다음 금속탐지기를 지나 운동장으로 나갔다. 야외였다. 모래와 햇빛, 푸른 하늘. 사실 한여름의 바

닻가와 비슷해. 저 감시탑들은 인명구조원이라고 생각하자.

클로비스는 아직 한마디도 하지 않았고, 운동기구가 있는 곳에 도착하자 모두 포가 온 걸 알아차렸다. 사람들은 포의 마음에 들지 않는 방식으로 웃거나, 말을 걸 필요가 없도록 몸을 돌려버렸다. 금세 긴장이 되었으나, 울타리에 기대 있을 만한 곳을 찾아낸 뒤, 사람들의 반응을 눈치채지 못한 척했다. 블랙 래리가 다가왔다.

"애송이 포, 우리가 네 미래에 대해 토론을 좀 했어." 블랙 래리가 말했다.

포는 고개를 끄덕였다.

"단도직입적으로 말하지. 다들 서류를 봐야겠다고 동의했어. 네 사건부를 보고 궁금증을 좀 풀어보자는 거지. 너만 괜찮다면 말이야."

"뭐든 마음대로 해. 난 좆도 신경 안 쓰니까." 포가 어깨를 으쓱하며 말했다.

"내가 너라면 그렇게 잘난 척 안 할 거야." 클로비스가 말했다. "여기 있는 사람 중 반이 널 노리고 있어."

"흠, 적어도 그중에는 퇴원할 때까지는 날 괴롭힐 수 없는 사람이 한 명 있다는 건 알아."

"꼬맹이는 좆도 아냐. 그리고 내가 장담하는데, 씨발, 넌 우리 품을 벗어나는 즉시 빨래통에서 시체로 발견될 거야. 아직 모르나본데, 여기서 넌 소수파야. 그리고 깜둥이들이 한 놈도 빠짐없이 널 쫓고 있다고. 널 본 순간부터 쭉."

"클로비스." 드웨인이 말했다.

"애송이 포는 이해했어." 블랙 래리가 드웨인에게 말했다. 그리고 포를 보았다. "햇빛이야, 애송이 포. 햇빛이 살균엔 최고지."

"알았어." 포가 말했다.

"이놈과 함께 가, 드웨인."

"여어, 드웨인." 클로비스가 말했다.

드웨인이 몸을 돌려 뒤를 보았다.

"서류 몽땅 가져와. 우리 모두 돌려볼 거야."

"좆까지 마." 드웨인이 말했다.

둘은 금속탐지기를 통과했다. 탐지기가 삑삑거렸지만 드웨인은 교도관에게 고개를 끄덕인 뒤 그냥 계속 걸었다.

"걱정돼, 친구?" 드웨인이 말했다. "만약 그렇다면 내게서 서류를 빼앗고 우리를 적으로 돌리면 돼."

"난 괜찮아. 아무 문제도 일으키지 않을 거야." 포가 말했다.

"잘됐네. 블랙 래리는 밀매매로 기소된 상태거든. 그래서 블랙 래리가 그렇게 의심을 하는 거야. 나도 기소된 상태고."

"클로비스는?"

드웨인은 말이 없었고, 그들은 계속 감방동을 걸어갔다. 아무도 듣지 못할 곳까지 오자 드웨인이 말했다. "지금 클로비스에겐 나름의 이유가 있어."

서류철을 받은 뒤, 포와 드웨인은 운동장으로 돌아갔다. 블랙 래리가 서류철을 가져가 꼼꼼히 살펴보고 다른 사람들에게 넘겨주었다.

"프랜시스."

"맞아." 포가 말했다.

"무슨 말이야?" 클로비스가 물었다.

"윌리엄 프랜시스 포. 그게 저 녀석 이름이야." 블랙 래리가 말했다.

"이건 다 헛짓이야. 기소는 기소일 뿐이라고." 클로비스가 말했다.

"일급 살인이군." 드웨인이 말했다.

"경찰에 누구 딴 놈을 꼰지를 생각이야, 애송이 포?"

"아니," 포가 재빨리 말했다. "내가 한 짓이야."

"그딴 말로 증명되는 건 없어."

"일단은 이 정도로 됐어." 블랙 래리가 등뒤로 손을 뻗어 프루노 병을 꺼냈고 다 같이 마셨다. 분위기가 밝아졌다. 다 함께 프루노를 비우는 동안, 포는 벤치에 기대앉아 있었고, 모두 느긋한 기분이 되었다. 그뒤로는 별일 없이 시간이 지났다. 평소처럼 사람들이 오갔고, 포만 술에 취해 얼굴에 햇빛을 받으며 조용히 앉아 있었다. 기분이 좋았고, 바람이 제법 불었다. 마음이 편해지니 리 생각이 났다. 감옥에 들어오기 전에 마지막으로 취했던 건 리와 함께 있을 때였다. 포는 리에게 전화할까 생각했다. 하지만 너무 민망했다. 그는 어머니에게 전화했고, 어머니는 집에 없었다. 전화하는 시간을 미리 정해둬야 할 듯했다. 전화는 수신자 부담으로만 가능했다. 포의 변호사가 온다고 했다. 내일 언제쯤 올 것이었고, 변호사는 포에게 딱 한 가지를 원할 것이었다.

포는 그것에 대해 생각했다. 뜰 위 저 높은 곳에서 매가 하늘을 빙빙 도는 게 보였다. 산들바람 속에서, 마치 누가 줄에 묶어놓기라도 한 것처럼 빙빙 돌았다. 포는 한참 동안 매를 바라보았다.

"그만 잠 깨." 드웨인이 말했다.

운동기구들 근처에는 블랙 래리와 드웨인, 클로비스뿐이었다.

나머지는 모두 가고 없었다.

"깨어 있었어."

"이제 좀 집중해봐." 블랙 래리가 말했다.

포가 벤치에서 일어났고, 블랙 래리는 벤치에 앉아 올백으로 넘긴 자신의 금발을 손가락으로 쓸어본 후 아령을 집어서 팔운동을 시작했다. 그는 캘리포니아 해변에서 역기를 들기도 하고 서핑도 하는, 텔레비전에서 늘 볼 수 있는 그런 사람이었는지도 몰랐다. 잘생긴 블랙 래리는 그 얼굴 덕에 나름 편하게 살았고, 배심원 한 명이 그에게 사랑을 느낀 적도 있었다. 드웨인과 클로비스는 느긋해 보였고, 풋볼 이야기를 하는 것처럼 보일 수도 있었지만, 드웨인은 턱을 아주 살짝 움직여 뜰 반대쪽 울타리 근처를 걷고 있는 교도관을 가리키고 있었다.

"저 두꺼비 보여? 여길 안 보려고 애쓰고 있는 비쩍 마르고 조그만 개새끼 말이야."

"저 남자?"

"씨발 그 손가락 내려." 클로비스가 포의 손을 탁 쳐서 내렸다. "이 새끼 어떻게 된 거 아냐?"

"클로비스, 그냥 하려던 얘기나 하는 게 어때?" 블랙 래리가 말했다. 그는 벤치에서 고개를 들고 모래에 아령을 떨어뜨렸다.

클로비스가 말했다. "저기 저자가 내일 아침에 블랙 래리를 찾을 거야. 샤워실과 세탁실 사이의 복도에서. 이야기 나누기 좋은 조용한 곳이지. 혹시라도 네 눈에 그놈이 안 보일까봐 말해주자면, 염소수염을 기른 비쩍 마른 새끼야. 존나 약쟁이처럼 생겼지. 왜냐하면 진짜로 약쟁이거든."

포는 그들이 무슨 부탁을 하려는 건지 깨달았다. 온몸에 소름이 돋고 목과 팔의 털들이 삐죽 섰다. 포는 자신의 이런 반응을 그들이 눈치채지 못했길 바랐다.

"이름은 피셔야." 드웨인이 조용히 말했다. "쥐새끼같이 생겼다고 할 수 있지. 하지만 셔츠에 이름이 붙어 있을 거야."

"피셔." 포는 자기 목소리가 멀게 느껴졌다.

"내일 거기엔 저놈밖에 없을 거야. 넌 그냥 네가 할 일을 하면 돼. 그게 다야."

"왜?"

"씨발, 질문 좀 그만해." 클로비스가 말했다.

블랙 래리가 포기한다는 듯 한 손을 들었다. "궁금할 수도 있지, 애송이 포. 대답은 이래. 저기 계신 피셔 씨는 우리에게 빚을 졌어. 우리가 구해달라고 돈을 준 물건이 있는데, 자기 말로는 압수당했대. 피셔 씨는 이 동네에선 풋내기고, 그래서인지 자기 위치쯤 되면 우릴 벗겨 먹을 수 있다고 생각하지."

"난 아직 재판을 기다리는 중이야. 교도관 새끼를 때리고 싶지 않아." 포가 말했다.

"피셔 씨는 가족을 부양하기 위해 이 일을 하는 그런 바른 생활 사나이가 아니야. 마약 판매상이지. 더 나쁜 짓들도 하고." 블랙 래리가 말했다. "자기 파트너에게서 도둑질을 하는 마약 판매상이라고. 이제 좀 할 만한 일처럼 느껴지나?"

포는 고개를 흔들고 담장을 보았다. 이대로 담장을 타고 오르기 시작하면 무슨 일이 벌어질까 생각했다. 교도관들이 총을 쏠 것이었다. 그러라고 존재하는 곳이니까.

"애송이 포," 블랙 래리가 가까이 다가와 포의 얼굴을 들어올렸다. 아버지나 코치 같은 사람들이 하는 행동이었다. "저기 운동장 너머에는 정말로 널 안 좋아하는 사람들이 있어. 넌 이미 여기 들어와 있고, 그건 여기가 네 새집이란 뜻이지. 지금도, 앞으로도, 아마도 아주 오랫동안 말이야. 내 말 알아듣겠어?"

"그래도." 포가 말했다. 블랙 래리는 계속 포의 얼굴을 잡고 있었고, 포는 양손을 어찌해야 할지 몰라서 옆으로 늘어뜨려두었다. 블랙 래리의 입냄새가 났다. 달달한 프루노 냄새와 피부가 햇볕에 탄 냄새가 났다. 블랙 래리의 눈썹과 수염은 금색으로 무성했다. 그의 연한 푸른색 눈은 그가 공정한 사람이라는, 모두에게 최선인 일을 하려는 거라는 분위기를 풍겼다.

"넌 저기서 우리의 흑인 형제들과 문제를 좀 일으켰어. 하지만 지금 흑인 형제들은 자기들이 너에게 손가락 하나만 대도 우리 모두 전투에 들어갈 거란 걸 알아. 깜둥이가 스무 명이든 두꺼비가 스무 명이든 그건 상관없어. 보통은 관찰 기간이 훨씬 긴데, 넌 이미 고속 승진을 했다 이 말씀이야." 블랙 래리는 포의 얼굴에서 무언가를 찾으려 했지만, 원하는 것을 찾지 못한 듯했다. 블랙 래리가 갑자기 포를 놓아버렸고, 포는 우두커니 거기 서 있었다.

클로비스가 말했다. "그렇게 심한 벌을 받지는 않을 거야. 네 감방 동료가 육 개월 동안 독방 신세가 된 건 두꺼비 한 놈 등에 칼을 쑤셨기 때문이야. 아마 너도 신문에서 봤겠지. 교도관 세 명과 죄수 열두 명이 병원에 입원했다는 얘기."

"아니." 포가 말했다.

"이 새끼는 신문을 안 읽네." 클로비스가 말했다.

드웨인이 손을 들었다. "친구, 넌 행운아지만 아니기도 해. 넌 그 좆같은 곳에서 모두가 보는 앞에서 깜둥이 윗대가리 하나를 쪽팔리게 만들었어. 그 새끼에게 잘 보이려고 네놈에게 칼을 박아넣을 놈들이 엄청 많아. 네가 우리와 다시 블랙스 간의 해묵은 원한을 들춰냈다는 건 말할 필요도 없고. 네 덕에 우린 그간 열심히 해결하려 애써왔던 일들을 놓고 다시 엄청나게 싸우게 됐어."

"그래서 내가 저 교도관을 때려눕혀야 하는군."

"너무 많이 치진 마. 살아는 있어야 우리에게 돈을 돌려주지." 블랙 래리는 씩 웃었다.

"상황은 이해했어. 좀 생각을 해봤으면 좋겠는데." 포가 말했다.

블랙 래리가 땅을 내려다보았고, 클로비스는 고개를 저었다. "이 얼간이 새끼를 처음 봤을 때 내가 뭐랬어, 식당에 처음 들어왔을 때 내가 뭐랬냐고."

"네 자리는 바로 여기," 블랙 래리가 역기 벤치를 가리켰다. "아니면 저 밖이야." 그는 운동장과 저쪽 사람들 모두를 엄지손가락으로 빠르게 가리켰다. "여기 독불장군은 없어, 애송이 포. 아주 간단해."

블랙 래리가 클로비스에게 고갯짓을 했고, 그들은 몸을 돌렸다. 둘은 걸었고, 정말로 천천히, 천천히 뜰 저쪽을 향해 걸어갔다. 블랙 래리는 기지개를 켜고 하품을 했다. 그와 클로비스가 함께 떼지어 선 흑인들에게 다가가자, 흑인들이 옆으로 비켜서며 길을 내주었다. 블랙 래리가 그들의 운동기구 쪽에 서 있는 디시 블랙스에게 고개를 끄덕인 뒤, 건물 그늘에 서 있는 히스패닉 죄수 무리 사이로 끼어들었다. 포는 사람들이 경의를 표하려고 블랙 래리 주위로 몰려드는 걸 보았다.

"이건 거절했다가 나중에 승낙해도 되는 그런 일이 아니야, 친구. 솔직히, 지금 넌 네가 생각하는 것 이상으로 멍청한 짓을 했어."

이제 포와 드웨인만 남아 있었다. 포는 운동장 저편의 다른 운동기구들 옆에 몰려선 흑인들을 바라보았다. 이백 명은 될 듯했다. 할말이 없었다. 하겠다고 해두고 다른 수를 찾아야 했다. 하겠다고 한 뒤 생각할 시간을 벌어야 했다. 아냐, 포는 생각했다. 일단 하겠다고 하면 하게 되는 거라고.

"좋아." 포가 드웨인에게 말했다. "할게."

드웨인의 얼굴엔 아무 표정이 없었다.

"뭐든 다 할게. 그 자식을 찌르라면, 그것도. 난 가끔 생각하는 데 시간이 좀 걸리거든."

"나도 전엔 그랬어." 드웨인이 말했다. "상황을 받아들이기까지 한참 걸렸지."

"래리가 나한테 마음을 풀 것 같아?"

"래리는 알아. 그 친구가 모를 거란 생각은 꿈에도 하지 마. 우리가 여기 들어왔을 때, 우리도 다 너와 똑같은 상황이었어. 특히 수다쟁이 클로비스는." 드웨인이 울타리 옆으로 가서 흙속에 발을 차넣었다.

거기 뭔가가 있었고, 포는 그걸 집어들었다. 디D형 건전지가 양말 가득 들어 있었다.

드웨인이 말했다. "건전지를 꺼내서 주머니에 넣어. 금속탐지기가 울리면 교도관에게 건전지를 보여주고. 그럼 통과시켜줄 거야."

AMERICAN RUST

4부

1. 아이작

경찰은 아이작을 쫓아오지 않았고, 곧이어 다음 경찰차와 그다음 경찰차의 사이렌소리가 들렸다. 아이작은 경찰이 아마 배런을 잡았을 거라고 생각했다. 수로로 돌아가자. 가서 배낭을 찾자. 길어봤자 일이 분이면 돼. 그는 왜 그 많은 돈을 가지고 있었는지 경찰에게 열심히 변명해야 할 터였다.

아이작은 아무도 없는 주택가를 걸었다. 조용한 이른아침이었고, 해는 이제 뜨는 중이었다. 공원이 저기 보이네. 수로는 저 나무들 사이에 있고. 그런데 공터는 어디 있지? 아이작은 숲이 있는 곳까지 와서 수풀에 쭈그리고 앉아 배낭을 어디쯤 뒀는지 기억하려 애썼다. 사이렌소리가 또 들렸다. 벌써 네 대째였다. 이렇게 공공연하게 그를 쫓고 있다는 건 말이 안 됐다.

일어나 앉으면서 칼로 놈을 막을 수도 있었는데 그러는 대신 놈의 외투를 쥐었어. 이런 한심한 생각은 해서 뭐해. 아냐, 난 선택을 한 거야. 아닌 척하지 말자. 차가 다가오고 있었고, 아이작은 수풀에 몸을 낮췄다. 경찰차가 경광등을 번쩍이며 방금 아이작이 건너온 길을 전속력으로 질주했다. 생각보다 가까이 있어. 경찰은 이게 직업이니까. 배낭은 포기하자.

아이작은 움직이고 싶지 않았다. 난 잘 숨었어. 경찰이 모두 갈 때까지 여기 있자. 아니야, 일어나야 해. 저 숲으로 깊이 들어간 다음 여기서 벗어나. 일어나. 그렇지. 잘하고 있어. 아이작은 일어났다. 나무들 사이를 지나 20미터쯤 가자 수로가 나왔다. 그는 수로에 도착해서 길쭉한 나무들 사이를 걷기 시작했고, 공원의 북쪽 끝에서, 그리고 배런을 쫓아갔던 길에서 점점 멀어지고 있었다. 도대체 배낭을 어디 뒀지? 그 공터는 어디 있지?

수로를 다 지나자 널찍한 잔디밭이 나타났고, 계속 걸어가자 그의 옆으로 숲이 끝나는 곳에, 길게 늘어선 집들 뒤에 또다른 잔디밭이 보였다. 배낭은 내 뒤쪽에 있어. 이젠 어디 있는지 알아. 멀리서 또다른 사이렌소리들이 들렸다. 가장 가까이서 들리던 사이렌소리는 멈춰 있었다. 도대체 몇 대나 온 거지? 아이작은 생각했다. 여섯 대. 어쩌면 일곱 대. 칼을 든 무장괴한을 잡으러 왔군—그게 나잖아. 계속 가야 해. 배낭을 찾으러 갈 시간 따위는 없어.

좌절감이 온몸을 감쌌다. 잠깐 생각을 해야 해. 여기 있으면 아무도 날 볼 수 없어. 좋아, 배낭은 없어졌어. 인정하자. 변장을 좀 하자. 경찰은 외투와 검은 비니를 봤어. 그래, 이것부터 처리하자. 아이작은 외투와 모자를 벗어서 수로에 던지고, 칼집도 함께 버렸다. 더 나았다—갈색 스웨터와 푸른색 플란넬 셔츠. 아이작은 셔츠를 바지에 집어넣고 스웨터 위로 옷깃을 뺐다. 모범생 스타일이었다. 맙소사, 훨씬 춥잖아. 영하 4도쯤 되려나. 그래도 체포되는 것보단 나아.

아이작은 아주 잠깐 추위에 몸이 곱은 채로 서서, 앞쪽에 있는 집들과 뒤쪽 공원 가장자리에서 번쩍이는 푸른 불빛들을 바라보았다. 배낭은 포기해, 아이작은 다시 혼잣말을 했다. 최선은 수갑을 차지 않고 여기서 벗어나는 거야. 고개를 똑바로 들어. 너무 빨리 걷지 말고.

아이작은 숲을 가로질러 일렬로 늘어선 단독주택들 50미터 뒤의 공터로 갔다. 아무렇지 않게 보여야 해. 산책 나온 척해. 아침 공기는 정신을 맑게 해줘. 제발 아무도 창밖을 보고 있지 않길. 하느님 맙소사, 이거야말로 최악이야. 저쪽에 큰 공원이 있잖아. 1킬로미터 떨어진 곳에서도 보이겠어. 긴장한 티를 내면 안 돼. 다들 늦잠에 취해 있어야 할 텐데. 배런은 경찰에게 내가 칼을 들고 자기를 쫓아왔다고, 자길 죽이려 했다고 말할 거야. 누가 날 믿어주겠어? 애초에 칼 따위는 가져오는 게 아니었어.

이런 멍청이. 눈에 눈물이 고였다. 처음에 깼을 때 그냥 도망쳤으면 돈도 그대로일 테고 공책이니 뭐니 하나도 안 잃어버렸을 텐데. 난 그때 너무 피곤했어. 아니, 멍청했던 거지. 벌써 두번째잖아. 더는 실수하면 안 돼.

맞은편에 커다란 정자가 보였고, 여자 두 명이 조깅을 하고 있었다. 증인이군. 하지만 아이는 도망치는 데 성공할 거야. 아이는 뭐든 쉽게 대충 하는 성격이 아니니까. 이렇게 멀리서 내 얼굴이 보이진 않을 거야. 트레일러 파크 쪽에 푸른 불빛이 늘어났어. 내 냄새를 맡은 거지.

아이작은 파란 불빛들이 벽에 반사되는 커다란 창고 근처에 서서, 뒤를 돌아보고 공원 저쪽을 보았다. 몇백 미터 떨어진 곳에서 경찰차 한 대가 잔디밭을 가로질러 두 여자를 향해 천천히 다가왔다. 저 경찰한테 내가 보이나? 안 돼. 뛸까? 걸을까? 그냥 계속 가.

아이작은 얼른 창고 뒤로 들어가 수로를 따라 계속 걸었지만 그쪽에는 집들이 더 많았다. 사각팬티 차림으로 부엌 조리대 앞에 서서 커피를 마시는 남자가 선명하게 보였다. 저렇게 일찍 일어나는 인간들 때문에 나는 좆되고 말 거야. 아니야, 저 남자는 날 보고 있지 않아. 자기 고민에 빠져 있어.

몇백 미터를 더 간 다음, 아이작은 수로 위로 난 기차 다리를 건넜다. 철로 여섯 개가 놓인 넓은 기차 다리였다. 난 이제 제강소 남쪽에 있어. 이제 괜찮을 거야. 좁은 길로만 다니면 괜찮을 거야. 경찰이 날 보기 전에 내가 먼저 경찰을 볼 수 있어.

*

대략 한 시간쯤 걷자 큰길이 나왔다. 앞쪽에 쇼핑몰이 있었고, 러시아워라 길이 꽉 막혔고, 하늘엔 구름이 잔뜩 끼어 있었다. 몬밸리보다도 심해. 4월 중순인데 겨울 날씨야. 어쨌든 여기선 버스를 탈 수 있어. 사람들이 아주 북적여. 저기 내가 탈 버스가 오는군. 이 길을 건너가면 탈 수 있어. 지갑이 어디 갔지?

아이작은 뛰다시피 길을 건너 시동을 켠 채로 서 있는 버스 뒤로 가서 줄을 섰다. 몇 명이 고개를 돌려 아이작을 보았다. 외투도 입지 않은데다 얼굴이 멍투성이니 수상해 보일 수밖에. 셔츠와 스웨터는 구겨지고 바지는 더럽고. 내가 백인이란 건 말할 필요도 없지. 아이작은 도로 연석의 얼룩에 억지로 시선을 고정했고, 사람들은 곧 아이작에게서 눈길을 돌렸다. 코로 들이쉬고 입으로 내뱉어. 살인자 소년이 남쪽으로 향하고 있거든. 모든 경찰이 쫓고 있지만 살인자 소년은 요리조리 잘도 빠져나가. 그야말로 '자칼의 날'*이지. 아무렇지 않게 걸어가서 버스에 타는 거야.

버스에 빈 좌석이 없었고, 아이작은 가운데로 들어가 섰다. 안은 따뜻하네. 어디서 내리지? 돈이 얼마나 있지? 아이작은 골똘히 생각했다. 버스비를 내고 나면 9달러가 남아. 밥을 한두 번 먹을 돈은 되겠어. 종점까지 타고 가자. 경찰에게서 최대한 멀어지는 거야. 버스는 꾸물꾸물 기어갔고, 길은 꽉 막혔고, 아이작은 졸렸다. 사람들이 내리고 자리가 났다. 잠시 후 아이작은 버스가 꽤 오랫동안 멈춰 서 있다는 걸 깨달았다. 눈을 뜨니 버스는 텅 비어 있었고, 운전기사가 큰 거울로 아이작을 보고 있었다. 아이작은 고개를 끄덕이고 버스에서 내린 뒤 주위를 둘러보았다.

내가 얼마나 멀리 온 걸까? 15킬로미터 정도 온 거 같네. 여긴 딴 세상이야. 주위에는 온통 잔디가 깔려 있었고, 집은 컸으며, 산울타리나 돌벽이 집의 정원을 가리고 있었다. 아이작은 운동장과 석조 건물과 무슨 학교 같은 곳을 지나갔다. 열네 살이나 열여섯 살쯤 된, 푸른색 블레이저를 입은 남자아이들 몇 명이 쉬는 시간을 틈타 담배를 피우고 있었다. 아이작은 남자아이들에게 고개를 끄

---

* 프레더릭 포사이스의 소설 제목. 자칼은 소설 속에 등장하는 암살자로 수사관과 추격전을 벌인다.

덕였고, 가장 나이 많은 아이 외에는 모두가 시선을 피했다. 내가 여기 없길 바라는군. 저들이 원하는 게 그거지—마음 불편하게 하지 말고 가.

한 블록을 더 간 다음 아이작은 자동차 유리에 자기 모습을 비춰보기 위해 걸음을 늦추었다. 놀랍군, 더러워도 어찜 이렇게 더러울수가. 노숙하는 아이 같아. 사실이 그렇긴 하지만.

아이작은 경찰이 없나 계속 눈으로 살폈지만, 아무 일도 없었다. 또 배가 고파. 상관없어. 그는 정처 없이 걸으며 아무 길로나 꺾어 들어갔고, 잔뜩 찌푸린 하늘에서 해가 어디 있는지 가늠하려 애썼다. 그러면서도 발은 멈추지 않았다.

*

밤이 되었을 때 아이작은 큰 도로 위에 있었다. 주 고속도로였다. 저녁 러시아워가 끝나가고 있었고, 도로를 밝히는 차의 불빛, 미등과 전조등 외에는 어떤 빛도 보이지 않았다. 아이작은 사람들 하나하나를 볼 수 있었다. 따뜻하고 행복해 보였다. 코를 파고, 라디오 소리를 따라 흥얼거렸다. 저 사람들은 날 보고 있지 않아. 바람이 그대로 파고 들어오는 싸구려 스웨터를 입은 나를. 아이작은 추위로 몸이 곱았다. 저 사람들 중 단 한 명이라도 나랑 처지를 바꾼다면…… 나는 안으로, 저 사람은 밖으로. 아주 단순한 차이 같은데.

이 바람 좀 봐, 아이작은 생각했다. 외투와 모자를 버리지 말았어야 했어. 어쩌면 사실 진짜 이렇게 추운 건 아닐지도 몰라. 그냥 배가 고프고 지친 거지. 하지만 어젯밤에 먹었잖아. 그 정도면 칼로리는 충분해. 하루쯤 굶는다고 큰일이 나지는 않는다고. 내 처지를 알자. 이제 생각하는 것도 잘 안 되고 있어. 이게 내 문제야. 멈추고 뭘 좀 먹었어야 했는데 안심이 되질 않았어. 이 고속도로에는 비상 전화 부스처럼 먹을 것과 담요를 담은 상자가 있을 거야. 저기 오는 사람들에게 깃발을 흔들어볼까. 선생님, 재킷 좀 빌릴 수 있을까요? 아니면 뒷좌석에 좀 태워주시든지요. 제가 타든 안 타든 히터는 계속 트실 거잖아요. 내일까지만 좀 안 될까요? 이런 게 미쳤다는 거지. 말도 안 되는 생각만 하잖아.

내 선택으로 여기까지 온 거야. 난 그자가 멈추게 할 수 있었어. 그자의 손이 내 주머니에 들어왔을 때 칼로 막을 수 있었다고. 하지만 그놈의 외투를 잡기만 했지. 칼로 막았다면 돈과 모든 물건을 하나도 잃지 않고 그대로 가지고 있었을 텐데. 칼 대신 손을 선택하다니 결정적인 실수였어. 9달러가 전 재산에 외투도 없잖아. 그놈은 하얏트호텔에서 자고 있을 거야. 평생 그렇게 많은 돈은 처음 봤을걸.

이게 현실이야. 난 얼어죽을 거야. 지금까지 난 언제나 조숙했고, 마지막도 예정보다 빨리 오는 거야. 그래 다 말이 되네. 우주는 평등을 원해. 어떤 사람도 공기보다 따뜻할 수는 없어. 어떤 사람도 자신의 체온을 간직하기만 할 수는 없어. 애초에 다 훔쳐서 시작하는 거야. 빅뱅 이후로 에너지에는 아무런 변화가 없어. 일시적으로 빌리는 것뿐이지. 죽어가는 내 몸의 체온이 지구의 온도를 1조분의 1도만큼 높여줄 거야. 최고로 정교한 기계를 써야 간신히 감지되겠지. 정말로 조용히 죽겠군. 사람들은 익사라는 말을 하는

데, 그건 불가능해—물에 숨이 막혀 죽는 것. 어머니에게 물어봐. 죽을 때까지 얼마나 걸렸나요? 몸이 따뜻해지는 걸 느끼면 그때가 죽는 순간이야. 따뜻한 곳에서 태어났다가 다시 따뜻함으로 돌아가는 거지.

아이작은 가게들이 늘어선 길을 지나갔다. 모두 폐업 상태로 텅 비어 있었다. 저 안에 들어가면 최소한 바람은 피할 수 있을 거야. 아냐, 계속 가자. 앞쪽에 불빛이 보여. 난 그냥 배가 고픈 것뿐이야. 뭘 좀 먹고 나면 금세 괜찮아질 거야. 칼로리 중 40퍼센트가 몸을 덥히는 데 쓰였으니까. 좋아, 그렇게 하지 뭐. 일단 음식을 먹으면, 정말 배가 고팠는지 아닌지 알게 될 거야. 눈이라도 올 만큼 춥지만 공기가 무척 건조해, 불행 중 다행이랄까. 상관없어. 저 앞쪽은 충분히 밝으니까. 음, 1.5킬로미터쯤 가면 말이야. 한 발 더 앞으로. 걷는 속도를 잘 생각해봐. 곧 결정을 내려야 할 거야.

2. 그레이스

빌리가 마을을 떠난 지 사흘밖에 되지 않았지만, 온 마을 사람들이 빌리에 대해 알았다. 직장 동료들은 그레이스 앞에서는 예의 바르게 대했으나, 뒤에서는 쑥덕거렸다. 린 부스와 카일라 에번스가 가장 심했지만, 그레이스의 친구인 제나 헤린도 별다를 바가 없었다. 셋 다 뷰얼 출신이었고, 그들 모두 빌리의 풋볼 경기를 본 적이 있었다. 그들은 빌리가 경기중에 다른 선수들을 얼마나 세게 쳤는지 따위에 대해 떠들어댔다―빌리가 다른 사람 치는 걸 심하게 좋아하긴 했지…… 있잖아, 빌리가 그 남자를 그냥 총으로 쏜 게 아니잖아…… 남의 머리를 그렇게 부숴놓다니, 좀 생각해볼 일 아니니…… 그레이스는 시선을 아래로 고정했고, 듣지 않으려고 애쓰며 기계에 천을 밀어넣고 아주 고르게 재봉했다.

퇴근길에 자이언트 이글에 들른 그레이스는 우연히 네시 캠벨과 마주쳤다. 뚱뚱하고 늙은 네시는 그레이스를 보고도 그녀가 계산대로 갈 때까지 냉동 생선만 보는 척했다. 네시는 길에서까지 쫓아다니며 기회가 생길 때마다 암웨이 물건을 팔려고 들던 사람이었다.

집에 있다고 나은 것도 없었다. 계속 날이 흐려서 추웠다. 이불 속에 들어가면 괜찮을 터였다. 4월 15일이었고, 이렇게 추워서는 안 되었다. 세금 신고 마감일이야, 그레이스는 생각했다. 하지만 아직도 세금 신고 서류를 끝내지 못했다. 지난주에 시작했지만 그 뒤로 온갖 일이 다 있었다. 아무리 그래도 어떻게 세금 신고를 까먹을 수 있었을까? 탁자로 가서 서류를 꺼내 훑어보았지만, 어림도 없었다. 머리가 제대로 돌아가지 않았다. 지금은 세금 따위를 걱정할 때가 아니었다.

빌리는 괜찮을 거야, 그앤 건강하잖아. 빌리가 건장하기는 해도 그레이스의 눈에는 그렇게 보이지 않았다. 다른 남자아이들과 비교하면 건장한 게 맞았지만, 그래도 그레이스에게는 그렇게 보이지 않았다. 그리고 어떤 이유에서인지 그레이스는 아버지를 생각했다. 아버지와 대화를 하지 않게 된 지 벌써 십팔 년째였지만, 그래도 아버지는 매년 크리스마스와 부활절 때마다 전화를 했다. 아버지는 이십 년 전에 어머니를 떠났다. 그 당시 그레이스의 어머니는 유연한 성격이 아니었고, 밸리에서 일어나는 일, 딸과 사위에게 일어나는 일을 참지 못했다. 딸과 사위는 아파트 지하층에 살았고, 돈을 버는 사람은 아무도 없었다. 마을은 하룻밤 사이에 바뀌어버린 듯했고, 강도들이 차를 털었으며, 빈집들에선 잔디가 자라 무성했다.

그것이 어머니를 바꾸었고 그레이스의 어머니는 끊임없이 아무

나와 잠자리를 했다. 이는 1987년까지 계속되었다. 결국 아버지는 모두가 모인 저녁식사 자리에서 떠나겠다고, 휴식이 필요하다고 모두에게 선언했다. 처음에 그레이스는 아버지를 비난하지 않았지만, 얼마 후엔 비난했고, 그다음엔 용서했고, 또다시 비난했다. 그러나 어떻게 보면 그건 용감한 행동이었다. 자식들은 모두 성인이었고, 아버지는 어머니에게 돈을 넉넉히 남겨주었다. 그레이스가 보기에 어머니 곁에선 누구도 행복할 수 없었다. 아버지는 동부 텍사스로 이사했고, 그레이스는 아버지가 몇 번을 전화해도 절대로 다시 전화해주지 않았다. 아버지는 아직도 크리스마스와 부활절이 되면 전화했지만, 그레이스는 전화를 받지 않았다. 이제 그 모든 일들이 무거운 쇳덩이처럼 그레이스의 목을 짓누르고 있었다. 그레이스의 좋은 기억들은 대부분 아버지와 관련이 있었고, 아버지는 그저 자기 자신을 구했을 뿐이었다. 그러나 아버지는 그레이스의 인생을 파괴했다. 어머니가 온전한 정신을 유지하도록 돌보는 부담스러운 일이 그레이스에게 넘어왔기 때문이다. 그녀가 절대 아버지의 전화를 받지 않는 진짜 이유는 아마도 이것일 터였다. 이 기적이야, 그레이스는 생각했다. 이제 나도 옆에 사람들이 필요하니까 그 기분을 알겠어.

버드 생각이 났다. 그레이스는 마음을 다잡았다. 아직은 너무 큰 기대를 하지 말자. 하지만 어쨌든 진전이 있는 것 같았다. 그레이스는 외롭지 않을 터였다. 그녀를 사랑해줄 사람이, 그녀가 사랑할 수 있는 사람이 있었다. 어젯밤과 오늘 아침에 느꼈던 황홀한 기분이, 아침에 버드 옆에서 일어나 다시 사랑을 나누며 느낀 고양된 기분이 사그라들고, 빌리에 대한 걱정만 남았다.

그레이스에게는 전화를 걸 사람이, 남동생 로이가 있었다. 로이는 나름 괜찮은 녀석이었고, 앨비언에서 잠시 복무했다. 한동안 그레이스는 동생이 오는 게 싫었다. 로이는 버질만큼이나 호감 가는 녀석이었고, 그레이스는 그런 남자들과 가까이 있는 빌리가 걱정되었다. 그레이스의 인생은 평생 이런 남자들, 나름의 방식으로 괜찮은 남자들에게 둘러싸여 있었다. 경찰은 마리화나 한 꾸러미를 들고 숲에서 나오던 로이를 잡았다. 로이는 추수철이라 다른 사람을 도와주고 있었다고 주장했다. 한동안 로이는 전화 도청을 당했다. 이제 그는 휴스턴 외곽에 살았다. 물류 회사 운전사로 일하며 바르고 정직하게 살고 있고, 마약을 멀리하는 데 도움을 주는 연상의 여자 집으로 이사했다고 했다. 버질은 한 번도 그레이스의 남동생을 좋아한 적이 없었고, 로이 역시 절대 버질을 좋아하지 않았다. 둘이 똑같은 사람이었기 때문이다. 둘 다 상대방이 그레이스에게 부족하다고 생각했다. 그러나 로이와 버질은 겉으로 보면 똑같아도 속 깊은 곳은 완전히 달랐다. 버질은 돈이란 돈은 모두 술과 여자에 써버리고 나서야 자신에겐 들어가 살 수 있는 집을 가진 아내가, 자신을 돌봐줄 아내가 있다는 걸 기억해냈다. 하지만 적어도 그레이스는 결국 버질에게 맞섰다. 그 점에 대해 그레이스는 자부심이 들었다.

그레이스는 집안에 있고 싶지 않았다. 외투를 걸치고 뒤뜰에 나가 서서, 구불구불한 언덕들 너머로 저멀리 커다란 헛간을 바라보았다. 날이 청명하고 서늘하고 건조했다. 숨막히게 덥고 푹푹 찌는 여름 같지 않고, 아직 상쾌했다. 만약 버드 해리스에게 아들이 있었다면 그앤 지금 감옥에 있지 않았을 텐데. 빌리는 버드의 아들이

어야 했어. 버드는 진짜 아버지인 버질보다도 훨씬 잘 빌리를 보살펴줬지. 나한테 빚진 거 하나 없으면서도 날 도와줬어. 그래서 버드가 옆에 있어주는 걸 당연하게 생각했는지도 모르겠다고, 그레이스는 생각했다. 버질은 언제나 다른 여자들에게 눈길을 줬고, 여자들도 버질에게 관심을 가졌어. 난 버질을 잃을 거라는 두려움에 붙잡혀 살았지. 십오 년 동안이나. 그렇게 오랫동안 한 가지 생각에 사로잡힐 수 있다니 정말 놀라운 일이야.

이제 빌리는 감옥에 갔고, 버질은, 글쎄, 그 사람이 어디 있는지 누가 알겠어. 하지만 버드 해리스의 아들은 감옥에 가지 않았을 거야. 어떻게든 말이야. 사람들은 해리스가 사람을 죽였다고 했지만, 그레이스는 그 말을 믿은 적이 없었다. 사실일 리 없다고 정말로 굳게 믿었다. 마약중독자라고 사람들은 말했다. 하지만 그건 해리스가 일부러, 일하기 편해지니까 퍼지게 놔두는 소문일 뿐이었다. 해리스를 보면 그게 사실이 아니란 걸 알았다. 절대 사실일 수 없었다. 하지만 혹시라도 사실이라면? 그레이스는 자신이 왜 이런 것들을 고민하고 있나 생각했다. 해리스가 누굴 죽였다는 말이 사실일 가능성이 있는지 생각했다.

그녀는 몸이 떨려서 다시 안으로 들어와 텔레비전 앞에 앉았다. 채널을 끝까지 돌려봤지만 볼만한 게 하나도 없었다. 채널을 더 신청해야겠다고, 잊지 말고 신청하자고 다짐했다. 도움이 되지 않았다. 그 생각을 멈출 수 없었다. 처음엔 그럴 수 있겠다는 생각이 들었고, 곧이어 확실하다는 생각이 들었다. 버드 해리스는 그게 최선이라고 생각한다면 사람을 죽일 수 있었다. 베트남전에도 다녀왔으니까.

이 집에서 나가야 해, 그레이스는 생각했다. 해리스는 오늘밤에는 들르지 않겠다고, 신중히 해야 한다고 말했다. 그레이스는 낙관적인 마음을 먹어야 했다. 해리스의 말대로, 이제 시작이었다. 무슨 일이 벌어질지 전혀 예측할 수 없었다. 그리고 그레이스의 일부분은 실제로 낙관적이었다. 마음 한구석에서는 정말로 다 잘될 거라고 말하고 있었다. 금요일 밤이었고, 빌리가 반쯤 얼어붙은 채 깊게 베인 상처를 입고 돌아온 지 딱 일주일 되는 날이었다. 그레이스는 레고스에 가서 저녁을 먹을 생각이었다. 레이 파커와 레이의 아내인 로절린에게 전화했지만 아무도 받지 않았고, 그래서 대니 웰시에게 전화해보았으나 역시 받지 않았다. 그레이스는 두 쪽 모두에게 메시지를 남겼다—레고스로 간다고. 사람들 많은 곳으로 가는 게 옳은 것인지 알 수 없었지만 달리 어쩔 수가 없었다.

레고스는 붐볐다. 그러나 그레이스는 바 끝에서 빈자리를 하나 발견하고 그쪽으로 걸어갔다. 그레이스가 들어서자 잠시 정적이 깔리며 사람들이 그녀를 주목했다. 아주 찰나였지만 그레이스는 알아차렸다.

바텐더인 베시 시츠가 다가왔다.

"맥주랑 위스키지?"

"그냥 위스키만 줘요." 그레이스가 말했다.

베시가 술을 따랐다.

"요즘 버틸 만해?"

"괜찮아요."

"네겐 친구들이 있는 거 알지?" 베시는 술잔을 그레이스 쪽으로 민 뒤, 바 위로 몸을 숙이고 계속 말했다. "기억하는지 모르겠지만,

난 오래전에 아들을 잃었어. 내가 한시도 그 아이를 잊지 못하는 거 알아?"

"아들이 몇 살이었죠?"

"마흔여섯."

"젊었군요."

"시간이 정말 빨리 가. 투병하면서 일 년은 고생하다 죽었는데도 순식간에 벌어진 일인 것만 같다니까. 물론 그애가 열두 살부터 담배를 피우고 전쟁에도 나가긴 했어. 몸에 안 좋은 건 골라서 했지."

"이번 전쟁이요?"

"아니, 처음 거. 1991년도에 끝난 거."

"유감이에요." 그레이스가 말했다.

"그런 게 운명이지. 난 그렇게 생각해."

"숙녀분, 우리에게도 바 서비스를 좀 해줬으면 좋겠는데." 바 저쪽 끝에서 남자 한 명이 외쳤다. 그 사람은 농담을 하고 있었다. 남자가 그레이스에게 눈을 찡긋했다.

"원하면 팁을 내든가." 베시가 남자에게 되받아쳤다.

"당신 앞의 그 여자도 당신 정체를 알고 나면 팁을 줄일 텐데 뭘."

"아무렴, 당신은 여기서 총 5달러를 썼어. 한 시간에 1달러씩."

"가보셔도 돼요." 그레이스가 말했다.

"저치들은 엿이나 먹으라고 해." 베시가 말하고는 똑바로 일어나 고개를 저었다. "나보고 숙녀래. 저딴 헛소리를 믿어?"

＊

삼십 분이 흘렀지만 여전히 레이와 로절린은 나타나지 않았고, 바에 있던 여자 한 명이 그레이스와 눈을 마주치고 몇 번 웃어주었다. 머리를 금발로 염색한, 하워드 필의 아내였다. 하워드 필이 운영하는 필 서플라이는 탄광에 파이프와 튜브를 파는 회사였고, 마을에서 가장 큰 양대 고용주 중 하나였다. 여자는 그레이스보다 몇 살 어렸고, 자기 남편보다는 아마 스무 살쯤 어렸다. 꽉 끼는 검은 바지와 꽉 끼는 분홍색 상의를 입었고, 언제나 하이힐을 신었다. 그레이스는 여자의 이름을 기억하려고 애썼다. 버질이 누군가의 바비큐 파티에 갔다가 저 여자에게 추파 던지는 걸 본 적이 있어. 그러니 저 여자가 좋을 수 없지. 이름이 헤더였어. 현실적으로, 헤더 같은 여자가 버질 따위 때문에 위험을 무릅쓸 리는 전혀 없지. 그땐 그걸 인정하기 힘들었어. 바에서 남자 둘이 헤더가 한 말에 껄껄 웃고 있었지만 그레이스는 남자들이 정말 재미있어서 웃는 게 아니라는 걸 알았다.

그레이스가 술집에서 나가려고 용기를 내고 있는데 레이와 로절린이 들어왔다.

레이가 미안한 표정으로 웃으며 말했다. "늦어서 미안. 파이리츠 대 컵스의 경기가 있었어."

"정말 미안해. 이 멍청이 때문에 말이야." 로절린이 남편을 가리켰다. "내가 술 살게. 저쪽 테이블에 가서 앉을래?"

레이가 그레이스의 뺨에 키스하고 맞은편에 앉았다. "요즘 어떻게 지내, 공주님?"

"잘 지내는 거 같아." 그레이스가 말했다.

"음, 이해해."

그레이스는 술잔을 들여다보았다.

"내 말은 내가 공감한다는 거야, 그레이스. 그러니까…… 젠장." 레이가 고개를 흔들었다. "내가 말 잘 못하는 거 알지?"

"고마워, 레이." 그레이스가 레이의 손을 다독였다.

"누구 더 기다릴 사람 있어?"

"뭐 별로."

"나 때문에 늦어져서 미안." 레이 뒤로 누군가 다가왔고 그레이스는 고개를 들고 보았다. 금발로 염색한 그 여자였다.

"둘이 아는 사이야?" 레이가 물었다.

"열 번쯤 만났어요. 전 헤더라고 해요. 이쪽은 그레이스고요."

"기억하고 있어요." 그레이스가 말했다.

"여기 앉아도 되죠? 저 얼간이들에게서 빠져나오고 싶어서요."

레이가 손으로 의자를 가리켰을 때, 로절린이 와인 잔 세 개를 가지고 돌아왔다.

"아, 안녕하세요." 헤더가 인사했다.

"한 잔 더 가져와야겠네요." 로절린이 말했다.

"아, 아뇨. 전 누가 그만 마시라고 말려줬음 좋겠어요."

"레이, 엉덩이 번쩍 들고 일어나서 내가 음식 가져오는 거나 돕지 그래?"

레이가 로절린을 따라 바 쪽으로 갔다.

헤더는 그레이스를 보며 미소를 지어 보였다. "아들 일은 안됐어요. 유감이에요."

"고마워요."

"있잖아요. 혹시라도 도움이 필요하면……"

"괜찮아요."

"지금 심정 이해해요. 정말로요."

어색한 침묵이 흘렀고, 그레이스는 레이와 로절린이 간 쪽을 바라보았다. 둘은 바에서 다른 사람들과 이야기하느라 바빴다.

"당신과 하워드가 어떻게 만났는지 다시 이야기해줄래요?" 그레이스가 말했다.

"하워드가 절 비서로 고용했어요. 뉴마턴즈빌에서 바를 관리하고 있었는데 하워드가 들어와 새 일자리를 제안했죠. 굉장히 속 빠른 제안이었지만, 그래도 음……" 헤더는 어깨를 으쓱했다. "전 그러자고 했어요."

"고향이 그립지 않아요?"

"하, 아뇨. 하워드는 제 이를 손보는 데만 1만 달러를 썼어요. 보이죠?" 헤더가 씩 웃었다. "뻐드렁니였어요. 제 옛날 모습을 봤어야 하는데."

"전혀 안 그래 보이는데요."

"슬프지만 사실이에요. 그리고……"

그레이스는 헤더를 보았다.

"당신 아들 일이 유감이란 건 진심이에요. 전 늘 우리가 뭔가 통한다고 느꼈기 때문에 요전에 당신 아들 얘기가 나온 신문을 보고 굉장히 슬펐어요."

"그 일은 아직 끝나지 않았어요. 실은 이제 시작이죠."

"지금은 그 일에 대해 생각하고 싶지도 않겠네요."

"맞아요."

"전 미안하단 말을 입에 달고 살아요. 그게 제 특기예요." 헤더가 말했다.

"마니코티*가 나왔어. 모두 나눠 먹을 수 있어." 레이가 말했다.

"음식이 어떻게 그렇게 빨리 나왔어?"

"오면서 전화로 주문했거든."

"속이 울렁거려서 보는 것조차 버겁네요. 화장실 좀 다녀올게요." 헤더가 말했다.

로절린은 헤더가 자기 말을 들을 수 없을 만큼 멀어진 걸 확인한 후 그레이스 쪽으로 몸을 숙였다. "저 여자가 사는 엄청난 집을 봐야 해. 가구란 가구는 몽땅 다 까만색이라니까. 커다란 운동실이 있고 벽마다 그림이 붙어 있어."

레이가 말했다. "지적 장애인이 그린 그림 같은 거 말하는 거야?"

그레이스가 눈을 굴렸다.

"농담 아니야." 레이가 말했다. "꼭 눈을 감고 그린 것 같다니까. 그딴 그림들이 어찌나 비싼지."

"꼭 아는 것처럼 말하네." 로절린이 그레이스에게 몸을 돌리고 말했다. "저 여자 말로는 그 그림들을 사는 데 20만 달러를 썼대. 작년에만 가격이 두 배로 뛰었다더라고."

레이가 코웃음을 쳤다.

헤더가 코를 훌쩍이며 돌아왔다. 그녀는 자리에 앉지 않았다. "미안해요. 저 정말 가봐야겠어요."

---

* 파스타의 일종.

"다시 만나 반가웠어요." 그레이스가 말했다.

"저도요." 헤더는 그레이스의 어깨를 꽉 쥐었다가 놓고는 8센티미터 하이힐 때문에 약간 비틀거리며 나갔다. 바에 앉은 남자들이 헤더의 꽉 끼는 바지에서 눈을 떼지 못했고, 헤더 뒤로 문이 쾅 닫혔다.

"부자 남편이 부르나보네." 문이 닫히자 바에서 누군가가 말했다. 몇 명이 킬킬거렸다.

레이가 자기 코를 톡톡 치며 말했다. "내가 들은 바로는 여기에만 일 년에 3만 달러씩 처박는다더라."

그레이스는 레이가 가볍게 던진 잔인한 말에 놀랐다. 그러나 곧 자신도 같은 마음이었다는 점에 죄책감을 느꼈다.

"어쨌거나……" 로절린이 말했다.

출입구가 다시 쾅 열리더니 헤더가 도로 들어와 아까 앉았던 테이블로 왔다. 그러고는 그레이스에게 몸을 숙였다. "뭐든 필요하면 꼭 얘기해줘요." 헤더는 그레이스의 손에 쪽지를 쥐여주었다. "혹시 모르잖아요, 뭐든, 전화해요." 헤더는 모든 사람이 자신을 응시하는 걸 느꼈고, 그레이스가 뭐라고 반응하기도 전에 재빨리 바에서 나갔다.

"왜 다시 온 거야?" 헤더가 다시 나가자 로절린이 말했다.

"그레이스의 인기는 식지를 않는다니까. 특히 저런 여자들……"

"그만하면 됐어." 로절린이 말하고는 남편의 어깨를 세게 쳤다. "당신 오늘 대체 왜 그래?"

"내 입이 마니코티를 달라고 성화야." 레이가 마니코티를 듬뿍 떠서 자기 앞접시에 올리며 말했다. "그냥 배가 고파서 그래, 그게 다야, 당이 떨어져서."

"한동안 곁에 있어주지 못해서 미안해." 로절린이 말했다. "그동안 힘들었지?"

"버틸 만했어." 그레이스가 말했다. "아직은 낙관적이야."

"일이 잘 풀릴 거라고 정말 그렇게 생각하는구나." 레이가 말했다.

"응." 그레이스가 말했다. "그럭저럭."

3. 포

포는 침대에 누워 교도관을 어떻게 해야 할지, 변호사가 온다는데, 변호사가 오면 뭐라고 해야 할지 따위를 생각하고 있었다. 그때 감방 문이 철컹 열리고, 젊은 재소자 하나가 교도관의 호송을 받으며 나타났다. 연갈색 머리칼에 스무 살 정도였고 시골뜨기처럼 보였으며, 여섯 달이나 지하 독방에 있었는데도 코 주위에 아직 주근깨가 남아 있었다. 포보다 키가 많이 작고 마른데다 여자애처럼 예쁘장한 인상이었지만, 팔에는 다른 재소자들처럼 문신이 가득했다. 한쪽 팔에는 초록색 클로버가 유독 두드러졌고, 다른 팔에는 AB라고 쓰여 있었으며, 양쪽 팔꿈치 주변에는 거미줄이 그려져 있었다. 교도관이 감방 문을 닫고 아래층으로 내려갔다.

포는 침대에서 일어나 앉았다.

"난 터커야." 감방 동료가 말했다. "네 얘기 들었어."

포가 자기를 소개했고, 둘은 주먹을 살짝 맞부딪쳤다.

"네가 피셔 그 쓰레기를 내일 손봐줄 거라던데."

포는 아무 말도 하지 않았다.

"어떻게 손볼지 방법은 생각해놨어?"

"응, 그런데 솔직히 말해서, 정말 그래야 할지 잘 모르겠어."

터커가 무슨 소리냐는 표정을 지었다.

"난 아직 재판을 기다리는 중이거든."

"허, 걔들한테도 말했어? 난 네가 이미 형이 확정되었다고 들었어."

포는 어깨를 으쓱했다.

터커가 말했다. "감방에 들어온 지 얼마 안 됐다는 거 알아. 하지만 여기 놈들은 네가 만만히 볼 놈들이 아니야. 시키는 대로 하는 게 신상에 좋을 거야. 원하면 나도 따라가서 망을 봐줄게. 하지만 그 자식을 때려눕히는 건 꼭 네가 해야 해."

"난 여기서 나가고 싶어." 포가 말했다.

"허, 넌 못 나가. 만일 우리가 이런 얘기 하는 걸 그놈들이 듣기라도 하면 넌 좆나게 아작이 날 거야. 래리와 드웨인이 받은 종신형을 합치면 여섯 개나 된다고."

"난 클로비스가 더 걱정돼."

"클로비스는 그냥 싸움꾼일 뿐이야. 클로비스 따윈 개나 처먹으라 그래."

"모르겠다." 포가 말했다.

"충고하는데 약속을 했으면 지켜. 지금 이 좆같은 대화는 잊어버려줄게. 놈들 방식을 아니까. 놈들은 네 놈 목에 찔러넣은 칼 끝으로 나를 찌를 거야."

"상관없어."

"하지 않을 거면," 터커가 말했다. "그냥 존나 목매달고 죽어버려. 여긴 친구 없는 어린 백인 놈이 돌아다니기엔 무서운 곳이니까."

포는 다시 천장만 쏘아보았고, 터커는 자신의 침대 밑에서 사물함을 꺼내 물건을 정리하기 시작했다.

"내 물건 만졌어?"

"본 적도 없어. 교도관들이 오늘 가져왔을걸."

"네가 손가락만 대도 알 수 있어."

"걱정 마." 포가 말했다.

그날 밤 모든 불이 꺼지자 누가 창살을 톡톡 쳤고, 포는 잠에서 깼다. 밖을 보니 교도관 한 명이 서 있었다. 그녀는 감방동을 위아래로 살피고는 바지 단추를 풀고 음모를 보여주었다. 아래쪽 침대에서 바스락거리는 소리가 들렸다. 저 변태 새끼가 자위를 하고 있네, 포는 생각했다. 저 뚱뚱한 교도관을 보면서 말이야. 그리고 잠시 교도관을 바라보았다. 다른 것보다도 호기심 때문이었다. 그러고는 도로 침대에 누워 모든 게 끝나기를 기다렸다.

잠시 후 말소리가 들렸다. "다시는 저 여자 보지 마. 난 씨발 여섯 달이나 독방에 처박혀 있었고, 저년을 부르려고 돈도 줬단 말이야."

"안 봤어." 포가 말했다.

"네가 보는 소리 들었어. 네가 보고 있었단 거 알아."

"난 네 친구한테 관심 없어." 포가 말했다. "무슨 일이 벌어지고 있는지도 몰랐어."

터커는 무어라 투덜거릴 뿐 더는 아무 말도 하지 않았다. 포는 다시 자려 했지만 교도관 생각밖에 나지 않았다. 어쩌면 함정인지도 몰랐다. 교도관 하나를 상대로 자위를 하면서 내게는 다른 교도관을 때려눕히라고 하고 있어. 포는 이해할 수 없었다. 혹시 지방검사의 명령으로 자기를 더 궁지에 몰려고 그러는 건 아닌가 의심이 들었다. 하지만 지방검사는 여기서 무슨 일이 벌어지는지 전혀 모를 것이다. 아마 아무도 모를 것이다. 안다면 허락할 리가 없었다. 여기는 매일 검투사가 되는 곳이었다. 로마제국시대였다. 다만 포가 여기로 보내진 건 의도적이었을지도 모른다. 그들은 한쪽으로는 법이 지켜지길 바라면서 내가 샤워장에서 강간을 당하든 다이얼 자물쇠에 머리통이 깨지든 신경쓰지 않았다. 사실 법 같은 건 없었다. 오직 사람들이 죄수들에게 하고 싶어하는 일만 있었다.

한동안 포는 가만히 누워 있었고, 공포인지 분노인지 모를 감정에 몸을 떨었다. 포는 생각했다. 그 교도관을 때려눕히지 않으면 백인이건 흑인이건 모든 죄수들이 날 괴롭힐 거야. 교도관은 내가 어찌되든 관심도 없을 테고. 만일 내가 그 교도관을 치면, 교도관들과 흑인들이 날 괴롭힐 거야. 뒷거래를 한 몇몇 교도관들만 빼고. 보이지 않는 거미줄이었다. 모든 곳에서 거래가 이루어졌다. 오직 포만 빼고.

포는 그 점에 대해 좀더 생각해보았고, 뭐든 한 대 치고 싶어졌다. 그는 손바닥으로 벽을 꽝 쳤다. 침대가 흔들렸지만 벽은 꿈쩍도 안 했다. 터커가 아래에서 포의 매트리스를 주먹으로 쳤다. 포는 아래에 있는 터커를 무시하기로 했다. 하지만 방금 주먹에 맞은 것도 사실이었다. 그러나 아무도 그 광경을 보지 못했으니 그냥 참고 넘길 것이었다.

　포는 아이작이 바로 앞에 있었으면 했다. 아이작을 두들겨 패고 싶었다. 포가 한 일이라고는 목이 베여 상처를 입고 하마터면 불알을 뽑힐 뻔한 게 전부였다. 대가는 이미 충분히 치렀다. 포는 뭐든 자기가 한 짓이 있다면 이미 그날 밤 다 대가를 치렀다. 하지만 아이작은 전혀, 털끝만큼도 책임지지 않았다.

　밖에서 언제나와 같은 소음이 들렸다. 평소처럼 의미 없는 고함과 음악 소리였다. 아래에선 감방 동료가 편한 자세를 찾으려고 매트리스에서 몸을 이리저리 뒤척였다. 아이작이었다면 살육당했을 것이다. 몸무게가 50킬로그램밖에 안 되는 아이작은 이 사람들에겐 한입거리밖에 안 되고, 그래서 아이작이 아니라 포가 여기 와 있는 거였다. 포는 올바른 행동을 하고 있었다. 영웅이었다. 포는 사람들이 자신을 보고 있는 것처럼 행동할 것이다―그러면 계속 바르게 생각하고 행동할 수 있을 테니까. 그게 비결이었다. 남들이 보고 있다고 상상하는 것. 경기에서와 똑같았다. 자신을 거꾸러뜨리고 싶어하는 여러 거구의 선수들 앞에서 어떻게 할지는 자기 몫이었다. 늑대가 될 것이냐, 양이 될 것이냐. 선택하지 않으면 선택을 당하게 된다. 사냥할 것인지 사냥당할 것인지, 먹을 것인지, 먹힐 것인지, 누구나 아는 오랜 법칙이었다.

　하지만 이번 경우에는 꼭 그렇다고 할 수 없었다. 순수하고 고결한 마음에서 나온 행동만은 아니었다. 간단히 말해서, 이곳은 결국 포가 왔을 곳이었다. 그럴 능력이 있는 자도 있고 없는 자도 있지만, 포에게는 자신을 아는 능력이 있었다. 가장 빛나던 시절에도 포는 알았다. 언젠가 사람들에게 들키고 말리라는 것을. 이 운명의 총알을 절대 피할 수 없다는 것을. 포의 어머니는 희망을 품었지만, 포는 알고 있었다. 자신의 내면이 문제라는 것을. 이제 그는 운이 다했고, 정해진 운명대로 가고 있었다. 과거를 돌이켜볼 때, 그 전까지는 운이 좋은 편이었다.

포는 그 교도관을 때려눕힐 것이다. 그 누구라도 때려눕힐 것이다. 피할 수 없는 경기에 임하듯 덤빌 것이다. 일찍 복도로 나갈 것이다. 땅에 쓰러진 교도관의 모습을 머릿속으로 그려보았다. 포는 얼굴을 들키지 않게 등뒤에서 교도관을 칠 것이었다. 여기서 중요한 건 포의 행동, 남들이 보는 포의 행동이었다. 그날 아침 식당에서는 몰랐지만, 이젠 알았다. 포는 곧이어 생각했다. 아니야. 그는 그렇게 할 수 없었다. 교도관을 때릴 수 없었다. 다시 다리가 후들후들 떨리고 오줌이 마려웠다. 포는 침대에서 내려가 세면대 물을 틀고 얼굴을 씻었다.

터커가 하는 말이 들렸다. "너 때문에 잠 깼잖아. 한번 올라가면 밤새도록 거기 있으라고."

"나도 네가 자위하는 바람에 깼어. 그래놓고 나한테 오줌을 언제 뉘라 마라 하는 거야?"

"맞는 말이네." 터커가 말했다. "나도 아무 말 안 할게."

"떠들고 싶은 만큼 떠들어. 네가 뭐라든 좆도 신경 안 쓰니까." 포가 말했다.

포가 침대로 돌아가려는데 터커가 무게중심을 바꾸는 소리가 들렸다. 포는 재빨리 몸을 돌려서, 일어나려던 터커의 얼굴을 쳤다. 그는 주먹에 맞고 침대로 자빠졌지만, 금세 몸을 튕기며 일어나는 것 같았고 어느새 포의 몸 위에 올라타 있었다. 몸이 아주 잽쌌다.

둘은 그런 식으로 서로 목을 조르면서 벽과 침대 사이의 좁은 공간을 구르고 으르렁거렸다. 지루한 싸움이었고, 서로 우위에 서려는, 주도권을 쥐려는 겨루기였다. 그러나 포가 훨씬 강했다. 포가 주먹을 몇 번 먹였고, 곧 양손으로 터커의 머리를 잡은 뒤 바닥에 대고 쳤다.

그때 포는 터커가 주먹질을 멈추었고 불빛이 다가오고 있다는 걸 깨달았다. 이미 밖에 교도관들이 와 있었다. 두 손을 들어올렸지만 교도관들은 포에게 최루 스프레이를 뿌린 다음 몽둥이로 그의 등과 다리를 마구 쳤다. 몽둥이로 맞는 것은 주먹으로 맞는 것과 달랐다. 몽둥이에 맞을 때마다 몸에 손상이 가는 게 느껴졌다. 포가 팔로 몸을 가렸고 마침내 교도관들이 몽둥이질을 멈췄다. 앞이 보이지 않았고, 눈이 불타는 듯 아팠다. 포는 물을 달라고 외쳤다. 그는 순순히 수갑을 찼고 일으켜져서 복도로 끌려갔다. 다른 수감자들이 뭐라 외쳐댔고, 다들 잠에서 깨어 지켜보고 있었다. 포는 눈이 안 보였고, 숨이 막혔고, 울고 있었다. 온몸이 축축했고, 그게 물 때문인지 침 때문인지 눈물 때문인지 피 때문인지 알 수 없었다. 그는 발을 헛디뎌 누군가에게 부딪쳤다. 교도관이었다. 교도관들은 포가 도망가려 한다고 생각하고 다시 그를 두들겨 패기 시작했고 포는 쓰러졌다. 그들은 다시 포를 끌고 갔다. 굉장히 여러 명이 동원된 게 분명했다. 그들은 포를 끌고 계단을 내려갔고, 포는 시멘트에 머리를 부딪히지 않으려고 고개를 들었다. 교도관들이 포의 얼굴에 물 한 양동이를 쏟아붓자, 눈이 한결 나아지는 것을 느꼈다. 교도관들이 그를 들어올려서 무언가의 위로 몸을 숙이게 했다. 드디어 올 곳에 왔군, 여기가 내가 최후를 맞을 장소야,

포는 생각했다. 하지만 물이 포의 얼굴에 다시 쏟아졌다. 호스였고, 물은 포의 눈에 정통으로 뿜어졌다. 몸을 숙인 곳은 그냥 세면대였다. 교도관들이 포의 얼굴을 씻기고 있었다. 포는 감옥의 다른 곳으로 끌려갔다. 지하였다. 먼저 있던 곳과 크기가 같지만 침대가 하나란 점만 달랐다. 포는 얇은 매트리스 위에 등을 대고 누웠고, 더이상 눈이 불타는 듯 아프지 않다는 점에 안도했다.

교도관 한 명이 아직 거기 있는 소리가 들렸다. 포는 교도관이 담배에 불을 붙이는 소리를 들었고, 담배 냄새를 맡았다.

"돈 있어?" 교도관이 물었다.

"아니요." 포는 대답했다. 최루 스프레이 때문에 아직도 콧물이 줄줄 흘렀다. 포는 바닥에 코를 풀려고 일어나 앉았다.

"전화 걸 사람은 있을 거 아냐."

"별로요."

"흠." 교도관이 말했다. 그러고는 뭔가를 생각하는 듯했다. 그는 포에게 담배꽁초를 내밀었고, 포는 침대에서 일어나 받았다.

"네가 그 이유를 알 수도 있고 모를 수도 있겠지만," 교도관이 말했다. "네가 그 백인 개새끼를 패줘서 우린 모두 기쁘게 생각해. 하지만 네 입장에서 본다면, 지독한 바보짓이었어. 넌 네가 한 짓에 대가를 치러야만 할 거야."

4. 해리스

해리스는 당연히 오늘밤 그레이스를 만나고 싶었지만, 내면의 평정심이 지금은 기다리는 게 나을 거라고 말했다. 조금만 천천히 하자. 집까지 절반쯤 왔을 때, 밤새 개와 함께 집에 있는 건 참기 힘들 만큼 외로울 거라는 생각이 들었다. 해리스는 차를 세우고 휴대전화 주소록을 뒤져 라일리 코일의 번호를 찾아냈다.

"늘 만나는 친구 놈들하고 뭉칠 거야. 합류하고 싶으면 데드 엔드로 와." 라일리가 말했다.

해리스는 집으로 가서 제복을 다른 옷으로 갈아입은 뒤 다시 마을로 향했다. 물론 이유의 반 정도는, 아니, 반은 아니고 아마도 그보다 좀 적게 한 20퍼센트 정도는 술을 몇 잔 하고 나면 그레이스에게 전화할 수 있을 것이기 때문이었다. 그레이스가 전화를 받으면, 그때는……

데드 엔드는 제강소가 닫힌 뒤에도 계속 영업을 해온 몇 안 되는 술집 중 하나였고, 제강소가 문을 열기 전부터 한 번도 청소를 해본 적이 없다는 농담이 있는 곳이었다. 길쭉하게 생긴 이 술집은 나무로 된 벽널을 댔고, 어두침침하고 아늑했으며, 뒤쪽 덱으로 나가면 강이 내다보였다. 라일리와 체스터와 프랭크는 제강소가 문을 닫기 전에 그곳에서 함께 일했다. 결국 프랭크는 어빈에 있는 유에스 스틸에 다시 취직했고, 라일리는 작은 기계 공장을 열었으며, 체스터는 경영학 석사학위를 땄다. 이제 체스터는 조금 다른 부류의 사람들과 일했고, 제약 회사의 컨설팅 일을 했다. 해리스가 바에 도착하니 그 세 명은 탁자에 앉아 술집 주인의 아내와 시시덕거리고 있었다.

"어이."

"우리 경찰 나리께서 오셨네." 라일리가 말했다. 라일리는 술집 주인의 아내에게 몸을 돌렸다. 그레이스와 나이가 비슷한, 머리칼이 흑갈색인 예쁜 여자였다. 여자는 해리스가 도착하자 눈에 띄게 표정이 굳었다. "해리스가 목마르다는데."

"난 괜찮아." 해리스가 말했다.

"해리스가 목마르대." 라일리가 고집을 부렸다. 여자는 해리스에게 미소를 짓고 카운터로 돌아갔다. 이런 여자가 이곳 주인인 팻 스탠과 결혼했다니 믿기 어려웠다. 밸리에 고를 수 있는 남자가 별로 없는 게 분명했다. 아무렴, 해리스는 생각했다. 나만 해도 그렇잖아. 그레이스 같은 여자가…… 해리스는 자리에 앉기로 했다.

"다들 잘 지내고 있어?"

"잘 지내." 프랭크가 말했다. "내 인생 최고의 시기야."

"프랭키한테 막 새 장난감이 생겼어. 아내만 허락했으면 여기까지 몰고 왔을걸." 체스터가 말했다.

"결국 코르벳을 샀구나?"

"아니," 프랭크가 대답했다. "그냥 사륜 바이크야. 660야마하. 하지만 사륜구동에 오토매틱이고, 제설기에 크랭크까지, 완전히 작품이야. 뒤에 매다는 카트도 있어."

"분명 네 트럭보다 훨씬 비쌀 거야." 라일리가 끼어들었다.

"내 트럭보다 비싼 스케이트보드도 있는데 뭐." 해리스가 말했다. 그러고는 프랭크를 향해 고개를 까딱여 보였다. "회사에선 잘해줘?"

"응. 이익배분제를 시작했고, 주식이 100퍼센트 올랐어. 사실, 얼마 전에 베니 가닉의 아들을 채용했어."

"그애는 컴퓨터 프로그래머인 줄 알았는데."

"그런 직업은 다 인도로 갔잖아." 라일리가 말했다. "그 녀석은 자기 아버지처럼 해고되지 않으려고 대학에 다녀. 하지만……"

해리스는 고개를 흔들었다.

"이런 이야기를 들으면 기분이 좋아지지." 프랭크가 말했다. "아주 냉소적인 의미에서 말이야. 이십 년 전에 그런 사람들은 우리를 그다지 동정해주지 않았어. 난 그 염병할 놈들이 줄줄이 텔레비전에 나와서 대학에 안 간 우리 잘못이라고 말하던 걸 기억해."

"베니 가닉의 아들은 별로 기분이 좋지 않겠네."

"초임으로 시간당 19달러 60센트를 주기로 했어. 적어도 그 녀석은 우리처럼 집을 잃지는 않을 거야." 프랭크가 말했다.

술집 주인의 아내가 음료수가 담긴 쟁반을 들고 다시 나타났다. "팻 스탠이 사는 거예요. 공짜라고요." 바 저쪽에서 팻 스탠이 손을 흔들었고, 해리스도 손을 흔들어 답했다. 팻 스탠의 아내는 사람들 앞에 맥주 한 잔과 위스키 한 잔씩을 놓아주었다. 그러나 해리스에게는 아주 잠깐 눈길을 주었을 뿐이었다. "알게 되어 반갑네요, 보안관님."

"전 그냥 경찰입니다. 지금은 비번이고요." 해리스가 말했다.

"흠, 어쨌든 만나서 반가워요." 여자는 웃었지만 재빨리 돌아가버렸다.

"보안관님," 라일리가 말했다. "그 수갑을 제 손에 채우실 건 아니죠? 제가 그렇게 나쁜……"

해리스는 위스키 잔을 들여다보며 기억해내려 애썼다. 자기가 저 여자를 체포한 적이 있던가? 어쩌면 남동생이나 누군가를 체포했을지도 모른다. 혹은 아버지이거나 남자친구이거나. 사실 누구든 가능했다. 경찰 주변에만 있어도 긴장하는 사람들이 있긴 했다.

"그거 마실 거면 조심해. 저쪽에 앉아 있는 팻 스탠이 빚 수금하는 걸 도와달라고 할지도 모르니."

"아니면 지하실에서 뭘 기르고 있거나."

해리스가 술을 홀짝였다. "내가 비싼 몸이란 것 정도는 알겠지."

"품질이 좋으면 값도 비싼 법이야."

"아내를 보면 알잖아."

"들리는 소문으로는 아내도 통신판매로 샀다지 아마."

"설마. 진짜야?" 여자의 머리칼이 검었지만 해리스는 악센트를 전혀 느끼지 못했다. 여자는 동부 유럽 사람일지도 몰랐다. 하지만 밸리 사람들 중 반은 동부 유럽 출신이었다.

라일리가 웃음을 터뜨렸다.

"저 여자는 빌어먹을 유니언타운 출신이야." 체스터가 말했다. "거기 있는 팻 스탠 가게에서 춤을 추곤 했다는군."

"말이 나와서 말인데, 네 애인은 어떻게 되어가, 경찰 나리?" 라일리가 말했다.

"누구?"

"그레이스 포. 이제 그냥 그레이스가 되었을지도 모르겠군."

"몰라," 해리스가 말했다. "오래전에 흐지부지 끝났어."

몇 초간 침묵이 흘렀고 남자 넷은 모두 다른 방향을 바라보았다.

체스터는 두 손에 잔을 쥐고 천천히 돌렸다. "음, 그레이스의 아들 일에 대해 우리가 모두 안타까워한다는 건 너도 알겠지."

"장화라도 신어야 할 거야. 헛소리가 억수같이 쏟아질 테니까."

"일 분만이라도 진지해져봐, 라일리." 프랭크가 말했다.

"난 진지해. 만일 모든 남자아이들을 놀이터에서 끌어내 파란 제복을 주고 M16을 갖고 있게 했다면, 우리 사회에선 금세 범죄가 없어졌을 거야. 돈을 쓰려면 아랍 국가들에게 낭비하지 말고 바로 이 땅에 써야 한다고."

"무슨 소리를 하는 거야." 체스터가 말했다.

"어느 방향으로든 세 블록만 걸어가면 온갖 마약을 다 살 수 있어. 그게 내 말의 요지야. 우리 경찰 나리에겐 유감 없어. 이곳을 통제하려면 삼백 명 정도는 필요할 거야. 그러니 여기서 자라는 아이들이 멍청이 같은 짓을 안 하리라고 어떻게 기대할 수 있겠어?"

"아직 그 정도는 아니야. 그렇게 무정부 상태는 아니라고, 안 그래, 버드?" 체스터가 말했다.

"아니지. 아주 거리가 멀어." 해리스가 말했다.

"글쎄, 말 그대로 살인을 저지르고도 그냥 빠져나갈 수 있다면 그게 무슨 뜻일지 이러쿵저러쿵 말들이 많다고."

"무슨 말인지 모르겠군." 하지만 해리스는 속으로 재킷에 대해 생각하고 있었다.

"소문이 무성하다못해 하늘을 찌를 지경이라는 게 체스터가 하는 말의 요지야."

"분명히 말해두는데, 난 전혀 안 믿어, 버드." 라일리가 말했다.

"여긴 아직 희망이 있어. 단지 법은 집행되어야 하고, 사람들은 범죄율이 너무 높아지는 것에 대해 걱정하고 있고, 아무도 여기로 이사오고 싶어하지 않고, 사업체를 유치하기는 힘들고, 뭐 그렇다는 거야."

"체스터," 라일리가 말했다. "네가 말하는 그런 유의 레이더에 그 아이는 점으로도 안 찍혀. 그 아이가 정말 그놈을 죽였고 그게 정당방위 따위가 아니었다 해도, 죽은 놈은 빌어먹을 부랑자였어. 내 픽업트럭에서 지붕을 떼어 간 바로 그 자식이었을 거라고."

"그건 잘 모르겠다." 체스터가 말했다.

"음, 작년만 해도 이 근처에 작은 공장들이 열 개, 열다섯 개나 문을 닫았다는 거 알잖아. 내 말은, 세븐스프링스에 있는 네 집에선 그 냄새를 맡을 수 없을지 몰라도, 그건 엄연히 일어나고 있는 일이라는 거야. 우리 시대가 엄청난 대학살의 시기였을지는 모르지만, 지금도 그때의 생존자들에게 총알이 쏟아지고 있어. 그로 인한 여파가 있을 거고. 우리 때 그랬듯이 말이야. 애 하나쯤 벌줘봤자 아무에게도 도움이 되지 않아."

"정부 보조 주택에 사는 사람들만 빼면 여긴 아직 살기 좋은 곳이야." 체스터가 말했다.

"나 술 좀 줘." 라일리가 말했다.

해리스는 손대지 않은 자기 맥주를 라일리 쪽으로 밀어주었다.

"있잖아, 버드, 네가 작년에 빌리를 훈방 조치했을 때, 우리 모두 는 그게 잘한 일이라고 생각했어."

"하지만 지금은," 프랭크가 말했다. "어떤 사람들 관점에서 보 면, 내가 그렇다는 건 아니고 어떤 사람들의 관점에서 보면, 그때 빌리 포를 감옥에 가뒀어야 했다는 거야. 그럼 이런 일도 없었을 거라는 얘기지."

"거기서 무슨 일이 있었는지는 아무도 몰라." 해리스가 말했다. "아는 사람은 아무도 없다고."

"흠, 그 녀석이 입을 꼭 다물고 있다는 얘기는 다들 들었어. 말을 안 하는 게 똑똑한 행동일 수는 있지만, 그렇다고 무죄가 되는 건 아니지."

"나랑은 전혀 상관없는 얘기야."

라일리는 해리스의 맥주를 반쯤 마신 상태였다. 팻 스탠과 그의 아내가 바에서 이쪽을 보고 있었다. 해리스는 자기들 이야기가 스 탠 부부에게 얼마나 들릴지 궁금했다.

"저 밖에는 네가 상관있기를 바라는 사람들도 있어." 체스터가 말했다. "네가 아직도 빌리 포의 일에 이리저리 간섭하고 다닌다는 말을 들으면 그 사람들은 똥구덩이를 구르는 돼지들보다 더 행복 해할 거야."

"맞는 말이야."

"그 녀석이 애초부터 싹이 누렜는데 지금까지 잡혀들어가지 않은 이유가 너라고 생각하는 사람들도 있어."

해리스는 자세를 바꿔 앉았다. 귀가 화끈거렸다. 무슨 좋은 말을 들을 거라고 생각한 것도 아니잖아, 해리스는 생각했다. 알게 되어 차라리 다행이네.

"정신 바짝 차려." 체스터가 말했다. "우리가 너한테 하고 싶은 말은 이게 다야."

"그래, 맞아." 라일리가 말했다. 그는 해리스를 흘끗 보았다. "듣자 하니 사람들이 너를 컨코와 함께 십자가에 매달고 싶어하더군." 라일리는 맥주를 단숨에 쭉 비운 뒤 말을 이었다. "평생을 봉사한 대가가 그거라고 생각하는 거지."

"누가 그래?" 해리스가 말했다. "아냐, 대답할 필요 없어."

"많은 사람들이 그래, 버드."

라일리가 능글맞게 웃었다. "그렇게 많지는 않아. 필 서플라이를 운영하는 하워드 필, 토니 디피에트로. 그리고 조이 로스킨스도 있군. 기본적으로 코카인을 흡입하고 서로 아내를 바꿔서 자는 상공 회의소 인간들 전부지."

체스터가 라일리를 잠시 보았다.

"개 같은 놈들." 라일리가 말했다.

"그 사람들뿐이 아냐."

"친구." 라일리가 해리스 쪽으로 몸을 숙였다. "이건 확실한 사실인데, 하워드 필은 클레어턴 출신의 어떤 녀석에게서 일주일에 한 번씩 마약을 공급받아. 곤경에 빠질 경우 그걸 비장의 무기로 삼으라고."

체스터의 얼굴이 심하게 굳었고, 해리스는 점점 더 기분이 나빠졌다. 일 년 전에 그는 음주운전을 하다 걸린 하워드 필을 놓아주면서, 그의 아내를 불러 운전을 하도록 조치했다. 해리스는 그 일로 하워드 필이 자신을 오해하게 된 거라고 생각했다. 그렇게 돌려보내며 왠지 실수 같다는 생각을 했지만, 당시에는 이유를 몰랐다. 아니, 이런 생각 자체가 잘못이야, 해리스는 생각했다. 글렌 퍼타키와 다시 이야기해봐야 할지 고민이 되었다. 어딘가 조용한 곳에 가서 생각해보고 싶었다.

라일리가 끼어들었다. "네 속셈이 뭔지 난 알아, 체스터. 난 그 자식이 무섭지 않고, 그러니 네가 누구에게 말하든 상관 안 해."

"진정해." 해리스가 달랬다.

"살인은 심각한 죄야." 프랭크가 차분하게 말했다. "그건 누구도 부정할 수 없어."

"상황에 따라 다르지." 라일리가 다시 대화에 끼며 말했다.

"사람들은 또다시 피를 볼 때가 온 건지 걱정하고 있어."

"글쎄," 해리스가 말했다. "그 걱정이 맞을지도 모르지."

5. 아이작

앞에 월마트의 불빛과 간판들이 보였다. 아이작은 아주 느리게 걷고 있었다. 주차장을 가로지르는 데만도 시간이 한없이 걸렸다. 월마트에 들어가 문간에 서자 따뜻한 공기가 훅 끼쳤고, 그는 안내원이 더 들어오라고 손짓할 때까지 서 있었다. 구세군 직원을 하면 어울릴 것 같은 사람. 날 위아래로 훑어보는군. 곧 보안요원을 부르겠어.

안이 참 밝다. 아이작은 생각했다. 난 그냥 좀 자고 싶어. 조용한 구석 자리를 찾자. 아니야, 먼저 먹어야 해. 먹기 전에는 나가지 말자. 타코벨이 바로 저기 있고, 피자헛도 있어. 2달러를 쓸 수 있어. 아이작은 타코벨에서 주문하려고 줄을 선 사람들 쪽으로 걸어가 위쪽에 걸린 메뉴를 보았다. 칼로리가 가장 높은 게 뭘까? 두 가지 콩이 든 부리토와 타코. 균형 잡힌 식사야. 내 몸은 신전이고.

음식이 나오자 아이작은 물 한 잔을 가져와 자리에 앉은 후 천천히 먹었다. 너무 지쳐서 먹기가 힘들었다. 잠깐만 쉬었다 먹자. 아니야, 이미 머리가 맑아지고 있어. 물속에서 올라오는 느낌이야. 혈당이 오르고 있어. 눈을 감고 잠깐만 쉬자.

"이봐요? 젊은이?"

아이작은 눈을 떴다. 한 노부인이 옆 테이블에서 아이작을 보고 있었다.

"잠이 들었길래요." 노부인이 말했다.

아이작은 고개를 끄덕였다. 좋아 일어나. 이 노부인을 봐. 만족스러운 얼굴로 마치 자기가 나를 구했다는 듯 행동하잖아. 다른 쉴 곳을 찾아봐. 아니, 그건 현실적인 대안이 아니야. 가게는 결국 문을 닫을 거고, 그럼 처음부터 다시 시작해야 해. 노숙자 쉼터를 찾자, 아이작은 생각했다. 하지만 그들은 제일 먼저 거기로 가서 날 찾을 거야. 중죄를 지은 부랑자. 빨리 마을을 떠나는 게 상식적이야. 그렇지만 난 외투도 없고 여기가 어딘지도 몰라. 아이작은 월마트 안을 살폈다. 좋아. 좋아, 하는 거야.

마트 안에서는 편안한 음악이 울려퍼지고 있었다. 아이작은 쇼핑 카트를 밀며 진열대 사이를 걸었다. 손님들은 아이작이 완전히 지나갈 때까지 골똘히 상품만 보았다. 날 보면 당황스럽거든. 누군들 안 그렇겠어? 하지만 아이는 신경쓰지 않아. 더 중요한 임무에 열중해 있거든—자기 개선이라는 임무. 자원을 모으고 있어. 태초의 인간처럼 처음부터 시작하고 있지. 새로운 사회야. 남성 겉옷 매장에서 시작하자. 저 많은 외투들. 외투 한 벌이 이렇게 소중한지 몰랐어. 옛날엔 한 벌 만드는 데 몇 달씩 걸렸지. 지금은 그냥 가게로 가면 돼. 긴장하지 말자. 저 여자가 날 보고 있어.

작업복을 입은 점원이 지나가면서 아이작을 한참 바라보았다. 아이작은 옆으로 돌아 가게 반대쪽으로 갔다. 약국 매장에서 면도기와 휴대용 비누와 면도 크림을 골랐다. 어쩌면 디오더런트도 좀 필요할 거야. 미래를 생각해야지. 다른 매장에서는 에너지바를 한가득 집었다. 리가 먹는 것이었다. 아이가 한껏 추천하는군. 하지만 손에 들고 갈 수 있는 이상은 집지 마. 이제 스포츠 용품 코너로. 벽 전체가 사냥용 칼이야. 카트에 하나 넣어. 10센티미터짜리. 아이는 진실을 알아. 칼이 없는 남자는 남자가 아니지.

다시 의류 매장으로 돌아온 아이작은 깨끗한 바지와 셔츠, 양말, 속옷, 티셔츠 여러 장을 카트에 넣었다. 새 옷 냄새가 났다. 통로 몇 개를 더 지나, 아이작은 파는 것 중 가장 두꺼운 외투를 집었다. 안에 담요를 덧댄 두꺼운 캔버스 외투였다. 실질적인 침낭인 셈이었다. 플리스 재킷도 하나 더 챙기자. 아이는 질을 중요하게 생각하니까. 그다음에 모자를 한두 개쯤 챙겨. 모자 두 개를 쓰고 왕처럼 잘 거야. 아이는 미래를 생각해. 준비성이 좋은 사람이라고. 저기 간섭쟁이가 다가오는군.

다른 점원, 육십대 후반으로 보이는 키가 작고 마른 여자가 다가와 옷을 입어보겠느냐고 물었다.

"아뇨, 전 제 사이즈를 알거든요." 아이작이 그녀에게 웃어 보였다.

"그렇군요." 직원이 말했다. 그녀는 거기 서 있었다. 아이를 꿰뚫어보고 있는 것 같아. 꿍꿍이가 있다고 의심하는 거야. 내가 자기 손자뻘인데도 그런 감정에 휘둘리지 않아. 회사에 충성하는 타입이야. 회사가 인류애에 우선하지. 계산대로 가자. 물건을 사려는 것처럼 행동하자.

아이작은 현금 계산대로 가서 줄을 섰다. 앞의 남자가 휴대전화에 대고 이야기하는 소리에 귀를 기울였다. 아이작은 생각했다. 마트는 붐비고, 아이는 작고 연약해. 정신파를 보내자―50킬로그램의 사랑을. 의심할 이유가 없어. 눈길을 줄 만한 곳은 차고 넘치니까.

계산대의 줄이 천천히 움직였고, 아이작을 지켜보던 직원은 마침내 자리를 떠나 다른 일을 했다. 그는 줄에서 빠져나와 카트를 밀고 탈의실로 갔다. 탈의실이 잠겨 있지 않길 빌었다. 재빨리 들어갔다. 한 자리가 비어 있었다.

아이작은 모든 물건을 외투에 싸서 작은 탈의실로 가지고 들어간 뒤, 문을 잠그고 옷을 벗었다. 그리고 새 바지를 입기 시작했다. 잠깐, 속옷을 갈아입어야지. 사소한 부분에서도 품위를 지키자고. 아이작은 속옷까지 모두 벗고 잠시 거울 앞에 섰다. 허약하고, 머리가 더럽고, 일주일 동안 면도를 하지 않은 얼굴에는 수염이 덥수룩했다. 전형적인 도망자야. 조금만 더 마르면 바람을 타고 캔자스주까지 날아갈 수 있겠어.

아이작은 새 옷을 입고 그 위에 낡은 옷을 겹쳐 입었다. 탈의실에 들어오기 전과 대충 비슷해 보여. 좀더 살쪄 보이기도 하고. 칼은 허리띠에 꽂았고, 비누와 면도기는 바지 주머니에 넣었고, 에너지바는 재킷에 있어. 전투 준비는 끝났어. 잘생긴 백인 아이. 외투를 내 것처럼 어깨에 걸치자. 아이의 걸음을 느리게 할 수는 있어도 완전히 멈출 수는 없어. 그들은 아이가 꼼짝 않고 얼어붙길 바라겠지만 그자들의 돈과 아이의 인생을 바꿀 수는 없어. 그 사람들은 아이의 입장이 되어본 적 없으니 아이도 그들에게 나쁜 감정은 없어. 아이는 진실로 너그럽다니까.

아이작은 좌우를 살피고 탈의실에서 나온 뒤 재빨리 출구를 향해 걸어갔다. 겹쳐 입은 옷 때문에 벌써 땀이 나기 시작했다. 잘 속여넘기고 있어. 리놀륨 바닥을 응시해. 긴장하지 말고. 사람들이 돈을 낭비하려고 길게 줄을 서 있네. 출구는 오른쪽이야. 삼십 초. 이런. 문제가 생겼군. 외투를 걸칠 시간이야.

"손님," 어떤 여자가 외치고 있었다. "계산을 하고 가져가셔야죠."

돌아보지 마. 못 들은 척해. 외투를 입어. 문을 향해 가는 동안 아드레날린이 치솟았다. 계속 걸어, 아이작은 생각했다. 거의 다 왔어. 계속 걸어. 손님, 말소리가 들렸다. 손님, 저희와 잠시 이야기 좀 하셔야겠는데요. 사람들이 소리를 지르고 있었고, 확성기가 웅웅거렸다. 전 직원 코드 76에 대기 바랍니다.

곁눈질로 슬쩍 보자 누군가 달리는 게 보였고, 아이작은 뛰기 시작했다. 아이작과 출구 사이에는 파란 조끼를 입은 노인뿐이었다. 매장 안내원이었다. 눈길이 마주쳤다. 아이작이 안내원을 향해 전력 질주했고, 결국 노인은 옆으로 비켜섰다.

문에 부딪히고 비틀거렸지만 곧 아이작은 주차장으로 나왔다. 주차장은 크고 넓었다. 어디로 가야 지름길이지? 똑바로 가. 사람들이 바로 뒤에서 쫓아오고 있어. 저 카트를 당겨서 사람들을 방해하자. 아니야, 하지 마. 아이작은 주차장 가장자리의 나무가 우거진 곳을 향해 전속력으로 달렸다. 멈춰 있는 차들을 지나고, 쇼핑 카트를 미는 사람들을 지났다. 바로 뒤에서 발소리가 들렸다. 근육이 화끈거리고 앞으로 발을 디딜 곳들이 하나하나 눈에 들어왔다. 저 숲까지만 가면 안전해. 저 숲까지만 가자. 뭔가가 아이작의 외투를 스쳤다. 누군가의 손이었다. 그러나 사람들이 넘어지고 뒤처지는 소리가 들렸다. 그래도 아직 쫓아오는 사람이 있었다.

주차장 바로 끝까지 간 아이작은 발소리가 느려지다가 멈추는 소리를 들었다. 아이작은 속도를 줄이지 않고 높은 보도 연석을 뛰어넘어 풀 속으로 몸을 던졌다. 그리고 비탈을 달려내려갔다. 이러다 넘어질 거야, 아이작은 생각했다. 그러나 발을 멈추지 않았다. 이윽고 아이작은 숲에 들어와 있었다. 어둠 속에 있었고 이제는 안전했다. 그러나 아이작은 계속 달렸다.

6. 헨리 잉글리시

    딸은 이미 잠이 들었고, 헨리는 자기 침실에서 휠체어에 앉은 채 침대에 올라갈 용기를 내기 위해 애를 쓰고 있었다. 헨리의 방은 여분의 침실을 개조한 것으로, 유모나 하녀가 썼을 법한 방이었다.

    침대 머리맡에 난간이 있었지만 그래도 쉽지 않았다. 보통은 아들 녀석이 헨리를 밀어올려주었다. 그러나 지금은 헨리 스스로 해내야 했다. 한 손으로 난간을 잡고 몸을 들어올려야 했고, 그러면 다리가 맥없이 끌려올 터였다. 지난 닷새 동안은 그럭저럭 해왔지만, 정말로 간신히 하고 있었다. 올라가려다 쓰러지면 그날 밤은 그대로 바닥에서 지내야 했다. 아마 얼어죽으리라. 헨리는 리에게 도와달라고 하고 싶지 않았다. 어떻게든 혼자 해내는 게 나았다. 도움에는 대가가 필요했다.

    헨리는 자신이 생각하는 것 이상으로 상태가 나빴고, 아이작이 집을 나가자 그 사실을 인정할 수밖에 없었다. 혼자 침대까지 올라

간다 해도 옷을 벗는 데 다시 사십오 분은 걸릴 것이었다. 계획을 짜고 몸을 들어올리고 한 다리를 몇 도 움직이고 다시 다른 다리를 움직이고 한쪽 무릎을 굽히고 또 한쪽 무릎을 굽히고, 그러면서 먼저 굽힌 무릎이 다시 펴지지 않기를 바라는 동안 시간은 흘러갈 것이었다. 마치 사후경직이라도 일어난 것처럼 온몸이 약하고 뻣뻣했다. 휠체어에서 자야겠어, 헨리는 생각했다. 하지만 그건 정말 어쩔 수 없는 경우의 대안이었다.

더는 딸에게 자신의 상태를 숨길 수 없을 듯했다. 목욕을 해야 했다. 아이작이 집을 나간 뒤로 한 번도 목욕을 하지 못했다. 딸도 아버지가 목욕하지 않은 걸 알았다. 리가 잘 자라며 아기에게 하듯 키스해줄 때 헨리는 리의 눈길에서 그 사실을 읽었다. 끔찍했다. 리는 날 요양소로 보낼 거야. 아이작이라면 그럴 리 없었다. 아이작은 단 한순간도 그런 생각을 해봤을 리 없었다. 하지만 리는 현실적이었다. 리는 심장이 2도쯤 더 차가웠다.

그 녀석 때문에 심란해 죽겠군. 집을 나간 지 벌써 엿새째야. 부랑자들에게 잡힌 게 분명해. 아니야, 그 아인 보기보다 강해. 주머니에 4천 달러나 가지고 있는데다, 집으로 돌아올 이유도 없잖아. 젠장, 헨리는 생각했다. 혈압이 올랐고, 뭐든 한 대 쳐야만 할 것 같았다. 헨리는 휠체어 팔걸이를 내리치고, 매트리스를 치고, 이가 바스러져라 턱을 꽉 물었다. 그런 다음 거울에 비친 자기 모습을 보았다. 울화가 치밀어 얼굴이 찌그러지고 시뻘게졌다.

진정하자. 뭘 좀 읽자. 헨리는 휠체어를 굴려서 방 맞은편으로, 거울이 보이지 않는 램프 아래로 갔다. 그리고 〈티브이 가이드〉를 집어들었다. 헨리 잘못이었다. 매트리스가 너무 푹신했지만 헨리는 새로 살 수 없었다. 침대는 아이들보다도 더 나이가 많았다. 결혼할 때 산 것이었다. 누우면 등에 스프링이 느껴졌지만, 절대 없애지 않을 작정이었다. 메리가 쓴 마지막 침대였다. 헨리에게도 마지막 침대가 될 것이었다. 아직도 밤이면 가끔 메리가 찾아오곤 했다.

사실 헨리는 죽을 때가 다 되었다. 그는 가까스로 생명을 부지하고 있었다. 뿌리가 약해진 늙은 소나무가 자기 무게를 이기지 못하고 넘어가려는 것과 비슷했다. 몸속에서 모든 것이 무너지고 있었다. 신장, 간, 췌장은 고장났고, 창자의 일부와 맹장, 쓸개는 일부 절제했다. 먹을 수 있는 것도 전혀 없었다. 알코올도 안 되고 지방도 안 되었다. 소금도 먹어선 안 됐다. 어제 리가 차려준 점심에는 치즈와 유제품이 듬뿍 들어 있었고, 헨리는 변기에 앉아 한나절을 보냈다. 창자가 모두 빠지도록 똥을 싸댔다. 리가 헨리를 영화관에 데려가려고 해서, 헨리는 피곤한 척해야 했다. 진짜 이유는 말하지 않았다. 딸을 집밖으로 내보낸 뒤 평화롭게 장운동을 하기 위해서라고는.

세월이 내 몸을 아주 조금씩만 갉아먹는다면 영원히라도 살 수 있어. 과거에 헨리는 어떻게든 오래 살려고 애를 쓰는 것이 아름다운 인간 정신의 승리라고 생각했다. 일반인은 엄두도 못 낼 산꼭대기를 오르는 섀클턴 경*이었다. 고개를 똑바로 들며 의기양양해졌다. 문제는 그게 단순히 생각일 뿐이라는 거였다. 생각하는 관점을 바꾼다고 현실을 바꿀 수는 없었다. 현실에서 헨리는 천천히 썩어가는 고기였다. 머리가 달린, 자기 손으로 바지 벗는 것도 버거운

---

* 남극점 정복에 도전했던 영국의 유명한 탐험가.

오래된 고기. 인간이 아닌 다른 동물이었다면 이미 옛날에 죽임을 당했을 테지만 인간이기 때문에 자기 똥오줌 속에 누워 있었다.

내가 하는 건 순 말뿐이야, 헨리는 생각했다. 그것도 헛소리만. 서랍에 9밀리미터 권총이 있어. 언제든 너무 지쳤을 때를 위한 거지. 그리고 언제라도 브라우닝 씨와 이야기할 수 있어. 들을 마음만 있다면. 브라우닝 씨는 훌륭한 조언들을 해줄 거야. 하지만 그는 지난 십삼 년간 침묵을 지켰어. 내가 말만 할 뿐 행동을 하지 않으니까.

헨리는 〈티브이 가이드〉를 내려놓았다. 이딴 것은 아무 소용 없었다. 헨리는 휠체어를 굴려서 책상으로 갔다. 모든 게 자기 탓이었다. 아주 잠깐 방심한 탓에 이렇게 되었다. 그는 너무나 방심했고, 그 아이가 찾을 수 있는 곳에 돈을 놓아두었다. 돈을 금고에 넣고 잠그든지 어딘가 다른 곳에 숨겼어야 했다. 병원 청구서가 사방에 깔려 있었고, 또 병원 예약이 있었지만, 병원에서는 더이상 약속을 잡아주려 하지 않을 터였다. 병원 놈들은 모두 빌어먹을 날강도 같은 놈들이었고, 한 번 갈 때마다 기본 진찰료로 25달러씩을 받았다. 수준도 거지 같았다. 그렇게 작은 병원에는 괜찮은 의사가 없었다. 사실상 수의사라고 해도 될 정도였다. 헨리의 전립선에서 혹이 발견됐을 때, 의사들은 양손을 비비며 검사와 수술을 하고 또 했다. 헨리는 도시의 다른 전문의와 약속을 새로 잡았다. 이 인도인 의사, 라메시인지 라미드인지가 하는 말은 거의 알아들을 수가 없었지만 좋은 사람이었고 호감 가는 남자였다. 라메시가 확인하고 또 확인했지만, 혹은 사라지고 없었다. 어쩌면 처음부터 없었을지도 몰랐다. 헨리는 이렇게 말했다. 의사 양반, 내 똥구멍에 다른 남자가 손가락을 찌른 게 기분좋긴 처음이구려. 그는 내 말뜻을 오해했지. 작고 세심한 의사 양반. 의사는 말했어. 저라고 이게 좋아서 하는 건 아닙니다, 잉글리시 씨. 그후로 의사는 헨리에게 시선을 주려 하지 않았다. 그 의사가 좋았지만 이미 되돌릴 수 없었다.

헨리는 휠체어를 밀어 창가로 갔다. 반달이 떠 있었고, 모든 게 다 보였다. 십이 년 전에 이사가버린 이웃 패피 크로스의 집 골조도 보였다. 패피는 아들들과 살러 네바다주로 이사갔다. 두 주 만에, 누군가 그 집에 들어가 처마 물받이와 현관문, 이중창 같은 것들을 훔쳐갔다. 그 사실을 알려주려고 네바다로 전화를 걸었지만 받지 않았고, 다시 전화를 주지도 않았다. 집은 모조리 썩어서 골조만 남았다.

위층에서 무슨 소리가 들렸지만 그저 리가 걷는 소리였다. 저 아이는 곧 돌아가야 할 거야. 아이작처럼 여기서 계속 기다리지는 않겠지. 인정하자, 헨리는 생각했다. 보통 사람이라면 그러지 않아. 내가 그애에게 한 일은 자식을 위해 나 자신을 희생한 거야. 그 반대가 아니야. 엄밀히 말해서 그앤 천재였어. 헨리는 아이작에게 지능검사를 받게 했지만, 167이란 결과가 나왔다는 것은 절대 알려주지 않았다. 누나인 리보다도 더 높은 점수였다. 하지만 헨리가 알지 못한 것이 있었다. 아이작에게는 언제나 남다른 면이 있었다. 아이작은 똑똑하면서 동시에 멍청했다. 마치 모든 일을 망치려고 태어난 것만 같았다. 열두 살 때 리틀 야구단의 투수 후보 선수로 있던 아이작은 좋은 어깨에도 불구하고 완전히 얼어붙어서 연속으로 8점을 내주고 졌다. 그러고는 아무 일도 없었던 것처럼 행동했다. 어처구니없는 일이었다. 그때 난 아들이 지는 걸 보고 충격을 받았어. 하지만 아이작은 그저 어깨만 으쓱할 뿐, 더는 마음을 쓰지 않았어.

아니야, 헨리는 생각했다. 어쩔 수 없는 상황이었어. 리 앤이 먼저 집을 떠났고, 그냥 그렇게 된 거야. 그렇지만 아이작은 그 상황을 잘 이겨냈어. 그 아이는 리보다 강해. 리는 겉으로는 강한 척해도 속으로는 그렇지 않잖아. 여기 남아 있었다면 리는 미쳐버렸을 거야.

헨리는 그 일에 대해 생각했다. 둘 중 누구를 위해서라도 헨리는 휠체어를 밀고 나가 기차에 몸을 던질 수 있었다. 아무 말 없이 가버릴 수 있었다. 그 아이는 그의 아들이었다. 편애는 이상한 일이 아니었다. 헨리의 아버지도 동생보다 헨리를 더 좋아했다. 그런 게 인생이었다. 헨리는 둘에게 줄 만큼 사랑이 충분하지 않았다. 아니야, 헨리는 생각했다. 그건 거짓말이야. 혼자 남는 게 싫었기 때문에 그런 선택을 한 거야.

어쨌든 아이작을 놓아줄 때가 되었어. 나도 마지막으로 떠날 준비를 해야지. 노인네들, 기저귀를 찬 할아범들, 모르는 사람이 목욕을 시켜주는 요양소로 가야지. 그렇게 두 주쯤 살다 가겠지. 단지 살기 위한 삶. 헨리는 사슴이 패피 크로스의 집 근처에서 어린 풀을 뜯는 모습을 지켜보았다. 패피가 살아 있기나 한지 궁금해졌다. 매물로 내놓은 패피의 집은 십이 년째 팔리지 않고 있었다. 그 아들은 마을에 와 호텔에서 지내면서 사람을 고용해 나무를 모두 잘라내라고 시켰다. 한 그루에 40달러씩 하는 어린 소나무들까지 잘라서 제강소에 판 뒤 돈을 챙겨 갔다. 헨리는 패피가 그 사실을 알까 궁금했다. 나무 그루터기만 남은 땅에 서 있는 썩어가는 집. 곧 흔적조차 남지 않을 것이다. 이런 곳은 헤아릴 수 없이 많았다. 바로 이 순간에도, 그리고 지금까지 내내. 지구는 뼈로 이루어져 있다. 나무에서 태어나 나무로 돌아가리라. 그리고 내 앞에 누가 존재했는지 절대 알지 못하리라.

7. 포

　새로 옮긴 독방에는 창이 없었고, 불도 절대 꺼지지 않았지만, 최소한 포는 혼자 있었다. 늦은 아침 무렵인 것 같았다. 교도관들이 포에게 이미 아침을 가져다주었다. 역시 확신하긴 어렵지만 몇 시간쯤 전의 일이었다. 하지만 상관없었다. 이제 감옥의 모든 이들이 포를 노릴 것이다. 흑인 갱들이든 백인이든, 모두가 힘을 합치리라. 포는 자기가 한 약속을 어겼고, 엉뚱한 사람을 뭉개놓았고, 양쪽을 적으로 돌렸다. 포는 어쩌다 자신이 가장 기본적인 규칙을 지키게 되었는지 자문했다. '적은 스스로 고를 것.' 포는 모두를 적으로 골랐다. 포는 결국 터커가 죽었을지 잠시 궁금해했다. 하지만 터커가 죽었는지 아닌지는 그다지 상관없다고 느꼈고, 포에게는 걱정거리 축에도 들기 힘들었다. 이건 점수 따기 게임이 아니었다. 살면서 무엇을 했건 결국은 누구나 죽었다. 그들이 포를 죽이리란 데에는 의심의 여지가 없었다. 기회가 오자마자 바로 그렇게 할 터였다.

온몸이 부르르 떨리고 갑자기 땀이 맺혔다. 일 초 전까지도 따뜻했는데, 이제 몸은 완전히 젖었고 추웠다. 두 발을 딛고 서서 감방 안을 걸어다녔다. 두 손으로 벽을 두들겨보고 창살을 잡아당겨보았다. 아무 소용 없었다. 자연법칙에 충실히 따르자면 소리를 질러야 했고, 그렇게 해서 안에 쌓인 것들을 토해내야 했다. 그러나 포는 그렇게 하지 않을 것이었다. 남자답게 행동하리라. 침대에 누워서 마음을 가라앉히리라. 포는 정말로 그렇게 했다. 온몸이 축축했고 두피가 따끔거렸고, 심장마비가 오는 것 같았다. 포는 여기 침대에서 죽을 것이었다. 몇 분 뒤 몸의 떨림이 그쳤고, 힘이 쭉 빠지며 모든 것이 텅 빈 느낌이 들었다.

그러나 아직 빠져나갈 길이 있었다. 그 길이 바로 눈앞에서 정면으로 포를 바라보고 있었다. 포는 진실을 말하고 상황을 뒤집을 수 있었다. 다른 모든 변호사들처럼, 포의 변호사도 똑같은 것을 원하리라. 그 때문에 변호사를 고용하는 것 아니던가. 포를 여기서 끄집어내기 위해. 포의 진짜 인생을 구해내기 위해.

하지만 그것은 구하는 것이 아니라 교환하는 것이었다. 아이작과 리를. 그의 인생과. 거기에 더해 자신이 한 약속에도 반하는 것이었다. 자신이 알고 있는 사실에도 반하는 것이었다. 즉 세상에는 좋은 사람들과 나쁜 사람들이 있고, 아이작은 몇 안 되는 좋은 사람 중 하나였다. 자연의 관점에서 본다면, 포는 결국 자기가 와야 할 곳에 와 있었다. 이곳은 포에게 어울리고 아이작에게는 어울리지 않는 곳이었다. 어쩌면 포가 속한 곳은 정확히 여기가 아닐 수도 있었지만, 포는 받아들였고 그다지 놀라지도 않았다. 지난해에 이곳에 갇힐 뻔했을 때는 어머니와 해리스가 문제를 해결해주었다. 그건 뒤

틀린 운명의 장난이 아니었다. 포는 난민으로 태어나서 어려움을 겪은 것이 아니라 자신이 선택해 여기 들어왔으며, 남자답게 자기 결정에 책임을 질 수 있었다. 결과를 받아들일 수 있었다.

그러나 만일 변호사가 무슨 일이 있었느냐고 묻는다면, 사건을 상세히 설명하지 않기란 어려울 것이다. 인간적인 판단이 아니라 포의 또다른 측면이 그렇게 할 것이다. 질문을 받으면 대답할 터였다. 선택의 여지가 없었다. 그러나 사람들이 묻지 않는다면, 포는 말하지 않을 것이었다. 공정했다. 양쪽 모두에 똑같은 기회를 주는 것. 하지만 포는 사람들이 자기에게 물을 거라는 걸 알았다. 너무나 당연한 질문이었다. 그 기계 공장에서 누가 그 남자를 죽였지? 맙소사, 벌써 오랜 시간이 흐른 듯했다. 머나먼 옛날의 일, 과거의 일 같았다. 하지만 포는 그 일 때문에 여기 와 있었다. 사람들은 그 일에 대해 물을 것이고, 포는 대답할 것이다. 포가 말할 것은 진실이었고, 그게 다였다. 진실 그 이상도 이하도 아니었다.

포는 일어나 다시 걷고 있었다. 뒷벽으로 세 걸음을 갔다가 몸을 돌려 돌아왔다. 점심을 먹기 전에 변호사가 올 거라고 교도관들이 말했고, 지금은 아침을 먹고 시간이 좀 흐른 뒤였다. 그래, 포는 생각했다. 이게 나아. 불행이 닥치면, 그건 단순히 운이 나빠서가 아니라 피할 길이 많았는데도 그가 피하지 않았기 때문에 그렇게 된 것이었다. 절망적이고, 실패할 게 뻔한 일이었다. 포는 지금까지 평생 잠든 채로 운명의 파도에 휩쓸려 다녔다. 파도가 점점 더 거세게 그를 휩쓰는데도 눈치채지 못했다. 마침내 포는 종점에 와 있었다. 대몰락이었다. 대학뿐만이 아니라 다른 선택들이 있었다. 포는 그런 선택지들을 알게 되었고, 마을 주민 절반이 서로 갖겠다고 달려들 만한 선택지였음에도 다른 길을 택했다. 졸업식 직후, 오른 시델이 포를 부르더니, 쓰레기 매립지를 비닐로 봉하는 회사에 일자리가 났다고 했다. 전국을 돌아다니는 일이었다. 새로운 매립지가 만들어지면, 쓰레기를 쏟아붓기 전에 준비 과정으로 비닐을 깔아서 쓰레기의 더러운 물이 근처 시내 등으로 흘러드는 것을 막는 거였다. 오래된 매립지에서는 쓰레기에 두꺼운 비닐을 덮고 밀봉해 거대한 지퍼락 봉지처럼 만들었다. 그런 다음 그 위에 흙을 덮기 전 공기를 불어넣어 새는 곳이 없는지 확인하는데, 그때 그 넓디넓은 비닐 위로 점프를 하며 뛰어다닐 수 있었다. 마치 달 위를 달리는 것 같다고 오른은 말했다. 초봉이 시간당 14달러였다. 그러나 정말로 달에서 달리는 것은 아니었다. 남이 버린 쓰레기로 하는 일이었다. 그들은 스스로를 전문가라 칭했지만, 그것도 딱히 맞는 말은 아니었다. 쓰레깃더미 꼭대기에 비닐을 덮고, 도시의 쓰레기장을 돌아다니는 게 그들의 일이었다. 이 나라에서 난 그것보단 나은 대우를 받아야 해, 포는 생각했다.

마이크 델루카의 삼촌이 제안한 일이 포가 얻은 마지막 굉장한 기회였고, 그것을 끝으로 마치 삼진 아웃을 당했다는 듯, 더는 기회가 오지 않았다. 그 제안은 제강소와 낡은 공장을 해체하는 철거 작업으로, 전국을 다니며 낡은 제강소들을 철거하는 일이었다. 하지만 그 일 역시 많이 돌아다니는 직업이었다. 포는 그곳에 지원해 면접을 봤지만 어찌나 출장이 잦은지 일 년 내내 여행 가방을 들고 살아야 한다는 이야기를 들었다. 면접을 하던 남자가 포의 얼굴에서 뭔가를 읽은 게 분명했다. 이제는 모두들 미시간주와 인디애나주에 있는 자동차 공장들을 허무느라 중서부에서 일하고 있었다.

언젠가는 그 일 역시 끝이 날 터였다. 그리고 아무런 흔적도 남지 않게 될 터였다. 마치 미국에 아무것도 세워진 적 없었던 것처럼. 훗날 큰 문제가 될 일이었다. 왠지 꼭 집어 말할 수는 없었지만 포는 그냥 알았다. 필요한 물자를 스스로 생산하지 않는 나라는 계속 존재할 수 없어. 특히 이렇게 큰 나라는. 결국엔 대가를 치러야 할 거야.

마이크 델루카의 삼촌에 대해 말하자면, 그는 제강소에서 이십 년을 일했고, 그다음에는 제강소를 해체하고 부수며 이십 년을 보냈다. 마치 제강소에, 해고된 것에 복수를 하는 것 같았다. 그러나 정말로 복수심 때문에 일을 하는 건 아니었다. 그건 누구나 좋아할 만한 직업이 아니었다. 그는 작은 마을들을 방문해 웨이트리스들에게 "우리 마을엔 왜 오셨어요?"라는 질문을 받을 때마다 거짓말을 해야 했다.

그렇게 나쁘지만은 않았다. 포는 괜찮은 인생을 살았다. 무리의 대장이었고, 그 지역의 영웅이었으며, 대부분의 사람들보다 뛰어난 위치에 있었다. 여자애 열네 명과 잤고, 그 역시 다른 남자애들보다 훨씬 많은 숫자였다. 어쩌면 그중 하나가 포 모르게 아기를 가졌을 수도 있고, 그렇다면 포가 죽는다 해도 자손이 남을 것이다. 하지만 꼭 그런 길을 갈 필요는 없었다. 그냥 진실만 말하면 됐다. 진실, 그거면 끝이었다. 포는 그 남자, 오토를 죽이지 않았다. 포는 감옥에서 풀려날 것이고, 여기서 그를 죽이려는 클로비스와 녀석들은 두 번 다시 만날 일 없을 터였다.

이런 옛말도 있지 않은가. 진실이 너희를 자유롭게 하리라. 포는 감옥에서 나가 바깥공기를 마시고 강냄새를 맡으며 그늘에 앉아서 낚시를 하고 달걀 샌드위치를 먹고 22구경 총으로 토끼를 놀래주어 뛰어나오게 할 수 있었다. 맙소사, 22구경 하나면 이곳에서 얼마나 많은 일을 할 수 있을 것인가. 가장 위력이 약한 22구경으로도 이곳 전체를 휘어잡을 수 있었다. 포는 여기서 나가 리와 함께 따뜻한 이불을 덮고 누워 있을 수 있었다. 리가 다리를 세워 이불을 텐트처럼 만들고, 포는 리의 매끄러운 피부 냄새를 맡고, 다리 사이의 약간 거칠한 부분을 느낄 터였다. 감옥 밖으로만 나가면 인생에 기쁨을 안겨주는 것들은 셀 수 없이 많았다. 죽을 때까지 세어도 다 못 셀 만큼 많았다. 인생을 즐겁게 하는 일들은 사람마다 제각각이었다. 떡갈나무 껍질의 느낌, 방안을 밝히는 불빛, 늠름한 수사슴을 지켜보다 쏘지 않기로 결심하는 것. 언제라도 잃을 수 있는 특권이었고, 그는 그것을 당연하게 여겨왔다. 그러나 포는 인생을 바꿀 것이다. 가치 있는 인생을 살 것이다. 운명의 파도에 몸을 내맡긴 채 인생이 알아서 점점 더 잘 풀리기를 바랄 수는 없어. 포는 이제야 그 사실을 깨달았고, 이제 모든 것을 바꿀 작정이었다.

포는 차가운 시멘트 바닥에 누웠다. 머리를 침대 밑 어둠 속에 넣고 그대로 누워 있었다. 포는 진실을 말할 수 없었다. 그것이 꼭 진실이라고 할 수는 없었기 때문이다. 리가 그를 용서하지 않을 것이다. 리는 있는 그대로의 포를 볼 것이다. 다시는 포를 생각조차 하지 않을 것이고, 그 누구보다도 그를 가장 미워할 것이다. 천재가 아니어도 그 정도는 알 수 있었나. 리는 이미 모든 것을 알았다. 그녀에게 말한 건 실수였다. 그러나 포는 이제 돌아갈 수 없었다. 피해 갈 길이 없었다. 리는 포를 용서하지 않을 것이다. 아이작은 리의 동생이었다. 그녀는 절대 그 사실을 외면할 수 없을 것이다.

그런 생각들을 하니 몸이 더 안 좋아졌고 다시 땀이 났다. 아니, 포는 그럴 수 없었다. 리에게 그 이야기를 한 순간 이미 스스로 탈출구를 막은 셈이었다. 어쨌거나 포는 거짓말을 할 수는 없었다. 어떻게든 그러지는 않았을 터였다. 가장 친한 친구를 배신하는 건 불가능했다. 천성적으로 그랬다. 고려해볼 수는 있어도 실행할 수는 없었다. 보기는 해도 만지지 않는 것과 비슷했다.

하지만 두고 볼 일이었다. 목숨이 달린 일이었다. 그건 생각을 실제 삶에 견주는 거였다. 적절한 비교가 아니었다. 말과 피를 견주는 일이었다. 두고 봐야 알았다. 변호사가 도착하면 포는 서류에 서명을 할 것이고, 그게 다였다. 먼저 이야기하진 않겠지만 물으면 대답할 작정이었다. 포에게는 선택의 여지가 없었다. 그러나 묻지 않으면 말하지 않을 생각이었다. 그렇지만 그들은 물을 것이다. 아마도 가장 먼저 하는 질문이리라.

포는 변호사에게 말할 수 없었다. 계속 화가 난 채 있을 것이다. 클로비스나 심지어 블랙 래리를 때려눕힐 일에 대해 생각할 것이다. 다 함께 끌고 들어갈 작정이었다. 포는 전설이 될 것이고, 그건 그렇게나 간단했다. 신속하게 운명을 바꿔버릴 수 있었다. 그때 어디에선가 무슨 소리가 들렸다. 포는 아직도 침대 아래에 누워 있었다. 고개를 빼니 창살을 두드리고 있는 교도관이 보였다.

"수갑 차게 손 내밀어." 교도관이 말했다. "변호사가 도착했어." 교도관은 포가 양손을 내밀 수 있도록 문에 달린 작은 구멍을 열었다.

포는 고개를 흔들었다. 일어나서 변기 앞으로 가 소변을 보려 해봤지만, 너무 긴장해서 아무것도 나오지 않았다.

"얼른 이리 와서 손이나 내밀어 새끼야." 교도관이 말했다. 키가 작고 뚱뚱한 그 교도관은 점점 벗어지는 머리에 명랑한 얼굴이었고, 포동포동한 얼굴은 속마음과 상관없이 즐거워 보였다.

"안 나가요." 포가 말했다.

"머저리같이 굴지 마, 새끼야, 당장 나오지 않으면 특별대응팀을 불러 네 엉덩이를 존나게 차줄 줄 알아."

"존나 다 불러봐요. 날 끌어낼 수는 있겠지만, 그래도 난 안 가요."

"이거 존나 머저리 꼴통 새끼 아니야?"

"어디 문 열어봐요. 내가 얼마나 머저리인지 보여줄 테니까."

뚱뚱한 교도관은 재미있다는 표정으로 포를 쳐다보았다. "좋아." 교도관이 마침내 말했다. 그리고 손마디로 창살을 툭툭 치더니 몸을 돌려 저쪽으로 걸어가기 시작했다.

"이봐요." 포가 말했다.

"벌써 마음이 바뀌었어?"

"그 자식은 어떻게 됐어요? 내 감방 동료."

"피츠버그의 병원으로 호송됐어."

"다시 여기로 돌아와요?"

"돌아온다 해도 너나 다른 놈들을 괴롭힐 상태는 아닐 거야."

"그놈이 어쩌든 관심 없어요."

"관심 있는 사람 여기 아무도 없어. 만일 놈을 의무실에서 병원으로 빨리 이송하지 않았다면, 그놈 가슴에 한 쉰 명쯤은 타고 앉아 있었을걸."

"그게 나한테 도움이 될까요?"

"너한테 새로운 혐의가 추가되진 않을 거라고 장담하지. 이제 벌떡 일어나서 수갑 차고 변호사를 만나러 가자고."

"싫어요." 포가 말했다.

"왜 이러는지 모르겠지만, 네 사랑스러운 친구들이 돌아와서 너한테 똑같이 갚아줄까봐 그런다면, 장담하는데 그런 일 없을 거야. 못 믿겠다면, 그 감방 안에 그놈들 중 한 놈이라도 있나 둘러보라고. 그러니까 수갑 차. 최소한 마지막 기회는 놓치지 말아야지."

"헛수고하지 마요." 포가 말했다.

교도관이 마지막으로 포를 흘끗 보았다. 그런 다음 시야에서 사라졌다. 교도관이 발을 끌며 복도를 걸어가는 소리가 들렸다.

8. 리

리는 차를 몰고 여기저기 다니며 책 읽을 곳을 찾고 다시 차를 몰고 옛친구들과 선생님들의 집을 지나가면서 대부분의 시간을 보냈다. 그러나 언제나 똑같았다. 리를 위한 곳은 전혀 없었다. 언젠가는 있을지 몰라도 지금은 아니었다. 그리운 추억들이 좀 있었지만 많지는 않았다. 대개 그건 아이작과 관계가 있었다. 어쩌면 리 혼자 그렇다고 생각하는 건지도 몰랐다.

리는 늘 알고 있었다. 아이작에게 삶이 쉽지 않을 거라는 걸. 아이작은 사람들과 잘 사귀지 못했고, 리의 고등학교 친구들과도 그랬다. 다들 아이작을 어쩔 줄 몰라했다. 아이작조차 자신을 어쩔 줄 몰라했다. 누나인 리를 빼면, 주위에 자신과 비슷한 아이조차 없었다. 또래 아이들은 아이작의 관대함을 생색내는 것으로 곧잘 오해했고, 아이작이 스스로에게 적용하는 불가능할 정도로 높은 기대치를 자신들에게도 적용한다고 생각했다. 그래서 결국 아이작은 친구 만들기를 포기한 거라고, 리는 생각했다.

리는 점점 화가 치미는 것을 느꼈다. 대부분은 자신에게 화가 났지만, 예전의 동창생들에게도 화가 났다. 대학교 2학년 때, 모두들 그레첸 밀스의 방에 모여앉아 있을 때 누군가가 말했다. 아마도 버니 색스였을 것이다. "이게 우리 평생 가장 대단한 일이라는 거 너희도 모두 알지? 여기 들어오는 건 기본적으로 세상에서 제일 어려운 일이고, 우린 벌써 그걸 해냈어."

그러나 물론 그들이 한 건 아무것도 없었다. 단지 제대로 된 부모 밑에 태어나 제대로 된 곳에 살고 제대로 된 학교에 다니고 모든 제대로 된 사회적 교육을 받고 모든 제대로 된 시험을 치렀을 뿐이었다. 그들이 실패할 확률은 전혀 없었다. 열심히 노력한 건 맞지만, 원하는 것은 언제나 손에 넣을 수 있다는 기대가 있었다. 세상은 이들에게 한 번도 다른 식이었던 적이 없었다. 극소수만이 자기 힘으로 성취를 이루었다. 다들 자신이 응석받이로 자란 것을 인정하면서도 마음속으로는 언제나 자신들이 그럴 자격이 있다고 생각했다.

물론 리는 아무 말도 하지 않았다. 한마디할 걸 그랬다고 생각했지만, 실제로는 아무 말도 하지 않았다. 이제 와 돌아보며 이러쿵저러쿵 생각하는 건 쉽지만 당시에 리는 그 무리와 어울리고 싶었고 버니의 말에 찬성하고 싶었다. 그래, 난 이렇게 행복하게 살 자격이 있어, 하고 생각했다.

리는 아이작과 포의 우정이 아직도 당혹스러웠다. 하지만 물론 자신과 포의 우정 역시 아이작을 당황시켰을 터였다. 아마도 사람들이 늘 포와 아이작을 너무나 다른 존재로 구별지어서 그랬을 것이다. 포는 육체적인 것에는 뭐든 다 재능이 있었고 아이작은 지적인 것에 재능이 있었으니까. 진실은 둘 다 학교에서 자신의 분야에서는 최고라는 거였다. 두 사람 모두 실패하는 것을 보고 느낀 것은 작은 마을 출신 특유의 비통함이었을 것이다.

아이작이 처음 뉴헤이븐에 다녀간 뒤로, 리는 어쩌면 여름 한 달 정도는 아이작이 다시 뉴헤이븐으로 돌아올지도 모른다고 생각했다. 리는 돈을 긁어모아 한 달 동안 하루종일 아버지를 돌봐줄 사람을 구할 생각이었다. 그때쯤 리에겐 이미 신용카드가 두 장 있었다. 어떻게든 비용을 마련해볼 생각이었다.

그러나 아이작은 뉴헤이븐에 오라는 리의 제안에 응하지 않았다. 아이작은 이미 변하고 있었다. 아니야, 리는 생각했다. 아이작은 아버지를 너무 걱정해서 그랬던 건지도 몰라. 아버지는 아이작이 코네티컷에 휴가를 간다고 여길 테고, 아이작은 그런 위험을 무릅쓰기에는 아버지의 평가에 너무나 신경을 썼어. 난 쉽게 해냈지, 리는 생각했다. 그냥 고리를 풀고 나와버렸어.

사실 아이작은 자기 생각만큼 떠날 준비가 되지 않았던 것이다. 그가 어머니에 대해 생각할 시간이 더 길었던 반면 리는 이미 다른 생활에 적응해가고 있었다. 리는 어머니가 죽고 거의 바로 뉴헤이븐으로 떠났다. 아이작과 아버지가 그동안 어떤 사람으로 변했을지 리는 짐작도 하지 못했다. 어떤 식으로도 변할 수 있었다. 난 행운아였어, 리는 생각했다. 난 너무 이기적이어서 아버지 옆에 남아 있는다는 생각은 해보지도 않았지.

아이작. 그 아이한테 아무 숫자나 두 개 불러주고 암산으로 곱해보라고 해봐. 가령 439 곱하기 892 같은 거. 그럼 그앤 몇 초 만에

답을 말해주지. 그냥 답이 눈에 보인대. 계산도 하지 않고 말이야. 나눠보라고 해도 똑같이 해내지. 리는 언젠가 계산기를 들고 앉아 아이작을 시험해본 적이 있었다. 아이작이 몇몇 숫자들의 조합을 외우고 있는 게 분명하다고, 분명 뭔가 속임수가 있다고 의심했던 것이다. 하지만 속임수 따윈 없었다. 나도 나 자신이 이해되지 않을 때가 있어, 아이작은 그렇게 말하고 어깨를 으쓱했다.

리의 대학교 1학년 때 남자친구였고 물리학 전공이었던 토드 휴스는 아이작을 정말 좋아했고, 아이작의 총명함을 보더니 대학 입학 지원서 쓰는 것을 도와주겠다고 나섰다. 아이작은 주말 동안 거의 내내 토드 옆에 앉아 있었다. 하지만 리는 토드가 지겨워졌다. 혹은 토드를 너무 일찍 만났거나. 리는 그때 너무 어렸다. 아이작을 위해 토드랑 계속 만났어야 했는데, 리는 생각했다. 이 집안에서 자신을 전혀 희생하지 않는 건 나뿐이야. 역시 같은 주말에 아이작을 만났던 사이먼은 아이작에게 그다지 감명받지 않았고, 아이작 또한 사이먼에게 별 감명을 받지 못했다.

고등학교 시절에는 눈을 감고 오래 생각을 하면 아이작이 정확히 어디 있는지 볼 수 있을 것만 같던 때도 있었다. 아이작의 하루 일과를 알았으니까, 리는 생각했다. 신기할 게 하나도 없어. 리는 강을 따라 이어지는 고속도로를 계속 달렸다.

좋아, 리는 생각했다. 강가에 차를 세우고 시동을 끈 뒤 풀밭 너머를 내다보았다. 골짜기는 강에서 나와 가파르게 올라갔고, 강은 굽어지며 곧 시야에서 사라졌다. 리는 운전대에 머리를 기대고 눈을 감은 채 동생에 대해 생각했다.

9. 아이작

아이작은 어두운 숲에서 나뭇잎들 뒤에 몸을 숨기고 바깥을 살폈다. 월마트 주차장 가장자리에 선 두 남자가 보였고, 남자들 쪽은 환히 불이 밝혀져 있었다. 파란 조끼를 입은, 아이작 또래의 젊은이들이었다. 그들은 소일거리가 생겨 기쁜 모양이었다―좀도둑 잡기. 가서 네 친구들에게 날 잡기 직전이라고 말해. 하지만 나를 쫓아 어둠 속으로 들어왔다가는……

아이작은 몸을 돌려 숲으로 더 깊이 들어갔고, 몇백 미터를 더 가니 개울이 나왔다. 개울은 하늘을 가린 나뭇잎들 사이로 비치는 희미한 달빛을 받아 반짝였다. 낡은 타이어, 매트리스, 맥주병들. 아무도 쫓아오지 않아. 저쪽에 작은 길이 있군.

아이작은 방향에 자신이 없었지만 개울을 따라가기로 했다. 쉬운 일이었어, 아이작은 생각했다. 난 그 외투가 필요했고, 고민하고 말고 할 것도 없었어. 그냥 일이 벌어지게 두면 다 잘돼. 너무 많이 생각하고 자신을 너무 의식하면 꼭 실수가 생기지. 스웨덴인이 나타났을 때 그 낡은 공장에 그대로 있었던 거, 그다음엔 시체를 옮기러 돌아간 거. 믿지 않는 사람을 옆에 두고 공터에서 자기로 결심한 것도 그래. 그 녀석이 내 모든 걸 털어가고 있는데도 칼을 버리고 녀석의 외투를 쥐고, 그러고는 녀석을 쫓아 거리를 달렸어. 녀석을 잡으면 어쨌을 건데? 화려한 말솜씨로 설득해보려고 했어?

만일 포가 같이 있었다면, 내가 그렇게 놔두지 않았을 거야. 배런 옆에서 자게 하지 않았을 거야. 아니, 만일 포와 함께였다면 애초에 배런을 만날 일도 없었겠지. 하지만 포는 지금 옆에 없잖아. 아마 다시는 보지 못할 거야. 생각해보게, 왓슨. 자네가 알던 모든 사람이 자네에게서 사라져버렸네. 아이작의 가슴에 커다란 구멍이 생기더니 곧 몸 전체로 빠르게 커져갔다. 계속 걷자, 아이작은 생각했다. 다 지나갈 거야.

1.5킬로미터 정도 더 가자 안전하다는 생각이 들었다. 멈춰도 될 것 같았다. 다리 아래를 몇 번이나 지났다. 완전히 다른 동네였다. 개울에 떠다니는 쓰레기도 적었다. 몸을 씻을 시간이었다. 마지막으로 주위를 둘러보았다. 봐, 나쁘잖아. 아이작은 원래 자기 것이던 옷을 모두 벗었다. 멀리 떨어진 집들에서 빛이 나왔지만, 개울 쪽은 매우 어두워 마음이 놓였다. 모든 게 바뀌고 있어. 예전엔 어둠이 무서웠는데, 이젠 어둠 속에 있으니 안심이 돼. 어릴 적을 떠올려봐. 마당에 나가 잘 때면 텐트를 활짝 열어젖혀서 집이 보이게 했잖아. 요즘은 완전히 사정이 달라졌어.

좋아, 그만 꾸물거리자. 덥수룩한 수염도 좀 깎고. 아이작은 홈

쳐온 세면도구를 개울 옆 바위에 놓고 새 바지만 남기고 옷을 벗었다. 첨벙거리며 얼굴과 머리에 개울물을 적셨다. 거품을 내 문지르고 헹군 뒤, 뺨과 목에 면도크림을 바르고 감각에 의존해 면도를 했다. 꼭 돈 내고 살 것처럼 싸구려 면도기를 집었군. 확실히 하기 위해 한번 더 해두자. 아이작은 다시 거품을 내 얼굴에 바르고 한번 더 면도를 했다. 빨리 말리자. 더러운 물이야. 개울물 1갤런당 박테리아가 1조 마리는 될걸. 꼭 휘발유 같은 냄새가 나. 대장균이야. 더러운 물로 깨끗이 씻고 새로 태어난 남자. 속셔츠가 어디 갔지?

아이작은 조심스럽게 옷을 입었다. 훔쳐온 깨끗한 새 셔츠 아랫단을 깨끗한 바지에 밀어넣고, 플리스를 입은 뒤 외투를 입었다. 에너지바는 아마도 달릴 때 주머니에서 모두 떨어진 듯했다. 지퍼 잠그는 걸 깜박했어, 아이작은 생각했다. 하루 치 열량을 그대로 날렸군. 아이작은 고개를 저었다. 상관없어. 좋은 면을 보자. 머리칼이 깨끗해졌고, 얼굴도 깨끗하고, 옷도 깨끗해. 조금만 있으면 다시 몸이 따뜻해질 거야.

계속 개울을 따라가며 아이작은 기다란 아파트 단지 뒤쪽을 지나고, 붐비는 도로 아래를 통과하고, 뒷마당이 개울까지 이어지는 재개발된 타운하우스들을 지났다. 교외의 이상향이로군. 뒷마당에 개울이 있고. 하지만 나쁜 점도 있지. 지명 수배자가 은밀히 다니는 도랑도 되잖아.

아이작은 멈춰 서서 언덕 위의 집들을 바라보았다. 환한 조명 속에서 사람들은 아이작을 알아차리지 못했다. 공기 중에서 나무 때는 냄새가 났다. 아늑한 모닥불이었다. 십대 여자아이가 뒤쪽 포치에 나와 휴대전화로 떠들어댔다. 그 옆집에는 여남은 명의 사람들이 있었고, 무슨 파티중인 듯했다. 모두들 50미터 정도 떨어져서 어둠 속을 걷는 아이작을 알아채지 못했다.

이론적으로 상황을 보자면 이런 거야. 나와 저 사람들 중 하나를 골라야 한다고 가정해봐—저기 있는 사람들, 완전한 타인들 말이야. 빨간 버튼을 눌러서 한쪽에 핵폭탄을 떨어뜨리는 거야. 별로 의미 있는 질문은 아니군. 좋아, 저 사람들이 대답해야 한다고 상상해봐—만약 저 사람들이 자신들과 나 중에 하나를 골라야 한다면? 궁금할 이유가 하나도 없네, 특히 지금은. 저들에게 낯선 사람은 아무 의미가 없어. 경찰을 부르고 삼십 분 불안해하다가 다시 아까 마시던 사르도네 와인으로 돌아가겠지. 자신이 기르는 래브라도 걱정이 더 클걸. 좋아 왓슨, 계속 가도록 하지. 지친 자들에게 휴식은 없도다.

누군가의 포치에서 개 한 마리가 짖기 시작했다. 개가 짖으니 떠오르는 건데, 개 사료를 훔쳐볼까. 파티중인 사람들이 창을 통해 아이작 쪽을 보았지만, 아이작을 보지는 못했다. 하지만 멍멍이는 내가 여기 있다는 걸 알지. 다들 멍청하다고 생각하는 저 동물은 안다고.

아이작은 계속 걸었다. 이 사람들에 대해서는 생각하지 말자. 오늘 하루는 이미 충분히 지독했잖아. 매를 아끼면 아이를 망친다더니 나는 배런에게 칼을 아꼈다가 이렇게 됐지. 그땐 그 방법뿐인 것 같았지만, 사실은 그렇지 않았을 거야. 결국 주머니에는 6달러뿐이고 경찰은 내 얼굴을 봤어. 몸서리가 났다. 난 거기서 즉사할 수도 있었어. 경찰 총에 맞아 죽을 수도 있었어. 도망치는 중죄인을 쏘는 건 합법이었을 거야. 동정심 때문에 차마 방아쇠를 당기지 못했을 뿐. 나를 보고 아들 생각이 난 거야. 참으로 오랜만에 딱 한 번 행운이 찾아왔던 거지.

이틀 뒤면 먹을 것도 없고 돈도 없을 거야. 그전에 무슨 일이든 일어나지 않는다면. 길거리에서 구걸을 할 수는 없어. 인상착의가 알려져 있으니까. 아마 경찰은 내 가방도 가지고 있을 거고, 내 이름도 알 거야. 스웨덴인에게서 뭐든 찾아냈을 건 말할 것도 없고. 다른 주까지 영장이 발부되어 있을 거야.

계속 이렇게 가면 경찰은 결국 덤불 속에서 내 시체를 찾아내겠지. 경찰에겐 그냥 또다른 미결 사건이 될 거고, 나에게 오, 이런이라고 말한 뒤 안됐구나, 얘야 하고 속삭이겠지. 꺼져가는 내 생명을 느껴봐. 내일이 아니더라도 결국엔 그렇게 될 거야. 사실이 아닌 걸 사실로 몰아가지 마. 좀 다른 식으로 바라볼 필요가 있어.

아이작은 계속 걸으며 어둠 속에서 주위를 흘끗거렸다. 아무도 보고 있지 않아, 나 혼자야. 결국 너무 늦은 건지도 몰라. 배런을 놓친 순간 이미 내 목숨을 버린 건지도 몰라.

*

한참 지나자 개울은 송전선을 위해 개간한 넓은 공터로 방향을 바꾸었다. 공터는 깨끗하고 평평했으며 별빛과 희미한 달빛 덕에 좌우 어느 쪽을 봐도 멀리까지 잘 보였다. 땅은 아이작 양쪽으로 길게 뻗어 있었다.

북극성이 뒤에 있어. 내가 남쪽으로 가고 있다는 거지. 잠깐만 앉아 쉬자. 아이작은 키 큰 풀들 사이에 자리를 잡고 휴식을 취했다. 송전선 때문에 풀을 길게 베어낸 곳을 통해 멀리 시선을 주었다. 눈을 감자 잔상이 얼굴들로 바뀌었다. 아이작은 다시 눈을 뜨고 어둠 속을 둘러보았다. 아무것도 없었다. 깜짝 놀랐잖아, 아이작은 생각했다. 앙상한 무릎에 머리를 기댔다. 불가에 둘러앉은 남자들이 보였다. 그냥 너무 지쳐서 헛것을 보는 거야, 아이작은 생각했다. 하지만 얼굴들은 사라지지 않았다. 스웨덴인과 다른 사람들, 다른 무엇인가가 보였다. 빛이 비치는 곳 바로 바깥쪽에서 침침한 형태로 보였다. 스웨덴인이 온몸에 난로의 빛을 받으며 선 채로 말했다. 네 친구는 밖에 없어. 이미 토꼈다고. 그가 했던 마지막 말이었다. 선택의 여지가 별로 없었어. 난 나갈 때와 다른 문으로 돌아왔어. 같은 길로 돌아가면 안 된다는 걸 알았으니까.

나랑 포가 아직 살아 있는 유일한 이유는 선택의 여지가 없었기 때문이야. 내 몸은 살려고 발버둥을 쳤어. 그래서 다른 문으로 돌아간 거야. 본능이지. 중력만큼이나 오래된 거야. 내가 스웨덴인에게 무슨 짓을 했는지 봐. 아무런 계획도 없이, 칼도 없이, 총이나 곤봉도 없이. 아무거나 손에 잡히는 걸로. 내 안의 본능적인 부분이, 더 동물적인 부분이 그렇게 했어. 남녀노소를 가리지 않고 누구나 가지고 있는 그 부분이 말이야. 난 내게 본능 따위는 필요하지 않다고 말하지만, 봐, 아니잖아. 타인보다 친구를 우선시했어. 친구보다 자신을 우선시했고. 난 인생에서 가장 큰 도박을 했어. 그래서 난 지금 여기 있고, 상대방은 아니지.

그래서 무슨 말을 하고 싶은 건데? 아이작은 크게 숨을 들이쉬었다. 다시 움직여야 했다. 그는 완전히 지쳤고, 앉아 있는 몇 분 사이에 다리가 뻣뻣해지고 쥐가 났다. 하지만 아이작은 일어나서 다시 걷기 시작했다.

중요한 건 이거야. 계속 한 발을 다른 발 앞에 가져다놔. 몸을 따뜻하게 해. 아까 마트에서 했던 일을 다시 해야 할 거야. 내일은 아니어도 모레엔 말이야. 남들과 다른 척하지만 사실 난 그렇지 않아. 그리고 뭔가를 먹어야 해.

이제 그만 인정해. 걸음을 멈춰. 아니, 계속 걸어. 아이를 믿어봐. 아이가 뭔가를 알게 될 거야.

아이작은 계속 키가 큰 풀들을 헤치며 걸었다. 머리 위 하늘은 넓고 까맸다. 더는 어떤 집에서도 불빛이 보이지 않았다.

아이 따윈 없어, 아이작은 생각했다. 오직 나뿐이야.

10. 그레이스

그레이스는 밤을 새우다시피 했고, 조금 전부터는 창에서 빛이 들어오고 있었다. 다시 아침이었다. 하지만 아무 의미가 없었다. 그레이스는 아파서 하루 쉬겠다고 직장에 전화했다. 생각할 시간이 필요했다. 그리고 어느새 자기도 모르게 빌리의 방문 옆에 서 있었다. 벽에 빌리가 주먹으로 쳐서 구멍을 냈다가 마스킹 테이프로 막아놓은 부분이 보였다. 무엇 때문에 발끈해서 그런 건지 이제는 기억나지 않았다. 문을 열고 방으로 들어갔다. 고요함과 햇빛과 그 속에 떠다니는 오래된 먼지들. 무덤 같은 분위기였다. 그레이스는 빌리의 침대로 슬그머니 들어갔다. 빌리 냄새가 아직도 강하게 풍겼다. 그레이스의 아이, 이제는 남자가 된 빌리의 냄새가.

어린애 같은 방 분위기, 늘어진 낡은 포스터들, 한데 모아놓은 이런저런 물건 무더기들, 옷, 신발, 사냥 잡지, 열심히 매달렸던 학교 숙제들, 몇 달 전에 떨어졌는데 빌리가 다시 벽에 달지 않은 커튼 봉. 그레이스는 뭔가를 먹어야 했지만 배가 고프지 않았다. 그레이스는 최선을 다했지만 그걸로는 충분하지 못했다. 절대 이유를 알 수 없겠지만 그레이스는 필요한 만큼 잘해내지 못했고, 결코 그 점을 이해할 수 없을 것이다. 빌리는 그레이스의 인생을 단순하게 만들었고, 그레이스는 이제 그 사실을 깨달았다. 오로지 빌리 때문에 참아낼 수 있었던 적이 얼마나 많았던가. 죽고 싶은 이유인 동시에 살아야 할 이유였어. 그레이스는 온몸이 무거웠고 일어날 수 없을 것만 같았다.

한쪽 구석에 빌리의 사냥용 활이 비스듬히 세워져 있었고, 라이플은 침대 옆에 있었다. 빌리가 경건하게 돌보던 물건은 그 두 가지가 다였다. 빌리는 언제나 활줄에 왁스를 먹이고 라이플에 기름칠을 한 뒤 벽에다 나무로 직접 만들어 붙인 전용 걸이에 걸었다. 그레이스는 침대에서 일어나 윈체스터를 집어들고 공이치기를 당겼다. 총알이 들었는지는 알 수 없었다. 약실을 확인하지 않았고, 그저 양손으로 총을 들고 무게를 느꼈다. 장전이 되었을까 안 되었을까, 그레이스는 이 게임을 해볼 수 있었다. 장전된 것으로 밝혀진대도 그레이스의 잘못은 아닐 터였다.

잠시 후 그레이스는 총을 내려놓았고, 양손이 부들부들 떨리기 시작했다. 이 방을, 빌리의 방을 나가야 했다. 그러나 그러고 싶지 않았다. 그레이스는 다시 침대에 앉았다.

총을 없애야 할 것이다. 해리스에게 주어야 한다. 하지만 어쩌면 너무 늦었는지도 몰랐다. 그 생각은 은연중에, 강물이 땅을 깎는 것처럼 혹은 오래된 갱도가 갑자기 꺼지며 집을 무너뜨릴 때처럼 천천히 그레이스에게 스며들었다. 발밑에서 땅이 꺼지고, 그러면……

하지만 아직 해리스가 있었다. 그레이스는 혼자 남지 않을 것이다. 그렇지만 빌리가 없으면 그레이스는 점점 더 조용해지다가 작아져 완전히 사라지는 게 아닐까. 그녀는 이제까지 오로지 희망에만 기대며 억지로 하루하루를 살았다. 행복해지기로 선택한다는 헛소리들을 모두 까뒤집어보면 거기엔 희망이 있었다. 현실을 부정한다는 뜻이었다. 심장은 모든 게 달라질 거라는 희망을 품고 뛰었다.

그레이스가 말하는 건 믿음이었다. 언제나 더 나은 것들이 기다리고 있다고 믿었지만 현실은 너무나 혼란스럽고 풀 수 있는 매듭은 하나도 없었다.

그레이스는 일어나서 빌리의 벽장을 열었다. 선반에는 아무것도 없었다. 벽장 문 때문에 간신히 쓰러지지 않고 있는 높이 쌓아올린 무더기가 전부였다. 모두 버려야 할 것이다. 빌리는 절대 돌아오지 않을 테니까.

하지만 난 누구에게도 상처 주지 않았어, 그레이스는 큰 소리로 말했다. 왜 대가는 내가 치러야 하는데? 사실이었다. 그레이스는 누구에게도 상처 준 적이 없었다. 그레이스가 여성 쉼터에서 하는 일은 많은 사람들을 돕는 것이었다. 빌리의 옷장에는 오래된 맥주병이 몇 개 있었다. 얼마나 오래된 맥주인지는 알 수 없었지만, 그레이스는 병목을 잡고 하나를 들어올렸다. 창밖으로 던져버리고 싶었고, 소리지르고 방안의 모든 것을 깨부수고 싶었다. 하지만 누구 하나 그레이스를 봐줄 사람도, 그녀의 이야기를 들어줄 사람도 없었다. 만약 아무도 내 소리를 듣지 않는다면, 실제로는 소리 지르지 않는 거나 마찬가지야.

난 좋은 사람이야, 그레이스는 큰 소리로 말했다. 난 언제나 옳은 일을 했어. 그레이스는 길을 가다 누구와 마주치면 먼저 길을 비켜주는 그런 사람이었다. 그리고 빌리는 정당방위였어. 그레이스는 그 생각을 멈출 수가 없었다. 정당방위, 그레이스는 빌리의 목을 보았다. 그자들 중 하나가, 아마도 죽은 그 남자가 그녀의 아들 목을 베려 했다. 빌리의 행동은 정당방위였지만, 아무도 그 점을 언급하지 않았다. 빌리는 감옥에 갈 것이고, 허무하게 목숨을 잃을 것이다. 그리고 빌리를 감옥에 넣은 자들은……

말해, 그레이스는 생각했다. 생각하는 걸 입으로 말해. 지금 네 진심을 말해. 그레이스는 욕실로 가 거울에 비친 모습을 보았다. 손과 얼굴을 씻었다. 난 좋은 사람이지만, 내 아들 일은 공정하지 않아. 그리고 해리스가 그 남자를 찾을 수 있을 거야. 좋은 사람과 좋은 엄마 사이에는 차이가 없어야 했다. 하지만 있었다. 둘은 같지 않았다. 하지만 정말로 솔직히 말하자면, 둘은 같았다. 그건 정당방위였다. 그 남자, 그 부랑자, 해리스의 표현에 따르면 아무것도 아닌 사람이 죽거나 빌리가 죽거나 둘 중 하나였다. 생각할 것도 없었다. 그런 식으로 생각하면 안 되겠지만, 그래도 빌리에 비하면 그자는 하찮은 존재였다.

*

그레이스는 오랫동안 욕조에 몸을 담그고 일 년째 아껴오던 백단향 거품비누를 썼다. 쉼터에서 여자들이 준 선물이었다. 그 사람들이 뭐라고 할까? 하지만 그 사람들도 똑같이 할 거야. 어떤 엄마라도. 달리 어쩔 수가 없어. 그레이스는 해리스에게 전화했고, 해리스는 집으로 오겠다고 약속했다.

11. 해리스

그레이스가 뭔가 이상했다. 소파에 앉아 있었는데, 마치 해리스를 보고 놀란 듯했다. 아주 잠시 해리스는 버질이 돌아왔나 생각했지만, 밖에서 버질의 트럭을 보지 못했다. 곧이어 그는 생각했다. 아니야, 그레이스는 술에 취한 게 분명해.

"오는 소리를 못 들었어." 그레이스가 말했다. 그러고는 자기 옆자리를 손으로 툭툭 쳤다.

"일진이 나빴나봐?"

그레이스가 고개를 끄덕였다.

"내가 뭐 도와줄 거 있어?"

그레이스는 고개를 흔들었다. "빌리 일이니 뭐니 모두 일종의 징조였다는 생각이 들어. 나는 최선을 다했는데……" 그레이스가 어깨를 으쓱해 보였다.

"그건 징조가 아냐. 아직은 일러."

"더는 그 일로 거짓말 안 해도 돼."

"빌리는 착한 애야. 결국엔 다 잘 풀릴 거야." 해리스가 말했다. 말해놓고도 거짓말한다는 느낌조차 들지 않았다. 착한 아이 빌리, 그건 해리스가 사실이기를 바라는 것이었다.

"고마워." 그레이스가 말했다.

"진심이야."

둘은 살짝 키스했지만, 열의가 전혀 느껴지지 않았다. 해리스는 일순 당황했다. 그레이스를 흔들어놓고 싶었고, 다시 그레이스를 잃을 것 같다는 느낌이 들었다. 그들은 함께 소파에 앉아 오래된 부부처럼 서로 다른 것들을 바라보았다.

"어디 좀 나가보자." 해리스가 말했다. "스피어스 스트리트에 데려갈게."

"싫어." 그레이스가 말했다. 그녀는 손을 들어 해리스의 손 위에 거칠게 내려놓았다. 거의 때리는 것처럼. 그레이스는 해리스의 손을 꽉 잡았다.

"아직 끝나려면 한참 멀었어."

"빌리에게 무슨 일이 벌어질지 나도 알아, 버드."

그레이스의 말에 반박하려 했으나 그래봤자 헛수고였다. 빌리는 감옥에서 나오지 못할 것이다. 사실 빌리 때문에 그레이스까지도 피해를 볼 것이고, 해리스 또한 그럴 터였다. 갑자기 분노가 치밀었고 해리스는 억지로 가슴에서 분노를 짜내버리려는 듯 팔짱을 꼈다. 그레이스가 빌리에게 짓는 표정들을 볼 때마다 해리스는 질투가 일었다. 인정하기 부끄러웠지만 사실이었다. 해리스는 그레이스의 아들에게 질투를 느꼈다. 죄책감이 들었다. 차라리 그 녀석이 죽었으면 좋았을 것이다. 그러면 그레이스는 곧 상처를 극복하고 죽은 아들에 대해 자기가 믿고 싶은 대로 믿었을 것이다. 빌리는 이제 존재하면서 동시에 존재하지 않게 되었다. 빌리는 여기 있으면서 동시에 그레이스의 곁에 있지 않았고, 그레이스는 빌리에 대한 생각을 절대 멈출 수 없을 터였다. 그레이스의 유일한 사랑이었다.

그레이스가 해리스의 생각을 끊었다. "당신은 혼자라 참 행운이야."

"그레이스." 해리스가 말했다. "가엾은 그레이스."

"진심이야. 결혼은 말짱 헛짓이야."

"여기서 나가자. 시내까지 나갈까? 빈센츠로 가도 괜찮겠군. 거기 가본 지 한참 됐잖아."

그레이스가 몸을 숙이며 배를 감싸안았다. "배가 좀 그만 아팠으면 좋겠어."

"뭐 좀 먹었어?"

"먹을 수가 없어."

"먹어야 해."

그레이스가 고개를 저었다.

해리스는 그레이스의 등을 문질러주었다. 손가락으로 부드럽게 등을 위아래로 쓸면서 눈을 감고 그레이스가 입은 블라우스의 질감을 느꼈다.

"나도 내가 운이 좋다는 거 알아." 그레이스가 말했다. "이렇게 과잉 반응을 보여서 미안해."

"아니야, 이리 와." 해리스가 말했다. 그레이스가 그에게 몸을 기울였고, 해리스의 어깨에 머리를 기댔다. 그는 다시 눈을 감았다.

"어쩌면 나 섹스가 필요한 건지도 몰라. 그게 내게 필요한 일 같아." 그레이스가 말했다.

둘은 좀더 키스했고, 어색했다. 해리스는 멈추고 싶다는 생각을 조금 했지만, 그레이스가 허락하지 않았다. 오랜 시간이 걸려서야 둘 다 준비가 되었고, 끝내는 데도 오랜 시간이 걸렸다. 해리스는 탈진한 기분이 들었고, 그레이스는 일어나서 침실로 갔다가 실내복을 입고 돌아왔다. 해리스는 옷을 벗은 채로 어색하게 소파에 앉아 있다가 무릎에 속셔츠를 걸쳐놓았다.

"괜히 헛수고하지 말자." 해리스가 말했다. "당신은 뭘 좀 먹어야 해."

"그냥 눕고 싶어."

"알았어."

"잊어버리기 전에 당신에게 줄 게 있어."

그레이스는 다시 일어나 레버액션 라이플을 가지고 돌아왔다. 해리스는 이 오래된 30구경 라이플이 빌리의 것임을 알아보았다. 오래된 단신총도 있었다.

"당신이 가지고 있는 게 나을 거 같아서."

해리스가 벌거벗은 채로 일어나 그레이스의 눈을 들여다보았으나 그녀의 눈에는 어떤 감정도 없었다. 그레이스는 아무렇지 않게 총을 건네주었다. 그는 총을 받아 문 옆 구석에 세워두었다.

*

둘은 잠시 침대에 누워 있다가 다시 같이 잤다. 이번엔 어색하지 않았고 마치 관성적으로 하는 느낌이 들었다. 그레이스는 해리스의 손길에 반응했지만 전과 달랐다. 그녀는 신호가 거의 닿지 않는 어딘가로 후퇴해버렸다. 섹스가 끝났을 때 둘은 손을 잡고 누워 있었다. 그레이스는 절대 이 일을 극복하지 못할 것이다. 해리스는 결단을 내려야 할 터였다.

하지만 결정은 이미 내려졌다. 처음에 빌리의 재킷을 숨길 때 이미 결심한지도 몰랐다. 해리스는 이런 식으로 그레이스를 내버려두지 않을 생각이었다. 해리스는 몸에 덮은 담요의 구김을 폈다. 그 상태로 조금만 힘을 주어 밀면 자기 피부를 마치 북처럼 찢어버릴 수 있을 것만 같았다. 전에도 스스로 그런 짓을 한 적이 있었다. 곤란한 상황이 닥칠 것을 알면서도 저지르는 짓. 낯설지 않은 느낌이었다. 마지막으로 그런 느낌을 받은 것은 와이오밍주에 사냥하러 갔을 때였다. 해리스는 길을 잃었고 눈 속에 굴을 파고 그 안에서 이틀 밤을 보냈다. 식량이 바닥나고 눈이 계속 해리스의 몸 위로 무너져내렸다. 해리스는 자기가 죽을 거라고 생각했다. 의심의 여지가 없었고, 자신이 자초한 일이었다. 날씨가 나빠질 걸 알면서도 사냥에 나갔던 것이다. 비행기를 타고 와이오밍주까지 먼길을 간 터라 아무 소득 없이 돌아가고 싶지 않았다.

지금도 그때와 다르지 않았다. 해리스는 제 발로 곤란한 상황에 걸어들어갔다. 동이 틀 무렵 세번째로 맞는 아침에 해리스는 굴을 떠났고, 걷기 시작했고, 다리가 눈 속에 푹푹 빠졌다. 라이플이나 배낭까지 가져가기엔 몸이 너무 약해진 상태였다. 열 시간 후 햇빛이 사라지기 몇 분 전, 해리스는 도로를 발견했다. 그는 그때 무슨 일이 있었는지 어느 누구에게도 말하지 않았다. 그레이스에게도, 호에게도, 주치의에게도. 해리스는 모텔에 방을 잡았고, 이튿날 비행기를 탔다. 해리스의 일부는 그때 그곳에 남아 있었다. 그리고 이게 이성적인 판단이야, 해리스는 혼자 생각했다. 내가 그레이스에게 해줄 수 있는 건 이게 전부야.

해리스는 이불을 끌어당기기 시작하다가 곧 일어나 방안을 서성거렸다. 어쩌면 전부터 쭉 알고 있었다. 해리스는 창가에 서서 자기 입에서 무슨 말이 나올지 기다렸다.

"침대로 돌아와." 그레이스가 침대 옆자리를 툭툭 치며 말했다.

"응." 창밖으로 희미한 빛이 보였다. 별이 몇 개 떠 있었다. 그는 뭔가를 찾고 있었지만 그게 무엇인지 자신도 몰랐다.

"난 괜찮아질 거야. 오늘 갑자기 걱정이 몰려와서 그래. 곧 좋아질 거야. 약속할게. 잠시만 내 옆으로 와줘."

그날 밤 늦게 눈을 뜬 해리스는 실은 자신이 전혀 자지 못했다는 걸 깨달았다. 이번에 할 일은 이제까지 자신이 해온 일들, 즉 나쁜 요소를 없애는 일과 별로 다르지 않을 터였다. 대화를 좀 하면 됐다. 고민하는 건 아무 소용 없었다. 그레이스에겐 언제나 누구보다 빌리가 우선이었다. 세상엔 자식을 위해 사는 사람들이 있었고, 그레이스도 그중 하나였다. 빌리만 아니었다면 그레이스는 완전히 다른 사람이었을 것이다. 그렇지 않은 사람들도 많았고, 세상에 그레이스 같은 사람이 있다는 건 좋은 일이었다. 그런 사람 중 하나를 아는 것만으로도 해리스는 행운이었다.

"방금 뭐라고 했어?" 그레이스가 속삭였다.

"빌리는 내가 책임질게. 빌리에게 아무 일도 없도록 할게."

둘은 어둠 속에서 오랫동안 서로를 바라보았다. 그레이스는 몰라, 해리스는 생각했다. 이게 무슨 의미일지 모르고 있어.

"만약의 경우를 위해서 하는 말인데, 당신이 이 일에 대해 아무에게도 말하지 않는 게 좋을 것 같아. 단 한마디도 말이야."

그레이스의 눈이 촉촉해지는 게 보였지만, 그레이스는 눈물을 훔쳤고, 그게 다였다.

"난 나쁜 사람이야, 그렇지?" 그레이스가 말했다.

해리스가 손을 내밀어 그레이스의 얼굴에 흘러내린 머리카락을 뒤로 넘겨주었다. "당신은 빌리의 엄마잖아."

12. 아이작

밭 가장자리의 덤불 속에서 자던 아이작은 트럭이 다가오는 소리에 잠을 깼다. 전조등이 점점 가까워졌다. 일어나, 사람들이 오잖아, 아이작은 생각했다. 여기가 어딘지, 어디로 달려야 할지 생각해내려 애쓰고 있는데, 트럭소리가 점점 커지더니 전조등이 아이작이 잠을 잔 덤불의 다른 쪽을 비췄다. 아이작은 벌떡 일어났다.

초록색 농업용 트랙터였다. 아이작은 다시 앉았고, 농부는 아이작의 존재를 눈치채지 못한 채 쏜살같이 지나갔다. 존 디어* 마크가 달린 커다란 파종기가 선명한 노란색 씨앗을 구름처럼 뿜어냈다. 맙소사, 이 사람들은 왜 이렇게 일찍 일어나는 거야. 피가 빠르게 돌고 마음 한구석에서 그냥 더 자고 싶다는 아쉬움이 들었다. 그러나 자기도 모르게 입가에 웃음이 돌았다. 노인이 파종기를 경

---

* 미국계 중장비, 농기계 제조 회사.

주용 자동차처럼 몰고 있었던 것이다. 아주 곧게 일직선으로 나아간다는 것만 달랐다. 아이작은 그대로 덤불 속에서 농부가 일하는 모습을 지켜보았다. 그러다 길고 평평한 밭 위로 해가 떠오르자 마음을 추스른 뒤 뒤쪽 길로 슬그머니 들어가 산울타리 밖으로 나왔다. 맞은편에 도로가 있었다.

땅은 아주 평평했고, 대부분 밭이었다. 드문드문 주택가가 보였지만 대개는 직사각형으로 넓게 갈아놓은 밭이었고, 좁게 줄지어 자란 나무나 오래된 울타리가 경계선을 표시했다. 모든 게 바둑판처럼 줄 맞춰 나뉘어 있었다. 도로에서 벗어나지 말자. 씨 뿌릴 시기야, 밭을 가로지르다 잡히지 말자고. 물론 밭에서 먹을 걸 구할 수 있을 거야. 아니면 최소한 어딘가의 호스에서 물을 마실 수 있을 거야.

아이작은 정오쯤 커다란 강에 닿았다. 강은 세 방향으로 한없이 뻗어나갔고 끝이 보이지 않았다. 어쩌면 강이 아니라 이리호*인지도 몰랐다. 이리호가 가까이 있을 터였다. 이 물은 안전할까? 그냥 목만 축이고 싶은데. 아니야, 괜한 짓 하지 말자. 마시지 말 걸 그랬다면서 후회할 수도 있어. 왼쪽으로 물을 따라 집들이 보였다. 외부인 출입을 제한하는 커다란 주택가였다. 오른쪽으로는 저멀리 작은 계류장이 보였다. 그 너머는 그냥 공터였다. 아이작은 계류장 쪽으로 향했다. 그때 수위실 옆에 쓰레기가 넘치게 담긴 쓰레기통이 보였다.

정말 할 거야? 하지만 다른 수가 없었다. 아이작은 보는 사람이

---

* 미국의 5대 호수 가운데 하나.

없는지 주위를 둘러본 뒤 최대한 빨리 쓰레기를 뒤졌다. 썩지 않은, 안 먹은 음식이 있었다. 쓰레기통의 썩은 냄새에도 불구하고 신선한 음식 냄새가 강하게 코를 자극했다. 아니야, 아이작은 생각했다. 음식은 더 아래쪽에 있어. 아이작은 패스트푸드와 와인병과 빈 맥주 캔과 물병 따위가 든 종이봉지를 헤집었다. 이건 무겁네. 거의 꽉 찼어. 물인가 아니면 다른 건가? 누가 오줌을 눈 게 아닌지 꼭 확인해. 아이작은 쓰레기통에 어깨까지 집어넣어 병을 꺼내고는 빛에 비춰보았다. 투명하고 차가웠다. 제발 안에 이물질이 없길. 호숫물보다는 낫겠지. 수백만 명보다는 한 명의 타인이 마시던 게 낫잖아. 아이작은 병의 내용물을 반쯤 마셨다. 희미하게 담배 맛이 났다. 아이작은 뚜껑을 닫고 병을 주머니에 넣었다. 그렇지, 이거야. 벌써 훨씬 기분이 좋은걸. 아무도 내 모습을 못 봤으면 좋겠다.

아이작은 호숫가를 따라 계속 걸었다. 저멀리 핵발전소가 보였다. 높은 냉각탑들이 호수 옆에 있었다. 난 어디로 가고 있는 거지? 몰라. 그냥 걷는 거야. 포는 뭘 하고 있을까? 모르긴 해도 쓰레기통을 뒤져 먹고 있진 않을 거야. 낮잠을 자고 있을지도 모르지. 술에 취해 해먹에서 자고 있지 않을까. 그렇지만 다른 가능성도 있어. 경찰이 시체와 포의 외투를 찾았잖아. 포는 빠져나갈 수 없을 거야.

난 언제 다른 사람이 될 수 있을까? 남들이 보기에, 아니면 내가 보기에? 내가 보기에지, 아이작은 생각했다. 몰라. 뭔가 잘못됐어. 호수에서 점점 더 멀어지고 있잖아. 무슨 지류에 와 있어. 계속 따라가다보면 다시 돌아갈 수 있을 거야. 한 방향을 골라서 계속 그쪽을 따라가자. 좋아, 서쪽이야. 하지만 아이작은 어느 쪽이든 중요하지 않다는 걸 알고 있었다. 아이작은 목적지 없이 걷고 있었고, 아이작을 기다리는 사람도 없었다. 그러니 여기가 어디든 더는 중요하지 않았다.

*

몇 시간 뒤 아이작은 주간고속도로 아래를 지났다. 주위는 점점 더 인적 없는 숲과 밭으로 바뀌었다. 아이작은 자주 물병을 꺼내 조금씩 목을 축였다. 조만간 뭔가 다른 걸 구할 수 있을 거야. 프라 이드치킨 한 통. 스테이크와 계란. 길이 끝나고 작은 숲이 나왔다. 아이작은 숲으로 들어갔다. 여전히 서쪽으로 가고 있었다. 이건 말 이 안 돼. 여기 있다는 건, 길을 따라간다는 건 이성적인 행동이 아 니야. 그냥 계속 걷기나 해.

아이작은 꽤 널찍해서 뒤에 뭐가 있는지 알 수 없는 숲을 걷다가 농지를 구분하는 좁은 길을 걷기를 되풀이했다. 늦은 오후가 되자 누군가 따라온다는 느낌이 들었다. 여기로 오다니 어리석었어. 절 대 먹을 걸 찾을 수 없을 거야. 땅은 축축했고 사슴들이 지나다닌 흔적이 여기저기 남아 있었다. 아이작의 맥박이 빨라지기 시작했 다. 그냥 과대망상일 뿐이야. 무시하지 않으면 미쳐버릴 거야. 네 몸에서 건강한 건 정신뿐이잖아. 아이작은 계속 걸었지만 누군가 가 따라온다는 느낌은 사라지지 않았다. 길이 자연적으로 좁아지 는 관문에 도착한 아이작은 바위 뒤에 몸을 웅크리고 기다렸다.

곧 개 세 마리가 나타났다. 버려진 개들이었고, 길을 따라 총총 걸음을 치고 있었다. 앞장서던 개가 갑자기 멈추더니 허공에 대고 킁킁 냄새를 맡았다. 개들은 모두 야위고 더러웠으며, 군데군데 털이 빠졌고, 여러 종류가 섞인 잡종견이었다. 보더콜리와 셰퍼드 외에도 알 수 없는 견종들이 섞여 있었다.

개들을 지켜보고 있으려니 그는 온몸에 소름이 끼쳤다. 금세 네 번째 개가 나타났다. 마지막 개가 아이작 냄새를 맡았는지 몸이 뻣뻣해지더니 그가 숨어 있는 바위들 쪽으로 방향을 돌렸다. 저놈들에게 내가 보이는 건가? 아닐 거야. 하지만 저건 호의적인 관심이 아니야. 아이작은 주위를 흘끗거리다가 커다란 돌 여러 개를 찾아냈다. 움직여버렸군. 저놈들이 이제 날 봤어. 앞장서던 개가 앞으로 나오기 시작했다. 머뭇대면서, 약간 몸을 웅크린 채로, 귀를 뒤로 젖히고 있었다. 아이작은 일어나서 돌을 던져 개의 가슴을 맞혔다. 그는 그렇게 세게 던지지 않았고, 개는 잽싸게 살짝 물러났다가 다시 다가오기 시작했다. 아이작은 좀더 세게 두번째 돌을 던졌다. 개는 코에 돌을 맞았고, 세번째 돌을 맞고 나서는 도망쳤다. 다른 개들도 주저하다가 돌이 비처럼 쏟아지자 도망쳤다. 아이작은 도망가는 개들의 뒤에 대고 계속 돌을 던져댔다.

너무 잔인했나? 모르겠다. 다시 출발하자. 아이작은 생각했다. 저 밭을 가로질러서 도로를 찾는 거야. 개들아, 미안. 하지만 놈들은 내게 먹을 게 없다는 걸 알고 있었어. 내게 뭐 좀 얻어먹자고 따라온 게 아니었어. 날 시험하고 있었다고. 버려진 개는 코요테보다 더 나빠. 사람에 대한 공포가 덜하니까. 농부들이 총으로 쏘는 데는 다 이유가 있다니까. 그래도 내 행동은 잔인했어.

해질 무렵이 되자 아이작은 발을 멈추고 나무다리 아래에서 쉬었다. 커다란 해가 밭과 나무들 위로 낮게 걸려 있었다. 예쁘네. 아이작은 물을 아주 조금 마셨지만 물병은 거의 비어 있었고, 이젠 배가 고프다못해 아팠다. 물만 더 있어도 괜찮았을 텐데. 그 쓰레기통을 계속 뒤졌으면 물이 든 병을 하나 더 찾았을지도 몰라. 아니, 난 주간고속도로를 따라가야 했어. 음식과 사람이 있는 곳 가까이에 있어야 했어. 여기로 오다니 바보 같아.

난 사람들에게서 멀리 있으려는 거야, 아이작은 생각했다. 좌절의 눈물이 얼굴을 적셨다. 주간고속도로로 돌아가야 해. 아마 팔구 킬로미터쯤 될 거야. 일어나. 곧 어두워질 거고, 그럼 길을 찾을 수 없어. 저기 뒤쪽 어딘가에 주 고속도로가 있어. 가다보면 주간고속도로와 만날 거야.

어둠이 내렸을 때, 아이작은 터벅터벅 밭을 가로질러 주 고속도로에 도착했다. 신발에 진흙이 잔뜩 묻어 발이 무거웠고, 걷는 속도가 느렸다. 이만하면 충분해, 아이작은 생각했다. 오늘은 이만하면 충분히 걸었어. 개울이 나오면 그 물을 마셔야지. 얼마나 걸었지? 30킬로미터? 머리가 아픈 건 탈수 때문이야. 그렇다고 죽지는 않아. 식사와 잠자리가 필요해. 물 한 모금도. 남은 물은 나중을 위해 아껴두자. 한두 모금쯤 남았어. 저쪽에 소나무들이 있군. 저 아래는 부드러울 거야.

멀리서 개 짖는 소리가 들렸다. 튼튼한 막대기가 필요해. 아니, 침낭이 필요해. 땅에서 찬기가 올라와. 자고 싶어. 눈을 감자 모닥불 주위에 선 사람들이 보였다. 그러나 눈을 떴을 때도 사람들은 그대로 나무들 사이에 있었다. 스웨덴인이 웃고 있었고, 불 때문에 얼굴이 오렌지색으로 빛났으며, 스웨덴인 뒤쪽은 온통 어두웠다. 포가 스웨덴인 옆에 서 있었다. 피곤하면 사람들은 환각을 보지, 아이작은 생각했다. 배가 고파도 환각을 보고. 제발 자고 싶어.

아니, 내일 난 뭔가를 해야 해. 아마도 또 도둑질을 해야 할 거야. 좋아. 이건 자연의 본성이야. 몸이 원하는 것을 해. 다른 사람들 걸 훔쳐먹어. 그 늙은 오토처럼 죽어서 영원히 묻힌 채 먼지가 되고 뼈만 남을 거야. 오토는 지금 어디 있을까. 그자를 찾는 가족이 있을까. 죽은 것이 다 그렇듯 아무것도 안 남아. 하지만 오토는 사람이야. 이름이 있고 살아온 역사가 있고 누군가의 자식이고 그자를 사랑한 여자가 있을 거야. 죽은 자와 약한 자에게 잘하는 게 인간의 본성이야. 동물의 본성은 그 반대지. 혼자가 되면 동물의 본성이 드러나고, 더 고귀한 덕목은 그 빛을 잃어.

입이 말라 깔깔했다. 일어나. 저 헛간들 중 어디에 수도가 있을 거야. 정원용 호스든 뭐든. 아직 어두울 때 어서 하자. 생각해봐. 어머니가 이런 내 모습을 본다면? 가슴에 대못이 박힐 거야. 가족 내력이야, 속상한 일이 있으면 입을 꾹 다무는 거. 리는 그 병에 걸리지 않았지. 노인네는 내게 그런 경향이 있다고 생각했지만 어떻게 해야 할지를 몰랐지. 노인네는 다른 유의 가족을 원했어, 자기가 상석에 앉는 그런 가족.

얼마나 오래전 일이지? 한 달. 일 년은 지난 느낌이야. 집을 나오기로 마음먹었을 때였지. 이젠 별 의미 없어 보이지만. 외투를 입고 노인네와 뒤뜰에 앉아 석쇠에 고기를 구우면서 라디오를 듣고 있었어―프로야구 춘계 훈련 하이라이트 뉴스. 피츠버그 파이리츠가 신시내티 레즈에 밀리고 있다는 내용이었지. 노인네가 말했어. 잭 듀크를 메이저리그로 올려야 해. 그래야 파이리츠는 슬럼프에서 빠져나올 수 있어. 내가 뭐라고 대답했더라? 기억이 안 나. 저런 사람으로 산다는 게 어떤 건지 궁금하지 않니? 중요한 사람으로 사는 거 말이야.

노인네가 나를 봤어. 내 말뜻 알겠니? 노인네가 계속 말했지. 물론 넌 체구가 작은 것치고는 늘 어깨 힘이 대단했어.

아이작은 깜깜한 하늘을 올려다보다가 옆으로 누워 온기를 빼앗기지 않으려 몸을 웅크렸다. 그 일이 이 모든 것의 시작이었나? 아니야, 그냥 온갖 일들 중 하나였을 뿐이야. 그 밖에도 계기가 될 만한 사건들이 있었어, 많았지. 그 오랜 시간을 노인네 옆에 있었던 건 오로지 인정받기 위해서였어. 인정해. 내가 떠나지 않았던 건 동정심 때문이 아니었어. 노인네가 나에 대해 깨닫게 하려고 그랬던 거야. 그렇지만 상황을 더 악화시키기만 했지. 노인네는 하루는 저녁식사를 차려줘 고맙다고 하더니, 이튿날엔 내가 자기 연금을 갉아먹으며 산다고 했어. 날 시험한 거지. 어머니에게 했던 것과 똑같이. 우리 중 누구도 노인네에게 대들지 않았어. 어머니는 자기가 실수를 저질렀단 걸 알았을 거야. 어떻게 빠져나올지 몰랐을 뿐. 참고 살려고 했지만 실패한 거야. 결국은 선택을 했고.

어머니는 성인군자는 아니었어. 리가 예일대에서 입학 허가를 받자 자기 임무는 끝났다고 생각했지, 아버지처럼. 그만 끝을 낼 시간이었지. 하지만 그건 모르는 일이야. 어떤 일이든 일어났을 수 있어. 쪽지 하나 남기지 않았으니 순간적인 충동으로 일을 저질렀을지도. 높은 다리에서 아래를 내려다보면 묘한 느낌이 들어. 무슨 일이 일어났는지는 알 수 없는 거야.

*

아이작은 밤중에 자다가 몇 번이나 깼다. 날이 굉장히 추웠고 너무 춥고 몸이 뻣뻣해져서, 다시 잠을 이룰 수가 없었다. 일어나서 걷지 않으면 얼어죽을 거야. 아이작은 물병에서 물을 한 모금 더 마시고 비틀거리며 일어나 옷에서 흙을 털었다. 그리고 다시 걷기 시작했다. 몽롱한 상태에서 고속도로 소리가 들리는 쪽으로 걸었다. 이윽고 해가 뜨자 몸이 따뜻해져 더 걸을 필요가 없어졌다.

주간고속도로에 도착하고 한 시간, 어쩌면 세 시간쯤 지나자 맥도널드가 보였다. 아이작은 1달러 메뉴에서 달걀 샌드위치를 골라 세 개를 사고, 두통 때문에 물을 여러 잔 마셨다. 그리고 물병 가득 물을 채웠다. 사람들은 아이작을 쳐다보다가 못 본 척하기를 되풀이했다. 세금까지 내고 나니 2달러 80센트가 남았다. 아이작은 세 번째 달걀 샌드위치를 하얀 종이봉지에 조심스레 싼 뒤 커다란 외투 주머니에 넣었다. 그리고 화장실에서 몸을 씻었다. 옷이 점점 구겨지고 더러워지고 있었지만, 전에 입고 있던 옷에 비하면 훨씬 깨끗했다. 아이작은 사람들이 정말로 자길 보고 있었을까 생각했다. 내 얼굴 때문인가봐, 아이작은 생각했다. 멍 때문만은 아닐 거야.

아이작은 다시 고속도로와 평행하게 걸었다. 경찰이 보고 차를 세우는 일이 없게 울타리 안쪽 사유지에서 걸었다. 기차를 찾아야 해, 아이작은 생각했다. 이제 다시 머리가 돌아가는군. 기차를 타고 남쪽으로 가자, 얼어죽지 않도록. 흠, 어디로 갈 건데? 어디든 따뜻한 곳으로, 모르겠어.

난 괜찮아. 적응중이야. 오늘은 먹을 걸 좀 찾아야 해. 뭔가 강도질을 하자는 거야? 모르겠어. 어쩐지 아직도 배가 고파. 하지만 아껴 먹어야 해. 2달러와 잔돈 조금이 전부니까. 내일도 먹어야 하잖아. 그뒤로도 매일. 마지막 샌드위치는 아껴두자. 오늘밤에 반을 먹을 거야, 아이작은 생각했다.

아이작은 주간고속도로와 평행하게 계속 걸었다. 계속해서 울타리를 넘고 잡목을 돌아 가고, 쉬엄쉬엄 남의 눈을 피해 가야 했기 때문에 속도가 느렸다. 앞에 공터가 나왔다. 화장실이 있는 자동차 휴게소였다. 아이작은 물병에 물을 채우고 식수대에서 한참 물을 마셨다. 그리고 밖으로 나와 야외 탁자 앞에 앉아 쉬었다. 곧 캠리 한 대가 들어와 아이작 바로 앞에 섰다. 차에서 남자가 내려 화장실을 향해 총총히 걸어갔다. 아이작이 일어나서 차를 지나가는데 기어 앞에 남자의 지갑이 놓여 있는 게 보였다. 차문도 잠겨 있지 않았고, 나무들이 줄지어 선 곳까지는 50미터 거리였다.

아이작은 삼십 초 정도 차에 등을 돌리고 서 있다가 차 반대편으로 걷기 시작했다. 계속 걸어서 휴게소를 벗어났다. 바보짓이었어, 아이작은 생각했다. 다시는 그런 사치를 누리지 못할 텐데. 아니야, 다른 사람에게 그런 짓을 할 수는 없어. 아니, 해야 해. 안 그러면 굶어죽을 거야. 하지만 오늘은 더 안 먹어도 돼, 아이작은 생각했다. 그리고 아직 돈도 남아 있잖아.

*

해가 아직 다 지지도 않았는데 기온이 급격히 떨어지기 시작했다. 아이작은 한 시간 동안 땔감을 모아 쓰러진 통나무에 가지들을 쌓아올리고 아래쪽에 작은 공간을 남겼다. 그런 다음 오래된 낙엽과 소나무 가지들과 찾을 수 있는 모든 것을 위에 1미터 정도 쌓아올렸다. 간신히 기어들어갈 공간이 생겼다. 비좁았지만 매우 따뜻했다. 나뭇잎 담요. 솜씨가 훈장감이었다.

순식간에 곯아떨어진 게 분명했다. 눈을 떠보니 주위가 칠흑처럼 깜깜했다. 아이작은 산 채로 파묻혔다는 느낌에 미친듯이 나무집을 부수기 시작했고, 밖이 보이기 시작해서야 자기가 어디 있는지 기억해냈다. 나뭇잎에 달빛이 비쳤고, 다리가 긴 짐승이 밖을 돌아다니고 있었다. 사슴이었다. 저벅 저벅 저벅. 저벅. 아이작의 냄새를 맡은 사슴이 펄쩍 뛰었고, 도망치면서 나뭇가지들을 와자작 부수었다. 그는 다시 눈을 감았다. 어머니가 햇빛 속에서 집으로 연결된 진입로를 걷고 있었고, 흰머리가 섞인 어머니의 검은 머리칼에 빛이 내리쬐었다. 어머니는 고개를 들고 뭔가를 생각하며 웃고 있었다. 그러고는 더는 어머니의 얼굴이 보이지 않았다. 아이작과 어머니는 아버지와 함께 병원에 있었다. 이리 올라오너라. 아버지가 말했고, 아이작은 어머니의 도움을 받아 침대로 올라갔다. 아버지의 얼굴은 화상을 입어서 부어 있었고, 머리칼이 거의 다 빠져 있었다. 아버지가 아이작의 머리를 쓰다듬으며 말했다. 내 아들, 어떻게 지냈니? 난 아버지와 전혀 안 닮았어. 심지어 눈도. 병원에서 뒤바뀐 게 분명해. 햄릿 이야기처럼, 졸지에 아버지가 바뀐 거야. 그때가 바로 종말의 시작이었어. 아버지가 해고된 것도 큰일이었지만 입원했을 때와 비교하면 아무것도 아니야. 아버지는 모든 사람을 지치게 만들었어. 나 말고는 모두 떠나버렸지. 어머니가 바람이라도 피워서 집을 떠나면 좋겠다고 바랐던 걸 떠올려봐. 하지만 난 물론 아버지를 떠날 수 없었어.

딱 한 번 리를 찾아갔을 때, 리는 날 보고 무척 기뻐했고, 끊임없이 키스를 해댔어. 맙소사, 다시 만나서 너무 좋아. 그만 좀 해, 누가 보면 근친상간인 줄 알겠어. 내가 리에게 말했지. 리는 어깨를 으쓱하더니 영화 〈딜리버런스〉에 나오는 밴조 소리를 흉내냈어. 너도 곧 여기 오게 될 거야. 저 높은 돌탑들, 성 같은 건물들. 아빠 걱정은 하지 마, 리는 그렇게 말했어.

거기 사람들은 다 거만할 거라고 생각했는데 그 사람들은 그렇지 않았어. 네 고향은 참 아름다운 곳이겠지? 아마도요. 하지만 여기처럼 아름답진 않아요. 사람들은 내 말이 재밌다고 생각했어. 네 말은 뉴헤이븐이 아름답다는 거야? 아니, 얘 말이 맞아. 여긴 아름다운 곳이야, 우리가 모두 그걸 당연하게 생각해서 그렇지. 그때 그 누나 남자친구는 물리학 전공이었지.

이 기억들은 잊자, 아이작은 생각했다. 다시는 생각하지 말자.

*

아침이 되자 아이작은 임시 나무집을 발로 차 부쉈다. 구멍을 파고 대변을 본 뒤, 흙을 차서 그 위를 덮었다. 흔적을 지워야 해. 아직 마지막 샌드위치가 남았어. 조금 걸으니 주간고속도로가 보였다. 차들이 쌩쌩 달렸고, 해가 머리 위에 떠 있었다. 아이작은 마지막 남은 음식과 물을 먹고 마셨다.

그는 주간고속도로를 따라 계속 걸었다. 도대체 여긴 어딜까. 북부 미시간인가. 포라면 어떻게 했을까. 모르겠어. 활과 화살 같은 걸 만들자. 그딴 건 필요 없어. 오토, 그러니까 그 스웨덴인은 어떻게 됐을까. 감도 안 와. 그런 게 무슨 소용이야. 조만간 철길을 건너게 될 거야. 먼저 돈이나 먹을 걸 좀 구해야 해. 휴게소를 찾은 다음 계속 기다리다보면 뭔가 나타나겠지. 하지만 그러기 싫어. 마음대로 해. 그럼 그냥 굶든가. 고가도로. 저기 올라가서 내려다보자.

고가도로에 올라간 아이작은 한참 아래 고속도로를 내려다보았다. 땅은 완전히 평지였고, 차와 트럭이 아래에서 쌩쌩 달렸다. 소리에 귀가 멀 지경이었다. 해가 밝았다. 새 바지가 찢어졌네. 언제 그런 걸까? 저 수많은 가시나무와 뾰족한 철사 울타리를 봐. 파상풍에 걸리지 않은 게 다행이야. 몸을 난간 너머로 너무 숙이지 말자. 거세게 불어오는 이 바람. 아주 순간이겠지만, 바람을 타고 날 수도 있어. 트럭의 운동에너지. 2분의 1 곱하기 질량 곱하기 속력의 제곱. 8만 파운드 곱하기 시속 80마일의 제곱 곱하기 2분의 1. 단위가 피트/초 단위여야 해. 그럼 115피트/초. 5억 2900만 풋파운드*군. 내 몸무게는 110파운드. 트럭 속도를 전혀 줄이지 못하겠어. 아니, 이론적으로는 줄일 수 있지. 알아차릴 수 없을 정도겠지만.

다리에서 뛰어내려. 강인한 사람이 아니었지만 어머니라도 그렇게 했을 거야. 어머니가 다른 사람과 결혼했다면 상황은 달라졌겠지. 그럼 난 존재하지 않았을 테고. 내가 존재한다는 건 어떤 구체적인 순간에 그들이 그걸 했다는 거고, 그 결과가 나라는 걸 의미해. 내가 존재한다는 건 어머니가 아버지와 결혼했다는 걸 의미해. 내가 존재한다는 건 어머니가 그걸 했다는 걸 의미하고. 어머니가 실종되고 두 주가 지나자 우린 모두 어머니가 무슨 짓을 한 건지 알았어. 하지만 아무도 인정하려 하지 않았지. 그저 어머니가 가족

---

* 일의 양을 나타내는 단위.

을 떠났기를, 새로운 인생을 시작했기를, 다른 길이 있다는 걸 알았기를 바랐어. 어머니를 묻을 때 노인네는 떠나지 않으려고 했어. 관이 놓인 구덩이 옆에서 휠체어를 움직이려 들지 않았지. 난 리와 함께 노인네를 억지로 끌어내야 했어. 아버지는 장례식에 온 사람들에게, 친구들 모두에게, 듣는 사람 모두에게 이렇게 말했지, 어머니는 살해된 거라고. 하지만 사람들은 알았어. 누가 무슨 짓을 하면 사람들은 언제나 알아. 여러 가지 정황을 보고 결론을 내리지. 난 처음에는 노인네를 비난했지만 나중에는 비난하지 않았어. 하지만 노인네는 자신을 탓했어. 다른 건 몰라도 그건 확실히 알아. 그러면서 계속 날 시험했지. 너도 날 떠날 거냐?

이제 노인네는 혼자야. 자기가 아내에게 무슨 짓을 했는지 알고, 내가 자길 용서하지 않는다는 걸 알아. 외톨이. 딸은 아버지를 용서했고, 그래서 곁을 떠날 수 있었지. 아니, 나도 노인네를 용서해. 노인네는 연기를 하고 있는 거야. 연기를 해야만 하니까. 노인네의 내면을 감춰야 하니까. 내가 스웨덴인에게 한 짓과 똑같아. 그 일을 이해하지 않기 위해 내 일부는 죽어야 해. 가슴 한가운데에 차갑고 하얀 구멍이 뻥 뚫리지. 다른 사람이 따뜻하게 해주지 않으면 모조리 밖으로 새어나가고 말아. 사람을 사람답게 만들어주는 것. 사랑과 명예와 도덕. 지켜줘야 할 사람. 인간만이 이성적인 동물이지. 이성적인 동물은 오직 인간뿐이야. 하지만 그럴듯한 껍데기를 벗겨내봐. 칼을 잘 붙들어. 죽을 때까지 계속 이렇게 사는 거야.

이렇게 계속 가든지, 아니면 여기 이 난간에서 몸을 숙여, 좀더 깊숙하게 몸을 숙여, 아주 잠깐 아프고 나면 끝이야. 그건 두렵지 않아, 아이작은 생각했다. 아직 매듭짓지 못한 일이 있어. 해결할 일이 잔뜩 있다고. 단지 포일 뿐이잖아. 하지만 포가 강에서 날 구해줬어. 강에 뛰어든 나를 구해줬을 때는 지금처럼 단지 포일 뿐이잖아, 라고 생각하지 않았어.

난 운이 좋아, 아이작은 생각했다. 사람들은 이런 내 모습을 보지 못해. 운이 좋다고. 그럼 걸어. 걷기 시작해. 좋아. 이 다리에서 내려가자. 이 다리에서 내려가는 거야. 이제 선택을 할 차례야.

5부

1. 포

독방에 들어오고 사흘째 되는 날, 작고 뚱뚱한 교도관이 다시 와서 창살을 두들기며 수갑을 채워야 하니 손을 내밀라고 말했다.

"그 사람과 이야기하지 않을 거예요." 포가 말했다. "오늘이든 언제든."

"네 서류에 서명해야 해. 서류에 서명하지 않으면 변호사 따위는 구할 수조차 없어."

"아무것도 서명 안 해요."

"맙소사. 어째 얌전한 놈이 왔다 했더니."

교도관은 혹시 포의 마음이 바뀔 경우를 대비해 서서 기다렸다. 포는 질문을 하기로 마음먹었다. 참지 말고 물어보는 거야. 마침내 포가 말했다. "변호사가 이 아래로 내려올 수 있어요?"

"빌어먹을, 아니, 변호사는 특별 독방에 올 수 없어. 위층에 염병할 변호사 접견용으로 만들어놓은 방이 있다고."

"어쨌든 난 안 움직일 거예요. 변호사가 와서 날 만나야 해요."

"이런 꼴통 범죄자 새끼, 자꾸 이런 식으로 나올 거야?"

"난 아직 유죄 선고를 받지 않았어요."

"허, 보나 마나 유죄 선고를 받을 거야."

"서류는 우편으로 부치라고 그 남자에게 전해줘요."

"좋을 대로." 교도관이 말했다. "하지만 변호사는 여자야. 네 빌어먹을 변호사에 대해 그 정도는 알고 있어야지. 못생기지도 않았더군."

"그나저나 난 여기에 얼마나 더 갇혀 있는 거죠?"

"곧 나와." 교도관이 말했다. "곧."

교도관이 발을 끌며 사라지는 소리가 들렸다. 다른 독방의 재소자가 큰 소리로 교도관을 불렀지만, 그는 보이지도 않고 들리지도 않는다는 듯 그냥 지나갔다. 포는 자신이 썩 나쁘지 않게 잘 대처했다고 판단했다. 포는 항복하지 않았다. 두번째 기회를 잡지 않았다. 하지만 세번째 기회가 온다면 다시 싫다고 할 수 있을지 자신이 없었다. 포는 침대에 앉았다. 정신이상으로 독방에 갇힌 사람이 시끄럽게 소리치는 게 들렸다. 아무 소용 없는데도 그자는 도와달라고 외치고 있었다. 이틀째였다.

좋은 해결책은 없었다. 포 아니면 아이작이었다. 둘 다 이 상황을 빠져나갈 길은 전혀 없었다. 포가 독방에서 나가는 순간, 클로비스와 다른 자들이 포를 기다리고 있을 터였다. 어느 쪽이든 그는 탈탈 털리게 될 것이다. 칼로 털릴지 변호사에게 털릴지 선택은 그의 몫이었다. 오토를 죽인 게 누구인지 변호사가 알게 되는 즉시, 그 사실은 지방검사의 귀에 들어갈 것이고, 그러면 지금 이 곤란에 빠지는 것은 포가 아니라 아이작이 될 것이다. 그러나 어쩌면 아이작은 포보다 훨씬 잘 대처해낼지도 모른다. 확실히 가능성이 있었다. 몸집이 작긴 해도 더 적합한 자질을 가지고 있을 터였다. 정신적으로는 나보다 훨씬 강해. 난 그냥 겁을 먹은 거야. 계속 겁먹고 있으면 어떤 선택을 하게 될지 알잖아.

포는 눈을 감고 아침식사 때 아껴둔 마지막 오렌지 한 쪽을 먹었다. 뭔가를 먹으면 방금 하던 생각을 멈출 수 있을 것 같았다. 누워서 오렌지를 씹으며 텅 빈 느낌이 사라지길 기다렸다. 포에게는 텅 비거나 가득차거나 넘치거나 셋 중 하나뿐이었다. 중간은 없었다. 현실에서 사람들은 매분마다 죽었다. 죽어가고 있었다. 현실 세계의 진짜 기적은 죽는 게 자신이 아닐 거라는 인간들의 인식이었다. 하지만 죽지 않는 자는 없었다. 그 점만이 유일하게 확실했다. 죽음은 어둠으로 돌아가는 것이고, 순환이었다. 어둠으로 돌아가는 것이고, 순환이고, 평온함이었다. 죽음을 미뤄봤자 아무 의미도 없었다. 그저 부끄러움의 연속일 뿐이야. 잘못된 인식, 내가 모든 존재의 근원이라는 잘못된 인식에 대한 부끄러움. 실은 태어나면서부터 묘비에 이름이 새겨진 거나 마찬가지지. 미래의 묘비. 태어날 때부터 정해진 운명. 이제 포의 이름이 그 명단에 오를 것이다. 이 명단은 어딘가에 보관된 채로 전부터 존재했고, 포의 이름이 기록된다면 영광일 것이다.

하지만 그건 사실이 아니었다. 죽음은 그저 죽음일 뿐이었다. 죽음, 그리고 두려움이었다. 얼마나 친절을 베풀며 살았는지, 얼마나 영웅적으로 살았는지, 얼마나 겁쟁이로 살았는지는 중요하지 않았다. 죽는다는 현실을 바꿀 수는 없었다.

포는 좋은 사람이었다. 그의 선택들이 좋은 영향을 끼친 일도 있었다. 만약 콜게이트로 가버렸다면, 뷰얼에 살지 않았다면, 아이작이 몬강의 얇은 얼음 위를 걷기로 결심했던 날 포는 집에 없었을 것이다. 포는 용감한 일을 했다. 아이작은 3미터쯤 갔고, 얼음이 견디지 못하고 깨질 게 분명해 보였다. 다음 순간 아이작은 물에 빠졌고, 아이작을 쫓아간 포 역시 물에 빠졌다. 발밑에서 얼음이 깨지는 게 느껴졌다. 포는 잠시 공포에 질렸으나 곧 생각한 방향으로 나아갔다. 그는 아이작 잉글리시를 구했다. 포가 한 일 중 가장 잘한 일이었다. 아이작은 평탄한 삶을 살지는 못했어도 좋은 사람이었다. 평탄한 삶을 살지 못하는데 좋은 사람은 드물었다. 공공연히 해서는 안 되는 말이고, 또 미국에선 아무도 인정하지 않는 사실이지만, 일반적으로 삶이 고달플수록 인간쓰레기가 될 가능성이 높았다. 하지만 부자들은 더 심각했다. 부자들은 인생을 이해하지 못했고, 리에게서 부자 친구들의 이야기를 들어보면, 그들은 지능이 모자란 사람처럼, 정말로 뇌에 문제가 있는 사람처럼 세상을 봤다. 삶을 그런 식으로 이해했다. 그러니 세상이 이렇게 좆같은 것도 당연했다. 부자 중에 안 그런 사람이 드물었다. 아니, 몽땅 그렇게 한심하고 멍청했다. 그런 면에서 포는 행운아였다. 그는 부자도 아니고 가난뱅이도 아니었다. 그리고 아이작은, 자살하려던 마음을 바꾸고 포를 찾아왔다. 포는 아이작을 따뜻하게 감쌌고 아이작의 이야기를 귀기울여 들어주었고, 그들은 함께 앉아 밤새 이야기했다. 그게 계시가 아니라면, 무엇일까. 다시 말해, 그 일은 모든 일에 이유가 있다는 것을 보여주었다. 비록 도노라에서 온 소년을 거의 반죽여놓았지만 포는 아이작 잉글리시를 구했다. 이건 계시였다. 다른 사람들은 모두 엿이나 먹으라지. 해리스에게든, 지방검사에게든, 포가 아직 만나지 못했지만 포를 뒤쫓고 있는 다른 누구에게든 포는 아무것도 말해주지 않을 것이다. 그 일은 포의 인생에서 너무나 중요했고, 절대 망치지 않을 것이었다.

포는 사면초가의 상황에 처해 있었고, 오래 버틸 수 없었다. 앞으로 무슨 일이 벌어질지 감도 오지 않았다. 암처럼, 경고, 또 경고, 그렇게 경고만 있었다. 경고가 아주 많이 쏟아졌으나 단지 포가 알아보지 못했을 뿐이었다. 그 결과 포는 이런 상황에 처했다. 피할 수 없었다. 결국 이렇게 될 수밖에 없었다.

이 독방에는 무기로 쓸 만한 것이 전혀 없었다. 구한다 해도 교도관들이 몸을 수색할 것이었다. 일반 감방으로 돌아가면 뭔가 수를 짜내야 했다. 금속조각을 찾아내거나, 칫솔 손잡이를 날카롭게 갈거나, 콜라 캔으로 면도칼을 만들어야 했다. 아무것도 없는 것보단 나았다. 포는 최대한 많은 놈들과 맞붙어볼 작정이었다.

2. 리

일요일 밤이었고, 리는 살짝 미처버릴 것 같은 기분이었다. 이미 사이먼과 통화를 했고, 책은 단 한 글자도 더 못 읽을 것 같았다. 집밖으로 나가야 했다. 그녀는 수첩에서 전화번호를 찾고 조엘 카루소와 크리스티 하남에게 전화했다. 둘 다 조엘의 삼촌이 하는 술집으로 오겠다고 대답했다.

일요일이라 술집이 북적였다. 리의 고등학교 동창들이 거의 다 있는 것 같았고, 또는 적어도 리가 아는 사람들의 형제자매들은 와 있는 듯했다. 리는 남자들이 모두 덩치가 무척 크다는 점에 놀랐다. 근육운동 수준이 아니라 아예 스테로이드제를 먹고 몸을 키운 듯한 남자들이 소매를 잘라낸 특대형 티셔츠를 입고 팔짱을 낀 채 앉아 근육을 자랑하고 있었다. 하지만 달리 할일이 뭐가 있었겠는가? 여자들 대부분은 물렁살이 올라 간신히 이십대로 보일 지경이었다. 아무래도 헬스클럽에서 여자들은 반기지 않는 모양이었다.

리는 자신이 화장기 없는 얼굴로 맨투맨 티셔츠를 입고 와 다행이라 생각했다.

"반갑다, 애. 이렇게 빨리 돌아올 줄 몰랐어. 마지막으로 본 게 작년 크리스마스 때였지?"

리는 여자를 바라보았다. "재작년 크리스마스였던 것 같네."

"맙소사. 진짜야?" 조엘이 말했다.

"그럴걸." 리는 다시 생각해보는 척했다. "맞아. 재작년 크리스마스였어. 일 년 반 전이네."

"뭐 그 정도만 알아도 되지, 안 그래?" 조엘은 말하며 고개를 저었다.

"너 결혼했구나." 크리스티가 리의 반지를 만지며 말했다.

리가 반지 낀 손을 내밀었다. 약혼반지를 끼고 있지 않아 정말 다행이었다.

"축하한다, 애. 학교 동창이야?"

"이름은 사이먼이야."

"식은 교회에서 했어, 현대식으로 했어?"

"딱히 식은 안 했어. 그냥 판사에게 가서 혼인신고만 했어."

"맙소사, 너 임신했구나."

"그런 거 아니야. 그냥 충동적으로 해서 그래."

"우리 말하는 것 좀 봐." 크리스티가 말했다. "참 막나간다니까."

"어쨌거나, 너희는 어떻게 지내?"

"아휴, 살만 쪘지. 모두 다 그래. 남자들은 근육운동을 하고 엉덩이에 스테로이드 주사를 맞아, 우리 여자들은 그냥 살이 찌고."

"남자들도 살쪘어." 크리스티가 말했다.

리의 얼굴에 동의한다는 표정이 떠올랐는지 크리스티가 이렇게 덧붙였다.

"아니야, 우린 다 꽤 잘 지내고 있어. 난 이제 내 집을 샀고, 매달 융자금을 갚고 있지. 다들 잘 살아."

"크리스티는 먹고살려고 지진아들과 씨름을 해."

"특수교육이야." 크리스티가 말했다. "난 특수교육 교사가 됐어." 그러고는 장난스럽게 조엘을 툭 쳤다. "나쁜 계집애 같으니."

"넌 뭐하고 살아?"

리는 이런 질문을 예상하지 못한 자신을 탓했다. "음……" 리가 더듬거리며 대답했다. "다시 학교에 입학원서를 내볼까 해, 또, 글쎄, 시어머니 사업을 좀 도와드리고 있어."

"그래도 네 남편이 약혼반지 같은 걸 주긴 했지? 내 눈엔 안 보여서."

"안 끼고 왔어. 손에 잘 안 맞아서." 사실은 민망해서 도저히 낄 수 없었지만.

"다들 하나도 안 변했구나. 한 잔 더 할래?"

조엘이 직접 바에 들어갈 수도 있었지만, 다들 조엘의 삼촌이 와주길 기다렸다.

"좀 이상한 질문인데," 리가 물었다. "혹시 내 동생을 보거나 동생에 대해 무슨 얘기 들은 적 있어?"

"네 동생은 대학교 다니느라 동네를 떠난 줄 알았는데."

"아니야, 아직 여기 살아. 가끔 보이던데." 크리스티가 대답했다.

"그럼 뭘 하고 지내?"

"아버지를 돌보고 있어." 리가 말했다.

"참 묘하다. 너희 둘 중에 여기서 빠져나갈 사람은 늘 네 동생 같았는데 말이야."

리의 귀가 화끈 달아올랐다.

"내 말은, 넌 언제나 사람들과 잘 어울렸다는 거야. 네 동생은 너무 똑똑해서 사람들과 말하는 법을 모르는 애처럼 보였고. 여기 말고 딴 데 가면 더 잘 살 것 같지 않았어?"

"모르겠어. 아버지를 보살펴야 해서 여기 남았던 것 같아."

"너희 아버지?" 조엘이 고개를 저었다. "이 동네에 너희 아버지가 계실 곳이 없는 것도 아니잖아. 제강소를 퇴직하고 받는 연금 정도면 충분하다고. 나가서 한번 밖을 둘러봐. 밸리 곳곳에 노인들을 위한 건물이 세워지고 있어. 이제 여기서 구할 수 있는 직업은 가정 간호 정도가 다야. 애들 가르치는 자리가 줄고, 가정 간호 자리가 늘고 있어. 특수교육 교사직을 구하지 못했으면 크리스티도 지금쯤 환자용 변기나 갈아주고 있었을걸."

크리스티가 고개를 끄덕였다. "불행하게도 조엘 말이 맞아."

조엘이 다시 입을 열었다. "너희 어머니 때문일 거야. 네 동생 같은 애들은 엄마와 꼭 붙어 있어야 하는데 그런 일이 있었으니, 굉장히 상처받았을 거야."

잠시 침묵이 흐르고 다들 자기 잔만 들여다보았다.

크리스티가 침묵을 깼다. "더 나쁜 소식을 들으면 좀 기운이 날지 몰라. 빌리 포 기억나? 우리가 졸업반 때 1학년으로 입학해 풋볼 선수로 뛰던 애."

"물론이지."

"걔가 오래된 공장에서 부랑자를 죽였대. 죽을 때까지 두들겨 팼다네."

"도대체 뭐하자고 그런 델 갔을까? 좋은 일이라고는 있을 수가 없는 곳인데." 조엘이 말했다.

"누구나 비밀은 있는 법이지."

"무슨 뜻이야?"

"게이였을지도 모르지. 게이들이 그런 이상한 곳에서 만나곤 하잖아. 게이들은 이런 데 와서 데이트하거나 그러지 않아."

"걔가 게이가 아니라는 건 내가 장담할 수 있어." 조엘이 말했다.

"웃기시네."

"실은 말이지, 나 그애랑 했거든." 조엘이 손가락 두 개를 쫙 벌리며 말했다. "물론 그 나쁜 놈이 두 번 다시 연락하지는 않았지만."

리는 얼굴이 화끈거리는 걸 느꼈다.

"음, 이제 우리 중 누구와라도 같이 잘 수만 있다면 좋아할 거야. 꽤 오랫동안 여자라곤 구경도 못하게 될 테니."

"좀 안되긴 했어." 조엘이 말했다.

"정말로 그애가 그런 짓을 한 걸까?" 리가 말했다. 리는 그런 질문을 한다는 데 죄책감이 들어 시선을 돌려야 했으나, 둘 중 누구도 눈치채지 못했다.

"누가 알겠어?"

"리치 웰커를 개 패듯 패버린 건 사실이잖아. 리치 웰커가 두들겨 맞아도 싼 놈이긴 하지만, 다들 필요 이상으로 오래 팼다고 생각했지."

"그리고 작년에도 체포당했었잖아."

"그래, 그 일도 있었지." 조엘이 말했다.

리는 고개를 끄덕이고 화이트 와인을 홀짝였다. 굉장히 달았다.

"넌 여기로 다시 이사오거나 할 생각 있어?"

"그럴 생각은 없어." 리가 말했다. "적어도 당분간은."

"오 하느님, 감사합니다." 조엘이 말했다. "네가 다시 이사오면 내가 무슨 수로 남자랑 그걸 하겠니."

"이 음탕한 계집애." 크리스티가 끼어들었다.

리가 싱긋 웃으며 눈썹을 치켜세웠다.

"그냥 농담한 거야. 하지만 3학년 때 이후로 새로운 얼굴이 하나도 없어. 같은 학교 남자애랑 그 짓을 하고 그게 실수라는 걸 깨달아도 오 년 후에 다른 남자는 없고 갈 만한 술집은 문을 닫으니까 또 그애랑 그 짓을 하는 거야. 십 년 뒤에는 결혼을 하고. 우리 어머니들을 봐. 그런데 이젠 상황이 훨씬 나빠. 똑똑한 애들은 모두 떠나."

"너희도 떠날 거야?" 리는 그 말을 한 것을 곧바로 후회했다. 하지만 조엘과 크리스티는 어깨를 으쓱하기만 했다.

"아닐걸. 난 죽을 때까지 여기서 일할 거 같아." 조엘이 손을 크게 한 바퀴 저어 바 전체를 가리켰다. "그리고 크리스티가 바보들을 돌볼 거고."

"태아기 알코올증후군에 걸린."

"우린 진짜 죽이 잘 맞아."

둘은 함께 깔깔대며 웃었다.

"하지만 진심으로 말하는 건데, 여기 그렇게 나쁘지 않아. 길에서 차가 고장나도 이 분만 기다리면 아는 사람이 지나가잖아. 워낙

작은 동네니까."

"너희 둘 다 꼭 우리집에 놀러와." 리가 말했다. "같이 뉴욕에 가
자."

"그럴게." 조엘이 말했다.

"아이고, 제발." 크리스티가 말했다.

"아니야, 진심이야." 조엘이 말했다. "나랑 존은 자메이카로 크
루즈 여행도 다녀왔어. 난 너랑 달라. 기질적으로 모험가라고."

3. 해리스

그레이스의 집에서 나온 해리스는 곧장 경찰서로 향했다. 어쩌면 그레이스가 자신에게 줄곧 바라왔던 게 이런 것일지도 모른다는 생각이 머리를 맴돌았다. 일이 잘못될 경우, 해리스와 빌리 포 둘 다 감옥 신세를 질 터였다. 그냥 빌리가 재판정에 서게 두는 게 모두를 위해 나을지도 몰랐다. 머리 클라크는 술주정뱅이였고, 배심원들 앞에서 잘해낼 리 없었다. 머리에게 무슨 일이라도 생긴다면 지방검사가 진상을 알아낼 때까지 그 일을 샅샅이 파헤치리라는 것은 말할 필요도 없었다.

머리 클라크는 브라운즈빌에 있는 주소를 두 개 적어서 냈다. 해리스는 유니언타운 경찰서에서 슬쩍 서류를 보고는 화장실에 가서 종이에 적어두었다. 그때는 자기가 왜 정보를 모으는지 이유도 몰랐고 그저 오랜 직감에 따라 그렇게 한 것이었다. 지루해서 그래, 해리스는 생각했다. 머리가 멍했다. 해리스는 운전에 정신을 집중

하려 애썼다. 그는 지금 정당화를 하고 있었다.

이건 내가 이제까지 한 일 중 최악의 짓이 될 거야, 그는 생각했다. 그냥 가서 그자와 얘기만 하는 거야, 해리스는 속으로 되풀이해 말했다. 먼 옛날 해군 시절에 해리스는 베트남 다낭에서 한 남자를 쐈다. 이번 일이 죄를 짓는 거라면, 그때 일 역시 죄였다. 적어도 이번 일에는 의미가 있었다. 해리스는 자신이 대체로 옳은 일을 해왔다고 생각했지만, 어떤 면에선 전혀 그렇지 않기도 했다. 그는 사람들을 감옥에 집어넣기 위해 거짓말을 했고, 법정에서도 여러 번 거짓말을 했다. 하지만 그 사람이 한 일에 대해서는 절대 거짓말하지 않았다. 실제로 하지 않은 범죄를 저질렀다고 말한 적은 한 번도 없었다. 그는 오직 자신의 직감을 정당화하기 위해서만 거짓말했다. 자신이 왜 그 차를 세웠는지, 자신이 왜 그 차를 혹은 누군가의 몸을 수색했는지. 해리스는 자신이 아는 것들을 설명하기 위해 거짓말했다. 그러나 자신이 왜 알고 있는지는 설명할 수 없었다.

다낭에서 죽인 남자의 경우, 아무 의미가 없었다. 또 한번 집중 포격이 있었고, 날은 완전히 밝지 않았고, 해리스는 덱세드린*을 먹고 있었다. 지루한 상태였고, 약에 취해 있었다. 고등학교를 졸업한 지 일 년밖에 되지 않은 해리스를 거기까지 보낸 자들은 그야말로 제정신이 아니었다. 해리스는 헬리콥터 이착륙지 근처에 있는 바깥쪽 벙커에 배치되었다. 그 남자는 짐을 나르고 있었다. 배낭 폭탄 같았지만 해리스는 끝내 그 짐의 내용물을 확인하지 못했다. 해리스는 남자가 경계선을 둘러싼 작은 논두렁을 걸어가는 모

---

* 암페타민류 각성제의 일종.

습을 지켜보았다. 거기에는 누구도 있어서는 안 되었다. 해리스 쪽
은 바짝 마른 진흙 평지로 무인지대였고, 그 너머는 초록색 벼가
풍성하게 자라는 논이었다. 혹시 남자가 방향을 바꾸지 않을까 해
서 기다렸지만 남자는 그러지 않았고, 그가 200미터쯤 떨어진 곳
까지 오자 해리스는 남자의 약간 앞쪽을 조준하고 M60의 방아쇠
를 당겼다. 그리고 일 초지만 그보다 한참 길게 느껴지는 시간 동
안 그대로 방아쇠를 당기고 있었다. 다섯 발마다 예광탄이 나갔고,
총알은 남자를 맞힌 뒤 눈부신 초록색 논을 가로질러 계속 날아갔
다. 그 잠입자는 쓰러지지 않았다. 방금 자신에게 일어난 일을 인
정할 수 없다는 듯 한참을 그대로 서 있었다. 해리스는 당황했고,
어쩐지 화가 났다. 그는 다시 방아쇠를 당겼고, 남자가 쓰러진 후
에도 오랫동안 방아쇠를 놓지 않았다. 해리스는 남자가 쓰러진 곳
위로 예광탄들을, 증거를 지우려는 듯 앞뒤로 호를 그리며 쏘았다.
그는 탄띠 하나를 다 썼고, 벙커 바닥에는 그을린 놋쇠 탄피가 가
득했다.

　나중에 남자는 논두렁 옆에서 발견되었는데, 갈가리 찢어진 옷
조각들만이 그게 인간의 잔해라는 걸 알려주었다. 어쩌면 사고를
당한 농부일 수도 있었다. 짐은 찾을 수 없었다. 아무도 그 일에 대
해 두 번 생각하지 않았다. 베트남 사람이 죽으면 베트콩이 죽었다
고 여기고 끝이었다. 그러나 해리스는 사람을 죽였으니 벌을 받아
야 한다고 느꼈다. 쉽게 털어버리면 안 될 것 같았다. 해리스는 자
신이 한 일을 보고했고, 중위는 지루해하며 파일에 기록을 남겼다.
조준 사살 한 명. 다섯 달 뒤인 1971년 5월, 미국은 남베트남에 주
둔지를 넘겨주었고, 해리스는 집으로 돌아왔다. 세상의 모든 죽은

자들—그들도 한때는 살아 있었다. 사람들이 잊고 있는 건 바로 그 점이었다.

해리스는 경찰서로 들어갔고, 또다시 그레이스 생각을 했다. 그가 집에서 나올 때 그레이스는 자고 있었고, 키스를 해도 깨지 않았다. 그때 해리스는 알았다. 그레이스가 아주 깊이 잠들었기 때문에 알게 되었다. 그레이스는 자기가 해리스에게 바라는 게 뭔지조차 모른다는 걸.

어렵지 않을 것이다. 머리를 찾는 데 얼마 걸리지 않을 것이다. 카르자노는 증인을 가까이 두고 싶어했고, 그래서 주 예산으로 머리에게 일주일에 100달러씩 주고 있었다. 보호는 전혀 해주지 않으면서 그걸 증인보호 프로그램이라고 불렀다. 머리 클라크에게 필요한 건 돈뿐이었고, 그 돈을 받기 위해서라면 근처에 딱 붙어 있을 것이었다. 누군가가, 가령 해리스가 여기 있으면 안전하지 않다고 일깨워주지 않는 한은. 그러나 그러기 위해선 정말로 강하게 흔들어놓아야 할 터였다.

머리 클라크는 그렇게 악질적인 부류가 아니었다. 그를 도망치게 만드는 건 그리 어렵지 않을 것 같았다. 하지만 어려울 수도 있다. 난 지금 빌리 포 때문에 내 인생을 걸고 있는 거야, 해리스는 생각했다. 그래, 그 사실은 이미 알고 있어.

해리스는 트럭을 주차했다. 하마터면 시동 끄는 걸 뻔했다. 그는 경찰서로 들어가서 아래층의 증거물 보관실로 갔다. 마치 자신이 자동조종장치로 움직이는 듯한 기분이 들었다. 예전 경찰서 건물에서 이쪽으로 이사를 오면서 쌓아놓은 오래된 상자들이 모두 여기 증거물 보관실에 있었다. 그중에는 1950년대 것들까지도 있었다. 누구도 이 자료들을 뒤져보지 않을 것이었다. 해리스는 한때 자료를 모두 파기할까 하는 생각도 했었는데, 왜 그러지 않았던 건지 이제야 깨달았다. 해리스는 몇 분 동안 샅샅이 뒤진 끝에 누군가 오래전에 증거로 제출했던 5연발 리볼버를 찾아냈다. 꼬리표에 1974년이라고 적혀 있었다. 그는 총을 들여다보았다. 그레이스에 대해 생각했다. 그리고 이런 생각을 했다. 머리랑 그냥 이야기만 할 거면 뭐하러 이걸……

해리스는 공이를 내리며 실린더가 걸리는 곳 없이 잘 돌아가는지 확인하고 방아쇠를 당겨 공이가 끝까지 내려가는지를 보았다. 그런 다음 다시 계단을 올라 자기 사무실로 갔다. 38구경용 플러스P 할로포인트 탄환* 한 상자가 있었다. 해리스는 화장지를 사용해 총알들을 집은 뒤 총에 장전했다. 사무실을 둘러보며 그는 무력감이 커지는 것을 느꼈다. 낡은 그림들을 보았다. 일 년 반만 있으면 퇴직이었다. 어쨌든 이 총은 쓰지 않을 거야. 가서 이야기만 하고 오자.

해리스의 작은 재킷 주머니가 무거운 리볼버 때문에 축 처졌다. 그러나 예비로 하나 더 가져가야 했다. 평소 업무 때 쓰는 총 시그는 이 일에 알맞지 않은 것 같았다. 해리스는 사무실의 금고로 돌아가 45구경 골드컵을 꺼냈다. 해병대에서 돌아와 산 총이었다. 그는 주머니에 예비로 탄창을 더 챙기고 골드컵은 허리띠 뒤쪽에 매단 권총집에 넣었다. 그때 한 가지 생각이 떠올랐고 그는 속옷만 남기고 웃옷을 모두 벗은 뒤 방탄조끼를 걸쳤다. 그런 다음 다시

---

* 탄두 부분이 화산 분화구처럼 파인 탄알.

옷을 입었다. 겁먹었군, 해리스는 생각했다. 이렇게 겁먹어본 게 얼마 만이더라. 완전히 전투에 나서는 자세잖아. 방탄조끼를 입는 것도 몇 년 만이야. 손전등은 어디 있지? 해리스는 업무용 벨트에서 작은 제논 손전등을 꺼내 주머니에 넣었다. 머리가 멍해서 제대로 생각하기 힘들었다. 아무래도 뭔가를 잊어버릴 것 같았다. 일반적으로 사람들이 죽는 건—병사든, 비행기 조종사든, 자동차 경주 선수든—두번째 실수 때다. 첫번째 실수 때 살아남아도 자신이 그런 실수를 했다는 걸 깨닫자마자 그 사실에 정신이 팔려 다음 실수를 저지르는 것이다. 사람을 잡는 건 두번째 실수다. 해리스의 아버지는 코세어* 조종사였는데, 공중전중에 큰 실수를 저지르면 재빨리 편대에서 나와야 한다고 해리스에게 말했다. 어느 정도 주위가 트인 공간으로 나와 머리를 식힌 뒤 전투로 돌아가야 한다는 것이다. 지금도 그런 경우일까? 확신할 수 없었다. 밖으로 나가면서 해리스는 호에게 큰 소리로 말했다.

"내일 휴가를 쓸까 해. 일곱시까지 나한테 아무 소식이 없으면 밀러든 보르코프스키든 아무나 필요한 사람한테 전화해서 불러내."

"어디 가시는데요?" 호가 물었다.

"낚시하러. 나 대신 일 좀 해줘. 밀러나 보르코프스키에게 지금 전화하는 게 낫겠군. 자네가 자리에 없는 동안에는 둘 중 아무나 여기를 지키라고 해."

해리스는 자신의 낡은 차 실버라도를 타고 집으로 향했다. 털북

---

* 항공모함에서 발진하는 단발 전투기.

숭이가 밖에서 뛰어다니는 동안 갈아입을 옷과 운동화를 배낭에
넣었다. 그릇에 개 사료와 물을 더 채우고, 개가 닿을 수 있는 곳에
사료 봉지를 통째로 내려놓았다. 그리고 또다른 커다란 그릇에 차
가운 물을 가득 담아서 그 옆 바닥에 두었다. 집으로 돌아온 개는
금세 뭔가 잘못되었다는 걸 깨달았다. 해리스는 집에서 나가기 위
해 무릎으로 개를 강하게 밀어내야 했다. 그는 시선을 똑바로 앞으
로 고정하고 바큇자국이 난 길을 달리면서 먹을 것과 커피를 챙기
는 게 좋겠다고 생각했다. 오늘밤 그리고 내일 오후까지도 내내 밖
에서 지낼지 몰랐다.

　해리스는 브라운즈빌에 도착해 오래된 석조 집들 근처 언덕 꼭
대기에 차를 세우고 지도를 보았다. 주소를 찾은 뒤 지도에는 표시
하지 않고 머릿속으로만 외운 다음 아침을 먹고 트럭 연료 탱크를
둘 다 채웠다. 운전을 오래 해야 할 수도 있었다. 머리 클라크는 집
주소를 두 개 남겼다. 해리스는 시동을 걸고 첫번째 집을 향해 출
발했다.

4. 아이작

아이작은 밀려드는 차들을 한참 지켜보다가 마침내 고가도로에서 내려와 남쪽으로 향하는 75번 주간고속도로의 진입 차선으로 향했다. 아이작은 외투를 벗고 먼지를 최대한 털어낸 뒤 셔츠를 바지춤에 잘 집어넣고 구겨진 부분을 펴고 손가락으로 머리를 빗어서 엉킨 부분을 풀었다. 난 파티에서 곤죽이 되도록 퍼마신 학생이야. 그뿐이야. 부랑자처럼 보이는 건 순전히 우연의 일치고. 칼은 어쩌지? 외투를 덮어서 가리자.

뒤에 탱커를 단 보라색 대형 화물차가 주유소에서 나오자 아이작은 엄지손가락을 치켜들고 기다렸다. 트럭이 앞에 와 멈췄다. 아이작은 종종걸음으로 다가가 트럭에 올라선 다음 무거운 문을 끌어당겨 열었다.

"어디로 가니?"

"펜실베이니아주요. 아마도요."

"아마도?"

트럭 운전사는 사십대 후반으로 보이는 키가 작고 마른 남자로 깨끗하게 면도를 한 모습이었다. 운전사가 아이작에게 눈을 찡긋했다. "기름값을 낸다면 70번 주간고속도로에서 내려주마. 하지만 더 빨리 갈 수 있는 다른 방법이 있을 텐데."

"전 지금 돈이 한푼도 없어요."

"농담한 거다. 기름값은 회사에서 내주고, 어쨌든 난 그쪽으로 가." 남자가 말했다.

트럭은 내부가 무척 넓고, 어둡고 편안했다. 『오즈의 마법사』 같아. 아이작은 생각했다. 겉에서 보면 거대한 괴물 같은데 안쪽 높은 곳에는 작은 사내가 타고 있어. 트럭은 차체가 높았고, 빠르게 달려갔다. 대략 시속 130킬로미터였다.

일 분은 지나서야 아이작은 옆으로 지나치는 것들에 시선을 집중할 수 있었고, 보고 있는 것만으로도 현기증이 심해졌다. 누군가가 이걸 만들었어, 아이작은 생각했다. 아이작은 운전사를 바라보았다. 남자는 운전대를 잡고 에이엠 라디오방송을 듣고 있었다. 가끔씩 시민 무선 라디오에서 잡음이 끼어들었다. 인간의 정신은 무엇에든 적응할 수 있어. 금속 상자에서 나오는 목소리 같은 것에도. 서로 다른 금속 상자 두 개. 그러면서 밖의 길도 내다보면 몸은 지금 속도가 너무 빠르다는 걸 알지. 하지만 거기에도 적응하게 돼. 아이작은 이런저런 것들이 나타났다 사라지는 걸 보았다. 트럭, 금속 표지판, 집, 도로, 고가도로. 저 모든 걸 인간이 만들었어. 심지어 방송과 전파, 위성까지도. 이 모든 것에 어떤 의미가 있는 것만 같아. 하지만 실은 아무 의미도 없지. 그냥 인간이 하는 일들일 뿐이야. 그 때문에 인간은 동물과 다른 존재가 되었어. 더 나은 라이플과 항생제—이 두 가지는 붙어다녀. 스마트폭탄과 암수술. 하나가 없으면 다른 하나도 없지. 심지어 우리의 본성마저 균형을 유지하려고 해. 화성을 식민지화할 정도로 기술이 발전해도 그건 바뀌지 않을 거야—아기와 기만하는 마음, 민주주의와 치질. 매독에 걸린 목사. 우주복을 입고 누나를 생각하며 자위를 하는 아이. 아이작은 킥킥거리기 시작했다. 아이가 흥분했어, 아이작은 생각했다.

"뭔지 같이 좀 즐거워하자." 운전사가 말했다.

"잠깐 혼자 생각에 빠졌어요. 게다가 트럭에 처음 타보거든요." 아이작이 말했다.

"학교를 땡땡이치는 거냐? 아니면 대학생? 기분 나쁘게 할 생각은 아니다만, 모르겠어서."

"둘 다 아니에요. 대학에 가야 하는 게 맞겠지만요."

"의외로군. 처음에 난 네가 기사식당 같은 데서 사람들에게 전도하며 돌아다니는 그런 아이인 줄 알았다. 좀더 가까이서 보고는 전도하는 녀석이 혼자 탈선했나 생각했고. 그다음엔 잘 모르겠다 싶었고. 아마도 그래서 내가 차를 세웠던 것 같구나."

"오늘의 미스터리네요."

"그런 셈이지."

"음, 차 세워주셔서 감사해요."

"혹시 모르잖니. 네가 예수님이었다면 내가 두둑이 보답을 받았을 테니까."

"아직도 가능성은 있죠."

"이젠 제대로 미친 히치하이커처럼 말하는구나."

"한 방 먹었네요." 아이작이 말했다.

운전사가 껄껄 웃었다. "농담이야. 같이 라디오 좀 들을래? 한국에서 그 미친놈들이 핵폭탄을 실을 만큼 커다란 로켓을 만들었다더구나."

"북한 말하는 거예요?"

"하지만 네가 그런 일에 별로 관심이 없다는 건 이미 알겠다."

"그다지요."

"개인적으로는 그놈들을 당장 쳐야 한다고 생각해. 그냥 확 깔아뭉개버려야 해. 놈들이 당장이라도 털리도에 핵폭탄을 떨어뜨릴지도 모른다고."

"그 사람들도 우리에 대해 똑같이 생각하고 있을 거예요."

"흠," 운전사는 몇 초간 말이 없다가 다시 입을 열었다. "이십 년만 더 있어봐. 네가 가진 것에 좀더 감사하게 될 테니까. 내 말 알아듣겠니? 사실 그게 내가 지금 하고 싶은 말인 것 같다." 남자는 아이작을 바라보았다. "내 말을 못 알아듣는구나."

"아뇨, 무슨 말인지 알아요."

"이십 년만 더 살아보면, 내 말 알 거야. 물론 넌 젊으니까 내가 놓치고 있는 많은 것들을 누리고 있겠지. 60년대에 나는 너무 철부지였고 이젠 나이가 들어서 많은 걸 놓치고 있어. 기회라는 건 종종 찾아왔다가 지나가버려."

"아저씨가 놓치고 있는 게 많은지 전 잘 모르겠어요." 아이작이 말했다.

"아니, 난 쇼라는 쇼는 다 봐서 알아. 네가 안됐다는 생각이 드는 유일한 지점은, 네가 상상할 수 있는 모든 여자들의 나체를 이미 봤다는 점이야. 브리트니 스피어스나 패리스 힐턴 같은. 그 여자들이 섹스하는 장면이 사방에 돌아다니잖냐. 우리 때는 밤비 우즈*가 엄청난 화젯거리였어. 상상하고 원할 수 있는 건 그게 전부였지. 하지만 아마도 그쪽이 더 나은 거 같구나."

"그럴지도요."

"흠, 무거운 주제가 좀 빨리 나왔군, 안 그래?" 운전사가 아이작에게 다시 눈을 찡긋했다. "조금만 있다 다시 얘기해도 될까? 이제 방송에 누가 나올 건데 들을 가치가 있거든."

"알겠어요."

"이 사람 아니?"

아이작은 끊임없이 지껄이는 목소리에 귀를 기울였다. "아버지가 좋아하시는 남자 같은데요."

"조지 고든 리디야." 운전사는 어깨를 으쓱했다. "이 사람 말에 늘 동의할 순 없지만 재미있어."

남자가 라디오 소리를 높이는 동안 아이작은 자세를 편하게 고쳐 앉았다. 갑자기 남자가 라디오 소리를 다시 낮췄다.

"내가 하려던 말의 핵심을 깨달았어. 너희 세대에는 미스터리가 없다는 거. 하지만 듣던 라디오로 다시 돌아가자." 남자는 다시 라디오 소리를 키웠다.

아이작은 동의하지 않았지만 상관없었다. 아이는 아무래도 괜찮아, 아이작은 생각했다. 미스터리는 차고 넘쳐. 우주는 생긴 지 140

---

* 미국의 포르노 배우.

억 년이나 됐고, 지름은 1500억 광년이야. 양자역학 대 상대성이론의 문제도 있지. 아이는 새로운 규칙을 만들어야 할 거야. 인간과 짐승과 식물의 법칙에 영향을 받지 않는 규칙을. 아이는 네번째 방식으로 살아갈 거야. 아이의 마음은 더 고차원적인 체계에 몰두해 있어. 아이는 우주를 나는 법을 배울 거야. 성층권. 그 위는 차가워. 아이는 생각할 거야. 차갑고 파랗지. 질소─질소 때문에 하늘은 파랗고 식물은 녹색이지. 우주의 기본 요소. 누가 가장 날고 싶어할까? 휠체어에 앉은 사람들. 자신의 습기에 사로잡힌, 이 세상의 노인들. 아이는? 오디세우스처럼 귀환해. 오랜 방랑을 마치고. 아이는 오로지 식인종의 왕에게만 충성하지.*

"얘 너 괜찮니?"

"네, 괜찮아요." 아이작이 대답했다.

"혼자 잘 노는구나?"

"제가 성가시게 해드리는 게 아니면 좋겠네요."

"아니다. 차를 세워서 다행이었다고 생각해. 딸에게 집에 돌아갈 거라고 약속해서, 어제 아침 이후로 한 시간 정도밖에 못 잤거든. 그래서 기름을 채우려고 차를 세웠을 때 이야기 상대를 찾는 게 좋겠다는 생각이 들었지. 안 그러면 졸다가 도랑에 처박힐 것 같아서. 그때 딱 네가 나타난 거다. 그러니까 어떻게 생각하면 네가 내 목숨을 구한 거야."

"제 안의 예수님이 하신 일이에요."

---

* 허먼 멜빌의 소설 『모비딕』에 나오는 "나는 야만인이고 오로지 식인종의 왕에게만 충성한다"는 대사를 살짝 바꿔 썼다.

운전사는 엄숙하게 고개를 끄덕였다. "맞아," 그가 말했다. "정말 그렇구나."

                        *

몇 시간 뒤 운전사는 데이턴의 진입로에 아이작을 내려주었다. 아이작이 차에서 나오는데 남자가 말했다. "마약이나 뭐 그런 걸로 써버리지는 않을 거지, 응?"

"전 약 같은 거 안 해요."

"그래, 일단 저녁이라도 사 먹으렴." 남자는 아이작에게 5달러를 주었다.

거기서 1.5킬로미터 정도를 걷자 70번 주간고속도로의 트럭 휴게소가 나왔다. 아이작은 미트볼 샌드위치를 주문했다. 휴게소 안의 탁자 앞에 앉았지만 왠지 그러면 안 될 것 같아서, 다시 밖으로 나와 연석에 앉아서 샌드위치를 먹었다. 디젤엔진이 시끄러운 소리를 내며 자극적인 냄새를 풍겼고, 트럭들이 오갔다. 마치 기차역에 있는 것 같았다. 꽤 기다려야겠다고 생각했지만, 십 분 후에 트랙터 부속을 잔뜩 싣고 동쪽으로 가는 트럭을 얻어 탈 수 있었다. 이번 운전사는 아이작에게 어디서 왔느냐고 물었고, 아이작은 미시간요, 하고 대답했다. 운전사는 공짜로 차를 얻어 타고 싶다면 그보다는 재미있게 대답해야 할 거라고 말했다. 그래서 아이작은 기차를 타고 여기까지 왔는데 이제 집으로, 가족에게로 돌아가는 중이라고 얘기했다. 운전사는 아이작의 귀가를 돕게 되어 기뻐했고, 둘은 별 대화 없이 도로 위를 달렸다.

어둠이 내리자 운전사는 남쪽으로 돌아 79번 주간고속도로로 들어갔고, 리틀워싱턴에서 몇 킬로미터 지난 곳에서 아이작을 내려주었다. 잠시 동쪽으로 걷던 아이작은 언덕 꼭대기에 올라가 앉아서 깜깜한 고속도로를 내려다보았다. 저쪽이 몬강이었다. 거리가 얼마나 될까? 30킬로미터쯤? 주유소까지 가면 차를 얻어 탈 수 있을지도. 아이작은 가만히 앉아서 생각했다. 아니야. 떠났을 때와 같은 방식으로 돌아가.

지금 리는 뭘 하고 있을까? 전에는 알 수 있었지. 어쩌면 아직도 알 수 있을 거야. 리가 예일대에서 입학 허가를 받고 어머니가 죽을 때까지의 석 달―그때를 생각해. 모든 게 척척 들어맞았어. 우린 다 같이 카네기박물관에 갔지. 공룡 화석, 티라노사우루스를 보러 말이야. 노인네가 말했어. 난 뭐든 날 물어서 반토막 낼 수 있는 건 보고 싶지 않아. 저놈들이 멸종해버려서 정말 기쁘다. 하지만 그런 노인네마저도 티라노사우루스를 오랫동안 뚫어져라 볼 수밖에 없었어. 네가 저걸 발견한 사람이라고 상상해봐, 노인네가 말했지. 그러니까 네가 그 발견자인데 아직 아무에게도 말하기 전이라고 상상해보라고. 생각해보게, 왓슨. 노인네는 그런 사람이었어.

아이작은 언덕들을 바라보았다. 보이지 않았지만 강은 물론 거기 있었다. 걸어서 간다면 집까지 아마 이틀이 걸릴 터였다. 아니, 하루 반. 상관없어, 아이작은 생각했다. 잘 아는 곳이니까.

5. 포

이튿날, 교도관들은 감방 문 아래로 저녁식사를 밀어넣어주는 대신 수갑을 채우게 손을 내밀라고 했다.

"내 변호사가 또 왔나보죠?"

"무슨 말을 하는 건지 모르겠군." 교도관이 말했다. "손이나 내밀어."

"난 안 가요."

"십 초 안에 이 창살 너머로 네 손이 보이지 않으면 특별대응팀을 부르겠어. 네 문제가 뭐든 좆도 관심 없으니까."

전날 왔던 교도관이 아니라 다른 교도관이었다. 키가 크고 말랐으며 회색 머리를 단정하게 정돈하고 두꺼운 안경을 쓰고 있었다.

"어쨌거나 넌 다시 위쪽 감방으로 가게 될 거야."

"하지만 내가 한 짓을 생각하면 여기서 몇 달은 보내야 하는데요."

"네가 때린 그놈 덕분이지. 아예 그 개새끼를 죽여버렸으면 교도소장이 감형까지 해줬을 텐데."

포는 교도관을 보았다.

"농담이야." 교도관이 말했다. "그럴 리 없잖아."

"내가 여기서 안 나가겠다면요?"

"그렇게는 안 돼. 이 방에 넣어야 할 미친놈들이 차고 넘쳐."

"맙소사." 포가 말했다.

"어서 일어나."

"보호구치를 요청하겠어요."

"마음대로 해." 교도관이 말했다. "하지만 그 말은 위층에 있는 사람들에게 해. 여기서 내가 해줄 수 있는 일이 아니야."

포는 교도관을 따라 위층으로 올라간 뒤 다시 감방동을 통과해 그 층의 다른 감방으로 갔다. 블랙 래리 일당의 젊은 조직원 중 하나가 포를 보고 반대 방향으로 발길을 돌렸다.

교도관이 포를 감방에 혼자 남겨두고 나가자 포는 커튼을 치고 칫솔을 찾아 플라스틱 손잡이를 시멘트 바닥에 대고 문질러 뾰족하게 갈았다. 진짜 무기를 만들 만한 금속을 구할 수 있을까 싶어 창살과 창문을 흔들어봤지만, 흔들거리는 부분은 전혀 없었다. 포는 침대에 누웠다. 머리는 변기 쪽으로 두고 발은 창살 쪽으로 두었다. 그게 방법이야. 그래, 그런 거지. 그렇게 하면 빠져나갈 수 있어. 물론 당장이라도 일어나 교도관실로 달려가서 보호구치를 요구할 수도 있었다. 하지만 곧장 어제 있었던 곳으로 돌려보내질 터였다.

포 아니면 아이작이었다. 중간은 없었다. 호흡이 아주 가빴고 땀이 났다. 옷이 흠뻑 젖었다. 샤워라도 한 듯한 기분이었다. 그때 복도 저쪽에서 커다란 발소리가 들렸고, 사방에서 사람들 걷는 소리가 들렸다. 포는 이미 교도관에게 보호구치를 원한다고 이야기했다. 그게 타협안이 될 것이다. 포가 교도관에게 말했고, 만일 그 교도관이 다른 사람에게 이야기했다면 그들이 와서 포를 다시 독방으로 데려갈 거고, 만일 아무에게도 말하지 않았다면 아무도 오지 않을 것이다. 어느 쪽이든 가능성은 충분했다.

포는 아직 숨을 쉬고 있었지만 언제 끝날지 모르는 숨이었다. 언제나 그랬다. 삶은 당장이라도 끊어질 수 있었고, 태어나는 순간 그렇게 설정되었다. 모든 사람이, 모든 생명이 그랬다. 피할 수 없었다. 포는 한 번도 이런 식으로, 피할 수 없다고 생각해본 적이 없었지만 그건 두려워할 필요가 없다는 확신을 줄 수 있는 유일한 사실이었다. 죽음이 다가왔다. 확실하게. 겨울이 춥다는 사실만큼이나 확실하게. 하지만 포는 여전히 두려웠다. 단순한 두려움이었다. 포는 그 두려움을 의미 있는 것으로 만들 것이었고, 그게 포가 할 수 있는 전부였다. 포는 아이작 잉글리시를 구할 것이다. 그는 이 상황을 견뎌내고 싶었다. 더이상 이 일에 대해 생각하고 싶지 않았다.

다시 배가 고팠고, 새 감방에는 먹을 게 전혀 없었다. 나흘 만에 세번째 감방이었다. 포는 자기가 정말로 독방에 들어가야 할 사람들이 너무 많아서 여기 오게 된 것인지, 아니면 블랙 래리 일당이 수를 써서 자기를 다시 일반 감방에 처넣는 데 성공한 것인지 궁금했다.

쓰레기 매립이나 풋볼이나 그게 무슨 의미가 있었겠는가. 그런 일은 누구든 할 수 있었다. 하지만 이 일은 포가 아니면 할 수 없었고, 어떤 식으로든 아이작을 도울 사람은 포뿐이었다. 아이작의 가족조차 할 수 없었다. 심지어 리도, 결국은 자기만을 위해 살았다. 하지만 어서 이 일에 종지부를 찍어야 했다. 포는 그리 오랫동안 이성을 유지할 수 없을 터였고, 포는 자신을 잘 알았다. 늘 우라질 인생이었다. 처음부터 그렇게 태어났고, 이제는 그러한 현실에 고개를 숙일 때였다. 과거의 영웅들처럼 포는 자신의 모든 것을 바칠 것이었다. 숭고한 소명에 헌신할 것이었다. 포는 아이작 잉글리시를 구할 것이다. 그게 포가 여기 들어온 이유였다. 우연이 아니라 설계였고 포의 모든 인생은 이 순간을 위해 존재했다. 이제 그는 스스로 그걸 증명할 것이다. 영웅이 될 것이다.

포는 배가 고팠고, 뭔가를 먹어야 했다. 이윽고 열쇠가 짤랑거리는 소리와 발소리가 들렸다. 교도관이 계단을 오른 뒤 복도를 걸어오는 소리가 분명했다. 포를 보호구치 처리하기 위해, 포를 구하기 위해 오고 있었다. 그는 점점 더 커지는 짤랑거리는 열쇠 소리에 귀를 기울였다. 안도감이 밀려왔다. 살았어. 그때 뭔가 다른 느낌이 들었다. 메스꺼운, 이제까지와 다른 느낌, 그의 앞에 여생이 길게 펼쳐져 있다는 느낌이었다. 좌절감이었다. 포는 패배할 것이다. 그의 다리가 그를 배반할 것이다. 그렇게 빨리 목숨을 포기하는 걸 허락하지 않을 것이다. 포의 머리가 뭐라 생각하든 그건 중요하지 않았다. 포의 몸이 포를 이길 것이다. 포는 그 자리에 드러누웠다.

그러나 교도관은 포의 감방에서 멈추지 않았다. 계속 걸어갔다. 포는 일어나 앉았다. 교도관은 그냥 지나친 뒤 다른 감방을 향해 걸어가 뭔가를 전해주고는 몸을 돌려서 왔던 길로 돌아갔고, 계단을 내려갔다. 발소리가 멀어졌다. 난 겁쟁이야, 포는 생각했다.

포는 그에 대해 더 생각하기도 전에 벌떡 일어나 문을 열었다.

얼른 저녁식사를 할 것이고, 그게 다였다. 어서 저녁식사를 하고 힘을 아껴둘 작정이었다. 재빨리 복도를 걸어가 감방동의 1층으로 향한 다음 중앙 복도로 나갔다. 식당 냄새가 났다. 포는 식당 문을 보고 곧장 안으로 들어갔다.

식탁에 앉아 있던 아리안 브라더후드 일원 모두가 고개를 들었다. 클로비스는 젊은 부관들 모두와 함께 있었고, 드웨인도 거기 있었다. 드웨인은 시선을 내리고 포를 못 본 척했지만, 클로비스는 이미 일어서서, 마치 내내 포를 기다리고 있었다는 듯 씩 웃고 있었다. 포의 다리가 떨리기 시작했다. 그는 주저하다가 몸을 돌려 식당에서 나왔다. 복도의 정사각형 타일들만 눈에 가득 들어왔다. 포는 억지로 다리를 움직여 넓고 텅 빈 복도를 걸었다. 어디로 가고 있는지 아무 생각도 없었다. 몸이 붕 뜬 느낌이었다. 다른 재소자를 지나쳤다는 생각이 들었지만, 곧 그마저도 긴가민가해졌다. 슬로모션으로 움직이는 것 같았다. 포는 자신의 감방동으로 들어갔다가 곧바로 마음을 바꿨다. 함정을 파놓았을지 몰랐다. 포는 복도로 돌아가 운동장으로 가기 위해 홀을 지났다. 홀은 지나치게 조용했다. 다른 사람 목소리는 전혀 들리지 않았다. 포는 금속탐지기를 지나 출입구에 도착했다. 교도관실에는 아무도 없었다. 문을 밀어보았지만 잠겨 있었다. 흔들어도 열리지 않았다. 포는 문을 있는 힘껏 찼다. 꿈쩍도 하지 않았다.

돌아서자 클로비스와 여러 부관들이 등뒤에 서 있었다. 클로비스는 비니를 쓰고 있지 않았고, 포는 처음으로 앞으로 빗어 넘긴 클로비스의 가느다란 붉은 머리칼을 보았다. 클로비스는 대머리에 가까웠다.

부관 하나가 칼을 가지고 있었다. 날이 길고 청테이프로 손잡이를 만든 칼이었다. 포는 운동장으로 나가는 문을 다시 열어보려 했다. 세게 쳤지만 문은 열리지 않았다. 공격하는 척하며 다섯 남자 사이를 뚫고 도망치려는데 그중 하나가 굉장히 잽쌌다. 그가 포에게 달려들었으나 포는 쓰러지지 않았다. 몸에 달라붙은 남자를 그대로 질질 끌며 달렸다. 하지만 다른 놈들이 포를 덮쳤다. 그들은 포에게 마구 주먹을 날렸다. 고통이 점점 더 심해졌고 모든 게 흐릿해졌다. 마침내 포가 쓰러지며 마지막으로 본 장면은 온 바닥에 가득한 자신의 피였다.

6부

1. 그레이스

그레이스는 포치에 앉아 밸리의 풍경을 감상하며 햇빛이 변해가는 모습을 보고 있었다. 햇볕에 피부가 화끈거렸지만 의자에서 움직이지 않았다. 음식을 먹지 않은 지 이틀째였다. 집에 들어가 해리스에게 전화하자고, 그만두라고 말하자고, 그냥 다른 결과를 받아들이자고 결심한 것만 세 번이었다. 그리고 세 번 모두 시체 안치소 침대나 서랍에 누워 있는 빌리를, 빌리의 얼굴이 어때 보일지를 생각했다. 그레이스는 의자에서 움직이지 않았다. 빌리가 뱃속에서 처음으로 움직이던 때가 떠올랐다. 빌리는 매일 밤 열한시쯤 일정한 시간에 움직였다. 발로 차는 게 꼭 강한 심장박동처럼 느껴졌다.

빌리는 도통 뱃속에서 나올 생각을 하지 않았다. 그레이스는 예정일을 거의 한 달 넘기고서야 빌리를 낳았고, 그뒤로 다시는 임신할 수 없었다. 마치 빌리는 자신이 그레이스가 감당할 수 있는 한

계라는 걸, 그레이스의 모든 관심을 독차지해야 한다는 걸 알았던 것 같았다. 이제 언덕과 부드러운 목초지와 맑은 하늘을 보니 모든 게 적대적이고 차갑게 느껴졌다. 환각이었다. 그전까지는 땅을 보면 언제나 차분해졌고, 떼어낼 수 없는 자신의 일부라는 느낌이 들었다. 그러나 지금 그레이스는 그런 느낌이 얼마나 비현실적인지 알았다. 그런 것들은 절대 바뀌지 않았다. 사랑하지도, 고통받지도 않았다.

하지만 그레이스는 어떤 것도 하고 있지 않았다. 버드 해리스가 어쩌려는 건지도 몰랐다. 아니, 알았다. 그 남자는, 과거에 자동차 수리공이었다는 그 남자는 그레이스의 아들을 죽이려 했고, 지금 또다시 그러려고 하고 있었다. 하지만 그건 그냥 나 자신에게 하는 거짓말일 뿐이야, 그레이스는 생각했다. 사실 난 그 남자가 뭘 했는지, 내 아들이 뭘 했는지 전혀 몰라. 그래도 난 이 선택을 해야만 해. 죄가 있든 없든 이젠 전혀 중요하지 않아. 그건 진실이 아닌 것 같아, 그레이스는 생각했다.

하지만 그레이스는 버드 해리스가 지금 이 순간 그곳에 있기를, 그래서 그 남자를 죽이길 바랐다. 그게 그레이스가 바라는 바였다. 그레이스는 그 남자가 죽길 바랐다. 그레이스가 그 남자에 대해 아는 건, 그가 자기 아들이 뭔가를 하는 걸 봤다는 것뿐이었다. 혹은 자기 아들이 뭔가를 했다고 거짓말을 한다는 거였다. 그레이스는 그 남자가 죽기를, 그래서 아들이 살기를 바랐다. 그게 진실이었다. 어떤 어머니라도 그런 바람을 가질 거야, 그레이스는 생각했다. 내 입장이라면 누구라도 같은 것을 바랄 거야.

아니야, 난 그이에게 아무 말도 하지 않았어. 그저 생각만 했을 뿐 그걸 버드 해리스에게 말하지는 않았어. 해리스는 스스로 결정을 할 거야. 하지만 이런 식으로 생각하는 건 거짓말이었다. 그레이스는 아무 말도 할 필요가 없었다. 둘 다 알고 있었으니까. 그들은 지금도 알았다. 만일 버드 해리스가 그 남자에게 무슨 짓을 한다면, 그건 내가 직접 하는 것과 다를 바 없어. 이 일을 남에게 떠넘겨선 안 돼. 무시하기로 했지만 증거가 있잖아. 그 남자는 제 발로 경찰을 찾아갔고 내 아들은 그러지 않았지. 하지만 그 증거가 진실을 바꾸진 않아. 무슨 짓을 했다 해도 난 빌리가 살길 원해.

난 궁지에 몰려 있어. 그레이스가 큰 소리로 말했다. 모두 알게 될 거야. 지난주에, 도로 저쪽 끝에 사는 농부 컬트랩은 차를 타고 가는 그레이스를 정면으로 보고도 손을 흔들지 않았다. 그레이스와 에드 컬트랩은 이십 년이나 알고 지낸 사이였다. 모든 게 빌리가 그 남자를 죽였기 때문이었다. 사람들이 지금까지는 그레이스의 아들 일을 눈감아주었지만, 이번 일은 도를 넘었다.

아니었다. 그레이스와 버드 해리스 간에 오간 것은 말로 한 것만큼이나 분명했다. 다른 누구라도 똑같이 분명하게 느꼈을 것이었다. 사람들은 마을에서 그레이스를 쫓아내거나 더 심하게 굴 것이었다. 버드 해리스가 빌리를 지난번 곤경에서 빼내줬을 때도 모두들 알았다. 아주 조용히 처리하려 했지만 어째서인지 다들 알았다. 이제 이 일은 조용히 넘어가리라곤 상상도 할 수 없었다. 상관없어, 그레이스는 생각했다. 빌리가 아니라 내가 곤란을 겪는 거라면.

2. 아이작

어둠이 내린 지 오래였다. 아이작은 하루종일 걸어 리틀워싱턴
에서 스피어스까지 갔다. 거의 30킬로미터 거리였다. 스피어스에
서 뷰얼까지는 겨우 13킬로미터였다.

아이작은 70번 주간고속도로 다리에 서서 잠시 몬강을 내려다보
다가 기찻길로 향했다. 고속도로 아래에 앉은 십대 아이들 무리를
지나치는데 그중 한 명이 뭐라고 말하기 시작했다. 아이작이 자기
도 모르게 그쪽으로 시선을 보냈는지, 갑자기 주위가 조용해졌다.
아이작은 아이들을 지나치며 그들이 자기 사냥칼을 봤다는 걸 깨
달았다.

아이작은 아이들의 시야에서 벗어나자 허리띠에서 칼을 빼 아
무런 의식도 치르지 않고 강으로 던져버렸다. 아이는 옛 방식을 버
리고 있어. 스스로 선택하지 않으면, 선택을 당하게 돼. 아이를 봐.
걷고 있어. 한 발을 다른 발 앞으로 내딛기로 결정해. 실제로 그렇

게 걸어가고. 생각해봐. 리의 고양이가 내 책상에서 연필을 떨어뜨리던 방식. 왜? 자기가 할 수 있다는 걸 상기하기 위해서지. 왜냐하면 마음 한구석에서는—가장 오래된 한구석에서는—본능적으로 아니까. 언젠가는 그렇게 할 수 없게 된다는 걸. 교훈을 얻도록 해, 아이작은 생각했다. 매일 아침 무지한 상태로 깨어나. 내가 산 자들의 땅에 있다는 걸 상기하라고.

아이작은 남쪽으로 계속 걸었다. 기찻길이 넓은 풀밭을 가로질렀고, 밤하늘은 맑고 깜깜했고, 별들이 지평선까지 쭉 펼쳐졌다. 무수히 많은 별이 저 밖에 있어. 우리 주위로 사방에. 별의 바다야. 난 그 한가운데에 있는 거야. 저기 우리의 신이 있어—별 입자들. 저기서 와서 저기로 돌아가지. 별이 땅이 되고 사람이 되고 신이 돼. 어머니는 강이 되고 바다가 돼. 비가 돼. 난 죽은 사람을 용서할 수 있어. 아이작은 몸에서 뭔가 빠져나가는 느낌이 들었다. 머리에서 목에서 그리고 나머지 부분들에서. 마치 피부 밖으로 빠져나오는 것 같았다.

나오미 남쪽에 도착한 아이작은 그곳에서 밤을 나기로 마음먹었다. 아침에 몇 킬로미터 더 가면 되었다. 아이작은 강 근처 평평한 곳으로 가 앉은 다음 생각했다. 집으로 갈 수는 없어. 사람들이 날 설득해서 내 결심대로 하지 못하게 할 거야. 내가 그 사람들이라도 그렇게 할 거야. 기다리는 게 나아.

노인네는 노력했어. 정말로 노력했어. 과장이 아니야. 난 내일 가서 해리스에게 내가 한 짓에 대해 말할 거야. 그래야 옳아.

땅에 앉아 있으니 뻣뻣하던 몸이 조금씩 풀렸다. 멍이 낫는 느낌이었다. 그 스웨덴인도 두 주 전에 바로 이 자리에 앉았을지 몰

랐다. 오래전에 불을 피운 흔적이 있었다. 지금 하나 더 피우면 좋
겠군. 하지만 성냥이 없잖아. 아이작은 나무 사이로 천천히 흐르는
강을 보았다. 잘 시간이야, 아이작은 생각했다. 자유의 몸으로 보
내는 마지막 밤이야. 잘 지두라고.

3. 헨리 잉글리시

그들은 그날 차를 몰고 피츠버그로 가서 변호사를 만났다. 그랜트 스트리트 근처, 오래된 코퍼스 빌딩의 꼭대기 층에 있는 큰 법률 회사의 변호사였다. 리가 헨리의 휠체어를 엘리베이터로 밀고 들어가는 순간 그는 수임료가 비쌀 것이라 직감했다. 리의 남편이 그들 돈으로 가족을 돕고 있다고 생각하면 견딜 수 없었지만, 달리 어쩔 도리가 없었다.

그 변호사의 사무실은 모퉁이에 있었다. 헨리와 나이가 비슷하지만 키가 크고 말랐으며 건강해 보였고 회색 머리는 숱이 많았다. 아마도 테니스를 즐겨 칠 것 같았다. 어느 정도 나이를 먹은 대부분의 여자는 이런 남자를 매력적으로 여길 것이었다. 헨리는 첫눈에 그 남자가 싫었으나, 흘끗 리를 보니 리가 그 남자를 편하게 느끼고 있다는 걸 알 수 있었다. 리는 이제 서런 남사들을 좋아했다. 그런 생각을 하자 헨리는 속이 메스껍고 신경이 곤두섰다. 어쩌면 그냥 이 사무실에 있는 것 때문에 그런 느낌이 드는지도 몰랐다. 혹은 이곳에 온 이유 탓일 수도 있었다. 어쩌면 세 가지 다일지도. 헨리는 휠체어에서 몸을 이리저리 틀었다.

"불편하지는 않으십니까, 잉글리시 씨?"

"괜찮습니다. 이젠 휠체어에 익숙해져서."

모두 자리에 앉자 변호사는 부대 비용과 시간당 요금과 의뢰인의 기본 권리에 대해 줄줄 늘어놓았다. 그중 가장 중요한 부분은 전화를 걸면 바로 다시 전화를 해준다는 점인 듯했다. 리가 고개를 끄덕이고 수표책을 꺼냈다. 헨리는 딸의 이름이 사이먼의 이름과 함께 맨 위에 쓰여 있는 것을 보았다. 하지만 리는 아직 성을 남편 것으로 바꾸지 않았다. 왠지 위안이 되었다. 헨리는 아직까지 딸에게 결혼에 대해 그 어느 것도 물어본 적이 없었다.

변호사 피터 브라운이 우호적인 태도로 아이작에 대해 물었다. 가족이 어디 사는지, 헨리가 무슨 일을 했는지, 심지어 헨리가 어쩌다 사고를 당했는지까지 물었다. 아이작의 어머니에 대해서도 물었다. 헨리가 항의하려 했지만 리는 변호사에게 모든 것을 말했다. 너무 많이 말했다. 그런 뒤 리는 아이작이 공장에서 그 남자를 죽였다는 빌리 포의 이야기를 변호사에게 다시 전했다. 피터 브라운이 잠시 펜을 내려놓고 책상에서 작은 디지털 녹음기를 꺼냈다.

"이런 건 녹음하면 안 될 거 같은데." 헨리가 말했다.

"좋은 지적입니다, 잉글리시 씨. 하지만 이건 우리 목적을 위한 거지 주정부를 위한 게 아니에요. 정부에서 이걸 가져가려면 여기 몰래 침입해서 훔쳐가야만 할 겁니다." 변호사의 목소리가 아주 나직해서 그의 말을 들으려면 꼼짝 않고 앉아 귀를 기울여야 했다.

헨리는 다시 리를 보았다.

"그 사람이 정확히 뭐라고 했는지 기억하나요?" 피터 브라운이 물었다.

"기억해볼게요." 리가 말했다.

"내 아들은 그자를 죽이지 않았소. 녹음할 이유가 없어요."

"아버지."

"아드님은 그 남자가 죽을 때 그곳에 있었습니다. 지금 우리가 그 사실을 직면하지 않으면, 법정에서 억지로 직면하게 될 겁니다. 우리가 이러고 있는 건 오로지 그 이유 때문입니다."

"하지만 빌리 포는 그 일에 대해 아무 말도 하지 않았소. 했다면 내 아들이 이미 기소당했을 테니까."

"빌리 포는 아직 자기 변호사를 만나지 않았어요. 일단 만나면 상황은 급속도로 바뀔 겁니다. 아이작이 아직 기소되지 않은 건 절차상의 문제일 뿐입니다." 변호사가 메모장을 내려다보았다. "죄송합니다." 변호사가 덧붙였다.

*

열시였다. 헨리는 자기 침실에서 휠체어에 앉아 책상 위의 신문을 넘겨보고 있었다. 위층에서 오랫동안 샤워 소리가 들리더니 리가 문을 똑똑 두드리고 침대에 올라가는 데 도움이 필요하냐고 물었다. 헨리는 됐다고 대답했다. 리는 문밖에서 잠시 기다렸다.

"다른 건 필요한 거 없으시고요?"

"없다. 가서 자거라."

리가 집을 돌아다니는 소리가 들리다가, 위층에 올라가 자기 방으로 들어가니 이윽고 조용해졌다. 집이 식으면서 삐걱거리는 소리 말고는 아무 소리도 들리지 않았다. 헨리는 휠체어에 앉아 졸았다. 여전히 펜 스틸에서 일하는 꿈을 꿨다. 헨리는 잠에서 깨고 싶었다. 날마다 일을 마칠 즈음이면 너무 피곤했고 몸은 더러웠으며, 아내와 집에 있는 게 좋았다. 하지만 아침이 되면 언제나 다시 일하러 갈 준비가 되어 있었다. 무언가가 삐걱거렸고, 헨리는 헉헉대며 잠에서 깼다.

여전히 자기 침실이었다. 헨리는 힘겹게 깊은 숨을 들이쉬었다. 가끔 자면서 충분히 산소를 들이마시지 못하는 때가 있었다. 사는 게 얼마나 초라한지. 남들에겐 설명할 수 없는 부분이었다. 삶이 어떻게 될지 미리 알았더라면 어떻게 대처할지도 알았을 텐데. 천천히 미끄러지는 내리막 인생.

메리는 헨리를 혼자 두고 떠나버렸다. 삶을 포기해버렸다는 걸 헨리는 알았다. 메리가 그런 짓을 하다니 말이 되지 않았다. 그에 대해 헨리와 이야기했더라면, 뭔가 말이 되는 타협점을 찾았을 것이다. 아이들을 데리고 다른 곳으로 갈 수도 있었다. 그러나 메리는 그냥 죽어버렸고, 그에게 한마디 말도 없이 그렇게 해버렸다. 헨리의 두 팔이 떨렸다. 자기야말로 그렇게 죽고 싶었던 적이 얼마나 많았던가. 그가 그랬어야 했다. 하지만 메리가 먼저 가버렸다. 그녀는 나약했고, 그게 그녀의 진짜 모습이었다. 모든 여자들의 진짜 모습이었다. 그래서 헨리는 리에게 모든 것을 걸었다. 리를 빼내야 했다. 딸이 제 어머니처럼 되도록 둘 수는 없었다.

어쩌면 진짜로 나약했던 건 나였을지 몰라, 헨리는 생각했다. 어쩌면 그런 행동을 함으로써 메리는 더 강해진 건지도 모르지. 메리가 왜 강으로 갔는지 난 알아. 아들이 이렇게 된 이유도. 하지만 그는 자기가 어떻게 할 수 있었을지는 몰랐다. 인디애나주에서 출퇴근하며 집에는 한 달에 한 번씩만 오던 그 삼 년이 가족들에게 쉽지 않았겠지만, 헨리에게도 쉬운 삶은 아니었다. 그는 하숙을 하거나 호텔에 한 달 단위로 장기 투숙했다. 하지만 스틸코는 보수를 두둑이 지불했다. 회사는 직원들을 혹사했고, 작업 환경은 안전하지 않았어. 통계를 볼 때마다 사고는 늘어만 갔지. 하지만 통계를 볼 필요는 없었어. 돈을 벌기 위해 거기 간 거니까. 회사는 공장에서 마지막 한 푼까지 짜낸 뒤에야 설비 문제를 해결해주려 했어. 그날 회사에 전화를 걸어서 병가를 냈어야 했는데.

처음에 헨리는 노동조합에 가입하지 않은 것에 대해 신경쓰지 않았다. 레이건이 말했듯, 노동비용은 걷잡을 수 없이 높아지고 있고 노동조합이 문제였으며, 헨리는 레이건에게 투표했다. 하지만 그렇게 단순한 문제가 아니었다. 펜 스틸은 십오 년째 공장에 땡전 한푼 투자하지 않았고, 미국의 다른 대형 제강소들도 대개 사정이 비슷했다. 모든 제강소가 무너지고 있었다. 많은 공장들이 문을 닫는 바로 그날까지 단일 공정을 썼다. 반면 독일과 일본은 1960년대 이후로 염기성 산소 제강법을 쓰고 있었다. 헨리는 한참 뒤에야 그 방법에 대해 듣게 되었다. 그들은―독일과 일본은―늘 공장에 돈을 쏟아부었다. 늘 새로운 인프라에 투자했고, 스스로에게 투자했다. 그렇지만 펜 스틸은 단 한푼도 공장에 투자한 적이 없었다. 몰락은 당연한 결과였다. 그리고 독일과 스웨덴 같은 복지국가들은 아직도 많은 양의 철을 만들었다. 반면 미국의 회사들은 파산할 운명이었다. 헨리는 책상을 보았지만 뭘 하려고 했었는지 기억이 나질 않았다. 그는 다시 잠에 빠져들었다.

*

그들은 용광로를 열어 도가니를 채웠고 기중기가 도가니를 옮겨 쏟아부을 준비를 했다. 그때 다른 소리가 나기 시작했는데 그 어느 소리보다도 크고 잘 들렸다. 기중기가 계속 옆으로 돌았으나, 쇳물 바가지는 살짝 흔들리다가 땅으로 향한다. 50톤의 쇳물을 담은 채로. 쇳물 바가지가 쿵 하고 땅에 부딪히고 그 많은 쇳물이 공중으로 확 뿌려진다. 그 빛이 어찌나 환한지 눈이 멀 것 같다. 마치 도가니에서 해가 솟는 것 같다. 그 외에는 모든 게 깜깜하다. 척 커닝햄과 웨인 데이비스 역시 어둠 속에 있다. 쇳물이 화산에서 터져나온 용암처럼 그들을 덮친다. 나는 3미터 차이로 혼자 간신히 용암을 피한다. 그 광경을 보고 살아남지 말았어야 했는데. 죽기 전 마지막으로 볼 법한 광경. 그대로 숨어서 죽기를 기다렸다. 공장 뒤쪽이 폭발하며 건물이 흔들렸다. 자신이 한없이 작다는 생각이 들었다. 공평하지 않았다. 메리 생각은 하지 않았다. 이런 일이 생기다니 공평하지 않다는 생각만 했다.

권동*에 있어야 할 안전 브레이크가 없었다. 회사가 너무 짜게 굴었던 것이다. 기어박스에서 뭔가가 잘려나갔다.

---

* 원통형 드럼에 와이어 로프를 감고 도르래를 이용해 중량물을 높이 끌어올리는 기계인 권양기의 로프 감는 부분.

탑이 불타고 있었고, 모든 곳이 불구덩이였다. 나는 뛰어내리기로 결심했다. 3층이었다. 금속쪼가리들이 공중을 날아다니고, 230킬로그램짜리 연장통이 머리 옆을 지나 공장 지붕을 친다. 계속해서 폭발이 일었다. 산화제 첨가 연료를 넣은 경주용 자동차 같은 소리가 났다. 소리가 너무 커서 아예 들리지도 않았다. 그냥 느껴졌다. 은색 작업복 아래에서 피부가 타기 시작하는 게 느껴졌다. 아무것도 보이지 않고 오로지 불과 어둠만 보인다. 어쨌거나 죽은 목숨이다—제기랄, 뛰어내려. 바닥에 닿자 흑인 아이가 날 밖으로 끌어낸다. 나를 구하러 불길을 뚫고 돌아온 것이다. 불타는 철 냄새가 사방에 가득한데 아이는 찰과상 하나 입지 않았다. 복권이라도 긁어야 할까봐요. 내가 뛰는 것을 봤다고 흑인 아이가 말한다.

직업안전위생관리국에서는 회사에 3만 달러의 벌금을 물렸다. 회사가 일 분마다 벌어들이는 것과 같은 액수였다.

그걸로 끝이었어. 척 커닝햄은 죽었고, 웨인 데이비스, 뚱뚱한 웨인, 웨인, 난 늘 그 친구에게 말했어. 자넨 너무 뚱뚱해 웨인. 뜨거운 쇳물이 그 둘 바로 위로 한가득 떨어졌지. 일 분 전만 해도 내가 서 있던 그곳에. 뛰어내린 것, 그게 실수였어. 그냥 그 자리에 있어야 했어. 알아서 가족을 돌봐주고, 연금과 회사 보상금도 넉넉히 나왔을 텐데. 처음엔 웨인과 척이 안됐다고 느꼈지만, 웨인과 척은 그들 자신과 가족 모두를 구한 반면, 난 그러지 못했어.

집은 오랫동안 침묵에 잠겨 있었다. 헨리는 기다리면 기다릴수록 더 겁이 날 뿐이라고 생각했다. 그 녀석이 그랬어, 빌리 포가 아니라. 모든 게 내 책임이야. 헨리는 휠체어를 굴려 앞뒤로 왔다갔다 했다. 그 아이가 무슨 짓을 했건 상관없이, 헨리야말로 그 일이 생기게 만든 장본인이었다. 그 녀석은 원래 여기 남아 있을 아이가 아니었어. 결국엔 다들 내가 죽기를 바라. 내 가족이 말이야, 헨리는 생각했다. 이렇게 오래 목숨을 부지하지 말았어야 해. 내 자식들이 두려워. 아이들이 날 혼자 두고 떠날까봐 두려워. 난 견뎌내지 못할 테니까. 메리와 리를 같은 해에 잃었지. 아이작까지 잃긴 싫었어.

헨리는 서랍장으로 휠체어를 몰고 가 서랍을 열었다. 그 안에 권총이 있었다. 하지만 만일 리가 자기를 발견한다면…… 듀어스 반 병이 있었다. 술을 마시면 안 된다는 말을 들은 뒤로는 한 번도 손을 대지 않았다. 이거 봐, 헨리는 생각했다. 나 자신을 일급 경주마처럼 돌보면서 다른 사람에게는 단 일 초도 관심을 두지 않잖아. 마음이 차분해지기 시작했다. 헨리는 이제 어찌해야 할지 알았다. 스테이크를 좀더 먹을 걸 그랬다고 후회했다. 약장에 오래된 옥시콘틴* 병이 있었다. 거의 다 차 있었고, 안 먹은 지 일 년이 넘었다. 헨리는 담요를 몸에 두르고 휠체어를 굴려 조용히 거실로 간 다음 뒷문을 통해 포치로 나왔다. 그리고 조심스레 뒷문을 닫았다.

밖은 추웠다. 헨리는 용기를 북돋우려 듀어스를 꿀꺽꿀꺽 마셨다. 그러고는 약병을 열고 두세 알을 꺼내 씹었다. 끔찍한 맛이었지만 씹는 쪽이 더 효과가 빠를 것이었다. 양손이 떨려서 헨리는 남은 약을 엎지르지 않으려고 약병 뚜껑을 도로 닫았다. 이게 무슨 꼴이야, 헨리는 생각했다. 모든 상황이 나보고 포기하라고 할 때는 악착같이 붙잡고 놓지 않더니 이제는 그냥 포기하려 하고 있잖아. 진작 했어야 하는 일인데 하지 않았기 때문이야. 그랬다면

---

*마약성 진통제.

아이작은 여기 있지 않았을 거야. 리처럼 어딘가 다른 곳에 있었 겠지.

헨리는 뒤뜰까지 나가기로 결심했다. 적당한 장소에 가서 좀더 생각해볼 작정이었다. 헨리는 경사로를 살살 내려가 풀밭으로 들어갔다. 부드러운 흙에 바퀴가 빠지는 게 느껴졌다. 헨리는 원하는 곳까지 재빨리 갔다. 그곳에 서 있던 사슴이 얼른 다른 곳으로 사라졌다.

헨리는 약병을 꺼내 손에 쥐고 무게를 가늠했다. 다시 마음이 바뀌고 있었다. 필요한 건 이 손안에 다 있어. 웃으며 떠나자. 선택만 하면 돼. 헨리는 생각했다. 어떻게 하더라도 난 애들을 잃게 되어 있어. 너무나 자명하게 느껴졌다. 전에는 한 번도 그런 식으로 생각한 적이 없었다. 그는 이제껏 절대 이길 수 없는 싸움에 매달려 있었다. 난 애들까지 함께 구렁텅이로 끌고 들어가고 있어.

헨리는 병을 들어올렸다. 아니야, 이건 단지 죄책감 때문이야. 이러는 건 옳지 않아. 약은 너무 쉬워. 한 번쯤은 스스로 부담을 견뎌내야지. 지나친 요구도 아니잖아. 내 짐은 내가 지자고. 그렇다면? 헨리는 약병을 도로 주머니에 넣었다. 몇 알이나 먹었지? 세 알쯤 먹은 것 같은데. 이 정도로는 죽지 않아. 그냥 잠깐 기분이 확 좋아질 뿐이지. 얼어죽지 않게 몸에 담요를 단단히 둘러.

헨리는 저멀리 깜깜한 숲과 강을 바라보았다. 멋진 곳이었다. 밸리가 완전히 내려다보였다. 헨리는 꽤 오랫동안 만족스러운 삶을 살았다. 이제는 다른 사람들을 위해 최선을 다할 때였다. 가족을 위해. 이런 생각을 하는데 땅이 푹 꺼지는 느낌이 들었다. 헨리는 높은 바위턱에 있었다. 눈앞에 별과 하늘이 벽처럼 우뚝 솟았다. 이런 광경은 생전 처음이었다. 공기가 무척 맑았다. 마지막 남은

힘을 모아 헨리는 담요를 어깨에 둘렀다. 몸이 따뜻해지고, 헨리는
잠에 빠져들었다.

4. 해리스

해리스는 첫번째 주소지의 모퉁이에 트럭을 세웠다. 작은 앞뜰의 잔디는 손질이 되어 있었지만, 집 뒤쪽은 풀이 심하게 자라 있었다. 커다란 버드나무가 뒤뜰을 가릴 듯이 늘어졌고, 조그만 뒤뜰에 어울리지 않는 낡은 올즈모빌 차체와 바퀴 없는 경작용 트랙터가 있었다. 시끄럽게 웅웅거리며 돌아가는 냉장고가 뒤쪽 포치에 있었고, 포치 지붕은 밑으로 늘어지다못해 거의 문을 가릴 지경이었다. 해리스는 집안에서 딱 한 명을 분간해냈다. 그는 그대로 그늘에 있다가 풀 속에 가려진 파편들을 피해가며 허리 높이까지 올라오는 관목을 헤치고 집으로 다가갔다. 해리스는 뒷문으로 들어갔다. 거실의 좁은 침대에 노파가 누워 있었고, 옆에는 산소탱크가 있었다. 해리스는 총을 치웠다.

"머리는 어디 있습니까?" 해리스가 노파에게 물었다.

"걘 여기 없수." 노파가 대답했다. "돈도 전혀 없고."

둘은 서로를 바라보았다.

노파가 말했다.

"해고된 지 삼 년이야. 개한테선 얻을 게 하나도 없어."

*

어두워지고 몇 시간이 지난 뒤, 해리스는 다른 동네의 어느 폐가 안쪽의 빈 양동이 위에 앉아 있었다. 해리스가 보기에 거리의 이쪽 끝에 있는 집들은 모두 비어 있었다. 뜰마다 풀이 길게 자라 있었고, 해리스가 눈여겨보고 있는 집의 포치로 이어지는 길만이 발에 밟혀서 다져진 상태였다. 블록 저 끝에 포치에 불을 켜둔 집 두 채가 있었지만, 그 외에는 인적이 없었다. 자정이 되자 사슴 몇 마리가 길로 내려왔다. 보도를 걸어가며 관목을 뜯어먹는 사슴을 보니 기분이 묘했다. 사슴들은 해리스가 앉아 있는 집과 해리스가 지켜보는 집 사이를 줄지어 지나갔다. 그를 보고 놀라서 달아나지도 않았고, 혹은 그의 존재를 아예 눈치채지 못했다. 해리스는 이를 좋은 징조로 여겼다.

장갑을 끼고 모자를 썼지만 해리스는 점점 추워졌고 배가 고팠다. 새벽 세시쯤 되자 해리스가 지켜보는 집으로 남자 둘이 들어갔고, 그중 하나가 머리인 게 거의 확실해 보였다. 초에 불을 붙이고 벽난로에 불을 지피는 것으로 보아 전기가 끊긴 게 분명했다. 곧 한 명이 다른 방에 들어가 누웠다. 최고로 좋은 상황이라고는 할 수 없었다. 남자 둘이 있었다. 해리스는 머리가 혼자 남을 때까지 기다려야 하나 고민했지만, 상황이 어떻게 될지는 아무도 몰랐다. 머리 클라크는 당장이라도 일어나 사라져서 재판 때에야 돌아올 수도 있었다.

해리스는 삼십 분 더 지켜보고 두번째 남자가 잠들었다고 판단했다.

해리스는 리볼버의 실린더를 열었다 닫고 45구경에 총알이 장전되어 있는지, 야간조준기에 희미한 빛이 들어와 있는지 확인했다. 최소한 조준할 수는 있잖아, 해리스는 생각했다. 마음이 놓였다. 야간조준기를 달아놓아 다행이었다. 호가 억지로 달게 했던 것이었다. 조준할 수 없는 총은 아무짝에도 소용이 없잖습니까. 하지만 그때 해리스는 그런 데에는 신경쓰지 않았다. 그런 것들에, 무기의 세세한 점들에 너무 노심초사하면 불행이 따를 것만 같았다. 무기를 쓸 구실을 찾는 것만 같았다. 그 집에 들어가는 최선의 방법은 뒷문을 통해 들어간 뒤, 두번째 남자가 자고 있는 침실을 지나가는 거였다.

계단이 약하게 삐걱댔지만, 해리스가 오랫동안 꼼짝 않고 서 있는 동안 아무 소리도 들리지 않았다. 해리스는 아주 천천히 뒷문을 열고 안으로 들어가 부엌을 통과했다. 사방에 쓰레기와 상자들이 쌓여 있었다. 건축자재 파편들도 있었다. 거실로 이어지는 긴 복도가 나왔다. 해리스가 복도를 지나고 있는데 누군가 말했다. "너야, 헤수스?"

해리스는 재빨리 몇 걸음을 디뎠고, 외투 주머니 속에서 총을 움켜쥔 채 거실로 들어갔다. 오래된 소파 두 개와 맥주병에 꽂은 초들이 보였다.

소파에는 사십대로 보이는 남자가 앉아 있었다. 눈 아래에 다크

서클이 있었고, 오랫동안 면도를 하지 않은 얼굴이었다.

"머리." 해리스가 말했다.

"당신 낯이 익은데." 머리가 말했다. 그는 모자를 쓴 해리스의 얼굴을 뚫어져라 보았다. "해리스 서장님?"

해리스는 주머니에서 리볼버를 꺼내 머리에게 겨누었다. 머리가 양손을 번쩍 들었다.

"워, 사람 잘못 봤어요, 서장님." 머리가 말했다.

"밸리를 떠나." 해리스는 자신의 말소리를 들었다. 방아쇠 위에 놓인 손가락이 마치 남의 것처럼 느껴졌다.

"그럴게요. 뭐든 말씀하시는 대로 할게요."

"만약 누가 이 주에서 널 봤다는 말이 들리면 넌 강에서 발견될 줄 알아. 유니언타운에서 그 지방검사와 다시 이야기해도 똑같은 꼴을 당하게 될 거야."

"사라질게요." 머리가 말했다. 하지만 그러고 나서 머리는 묘한 손짓을 했고, 해리스는 등뒤에 누가 있는 것을 느꼈다. 돌아서거나 방아쇠를 당기거나 둘 중 하나를 해야 했다. 해리스는 방아쇠를 당겼다. 총이 불을 뿜고, 머리는 소파에 웅크렸다. 누가 뒤에서 해리스에게 달려들었고, 둘은 함께 벽에 쿵 부딪혔다. 몸을 굴려 남자를 떼어내려 했지만 엎드린 채로 남자에게 붙들렸고, 그가 해리스 위에 올라탔다. 그리고 이상한 느낌이 들었다. 갈비뼈를 맞는데 보통의 경우보다 고통이 심했다. 남자는 해리스를 칼로 찔렀고, 방탄조끼를 뚫느라 애를 먹고 있었다. 마침내 남자는 칼을 떨어뜨리고 해리스의 총으로 손을 뻗었다. 남자는 양손으로 해리스의 리볼버를 바닥에 눌렀고, 결국 해리스의 오른손에서 총을 빼앗았다. 해리스의 다른 총은 허리띠 뒤쪽에 꽂혀 있었다. 그는 등을 구부려 왼손으로 총을 잡으려 애썼지만 총 손잡이가 반대쪽을 향해 있었다. 그때 남자가 해리스의 손에서 뭔가를 부러뜨렸고, 그는 그 소리는 들었지만 거의 아무것도 느끼지 못했다. 그는 왼손 손가락으로 자동권총 손잡이를 잡는 데 정신을 집중하고 있었다. 남자가 리볼버를 손에 넣는 순간 해리스도 45구경을 허리띠에서 빼냈고, 집게손가락으로 안전장치를 푼 다음 남자의 귀 뒤쪽 머리카락 속에 총구를 쑤셔넣었다. 그는 총이 발사되는 것을 희미하게 느꼈고, 탄피가 옆의 벽에 맞고 튀는 것을 보았다. 머리가 비틀거리며 그 옆을 지나갔고 해리스는 머리의 골반을 쏘았다. 머리는 어찌어찌 문까지 간 뒤 사라졌다.

방은 어두웠다. 빛이라고는 촛불에서 일렁이는 불빛이 전부였다. 해리스는 죽은 남자 아래에서 기어나온 뒤 머리를 쫓아 포치로 달려나갔다. 귀가 잘 들리지 않았다. 45구경이 해리스의 머리 바로 옆에서 발사되었던 것이다. 자기 발소리조차 들리지 않았고, 꼭 귀를 꽉 틀어막은 기분이었다.

거리는 칠흑같이 캄캄했다. 해리스의 심장이 쿵 하고 내려앉았다―아무것도 없었다. 해리스는 왼손에 총을 들고 주위를 자세히 살폈다. 손전등을 찾아 주머니를 뒤지면서 뭐든 움직이는 게 있나 살폈다. 저기, 20미터 혹은 25미터 떨어진 관목에 뭔가 있었다. 해리스는 손전등을 꺼내 거의 부러진 손으로 불을 켰다. 머리가 보였다. 몸을 웅크린 채 절뚝이며 덤불 속을 걷고 있었다. 머리는 불빛을 받자 그대로 얼어붙었다. 해리스는 조준기를 약간 조정한 뒤 머리의 두 어깨뼈 사이를 쏘았다. 그리고 신중하게 다시 한 발을 쏘왔다.

가까이 다가가보니, 머리는 두 손과 무릎을 땅에 대고 있었다. 마치 해리스의 눈에는 보이지 않는 누군가에게 기도를 하는 것처럼. 옆에 누가 있다는 걸 전혀 모르는 듯했고, 몇 초가 지나서야 키가 큰 풀들 속으로 천천히 무너졌다. 그리고 다시는 움직이지 않았다. 해리스의 양손이 떨렸다. 총을 다시 총집에 넣으려 했으나 손이 말을 듣지 않았다.

트럭으로 돌아오는 내내 그는 그늘에 숨어서 걸었다. 두 블록을 걸어야 했다. 머리가 맑아지질 않았다. 계속 가야 한다는 생각만 머리를 맴돌았다. 그 둘의 지갑을 가져와야 했어. 다른 목적의 범행처럼 꾸며야 했다고. 너무 늦었어. 해리스의 오른손은 뼈가 부러졌고 심하게 욱신거렸다. 집에 탄피가 하나 있었다. 어쩌면 두 개. 그리고 포치에 몇 개 더 있었다. 몇 발이나 쏘았는지 기억나지 않았다. 너무 어두워서 탄피를 찾을 수도 없었다. 리볼버도 아직 그 집에 있었다. 장갑을 벗었었나? 아니. 모자는 아직 쓰고 있고? 해리스는 확인해보았다. 쓰고 있군.

트럭에 타기 전, 해리스는 모자와 외투와 장갑을 벗었다. 피와 화약 잔여물 때문이었다. 그것들을 트럭 바닥에 던지고 최대한 조용히 차를 뺀 뒤 전조등을 끈 채로 큰길까지 갔다. 차를 몰며 자기 몸을 살펴보려 했지만, 손이 심하게 떨렸고 방탄조끼 아래 옆구리에서 피가 뚝뚝 떨어지는 게 느껴졌다. 하지만 차를 세우고 눈으로 확인하고 싶지는 않았다. 아직 숨쉬는 건 편했고, 그러니 상태가 그렇게 나쁠 리 없었다. 방탄조끼는 제 역할을 다했다. 3킬로미터를 왔고, 해리스는 계속 거리를 쟀다. 주행거리계를 보았다. 5킬로미터였다.

잠시 뒤 그는 모든 등을 끄고 강 옆의 차 돌리는 곳에 멈춰 45구경을 멀리 물속으로 던졌다. 다시 시동을 걸고 차를 몰아 가다가 트럭 뒤쪽 바닥에 둔 외투와 모자를 버리는 걸 잊었음을 기억해냈다. 그 외에 다른 것들도 모두. 해리스는 다음 갓길에 차를 세우고 가져온 여벌 옷으로 갈아입고 운동화로 갈아 신은 다음 방탄조끼를 포함해 자신이 입고 있던 모든 것을 강에 던졌다.

해리스는 해가 뜰 무렵 서장실로 돌아왔다. 그는 자신의 개를 누가 돌볼지 생각했다.

5. 포

빠른 물살이 머릿속을 다시 가득 채웠다. 소리가 너무 커 견딜수가 없었지만, 멈추게 할 수도 없었다. 움직이고 있다는 느낌이들었다. 난 강에 들어와 있어, 포는 생각했다. 곧 폭포에서 떨어질거야. 90에 60, 이라는 소리가 들렸다. 느낌은 멈추지 않고 다만 천천히 사라지고 있었다. 다시 눈이 보였고, 앞이 밝았다. 떨어진 거야. 난 집 옆 나무 아래의 흙속에 있어. 빛은 매우 밝았다. 사람들이 포의 입속에 뭔가를 쑤셔넣으려 하고 있었다. 숨이 막혔다. 포는 토하려고 했다. 깨어났어, 누군가 말했다. 튜브를 빼. 포 씨 정신 차리세요. 천장 타일과 밝은 빛이 보였다. 귓속에도 빠르게 물살이 밀고 들어왔다. 뭔가가 보였다. 포는 다시 움직이고 있었다. 뱃속 깊은 곳에서 추락하는 느낌이 들었고, 몸이 뒤집히는 느낌이들었다. 포는 이 소리에서 벗어나고 싶었다. 포 씨, 정신을 차리세요. 사람들이 날 만지고 있어, 포는 생각했다. 그는 손을 아래로 뻗어 벌거벗은 몸을 가리려 했다. 사람들이 포의 옷을 벗겨놓았다. 내 손을 꽉 쥐어요, 윌리엄. 윌리엄, 내 말 들립니까?

포는 일어나 앉으려 했지만 산소가 부족했다.

"아니, 아니, 안 돼요." 사람들이 입을 모아 말했다. 힘센 손들이 그를 붙들었다.

"포 씨, 여기가 어딘지 알겠습니까?"

기억이 났지만 대답하지 않으면 사실이 아닌 것으로 만들 수 있을 것만 같았다. 말할까봐 걱정되는 일들도 있었다. 아이작에 관한 것들. 아무 말도 하지 않을 거야, 포는 생각했다. 저 사람들은 내가 말하게 하려고 애쓰고 있어.

"목을 다친 것 같아요. 사진을 보기 전까지는 움직이면 안 됩니다."

불구가 됐군, 포는 생각했다. 눈에 눈물이 고이는 게 느껴졌다. 숨쉬기가 힘들었다. 산소를 충분히 마시지 못하고 있었다.

"여기가 어딘지 아시겠어요?" 사람들이 말했다. "윌리엄. 윌리엄, 내 말 들려요?"

"폐에 구멍이 여러 개 났습니다. 폐에 고인 물을 빼내면 곧 숨쉬기가 편해질 겁니다. 조금 아파요."

포가 말을 하려 했지만 입에서는 어떤 말도 나오지 않았다. 그는 도로 잠에 빠지고 싶었다.

"잡아." 사람들이 말했다.

사람들이 무언가로 포의 옆구리를 찔렀고, 더 깊이 찌르고 너무나 깊이 찔러서 몸속 한가운데에서 고통이 느껴졌다. 포는 다시 급류에 휘말렸고, 움직였고, 그런 다음 깨어났다. 자신이 지르는 비명이 들렸다.

"꽉 잡아." 누군가 외치는 소리가 들렸다. 다음 순간 포는 사람들이 자기에 대해 말하고 있음을 알았다. 하지 마요. 포는 사람들에게 말했다. 하지 마 하지 마 하지 마 하지 마. 곧 포는 저 아래로 깊이 추락하는 것을 느꼈다.

포는 다른 방에서 깨어났다. 빛이 굉장히 밝았다. 누가 포 바로 위에 몸을 숙이고 있었다. 사람들이 포의 머리에 뭔가를 하고 있었다. 멈춰요, 포가 말했다. 하지만 아무 소리도 나오지 않았다. 멈춰요, 포가 말했다. 하지만 입술은 움직이지 않았고, 얼굴 위에 뭔가가 씌워져 있었다. 그것을 치우려 해봤지만 할 수 없었다. 팔이 말을 듣지 않았다. 사람들이 포에게 뭔가를 하고 있었다. 포는 무슨 냄새를 맡았다. 머리칼 타는 냄새였다. 사람들이 그에게 뭔가를 하고 있었다. 깨어났어, 누군가 말했다. 그러네, 다른 사람이 말했다. 근질거리는 느낌이 팔을 타고 확 퍼졌다. 전에도 이런 걸 느꼈는데, 포는 생각했다. 그런 다음 다시 물속으로 빠져들었다.

*

세번째로 정신을 차렸을 때는 주위가 깜깜했다. 포는 일어나 앉으면 안 된다는 것을 기억했다. 몸을 내려다봤고, 너무 많이 움직이지 않으려 노력했다. 침대로군. 담요를 잔뜩 덮어놨어. 한쪽 옆에는 정맥주사 봉지가 걸려 있고, 다른 쪽 옆에는 창문이 있었다. 창으로 노란빛이 들어왔다. 포는 밖에 집들이 있나보다고 생각했다. 방에는 다른 침대가 하나 더 있었고, 누군가가 코를 골고 있었다. 조용히 해. 그렇게 말한 뒤 포는 죄책감을 느꼈다. 기계들이 삑삑거리고 찍찍 소리를 냈다. 조용히 하란 말이야, 포는 중얼거렸다. 기계가 보이지는 않았다. 일어나 앉아야겠어. 아무도 날 막을 수 없어. 포가 몸을 움직이자 온몸 구석구석에서 고통이 되살아났다. 고통이 포의 온몸을 뒤덮었다.

　침착해. 침착해, 포는 생각했다. 발가락을 움직여. 발이 보이지 않았다. 포는 팔을 움직여보려 했지만 꿈쩍도 하지 않았다. 팔 쪽을 보니 팔은 침대 난간에 수갑으로 묶여 있었다. 가슴과 양 옆구리에서 심한 고통이 느껴졌지만, 이제 숨은 쉴 수 있었다. 머리를 칭칭 감아놨네, 포는 머리를 만져보았다. 머리에서 뭔가가 튀어나와 있었다. 튜브였다. 플라스틱 튜브가 두개골 뒤쪽으로 튀어나와 있었다. 침착해야 해. 일 분 정도가 지나서야 포는 깨달았다. 난 살아 있어.

6. 아이작

문으로 들어가니 책상 앞에 경찰이 앉아 있었다. 키가 작은 동양인으로, 기계 공장에서 포와 함께 잡혔던 날 밤에 본 경찰이었다. 그는 커피를 마시고 있었고, 며칠이나 밤을 새운 것처럼 보였다.

"해리스 서장님을 만나러 왔는데요." 아이작이 말했다.

호는 아이작을 보았다. "지금 안 계셔."

그냥 돌아갈 핑계가 생겼네, 아이작은 생각했다. 그러나 다시 말했다. "밖에서 서장님 트럭을 봤어요. 아이작 잉글리시가 왔다고 전해주세요."

호는 마지못해 일어나 복도로 사라졌다. 아이작은 호가 가는 것을 지켜보았다. 마지막 기회야. 하지만 그는 자기가 도망치지 않을 거라는 걸 알았다. 다른 방도가 없었다.

호가 돌아왔다. "끝에 있는 문이야."

아이작은 혼자 복도를 걸어가 금속 문을 똑똑 두드렸다. 그런 다

576

음 자기도 모르게, 대답을 듣기 전에 문을 열었다. 방은 컸고 뭔가 묘한 구석이 있었다. 건물의 다른 곳과 마찬가지로 벽은 콘크리트 블록이고 형광등이 밝혀져 있었지만, 가구가 모두 나무와 가죽으로 되어 있었고 벽에는 그림이 여러 개 걸려 있었다. 해리스는 소파에 꼿꼿이 앉아서 어깨에 담요를 두르고 있었다. 그는 창백했고 머리가 엉망이었으며 한 손엔 부목을 대고 테이프를 감아놓았다.

"마을로 돌아왔구나."

"자수하려고요."

"어이, 잠깐." 해리스가 말했다. 그는 손을 들어 아이작의 말을 막고 천천히 일어섰다. 어딘가 아픈 게 분명했다. 그리고 천천히 문으로 걸어갔다. 바깥에 누가 없는지 확인하고 문을 닫고 자물쇠를 채웠다. "이리 와 앉아라." 그는 소파를 가리켰다. 아이작이 소파 한쪽에 앉고, 해리스는 다른 쪽 끝에 앉았다.

"빌리 포는 그 부랑자를 죽이지 않았어요." 아이작이 말했다.

해리스는 완전히 지쳐 보였다. 소파 쿠션에 기대 축 늘어지며 눈을 감았다. "부디 더는 아무 말도 말거라." 해리스가 조용히 부탁했다.

"전 진실을 말하는 거예요."

"아니, 그렇지 않아."

"빌리랑 전……"

해리스가 갑자기 아이작 쪽으로 몸을 기울이더니, 마치 형이 동생에게 하듯 아이작의 셔츠를 잡고 손으로 아이작의 입을 거의 막다시피 했다. 피부가 창백하고 축축해 보였고, 숨에서는 시큼한 냄새가 났다.

"지방검사한테서 방금 전화가 왔는데, 공장에 너희와 함께 있던 두 남자가 시체로 발견되었다는구나." 해리스는 아이작을 놓아주고 다시 소파에 기댔다. "그 남자들 셋이 모두 죽은 셈이지, 아이작. 그날 밤 거기 있던 사람 중에 아직 살아 있는 사람은 너와 빌리 포뿐이다. 무슨 말인지 알겠니?"

"그 사람들에게 무슨 일이 있었던 건가요?"

"그걸 누가 알겠니." 해리스가 말했다.

둘은 오랫동안 말없이 앉아 있었고, 몇 분은 지난 듯했다. 마침내 해리스가 천천히 일어나 책상으로 가더니 나무상자를 열고 한참을 들여다보다가 시가를 한 개비 꺼냈다. "시가 안 피우지?"

"네."

"난 하나 피워야겠다." 해리스는 시가 끝을 자른 뒤 불을 붙이고 열린 창가에 가서 섰다. 마음을 추스르는 것 같아 보였다.

"네가 아는지 모르겠구나. 내가 너와 이야기하러 너희 집으로 갔을 때 넌 이미 떠난 뒤였으니까. 그 남자를 죽인 혐의로 빌리가 기소됐다. 하지만 이젠 그쪽도 빌리를 풀어줄 수밖에 없을 것 같구나. 그리고 그쪽에서는 너에 대해서는 듣지도 못했어. 빌리가 아직널 포기하지 않은 것 같다. 아마 앞으로도 포기하지 않을 거고. 빌리의 변호사가 최근의 사건 전개에 대해 알게 된다면 더더욱. 우리 대화가 끝나면 난 바로 빌리의 변호사에게 전화해서 알려줄 거야."

"빌리는 언제 감옥에 들어갔나요?"

"정확히는 기억 안 나는구나. 지난주 언제쯤이었나?"

"무슨 혐의로 기소됐다고요?"

"그 남자를 죽인 혐의로, 살인."

"빌리가 아무 말도 안 했어요?"

해리스는 고개를 흔들었다.

아이작은 잠시 침묵했다. "전 여길 떠날 거예요. 코네티컷에 가서 누나와 살아야 할 것 같아요." 아이작이 말했다. 그는 그런 말을 한 것에 스스로 놀랐다. 그러나 그게 맞다는 느낌이 들었다.

"좋은 생각이구나." 해리스가 말했다.

"빌리는 어떻게 되나요?"

"아마도 한 달쯤 지나면, 뭐 좀더 길거나 짧을 수도 있겠지만, 저쪽에선 빌리를 풀어주지 않을 도리가 없을 거야." 해리스는 창가를 떠나 책상에서 펜과 메모장을 집었다. "잘 들어라, 무슨 일로든 마음이 찜찜해지기 시작하면 날 찾아와. 내 휴대전화와 집 전화번호를 알려줄게. 언제든 전화하면 만나주마."

"그럴 필요 없을 것 같아요." 아이작이 말했다. "전 괜찮아요."

"넌 옳은 일을 했어, 알지? 여기까지 와준 데 대해 뭔가 해주고 싶은데 아쉽구나. 내가 아는 사람 중에 너처럼 할 수 있는 사람은 정말 드물거든. 하지만 이제⋯⋯" 해리스는 어깨를 으쓱했다. "집에 갈 시간이다."

*

아이작은 서장실을 나와 계단을 내려간 뒤 마을을 향해 걸었다. 구름이 움직이기 시작했다. 마을을 반쯤 통과해 거의 강까지 다다르자 자신이 해리스를 믿기로 한 것이라는 생각이 들었다. 다른 사람들도. 아이작은 일단 믿어보고 결과가 어떻게 될지 지켜보기로 마음먹었다.

　몇 블록을 더 간 뒤 아이작은 오래된 철도를 건너 강둑 위 갈대 사이에 섰다. 마음이 차분했다. 천천히 흘러가는 강 위로 뜬 해를 지켜보다가 무릎을 꿇고 강에 손을 넣었다. 잔물결이 퍼져나갔다. 대성당의 둥근 지붕과 수많은 집의 창문에 빛이 비쳤다. 제비갈매기 한 쌍이 드넓은 강을 향해 날아갔고 아이작도 곧 그리할 것이었다. 떠날 것이었다.

7. 해리스

해리스는 아이작이 나가는 것을 지켜보았다. 나가면서 아이는 뒤로 공손히 문을 닫았다. 그는 자신이 계속 입을 다물 수 있을지 의심스러웠다. 대재난이 되었을 수도 있었다. 여전히 그럴 수 있고.

해리스는 빌리 포가 변호사를 만나는 걸 며칠이나 거부한 뒤 칼에 찔려 죽기 직전이라는 말을 아이작에게 하지 않았다. 포는 생각했던 것과 다른 아이였어. 아직 그레이스는 몰랐다. 해리스는 도저히 입이 떨어지질 않았다. 다시 현기증이 일었다. 하지만 조만간 지방검사가 여기저기 쑤시고 다닐 것이었고, 정신을 똑바로 차리고 있어야 할 터였다. 손가락이 쑤셨고, 통증 때문에 팔이 화끈거렸다. 흉곽의 상처가 계속 벌어져 꿰매야 했지만 테이프로 버티는 수밖에 없었다.

일어나야 했다. 어젯밤에 어디 있었는지 제대로 이야기를 지어내야 했고, 면봉으로 트럭을 깨끗이 청소해야 했다. 어쩌면 타이어도 새것으로 갈아야 하리라. 타이어까지 교체하는 건 지나치게 조심하는 것일 수도 있지만, 지나친 게 아닐 수도 있었다. 퇴짜 맞은 변호사의 분노에 비하면 지옥은 무서운 것도 아니지.* 해리스는 자기 농담에 혼자 웃었고 마음이 가벼워지는 것을 느꼈다. 그 녀석들은 둘 다 구할 가치가 있었어, 해리스는 생각했다. 이번 일이 아니었으면 절대 몰랐겠지.

호는 다른 사람에게 교대해달라고 전화하지 않았다. 밤새 자리를 지켰다. 그는 무슨 일이 벌어지고 있다는 걸 알았다. 모든 것을 알고 있을 거야, 해리스는 생각했다. 이 사건에 얽힌 모든 사람에 대해 알고 있어. 일어나야 한다는 걸 알았지만, 제대로 자지 못한 지 이틀째였다. 창 너머로 해가 뜨고 있었다. 해리스는 해가 뜨기만을 기다리고 있었다. 해가 천천히 뜨면서 바닥을 비추었다. 어찌나 느리게 뜨는지 나뭇결을 하나씩 지나가는 게 보일 정도였다. 그는 일 분만 더 쉬며 얼굴에 떨어지는 햇살을 느끼기로 했다. 그런 다음 하루를 시작할 것이다.

---

* 18세기 영국의 극작가 윌리엄 콩그리브의 작품 『비탄하는 신부』에 나오는 "사랑을 거절당한 여자의 분노에 비하면 지옥은 무서운 것도 아니다"라는 대사를 변용한 것이다.

8. 포

병원에 들어온 지 꽤 되었다는 건 알았지만 포는 이제야 처음으로 깨어나는 느낌이었다. 한낮이었고 방안은 더웠다. 창밖에는 주차장이 있었고, 주차장 저편에는 집들이 있었으며, 한 노인이 대형 화분에 물을 주고 있었다.

아마도 간호사일 듯한 여자가 커튼을 걷었다.

"저 깨어났습니다." 포가 말했다.

"운이 좋아요." 여자가 말했다. "피를 너무 많이 흘려서 심장이 멈췄었어요. 젊어서 다행인 줄 아세요."

"원하시면 언제든 저와 상황을 바꿔드리죠."

"다들 당신이 뇌손상을 입은 게 아닌가 걱정했어요."

"아마 입었을 거예요. 하지만 이번 일 때문은 아니에요."

여자는 웃으면서 계속 여러 가지를 확인했다.

"의식이 없을 때 제가 무슨 말을 했나요?"

여자는 어깨를 으쓱했다. 그녀는 포가 무슨 말을 하는지 이해하지 못하고 있었다.

"이제 전 어떻게 되는 거죠?"

"교도소에서는 다시 데려가고 싶어하지만, 우린 당신을 며칠 더데리고 있을 거예요. 너무 많이 움직이면 안 돼요. 몸 내부에 꿰맨 곳이 굉장히 많거든요."

"페이엣으로 돌아가게 되나요?"

"어딘가로 돌아가긴 할 거예요." 여자가 대답했다. "하지만 페이엣으로 돌아가게 될 것 같지는 않네요."

"방문자를 만날 수 있나요?"

"아뇨." 여자가 말했다.

"어머니께 전화해도 되나요?"

"오늘밤엔 될 거예요." 여자는 병실에서 나가고 있었다. "문밖에 주 경찰관이 있어요. 그냥 알고 있으라고요."

9. 그레이스

그날 오후 늦게 누군가 뒷문을 두드렸다. 그레이스는 소파에 누워 있었다. 사흘째 아무것도 먹지 못했고, 차가 오는 소리도 듣지 못했다.

트레일러 뒤에서 발소리가 들리더니 키가 작고 억센 남자가 거실에 나타나 소파에 누운 그레이스를 보았다. 그리고 집을 한 바퀴 돌았다. 그레이스가 모르는 남자였다. 남자는 방마다 들락거린 뒤 돌아와 그레이스 옆에 섰다. 올 게 왔군, 그레이스는 생각했다. 날 데려오라고 보낸 자야.

"전 호라고 합니다. 해리스 서장님의 친구죠." 남자가 말했다.

그레이스는 빤히 쳐다보았다. 그는 경찰복을 입고 있지 않았다.

"휴스턴에 가족이 있다고 들었습니다."

"버드 해리스는 어디 있죠?"

호는 고개를 흔들었다. "서장님은 바쁘십니다."

그레이스는 파도가 온몸을 휩쓸고 사라지는 것을 느꼈다. 그녀는 눈을 감았다.

"여기 누가 또 온 적이 있습니까? 혹은 당신에게 연락하려 한 적이 있습니까?"

"아니요, 당신이 처음이에요." 그레이스는 조용히 대답했다.

"좋아요." 그가 말했다. "잘됐어요."

"무슨 일인지 이야기해주겠어요?"

호는 목청을 가다듬고 방을 둘러보았다. "아드님은 괜찮으실 겁니다. 하지만 여기 계시면 안 됩니다."

"언제 떠나야 하죠?"

"늦어도 내일 아침까지는 떠나야 합니다."

"동생과는 연락을 안 한 지 오래됐어요."

호는 어깨를 으쓱했다.

"버드는 만날 수 없나요?"

"지금 짐을 싸야 합니다." 호가 부드럽게 말했다.

그레이스가 고개를 끄덕였다. 음식냄새가 강하게 코를 찌르기 시작했다.

"서장님께서 먹을 걸 좀 가져다주라고 하셨습니다."

"그 사람답네요."

"서장님께 말씀 많이 들었습니다."

호는 그레이스 옆에 무릎을 꿇었다. 그레이스가 얼마나 지저분한 상태인지 분명 눈치챘을 것이다. 그레이스는 갑자기 그 사실을 인식했다. 그러나 호는 아무런 내색도 하지 않았다. 부드럽게 그녀를 일으킨 뒤 등뒤에 베개를 놓아주었다. 그리고 가방에서 작은 통을 꺼냈다.

"여기 있습니다. 천천히 드세요."

"음식이 넘어갈지 모르겠네요."

그러나 호가 입술에 음식을 대주자 그레이스는 입을 벌리고 받아 먹었다.

*

그레이스는 일어서서 오랫동안 창밖을 내다보았다. 움직이는 것은 하나도 없었다. 조용하고 서늘한 밤이었다. 눈을 감자 아들이 걷는 모습이 보였다. 여름이었고, 길은 바싹 마르고 흙먼지가 일었다. 포는 길 끝까지 갔고, 거기엔 아무것도 남아 있지 않았다. 포가 그 풍경을 바라보았다. 모든 것이 사라지고 없었다. 트레일러는 타서 껍데기만 남았고, 주위의 나무들조차 타버렸다. 포는 한동안 서서 바라보다가 왔던 길을 다시 걸어갔다. 새로운 곳을 향해, 어머니를 향해 발을 옮겼다.

든든한 버팀목이 되어준 가족이야말로 내게는 큰 축복이다. 가족에게 늘 감사한다. 리타, 유진, 제이미 마이어, 그들에게 내 모든 사랑과 감사를 보낸다. 알렉산드라 사이페르트와 크리스틴 영에게도. 이 책이 지금의 모습을 갖추기까지 중대한 도움을 주신 분들이 있다. 출판 대리인인 에스터 뉴버그와 피터 스트라우스, 편집자인 신디 스피걸과 수잰 베보노, 그리고 처음으로 작가가 될 수 있다는 확신을 주신 로욜라대학의 댄 맥기니스. 십여 년 이상 정신적으로 지지해주고 격려해주신 코넬대학의 댄 매콜. 텍사스 오스틴에 있는 미치너 작가센터의 짐 매그너슨, 스티브 해리건, 그 외 모든 분들. 여러 가지 문제들에 대해 아낌없이 조언해주신 콜름 토빈. 윌 S. 힐턴. 글쓸 시간과 조용한 장소를 제공해준 야도 코퍼레이션, 블루 마운틴 센터, 유크로스, 앤더슨 아트 센터.

펜실베이니아에도 감사드리고 싶은 분들이 있다. 디에고 맥그리비와 베키 히콕과 조이 히콕 목사님 내외, 이분들은 나를 위해 몬 밸리의 많은 문들을 열어주셨다. 유나이티드 스틸워커스, 특히 개리 허버드, 웨인 도나토, 리치 패스토, 로스 매클렐런, 존 보르코프스키, 존 가이, 앤디 칼러, 얀 피네건. 몬밸리 실업위원회의 폴 로디코. 끝으로, 피츠버그와 머논가헬라 리버밸리의 좋은 분들께 감사를 드리고 싶다. 그분들의 협조와 친절이 아니었다면 이 책은 완성될 수 없었을 것이다.

녹슬어버린 미국의 꿈과 새로운 희망

　20세기 중후반까지만 해도 미국은 대량생산, 산업 표준의 상징으로서 세계 제조업을 주도했다. 하지만 20세기 말, 자유무역협정으로 인해 다른 나라 공산품들이 싼값에 들어오면서 미국의 제조업은 큰 타격을 받았고, 이는 중산층의 대량 실직으로 이어지며 심각한 경기 불황을 불러왔다. 그리고 이제 오대호 인근 과거 제조업 지역은 '러스트 벨트'라 불리며 몰락의 상징이 되었다.

　1970년대 후반, 철강과 조선업 등 주요 산업의 불황으로 범죄와 실업이 만연하던 볼티모어에서 자란 필립 마이어는 자신의 어린 시절을 연상케 하는 쇠락한 철강 마을을 무대로 한 소설 『아메리칸 러스트』를 발표하며 혜성처럼 화려하게 등장했다. 비평가들은 그런 필립 마이어를 어니스트 헤밍웨이, 제롬 데이비드 샐린저, 코맥 매카시와 비교했으며 특히 존 스타인벡이 살아 돌아온 것 같다는 평을 했다. 그리고 이 책을 읽어보면 그러한 평이 절대로 과장이 아님을 알 수 있다.

『아메리칸 러스트』는 기술 발전과 함께 등장한 정보화 시대, 세계화 시대라는 빛나는 구호에 가려 이제는 신문 경제면에조차 나오지 않는 미국 철강 산업의 몰락과 사람들에게 잊힌 공업 도시 그리고 그 안에서 가난과 절망을 어쩔 수 없이 받아들이며 적응하려 애쓰는 인물들을 담담하게 그리고 있다. 『아메리칸 러스트』의 배경은 펜실베이니아주에 위치한 뷰얼이라는 작은 철강 도시다. 한때 뷰얼은 아메리칸드림을 대표하는 부유한 도시였으나 1970년대 이후 미국 철강 산업이 몰락하면서 이제 다시는 옛 영화를 찾지 못하게 된 곳이다. 일자리는 사라진 지 오래이고, 이곳에서 오랫동안 살아온 주민들은 가난과 절망을 당연하게 받아들이고, 재능 있는 청년들은 모두 이곳을 떠나거나 아니면 역시 가난과 절망에 휩쓸려 하루하루를 소비한다. 그 와중에 마을에서 우발적인 살인 사건이 일어나고, 이 사건을 중심으로 이야기가 펼쳐진다.

이 소설은 주요 인물 여섯 명의 시점이 번갈아가며 전개되는 다층 구조로, 이들 모두가 주인공이라 할 수 있지만, 가장 중심이 되는 인물은 서로 다른 분야에서 천재성을 보이는 빌리 포와 아이작 잉글리시다. 그리고 이 둘은 철강 산업의 쇠락 후 패배주의가 만연한 뷰얼에서 드물게 성공이 점쳐지는 청년들이다. 빌리 포는 고등학생 때부터 훌륭한 풋볼 선수로 주목을 끌며 대학에서 장학금과 함께 입학 제안까지 받은 바 있고, 아이작 잉글리시는 소심하지만 인근 최고의 천재로 무너져가는 마을에서 도망칠 기회만을 엿보고 있다. 그러나 두 사람은 살인 사건에 휘말리며 인생의 큰 위기를 맞는다.

사실 이들은 살인 사건에 휘말리지 않았더라도 내면의 문제 때문에 자기 꿈을 이루지 못했을 가능성이 무척 큰 사람들이다. 빌리 포는 마을 사람들이 자신에게 거는 기대에 부담을 느껴 보장된 미래를 포기하고 어머니와 트레일러에 살며 밀렵한 사슴 고기를 먹고사는 현실 도피자다. 게다가 자제력이 부족하고 폭력 성향이 있어, 자신도 항상 느끼듯 감옥에서 인생의 대부분을 보냈을 확률이 크다. 아이작 잉글리시 역시 현실 도피자로, 예민한 청소년기에 어머니가 자살하면서 큰 충격을 받았고, 또한 평소 자신을 무시하는 아버지를 간호해서 인정받고 싶은 마음에 주위의 도움도 마다하고 제대로 대학에 지원하지 않고 자신의 미래를 유보한다.

　그런데 여기에는 짚고 넘어가야 할 중요한 부분이 있다. 언뜻 보기엔, 이 둘이 오롯이 내면의 문제 때문에 자신의 재능과 창창한 미래를 저버린 듯 보이지만, 사실은 철강 산업과 마을의 몰락 또한 이들의 이러한 선택에 큰 영향을 미쳤다는 것이다. 두 사람은 철강 산업이 무너진 후 이제 패배주의가 만연한 뷰얼에서 영화로웠던 과거를 상징하는 인물들이다. 마을에서 드물게 성공이 점쳐지던 빌리 포는 무시무시할 정도로 무거운 기대를 온몸에 받게 되지만 그 역시 마을의 패배주의에 많이 물들어 있다. 또다른 상징적 인물인 아이작 잉글리시는 어머니의 자살에 결정적 영향을 받는데, 어머니의 자살은 마을의 몰락 때문이었고, 또한 그가 마을을 벗어나지 못한 이유로 작용했던 아버지의 부상은 철강 산업의 몰락에서 그 원인을 찾을 수 있다.

　그렇게 내적, 외적 요인으로 자포자기한 인생을 살던 둘은 살인 사건에 얽히고, 오히려 그것을 계기로 자신의 문제를 제대로 깨달고 삶의 방향을 잡게 된다. 감옥에 갇힌 빌리 포는 감옥을 지배하는 집단의 유혹을 뿌리치고, 살면서 처음으로 인생의 목표를 세우게 된다. 그리고 천재지만 사회 부적응자에 가까운 아이작 잉글리시는 사회에 부딪혀야 할 때 '아이'라는 또다른 자아를 내세우지만, 도피생활중에 처음으로 '아이'라는 자아는 따로 존재하는 게 아니라 자기 자신일 뿐이라는 사실을 인정한다. 즉 관념적 자아만 우세하던 아이작 잉글리시가 살인 사건과 도피생활을 통해 현실적 자아의 성장을 겪고, 두 자아 모두 자신임을 인정하며 사회를 좀더 편안하게 받아들일 수 있게 된 것이다.

이렇듯 『아메리칸 러스트』는 살인 사건이라는 큰 계기를 통해 주요 인물의 성장을 그리는 성장소설이며, 인생을 영원히 바꿔버릴 수도 있는 실수, 선택, 희생에 대한 드라마다. 빌리 포는 자기 인생을 값어치 있게 만들기로 결심하고 친구를 위해 살인죄를 뒤집어쓴다. 한편 계속 갈등하며 책임을 회피하던 아이작 잉글리시는 결국 자기 행동에 책임을 지기로 결심하고 자수를 한다.

이 소설은 몰락의 길을 걷게 된 미국의 특정 마을을 배경으로 삼지만, 시대와 장소를 뛰어넘어 인간이라면 누구나 겪을 수 있는 갈등의 과정을 통찰력 있게 그리고 있다. 그리고 그 결말이 더더욱 마음에 남는 것은 주인공들이 인간으로서 당연히 해야 할, 그러나 하기 어려운 선택을 했기 때문이다.

최용준

옮긴이 **최용준**
대전에서 태어나 서울대학교 천문학과를 졸업했으며 미국 미시간대학교에서 이온추진
엔진에 대한 연구로 항공우주공학 박사학위를 받았다. 플라스마를 연구한다. 옮긴 책으
로는 『내가 필요하면 전화해』 『래그타임』 『유령이 쓴 책』 『그들은 제비처럼 왔다』 『핑거스
미스』 『곤두박질』 『죽은 자에게 걸려 온 전화』 등이 있다. 『이 세상을 다시 만들자』로 제
17회 과학기술 도서상 번역 부문을 수상했다. 시공사의 '그리폰 북스', 열린책들의 '경계
소설선', 샘터사의 '외국 소설선'을 기획했다.

문학동네 세계문학

아메리칸 러스트

초판 인쇄 2018년 7월 20일 | 초판 발행 2018년 7월 30일

지은이 필립 마이어 | 옮긴이 최용준 | 펴낸이 염현숙
책임편집 이봄이랑 | 편집 홍유진 오경철 오동규
디자인 김마리 유현아 | 저작권 한문숙 김지영
마케팅 정민호 정진아 함유지 김혜연 박지영 | 홍보 김희숙 김상만 이천희
제작 강신은 김동욱 임현식 | 제작처 상지사

펴낸곳 (주)문학동네
출판등록 1993년 10월 22일 제406-2003-000045호
주소 10881 경기도 파주시 회동길 210
전자우편 editor@munhak.com | 대표전화 031) 955-8888 | 팩스 031) 955-8855
문의전화 031) 955-8862(마케팅) 031) 955-1929(편집)
문학동네카페 http://cafe.naver.com/mhdn
북클럽문학동네 http://bookclubmunhak.com

ISBN 978-89-546-5220-9 03840

www.munhak.com